치우천왕기 ①

형제 ─ 이우혁 장편소설

치우천왕기 ①

엘릭시르

차례
①
형제

  '치우'라는 낯선 이름을 처음으로 접한 것은 아홉 살 때의 일로 기억된다. 아마 초등학교 삼학년 때일 듯한데, 나는 당시 『삼국지』를 읽는 재미에 푹 빠져 있었다. 지금은 고인이 되신 아버님은 내가 그러한 동양의 고전을 읽는 것을 퍽 기꺼워하며 다른 동양 고전도 읽을 것을 권하셨는데, 그게 바로 『초한지』였다.

  그때 읽은 것이 내가 태어난 해인 1965년에 발행된 김팔봉 번역의 '통일천하'라는 제목으로 된 『초한지』였다. 그런데 그중 이상하게 내 눈길을 끄는 대목이 있었다. 『초한지』의 주인공인 한고조 유방이 처음 풍패 땅에서 의병을 일으키면서 제사를 지냈던 기이한 이름의 신에 대한 부분이었다.

  '치우(蚩尤)'라는 이름의 그 기이한 신은 '중국의 군신(軍神)은 치우라는 이름이었구나'라는 느낌을 주었다. 왜 그 기억이 생생한가 하면, 당시 『삼국지』를 막 읽은 후라 중국의 군신은 관우(關羽)라고 생각했는데 예상이 빗나갔기 때문이다.

후에 이르러서야 관우는 한고조보다도 몇백 년 후의 사람이니 당연히 당시 섬길 수 없는 사람이란 것을 알았지만, 치우라는 이름은 왠지 낯설지 않아 기억에 남아 있었다.

한고조 유방은 중국인에게도 최고의 영웅 중의 한 명으로 손꼽히는 인물이며, 그가 상대한 적은 중국 역사상 가장 무섭고 용맹한 인물인 초패왕 항우이다. 그런 유방이 제사를 모신 군신은 당연히 항우보다도 더 위대한 고대의 전설적 인물이어야 옳다는 생각이 들었는데, 치우라는 인물이 도대체 누구인지는 찾을 수 있는 길도 없었고, 그럴 정도의 정성도 없었다.

몇몇 책을 보다가 나는 치우에 대한 기록들을 아주 조금씩 발견하게 되었다. 중국의 사서를 보다 보니 중국의 시조라 일컬어지는 황제(黃帝)와 싸운 맞수로서 치우의 모습이 조금은 남아 있기도 했다. 그러나 내 관심을 가장 잡아끈 것은 남아 있는 기록의 모순성이다. 사서에 의하면 치우는 황제와 더불어 싸우다가 결국에는 황제에게 잡혀 죽은 인물이며 오랑캐라 했다. 난폭하고 사납고 포악한 인물이라고 했다. 그런 인물이었다면, 왜 한고조 유방이 난폭하고 사납기만 했으며 마지막에는 전쟁에 져서 비참하게 죽은 인물에게 정성껏 제사를 지냈을까? 『삼국지』의 관우가 비참한 최후를 맞았지만 군신으로 추앙받는 것과 같은 이유일까? 중국인들은 패한 장수 받들기를 좋아한단 말인가? 그런 것 같지는 않았다. 『치우천왕기』를 쓰기 시작한 발단은 이 작은 의문이라 볼 수 있다.

이후 치우의 이름을 다시 만난 것은 고등학교 때 우연히 이야기를 듣고 사서 보게 된 신채호 선생의 『조선상고사』에서였다. 거기에는 치우의 이름과 함께 연개소문(캐쉰)의 활약상 등 내가 전혀 알지 못했던 지식들이 많았는데, 그때 잊지 못할 문구 하나를 발견했다. 말갈족에서 갈라져 나온 여진족이 세운 청나라의 역사는 대부분의 다른 이민족 국가와는 달리 실전(失傳)되지 않고 남아 있었는데, 그 청사(淸史)의 첫머리에 시작되는 문구가 "우리는 주신(珠申)의 후예다"였다. 주신이라는 나라는 그때껏 배워 온 고조선보다 이전에 자리 잡은 훨씬 규모가 큰 나라였고, 치우는 주신의 영웅이거나 왕이었던 것 같았다.

제목이 기억나지 않는 어떤 서적에서 치우가 단군보다 오래된 인물이고 단군조선 이전의 한웅 시대 때의 14대 한웅인 자오지 한웅이었다는 기록을 보고도 당시의 나는 곧이곧대로 믿을 수가 없었다. 『조선상고사』에서 이야기하는 한웅 시대란 기원전 2700년경으로, 신화로 믿어지던 단군 시대보다 사백 년이나 더 이전의 이야기였는데, 그를 방증하는 기록도 거의 보이지 않았기 때문이다.

간신히 찾아낸 권위 있는 책에는 치우를 '묘족(苗族)의 조상'이라고 간단하게 정의 내리고 있었다. 당시 내가 알기로 묘족은 중국 남부에 거주하는 소수 민족에 불과했다. 그래서 나는 잠시 동안 치우를 잊고 있었다.

그런데 우연히 TV 다큐멘터리를 보다가(언제인지는 기억나지 않는다) 묘족이라는 중국의 소수 민족을 다룬 프로를 보고는 묘족의 풍습이나 기타 등등 많은 면이 우리와 상당히 흡사하다는 것을 알게 됐다. 그때 나는 치우를 떠올렸다. 묘족은 원래 중국 중북부 지방에 거주하였다가 차차 남으로 밀려 내려간 것이지 원래 남쪽에 있던 부족은 아니라는 말도 있었다. 중국 내 소수 민족 중에서도 가장 많은 박해를 받은 민족이라는 의견도 보았다. 이 모든 것들이 조금씩 섞여서 나에게 커다란 호기심으로 다가왔다.

이후 세월이 지나 『퇴마록』으로 글쓰기를 시작하고 이런저런 자료들을 많이 모으면서 차차 치우에 대한 자료들을 발견할 수 있었다. 비록 재야 사학으로만 치부되어 공식적으로는 인정받지 못하는 분위기의 서적들이었지만 『한단고기』나 『규원사화』, 『단군세기』 같은 책들에 치우의 모습이 그려져 있었다. 나는 그 책들에서 묘사된 이야기가 사실이라면 치우야말로 우리 민족사 제일의 영웅일 것이라는 생각을 하게 되었다.

그러나 치우천왕, 자오지 한웅의 기록은 아무리 심혈을 기울여 뒤져 보아도 그리 많지 않았다. 내가 당시 모은 기록이 백오십여 구절 정도 되었는데, 이후 치우학회에서 조사한 바를 참고해 봐도 정사, 비공인 야사 등을 합해 이백여 구절이 전부라고 한다. 이백 쪽이나 이백 권도 아니고 이백 줄 정도인 것이다. 짧게는 한문 열 자도 안 되는 기록도 많다. 남은 내용도 대부분 "동두철액(銅頭鐵額) ─ 구리 머리에 쇠 이마를 지녔다"라거나 "바람을 일으키는 술법 때문에 황제가 고전하다가 황제가 지남차(指南車)를 발명하여 이길 수 있었다"는 등등의 그야말로 판타지 같은 내용들이 대부분이었다. 이것만으로는 치우의 진실한 모습을 알아내기란 불가능에 가까웠으며, 진실을 전제로 하지 않더라도 구성해 내기조차 힘겨운 일이었다.

나는 그때 이렇게 생각했다. '역사로는 고증할 수 없을지 몰라도 소설, 창작으로는 다시 만들어 낼 수 있을지 모른다'고. 기록이 소실된 이상, 끊긴 역사의 고리를 기록에 의존해 복원하기는 불가능하다.

그러나 추리는 해 볼 수 있다고 생각했다.

그렇게 하여 시작한 작품이 이 『치우천왕기』이며 처음 소설로 만들겠다고 마음먹은 것이 1994년의 일이니 1, 2권 출간까지만 구 년이 걸린 셈이다. 중간에 '치우전기'라는 이름으로 극화(劇畫)를 시도해 보았는데 대실패로 끝났다. 스토리 구성은 그럭저럭 할 수 있었지만 그 시대 설정을 나조차 구체화하지 못하고 있었으니 그림 그리는 분이 이해할 리가 없다. 무협지도 아니고 고대 역사물도 아닌 어정쩡한 모습의 극화는 누구의 눈길도 끌지 못했고, 이렇게 얼렁뚱땅해서는 안 되겠구나 하고 다시 한번 깊이 자책했다.

다시 자료를 모으고 다른 글을 쓰는 중간중간 틈틈이 공부하고 생각하면서 몇 번이나 후회했는지 모른다. 이것은 애당초 될 일이 아니라는 생각마저도 들었다. 고작 이백 줄도 안 되는, 그것도 태반이 중복되는 자료 몇 줄을 가지고 한 사람의 일대기와 시대를 재구성한다는 것은 내가 말하는 이른바 판타지 기법으로도 어려운 일이었다. 어떤 이는 "그 내용을 소설로 옮긴다는 것 자체가 판타지다"라고까지 말했다.

후일 중국으로 답사를 가서 알게 된 사실인데, 당시 우리나라만이 아니라 중국에서도 치우에 관련된 창작 출판물은 단 한 건도 없었다. 심지어는 황제에 대한 자료도 『황제내문경』, 즉 황제가 전했다는 최초의 의학서를 제외하고는 황제를 예찬하는 시집 두 권이 전부인 실정이었다 (북경에서 가장 큰, 천안문 광장 맞은편에 있는 대형 서점에서 점원과 함께 한참 검색해 본 결과였다).

직접 얻을 수 있는 자료가 금방 동이 나 버렸기 때문에 느긋하게 마음을 먹고 당시의 시대를 고증하기 시작했다. 그렇다면 치우가 활동했던 주신이라는 나라에 대해 알 필요가 있었다. 신석기 말기~청동기 초기라고 생각할 수밖에 없었기 때문에 연대별 검색을 했고, 그 시기는 맞수였던 황제의 시기와 거의 일치할 것이 분명했다.

재야 사서에서 찾아낸, 그대로 믿을 수만은 없지만 "기원전 2707년 즉위하여 109년간 재위했다"는 시기와 대략 비슷하다 생각되었다.

그러나 모든 것이 너무 막연했다. 간단하게는 남아 있는 지명(地名)조차 극소수였고, 그나마 대부분 정확한 기록인지조차 의심스러웠다.

그래서 나는 자료에서 인물을 유추하느니, 거꾸로 그 당시의 시대상을 되살려서 인물의 모습을 찾아보고자 했다. 신석기-청동기 전환기는 상상하기 어려운 시대였다. 원시인들이 모여 살던 때가 아니다. 그렇다고 제정 법제화된 국가가 있던 것도 아니다. 비단이 막 발명된 시기라고는 하나 무엇을 입었는지, 무엇을 먹었는지, 어떻게 살았는지 모든 것이 막연하기만 한 시대였다. 나는 생각할 자료를 얻기 위해 먼저 우회적으로 지금 세계에 기록이 남아 있는 오지의 원주민에 대한 자료들을 뒤져 섭렵했다.

최근까지 석기를 사용하는 뉴기니 원주민이나 아프리카, 남미, 동남아시아 등의 원주민 생활을 조사하고 그로부터 환경이나 적응 방법의 차이 등을 감안하여 하나하나 당시의 생활상을 떠올려 갔다. 약 사 년정도 지난 이후부터 어느 정도 당시의 생활이 감이 잡히기 시작했는데, 그때 나는 조금 더 욕심을 부려 언어상의 고증도 시도해 보려고 했다. 어느 정도 공부도 했고 성과도 있었지만, 그렇다고 그 시대의 말을 완전히 유추해 내기란 불가능했기에, 제주도 사투리에 남아 있는 중세 국어의 특성과 함경도 사투리 등에 남은 자취를 되짚어 당시의 말투를 만들어 낼 생각까지 했다.

그러나 일 년 반을 고생하여 그렇게 만든 말투는 한마디로 '무슨 말인지 하나도 모르겠다'는 주위의 반응만 낳았을 뿐이다. 외국어를 번역하지 않고 그대로 옮기는 것이나 다를 바 없는 짓이었다. 결국 글은 읽히기 위해 쓰는 것이라는 단순한 진리를 깨달았다고나 할까. 한자어나 당시 없었을 단어들만을 배제하고 대사를 다시 채우는 작업을 하고 나니, 이번에는 설명이 지나쳐 시대상 묘사가 너무 많은 것이 덜미를 잡았다. 한마디로 지루했다. 결국 모두 가지치기하고 생동감 있는 묘사를 위해 1, 2권의 약 세 배에 달하는 원고를 삭제하면서(최종안이라고 생각했

던 것이 그 정도였으니, 전부 어느 정도 분량인지는 나 자신도 모른다) 결국
은 스토리와 인물, 사건에 주로 치중한 지금의 원고를 확정짓게 되었다.

이 소설은 역사에 근거하여 필자가 주창하는 한국 판타지이다. 판타
지적인 요소가 많으며, 그러한 요소 없이는 애당초 구성할 수도 없었다
고 본다. 실제 역사에 남은 작은 편린으로 구성하느라 무리가 따를 수
있으나 이 작품은 소설이며 판타지인 이상, 재미있게 보아 주시기를 바
란다.

이 소설에서 내가 바라는 점은, 첫째 필자의 재주가 모자라나마 우리
가 이제까지 갖지 못한 우리의 '영웅 신화'를 가져 보자는 데 있다.

치우천왕은, 중국인의 시조(始祖)이며 위대한 영웅이었던 황제와 한
치의 물러섬도 없이 맞섰던, 그와는 다른 생각이나 근본을 가진 인물이
었다. 아울러 그는 주신의 한웅이었으며, 그렇다면 동북아의 모든 부족
의 맹주였다(이에 대한 내용은 본문에서 충분히 설명했다). 고구려나 발
해 등의 어떤 국가보다도 더 광범위한 세력을 가진 고대의 제왕이었다.

아울러 본문에서 언급하겠지만, 나는 치우천왕이 마지막에 헌원에게
패하여 죽었다는 기록을 전면으로 부정하는 입장이다.

지난번 중국에 가서 정말 운 좋게 열람할 수 있었던 — 놀랍게도 소문
으로만 떠돌던 유적과 유물들이 비로소 발굴되고 있었다 — 유적과 유
물, 중국 현지에서 시작되는 연구의 제반 상황들이 입을 모아 그런 결과
를 부르짖고 있었다. 치우가 쌓았다는 흙으로 된 요새의 자취, 거기서
쏟아져 나온, 영광스럽게도 직접 만지기까지 할 수 있었던 유물들, 싸움
터의 자취, 아직 발굴되지 않은 고분, 거기에 언제부터인지 알 수 없을
정도로 오래전부터 치우의 묘를 지켜온 지킴이(선조先朝 때부터 수천 년
을 이어 치우의 묘를 지켜 왔단다)의 증언까지 접할 수 있었다.

그에 반해 승자(勝者)라고 하기엔 의문투성이인 황제의 행적, 승리 이후에 홀연 산 속으로 사라져 버린 황제의 수수께끼, 서안에 있다고 알려졌으나 근래 교산에 묻힌 것이 확인되었다는, 마치 누가 볼세라 사람의 발이 닿지 않는 첩첩산중, 산골짜기 구석에 보이지도 않게 모셔진 황제의 진짜 묘소, 그 이후의 중국의 암흑시대(요, 순, 제곡, 고양 시대의 사서는 너무도 빈곤하다. 그야말로 전설만이 난무한다)를 연구하는 중국학자들도 인정하는 동이족이 세웠다는 은나라…….

그러나 치우의 묘소는 아홉 개나 있었다고 하고, 지금까지도 몇몇 개는 당당하게 남아 있다. 주민들의 증언에 의하면 말과 칼을 묻은 것이라 여러 개였다는 거대한 무덤들이 아직까지 실물을 보존하고 있는 것이다. 전쟁에 패해 목을 잘린 적의 무덤이라고 보기에는 너무도 당당히 지금까지 남아 있는 고분들……. 초라한 황제의 성채에 비해 규모와 기술을 비교할 수 없으리만치 차이가 나는 치우의 성채……. 직접 답사한 결과 치우의 식견과 재능에 경외감을 느꼈다는 것을 고백한다. 그러한 선조를 영웅으로 인정하고 찬가를 짓지 않는다면 누구를 칭송할 것인가?

두 번째로 바라는 점은 내가 주창해 온 한국 판타지 세계의 완성에 있다. 이 『치우천왕기』는 한국 판타지의 제1부라 할 수 있는 『왜란종결자』와 직접 연관은 없으나 2부라고 부를 만하다. 왜냐하면 내 판타지 세계 설정에 따르면 『왜란종결자』에서 보인 우주 8계가 바로 이 시대에 건설된 것이기 때문이다. 직접적인 언급이나 묘사를 장황하게 할 것은 아니지만, 이후 『왜란종결자』의 본격적인 후속편이 될 작품들의 세계는 이 『치우천왕기』에서 보이는 세계관적 설정의 바탕 없이는 도저히 이해하기 어려울 것이다. 아울러 크게는 한국 판타지의 근간을 이루는 도력이나 윤회, 작게는 신수나 괴물, 선인 등의 기원도 여기에서 풀이될 것이며 나름대로의 설득력을 지니게 될 것이다.

마지막으로—이 점이 가장 중요하지만—우리의 역사 인식을 새롭게 가지는 데 이 작품이 일익을 담당한다면 더할 나위 없겠다.

중국에서는 지금까지 오랑캐나 묘족이라 홀대했던 치우를 황제 염제와 더불어 삼조(三祖)라 일컬어 송두리째 자신들의 조상으로 섬기려는 운동이 일고 있다(중국인의 역사의식은 우리가 보기에는 묘해서, 민족적이나 인종적이라기보다는 지역적이다. 즉 중국 땅에 있었던 사람은 모두 중국인이라는 식이다. 현지에서 만난 학자도 치우를 보고 '당신네 조상'이라고 하면서도 역시 '중국인'이라 하는데, 이는 다민족 국가로 이루어진 중국의 정치 현실과도 연관이 있다고 생각된다). 이는 황제보다 훨씬 앞선 것이 분명한 치우의 유물들이 근래 다량 출토되고 있다는 사실과 무관하지 않아 보인다.

우리의 현충사보다도 큰 사당이 들어서고, 한가하기 짝이 없는 농지에 황제의 이름을 딴 헌원 호텔이 들어서며, 황제가 팠다는 황제천의 지하수가 전국으로 상표를 달고 나가는 일 들이 그러한 움직임을 뒷받침하려고 하고 있다. 그럼에도 우리는 우리의 선조일 수도 있는 치우를 그냥 묘족의 조상이라고 해도 관계없다는 듯이 방관하고 있는 것이 사실이다. 이대로라면 다음 세대쯤 치우는 순수 중국인이 될지도 모른다. 모자라는 실력에 90퍼센트가 넘는 상상력으로 이어 맞춘 이 소설을 더 다듬고 싶은 욕심을 뿌리치고 출간하는 것도 이러한 현실과 무관하다고 할 수 없다.

아울러 이 글을 쓰면서 몇 가지 미리 밝혀 두어야 할 점을 덧붙인다.

모든 지명이나 인명은 한자어를 배제하려고 하였으나, 불가능한 경우가 많았다. 혼돈을 막기 위하여 주신족이나 다른 부족의 이름은 가급적 음을 따랐고, 지나(중국)인의 이름은 후세에 정해지는 한자어 이름을 따랐으나, 후대의 사서에 등장하는 인물의 경우는 한자어 표기를 원칙으로 했다. 물론 지명도 원어를 유추한다는 것은 불가능에 가까웠기에 한자어 표기가 많으나 몇몇 예외도 있다(예: 곤륜산은 '쿤룬'이라 부르는 것이 맞지만, 어감상 좋지 않으므로 방언 중 하나인 '카린산'으로 적음). 남아 있는 이름이 한자어와 영어나 라틴어 표기로 중복될 때 중국의 경우는 한자 음을, 기타의 경우 영어나 라틴어 등의 음역 표기를 따르고자 했다(예: 거란 → 키탄).

수많은 부족이 등장하지만, 그 부족들의 이름도 혼돈을 막기 위해 대표적인 부족 이름으로 통칭했다. 가령 말갈족('마갸르'로 표기)은 분명 이 시대 이후에 생긴 이름이다. 당시 '숙신'이라는 이름으로 사서에 흔적이 남아 있지만, 이 숙신은 주신과 동일 국가일 가능성이 높다. 그러면 혼돈이 빚어지므로 할 수 없이 후일에 불리게 될 '마갸르족'이라 명명했다. 몽골족, 키탄(거란)족, 훈(흉노)족, 투르크(돌궐)족 등도 고증이 불가능하거나 혼돈을 초래한다는 이유에서 그렇게 적었음을 밝힌다.

언어는 현대어와 극히 비슷하게 썼는데, 다만 당시 아직 사용되지 않은 단어나 숙어 등을 배제하는 선에서 그쳤다. 그러나 이미 필수 어휘로 굳어져 버린 말들은 한자어이거나 후대에 나왔더라도 별수 없이 그냥 적었다. 말하는 관습은 조금 다르게 하였으며(존대가 있는 말과 없는 말을 구분하고자 했다) 말투는 우리가 쉽게 받아들일 수 있는 말투로 표현했다.

본문에 나오는 인물들의 성격이나 행동, 아주 큰 사건을 제외한 대부분의 사건 등은 90퍼센트 이상 필자의 완전한 상상이다(가령 풍백 비렴의 경우 사서에는 "머리는 참새이며 날개가 있다", 우사 병예의 경우는 "누에와 같은 벌레이다"라고 되어 있으니 따를 수가 없었다). 그러나 절반 이상의 대다수 등장인물은 사서에 최소한 한 번 이상 이름이 등장하는 인물들이다. 다만 그들의 관계 등은 전적으로 상상해 낸 것이며, 이것이 정말 역사라고 오해하는 분은 행여 없기 바란다. '이렇게 상상할 수도 있겠다'는 자세로 글을 쓴 것이지, '당시에 이러했다!' 면서 글을 쓴 것이 결코 아니다.

　부디 이 졸저가 독자들에게 재미있게 읽히고, 작게나마 우리의 진정한, 멋진 조상이었을지도 모르는 한 인물에 대해 작은 관심이라도 갖게 되는 계기가 되기를 바란다.

2003년 7월 3일
이우혁

미처 완간되지 못하고 오랜 시간을 뜸들이다가 이제야 마무리 짓게 되었습니다. 완간되지 못한 상태에서 출판사가 바뀌는 미묘한 상황에 처해 다시 글을 돌아보니 여러 부분 미숙하고 손볼 곳이 많을 뿐입니다. 처음 1, 2권을 출간한 것이 2003년이고, 구판 마지막 권을 낸 것이 2010년이니 햇수로 팔 년이 걸린 셈인데, 기왕지사 새로 펴내기로 한 것, 손보고 싶은 부분이 넘쳐 보인다는 것이 작가로서 시선의 깊이가 달라졌음을 의미한다면 좋겠군요.

그렇다고 이전의 작품을 무시한다거나 송두리째 뜯어고치겠다는 것은 아니지만, 새 부대에 술을 담게 되니 텁텁한 맛이라도 좀 걸러 내고픈 생각이 들었습니다. 중간에 판을 바꾸는 것이 좋은 일은 아니며, 일부러 그렇게 한다면 좋지 않겠지만, 이왕 그렇게 되었으니 그 기회를 빌려 글에 도움이 된다면 힘들더라도 뭐든 해야만 하는 것이 의무가 아닌가 싶었습니다. 그래서 전면적인 개정은 아니더라도 몇몇 부분을 손대었으니 독자 여러분의 양해를 바랍니다.

우선 전체 분량을 두껍게 한데 엮어 여섯 권 분량으로 재편집했습니다. 5권까지가 기존 출간되었던 9권까지의 분량이며, 미출간이었던 10, 11권에 해당하는 분량을 마지막 6권으로 묶었으니 구간을 모두 읽은 분이라면 마지막 6권만 읽으면 될 것입니다.

기존의 『치우천왕기』는 제가 추구했던 '한국 판타지' 세계관의 구축 도중에 씌었습니다. 굳이 말하면 전작 『왜란종결자』에 이은 한국 판타지 2부에 해당되며, 『왜란종결자』의 후편이기도 한 『귀전종결자』를 3부로 하여 세계관을 완성시킬 목적이었는데, 집필 기간 도중에 제 세계관이 완성되어 버렸습니다. 이제는 한국 판타지라고 이름 붙일 수도 없을 만큼 커다랗게 되어, 이름을 붙이기조차 포기할 정도로 커다랗고 세세하게 만들어졌으며, 그것을 만든 저까지도 본질적으로 변화시켜 버린 듯합니다. 결국 세계관을 전면적으로 드러낸 다른 책을 기획하면 그만이기에 『귀전종결자』의 내용은 필요가 없어진 셈이며, 기존의 『치우천왕기』에서도 너무 애를 써서 설정을 고함지르듯이 강요한 듯한 부분이 많이 눈에 띄었습니다. 세계를 확충시켜 보고자 한 짓이었습니다만 돌이켜 보니 글을 쓰던 저 자신이 강박 관념에 사로잡혀 있던 듯하고, 미욱한데다 사뭇 틀린 방향으로도 기울어져 있기에 그에 해당되는 지나친 설정은 고치거나 잘라 내었습니다. 그렇게 눈에 띄지는 않을 테지만 주로 선인이나 초자연적인 존재의 대사나 상황 서술이 상당 부분 달라졌습니다. 다만 내용 변화는 거의 없이 물 흐르듯 넘어가게 하는 것을 원칙으로 했으므로 애써 찾으실 필요는 없습니다.

각 문단 초입에 시작 주 형태를 도입하여 설정이나 고대의 생활, 또는 도움을 받았던 동양의 가르침이나 전승, 신화, 민담, 시, 사서의 내용을 삽입하여 분위기를 돋우어 보았습니다. 제 세계 안에서 창작된 내용들도 있습니다만, 나름대로 제가 즐겨 보고 책 쓰는 데 도움이 되었던 참고 서적이나 시대 분위기를 조성하는 데 도움을 받은 내용, 그때를 조명해 준 시나 부에 이르기까지 폭넓게 실었습니다.

전반적으로는 다소 미숙함이 있더라도 완간되지 못했던 판본의 내용을 심하게 고치는 것은 옳지 않다 판단했기에 가급적 구간의 내용을 손대지 않고 남겨 두기는 했습니다만 설정이나 자잘한 표기, 오타, 문구는 상당 부분 수정했습니다. 책 쓰는 사람이 자기 책에 고칠 점을 발견했다면, 혹은 더 잘 표현할 수 있는 방법을 늦게나마 찾아 고칠 기회를 잡았다면 할 수 있는 만큼은 해야 한다고 믿습니다. 구 판본을 그대로 내도 뭐라 할 사람은 없겠지만 그런 점에 대해서는 제 자신이 스스로를 절대 용납하지 못하겠기에 할 수 있는 한 최선을 다해 새로 꾸몄으니 그런 점, 양해해 주시기를 다시 한번 간곡히 바랍니다.

마지막으로, 구간임에도 흔쾌히 출간을 허락해 주시고 즐거운 대화를 통해 저를 깨우쳐 주셨으며 직접 편집을 맡아 수고해 주신 문학동네 강태형 사장님과 엘릭시르 임지호 씨, 그 외 직원분들께 감사드립니다.

2011년 3월
이우혁 배상

단기전 383년、기원전 2716년

한웅 시대를 기록한 몇몇 사서에는 치우천왕, 즉 자오지 한웅은 기원전 2707년에 제위에 올라 기원전 2598년에 세상을 떠났다고 되어 있다. 제위에 오른 지는 109년, 당시 나이는 151세라고 한다. 그러므로 사서를 따르자면 2716년에 치우천왕은 32세여야 한다. 그러나 본편에서는 그보다 어린 17세로 설정되어 있다. 이는 허구임을 밝혀 둔다.

서장 : 신수(神獸)

고대의 힘은 방만했다.
넘치는 힘을 어떤 것이든 접할 수 있었고,
그 길을 찾은 자는 한없이 크고 강해지거나 한없이 영속할 수도 있었다.

멀리 떨어진 서쪽 땅. 거대한 산이 겹을 이룬 사이사이 울창하고 장대한 숲이 웅크린 거칠고 험한 땅의 깊은 밤. 아찔할 정도로 불타오르는 광채를 줄기줄기 내뿜으며 거대한 새가 날아올랐다. 그 모습은 마치 불기둥이 하늘로 치솟아 오르는 것 같았으며, 주위에 움집을 짓고 살던 사람들은 하늘이 무너진 것처럼 호들갑을 떨었다. 새가 날아오르며 뿜어낸 불꽃 줄기들이 자기들의 조그마한 움집이나 마을을 태우거나 상하게 할까 봐 잔뜩 겁에 질렸다. 그들은 앞 다투어 뛰쳐나와 머리를 조아리고 또 조아리며 하늘을 향해, 새를 향해 빌었다.

새의 몸에서 쏟아져 나오는 수많은 불꽃들이 아직은 뜨겁지 않았다. 날개 끝과 꼬리 끝에서 쏟아져 나오는 불덩이, 불의 광채들은 실은 안온하고 따스했으며 허공을 아름답게 수놓아 장식하는 데 필요한 것에 지나지 않았다.

그러나 새는 그런 것엔 아랑곳하지 않았다. 사람들이 고개를 조아리건 말건 관심조차 없었다. 새는 그냥 날고 싶었을 뿐이었다. 무엇인가 답답하고 울적한 느낌이 강해져 왔기 때문이다. 참으로 오랜만에 날아올랐다. 하늘로 날아오르자 새는 기분이 좋아졌다. 답답한 느낌도 어느새 가셨다.

너무 오랫동안 둥지에 있었기 때문일까? 하늘 전체를 불꽃으로 수놓듯, 우아한 날개를 휘저으며 하늘에 반원을 그렸다. 춤을 추듯 옆으로 날아 눕다가 일순 아래로 떨어져 내렸고, 그러다가 매끄럽게 몸을 틀어 다시 하늘로 솟구쳐 오르기도 했다. 새는 행복했다. 신의 우아함과 아리따움을 느끼며, 자신이 가장 좋아하는 불로 허공을 수놓는 것에 스스로 황홀해했다.

새는 더더욱 날개를 활짝 폈다. 그러자 불꽃이 열기를 띠기 시작했다. 안온하고 따스했던 불꽃들이 쇠도 녹일 만큼 무시무시한 열기를 서서히 뿜어냈다. 새는 흥분하고 있었다. 하늘과 땅과 그 밖의 모든 것들에게 자신이 나는 모습, 자신이 검은 밤하늘을 수놓는 아리따운 광채들을 보여 주고 싶은 우쭐한 기분이 되었다. 밤하늘이 불로 가득 차 아찔할 정도로 눈이 부셨고 휘황찬란했다.

새는 번개처럼 날면서 밤하늘에 원하는 영상을 그리기 시작했다. 새는 말을 하거나 다른 존재들에게 의사를 전달할 줄을 몰랐다. 수천 년을 지내 온 지금까지 그러했다. 그러나 지금 새는 보이고 싶었다. 자신의 존재를 보이고 싶었고, 자신이 수많은 세월 동안 생각하고 지키고 누려 온 아름다움을 과시하고 싶었다.

밤하늘이 불꽃으로 가득 찼다. 번개같이, 눈에 보이지 않을 만큼 빠른 속도로 날고 있는 새의 동선을 따라 불꽃은 끊임없이 밤하늘을 수놓았다. 아무도 이해할 수 없는, 복잡하면서도 처절하고 아름다운 문양이 드넓은 하늘에 펼쳐졌다. 그 새도 모르는 사이, 문양은 새의 마음을 오롯이 담아냈다.

'외롭다.'

문양은 점점 처절해졌다. 외로움의 어두움과 깊이에 점점 이끌려 들어간 새는 점점 빠르게, 점점 강한 열기로 문양을 그려 냈다. 새는 더욱더 스스로에 몰두하면서 모든 생각의 끈을 놓아 버렸다. 나는 것을 좋아하고 나는 것으로 도를 닦은 새는 오랜만에 날면서 스스로의 깊은 영역으로 들어가고 있었다.

아름다운 밤하늘 아래의 숲은 불바다가 되었다. 수백 년 넘은 고목들이 빽빽이 들어선 숲은 열기를 이기지 못하고 활활 타들어 가고 있었다. 뛰쳐나와 절하던 사람들의 태반이 불길에 삼켜져 버렸고, 나머지 사람들도 화상을 입고 뜨거운 열기를 이기지 못해 절규하며 뿔뿔이 흩어져 갔다. 그들은 생각했다. 신수가 왜 화가 났을까? 정성스럽게 제사를 지내면서 그토록 치성을 다했건만, 바로 이 순간까지 부족함이 없었는데, 왜 이토록 화를 내어 무자비하게 우리를 불태우는 것일까?

남아 있던 사람들은, 신수에게 불경(不敬)하여 죄를 지은 것 같은 마을 사람 수십 명을 자신들의 손으로 처참하게 죽였다. 그들은 큰 돌에 맞고 몽둥이에 맞아 무참하게 깨어져 죽어 갔다. 그러나 신수는 여전히 불벼락을 내렸다. 마을 사람들은 절망의 탄식을 내뱉으며 이제 마을을 버리는 수밖에 없다는 생각에 뿔뿔이 흩어졌다. 그들이 죽인 수십 명과 그들을 죽인 마을 사람 중 발이 느렸던 절반은 거대한 불에 휩싸여 재가 되어 흩어져 갔다.

땅 전체가 불덩어리가 되어 갈 즈음 갑자기 땅끝 저편에서 거대한 무엇이 다가왔다. 땅 속에서 움직이고 있는 그것은 무서운 속도로 땅을 파헤치며 달려오고 있었다.

그것이 지나가는 부분의 땅은 거대한 동산처럼 불거지더니 이내 모조리 산산이 부서져 솟구쳐 오르다가 그것이 지나가면 파편이 되어 허물어져 내렸다. 절벽이 허물어지고, 산도 무너져 내렸다. 거대한 나무들이 뿌리째 뽑혀 솟아올랐다가 뒤집혀 가지부터 땅에 박히고, 흐르는 강도 제 길을 잃고 옆으로 터져 방향을 바꾸며 근방을 흙탕 범벅으로 만들었다.

새가 하늘을 날며 불꽃으로 허공에 수놓을 때, 그것은 땅을 파며 지나간 자취로 대지에 수를 놓았다. 불에 쫓겨 달아나던 사람들은 땅이 흔들리며 뒤집히는 바람에 또 한 번 흙에 파묻혀 소리 한번 지를 틈도 없이 죽어 갔다. 마침내 불바다가 된 숲 어귀에 도달하자 그것이 땅에서 머리를 쳐들었다. 발이 여덟 개 달린 거대한 짐승이었다. 오소리와 흡사했지만 몸은 뱀처럼 길었다. 얼굴은 뿔이 달린 사람과 흡사했다. 짐승이 하늘을 보고 길게 울부짖었다.

먼 곳에서 땅을 파고 살던 거대한 짐승이었다. 새와 마찬가지로, 땅속에서 꼼짝 않고 자신만의 생각에 빠져 지낸 지 몇백 년, 몇천 년이 지났는지 몰랐다. 오랜 세월, 자연의 기(氣)와 동화되어 거대하게 자랐고 모습도 변했다. 꼼짝도 않고 앉아 있으니 커지기만 했다.

그러던 중 새가 날아올라 흩뿌리는 불꽃을 느꼈다. 다른 존재, 그것도 자신만큼이나 거대한 존재에 대한 느낌을 받았다. 그 느낌을 따라 달려왔다. 하지만 땅 밖으로 몇백 년, 몇천 년 만에 모습을 드러내고 보니 너무 뜨거웠다. 그 정도의 열기에 죽거나 다치지는 않겠지만 기분이 나빠졌다. 비록 도를 닦은 신수였으나 짐승의 본능이 아직도 남아 있었다. 짐승은 하늘을 향해 위협하듯 울부짖듯 외쳤다.

썩 꺼져라!

새는 놀라서 허공에 그리던 문양을 흐트러뜨렸다. 외롭다는 생각이 씻은 듯 사라지고 자신의 영역이라 생각했던 곳을 침입한 자에 대한 경계심이 솟아올랐다. 더군다나 소리치는 저 짐승은 자신에게 호의를 보이지 않는 것이 분명했다. 새는 위협하듯 강한 불꽃을 떨구며 짐승의 주변을 날았다. 짐승은 더 거세진 불꽃의 의미를 알아차리고 화를 내며 입을 크게 열어 돌덩이들을 내쏘았다. 새는 날개를 틀어 피했지만 역시 화가 나서 격렬하게 날갯짓을 하여 불꽃을 퍼뜨렸다.

짐승이 내쏘는 흙먼지와 돌은 새가 날갯짓하여 쳐내는 불덩어리와 맞부딪혀 허공에서 폭발하면서 우박 같은 돌비가 되어 사방으로 쏟아져 내렸다. 사방 수십 리가 앞을 분간할 수 없는 먼지와, 숨을 쉬면 목구멍까지 태워 버릴 듯한 열기로 가득 찼다. 불에 달구어진 돌비는 그나마 남아 있던 잿더미들을 모조리 파괴했다.

짐승과 새는 치열하게 싸웠다. 화가 난 짐승은 땅거죽을 송두리째 들어내어 집어 던졌으나 수십 채의 집만큼 거대한 흙과 돌 뭉치는 새에게로 날아가지도 못하고 주변의 숲을 뭉개 버렸다. 새가 뿜어내는 불과 열기는 주변뿐만 아니라 사방으로 번져 일대가 거대한 산불로 휩싸였다. 그 둘에게는 싸움이었으나 작고 힘없는 존재들에게는 그야말로 마른하늘에 날벼락이었다.

두 거대한 신수의 싸움은 날이 샐 때까지 계속되었다. 어느 쪽도 다른 쪽을 이기지 못했고 어느 쪽도 상대를 용납하지 못했다. 날이 새자 짐승은 습관처럼 땅속 깊이 숨어 들어갔고, 새는 불꽃 둥지로 몸을 숨겼다. 자기와는 너무도 다른, 그러나 자기만큼 거대한 존재가 바로 근처에 있었기에 둘 다 마음이 편하지 못했다.

그들의 작은 다툼에 수백 명의 사람들과 과거의 그들과 마찬가지였던 무수한 작은 짐승들이 죽어 가고, 드넓은 숲이 타고 땅이 뒤집혀서 폐허가 되어 버린 것을 그들은 깨닫지도 못했다. 근처에서 살아남은 생명은 아무것도 없었고, 먼 곳에 사는 사람들은 산이 불을 뿜고 땅이 흔들린 것인지 신수가 화를 내어 움직인 것인지 몰라 망연해했다.

거대한 힘을 가지게 되어 오만해져 자신의 존재와 과거를 잊고 어떤 존재에도 눈을 돌리지 않는 신수들. 그래서 대선들은 그들을 고립자라 불렀다. 고립자들 중 하나인 새와 짐승은 이제 혼자가 아니라 자기와 비슷한 존재가 있다는 것을 깨달았다. 그러나 혼자일 때보다 더더욱 못했다. 그들은 서로 적이 된 것이다.

한웅의 행렬

태고의 방만한 힘은 결국 우주의 의지와 십이대선이라 불리는 초월적 존재에 의해
봉인되었고, 제한되고 미약하지만 복잡하고 활달한 힘만이 남겨졌다.
그러나 넘쳐나 흩어진 고대의 힘의 가닥은 여기저기서 잔재를 남기고 있었고
큰 섭리는 힘들을 사라지게 만들어야 했으니, 그 거대한 교체기가 바로 이때이다.

광활한 벌판에 수많은 사람들이 길게 줄을 이어 지나갔다. 쉽게 볼
수 없는 수많은 사람들의 무리였다. 말 등에 앉아 갈기를 손에 잡은 사
람들이 수백 명이나 앞장서 있었다. 한결같이 탄력 있는 근육질의 억센
양다리로 말의 허리를 단단히 조인 것으로 보아 말을 타는 데 익숙한 사
람들이 분명했다.

게다가 그들 모두는 번들거리는 검은 구리(청동)로 만든 도끼며 창을
뒤에 메고 있었으며, 그들 중 많은 수가 길게 자란 머리를 위로 틀어 올
린, 상투 올림을 하고 있었다. 그들 뒤에는 수백 명의 사람들이 걷고 있
었는데, 그중 화려한 차림의 스무 명가량은 상당히 높은 신분인 듯 주변
을 에워싼 사람들 사이에서 당당히 걷고 있었다.

그 뒤를 여러 채의 가마가 뒤따랐다. 가장 앞장선 큰 가마는 알통이
불룩불룩 튀어나온 힘이 세고 우람한 남자들이 메고 있었다. 가마의 네
자루를 여덟 명씩, 모두 서른두 명이나 되는 힘센 장사가 멜 정도로 컸
다. 나무로 만든 가마는 마치 멜대 위에 아주 좋은 집을 지은 것처럼 솜

씨가 정교하여 위엄 있고도 아름다웠으며, 금과 빛나는 여러 색의 돌과 옥으로 덮인데다 꽃과 새의 깃털 등으로 장식되어 있었다. 대단히 신분이 높고 귀한 사람이 안에 타고 있는 것이 틀림없었다.

그 뒤로 각각 네 사람이 멘 네 채의 가마가 따라오고 있었는데, 그 가마도 호사스러웠지만 사람이 하나 앉는 정도로 아담했다. 네 채의 가마 중 두 채에는 남자가 타고 있었는데, 한 명은 하얀 수염을 길게 기른 늙은이였고 한 명은 체구가 당당하며 사나워 보이는 인상의 검은 수염을 기른 남자였다. 그 뒤를 따르는 두 채의 가마에는 여자들이 탔는데, 한 명은 노인이었고 한 명은 젊고 아리따운 여인이었다.

앞장선 가장 큰 가마 앞에는 보기에도 늠름한 텁석부리 남자가 높은 기둥 하나를 꼿꼿이 세우고 말을 타고 있었는데, 끝이 새 모양으로 조각되어 있었다. 솟대*였다.

다시 그 뒤로 수백 명의 전사들이 구리창을 높이 세우고 따르고 있었으며, 활을 메고 화살 주머니를 허리에 찬 수백 명의 장정들도 따랐다. 그 뒤로는 수많은 사람들이 온갖 물건을 짊어지거나 온갖 물건을 실은 소며 조랑말, 나귀 따위를 끌고 뒤따랐고, 맨 마지막으로 수십 명의 무장한 장정들이 말을 타고 뒤를 경계하며 오고 있었다. 그들 주위로는 말에 올라탄 백여 명이 주변에 위험한 것은 없는지 살피면서 부지런히 앞뒤로 달리고 있었으며, 오십 명가량의 말 탄 장사들이 두 무리로 나뉘어 조금 먼 곳까지 꼼꼼하게 확인하면서 말을 몰았다.

---

* 우리나라의 상징이나 다름없는, 높은 기둥에 새 모양의 형상을 새겨 세운 상징 조형물. 주신이 형상화된 토템이나 동물 등을 섬기지 않고 처음부터 어느 정도 형이상학적인 '하늘' 사상을 믿었다는 것은 특이한 일이다. 솟대는 그 자체로 새를 숭배하는 숭배물은 아니며 하늘을 날 수 있는 새를 매개로 '하늘과 통하는 길'로 상징하여 받들었다. 물론 새를 제일 영험한 동물이라고 생각하지만 새 자체를 숭배하는 것이 아니며 신성한 새—봉황 등—는 하늘이 내린 사자나 주신을 돕는 신수 정도로 여길 뿐이다.

모두 합해 천 명이 넘는 장대한 행렬이었다. 경계가 빈틈없고, 쉽게 볼 수 없는 화려한 가마이며, 사람들 대부분이 호위하는 남자인 것으로 보아 높은 신분의 사람이 어디로 움직이는 모양이었다. 가장 앞에 선 말탄 장정들 중에 우두머리 격인 듯한 남자가 솟대를 옆의 사람에게 맡기고는 돌연 앞으로 말을 몰고 나갔다.

남자는 구레나룻을 잔뜩 길러 호탕한 성격으로 보였고, 마흔 살가량으로 보였지만 체구가 우람하고 힘이 센 것 같았다. 말갈기를 손으로 쥐지 않고 말을 달려도 자세가 전혀 흐트러지지 않았다. 한 손에는 무시무시할 정도로 크고 번들거리는 검은 구리도끼를 들고, 등에는 커다란 활을 메고 있었다.

앞장선 무리 앞으로 달려 나온 그는 왼손을 펴서 눈 밑에 대고 먼 곳을 보았다. 그가 바라보는 지평선 너머로 말 먼지 같은 것이 뿌옇게 솟아올랐기 때문이다. 그는 심각한 표정으로 먼지를 자세히 보다가 함박같이 입을 벌리며 껄껄 웃었다.

"왔구나!"

곧 남자 뒤를 따라온, 체격은 그리 크지 않았으나 표정이 야무져 보이는 사내가 남자에게 말을 건넸다.

"아들?"

"그래!"

텁석부리 남자는 간단히 대답하고는 '이럇!' 하는 소리와 함께 말을 몰아 앞으로 달려 나갔다. 야무진 표정의 남자도 '이럇' 하면서 뒤를 따라 달려갔다.

맞은편에 역시 말을 탄 한 무리의 남자들이 오고 있었다. 숫자는 삼십가량이었는데 그들 모두 이쪽 사람들과 마찬가지로 베와 가죽으로 만든 거친 옷을 입고, 구리도끼와 활을 메고 있었다. 상투를 튼 사람도 있었지만, 머리를 틀지 않고 길게 늘어뜨리거나 가죽끈으로 묶는 등 머리 행색이 조금 달랐으며 전반적으로 젊었다. 오히려 풋내 나는 것처럼 보이는, 막 아이 티에서 벗어난 듯한 소년들도 있었다. 그들은 한결같이 의기양양하고 밝은 표정을 짓고 있었다.

그들이 점점 다가오자 텁석부리 남자의 얼굴빛이 점점 어두워지고 일그러졌다. 그때 젊은이들 가운데 덩치가 크고 상투를 높이 튼, 눈초리가 높이 솟아 다소 험악한 인상의 청년이 말을 달려 나와 텁석부리 남자 앞에 섰다.

"주신 사울아비 양역이 사울아비 스승 치우우레님께 말씀드립니다."

양역이라고 자신을 밝힌 청년은 약간 거칠지만 씩씩한 말투로 텁석부리 치우우레에게 말했다. 치우우레는 별말 없이 '음' 하는 소리만 냈을 뿐 얼굴빛은 여전히 심각했다. 치우우레의 뒤를 따라온 야무진 표정의 남자도 말을 멈추었다.

치우우레가 별다른 말이 없자 양역은 당황해서 몸 둘 바를 몰랐다. 그들은 사울아비였고, 사울아비들 사이에는 법도가 엄해서 상급자의 기분을 건드려서는 안 되었기 때문이다. 양역은 이제 막 성인식을 치른 풋내기 사울아비인지라 임기응변에 능하지 못하여 이만한 일에도 당황한 기색이 역력했다.

치우우레의 뒤를 따라온 야무진 표정의 남자가 입을 열었다.

"주신 사울아비 치우벌이 사울아비 양역에게 말한다. 어서 말해라. 치우우레님은 다 듣고 계신다."

양역은 "네" 하면서 고개를 숙여 보였다. 날씨가 덥긴 해도 땀이 날 정도는 아니었으나 목 언저리에는 땀 한 방울이 흘러내리고 있었다. 사울아비 스승인 치우우레는 그만큼 엄하고도 두려운 존재였다. 적어도 공식적인 자리에서는.

"저희 무리는 이 길을 어지럽히던 못된 도둑들을 쫓아 버렸습니다! 어젯밤 도둑들이 있다는 것을 알고 밤새워 길을 앞서서 새벽 동이 틀 때쯤 놈들을 덮쳤습니다. 합하여 열아홉 놈을 해치웠습니다. 두 놈은 도망쳤는데 활과 돌에 맞았으니 아마 살지 못했을 것입니다. 그놈들이 데리고 있던 여자 넷은 놓아주었습니다."

그 말에 치우우레가 인상을 찌푸리며 물었다.

"그냥 놓아주었나?"

잔뜩 긴장한 양역은 그 질문에 더욱 당황하여 말을 더듬거렸다.

"당…… 당연히……."

"그 여자들은 도둑들의 마누라들이었나? 아니면 잡혀 온 여자들이었나?"

"잡…… 잡혀 온 여자들이었습니다! 물론…… 그러니 놓아준 것이지요."

그 말에 치우우레의 목소리가 더욱 근엄해졌다.

"도둑들을 쫓아낸 것은 좋다. 그러나 여자들을 그냥 놓아준 것은 잘못이다. 도둑에게 잡혀 온 가엾은 여자들인데, 그냥 보내면 그들이 어디로 가겠느냐? 하다못해 안 되면 네 말이라도 내주고 와야 할 것 아니냐?"

양역은 속으로 안도의 한숨을 내쉬며 말했다.

"물론 그 여자들에게도 탈 것과 물건을 나눠 주었습니다. 어떻게 가엾은 여자들을 그냥 보냈겠습니까?"

치우우레의 인상이 조금 펴졌다.

"잘했다."

"예!"

치우우레는 다시 정색을 하며 근엄하게 말했다.

"사울아비 스승 치우우레가 양역에게 말한다. 사울아비는 항상 용감해야 하고, 또 올바르게 움직여야 한다. 불쌍한 자를 돕고, 나쁜 자의 목을 쳐야 하는 것이다. 괴물이나 귀신이나 신수와도 싸워야 하면 용감히 싸워야 되는 게 사울아비이되, 힘없는 자는 무조건 도와주고 불쌍한 남의 처지를 못 본 척해서는 안 되는 게 사울아비란 말이다. 더구나 한웅님께서 지나시는 길을 따르는 몸이니 더욱 잘해야 한다. 좋은 일을 하는 것이 아니라 당연한 일을 하는 것이며, 모든 사람에게 잘해 주는 것이 한웅님께 잘해 드리는 것이다. 알겠느냐?"

"아…… 알겠습니다!"

이미 요 며칠 새 수백 번도 넘게 들어 꿈에 나타날 정도가 된 말이고 가르침이었지만, 양역은 다시 한번 알겠다면서 고개를 깊이 숙였다.

"그러면 남은 물건들은 어찌했느냐?"

"여자들에게 물어보니 도둑들은 산 너머 마을에서 도둑질을 많이 했다고 했습니다. 미아우족의 마을인데 마을 사람에게 나누어 주어야죠. 결국 도둑들의 물건은 그 사람들에게서 빼앗은 물건들 아니겠습니까?"

"그래, 잘했구나."

치우우레는 근엄한 표정 풀더니 서글픈 표정으로 변했다. 그토록 기세등등하고 두려운 사울아비 스승의 표정이 갑자기 슬퍼지고 눈빛이 붉어지자 양역은 의아하여 눈을 크게 떴다.

"저……."

양역이 말을 꺼내려는 순간 치우우레가 말했다. 처음과는 달리 의외로 거의 울먹이기 직전의 떨리는 목소리였다.

"그…… 그런데 내 아들들은 왜…… 보…… 보이지 않느냐? 혹…… 혹시……."

그 말에 양역의 얼굴이 시뻘게졌다. 그러나 놀라거나 당황한 얼굴이 아니라, 웃음이 막 터져 나올 것 같은 기색이었다. 다만 치우우레의 앞에서 웃음을 터뜨려서는 안 되기 때문에 억지로 참느라 얼굴이 붉어진 것이다. 양역은 억지로 웃음을 삼키며 말문을 열었다. 그 말투는 웃음을 참느라 조금 뒤틀려져 있었고 기침까지도 나왔다.

"주신 사…… 사울아비 양역이…… 쿨룩…… 쿡…… 죄송합니다. 주신 사울아비 양역이 사울아비 스승이신 치우우레님께 말씀드립니다. 희네와 나래는 지금 다른 곳에 있습니다."

치우우레는 양역의 그런 표정 변화를 다른 의미로 해석했는지 입가를 일그러뜨리며 다급히 물었다.

"다…… 다른 곳이라니?"

"아까 말씀드린 도둑들의 물건을 마을 사람들에게 나눠 주러 갔습니다. 아마도 이삼일 내로 우리를 따라올 것입니다. 우리들은 아무도 다치지 않았습니다. 우리 피해가 전혀 없었던 것도 희네 나래 덕분입니다. 희네가 꾀를 내고 나래가 앞장서서 용감히 싸워……. 비록 제가 대장이었지만 두 사람의 공이 으뜸이고……."

양역이 씩씩하게 대답하자 치우우레의 몸이 약간 휘청거렸다. 허탈하기도 했고 안심이 되기도 했다. 양역이 이어서 말하는 소리는 이제 하나도 들리지 않았다.

그 모습을 옆에서 보고 있던 치우벌이 헛헛 웃으며 두 사람의 대화에 끼어들었다.

"그런데 양역!"

"네!"

"너는 왜 웃었나?"

뜻하지 않은 질문 양역은 얼굴 생김과는 딴판으로 사람 좋게 헤헤 웃으며 씩씩하게 말했다.

"희네가 그렇게 말했습니다! 다친 사람이 없다는 말씀을 맨 마지막에 들려드리면 치우우레님의 놀라신 얼굴을 구경할 수 있을 거라구요! 헤헤……"

양역의 말은 헤헤거리는 소리로 끝났다. 치우벌은 웃을 수도 없고 그냥 놔둘 수도 없어서 "허참!" 하고 몇 번 헛웃음을 짓다가 말했다.

"그랬다고 정말로 그렇게 한단 말이냐? 스승님을 놀려?"

치우벌의 말을 막아서며 치우우레가 말했다.

"놔두게, 놔둬. 동생, 그놈이야 워낙 장난이 심하니 그 정도야 예삿일이지. 안 다쳤고 다 잘되었으니 다행 아닌가? 허허……!"

치우우레는 이제 다른 일은 어찌 되어도 상관없다는 듯 조금은 허탈하게 말머리를 돌리자 치우벌이 말했다.

"희네 그 녀석, 너무 똑똑합니다. 다 좋은데 버릇이 없어요. 아니, 자기가 죽은 줄로 착각하게 해서 아비를 놀래키는 버릇없는 놈이 어디 있습니까? 한번 호되게 때려 주는 게 어떤가요?"

치우벌의 말에 치우우레는 고개를 설레설레 저었다.

"그놈 때릴 데가 어디 있나?"

"그러면 나래라도……"

"나래는 어차피 제 형 하자는 대로만 하는 놈인걸. 됐어, 됐어. 그들도 조금 있으면 성인식을 치를 것이네. 쌍둥이니까 같이 성인식을 하겠구면. 곧 어른이 될 놈들이니 놔두자구, 놔둬……. 허허……"

치우우레는 허탈하게 웃다가 그래도 좋은 듯 싱글벙글하며 말을 돌려 무리로 돌아갔다.

그 뒷모습을 보면서 치우벌이 혼자 중얼거렸다.

"형님은 다 좋은데 자식한테 너무 약하단 말야……"

양역이 치우벌에게 다가갔다. 보고가 끝난 이상 이제부터는 평소 지내는 대로 아저씨나, 이름을 막 부르는 동네 아이 관계로 돌아와도 되는 것이다. 공적인 일을 할 때는 엄격했지만, 얼굴을 맞대고 사는 같은 부족 사람이기도 했으니까. 양역이 아까 실실 웃은 것은 여느 때 같으면 뺨이라도 맞을 일이었지만 말이다.

"희네가 그런 이야기도 했어요."

"무슨 이야기?"

"제가 그렇게 해도 치우우레 스승님은 화내지 않으실 거라구요. 하하, 그래서 그만……."

"떼끼!"

치우벌은 양역에게 반 건성으로 호통을 치고는 중얼거렸다.

"그게 뭐가 그리 우습단 말이냐?"

"솔직히 우습지요. 도둑 열아홉 명을 어떻게 잡은 줄 아세요? 나래 혼자 아홉 명을 때려 잡았다구요! 우린 서른 명인데도 겨우 열 명을 잡았고요. 사실은 우리 모두가 도망가는 두 놈에게 활질을 했는데도 겨우 한 놈 맞혔을 뿐인데 나래가 나머지 한 놈을, 그것도 화살이 아닌 돌로 맞혔다구요!"

"뭐? 돌로?"

"돌로 뒤통수를 맞혀 한 방에 죽여 버리더라구요. 그것도 화살도 날아갈까 말까 한 데까지 도망간 놈을요! 헤헤. 더구나 희네가 귀신같이 꾀를 내어 도둑들은 싸워 보지도 못했구요. 그런 괴물 같은 두 녀석을 겨우 도둑들 상대하게 보내 놓고, 그것도 서른 명이나 붙여서 보내 놓고 저렇게 걱정하는 치우우레님이 우습지, 안 우스운가요?"

치우벌이 생각해 보더니 픽 웃었다. 지금보다 열 배 많은 도둑 떼를 희네 나래 둘이서만 상대하라고 보냈더라도 유유히 처리하고 올 놈들이었다. 부모가 자식 걱정하는 것은 당연하다지만, 치우우레의 걱정은 정도가 지나치기는 지나치다고 치우벌도 속으로 웃었다.

"그런데 두 녀석이 왜 마을에 물건 나눠 주는 허드렛일을 하러 갔지? 나도 짐작 가는 데가 있으니 숨기지 말고 말해 봐라."

"말 안 하려 했는데……. 하는 수 없죠. 스승님께는 말하지 않겠다고 해 주세요."

"그래, 알았으니 말해 봐라."

양역이 쩝 소리를 내며 말했다.

"그 마을 산 너머에 신기한 선인이 산다는 말을 듣고 그리로 간 거예요."

치우벌은 인상을 찌푸렸다.

"또 선인을 찾아간 거냐? 그놈들은 대체 뭘 하려고 선인들 꽁무니만 찾아다니는 거지? 더구나 한웅님 행차에 따라나선 놈들이!"

"솔직히…… 그래요. 하지만 어쩌겠어요? 녀석들이 간다는데 누가 잡을 수 있겠어요?"

치우벌도 입맛을 쩝 다시며 고개를 끄덕였다.

"그건 그렇지. 그나저나 늦거나 일이 잘못되어 한웅님 행차에 못 따라오지는 않겠지? 그만한 녀석들이니까……."

걱정하지 말라는 듯이 양역이 씩 웃었다.

"올 거예요. 희녜 나래가 하는 건데 틀림이 있겠어요?"

무심결에 치우벌이 중얼거렸다.

"그건 그래……."

문득 치우벌은 이러고 있을 때가 아니라는 생각에 표정을 바로잡아 크게 외쳤다.

"주신 사울아비 치우벌이 말한다! 우리는 한웅님을 따라 계속 간다! 태산*까지는 아직도 길이 멀다! 그러니 한웅님의 길에 거슬리는 나쁜 것들은 도둑이건 짐승이건 괴물이건 모두 치워야 한다. 알겠느냐?"

　그러자 양역을 위시한 젊은 사울아비들 모두가 '와!' 하고 함성을 질렀다. 그들은 무리를 정비하여 큰 무리와 합쳤다.

　동북아 일대에서 가장 큰 나라를 이루고, 모두가 승복하는 최강의 세력을 지닌 국가, 주신의 십삼대 사와라 한웅의 행차는 다시 서서히 나아가기 시작했다. 태산에서 있을 부족 간의 대회의를 위하여…….

* 태산은 산동반도의 시작부, 황하를 막 지나 있는 산이다. 예로부터 중국에서도 제일 크고 높은 산이자 영험한 산으로 알려져 있다. 역대의 제왕들은 이 태산에서의 봉선(封禪, 일종의 제사) 의식을 거치지 않으면 중국 황제로서 인정을 받지 못한다고 생각했다. 그러나 실제 태산은 그리 높지 않으며, 오히려 부근의 산들보다 훨씬 낮다. 태산 숭배 사상은 중국 전체의 제왕이자 시조인 황제가 처음으로 태산 회의를 통해 중국 최초의 지배자로 인정받았던 데에서 유래되었다 생각하여 그렇게 설정했다.

희네와 나래

"돌 무기는 잘 깨진다. 적을 세게 치면 무기는 부서진다.
이때 재빨리 다른 무기나 돌을 주워서 적을 쳐야 하는데,
이것을 얼마나 빠르게 해내느냐가 중요하단 말이다."
— 치우씨 네 번째 웃뜸이었던 치우와수의 말

사방의 하늘과 땅이 맞닿아 끝이 보이지 않는 광활한 지평선으로 이어진 메마른 초원 위에 한창 황사 바람이 불어 대고 있었다. 봄이 되면 기승을 부리는 황사는 아주 미세한 진흙 먼지가 센바람에 섞여 불어오는 것으로, 황사 바람이 불면 하늘이 온통 누렇게 변하고 드센 바람에 날리는 먼지 때문에 앞을 분간하기가 어려웠다. 더구나 먼지가 목에 쌓여 숨이 턱턱 막히고 눈이 상하기도 했기에 이런 날에는 사람이고 짐승이고 여간해서는 밖으로 나가 돌아다니지 않는다.

이 대평원의 남쪽 언저리, 조금 더 남쪽으로 가면 거대한 돌로 된 산맥이 이어지는 부근에 자리 잡은 작은 마을이 있었다. 마을이래 봤자 땅을 파고 가운데에 나무로 기둥을 세워 잔가지를 덮은 뒤 나뭇잎과 가죽 등을 덮어씌운 움집이었다. 집집마다 가운데 뚫린 구멍으로 연기가 솟아오르고 있는 것으로 보아 불을 피우는 것 같았다. 이미 날씨가 따뜻해진 봄이니 추워서라기보다는 음식을 하기 위해 불을 피우는 듯했다.

움집들 앞의 거친 밭은 막 개간을 끝내, 씨를 뿌린 지 얼마 되지 않은

듯 수수며 좁쌀 등 곡식의 파란 싹들이 곳곳에 돋아나고 있었다. 집 뒤편 짐승 우리에서는 돼지와 개, 나귀며 양 들이 가끔씩 울어 대는 소리만 들릴 뿐 아무도 황사 바람을 맞으며 집 밖으로 나서려고 하지 않았다. 그러나 마을에서 꽤 떨어진 저편에는 황사 바람을 맞으면서도 열심히 발걸음을 옮기고 있는 한 떼의 사람들이 보였다.

하나같이 덩치가 큰데다 더럽고 조잡한 차림을 한 서른 명의 남자들이었다. 가죽을 대충 기워 몸에 두른 옷은 보온용이라기보다는 갑옷 같았고, 그나마 팔다리는 그대로 햇빛에 노출되어 있었다. 발에도 역시 가죽을 칭칭 감아 가죽끈으로 대충 동여맨 발싸개를 하고 있을 뿐이다. 머리는 봉두난발에 수염이 덥수룩하며 몸 여기저기 흉터가 많았다.

그중 열 명은 나무를 불에 그슬려 굽혀서 만든 활을 들고 있었고 열명은 기다란 몽둥이, 나머지 열 명은 돌도끼와 나무판으로 만든 방패를 들고 있었다. 맨 앞에 선 사람은 키가 크고 텁석나룻이 유난히 짙어 인상이 거칠어 보이고 눈빛도 잔혹해 보이는 중년의 남자였다.

가죽 주머니를 등에 메고 도끼를 손에 든 우두머리 격인 남자는 눈앞조차 잘 알아볼 수 없는 황사 바람 속에서도 주저함이 없이 방향을 잡아마을 쪽으로 향하고 있었다. 흙을 쌓아 올린 마을 언저리에 이르자 남자는 잠시 일행을 멈추게 하고는 입을 열었다.

"조금만 더 가면 마을이 보인다. 마을이 보이면 바로 달려가서 뒤엎고 빼앗아 버린다! 하하하!"

그러자 뒤를 따르던 부하들이 호응했다.

"망할 놈의 미아우족*은 우리가 이 바람을 뚫고 올 줄은 모를 것이

* 묘족. 지금은 중국 남방 오지로 밀려났으나 소설의 배경이 되는 시대에는 요하와 난하 사이, 즉 주신과 지나(중국) 부족과의 접경 부근에 널리 퍼져 살고 있었다고 설정한 민족이다. 후에 황제 시대 이래로 지나족에게 수많은 박해를 받아 수천 년간 점점 땅을 빼앗기고 말살되어 현재의 상태에

다. 우리가 이긴 거나 다름없다!"

"놈들 독은 무섭지만, 독을 쓸 겨를을 주지 않으면 된다."

여기저기에서 한마디씩 거들자 우두머리인 텁석부리는 기이하게 웃으며 말했다.

"멍청한 미아우 놈들, 그중에서도 가장 멍청한 툰툰족 놈들은 종살이도 시킬 가치도 없다. 여자만 빼고 남자와 아이는 모조리 죽인다. 집은 불 질러 태워 버린다!"

부하들은 좋다는 듯 소리 내어 웃어 댔다. 한결같이 거칠고 잔혹해 보이는 자들이었으며 싸움에 익숙한 자들이었다. 미아우족의 마을엔 사십여 채의 움집이 있으니 남자도 마흔 명이 넘을 것이다. 하지만 미아우족은 싸울 준비가 전혀 되어 있지 않을 게 뻔하니 그들의 생각은 이미 마을을 점령한 것이나 다름없었다.

마침내 마을에서 이백 보 정도 떨어진 곳에 다다르자, 활을 들고 있던 열 명의 남자들이 화살통에 따로 담아 두었던, 잘게 썬 나뭇가지를 묶은 화살을 다섯 대씩 꺼냈다. 그리고 몽둥이를 든 열 명의 남자들은 허리춤에 찼던 소나무 막대기를 꺼내 들었다.

텁석부리가 등에 진 가죽 주머니를 풀자 남자들은 화살과 막대기를

이르렀다고 생각한다. 원래 고구려의 소속이기도 했던 동북아의 투르크족이 지금은 밀려나 멀리 유럽과의 접경인 터키를 이룬 것을 생각할 때 무리라고는 생각하지 않는다. 현재까지도 중국인을 많이 증오하여 통합되지 않을 정도로, 중국에 대해서는 좋지 않은 감정이 각인되듯 남아 있다고 한다. 묘족이 남쪽에서 살게 된 것도 몇천 년이 지났으니 환경에 맞는 새로운 문화만 남았다지만, 그럼에도 치우에 대한 기억을 보존하고 있는 점은 흥미롭다. 아울러 현재 지역상으로는 남쪽에 위치하지만 우리와 많은 면에서 흡사한 문화와 생활 습관을 갖고 있기에 원래는 북방 문화권에 속했을 것이라는 추정도 가능하다. 태국의 치앙마이 부족 또한 이러한 길을 걸은 당시 묘족의 한 갈래가 아닐까 짐작해 본다. 많은 학자들이 치우는 묘족의 왕이라 믿고 있으나 묘족이 치우천왕에게 큰 은혜를 입었기에 그들의 왕이자 신을 치우로 숭배하여 현재에 이르고 있다고 생각하는 필자는 그렇게 보지 않고 있다. 치우는 묘족을 포함한 구려(아홉 갈래 부족)의 왕이었다고 보는 편이 정세에 더 맞다.

그 안에 박아 휘저었다. 주머니에는 굳은 돼지기름이 들어 있었다. 그러고 나자 남자들 중 하나가 부싯돌을 꺼냈다. 방패를 든 남자들은 그 남자 주변을 둥글게 에워싸 방패로 바람을 막아 주었다.

말 한마디 없이 싸울 준비를 착착 갖추는 모양새가 한두 번 해 본 솜씨가 아니었다. 그러나 바람이 워낙 강해서 불이 잘 붙지 않았고, 기껏 붙였던 불도 몇 번 꺼지기도 하여 시간이 걸렸다.

생각보다 시간이 지체되자 텁석부리는 초조한 듯 횃불과 불화살이 준비되기를 기다리며 마을을 살폈다. 마을에 사람들이 오가는 기척이 전혀 보이지 않아 텁석부리의 눈에는 잔인한 웃음이 흘렀다.

"가자!"

마침내 텁석부리의 명령이 떨어지자 남자들은 일제히 짐승처럼 고함을 지르면서 미친 듯 달리기 시작했다. 도끼와 방패를 든 열 명의 남자가 앞장서고 몽둥이와 횃불을 든 열 명의 남자가 뒤를 따랐다. 활을 든 남자들은 마을에서 오십 보 정도 떨어진 곳에 이르자 멈추어 서서 일제히 마을을 향해 불화살을 쏘았다. 열 명 남자들이 각각 다섯 대씩의 불화살을 쏘는 동안 스무 명의 남자들은 막 마을로 들이닥치려 하고 있었다.

고함을 지르며 마을로 앞장서서 달려가던 텁석부리의 눈에 의혹의 빛이 서렸다. 불화살들이 마른풀과 잔가지로 된 움집 지붕에 박혔는데도 이상하게 불이 옮겨 붙지 않고 힘없이 꺼져 가는 것이 아닌가. 게다가 고함을 지르고 화살이 날아오는데도 마을은 너무나 조용했다.

그때 마을 안쪽에서 커다란 검은 물체가 휙 하고 뛰어나왔다. 동시에 무엇인가 바람을 가르며 텁석부리에게 날아들었다. 무엇인지 살펴볼 겨를도 없이 눈앞이 번쩍하는가 싶더니 캄캄한 나락으로 떨어지는 것 같았다. 텁석부리에게 날아든 것은 엄청나게 커다란 도끼였다.

그 도끼는 돌이 아니라 검은빛이 도는 푸른색의 번들거리는 금속으로 되어 있었다. 도끼는 크고 예리하기 이를 데 없어 텁석부리의 몸을 어깨부터 두 동강이를 내고도 힘이 남아 땅에 깊숙이 덜컥 꽂혔다. 텁석부리의 몸이 좌우로 갈려 피를 뿌리면서 털퍼덕 쓰러졌다.

"으아악!"

눈 깜짝할 사이에 두 동강이로 갈라진 텁석부리보다도 뒤를 따라오던 부하가 그 광경을 보고 질겁하여 비명을 질렀다. 비명을 지르자마자 마을 안쪽에서 뛰어나온 거대한 물체가 옆을 스쳐 지나갔고, 순간 그자의 머리는 수박처럼 으깨어지고 말았다.

마을에서 뛰어나온 검은 물체는 윤기 흐르는 검은 말을 탄 남자였다. 말도 예사로 볼 수 있는 작은 조랑말이 아니라 우람하고 거칠어 보이는 말이었고, 남자 역시 보통 체구보다 머리 하나는 더 큰 거인이었다.

거인은 머리를 가죽끈으로 한 번 동여매었을 뿐 산발이었고 덩치는 크지만 놀랍게도 앳된 소년의 얼굴이었다. 혼자서 수십 명의 도둑들과 맞서면서도 표정 변화가 전혀 없이 침착하기가 이를 데 없었다.

뒷줄에 섰던 활 쏘는 자들은 급히 화살을 꺼내 말을 탄 거인 소년을 향해 쏘아 댔다. 그러나 말을 타고 미친 듯 여기저기 종횡무진 번개같이 번득이는 소년을 도저히 겨냥할 수가 없었다. 더구나 소년은 묵직한 구리 뭉치를 끝에 단 몽둥이를 오른손에 들고 다른 한 손으로는 기다란 가죽 채찍을 휘두르고 있었다.

"사울아비다!"

"주신의 사울아비다!"

공포에 가득 찬 비명 같은 외침 소리가 남자들 사이에서 터져 나왔다. 말을 탄 것이 신기한 일은 아니다. 그러나 자유롭게 말을 타면서 싸움을 할 수 있는 전사는 거의 없었다. 안장도 등자도 없던 시절이라 말을 타고 싸우려면 다리 힘만으로 말의 허리를 조여 균형을 유지해야 하는데, 이는 태어날 적부터 고된 수련을 해야 가능한 일이지 배운다고 되는 일이 아니었다.

그 때문에 말을 타고 싸움을 하는 전사는 주신의 사울아비와 몽골족의 용사 등 몇몇뿐이었고, 게다가 금속으로 만든 무기를 사용하는 전사는 오로지 주신의 사울아비뿐이었다.

사울아비들은 태어날 때부터 모든 시간을 싸움 기술을 익히고 배우는 데 보내기에 더더욱 무서웠다. 그들의 용맹과 싸움 기술, 그리고 돌로 만든 무기로는 상대도 되지 않는 구리 무기를 사용하여 사울아비 한 명이 하루해에 마을 세 군데를 혼자 짓밟을 수 있다는 소문이 자자했다.

"한꺼번에 덤벼라!"

누가 소리를 질렀다. 말을 타고 있는 사울아비는 말 다루는 기술이 귀신과 같으니 도망도 칠 수 없는 노릇이었다. 그 외침에 사내들은 죽기 살기로 우르르 몰려 소년 사울아비를 에워싸려고 했다.

소년이 담담한 표정으로 왼손을 한 번 휘두르자 앞장선 사내의 목에 채찍이 철썩 감겼다. 안색이 변한 남자가 무기를 떨구고 채찍을 빼려는 듯 목을 감싸는 순간, 소년이 다시 한번 팔을 휘두르자 사내의 몸이 허공을 날아 다른 남자들에게 부딪혔다.

날아오르는 사내의 힘에 못 이겨 세 명의 남자가 동시에 우르르 쓰러졌다. 채찍에 감겼던 자는 이미 목이 부러진 시체가 되어 있었다. 여전히 소년이 무섭도록 담담한 표정으로 넘어진 남자들에게로 주저 없이 말을 몰자 널브러진 세 남자들은 우지끈 하는 소리와 함께 말굽에 짓밟혀 다시는 일어설 수 없게 되었다.

그사이에도 소년은 오른손의 구리몽둥이를 휘둘러 두 사람의 머리를 박살 내 버렸다. 소년은 몽둥이를 마구 휘두르지 않았다. 정확하게 공기를 가르듯 한 번 휘두르면 여지없이 한 사람의 머리가 박살 났다.

네 명의 사내가 일제히 소년에게 돌도끼를 던졌다. 두 개의 도끼는 빗나가고 한 개의 도끼가 소년의 구리몽둥이에 맞아 떨어졌지만 한 개의 돌도끼는 그의 어깨를 맞히고 떨어졌다. 그러나 거대한 소년은 끄떡도 하지 않았다. 오히려 더욱 화가 난 듯, 섬뜩할 정도로 바람을 가르듯 몽둥이와 채찍을 휘두르며 도끼를 던진 자들에게로 말을 몰아 갔다.

순식간에 한 명이 말에 짓밟혀 으스러져 버렸고, 두 명은 채찍에 다리가 휘감겨 저만치 나가떨어졌다. 마지막 한 사람은 소년이 앞으로 덮치자 자신도 모르게 방패를 양손으로 잡아 머리 위로 올려 소년의 구리몽둥이를 막으려고 했다. 그러나 쉭 소리를 내며 떨어진 구리몽둥이는 나무 방패와 남자의 머리를 동시에 박살 내 버렸다. 나뭇조각과 피, 뇌수가 사방으로 튀어 보는 사람들이 다 아찔할 정도였다.

소년은 구리몽둥이를 허리에 꽂고 날렵한 동작으로 말의 배에 몸을 붙이더니 말을 몰아 두 동강이 나서 죽은 텁석부리 옆에 박힌 도끼를 휙 낚아챘다. 다리 힘만으로 말 위에서 빙글 돌아 떨어지지 않고 자유롭게 몸을 움직이는 기술은 그야말로 대단했다.

거한의 소년은 기합과 함께 무거운 도끼를 위로 휘두르며 기세를 몰아 그림같이 말 등에 똑바로 몸을 세웠다. 사울아비의 오른손에 번득이는 구리도끼가 들려 있어 위세가 하늘을 찔렀다. 앳된 소년이 그토록 무서운 솜씨를 보이면서도 얼굴 표정하나도 변하지 않아 사내들은 더더욱 공포스러웠다.

겁을 먹은 사내 하나가 활을 떨어뜨리며 몸을 돌려 도망치려 했지만, 소년이 어느새 쏜살같이 말을 몰아가 앞을 막아서며 채찍으로 다리를 휘감아 당겼다. 엄청난 힘을 감당하지 못한 사내의 몸이 뒤집어지며 지푸라기 인형처럼 허공으로 떠오르자 소년은 사내를 정확하게 도끼로 쳐서 반쯤 쪼개 버렸다. 피가 꽃처럼 사방으로 튀어 오르는 모습에 남아 있던 사내들은 얼이 빠지고 넋이 나가서 자신도 모르게 무기를 떨어뜨리며 땅에 주저앉았다. 싸움을 시작한 지 얼마 되지도 않았는데 두목인 텁석부리를 포함해 열두 명이나 처참하게 죽자 더 이상 싸워 보아야 헛일이라는 사실을 깨달은 것이다. 사내들은 털썩 주저앉아 죽으려면 죽이라는 듯 눈을 부릅떴다.

"어디서 온 놈들이야?"

어느새 소년은 사내들 앞으로 말을 몰고 와서는 체구에 어울리지 않게 작고 조용한 목소리로 물었다. 그러나 아무도 대답하지 않았다.

"주신 말 몰라?"

다시 한번 소년이 물었다. 조용한 말이었지만 사내들에게는 천둥벼락보다 더 무섭게 들렸다. 그러자 사내들 중 하나가 서툰 주신 말로 더듬거리며 대답했다.

"내가…… 할 수 있다."

소년은 고개를 끄덕이며 말했다.

"나는 주신족의 사울아비, 치우 집안의 나래다. 너희는 근방 놈들이 아닌데, 왜 이 마을을 습격하는 거야?"

사내는 겁에 잔뜩 질린 목소리로 대답했다.

"나는 지나족의 전사, 아삼이다. 우리는 미아우 놈들을…… 쳐부수러…… 왔다. 주신의 사울아비와는…… 싸우고…… 싸우고 싶지 않다……."

"지나족의 땅은 훨씬 남쪽인데 어째서 여기까지 올라온 거야?"

"우리는…… 미아우족을 싫어한다……. 그래서…… 용감하게 싸워서 전사가 되려고…… 온 것이다……. 주신의 사울아비는 무기를 들지 않은 남자는 죽이지 않는다고…… 들…… 들었다……. 그러니……."

그 말에 나래는 아무 대답을 하지 않았다. 살짝 비웃는 듯한 냉소를 지었을 뿐이다. 그때 저만치에서 한 명의 남자가 천천히 말을 타고 오면서 소리쳤다. 놀랍게도 유창한 지나족 말이었다.

"흥! 남자? 너희 따위가 무슨 남자냐? 너희는 늑대나 뱀 같은 놈들이다!"

새로 등장한 남자가 힐난 투로 말하자 아삼은 조금 눈을 크게 뜨고 뭐라고 반박하려고 했다. 그 모습을 보고 남자는 호통을 쳤다.

"용감하게 싸워서 전사가 되려 했다면, 왜 모래바람이 부는 틈을 타서 마을을 덮쳤는가? 왜 당당하게 싸움을 청하지 않고 마을에 불부터 지르려 했는가? 무기를 들지 않은 남자는 죽이지 말라고 하면서 왜 너희는 미아우 남자들이 무기를 들기도 전에 덮쳐 죽이려고 했는가?"

그 남자 역시 아직 애 티를 벗지 못한 소년이었는데, 몸집이 크지 않고 오히려 바싹 마른 편이라 키만 훤칠해 보였다. 나이는 열예닐곱쯤 되었을까? 얼굴이 백옥같이 희고 붉은 입술에 눈이 크고 날카로웠지만 눈동자는 곱기 이를 데 없어 마치 여자 같아 보이기까지 했다.

말을 탄 모양새도 여느 남자처럼 두 다리에 힘을 실어 말의 허리를 조인 것이 아니라, 말 위에 걸터앉아 다리를 늘어뜨리고 있었다. 그러나 외모와는 달리 목소리는 덩치 큰 거한 소년보다도 훨씬 커서, 주변을 다 울리게 할 만큼 힘이 있었다.

두 번째 소년이 말을 가볍게 몰며 사내들 주위를 빙빙 돌았다. 이번에는 아삼이 아닌 다른 자가 나섰다.

"너는 누구냐?"

"주신의 사울아비, 치우 집안의 희네가 말한다. 너희 지나족과 미아우족이 정식으로 전쟁을 하는 중이라면 오늘처럼 꾀를 쓸 수도 있다. 하지만 전쟁을 하지 않고 있는데 평화롭게 조용히 살고 있는 미아우족을 왜 건드리는 것인가?"

지나족은 미아우족을 싫어하고 미아우족도 지나족을 싫어했다. 게다가 주신 사람들은 공식적으로 어느 편을 들며 나서지도 않은 상태였다. 하지만 정식으로 전쟁을 선포하지도 않고 마을에 불을 질러 기습을 가하려고 한 것은 부당한 일이었다. 만약 이들이 성공했다면 미아우족의 전사만이 아니라 여자와 아이, 힘없는 노인까지도 모두 죽었을 것이다. 희네는 그런 비겁한 싸움은 몹시 싫어했다. 희네는 막강한 전투력을 가졌다는 사울아비 중 한 명이었지만 싸움을 싫어했으며, 특히 싸울 줄 모르는 자들을 다치게 만드는 것을 무엇보다 싫어했다.

"나와 내 아우 나래는 오늘 새벽 벗들과 함께 도둑과 싸워 그들을 다 죽였다. 도둑은 죽어야 마땅하지. 그런데 너희가 한 짓은 도둑질인가, 아닌가?"

그 말에 아무도 대답하지 않았다. 그들이 한 짓은 도둑 떼가 하는 짓이나 다를 바가 없었으니 그들로서도 사실 수치스러운 일이었다. 감쪽같이 습격하여 미아우족을 몰살했다면 아무도 모를 일이었지만 말이다. 지나족이 대답하지 않자 희네는 버럭 소리를 질렀다.

"염제 신농, 아니 유망이 그렇게 하라더냐?"

염제 신농(炎帝神農)의 이름이 나오자 잔뜩 기가 꺾인 지나족 남자들이 더욱 움찔하는 듯했다. 염제 신농은 지나족의 우두머리로, 신격화된 존재였다. 이름 그대로 불꽃의 임금이며, 모든 풀과 씨앗을 맛보아 지나족 사람들에게 농사짓는 법과 약을 다루는 법을 가르쳐 주어 지나족 전체의 우두머리가 된 이가 바로 신농이었다. 그 후로 지나족의 우두머리는 스스로 염제라고 칭했다. 원래의 신농은 오래전에 죽었고 지금의 염제는 유망이라는 사람이었지만 지나족의 우두머리는 똑같이 염제 신농이라는 호칭을 사용했다.

"염제와는 상관없는 일이다……. 우리를 어…… 어떻게 할 것인가? 주신의 사울아비는…… 무기를 들지 않은 자를 죽이지는 않는다고……."

아삼이 떨리는 목소리로 말꼬리를 흐리자 희네는 코웃음을 치고는 대답했다.

"물론 그렇다. 그러나 너희를 용서할 수 없다. 그러니 어서 무기를 들어라."

단호한 말에 아삼은 깜짝 놀라 외쳤다.

"우리는 이미 항복했다. 우리를 죽이겠다는 것인가?"

희네는 아삼을 잠시 쳐다보다가 나래를 보며 눈짓을 건네더니 그들의 말을 전했다. 그 말을 듣고 난 나래는 아직까지 피가 묻어 있는 도끼를 흔들며 말했다. 작고 조용하여 어딘가 모르게 소심해 보이는 말투였다.

"이곳의 족장 툰툰은 우리 벗이야. 그리고…… 우리는 중요한 길을 가는 중인데……."

희네는 고개를 끄덕이며 나래 대신 말하듯 지나족에게 전했다.

"여기 미아우족 모두가 내 벗이다. 내가 마침 여기를 지나다가 너희를 발견하지 못했더라면 내 벗들은 전부 죽었을 것이다. 너희를 살려 보내면 다시 올 것이니 아예 못 오도록 만들어 주겠다."

더욱 당황한 모습으로 아삼이 말했다.

"안 된다, 안 된다. 우리는 다시 오지 않겠다. 다시는 미아우족을 건드리지 않겠다."

간곡한 표정을 짓는 아삼을 보면서도 나래는 희네에게 아무런 말도 하지 않고 재촉하듯 도끼를 흔들어 보였다. 그 동작의 의미를 눈치 챈 아삼이 울부짖었다.

"나는 무기를 잡지 않겠다. 너는 나를 죽일 수 없다!"

희네는 잠시 아삼을 슬픈 눈으로 바라보다가 나래를 바라보았다. 나래도 할 수 없다는 듯 고개를 저었다. 희네는 쯧 하고 혀를 한 번 차더니 말의 머리를 천천히 돌렸다. 나래도 도끼를 거두며 그 뒤를 따랐다.

"바보 같은 것들. 차라리 나래 손에 죽는 것이 나을 텐데……."

희네는 혼잣말로 중얼거리며 마을 쪽으로 달각거리며 천천히 말을 몰았다. 아삼과 남은 일당은 이제 살아났다고 생각하고는 안도의 숨을 쉬며 일어서려다가 흠칫했다. 어느새 나타났는지 미아우족의 남자들이 분노에 가득 찬 표정으로 창을 겨눈 채 그들을 둥글게 에워싸고 있었던 것이다.

그중 앞장 선 미아우족 남자 두 명의 손에는 생각만 해도 몸서리 쳐지는 것들이 들려 있었다. 화려한 색깔의 독사와 거미였다. 미아우족은 싸움 솜씨가 그리 뛰어나지 않지만 독을 지닌 생물을 다루는 데에는 대단한 재주가 있었다.

다짜고짜 마을을 기습하여 사람들을 몰살시키려고 한 지나족을 미아우족이 용서할 리 없었다. 노예로 부리거나 몸값을 받을 생각도 없을 것이다. 최대한 고통스럽게 처치할 것이 분명했다.

지나족의 고통스러운 비명 소리가 울려 퍼지자 마을로 돌아가던 희네와 나래는 귀에 거슬리는 듯 미간을 찌푸렸다.

희네와 나래가 마을 어귀에 이르자 한 떼의 미아우족 사람들이 쏟아져 나왔다. 그들은 나래의 충고대로 마을 뒤편으로 숨어 있다가 돌아온 것이다.

그중 체구가 작고 얼굴에 주름이 많은 미아우족 노인이 앞장서서 달려 나왔다.

그를 보자 희네와 나래는 씨익 웃어 보였다. 그는 바로 마을 족장이자 이번 일로 희네 나래를 벗으로 삼기로 한 노인 툰툰이었다.

"희네! 나래! 고맙다! 고맙다! 당신들 덕분에 우리 모두 살았다!"

툰툰이 두 사람이 말에서 채 내리기도 전에 고개를 숙이며 연신 절을 하자, 뒤의 미아우족이 환호성을 지르며 마을을 구한 영웅인 두 소년들을 열렬히 맞아들였다. 환호성에 지나족의 비명 소리가 묻혀 버리고 말았다. 희네는 부끄러운 듯 괜찮다며 연신 손을 내저었지만, 얼굴에는 환한 웃음이 떠올라 있었다.

나래의 얼굴은 약간의 웃음기만 떠올라 있을 뿐 여전히 차분했다. 그러나 남자뿐만 아니라 여자와 노인, 아이 들까지도 희네와 나래를 떠들썩하게 맞이하니 속으로는 반갑지 않을 수 없었다.

두 사람은 툰툰이 권하는 대로 말에서 내렸다.

툰툰은 주름살이 가득한 얼굴에 싱글벙글 웃음을 지으며 말했다.

"정말 고맙다, 사울아비들. 당신들이 와 주지 않았더라면……."

툰툰이 목이 메어 말을 잇지 못하자 희네는 미소를 지으며 답례했고, 그제야 덤덤한 표정을 풀고 나래가 부끄러운 듯 얼굴을 붉히며 웃었다. 나래는 어른인 툰툰보다도 머리 하나 이상 큰데다 소년이면서도 어깨가 떡 벌어진 거한이었지만 그가 미소를 짓자 아주 소박하고 정이 많아 보이는 얼굴이 되었다.

희네는 지나족 말도 잘할뿐더러 미아우족 말은 약간 서툴지만 그럭저럭 하던 터라 웃으며 말했다.

"너무 그럴 것 없다. 현명한 툰툰 같은 벗을 돕는 것은 당연하다."

"당신들이 없었으면 우리는 큰일 났을 것이다."

"모두 안파견 한님*의 덕이고, 주신의 한웅님의 덕이다. 마침 지나다

---

* 최초의 한인 주신 민족의 시조. 한웅 시대보다 수천 년 전 자부 선인과 신수 맥의 도움을 받아 깨우침을 얻고 주신을 세운 인물로 전해지는 존재이다. 하늘의 자손이며 '널리 사람을 이롭게 하라'는 홍익인간의 사상을 처음 낸 이도 단군이라기보다는 안파견이라 전해진다. '안파견'은 후에 이름

가 어젯밤 저들 무리가 불을 피우는 모습을 보지 않았더라면 돕지 못했을 것이다."

희네는 자신이 온 방향을 가리켜며 말을 이었다.

"그리고 한웅님께서 저 산 너머 도둑들을 물리치게 하셨다. 그동안 그 도둑들 때문에 아마도 너희가 고생했을 것이다. 도둑들에게 빼앗긴 물건들을 조금 되찾아왔다. 저쪽으로 가면 짐을 실은 나귀 여섯 마리가 있다."

그 말에 툰툰은 고개를 저었다.

"주신의 한웅님께 감사드린다. 마을을 구해 주었는데 물건까지 받을 수는 없다. 그 물건들은 주신 한웅님께 바치겠다."

희네 역시 고개를 저으며 되받았다.

"한웅님께서 돌려주라고 하신 것이니 우리가 가지고 가면 벌을 받을 것이다. 아무 염려 말고 도로 받아라."

어쩔 수 없이 툰툰은 고개를 끄덕이고는 마을 사람들에게 외쳤다.

"오늘은 잔치다! 우리의 벗에게 감사를 표하자! 있는 힘을 다해 대접해야 한다!"

미아우족 사람들이 일제히 환호성을 올렸다. 준비를 하고 말고 할 것도 없이 그 자리에서 잔치가 시작되었다. 남자들은 마을에서 가장 큰 족장 툰툰의 움집으로 두 소년들을 받들다시피 해서 안내했다.

노인들은 자리를 치우고 젊은이들에게 이것저것 지시를 해 댔으며 여자들은 음식이며 술을 있는 대로 날랐다. 꼬마들까지도 황사 바람을 맞으며 나무 그릇과 토기 잔 들을 날라 왔다. 툰툰은 직접 물을 떠 와 나

을 이두식으로 적은 이름이며 원래의 이름을 추정하면 '아바이' 또는 '아버지'가 된다. 그러나 '아바이'라는 이름은 현재 이 글을 읽을 우리에게 그리 좋지 않거나 우스운 선입관을 줄 수 있는 이름으로 변질되어 버렸으므로 사서에 나오는 이름 그대로 '안파견'이라고 썼다.

래의 손을 씻겨 주고, 자신의 아들들을 시켜 나래의 피 묻은 무기들을 닦고 손질하게 했다.

희네는 싸움에는 손 하나 까딱하지 않았지만 나래와 똑같은 대접을 받았다. 사실 희네는 무기를 들고 있지도 않았다.

전사인 툰툰의 아들들은 나래의 거대한 구리도끼를 보고 연신 좋은 무기라고 찬사를 보냈다. 그 도끼는 이번 싸움에 쓰이지도 않았다. 툰툰은 몸집 좋은 아들 하나가 도끼를 들어 올리려다 실패하는 모습을 보고는 깜짝 놀라고 말았다. 힘깨나 쓰는 아들인데 들어 올릴 수조차 없다니, 도대체 얼마나 힘이 세면 그런 것을 휘두르며 싸울 수 있는 것일까? 두 아들이 힘을 합해서야 간신히 들어 올리는 순간 탄성을 쏟아 냈다.

"이런 구리 무기는 이야기만 들었지 한 번도 본 적이 없다. 정말 무겁고도 날카롭다. 나래는 정말 굉장한 장사다!"

툰툰의 열두 살밖에 되지 않은 귀엽게 생긴 막내아들 유쌍이 외치자 희네는 기분 좋게 껄껄 웃었다. 나래는 미아우 말을 몰라 그저 분위기만 보고는 미소만 지었다.

희네가 나래를 보며 찡긋했다.

"나래야, 미아우족은 존댓말이 없어. 그래도 너보고 굉장한 장사래. 좌우간 다 좋은 얘기야. 알지?"

나래는 미소만 지어 보였다. 어차피 미아우 말을 모르기에 꼬맹이가 반말을 하든 욕을 하든 전혀 기분 상할 것도 없었다. 존댓말을 쓰는 부족은 주신족과 약간의 지나족을 제외하고는 그리 많지 않았다.

툰툰의 스무 살 먹은 넷째 아들이 희네에게 물었다.

"주신의 신시에는 이런 무기가 많이 있는가? 내 마누라와 바꾸어서라도 구리 무기를 가지고 싶다!"

희네는 고개를 저으며 대답했다.

"구리 무기는 아주 귀하다. 아무에게나 주어지는 것이 아니다. 사울 아비 중에서도 구리 무기를 쓰지 못하는 자들이 많다. 그리고 당신, 옆에서 마누라가 보고 있는데 그런 말을 해도 괜찮은가?"

그 말에 젊은이는 깜짝 놀라서 마누라가 있는지 보려고 목을 길게 뺐다. 아까의 말과는 달리 마누라에게 쥐여사는 것 같아 희네는 큰 소리로 웃었다.

툰툰이 혀를 차며 끼어들었다.

"자식 놈들이 버릇이 없다. 나중에 몽둥이로 두들겨 패 줘야겠다. 벗이여, 기분 상하지 마라."

"전혀 기분 상하지 않았다. 좋은 아이들이다. 좋은 전사가 되고 좋은 사냥꾼이 될 것 같다."

희네는 아직도 얼굴이 좀 질려 있는 넷째 아들을 가리키며 말했다.

"그리고 좋은 남편도 되기를 바란다. 나는 아직 성인식을 안 치러서 장가드는 게 어떤지 잘 모르지만, 잘 생각해 봐야겠다. 하하."

왁자지껄하게 웃는 사이, 움집 마당 한가운데 커다란 모닥불이 피워짐과 동시에 잔치가 시작되었다. 툰툰의 움집은 족장의 집인데다가 회의장으로 쓰이는 터라 상당히 넓었지만 미아우족 사람들 중 절반은 들어왔는지 몸이 부대낄 정도였다.

음식도 아낌없이 운반되어 왔다. 아직 봄이라 음식이 모자라기 쉬운 때이지만 미아우족 사람들은 준비성이 철저하여 식량이 풍족했다.

희네는 술도 잘하지 않았고 음식도 그리 많이 들지 않았지만 나래는 덩치에 어울리게 먹성도 대단했다. 더구나 오랫동안 길을 떠나와서 잘 먹지 못했던 터라 호기 있게 배를 채웠다. 그런 까닭으로 희네가 툰툰과 이야기를 주로 나누었다. 툰툰이 어떻게 이곳에 오게 되었느냐고 묻자 희네는 겸손하게 정황을 설명했다.

그들이 툰툰족을 구하게 된 것은 우연이었다. 전날 밤 그들 두 형제와 사울아비들은 혹여 행차가 지나는 길에 나타나 한웅님을 놀라게 할지도 모르는 도둑들 소굴을 찾아 해치우러 나갔다. 그때 희네가 꾀를 내어 밤이 아닌 새벽 동이 틀 때쯤에 들이닥치면, 한창 잠에 곯아떨어진 도둑들이 아무 저항도 못할 것이라고 제안했다. 그의 말대로 사울아비들은 어젯밤 황사 바람을 맞으며 골짜기에 숨어서 밤을 지새웠다.

그 와중에 밤눈이 밝은 나래가 도둑 소굴 말고 또 다른 곳에서도 희미하게 빛나는 불빛을 보고 혼자 조용히 다가가 보았다. 무장하여 살기등등해 보이는 서른 명가량의 지나족 남자들이었다.

분명 어디로 싸우러 가는 것이었으니, 그렇다면 목표는 가까운 마을이기 쉬웠다. 근방에서 가장 가까운 마을은 미아우족인 툰툰의 부락이었다. 일행이 있는 곳으로 돌아온 나래는 상황을 희네에게 이야기했다. 희네는 곰곰이 생각하더니 일단 새벽에 도둑들을 처리하고 나서 둘이서만 미아우족을 도와주기로 마음먹었다.

"왜 둘만 오려고 했는가?"

툰툰이 묻자 희네는 조용히 미소만 짓고 대답하지 않았다. 치우우레가 이끄는 희네와 나래 일행은 태산의 대부족 회의에 참석하는 한웅을 수행하는 길이었다. 그 회의에는 지나족의 수장인 염제 신농(유망)도 참석한다. 그런 차에 주신의 사울아비가 미아우족을 도와 지나족을 물리쳤다는 이야기가 들리게 되면 좋을 것이 없었고, 또 툰툰에게 이곳에 주신 한웅이 지나간다고 구태여 말할 필요도 없었다. 희네는 말꼬리를 돌려 이야기를 계속했다.

희네 나래는 그날 새벽 벗들과 함께 도둑을 물리친 후 그들이 약탈한 물건을 마을에 나눠 준다는 핑계로 빠져나와, 조용히 행군하는 지나족을 지켜보다가 눈치채지 못하게 그들의 뒤를 따랐다. 무슨 이야기든 들으면 모조리 기억하는 희네는, 미아우족은 원래 독물을 다루는 재주가 뛰어나며 족장인 툰툰이 현명한 노인이라 그들을 크게 경계하지 않아도 되겠다 생각했지만, 황사 바람을 뚫고 기어이 전진하는 지나족을 보고는 아무래도 그들이 비겁하게 기습을 할 것 같은 생각이 들었다.

희네는 사울아비로서 정당하지 못한 싸움을 보고 그냥 넘길 수 없어서 그랬노라고 답했다.

툰툰이 진심을 담아 말했다.

"고맙다, 고마워……."

툰툰에게 전한 희네의 이야기는 여기서 끝났지만 일의 전말은 이러했다. 희네는 지나족이 정말 기습을 하는지 안 하는지 살피다가 아무래도 안 되겠다 싶어, 나래에게 다른 길로 돌아 먼저 마을로 들어가라고 했다. 나래는 희네가 시킨 대로 마을로 들어가자마자 주신 말을 알아들을 수 있는 사람을 찾아내, 툰툰에게 불이 붙지 않도록 집 지붕을 물에 적시고 뒤로 피해 있도록 손을 썼다. 희네는 말을 타고 천천히 왔다. 희네는 말을 잘 타지 못했고, 싸움에는 자기가 있어 봐야 나래의 손가락 하나 도움이 되지 못하며 오히려 방해가 된다는 것을 알고 있었기 때문이다.

지나족 서른 명 정도는 나래의 팔 하나도 당해 낼 수 없었다. 게다가 희네는 이 근처에 선인이 있다는 소문을 듣고 있었기 때문에 근처에 사는 부족의 도움을 받아야 선인을 찾기가 쉬울 것이라는 생각도 내심 하고 있었다.

툰툰은 고개를 끄덕이다가 나래를 쳐다보았다.

"나는 나래가 혼자 앞장서서 그들 모두를 상대하리라고는 생각조차 못했다. 설마 하는 생각으로 뒤에서, 앞서 나가는 당신 모습을 지켜보았다. 그런데 순식간에 혼자서 열세 명이나 죽이다니! 정말 대단하다!"

희네가 나래에게 그 말을 전해 주자 나래는 음식을 입에 가득 문 채 부끄러운 듯 웅얼거렸다.

"열둘인데……."

나래의 말을 희네가 웃으며 툰툰에게 전해 주자 툰툰도 허허 웃었다.

"열둘이나 열셋이나 마찬가지다. 더구나 말을 타고 양손으로 무기를 쓰는 것을 보곤 너무나 놀랐다. 그것도 그렇게 무거운 무기를! 말이 버텨 내는 게 용하다. 정말 대단하다."

역시 희네는 그 말을 나래에게 전하면서 물었다.

"그렇게 무거운 무기를 양손으로 휘두르는 건 처음 봤대. 말이 버티는 게 용하다는데, 생각나는 거 없어?"

그 말을 듣자 나래는 자신의 말인 '구름' 생각이 났다.

"아! 구름! 그 녀석, 지쳤을 텐데?"

나래가 벌떡 일어나려는 순간 희네가 싱긋 웃으며 말리면서 툰툰에게 말했다.

"아참, 나래의 말인 구름과 내 말인 높은뫼에게도 좋은 풀을 주기 바란다. 그 녀석들은 말이지만 내 벗이고 형제나 다를 바 없다."

넉넉한 미소를 지으며 툰툰이 대꾸했다.

"이미 풀과 좋은 물을 주었고 내 딸들이 씻겨 주고 있다. 이름이 구름, 높은뫼인가? 정말 좋은 말이다."

그때 툰툰의 막내아들 유쌍이 불쑥 끼어들었다.

"나에게도 말 타는 법을 가르쳐 달라."

당돌한 꼬마의 말에 희네는 귀찮아하지 않고 선선히 말했다.

"방법은 간단하다. 다리로 말의 허리를 조이고 말이 달리는 흐름에 맞춰 타면 된다. 많이 타 봐야 한다. 그러면 자연히 익숙해진다."

"얼마나 타야 하나?"

유쌍이 눈을 동그랗게 뜨고 묻자 희네는 웃으며 대답했다.

"밤낮없이 연습해도 세 해는 타야 달려도 안 떨어질 정도가 될 것이고, 말 위에서 무기를 쓰는 데 익숙해지려면 다섯 해가 걸려도 모자란다."

"그렇게 힘든가?"

유쌍이 실망한 듯이 샐쭉거리자 툰툰이 나섰다.

"버릇없는 녀석아, 말 타고 싸우는 게 그렇게 쉽겠는가? 더구나 말 타는 연습을 하면 수도 없이 떨어져 다치고 멍이 들 것이고, 잘못하면 말발굽에 밟혀 죽거나 몸이 상할 수도 있다. 너는 밭도 갈아야 하고 뱀이며 독벌레 다루는 법도 익혀야 하는데 언제 말을 탄다는 것이냐? 너는 막내라서 내 모든 것을 물려받아야 하는데 아직도 이렇게 버릇없이 굴 테냐?"

미아우족은 큰아들이 아니라 막내가 아버지의 모든 것을 물려받는 관습이 있었다. 시무룩해진 막내를 희네가 달래 주려고 하자 툰툰이 말렸다.

"희네 나래여, 당신들은 세상에서 첫째가는 용감무쌍한 용사일 것이다. 그런데 너무 마음씨가 좋다. 요런 버릇없는 녀석을 좋게 달래기만 하면 머리 꼭대기에 올라앉으려고 할 것이다. 한번 올라앉으면 떨어내려고 해도 떨어지지 않을 테니, 그만하고 내가 이 녀석 버릇 고치는 것을 봐라."

툰툰이 그러면서 손에 잡히는 대로 아무 막대기를 움켜쥐자 막내는 쏜살같이 도망쳐 형들의 등에 숨어서 눈만 빼꼼 내밀었다.

나래는 그 모습이 귀여워서 연신 웃다가 뜯던 고기가 목에 걸려 쿨룩쿨룩 기침을 해 댔다. 희네 역시 웃었고, 툰툰도 자신이 가장 귀여워하는 막내를 정말로 두들겨 팰 생각은 없었던지라 더 참지 못하고 막대기를 내려놓으며 크게 웃었다.

그때 향기로운 내음이 움집 안에 퍼졌다. 나래는 냄새를 맡고는 뜯던 고기 뼈를 내려놓고 외쳤다.

"기가 막힌 냄새군! 술이로구나! 술!"

술이 가득 담긴 토기 항아리를 두 명의 여자가 들고 종종걸음으로 걸어와 나래 앞에 내려놓았다. 두 여자는 젊고 예뻤으며 미소를 살짝 머금었지만 나래는 여자들에게 눈길조차 주지 않고 술 냄새를 깊이 들이마셨다. 희네는 웃으며 나래를 바라보고만 있었다. 냄새를 맡는 것만으로도 나래는 황홀한 듯하여, 코로 술항아리가 빨려 들어가지 않을까 싶을 정도였다.

툰툰이 살짝 눈짓을 하자 두 여자는 얼굴을 붉히며 뒤로 물러났고, 또 다른 여자가 소뿔로 만든 잔 세 개를 가지고 와서 공손히 나래와 희네, 툰툰 앞에 놓았다. 이 여자는 앞의 두 여자만큼 예쁜 얼굴에 몸매는 더욱 풍성했다. 나래는 이번에도 눈길 한번 주지 않고 덥석 잔을 들어 술을 떠서 툰툰에게 건네며 외쳤다.

"좋은 술이오! 미아우족의 술 담그는 솜씨는 최고요!"

툰툰은 나래가 내민 잔을 받으면서 슬쩍 눈치를 보았다. 나래는 마냥 술에만 정신이 팔린 것 같아 보였다. 희네는 미소 지으며 나래의 말을 툰툰에게 전했을 뿐 별다른 표정을 보이지 않았다.

툰툰은 잠깐 실망한 듯했으나 재빨리 표정을 고치고 말했다.

"큰 잔치에 쓰려고 오래 묵혀 두었던 가장 좋은 술이다. 마음껏 마셔라."

말이 끝나자마자 툰툰은 여자에게 눈짓을 했다. 여자는 나래의 잔을 들고 술을 떠서 나래에게 다소곳이 내밀었는데 자태가 그렇게 얌전할 수 없었다. 하지만 나래는 단지 고개만 끄덕이며 잔을 받아들었을 뿐이었다. 도리어 분위기를 짐작한 희네가 끼어들어 말했다.

"좋다. 우리 둘은 오늘 마음껏 취해 보겠다. 취했다고 흉보지 않기만을 바란다. 하하."

희네는 단숨에 잔을 비웠고 나래는 아예 술을 항아리째로 들고 마시기 시작했다. 희네와 나래는 여자에게는 관심도 없는 듯했다. 툰툰이 다시 여자에게 눈짓을 하자 여자는 종종걸음으로 미끄러지듯 물러났다.

"그러면 이제부터 춤을 보도록 하자."

툰툰이 커다랗게 외치자 희네가 툰툰에게 말했다.

"춤은 나중에 보아도 된다. 내 동생 나래가 술을 좋아하니 우선 술을 더 마셨으면 좋겠다."

툰툰은 잠시 주위 눈치를 보다가 희네에게 속삭였다.

"당신들은 우리의 가장 친한 벗이다. 원하기만 하면 내 딸이라도 내주겠다. 그런데 내 딸들은 솔직히 좀 못났다. 더구나 마을에 예쁜 여자가 별로 없다. 그러니 마음에 안 들더라도 사양 말고……."

툰툰의 말이 채 끝나기도 전에 희네는 너털웃음을 터뜨렸다. 그리고 의아해하는 툰툰의 얼굴을 보며 희네는 씁쓸하게 말했다.

"미아우족 여자들은 예쁘다. 너무 예뻐서 탈이다. 하지만 제발 여자들은 들이지 않았으면 한다. 정말 부탁이다."

"왜 그러는가? 우리가 이렇게 큰 은혜를 입은 이상, 우리는 당신이 원하는 여자는 누구든 데리고 갈 수 있도록 해 줄 것이다. 물론 큰마누라가 아니어도 좋다. 당신들 같은 천하장사라면 몇째 마누라라고 해도 누구든……."

희네는 웃으며 고개를 저었다.

"그럴 수는 없다. 우리는 성인식도 치르지 않았다. 상투도 올리지 않았잖은가? 우리는 아직 여자와 잠을 잘 수 없다. 사울아비의 법도다."

툰툰은 의아해했다. 당시는 인간이 자연이나 다른 인간들과 한없는 투쟁을 하던 시기였다. 싸움을 하는 남자들은 언제 죽을지 몰랐기에 많은 후손을 두어 부족을 번창하게 만드는 것이 임무 중의 하나였다. 자연히 남자가 능력만 된다면 많은 여자를 거느리며 많은 자식을 두는 것이 보통이었다. 큰마누라와 작은마누라의 차별도 거의 없었고, 있다면 큰마누라는 항상 남편과 같은 집에서 살고 작은마누라는 이웃에 집을 지어 산다는 것 정도였다.

"나는 사울아비를 본 적이 있다. 그런데 여자와 잘만 자고, 여자를 좋아했다. 당신들은 소년이지만 그래도…… 뭐, 아직 성인식 전이라면 마누라로 삼지 않아도 된다. 여기서 며칠이든 묵으면서…… 남의 마누라가 된 여자만 아니라면 누구든지……."

툰툰의 말을 희네가 다시 막았다.

"정말 미안하다. 그러나 나는 이미 맹세를 했다. 내 마누라 말고는 어떤 여자와도 자지 않겠다고 말이다."

툰툰은 어이가 없다는 듯 눈을 크게 떴다.

"맹세를 했다고? 그렇다면 할 수 없다……. 그러나 왜 그런 맹세를 했냐? 동생도 했나?"

희네가 멋쩍게 웃으며 대답했다.

"그건 지금 말할 수가 없다. 좌우간 여자는 없는 편이 더 좋다. 동생도 맹세했다. 예쁜 여자가 너무 많으니 이대로라면 나도 모르게 맹세를 깨고 말겠다. 동생도 걱정된다. 여자들이 있으니 좋기는 하지만 참아야 하니 나는 괴롭다. 툰툰은 설마하니 내가 맹세를 깨서 말 아래 떨어져 죽는 것이 좋은가? 하하……."

툰툰은 정색을 했다. 당시만 해도 말(言)은 대단히 중요한 주술적 의미가 있다고 믿었다. 거짓말을 하는 것은 큰 악덕이었으며, 하늘을 모독하고 인간으로서의 가치를 떨어뜨리는 일이었다. 더구나 하늘에 맹세를 했다면 반드시 지켜야만 하고, 맹세를 깨면 반드시 맹세한 대로 결과가 돌아온다는 것이 모든 인간의 굳은 신념이었다.

툰툰은 그 말을 듣고는 여자들을 물러가게 하려고 다급하게 손뼉을 치려 했다. 그 모습을 보며 희네는 마을 사람들이 실망해할까 봐 얼른 덧붙였다.

"잔치를 벌여 놓고 다 물러가게 하면 마을 사람들이 실망하지 않는가? 다만 여자들이 내게 가까이 오지만 않게 해 달라. 나는 술만 마셔도 좋다. 동생도 그럴 것이다. 마을 사람들은 즐겁게 놀라고 하자."

그 말을 듣고 툰툰은 고개를 끄덕였다.

"당신들은 정말 대단하다. 나이도 얼마 되지 않았는데, 그토록 용감하고 이렇게 마음 씀씀이가 올바르니, 정말 나는 당신 같은 벗을 두어 얼마나 기쁜지 모르겠다. 나이 많은 내가 당신에게 배워야 한다."

툰툰은 큰 소리로 잔치를 시작하라고 외치면서, 자신은 손님들과 누가 먼저 취해 쓰러질 것인지 내기를 했으니 아무도 방해하지 말라고 말했다. 물론 희네는 걱정하지 않았다. 나래는 어렸지만 드넓은 주신 신시 전체에서도 나래를 이길 술 장사(壯士)가 없었기 때문이다. 미아우족 사람들은 원래 춤추고 노래하기를 좋아했고 화려한 색으로 단장하기를 좋아했으므로 큰 잔치가 시작된다는 이야기에 여자들은 모두 달려가서 옷을 바꿔 입고 왔다.

즉시 노래하고 춤추는 흥겨운 잔치가 벌어졌지만, 정작 주인공인 나래는 약간 김빠진 듯이 허허거리며 억지웃음을 가끔 흘리면서 술만 퍼마셨고, 희네는 왠지 모르게 분위기가 엄숙하여 건드릴 수조차 없었다. 그저 툰툰은 나래와 잔을 권하고 받을 뿐이었으나 도무지 나래를 당해 낼 수 없었다. 잔치가 한창 무르익었을 때 결국 툰툰은 술에 취해 얼근해졌다.

희네는 때가 적당하다 생각하고 툰툰에게 살짝 말했다.

"우리는 내일 또 먼 길을 떠나야 한다. 이제 사람들은 놀도록 놔두고 밖에서 잠시 이야기를 해도 좋겠는가?"

"바란다면 뭐든지 좋다."

그렇게 하여 희네와 툰툰은 아직도 황소처럼 술을 들이켜는 나래를 사람들 사이에 놓아두고 밖으로 나왔다. 낮에 벌인 잔치에 시간 가는 줄을 몰라 어느새 하늘엔 별이 총총 빛나고 있었다.

희네가 적당한 곳에 털썩 주저앉자 툰툰도 옆에 앉았다. 희네가 말을 꺼내기 전에 툰툰이 먼저 입을 열었다.

"희네, 나래. 당신들은 형제인가?"

"그렇다. 쌍둥이 형제다."

"쌍둥이? 하나도 닮지 않았는데, 닮지 않은 쌍둥이인가?"

"그렇다."

"그렇군. 그런데 당신은 사울아비 집안사람인가?"

"그렇다."

"당신 집안도 대단히 용감한 집안이겠군."

그 말에 대꾸는 하지 않고 희네는 씩 웃었다. 툰툰이 물었다.

"희네와 나래는 아잇적 이름인가? 주신 사람은 성인식을 해야 성(姓)과 진짜 어른 이름을 받는다고 들었는데?"

"맞다. 우리는 아직 성인식 전이다. 조금 늦은 편이다. 그런데……."

희네는 툰툰의 질문이 끝없이 이어질 것 같자 얼른 말꼬리를 돌려 본론을 꺼냈다.

"부탁할 것이 하나 있다."

"무엇이든지 말해라! 무엇이든 들어주겠다."

툰툰이 술기운 때문인지 다소 과장된 표정으로 가슴을 치며 말하자 희네는 정색을 하며 정중하게 말했다.

"무엇을 달라는 게 아니다. 한 가지만 말해 주면 된다. 이 근처에 선인이 산다고 하는데…… 선인에 대해 아는 게 있는가?"

툰툰은 잠시 눈을 껌벅이다가 희네를 바라보았다.

"선인? 선인을 왜 찾는가?"

희네는 미소를 띠면서도 엄숙한 표정으로 말했다.

"그건 말할 수 없다."

"나는 늙었다. 그래서 잘 싸우지는 못하지만 나이를 헛먹지는 않았다. 아마도 당신은 선인에게서 새로운 무엇인가를 배우고 싶은 것일 테지. 그렇지 않은가? 젊을 때는 뭐든 배우고 싶어 하는 법이니까."

툰툰은 자못 예리했다. 그러나 희네는 속으로 씁쓸하게 웃었다.

'당신 눈치도 보통은 아니다만 내 뜻을 어찌 알겠는가?'

그래도 희네는 그냥 그렇다고 툰툰의 말에 맞장구를 쳤다. 그러자 툰툰이 자신 있게 말했다.

"나는 많은 것을 알고 있다. 어떤 선인을 찾는가? 큰선인을 찾는 것인가, 아니면 그냥 선인을 찾는 것인가? 아니면 어떤 기이한 능력을 가진 선인을 찾는 것인가?"

희네는 기쁜 표정을 지었다. 툰툰이 선인들에 대해 잘 아는 것 같았기 때문이다.

"선인들에 대해 잘 아는가?"

취기가 오른 툰툰의 얼굴이 더욱 벌게진 것 같았다.

"좀 안다."

"큰선인은 어떤 사람인지 말해 보라."

희네의 요청에 툰툰이 즉각 대답했다.

"큰선인은 하늘과 통하고 신과 통한다. 그래서 세상에 몇 없고, 찾기도 어렵다. 큰선인이 하지 못할 일은 없다. 그러나 큰선인은 몸을 숨기고 여간해서 사람들 앞에 나타나지 않는다. 큰선인은 사람의 경지를 넘어섰기 때문에……."

희네는 고개를 끄덕였다. 툰툰이란 이 미아우 족장은 정말 많은 것을 알고 있었다. 부족 사람들이 툰툰을 '모르는 게 없는 너구리'라는 별명으로 부르는 것도 무리는 아니었다.

"그러면 그냥 선인은 어떤 사람이지?"

"우리처럼 모여 살지 않고 혼자 도를 닦으며 사는 사람이 그냥 선인이다. 대개가 큰선인이 되기 위해 수행하는 사람들이다. 하지만 꼭 도를 닦지 않더라도 보통 사람과는 전혀 다른, 아주 많이 다른 사람도 있다. 그들도 선인이라고 부른다."

그 말에 희네는 손뼉을 치며 말했다.

"맞다, 내가 찾는 것이 바로 그런 선인이다. 큰선인을 만나면 좋겠지만, 만나기 힘들다는 것을 안다. 죽기 전에 한 번이라도 만나면 다행이다. 하지만 그냥 선인도 좋다. 특별하고 신기한 능력을 지닌 사람이면 더 좋다. 아는 것이 있는가?"

툰툰은 말했다.

"희네, 나래. 내 진정으로 이야기하겠다. 이 근방, 여기서 사흘 정도 걸어가면 벌판 가운데 솟아오른 산이 하나 있다. 둥그렇고 보기 좋게 솟아 있으니 찾기 쉬울 것이다. 항상 안개가 끼어 있는 작은 산이다. 그곳에 선인이 있다고 한다. 지금도 있는지는 잘 모르지만, 선인을 찾아 배움을 얻는 것은 좋은 일이다."

희네는 찾던 선인이 있다는 말에 얼굴빛이 환해졌다. 그 모습을 보며 툰툰이 허허 웃었다.

"그러나 그렇게 도움을 받을 만한 선인은 아닐지도 모른다. 특히 당신 같은 사울아비에게는."

"상관없다. 알려만 달라."

"사흘이나 돌아가야 하는데도?"

"말을 타고 달려가면 하루면 갔다 올 수 있다."

고개를 끄덕이며 툰툰은 그 근방에 있다고 소문이 나 있는 선인에 대한 이야기를 시작했다. 벌써 기울어져 가는 보름달 아래, 희네는 눈을 크게 뜨고 행여 한마디라도 놓칠세라 툰툰의 이야기에 귀를 바짝 기울였다. 한웅을 모시고 가는 길이라 지금 당장 선인을 찾아갈 수는 없었지만 잘 기억해 두어야 했다.

저만치에서는 미아우 사람들의 왁자지껄한 소리와 함께 나래가 취하여 큰 소리로 깔깔 웃는 소리가 들려왔다.

다음 날, 나래는 부스스한 얼굴로 눈을 떴다. 눈을 뜨자 옆에서 자고 있는 툰툰이 가장 먼저 보였다. 나래는 급히 몸을 일으켰다. 낯선 환경에 놀라서였다. 잠시 둘러보니 자신이 잠든 곳은 잔치가 벌어졌던 툰툰의 움집이 아니라 작은 천막이었다. 툰툰의 침실 천막인 듯했다. 나래가 몸을 일으켜 천막의 가죽을 들추며 내다보자, 희네가 천막 앞까지 말을 끌고 오는 모습이 보였다.

"형님, 어제 내가 많이 취했어? 실수하지는 않았어?"

희네가 웃으며 피곤한 얼굴로 대꾸했다.

"너 어제 너무 빨리, 너무 많이 마시더라."

나래는 머리를 긁적거렸다.

"흠, 미아우족의 술은 너무 맛 좋거든……. 냄새도 좋고……."

"성인식도 올리기 전에 이렇게 술꾼이 되다니. 아버지가 아시면 뭐라고 하실까?"

희네가 놀리듯 묻자 나래는 담담하게 말했다. 나래는 항상 담담한 표정이었고, 감정의 기복을 밖으로 보일 때가 드물었다.

"내가 뭐 꼭 마시고 싶어서 그랬나? 잔치가 벌어졌는데 형이 족장하고 이야기하려면 내가 대신 마셔야 하잖아. 족장과 이야기는 잘되었어?"

희네는 고개를 끄덕였다. 나래는 덩치가 크고 행동이 우직해서 보통 사람들은 나래가 둔하다고 생각하기 쉬웠다. 그러나 보기와는 달리 둔하지 않았고 매우 현명했다. 희네의 깊은 생각에는 미치지 못해도, 보통 사람보다는 생각이 훨씬 깊었다.

하지만 나래는 말수가 적고 덩치에 걸맞지 않게 수줍음을 많이 탔기에 그런 깊은 생각을 남에게 드러내는 일이 거의 없었다. 아버지 치우우레만 해도 나래의 그런 면에 대해서는 잘 몰랐다. 다만 쌍둥이 형인 희네에게만은 속내를 솔직하게 털어놓고 있었다.

"여기서 남동쪽으로 사흘을 걸어서 가면 선인이 사는 벌판이란다."

"이번엔 어떤 선인이래?"

"아주 기이한 사람이란다. 만나 본 사람이 없으니 더 기이하지."

"그러면 기이한 사람인지, 아니 진짜 선인인지 아닌지 어떻게 알아?"

"나중에 이야기하자."

희네가 슬쩍 나래에게 눈짓을 하는데 툰툰이 깨어나 부스스한 얼굴로 천막을 들추고 나왔다.

희네가 먼저 툰툰에게 인사를 건넸다.

"잘 잤는가, 툰툰?"

툰툰이 웃으며 말했다.

"잘 잘 수가 있는가? 당신들 옆에서 밤새 지켰으니 말이다."

"지키다니?"

희네가 의아해하며 물었다.

"당신들이야 점잖지만, 우리 부족의 철없는 아가씨가 당신이나 당신 동생을 마음에 들어 해서 숨어들면 안 되지 않는가? 우리 미아우족 아가씨들은 용감해서, 당신들이 여기서 잔다는 사실을 알면 용감한 남자가 그리워 밤에 쳐들어왔을 것이다. 맹세를 깨게 해서 벗을 말 아래 떨어져 죽게 할 수는 없지 않는가?"

"말 아래 떨어져 죽더라도 그런 용감한 아가씨 얼굴이라도 보게 놔두지 그랬는가?"

희네가 농담을 하며 맑은 소리로 하하 웃었다. 희네는 농담하기를 좋아했다. 희네에게 그 말을 전해 듣고 나래도 말했다.

"형님, 나도 고맙다고 전해 줘. 정말 진탕 취했고, 대접을 잘 받았다고."

희네가 툰툰에게 인사하자 툰툰은 손을 내저었다.

"그런 정도로 우리가 보답했다고 볼 수는 없다. 당신 아우는 술은 마셨지만, 잔치에서 제대로 놀지도 못했고 당신도 술을 얼마 안 마셨지 않은가?"

"아니다, 충분하다. 우리는 이제 돌아가야 한다. 우리는 원래 도둑들의 물건을 돌려주러 온 것이다. 기다리는 우리 무리가 있다."

"그런가? 그러면 선인은?"

"길을 달려 찾아보고 돌아갈 것이다."

"그렇구나……. 그런데…… 흠……."

툰툰이 한참 생각하다가 입을 열었다.

"당신들은 우리 마을을 구했고 우리 마을 사람들의 목숨을 구했다. 더구나 지나족도 물리쳐 주고 도둑들이 빼앗은 물건마저도 돌려주었다. 그 물건을 답례로 주겠다고 해도 받지도 않는다. 우리 미아우족은 원수를 반드시 갚지만, 은혜도 반드시 보답한다. 당신들에게 보답을 못하고 그냥 보내게 되면 우리에게는 큰 수치이다."

"당신은 선인이 있는 곳을 가르쳐 주지 않았는가?"

"그런 정도는 보답이라 할 수 없다. 그 선인에 대해서는 우리 부족 중 절반은 알고 있다. 비밀도 아니다. 그러니 내게 다른 뭔가를 원하는 게 있으면 무엇이든 말하라."

희네는 툰툰이 정색을 하며 말하자 놀라 손을 저었다.

"아니다. 원하는 것은 없다. 도움을 주고 보답을 바라는 것은 사울아비가 할 행동이 아니다."

"당신이 보답을 원한 것이 아니라, 우리가 당신들에게 선물을 주고 싶은 것이다."

툰툰이 완강하게 나오자 희네는 당황했다.

"그러면 어제 술을 가죽 주머니에 가득 담아 달라. 아주 좋은 술이다."

"그건 안 된다."

"왜 안 되는가?"

"어제 내가 몰랐을 때는 얼마든지 줄 수 있었지만, 지금은 줄 수 없다."

"왜 줄 수 없다는 것인가?"

"당신은 몰라도 당신 동생이 술을 가지고 가면 분명 어제처럼 취해 쓰러질 때까지 마실 것이다. 술에 취하면 맹세를 깨지 않는다는 보장이 없다. 그러면 그 술은 선물이 아니라 당신들을 해치는 독이 된다."

희네는 툰툰의 현명함에 고개를 끄덕였지만 난감했다. 사실 나래는 그렇게 술을 퍼마실 성격이 아니었고 어제는 일부러 그렇게 행동한 것이지만 굳이 그것을 밝힐 필요는 없었다. 그러나 달리 요구할 만한 것이 없었다. 희네와 나래는 가장 문물이 앞선 주신에서 왔으며 존경받는 사울아비였기 때문에 몸에 지닌 것이나 말에 실은 것 어느 하나도 미아우족보다 못한 것이 없었다. 자기가 지닌 것보다도 못한 물건을 달라는 것은 당시로서는 상대를 무시하는 커다란 실례였다.

희네가 대답하지 않자 툰툰은 한참 생각하다가 말했다.

"나는 당신들에게 큰 선물을 하고 싶다. 그렇다. 원래 이것은 다른 부족 사람에게는 절대 주어서는 안 되는 것이지만, 당신들에게라면 줄 수 있다. 어쩌면…… 당신들에게는 도움이 될지도 모른다……."

툰툰은 혼자 중얼중얼하다가 천막으로 들어가더니 잠시 후 희네와 나래에게 들어오라고 손짓을 했다. 희네와 나래가 천막 안으로 들어가자 툰툰은 지나가던 미아우 청년 둘을 불러 문 앞에 서서 누구도 들어오거나 엿보지 못하게 하라고 엄하게 일렀다. 그리고 툰툰은 다시 천막을 닫고 희네와 나래를 향해 말했다.

"당신들에게 줄 것이 있다. 아주 귀한 것이다. 그러나 먼저 이것을 받기 전에, 나에게서 이것을 얻었다는 말을 아무에게도 하지 않겠다는 약속을 하기 바란다."

약간 어리둥절해하면서 희네가 말했다.

"약속이 아니라, 맹세라도 하라면 하겠다."

툰툰이 고개를 저었다.

"맹세는 안 된다. 나는 당신을 믿는다. 당신이 약속한 것은 반드시 지키리라 믿는다. 당신이 혹 실수로라도 말을 흘리게 된다면, 그것은 할 수 없는 일이다. 이것을 당신에게 준 것은 나 툰툰이니, 당신이 어쩔 수 없거나 실수로 말하는 것이라면 내가 책임을 지겠다. 그것은 당연히 내 몫이며, 선물을 주면서 그런 책임까지 지게 해서는 안 된다. 나는 다만 당신이 말하지 않기를 바랄 뿐이다."

희네는 고개를 끄덕여 보이고 가슴을 치며 약속했다. 약속을 할 때는 가슴을 주먹으로 치는 것이 일반적인 풍습이었다.

"나, 주신의 사울아비 희네는 이 선물을 누구에게 받았는지 아무에게도 말하지 않겠다고 약속한다."

나래도 희네에게 그 말을 전해 듣고 약속을 했다. 나래는 힘이 세고 몸이 단단해서 주먹으로 가슴을 치는데도 펑펑 소리가 났다.

툰툰은 엄숙한 눈빛으로 품 안에서 작은 주머니를 꺼내 연한 향기가 도는 누런 가루를 자신과 희네, 나래 이렇게 세 사람의 몸에 뿌렸다. 향기가 은은한 것이 무슨 꽃 내음 같았는데 금세 사라져 버렸다. 그러고 나자 툰툰이 천막 깊숙한 곳에 세워 두었던 큰 항아리 속에서 뭔가를 끄집어내었다. 나무로 만든 약간 큰 손바닥 크기만 한 상자였는데, 툰툰은 그 상자와 작은 주머니를 희네에게 내밀었다.

"이것을 받아라."

"이게 뭔가?"

"열어 보라."

희네는 나무 상자를 조심스럽게 열어 보았다. 안에는 붉고 푸른 반점이 박힌 알 하나가 들어 있었다. 알은 여자의 주먹 정도로 아담하고 아롱진 무늬들이 화려했다. 희네나 나래는 생전 처음 보는 것이었다.

"이게 무엇인가?"

희네가 묻자 툰툰이 엄숙히 말했다.

"신수(神獸)의 알이다."

침착한 희네였지만 그 말에 소스라치게 놀라 하마터면 상자를 손에서 떨어뜨릴 뻔했다. 나래도 다른 것은 몰라도 '신수'라는 말만은 알아듣고 깜짝 놀랐다. 신수라는 이름은, 하늘이 무너져도 흔들리지 않을 이 두 사람이 놀랄 정도로 무서운 것이었다.

"신…… 신수라고?"

"그렇다. 어떤 신수인지는 잘 모르지만, 아무튼 새 모양 신수의 알일 것이다."

말하는 툰툰의 몸이 떨리고 있었다. 신수는 정말로 무서운 존재였다.

반은 신적인 존재라고 할 수 있었다. 보통 사람은 신수라는 호칭을 입에 올리는 것만으로도 커다란 불경이다. 인간 중에서 자연의 도를 깨우쳐 인간의 경지를 벗어난 큰선인이 있는 것처럼, 동물 중에서도 도를 깨우친 신령한 동물이 있었으니 그것이 신수였다.

그러나 신수의 힘은 큰선인이나 비교할 수 있는 것이지 보통의 선인과는 차원이 달랐다. 신수는 도를 깨우침에 따라 모습이 변하여 간다. 처음 알을 깨고 나올 때는 여느 짐승과 같지만 일단 깨고 나오면 어미의 도력(道力)을 입어 급속도로 성장하여 어마어마한 존재로 변한다고 했다. 신수들은 잘 번식하지 않으니만큼 신수의 새끼나 알을 보기는 대단히 어려웠다.

신수들은 인간을 잘 건드리지 않고 유유자적 살아가지만, 간혹 인간과 맞서게 될 때에는 공포의 존재로 둔갑하곤 했다. 어느 부족이건 신수의 노여움을 사서 마을에 불덩어리가 쏟아져 몰살당했다거나, 백 명의 전사들이 순식간에 갈가리 찢어져서 고깃덩어리가 되어 버렸다거나, 스무 길이 넘는 몸뚱이에 집이 무너지고 한입에 사람이 셋씩이나 삼켜졌다는 등의 소문이 있었다.

호랑이나 늑대 같은 짐승에 대한 공포와는 차원이 다른 공포였기에 우는 아이에게 호랑이나 늑대 이야기를 해서 겁을 주는 경우는 있을지언정 신수라는 이름은 아예 입에 올리지도 않았다.

간혹 신수와 싸워 이기는 대단한 사람의 이야기도 있었지만 대부분 전설일 뿐이고, 삼천 명의 장정과 백 명의 주술사가 가서 결국 세 명만 남고 모두 죽는 싸움 끝에 신수를 죽이지도 못하고 만신창이가 되어 간신히 도망쳤다는 믿지 못할 이야기뿐이었다. 삼천 명의 장정과 백 명의 주술사를 동원할 만한 부족은 근방에서는 주신족뿐인데, 주신에서는 그런 허무맹랑한 일이 벌어진 적이 없다는 것을 희네는 잘 알고 있었다.

그리고 신수에 대해서라면 희네 나래는 누구에게도 말한 적 없는 아픈 기억이 있었고…….

잠시 뜸을 들인 뒤 툰툰이 입을 열었다.

"우연히 얻게 된 것이다. 그러나 내가 직접 얻은 것은 아니다."

"그렇다면……?"

"오래전에 나는 남쪽 깊숙이 여행할 일이 있었다. 가는 데만 한 해가 넘게 걸렸다. 남쪽의 아주 덥고 울창한 숲으로 들어가는 길이었다……."

미아우족은 독물을 다루는 데 일가견이 있어 툰툰 역시 독을 지닌 것에 대한 관심이 많았다. 그래서 강한 독을 지닌 생물들을 찾으러 여행을 떠난 것이다. 남쪽의 숲까지는 부족 사람들과 무리를 지어갔지만 숲에는 툰툰 혼자 들어갔다. 미아우 출신인 툰툰은 그늘진 곳만 찾아서 여행하는 데 능숙했다. 사람들은 아예 그림자도 볼 수 없었고, 독을 잔뜩 지닌 터라 짐승들도 툰툰을 피했기 때문에 다른 사람들과 달리 혼자 여행하는 것이 오히려 편했다.

미아우족의 독을 다루는 습관도 사실은 짐승에게 습격받지 않으려는 데서 비롯된 것이었다. 제아무리 은밀하게 독을 지녔다 해도 독을 지닌 느낌이 강하게 풍기기 때문에 짐승이 미아우족을 오히려 피했고, 그중에서도 툰툰은 독을 잘 다루어서 혼자 험한 밀림을 헤매도 전혀 문제가 없었다.

어느 언덕 위에서 밀림을 내려다보던 툰툰은 이상한 광경을 보았다. 빽빽하여 하늘조차 보이지 않는 원시림의 어느 한 부분에 기이하게도 구멍이 뻥 뚫려 있었다. 조심스레 살펴보니 그 구멍 주위로만 나무들이 불에 타 없어진 것처럼 보였다.

'이상한 일이. 산불도 아니고, 어떻게 한 부분만 저렇듯 타서 뚫릴 수가 있을까?'

툰툰은 내려가 보았다. 도착해 보니 놀랍게도 위에서 본 대로 근처의 나무들은 타서 재가 되어 있었다. 대단히 뜨거운 무엇이 나무들을 순식간에 태워 버렸는데, 때마침 비가 내려 불이 번지지 않은 듯했다. 아니, 비가 내리는 중에 나무들이 홀랑 타 버린 것 같기도 했다. 비가 내리는 중에 거대한 나무들을 잿더미로 만들어 버리는 불이라니 상상도 할 수 없는 일이었다.

툰툰은 순간, 이것은 자연 현상이 아니라는 것을 깨달았다. 신수의 짓 같았다. 툰툰은 다리가 저려와 그 자리를 피하려고 했다. 그때였다. 누가 대뜸 자신의 다리를 붙드는 것이 아닌가. 툰툰은 나이도 들어 현명하고 침착했지만, 그 순간에는 너무도 놀라서 주저앉고 말았다……

희네의 눈동자가 빛났다. 그러나 상자를 받쳐 든 손은 흔들림이 없었고 얼굴도 평온해졌다. 툰툰은 차분하게 이야기를 계속했다.

"너무 놀랐다. 그것은 사람의 손이었다. 그 자리에 놀랍게도 사람 하나가 타 죽지 않고 살아남아 있었다. 손은 흙을 뚫고 위로 나와 있었는데, 심하게 데어 보기 흉할 정도였다……"

그는 불벼락이 떨어질 것을 알고는 흙구덩이 속으로 들어가 몸을 숨겼던 것 같았다. 그러나 몸을 숨긴 흙구덩이가 강렬한 열에 구워져 토기 조각같이 딱딱하게 변해 버렸기에, 툰툰은 몽둥이로 흙을 일일이 부숴야 했다.

한참을 애쓴 끝에 그 사람을 끄집어냈는데, 다행히 숨구멍이 막히지 않아 살아 있었지만 전신에 심한 화상을 입고 죽어 가고 있었다. 옷은 물론이요, 머리칼이며 눈썹도 없었으며 온몸에 물집이 부풀어 올라 누구이며 어느 부족 사람인지 알아볼 수조차 없었다.

한참 동안 툰툰이 보살폈지만 살리기는커녕 말 한마디 하게 할 수 없었다. 그 사람이 마지막으로 숨을 거두면서 부들부들 떨며 툰툰에게 뭔가를 내밀었는데, 그것이 바로 이 알과 가죽 주머니였다…….

희네는 놀라움에 고개를 끄덕이며 다시 한번 화사한 신수의 알을 쳐다보았다. 툰툰이 한숨을 쉬더니 말했다.

"결국 나는 이렇게 생각했다. 그 사람이 누구인지 몰라도 신수의 알을 얻기 위해 목숨을 걸었던 것 같다. 어떻게든 신수의 알을 훔치는 데에는 성공했지만, 신수에게 들켜 불벼락을 맞아 버린 것이다. 대단한 사람이 틀림없다. 마지막 불벼락을 맞는 순간에도 흙구덩이로 뛰어들어 그때까지 죽지 않았으니 말이다. 더구나 그렇게 다친 몸으로 굳어 버린 흙 속에서 며칠을 갇혀 있으면서도 버티어 냈으니 정말 대단한 사람이었을 것이다."

"그렇다. 대단한 사람이다."

희네가 맞장구를 치자 툰툰이 말을 이었다.

"불벼락은 하늘에서 떨어진 것 같았으니, 그 신수는 분명 하늘은 나는 새일 것이다. 불벼락을 내린 다음 알도 부서졌을 거라 여기고 그냥 돌아갔겠지. 나는 덜덜 떨며 알을 가지고 오기는 했지만, 어떻게 할 엄두가 나지 않았다."

"이것을 왜 나에게 주는 것인가?"

"그 대단한 사람이 목숨을 걸고 가지고 온 것이다. 그만큼 귀중한 것이 틀림없다."

"나더러 신수를 키워 보라는 것인가?"

그 말에 툰툰이 놀란 듯 희네를 바라보다가 고개를 저었다.

"세상에 누가 신수를 키울 수 있겠는가? 아무도 그런 마음은 갖지 못할 것이다."

"그렇다면?"

"나 툰툰이 사울아비 희네에게 묻겠다. 이것을 어떻게 할 수는 없다. 하지만 이것은 희귀하고 귀한 물건인가 아닌가?"

"물론 귀한 물건이다. 이것보다 희귀한 물건을 나는 아직 본 적이 없다."

"이것을 당신에게 주는 이유는 간단하다. 만약 당신이 선인을 만나게 된다면, 선인에게 바칠 귀중한 물건이 필요할지도 모른다. 선인들은 성격이 괴상하니 좋은 선물을 한다고 해도 나쁠 것은 없다. 보통 사람에게는 이것이 쓸모가 없을 테지만, 선인들은 좋은 용도로 사용할 수 있을지도 모르잖는가?"

"그럴 수도 있겠군."

그 말에 희네도 동의했다. 세상에 신수의 알이라니! 어쩌면 선인들에게 뭔가 부탁을 하기 위해서는 이보다 더 좋은 물건이 없을지도 몰랐다.

"하지만…… 세 해나 지났다면 이미 알이 썩어 버렸을지도 모른다."

고개를 저으며 툰툰이 말을 이었다.

"그 알은 절대 죽지 않았다. 가만히 놓아두면 달각거리며 흔들린다. 안에서 깨고 나오려는 것처럼 말이다."

"그런가?"

"나도 처음에는 알이 움직이는 것을 보고 기겁을 했다. 하지만 그때 나는 그 사람에게서 받은 이 주머니를 생각해 냈다. 그 안에 든 가루를 뿌리자 알이 조용해졌다. 아마도 깨어날 준비는 되어 있는데 알 안에서 잠이 들어 있는 것 같다."

"그래서 나에게도 가루를 뿌린 건가?"

"그렇다. 이 가루가 무엇으로 만들었는지 나는 도무지 알 수가 없다. 다만 가루를 뿌려 주면 알은 두 달 정도 잠이 든다. 나는 지금까지 아주 여러 번 가루를 뿌렸다. 두어 번 깜박 잊고 뿌리지 않은 적이 있었는데,

그때 알이 막 깨어날 것 같이 요동쳐서 무서웠다. 두 달에 한 번씩 잊지 말고 뿌려라. 조금만 뿌리면 되니 남은 가루는 충분할 것이다."

희네는 고개를 돌려 나래에게 툰툰의 이야기를 대강 들려주었다. 나래의 표정은 여전히 덤덤했지만 슬쩍 몸서리를 쳤다. 나래도 알에서 무엇인가가 깨고 나올지 모른다고 생각하니 두려운 것이 분명했다. 아무리 새끼라고 할지라도 신수가 아닌가!

"보물임은 틀림없지만 이렇게 까다롭고 무서운 보물을 받아야겠어?"

나래가 묻자 희네가 고개를 끄덕였다.

"쓸데가 있을 것 같다."

"조심해. 신수라니……."

조심스레 희네가 툰툰에게 물었다.

"혹시 신수 어미가 찾아오는 것은 아니겠지?"

"그럴 리는 없다. 그 알을 얻은 곳에서 여기는 수십천 리나 떨어져 있다. 그리고 신수가 올 것이었으면 진작 왔을 것이다. 여러 해가 지났으니 어미도 모를 것이다. 만약 선인을 찾지 못한다면 신시로 가지고 가서 다른 사람의 좋은 물건과 바꾸거나 한웅께 바쳐도 좋을 것이다. 희귀하기 이를 데 없는 것이니까."

"이런 귀한 것을 왜 진작 다른 좋은 물건들과 바꾸지 않았는가?"

그러자 툰툰이 웃었다.

"당신들은 누구도 겁낼 필요 없는 사울아비들이고, 모든 부족이 받들고 있는 주신의 사람이다. 용감무쌍하여 당할 자가 없는 형제다. 당연히 당신들은 귀한 물건을 남과 바꿔서라도 겁낼 것이 없다. 그러나 나같은 작은 마을의 족장에게는, 이런 보물이 있다는 것이 알려지기만 해도 위험해진다. 지나족이나 키탄(거란)족이나 타타르족이나 욕심을 내는 자가 생긴다면 나뿐만 아니라 마을 전체가 망할지도 모른다. 어제만 해도 당신들이 구해 주지 않았으면 우리 마을은 망할 뻔하지 않았는가?"

그 말에 희네도 고개를 끄덕였다. 자신이라면 이것을 요긴하게 사용할 방법을 생각해 낼 수 있을 것 같았다. 이런 까다로운 보물은 강한 힘이 있는 자에게나 보물이지, 툰툰 같은 작은 부족장에게는 분에 넘치는 물건이기도 했다. 희네는 툰툰의 지혜로움을 다시 깨달으면서 이 선물을 받아들이는 것이 양측에게 도움이 된다고 생각했다. 툰툰은 이 물건에 대한 짐을 덜고, 자신은 잘 사용하면 된다.

희네는 툰툰에게 고맙다는 인사를 전하고 상자를 받아들이기로 했다. 툰툰은 다시 두 사람에게 말했다.

"가지고 있을 때는 좋으면서도 마음이 여간 무겁지 않았는데, 주고 나니 아쉽지만 마음이 홀가분해진다. 희네 나래여, 잘 사용하기 바란다."

"주신의 희네와 나래가 다시 한번 고맙다고 말한다, 나의 벗 툰툰이여."

"나, 미아우족의 툰툰이야말로 벗 희네 나래에게 진심으로 고맙다고 말한다."

세 사람은 웃으며 인사를 나누었다. 희네는 충분히 잘 쉬었고 시간이 없으니 즉시 떠나겠다고 말했다. 툰툰은 아쉬워했지만 바쁘다는 사람의 길을 막을 수는 없었다.

"헤어지기 아쉽다. 그러나 할 수 없는 일이다. 당신이 먹을 식량과 물, 좋은 가죽은 당신의 말에 실어 두었을 것이다. 그런데 당신들은 선인을 만난 다음 어디서 일행을 만날 건가? 길은 아는가?"

희네가 고개를 끄덕였다.

"길은 안다. 우리 무리는 천천히 움직이고 있으니, 말을 타고 달리면 하루 안에 따라잡을 수 있다. 우리 무리는 지금 남서쪽으로 가고 있다."

"남서쪽으로 간다면 신수가 사는 곳이 몇 군데 있다. 당신들은 도둑

떼나 사나운 부족은 걱정하지 않아도 될 테지만, 당신의 무리라 할지라도 신수가 사는 곳만은 멀찌감치 피해야 할 것이다."

희네는 툰툰의 걱정스러운 당부에 씩 웃으며 어깨를 폈다.

"잘 알고 있다. 신수가 사는 곳은 우리도 알고 있으니 반드시 피해서 갈 것이다."

"그렇다면 다행이다. 먼 길에 나와 바라는 바를 다 이루기를 빈다. 나의 벗 희네여, 나의 벗 나래여. 돌아가는 길에 반드시 다시 들러 주기를 바란다. 이 마을의 모든 사람은 당신들을 영원히 형제로 기억할 것이다."

희네와 나래가 떠난다는 소리를 듣고 미아우족 사람들이 전부 몰려 나왔다. 남녀노소 가릴 것 없는 환대였다. 몇몇 아가씨들은 말 한마디 나누어 본 적이 없는데도 아쉬워서 저만치에서 눈물을 흘리기까지 했고, 툰툰의 막내아들 녀석도 흑흑 흐느꼈다.

나래는 여전히 덤덤한 표정으로 툰툰의 막내아들 유쌍에게 다가갔다. 거대한 나래가 꼬마 앞에 웅크리고 앉아 환한 웃음을 지어 보이자 꼬마는 입을 삐죽거렸다.

나래가 희네에게 물었다.

"이 녀석 이름이 뭐유, 형님?"

"유쌍이라고 한다."

"아, 그렇군. 유쌍에게 말 좀 전해 줘."

나래는 미소를 지으며 유쌍의 고사리 손을 잡았다. 나래의 손은 솥뚜 껑만큼 커서 유쌍의 손만 아니라 팔까지 파묻힐 지경이었다. 유쌍은 나래의 손이 의외로 부드럽고 따뜻할 뿐만 아니라 미소 역시 온화하여 자신도 모르게 울음을 그쳤다.

"울지 마라. 착하지? 언제 지나가게 되면 다시 오마. 네가 크면 주신 으로 나를 찾아와도 된다, 알았니?"

나래는 허리춤에 꽂고 다니던 작은 구리칼을 꺼내 유쌍에게 주었다. 희네는 나래의 말을 미아우 말로 바꾸어 들려주었다. 구리 물건은 말로만 듣고 먼발치에서 구경만 했지 직접 만져 보지 못한 미아우 꼬마는 무척 좋아했다. 나래는 유쌍의 머리를 한 번 쓰다듬어 주고는 씨익 웃었다.

유쌍이 좋아하며 저만치로 와하고 달려가자 다른 꼬마들이 유쌍의 뒤를 우르르 따라갔다.

미아우 사람들은 저렇듯 덩치 크고 싸움 잘하는 용사가 무척이나 사람 좋게 웃는 얼굴을 보고는 멍해졌다.

나래는 많은 시선을 의식한 듯 담담한 표정으로 돌아왔다. 하지만 너무 많은 사람들이 쳐다보자 두 볼이 약간 붉어졌다. 나래는 말없이 구름의 등 위에 훌쩍 뛰어올랐다. 희네도 웃으며 높은뫼 등에 천천히 올랐다.

두 사람은 모두 모여 손을 흔드는 미아우족 사람들을 뒤로 한 채 말을 달리기 시작했다.

아직도 황사 바람이 벌판을 거세게 휩쓸어 가고 있었다. 말을 몰아 마을에서 막 벗어날 즈음, 어제 나래가 처치했던 지나족의 시체가 저만치 널려 있는 모습이 보였다. 시체들은 시커멓게 변해 있어서 멀리서 보아도 미아우족의 독에 의해 처참하게 죽음을 당했음을 알 수 있었다. 나래는 쩝 하고 입맛을 다셨다. 희네가 말했다.

"신경 쓰지 마라. 어차피 죽고 죽이는 것이 세상일이다. 죽을 짓을 했으니 죽은 것뿐이야."

나래는 체념한 듯 고개를 끄덕이며 말했다.

"그런데 어디로 갈 거야? 선인 만나러 갈 거야, 바로 한웅님 행차를 따라갈 거야?"

"하루면 다녀올 수 있을 것 같으니 선인부터 찾아보고 가자."

"어떤 선인이래?"

"아무짝에도 쓸모가 없는 기이한 선인이란다. 어때, 재미있지?"

"아무짝에도 쓸모가 없다면서 왜 만나?"

희네는 약간 근엄하게 웃어 보이며 대답했다.

"큰 쓸모가 있는 것이야말로 아무 쓸모없어 보이기 쉽단다."

그 말을 하다가 희네는 안색을 흐리며 나직이 말했다.

"이제…… 좀 천천히 가자……."

나래의 얼굴이 대번에 어두워졌다.

"다리?"

희네가 툰툰의 마을에서는 볼 수 없었던 어두운 표정으로 고개를 끄덕이자 나래는 눈물을 글썽거렸다.

"이리 와, 형님. 내 말을 같이 타자구."

"그래야 할 것 같구나……."

희네는 말을 세웠으나 다리가 몹시 아픈 듯 제대로 내리지도 못했다. 나래가 희네를 한 손으로 가볍게 들어 올려 여자처럼 두 다리를 모아 옆으로 자신의 말 등에 올리고는 희네의 허리를 잡았다.

나래는 워낙 힘이 세어 다리 힘만으로도 두 사람을 떠받치는 데 아무 문제가 없었고, 구름도 워낙 크고 힘이 세, 두 사람을 태우고 달려도 문제가 없었다. 덩치 큰 나래와 희네가 함께 타도 지치지 않도록 애서 구한 힘센 말이 바로 구름이었다.

희네는 지금껏 아픈 모습을 보이지 않으려고 초인적인 힘을 발휘하여 연기를 한 것이다. 느릿느릿 움직이는 한웅의 행렬 뒤를 따라가는 것은 문제가 없었다. 그냥 다리를 늘어뜨리고 가면 되니까. 그러나 말을 달리는 경우 희네는 제대로 탈 수가 없었다. 왼쪽 다리에 힘을 줄 수 없었다.

툰툰의 부락에서도 보통 사람처럼 걸으려고 희네는 밤새도록 얼마나 무리했는지 모른다. 그 때문에 지금 다리가 너무 아팠고, 한웅 행렬을 따라 잡으려면 말을 몰아 달려야 하는데 희네의 다리 상태로는 무리였다. 이것은 희네 나래 형제와 양역 등 아주 친한 몇몇만이 알고 있는 비밀이었다. 아버지 치우우레도 몰랐다.

"다리도 못 쓰는 사울아비라니……. 누가 보면 뭐라고들 할 텐데……. 허, 뭔가 수를 내야겠는걸?"

희네는 고통스러워하면서도 남의 일처럼 웃으며 말했다. 나래의 눈에 눈물이 글썽거렸다.

"모두가…… 모두 나 때문이야."

"너 때문이라니 무슨 말을 하는 거야? 이건 병이야, 하하."

희네가 고통에 겨워 식은땀을 흘리면서도 아무렇지 않은 듯 웃으며 대꾸하자 나래는 더 참지 못하고 왈칵 울음을 터뜨렸다.

"형님! 형님! 형님은 나를 위해서…… 나 때문에…… 이렇게 되었어! 대신 내가 형님의 다리가 될게. 이 목숨이 다할 때까지 형님 대신 뛰고 싸우고 말을 달려 줄게!"

나래가 엉엉 울면서 외치자 희네는 애써 태연한 표정을 지으려 했으나 뺨이 붉어지면서 눈물이 솟았다.

"넌…… 내 아우야. 이 녀석, 그런 소리 할 거 없어. 넌 내 아우란 말야."

두 형제는 짙은 눈물을 뿌리면서 넓은 벌판을 달려갔다. 구름도 형제의 기분에 감염되었는지 네 발굽에 더욱 힘을 주며 빠르게 달렸다.

대선인들

세상과 연을 맺지 않고 대도(大道)를 추구하는 사람들을 선인이라 했다.
그러나 태고의 힘이 봉인된 상태에서 선인의 숫자는 점점 줄어들고,
그들의 외면적인 도력도 점점 줄어들어만 갔다.
그러나 아득한 예전부터 내려온 최고의 대선인들은 우주 전체를 좌우하는 힘을
잃지 않고 있었으며 되레 그 힘을 없애도록 조율하고 있었으니,
사람들은 그들을 일컬어 십이대선(十二大仙)이라고 했다.

맑구나. 오늘은 맑은 날이야. 내일도 맑을 것이고, 모레쯤에는 단비가 한 번
내리실 것이야. 그러고는 또 맑은 날이지. 열매며 이삭들이 잘 여물겠구나.

허리께까지 내려오는 희고 긴 수염과 눈처럼 흰 머리칼의 노인이 눈
을 감고 쭉 뻗어 누운 채 중얼거렸다. 그 중얼거림은 소리나 말로 되어
나온 것이 아니라 마음으로부터 울려 나올 뿐이었다. 그러나 노인 옆의
풀숲에서 뒹굴며 장난치는 작고 통통하며 눈이 큰 조그마한 아기에게
는 그 소리가 들리는지 아기는 노인의 얼굴을 잠시 바라보다가 옹알거
렸다.

"우웅?"

들리느냐?

노인은 잠시 왼쪽 눈을 반쯤 떠서 아기의 얼굴을 바라보았다. 아기는
까르르 웃으며 다시 옹알거렸다.

"웅…… 웅."

정말로 이 녀석은…….

노인은 자신도 모르게 살짝 웃고는 눈을 다시 감았다. 노인은 얇은 천 하나만 몸에 두르고 있었지만, 노인이 누운 풀밭 위의 나무에서 푸른 나뭇잎이 살랑살랑 떨어져 노인의 몸을 살풋 덮어 주고 있었고, 나비며 벌레와 새 들도 주변에 모여들어 기분 좋은 듯 돌아다녔다.

노인의 흰 수염과 백발은 바람에 조금씩 날리기는 했지만 흩어지지 않고 이내 가지런히 제자리로 돌아왔다. 벌레 한 마리도 소리를 내지 않았고, 아무것도 노인이나 아기를 귀찮게 굴지 않았다. 나무도 살짝 나뭇잎을 떨구었고 풀잎조차 뻣뻣하게 뻗대지 않고 폭신하게 몸을 감쌌으며, 나비며 벌이며 새 들은 머리 위를 즐거운 듯 날아다닐 뿐 아기나 노인을 성가시게 하거나 따사로운 가을 햇볕을 가리어 그림자를 드리우지 않았다. 한없이 평화롭고 조용했다. 노인의 주위는 그렇듯 평화롭게 시간이 정지해 버린 것 같았다.

노인은 한참이나 그렇게 누워 있다가 슬며시 눈을 떴다. 아기는 옆에서 나뭇잎을 가지고 장난치며 놀고 있었다. 아기는 노인과 눈이 마주치자 배시시 웃어 보였다. 계집아이답게 화사한 미소였다.

나를 원망하지 않는 게냐?

노인은 짐짓 아기에게 미간을 쿡 찡그려 보였다. 귀밑까지 자란 흰 눈썹이 찡긋 움직이자 노인의 얼굴은 마음 좋고 온화한 인상에서 조금 무서운 인상으로 바뀌었다. 그러나 아기는 배시시 웃으며 노인을 바라보다가 문득 고사리 같은 손가락을 들어 남쪽을 가리켰다. 노인은 인상을 풀고 눈을 감았다. 그러고는 혼자 생각했다.

정말로 다 아는구나, 다 알아. 너는 정말로……. 어떻게 너와 같은 아이가 있는 게냐? 어째서…….

그때 아기가 뭐라고 웅얼거리면서 노인의 눈썹 끝을 잡아당겼다. 비록 아기가 잡아당겼다지만 눈썹 끝이 예민할 터인데도 노인의 얼굴엔

미동이 없었다. 단지 노인은 아기에게 마음으로 말했다.

안다, 알아. 맥이 남쪽에서 오고 있어. 너도 아는구나. 그것을 알다니…….

싱그러운 산들바람이 불어왔다. 노인은 눈을 감은 채 마음속으로 중얼거렸다.

아기가 춥겠구나.

노인과 아기의 머리 위를 떠돌던 새들이 아닌, 흰빛을 띤 커다란 새 두 마리가 어디선가 나타나 너울거리며 내려왔다. 학이다. 두 마리의 학은 아기를 조심스레 날개로 가려 바람을 막아 주었다. 아기는 학을 무서워하지도 않고 흰 깃털을 만지면서 까르륵 웃으며 장난을 쳤다.

두 식경 정도가 지나 서쪽 하늘이 석양빛으로 물들기 시작할 때쯤, 남쪽 들판 저편에서 작은 울림이 전해 오기 시작했다. 미세한 울림은 조금 있다가 무엇인가 흔들리는 소리가, 이윽고 주변이 전부 덜그럭거리며 흔들리는 커다란 소리가 되어 눈 깜짝할 새에 가까이 들려왔다. 그러나 그런 울림에도 노인과 아기의 주변은 물 한 방울 떨어지는 소리도 들릴 듯한 고요와 평온이 여전히 감돌고 있었다.

이윽고 소리의 진원지인 듯한 곳에서 무엇이 달려오는 거대한 소리가 일어나 순식간에 지척으로 가까워지더니 커다란 먼지구름과 함께 거대한 물체가 달려와 노인의 발치에 딱 섰다. 그 순간 울려 대던 사방의 모든 진동이 일시에 멎고 먼지구름만 잠시 하늘로 피어오르다가 스러져 갔다.

먼지구름이 일었던 곳에 커다란 짐승 한 마리가 네 발로 조용히 서 있었다. 덩치는 곰만큼이나 크고, 몸 전체가 신비스럽게 번쩍이는 비늘로 덮였으며, 금색 털로 덮인 네 다리와 보기 좋게 짤막한 꼬리, 코끼리와 흡사하지만 묘하게 뻗은 우아한 코와 무엇보다도 큰 눈이 아름다운 동물이었다. 바로 신수인 맥(貘)이었다.

맥아, 혼돈(混沌)을 보았다고?

노인이 편히 누운 자세를 흐트러뜨리지 않고 맥에게 마음으로 물었다. 그러자 맥은 다소곳이 고개를 꾸벅하고는 남쪽 하늘을 향해 고개를 돌렸다.

혼돈이 이리로 오고 있구나……. 염려하지는 말거라. 그는 그고 나는 나니까.

맥이 다시 한번 고개를 끄덕해 보이고는 곧 아기 쪽으로 눈을 돌렸다. 아름답게 빛나는 맥의 커다란 눈이 더더욱 커지면서 눈동자에서 황금색 동그라미 같은 기운이 넘쳐흘렀다.

아기는 맥의 거대한 모습에도 놀라지 않고 기를 쓰며 맥에게로 기어와 까르륵거리면서 맥을 반겼다. 맥은 귀여워 못 견디겠다는 듯 아기를 코로 안아 올려 목덜미에 태워 어르듯 흔들었다. 아기는 숨이 넘어갈 듯이 까르륵거리며 웃어 댔다.

그사이 노인은 천천히 몸을 일으켰다. 노인이 몸을 일으키자 마치 노인을 부축하듯 나무덩굴이며 풀 들이 노인을 받쳐 올렸다. 노인은 아기와 맥을 두고 천천히 남쪽을 향해 돌아섰다. 한 발을 떼는 순간 노인의 발아래 땅이 스스로 미끄러져 나가는 것처럼 순식간에 노인의 몸은 몇 리나 남으로 이동했고 다음 발걸음을 옮기자 또다시 몇 리나 앞으로 나아갔다.

노인의 발은 돌이며 나무뿌리 따위에도 걸리지 않고 마치 얼음판 위를 미끄러지듯 움직여 갔다. 노인이 스쳐 지나간 길에는 풀이며 꽃 등이 싹을 틔우며 솟아났다. 노인은 서두르지 않고 천천히 발을 옮길 뿐이었지만 노인의 몸은 삽시간에 남쪽으로 이십 리 이상을 이동해 있었다.

노인은 문득 걸음을 멈추고 고개를 들어 감았던 눈을 살며시 떴다. 남쪽 하늘부터 짙은 먹구름으로 뒤덮이고 있었다. 소나기와 폭풍을 몰고 오는지, 검은 구름은 번개까지 간간이 섞여 세찬 빗줄기를 떨구며 뭉클뭉클 밀려서 북으로 올라오고 있었다. 밀려오는 속도도 놀랍도록 빨라서 조금 있으면 노인도 거센 비에 휩쓸릴 것 같았다.

노인이 처음으로 입을 열었다. 나지막한 휘파람 소리와 비슷하지만 깊숙한 울림이 있는 맑은 소리가 나왔다. 노인은 서서히 두 팔을 쳐들었다. 먹구름은 돌개바람과 주먹만 한 빗방울과 번개를 사정없이 사방에 흩뿌리며 어느새 노인의 눈앞까지 밀려들었다.

거친 바람에 나무가 기울며 가지가 날아가고, 벼락 맞은 바위가 산산이 흩어지고, 거센 물줄기가 땅 위를 휩쓸고 가는 광경이 눈에 들어왔지만 노인은 미동도 하지 않았다. 급기야 땅 위를 휩쓸던 물줄기가 일순 하나로 모여 거대한 파도가 되어 노인을 덮쳤지만, 노인은 여전히 팔을 올린 채 미소를 지었을 뿐이다.

노인을 향해 덮쳤던 물줄기는 노인의 코앞에서 둘로 쪼개지더니 사방으로 갈라져 뒷걸음치듯 물러나 흘러가 버리고, 눈을 얼얼하게 하는 번개가 연달아 번쩍였다. 이내 몇 줄기의 무서운 벼락이 노인을 향해 내리치려다가 노인의 머리 위에서 방향을 틀어 역시 노인의 바로 앞에 내리꽂혔다. 벼락이 떨어진 자리에는 어디서 나타났는지 둥글둥글한 물체 하나가 떠올랐다.

모양이 둥글둥글한 것이 공과 흡사했고, 털도 가죽도 없으며, 눈도 코도 없는, 글자 그대로 살덩어리와 같은 기이한 생물이었다. 생물 주위에는 묘한 오색구름의 기운이 안개처럼 감싸고 있었다.

혼돈, 장난이 심하구려. 떠날 때가 되니 아쉬우신가?

노인은 결코 인간의 언어라고는 할 수 없는, 태곳적부터 내려온 마음의 대화로 '혼돈'이라고 부른 살덩어리에게 말을 걸었다. 방금 전 자신을 덮치려 했던 홍수와 벼락이 혼돈의 장난이었음에도 노하거나 화난 기색은 전혀 찾아볼 수 없었다.

자부(紫負), 그대가 장난을 받아 주어야 장난할 재미라도 있지.

혼돈이 노인에게 대답했다. 노인의 온화하고도 따사로운 느낌에 비해, 혼돈의 느낌은 거칠고 강인하여 위압하는 울림이 있었다.

둘이 대화를 나누는 느낌은 대립한다기보다는 묘하게 조화를 이루어 중화되는 듯했다. 혼돈이 부쉈던 모든 것이 상처가 메워지듯 스스로 원래 자리를 찾아 제자리로 돌아갔다.

조화 대선의 힘이 나타나셨네. 우리 장난은 그만하세.

자부가 말하자 혼돈은 허공에서 몸을 위아래로 빙글 반 바퀴 굴렸다. 그래도 혼돈의 모습은 여전히 똑같았다.

조화야 대선 둘이 나타나면 자연히 생기는 것이지. 나는 그가 정말 우리 같은 대선인지 아닌지 아직도 잘 모르겠네.

대선이야 사람들이 부르는 말일 뿐이지. 그렇다고 우리가 우리 이름을 지어 부를 이유도 없고…….

혼돈은 몸을 둥글 궁굴리며 말했다.

나는 가는데, 자네는 왜 남나?

혼돈의 말에 자부는 고개를 갸웃하며 물었다.

나야 남은 일이 있으니 그렇지. 섭리에 대해서는 자네도 알지 않나?

그거야 알지. 다만 심심할 뿐이야.

나도 곧 갈 걸세. 다시 같은 세상에서 놀지는 못하겠지만.

자부의 말에 혼돈은 낄낄거리듯 주름이 잡히게 몸을 움츠렸다가 폈다.

같이 갔으면 좋겠네.

나도 그러고 싶었다네.

자네가 없으면 내가 만들 세상은 많이 삐딱해질 거야.

혼돈이 이번에는 옆으로 몸을 빙글 굴렸다. 옆으로 굴렸어도 혼돈의 몸은 변함이 없었다. 혼돈의 말에 자부는 대꾸하지 않았다. 그러자 혼돈이 다시 말했다.

내 생각은 변함이 없네. 산 것에게는 고난을 주고, 고통을 주어야 해. 그것을 통해 힘을 쌓게 할 거네. 상당히 시끌시끌하고 고통이 많은 세상일 거야.

자부는 조용히 고개를 끄덕였다. 혼돈은 노인이 반응을 보이든 말든 계속 말했다.

자네가 만들 세상은 내가 만들 것과는 많이 다를 것도 아네. 아마도 조용하고 차분한 세상이겠지.

자부는 다시 고개를 끄덕거렸다. 눈이 없는 혼돈은 잠시 자부를 바라보는 듯, 몸을 조금 돌렸다가 말했다.

이제 세상은 인간의 것이 되는구먼. 인간에게는 모든 것이 다 숨어 있지. 그러나…… 그러나 나는 걱정이 된다네. 인간이 과연 스스로 헤쳐 나갈 수 있을까? 그들에게 주어진 것을 모두 알아내고, 그것을 끌어낼 수 있을까? 주어진 것을 잘 쓸 수 있을까?

자부가 침묵을 깨고 말했다.

그들은 잘하고 있네. 잘할 것으로 믿네.

그러자 혼돈이 말했다.

아무래도 인간들은 하나로 뭉쳐야 해. 그래야 세상을 진정으로 다스릴 수 있을 거야.

원래부터 인간은 모여 사는 성질이 있네. 그러나…… 하나로 모이는 건 어떨는지……. 그것이 정말 그들의 사명을 다하는 데 도움이 될까?

나는 곧 떠나겠지만, 작은 장난을 하나 준비해 두었지. 세상을 하나로 합칠 만한 인간을 만들어 볼까 했네. 물론 되고 안 되고는 두고 봐야겠지만 준비는 해 두었어.

혼돈이 말하자 자부도 미소를 지으며 말했다.

저런. 그러면 나는 세상을 평화롭게 만들 인간을 준비해야겠는걸?

평화롭게 만든다? 평화가 인간의 사명에 맞을까?

조금 말이 이상해지네만, 평화 속에 싸움이 있고 발전이 있을 거야.

잘하면 인간들 서로 싸우겠군.

그럴지도 모르지.

뭐, 알아서들 하겠지.

혼돈은 아무렇지 않은 듯 다시 몸을 굴렸으나, 그러자 주변의 언덕들이 지진이라도 난 듯 부르릉거리며 떨었고, 뒤로 잠시 물러나 있던 검은 구름이 뭉쳐져 억수 같은 장대비를 퍼붓기 시작했다.

자부가 쓸쓸한 표정을 지으며 되받았다.

자네는…… 떠나기 싫은가 보군…….

갑자기 혼돈이 몸을 두 바퀴 굴렸다. 그리고 잠시 흥분을 삭이는 듯 움츠러들었다가 서서히 몸을 폈다.

내가 준비해 둔 인간과 자네가 준비해 둔 인간이 어떻게 되는지 보고 싶어졌거든.

그렇다고 모를 것도 아닌데 왜 서두르시나. 허허.

자부가 말하면서 웃자 혼돈의 등장으로 휩쓸려 거칠어졌던 땅에서 풀과 나무가 돋아나고, 바위가 굴러 자리를 되찾고 흩날리던 흙이 자리를 잡아 평탄해졌다. 탁해졌던 물이 맑아져 유유히 흘러가고 먹구름 사이를 뚫고 눈부신 빛이 쏟아져 내렸다.

잠시 칙칙해져 있던 혼돈이 말했다.

그런데 말을 듣지 않고 남겠다고 버티는 고립자들은 어찌할 생각인가?

글쎄. 그렇다고 우리가 끌어낼 수는 없는 것 아니겠는가. 우리는 섭리를 조율할 뿐이지, 직접 무엇을 건드려서는 아니 되니까.

인간들이 고립자들에게 다 죽으면 어쩌는가? 역시 인간은 하나로 뭉쳐져야 해. 그래야 버틸 수 있을걸?

자네는 정말 떠나기 싫은가 보군…….

잠시 말을 끊었다가 자부가 다시 말을 이었다.

나는 그렇게는 생각하지 않는다네. 인간이 고립자들을 이기고, 스스로의 선택으로 잊혀야 할 힘을 추방하게 될 날이 오리라 믿네.

정말 그렇게 될까?

글쎄. 아무리 우리라도 앞일을 어찌 아는가?

자부의 말에 혼돈이 웃는 듯 환한 빛을 뿜으며 대꾸했다.

그건 그렇군. 하긴 그나마도 없으면 존재하는 게 무슨 의미가 있겠는가?

혼돈은 뭔가 말하려다가 멈칫하더니 불쑥 말했다.

나는 가겠네.

자부도 미소를 지으며 말했다.

잘 가시게나.

어느새 혼돈은 검은 구름을 휘몰아 거대한 소용돌이를 만들면서 하늘로 솟구쳐 올라가고 있었다. 다른 차원으로 올라가면서 혼돈이 외치는 소리가 사방에 울려 퍼졌다.

내 멀리 가서 다시는 오지 못한다 해도 잘 지켜보고 있겠네. 내가 택한 인간과 자네가 택한 인간 말야. 난 자네를 이겨 보고 싶어졌다네.

마지막 말을 남긴 혼돈은 순식간에 사라졌고 거대한 먹구름도 씻은 듯 사라졌다. 혼돈이 사라지자 자부는 천천히 자리에 앉았다. 자부는 눈을 감고 몇 번이나 생각하고 또 생각했다. 어느새 아기를 태운 맥이 슬며시 자부의 등 뒤에 와 있었다. 아기는 자부를 보더니 까르르 웃으며 자부의 머리카락을 잡고 어깨에 매달렸다.

그 모습을 보며 자부는 생각했다.

아직도 이기고 지는 것을 따지려 드는가, 혼돈? 섭리를 알면서도 사라져야 하는 것이 못마땅한가? 도를 이룬 지 너무 오래되어 철이 없어진 건가. 새 생각을 하지 못하고 말야……

자부는 하늘을 올려다보았다. 어느새 밤이 되었는지 별이 총총하게 빛나고 있었다.

이것이 바로 선인의, 고립자의 한계로다. 강해지려야 더 강해질 것이 없고, 나아가려야 더 나아갈 것이 없다. 우주는 그래서는 아니 되느니. 더 나아가고 전해야…… 산 것이 자식을 낳듯, 우주도 그렇지 않으면 무디어지고 낡아져서 공허해지느니……. 우리도 가야지. 암, 그것이야말로 섭리로다.

그러다가 자부는 미간을 찌푸렸다.

허나 준비를 해 두어야 해. 가더라도 마지막 준비를 늦추어서는 아니 돼. 혼돈이 장난을 쳐 놓아서 조금 더 신경을 써야겠는데 나설 수도 없으니…….

자부는 손을 올려 자신의 목덜미에 엉겨 붙은 아기를 어루만져 주었다. 아기는 여전히 아무 걱정 없는 듯 까르륵거리며 웃었다. 그 웃음소리에 이내 자부의 미간이 펴졌다.

허허……. 뭐, 할 수 없구나. 인간을 믿어 보자. 이 아기만 해도 나조차 가지지 못한 힘이 있지 않은가? 모든 것을 시련이라 두게 하여야 할까……. 혼돈의 말도 일리가 있으니…….

자부는 아기를 다독이면서 나지막하게 자연의 진동을 사방에 토해 냈다. 낮고도 맑은 울림이 사방에 가득 차자 주변의 모든 것이 활기를 되찾았다.

자부는 애써 웃음을 지었다.

혼돈은 분명 황하(黃河) 부근에서 일을 벌였을 것이다. 거기서 적당한 인간을 찾았겠지. 나도 인간에게 맡겨야 한다. 어디, 그가 내린 시련을 이겨 낼 만한 인간이 있는지 찾아보자…….

자부는 자리에서 벌떡 일어서서 맥에게 갔다. 맥은 자부가 등에 올라

탈 수 있게 몸을 낮추었다. 자부는 맥의 등에 옆으로 편안히 걸터앉아 맥에게 말했다.

가 보자꾸나, 맥.

맥은 어디로 가느냐는 듯 고개를 돌려 아름다운 눈망울로 자부를 바라보았다.

자부는 그 눈망울을 보며 웃으면서 말했다.

혼돈이 간 곳이 어디인지는 알 만하다. 그는 황하로 갔을 것이니 반대로 가 보자꾸나…….

맥의 눈동자에 잠시 녹색의 동그라미가 아롱거렸다. 자부는 미소를 지으며 고개를 끄덕였다.

그래, 맞다. 내가 마음 붙이고 머물렀던 곳이지. 그곳으로 가는 거다. 여기서 북동으로 가면 주신* 접경이다. 신시(神市)**로 가는 거다!

그 말을 듣자마자 맥은 우두두 지축을 흔들면서 먼지구름을 일으키며 달려가기 시작했다. 밤하늘에 빛나는 북두성을 조금 비낀 북동쪽, 주신의 도읍인 신시를 향하여…….

---

* 우리나라의 옛 이름. 숙신, 조선 등의 원래 이름. 설정상 최초 안파견 한이 세운 나라가 주신인데, 그 이름은 '하늘이 주신' 나라라는 데 기인한다. 그 후 수천 년간 부흥하면서 이동하다가 결국 신시에 자리를 잡아 번성한다. 개방적이고 종족 간 이념에 사로잡혀 있지 않기에 큰 나라(라기보다는 부족)로 발전하였고, 한인 시대를 거쳐 한웅 시대에 이르러서는 여러 부족의 혼성체인 큰 연방의 성격을 지니게 된다. 본문에서는 주신이 단일 부족이고 그 밑에 많은 부족을 연방의 하나로 거느렸다고 묘사하였지만, 실제로는 연방 구성 부족들도 주신과 동등한 대우를 받고 있었다고 보아도 좋다. 본문에서 각 부족이 주신족과 동등한 대우를 받게 되는 것은 본문이 주인공인 치우천왕 때 이루어지는 일로 설정되어 있다. 극히 초기의 로마 시대를 연상하는 편이 나을 듯하다.
** 주신의 옛 도읍. 이 도읍의 이름에는 많은 설이 있는데 선택하기 어려워 어원을 고증하지 않고 일반적으로 알려진 '신시'라는 이름을 썼음을 밝혀 둔다.

선인 발귀리(發貴理)

우주는 여덟 개의 차원으로 나뉘어져 있다.
그중 사람과 산 것이 사는 세계를 생계(生界)라 한다.
원래 모든 존재는 여기서 시작되었으나, 다른 많은 존재들은 각각 다른 세계로
자리를 옮겨 가고, 살고 죽고 수명이 정해진 것만 이 세계에 남게 되었다.
그리고 지금 생계의 중심을 이루게 선택된 것은 인간이다.

희네와 나래가 툰툰이 말했던 둥그렇게 솟아오른 산을 찾아낸 것은 해가 한참이나 남은 오후였다. 구름이 워낙 잘 달려 두 사람을 태우고도 이렇듯 빨리 도착한 것이다.

산은 일부러 깎아 만들기라도 한 것처럼 평평한 들판 한가운데 둥글고 봉긋하게 솟아 있어서 금방 눈에 띄었다. 근처 들판은 멀쩡한데, 그다지 높지 않은 그 산에만 기이하게 안개가 끼어 있었다. 툰툰의 말 그대로였다.

"저 산이야?"

나래가 묻자 희네는 고개를 끄덕였다.

"다리는 어때?"

"참을 만해. 말을 탈 만하니까 잠시만."

희네는 높은뫼를 타고 천천히 산을 향했다. 나래는 걱정스러운 듯 물었다.

"그동안 많은 선인을 찾아 다녔지만 한 번도 제대로 된 선인을 만난

적이 없잖아. 이번엔 정말일까?"

"정말이면 좋고, 아니어도 할 수 없지."

"이번 선인은 뭐 하는 선인이래?"

"아까 말했잖아. 딱히 하는 일이 없는 선인이라고."

"그게 무슨 선인이야?"

"꼭 뭘 해야만 선인인 것은 아니잖아."

이런저런 이야기를 하면서 산비탈로 접어든 희네는 산을 올려다보았다.

"이거 이상한걸?"

"왜?"

"이렇게 밋밋한 산이 있을 수가 있나? 올라갈 길이 하나도 없어."

산은 마치 누가 일부러 곱게 다듬어 놓기라도 한 듯 매끄럽고 높은 경사가 둥글게 이루고 있어 그리 높지 않은데도 올라갈 방법이 없어 보였다. 희네와 나래는 한참 동안 말을 타고 산 주위를 빙 돌아보았는데도 올라갈 만한 길이 전혀 없었다. 더구나 산 아래쪽은 깎은 듯 미끄러운 흙으로만 덮여 있어 기어 올라갈 수도 없었고, 잡을 만한 나무뿌리 하나도 없었다. 높은 곳에는 나무가 무성히 자랐지만 아랫부분은 그야말로 반들반들했다.

"이런 산 위에 누가 있어? 올라갈 수도 없을 것 같은데?"

"그러니 더 올라가 봐야겠다."

"어째서?"

"누가 올라오지 못하게 일부러 깎은 것 같잖아. 나는 그럴수록 더 가보고 싶더라."

희네가 말에서 내리자 나래도 한번 시험 삼아 올라가려고 펄쩍 몸을 날려 산비탈에 올라섰다. 힘이 워낙 센지라 단번에 몸을 날리자 세 길이나 높이 떠서 산비탈에 매달렸다. 그러나 나래의 몸은 곧 흙먼지와 함께 아래로 주르르 미끄러져 내려갔다. 나래는 용을 써 발과 손으로 흙을 박차며 다시 위로 올라가려 했지만 힘이 없는 흙이라 나래의 몸을 조금도 위로 받쳐 주지 못했다. 나래는 별수 없이 미끄러지다가 이내 펄쩍 뛰어 희네 옆에 사뿐히 내려섰다.

"여길 어떻게 올라가지? 너무 미끄러워."

희네는 두리번거리며 근방을 살피다가 저만치에 있는 대나무 숲을 보고 말했다.

"나래야, 저 대나무를 베어 와라. 잔가지는 쳐내고 굵직한 나무로 서른 개 정도만."

"뭐하게? 저렇게 높은 데까지 사다리를 놓을 거야?"

"어서 베어 오기나 해."

희네가 웃으면서 말하고는 근처의 덩굴을 뜯어 잘라다가 끈을 만들기 시작했다.

나래는 군말하지 않고 대나무 숲에 갔다. 장사인 나래가 구리도끼를 휘두를 때마다 굵은 대나무들이 단번에 서너 자루씩 부러져 나갔다. 대나무는 원래 꺾기 힘들지만 구리도끼가 예리한데다 나래의 힘이 강해 별로 힘이 들지 않았다. 나래가 긴 대나무 서른 개를 열 개씩 나누어 세 번에 끌고 올 동안 희네는 덩굴을 길게 이어놓고 있었다.

희네가 나래에게 일렀다.

"대나무를 비스듬히 잘라 봐라. 네 팔 길이 정도로."

나래가 구리도끼로 대나무를 자르자 희네는 나무를 들고 살피다가 말했다.

"이제 된 것 같다. 이걸 네 힘으로 깊이 박을 수 있지?"

나래는 형의 뜻을 눈치채고 미소를 지었다. 그냥 올라가기 힘드니까 대나무를 박으며 올라가자는 것이다. 나래가 두말없이 대나무를 흙바닥에 찔러 넣자 두두둑 소리를 내며 흙에 깊숙이 박혔다. 흙 속에 돌이 있는지 반쯤 들어가고는 더 이상 들어가지 않았지만 시험 삼아 힘을 주니 그 정도면 두 사람의 몸을 버틸 수 있을 것 같았다.

"그런데 이렇게 저 위까지 올라가려면 대나무를 백 개는 넘게 박아야 될 텐데? 그 많은 대나무를 어떻게 지고 가지? 계속 들고 왔다 갔다 하기도 힘들고."

"지고 갈 것 없다. 내 말대로만 해."

희네가 웃으며 나래에게 말했다.

구리도끼는 무거워서 들고 올라가지 않았지만, 나래는 조심성 많은 성격이라 허리칼과 툰툰이 싸 준 식량과 횃불을 붙일 돼지기름 덩어리를 싼 보퉁이를 등에 지고서 대나무를 박으며 올라가기 시작했다. 대략 키의 절반 높이마다 대나무를 박고 올라서서 또 하나를 박고 올라가는 식이었다.

스무 개가량 대나무를 박아 나래가 올라갔을 즈음, 밑에서 대나무를 자르던 희네는 자른 대나무를 스무 개 정도씩 덩굴로 엮고 있었다. 한데 뭉뚱그린 게 아니라 대나무를 하나씩 빼서 쓸 수 있도록 엮은 것이다. 희네는 엮은 나무를 눈대중으로 가늠하여 덩굴로 길게 이었다. 그런 다음 희네는 덩굴의 끝을 나래에게 던져 올렸다. 나래는 계속 올라가면서 덩굴을 잡아당겼고 스무 개의 대나무가 끌려 올라왔다.

그렇게 끌고 올라온 대나무를 다시 간격을 두고 박기를 수차례. 대략 백여 개의 대나무 막대를 박고 난 후 나래는 드디어 디딜 곳을 찾아 올라설 수 있었다. 희네가 머리를 쓰지 않았거나 나래가 대나무를 푹푹 쉽게 박아 넣을 정도로 힘이 세지 않았다면 이 산을 오르기는 불가능했을 것이다.

나래는 혹여 짐승이라도 나올까 봐 산 위에 올라서자마자 손칼을 빼들고 주위를 살펴보았다. 그사이 희네가 땀을 뻘뻘 흘리며 기어 올라왔다. 산 위는 그리 넓지는 않았으나 나무가 빽빽했다.

어느새 시간이 꽤 지나 이미 하늘은 어두워지고 별이 떠오르고 있었다. 희네는 수많은 나무를 밟고 기어오른 것이 힘에 겨웠는지, 옷을 땀으로 흠뻑 적신 채로 올라서자마자 그 자리에 드러누워 가쁜 숨을 몰아쉬었다.

나래는 그런 형이 안쓰러워 물었다.

"내가 끌어올려 줄걸 그랬나?"

"그럴 줄이 어디 있니?"

"덩굴이 있잖아."

"그러다가 끊어지면 어쩌려고? 하하, 난 괜찮다. 조금만 쉬자."

밑에는 구름과 높은뫼만 있을 테지만 둘 다 훈련을 잘 받은 영리한 말들이라 멀리 가지 않고 주인을 기다릴 것이다.

희네와 나래는 잠시 쉬다가 일어섰다.

그사이 날은 더 어두워져 사방이 캄캄해졌다. 나래가 나뭇가지로 횃불을 붙이자 희네는 그 뒤를 따라 산 위의 기묘한 숲을 헤치며 들어갔다. 숲은 빽빽하여 지나가기가 무척 힘이 드는데다 안개가 잔뜩 끼어서 더더욱 방향을 구분할 수가 없었다. 산비탈에는 없던 안개가 숲에서 피어올라, 숲 속에서는 지척을 분간하기 힘들었다.

"이런 산 위 숲에 새나 있지 뭐가 있겠어? 짐승도 이 산은 못 오르는데 사람이 있을까?"

나래가 투덜거리는데 희네가 갑자기 웃으며 한쪽을 가리켰다. 나래가 보니 무성한 숲 저편에 작은 불빛이 하나 어른거렸다. 희네와 나래는 말없이 숲을 헤치며 그쪽으로 다가갔다. 가까이 가 보니 숲 가장자리에 작은 초막이 있었는데 불빛은 거기서 흘러나오고 있었다. 희네는 목청을 돋우어 그리 크지 않게 소리를 쳤다.

"뉘 있소?"

저편에서 대답하는 소리가 들려왔다. 맑은 여자 목소리였는데 젊지도 늙지도 않은 기묘한 울림이 깃들어 있었다. 익숙한 주신 말이었다.

"들어오너라. 기다렸다."

희네와 나래는 깜짝 놀랐다.

'기다렸다니?'

희네와 나래가 조심스레 초막에 드리워진 나뭇잎들을 헤치며 들어서자 그 안에 여자가 혼자 앉아 있었다. 여자의 분위기는 참으로 기묘했다. 얼굴은 주름 하나 없이 고왔지만 왠지 나이가 들어 보였고, 머리는 코를 중심으로 반은 희고 반은 검었으며, 검은 머리는 풀어 늘어뜨리고 흰 머리는 둥글게 말아 올렸다. 옷도 반은 검은색 가죽이고 반은 무슨 천인지 모르지만 고운 흰 천이었다.

몸은 마르지도 뚱뚱하지도 않았다. 얼굴도 곱상이나 밉상이 아니었고, 다만 눈은 날카롭고 맑은 빛을 내쏘았다. 여자의 키는 상당히 커서 앉아 있는데도 서 있는 희네의 어깨높이에 시선이 닿는 것 같았다. 희네와 나래는 여자의 기묘한 차림에 조금 놀랐으나 이내 고개를 숙여 인사를 하면서 물었다.

"뉘십니까?"

"너희가 찾아와 놓고 내가 누구냐니. 너희는 그럼 내가 누군지도 모르고 온 거냐?"

뜻밖에 여자의 말은 몹시 빨랐고, 말투에 웃음기가 서린 것 같았지만 또 어떻게 들으면 화가 난 것 같기도 했다.

"아니 그게……."

희네가 채 뭐라 대답하기도 전에 여자는 다시 빠르게 내쏘았다.

"나는 너희가 누군지도 알고, 너희가 잔머리를 굴려서 산을 올라온 것도 아는데 너희는 왜 나에 대해서 하나도 모르느냐? 내가 누군지 모르면 왜 그 고생을 하며 비탈을 올라왔지?"

"그건……."

희네가 막 말을 하려는데 여자는 또 틈을 주지 않고 말했다.

"벌을 받아야 해, 벌을. 머리를 잘 굴린 것은 좋지만 그렇게 올라오라고 만든 언덕이 아니야. 왜 죄 없는 대나무를 서른 그루나 잘랐느냐? 더군다나 이제 저 대나무 때문에 앞으로 후레자식들이 쉽게 올라올 것 아니냐?"

"대나무는 저희가 내려가면서……."

희네가 답하려는데 여자는 또 말을 가로챘다.

"당연하지! 그것도 안 하면 안 되지. 하지만 내가 누군지도 모르는데 왜 그런 고생을 하면서 올라온 거지? 왜 나를 만나려고 한 거지? 그건 아니, 응?"

"아…… 아니…… 그건 말입니다."

이쯤 되니 희네도 식은땀이 났다. 이 여자는 정말 모르는 게 없었지만 성질도 급한 것 같았다. 여자의 말이 점점 빨라져서 알아듣기조차 어려울 정도가 되었다.

"너흰 내가 누군지도 모르지? 그럼 너희가 누군지나 아니? 너희가 뭘 하려고 하는지, 너희가 뭘 해야 하는지는 알아? 아무것도 몰라, 바보들아. 너희는 그중에서 나은 편이지만, 그래도 세상에 널리고 널린 바보들과 다를 게 하나 없단 말야. 재미없군, 재미없어! 오랜만에 비탈을 기어 올라온 녀석들인데 이렇게 멍청해서 말 한마디를 제대로 못하다니! 재미없구나, 재미없어! 멍청하고도 재미가 없는 녀석들이니 너희는 벌을 받아야 한다!"

희네도 이제는 화가 나서 여자가 떠나건 말건 마구 말을 하기 시작했다.

"우리가 말을 안 하려고 한 게 아니라 우리가 말할 틈이 없으니 그런 것 아닙니까? 말할 틈도 주지 않고 우리가 말을 안 했다고 뭐라고 하니 이거야말로……."

희네는 말을 많이 하는 편은 아니었지만, 말재주는 대단했다. 어렸을 때부터 말로 장난치기를 좋아했고 특히 같은 단어를 여러 번 나오게 하는 방법에는 일가견이 있어서, 일단 희네가 말을 쏟아 내기 시작하니 여자의 말에 비해 손색이 없을 정도로 빨랐다.

희네는 보통 때는 좋은 사람처럼 보였지만 나름대로 오기가 있는 터라 자신이 무시당할 경우에는 항상 격렬하게 반응하곤 했는데, 이번에도 그러했다.

그런데 희네가 떠들어도 여자는 전혀 말을 멈추지 않고 계속 자기 할 말만 해 댔다. 희네도 지지 않고 여자의 말은 듣는 둥 마는 둥 자신의 이야기를 땀까지 흘리며 쏘아 댔다. 나래는 둘의 이야기를 한꺼번에 들으니 정신이 없어서 현기증이 날 지경이었다.

두 사람은 그런 와중에도 서로 질문하고 대답하고 있었다. 둘의 이야기는 이제 질문과 대답이 동시에 나오는 기이한 대화로 이어지고 있었다.

"너희는 내가 누군지도 모르면서 묻고 싶지도 않느냐? 아마 너희는 선인을 찾고 있는 모양인데 잘못 골랐다, 잘못 골랐어. 잘못 골라도 이만저만 잘못 고른 게 아니라 크게 헛짚었지……."

여자가 비아냥거리는 사이 희네는 이런 말을 쏟아 냈다.

"우리에게 말할 틈도 주지 않고 말을 못한다 하니 우리가 말을 하는지 못하는지 보시구려. 우리는 선인을 찾고 있는 것은 맞소만(여기서 여자는 '잘못 골랐다'는 말을 했다) 당신처럼 입으로만 도를 닦을 수 있는지는 믿기 어렵군요. 그러니……(이 부분에서 여자는 '헛짚었다'는 말을 했다) 우리가 헛짚었다는 말도 틀린 건 아니지만 그것도 재주는 재주이니 놀아 볼 때까지 놀아 봅시다……."

이런 식으로 말이 진행되니 나래가 정신이 하나도 없는 지경이 된 건 당연했다. 사실 희네조차도 말을 듣고 대답하기는 했지만 자신이 무슨 말을 하는지 무슨 말을 들었는지도 알 수 없을 정도로 정신이 없었다.

한참 말이 오가면서 나래가 겨우 알아들은 것은 여자의 이름이 '발귀리'라는 사실 하나뿐이었으며, 희네도 발귀리는 어디에도 끼고 싶지 않아 반은 검고 반은 희며 뭐든지 중간으로 지내고자 한다는 정도만 알아낼 수 있었다.

희네는 발귀리의 기에 눌려 간신히 말을 하는 정도였으므로 그저 억지로 트집을 잡은 것밖에는 한 말이 없었다. 다만 내용이 없는 말로 희네는 악착같이 말을 끊지 않고 이어 가기는 했다. 그러나 점점 정신이 혼란해지고 입이 둔해지기 시작하더니 급기야 더 이상 버틸 수 없게 되었다.

그에 비해 발귀리는 조금도 표정이나 안색을 바꾸지 않으면서 더더욱 거침없이 희네를 몰아붙였다.

마침내 희네는 입을 딱 다물고 자리에 털썩 앉아 고개를 숙였다.

"졌소!"

발귀리는 씩 웃었지만 여전히 입은 쉬지 않았다.

"그럼 졌지, 네가 이길 줄 알았느냐? 너는 내심 당당하게 졌다고 해서 남자답다는 소리라도 듣고 싶은 모양인데, 미안하게도 그런 말을 해 줄 생각은 없어. 다만 덜된 놈 중에서 눈곱만큼, 아주 눈곱만큼, 덜된 게 조금 덜한 덜된 녀석일 뿐이지. 그래도 존경커녕 웬 수다쟁이 할망구의 말싸움에 놀아났다는 생각은 조금 하는구나.

그런 생각을 조금만 더 했어도 내가 혼내 주었을 것이다. 네가 부끄러워 그런 것이니 참아 주마. 아무튼 부끄러워 말거나. 나하고 이야기해서 이만큼이나 악다구니를 쓰면서 버틴 놈도 몇 안 된다. 너는 내가 만난 녀석들 중 말재주로는 아홉 번째 정도는 되겠구나. 겉으로는 순하지만 속으로는 지지 않으려는 억센 마음인 것은 다섯 번째는 된다. 그 정도면 못난이들 중에 그중 낫긴 하다. 하지만 나한테 이길 생각은 아예 말거라. 나는 질 생각이 없단 말이다."

졌다는 희네의 말이 채 여운이 가시기도 전에 발귀리는 이렇게 많은 말을 쏟아 냈다. 정말 믿어지지 않을 만큼 말이 빨랐다. 나래의 귀에는 거의 '쉬―'하는 소리로 들렸는데, 기이하게도 희네는 발귀리의 말을 전부 알아들을 수 있었다.

희네가 입을 다물자 마침내 발귀리도 입을 다물었다. 이상한 일이었다. 둘 사이에 한참 침묵이 흐른 뒤 희네는 눈을 굴리다가 의아해서 입을 열었다.

"발귀리님, 어째서……."

발귀리는 또다시 폭포수처럼 말을 쏟기 시작했다.

"흥! 입으로만 도를 닦는 것은 당연히 안 되지만 도를 남에게 전하려면 입을 빌려야 하는 법이니, 입을 놀리고 못 놀리는 것은 중요하다 하지 않을 수 없어. 더구나 입도 못 놀리고 자기가 무슨 말을 하는지도 모르고 말을 하고 듣는 것은 그야말로 장난에 불과한데 자기가 그런 장난밖에 치지 못하면서 남까지도 장난꾸러기로 몰아붙인데다가 잘 이야기하다가 덜컥 말을 멈추니 이런 버르장머리 없는 녀석은 내 수천 년 만에 처음 보는구나. 얼른 엎드려서 잘못했으니 죽여 주십시오라고 해도 될까 말까 한데 말이야……."

희네가 어안이 벙벙하여 무심코 입을 다물자 발귀리도 입을 다물었다.

희네에게 이런 생각이 스쳤다.

'혹시 이 사람은 내가 말하는 동안만 말할 수 있는 게 아닐까? 그래서 입을 다물고 있는 것인가?'

"혹시 제가 말하는 동안만 말을 하실 수 있는 것입니까? 그래서……."

"오냐, 눈치 하나는 빠르구나. 나는 너무 많이 살고 너무 많은 짓을 저질렀기 때문에 나에게 누가 말하는 동안이 아니면 말을 하지 않기로 마음먹었느니라. 그것이 섭리니라. 하지만 나는 사실 너희를 어여삐 여기고 도와주려는 생각뿐이다. 하고 싶은 이야기는 많고 많은데 시간이 없으니 별수 있느냐? 나는 빨리 이야기하고 그것을 듣든 못 듣든 너희 책임이니 알아들을 만큼 알아듣고, 들을 수 있는 만큼 들으면 될 것이니라. 나는 네가 무슨 말을 할지도 알고, 무엇을 듣고 싶은지 다 아느니라."

지금 나래는 발귀리의 말은 말이 아니라 입을 조금 연 채 숨을 내쉬는 것으로 밖에는 들리지 않았다. 그 정도로 빨라진 것이다. 희네는 그녀의 말 가운데 반 정도는 알아들을 수 있었다. 희네가 당신은 무엇 때문에 그러하냐고 말을 꺼내자 발귀리는 다음과 같이 말했다.

"나는 말[言]을 만든 어머니니라. 이전에는 같은 것끼리는 말이 통하되, 나와 다른 것이 서로 이야기를 하려면 도를 닦아야 했느니라. 도를 닦지 않고는 자신을 알 수 없었고 자신을 모르기에 남의 속도 몰랐기 때문이야. 나는 도를 이루어서 말을 생각하고, 그것이 퍼져 나가 모든 것들이 쓰도록 도를 썼느니라. 그러나 말은 모자란 것들에게는 몹시 어려웠고 그래서 모자란 사람들에게는 좋은 것만도 아니었느니라.

다른 것들을 알게 된 대신 말이 아닌 생각은 점점 하기 힘들어졌고 나중에는 생각도 말로 하고 꿈도 말로 꾸게 되어 말이 도를 앞서 가리게 되었느니라. 그 때문에 오히려 사람들은 도에서 멀어지게 되었느니라. 말에도 도가 있었으나 쓰는 이가 많아질수록 도는 엷어지고 얕아져서, 모든 사람이 말하게 되니 결국 말에 도가 없는 것이나 마찬가지가 되었느니라. 과거에는 모든 것이 도였는데 이렇게 도와 도 아닌 것으로 갈라졌느니라. 말로 인해 사람들은 서로 통하고 즐거워졌으되 말로 인해 사람들은 서로 맞서고 다투고 갈라지게 되었느니라.

세상 모든 것의 이치가 그러한 것을 어찌하겠느냐. 결국 사람을 위해 만들어 준 말이 사람들을 이리 되게 하였으니, 실로 반은 좋은 일이고 반은 못된 일을 한 것이 되었느니라. 그리하여 나는 모든 이치가 그렇다 여기게 되어 청하지 않은 말은 해 주지 않게 되었으며, 남이 묻는 동안만 말하리라 맹세하였느니라. 나는 모든 것을 똑같이 하도록 하여 반은 검고 반은 희게 두었으며, 반은 착하고 반은 악하게 살도록 맹세하였느니라. 이 모든 것을 똑같이 하여 어느 쪽으로도 기울지 않게 하기로 하였느니라."

희네가 입을 열려는 짧은 순간 사이에 이렇게 많은 말이 쏟아져 들어오니 희네는 입을 뗄 수가 없었다. 겨우 희네가 알아들은 것이 이 정도이며, 실제로는 이보다 세 배는 많은, 알아듣기 힘든 말이 있었다. 그나마 앞뒤가 맞게 연결하여 들을 수 있었던 것도 총명하기 짝이 없는 희네였기 때문에 가능했다.

희네는 발귀리의 말이 끊어진 것을 깨닫고 서둘러 입술을 뗐다.

"선인께옵서는 모든 말의 어머니라고 하셨……."

"그렇다. 내가 말의 어미다. 너희 모두의 어미일지도 모르느니. 나는 사람 가운데서 가장 먼저 깨우친 사람보다 더 앞서느니라. 자부도 내가 가르쳤으니, 홍균(鴻鈞)이나 다른 선인 나부랭이야 더 말해 무엇하겠느냐? 모든 이들이 나고 죽고 사라지는 속에서 나는 혼자 모든 것을 보며 혼자 떠들어 댔느니라.

그들도 나의 자식이겠지만 나의 가장 큰 자식은 바로 말[言]이니, 끝까지 남아 있는 자식을 버리고 내가 무엇과 같이 살겠느냐? 나는 말과 같이 살고, 말과 같이 흐트러져 가느니. 말이 퍼지고 말이 쓰이는 곳에는 항상 내가 있으며, 말에서 도가 완전히 없어지면 나도 완전히 없어지는 것이니라. 사람이 쓰는 말이 더러워지면 내가 더러워지며 사람이 쓰는 말이 못되지면 나도 못되진다.

모든 것을 말에 걸었으니 새 세상이 이루어지는 것도 말에서 비롯된 것이니라. 도(道)로 이루어지고 도로 가득 찬 세상은 나로 인하여 없어지고 변하고 있느니라. 두 개였던 세상이 여덟 개로 늘어나고* 서로 말을 나누는 것처럼 서로 돌고 돌게 된 것도 따지자면 나로서 비롯된 일이니라. 모든 것이 나에서 비롯되었으되 나는 내가 만든 자식이 말과 같이 될 것이니라. 말 자체가 도는 아닐지라도 내가 만든 자식을 밉다 해서 어찌 버리겠느냐……."

희네도 이번에는 사분의 일 정도밖에 알아듣지 못했다. 그것이 위의 내용이었다. 희네는 아무래도 발귀리 선인이 대단한 존재 같아 등에서 땀이 솟았다.

발귀리가 말을 멈추자 희네는 다시 억지로 말을 건넸다.

"세상이 여덟 개로 늘어나다니요? 그건 대체……."

"죽는 것은 끝이었으며 한편이 기운 것이니라. 하나가 죽을 때 그것

---

* 이것은 소설의 설정으로, 당시는 세상이 단지 신계와 현재의 생—사계가 혼재된 두 개뿐이었다. 그러므로 죽음은 단순히 종말이었고, 영혼은 바로 세상을 떠돌다가 도로 기를 얻어 탄생되었으며, 죽음과 삶도 경계가 분명하지 않아 죽은 자가 나돌아 다니거나 상상할 수 없는 힘을 지닌 괴물들이 같이 세상에 존재하기도 하는 혼돈의 세상이었다. 치우천왕 시대에 선인이나 도력을 쌓은 자들이 모여 더 창조적인 세상을 이루기 위해 이러한 세상의 요소를 나누거나 또는 새로운 우주를 건설하여 여덟 개의 세상이 된다.

은 그것으로 끝이므로 다른 세상이 필요치 않았으니, 허나 말로 다른 것의 죽음을 알고 자신의 죽음을 생각하게 되면서 모든 것이 바뀌었으니. 산 것에서 죽는 것과 죽지 않는 것이 나뉘게 되고, 그것을 알게 되니 죽지 않는 것을 다루는 세상이 그만큼 필요해졌느니.

너희가 사는 세상은 예전과 같다 여길지 모르나 그것은 아니다. 모든 것은 이어졌으며, 하나는 모두와 통한다. 수없는 세상이 하나의 세상과 맞물리며, 그 세상이 돌고 돌아 전날의 것은 내일의 것이 되고, 내일의 것이 전날의 것이 된다. 그 세상이 이루어지고 있으며, 그것은 도에 의해 이루어진다. 도는 지금 이 세상을 거의 다 떠났으며, 이 세상은 도와는 떨어진 세상이 될 것이다.

젖먹이가 걸음마를 배우는 것처럼, 도에 이르는 길이 그만큼 멀어지고 그만큼 힘들어질 것이나 도에 이르러 얻은 것은 전보다 많아지리. 그리고 너. 사람 중에 너야말로 이 세상을 이루는 커다란 둥근 고리에 하나의 점을 더할 사람이니. 그렇게 때문에 내가 너와 만난 것이고, 합하여 세 번을 만날 것이리니."

희네는 이번에도 알아듣기가 무척 힘들어 제대로 연결하여 기억하기조차 어려웠다. 그러나 끝에 발귀리가 강조한 말, '너야말로……'는 뇌리에 깊이 파고들었다.

"제…… 제가 어떤 일을 하는 것입니까? 그리고……."

희네가 주춤거리며 말하자 발귀리는 활짝 웃으며 입을 열었다. 이번에는 숨 쉬는 듯이 '쉬ㅡ' 하는 소리도 아닌, 아예 아무 소리도 들리지 않았다. 그럼에도 희네의 귀에는 울렸다. 희네는 극도로 긴장하여 숨조차 쉬지 않고 온몸의 기운을 귀에 쏟고 있어, 옆에 있던 나래가 잔뜩 겁에 질려 바라보고 있을 정도였다. 하지만 거의 알아들을 수가 없었다.

"우주는 여덟 개로…… 죽지 않는 것이 돌고 돌아서…… 전날의 일은 앞날의 일을 만들고, 앞날의 일은 전날의 일을…… 세상은 겹치고 겹쳐 돌아서…… 모든 것은 이 산 것의 세상에서 죽은 것의 세상의 고리에서 시작되고…… 거기서…… 모든 도는 우주를 만드는데…… 아닌 것들만이 남아서 너와 맞서거나 너에게 들어갈 것이며……."

희네는 정신적인 충격으로 휘청하여 쓰러질 뻔했다. 나래가 얼른 희네를 손으로 잡아 부축하자 발귀리 선인도 미소를 지으며 차분히 손으로 희네를 잡아 세웠다. 희네는 극심한 정신적 충격 때문에 기절하기 직전이었는데 발귀리의 손과 아우의 손이 와 닿자 정신을 차릴 수 있었다.

발귀리는 웃으며 아까보다는 훨씬 느리게, 나래가 알아들을까 말까 한 속도로 희네에게 말했다.

"진실은 이런 것이니라. 듣기는 쉽지만 얻기는 어려운 법. 그래도 그만하면 잘했느니라. 충분할 것이다. 귀여운 녀석아. 내 수많은 자식 중에 너만큼이나 알아듣는 녀석을 만나는 것은 이번이 네 번째이며, 만나 본 녀석들 중 다섯 번째로 마음에 드는 녀석이구나. 그러나 그 때문에 너는 더 고생을 하리라. 내 마음에 드는 녀석이기에 많은 아픔이 있었을 것이며, 그보다 더 많은 아픔이 앞으로도 있을 것이리니. 그러나 아픔은 아픔일 뿐, 네가 진정으로 바라는 것은 아마도 이루어지리라. 아픔들을 딛고 견뎌 낸다면 말이다.

네가 할 일은 묻지 말거라. 아무것도 묻지 말고 기대지도 말아라. 네가 할 일은 네가 해야만 하고, 네가 할 일은 아무도 대신해 줄 수 없느니. 다만 잘 생각할지니. 네가 진정으로 바라는 것은 이루어진다만, 네가 진정으로 바라는 것이 무엇인지를 겉보기가 아닌 마음으로, 도의 눈으로, 네가 이루고자 하는 것이 기쁨인지 슬픔인지 삶인지 죽음인지, 그것도 아니면 무엇인지를 말이다. 아아, 시간이 없구나. 너와 나는 만날 기회가 또 있지만 너는 나를 몰라볼 것이다. 애석하구나, 애석해."

불현듯 발귀리가 입을 닫고 희네를 마치 할머니처럼 덥석 안아서 등을 툭툭 다독거려 주었다. 그러고는 나래도 알아들을 수 있게 조용한 소리로 희네에게 당부하듯 말했다.

"너의 앞에는 한 사람이 나타날 것이야. 모든 것을 뚫는 사람이. 나의 마음을 진하게 이어받은 누군가가. 그 애를 믿거라. 알았니? 이 할미의 말이니 새겨 들거라."

그 말에 희네는 미소를 지으며 스르르 잠이 들듯 정신을 잃었다. 발귀리의 품은 따뜻하고 포근했다. 희네가 평화로운 표정으로 누워 있어서 나래는 전혀 염려가 되지 않았다.

발귀리는 나래를 보며 웃으며 말했다. 이번 발귀리의 말은 아주 느려서 보통 사람의 말투와 꼭 같았다.

"너는 조만간 그 바보 흉내를 끝까지 한 번 낸 다음에, 바보 흉내를 그만둘 것이다. 그전에 실컷 해 두거라. 이 녀석아, 너에게 제일 중요한 건 네 형이지?"

나래가 무심코 고개를 끄덕이며 대답했다.

"네."

"누구건, 너에게 제일 중요한 사람을 따르거라. 몇 사람이건."

"제일 중요한 사람은 한 사람뿐입니다. 한 사람이 아니면 제일 중요한 사람이 아니죠."

그러자 발귀리가 씽긋 웃었다.

"그 말이 맞다만, 그리고 나는 말의 어머니지만, 말이 항상 옳은 것은 아니란다."

그러더니 별안간 나래에게 버럭 소리를 쳤다.

"달이 두 번 차고 기울 때 무엇이 찾아올 것이다. 죽이든 살리든 마음대로 하거라. 잊어버리면 안 된다!"

대꾸를 하려는 순간, 나래는 자신이 형의 몸을 안아 든 채 벌판에 서 있다는 것을 깨달았다. 너무도 갑작스레 주변이 바뀌자 나래는 휘청하며 균형을 잃을 뻔했다. 형을 안고 있는 터라 간신히 균형을 잡으며 주위를 둘러보니, 자신들의 말인 구름과 높은뫼가 보였다.

자신은 분명 아까 산을 오르려 했던 곳에 도로 내려와 있었다. 놀라운 일은 그뿐만이 아니었다. 아까 두 형제가 올랐던 산이 자취도 없이 사라지고 없었다. 땅에는 대나무 가지들과 덩굴 부스러기들이 생생히 남아 있었는데 커다랗던 산은 온데간데없이 없어져 버렸다.

꿈 같은 현실에 나래는 놀라 털썩 주저앉았다. 그 움직임에 희네가 눈을 떴고, 똑같이 놀랐다. 오로지 넓디넓은 평원의 땅바닥에 아까 나래가 박고 올라갔던 대나무 기둥 백여 개 만이 여기저기 옹기종기 모여 박혀 있었다.

형제는 놀라 꿈인지 생시인지 서로 뺨을 꼬집어 보기까지 했으나 정말 산은 사라져 버리고 없었다.

형제는 충격에서 헤어 나오지 못하고 앉은 채 밤을 새우고 동이 터서야 주춤거리며 일어섰다.

희네가 그제야 입을 열었다.

"이번일은 아무에게도 말하지 말자. 아니, 말해도 믿을 사람도 없겠지만."

얼떨떨한 느낌이 채 가시지 않은 나래가 고개를 끄덕였다.

"그래."

나래는 몸을 움직여 자신이 꽂았던 대나무들을 하나하나 뽑았다. 희네는 미처 생각하지 못했는데 성실한 나래가 잘 기억하고 있었다. 형제는 뽑은 대나무를 한곳에 쌓아 놓고 길을 떠났다.

조금 그곳을 벗어난 후 뒤를 돌아보니 평평하던 평야가 난데없이 대나무 숲으로 변해 있었다. 땅 자체가 완전히 달라진 것 같았다. 형제는 또다시 크게 놀라 기이한 대나무 숲을 잠시 바라보다가 말을 몰아 달렸다. 대나무 숲에 이는 바람 소리가 마치 발귀리 선인의 맑은 목소리인 양 평원에 메아리치며 웃는 듯했다.

형제는 자신들이 귀신에 홀린 것이 아닐까 생각했다. 멍한 기분으로 뒤도 돌아보지 않고 곧장 한웅의 행차와 합류하기 위해 떠났다.

후일의 일이지만 더더욱 놀랄 일이 있었다. 희네가 툰툰을 다시 만나 그 산에 대한 이야기를 하자, 툰툰은 이상하다는 듯이 그곳은 원래 대나무 밭이었으며 산은 없다고 정색하며 이야기를 했다. 근방 미아우족 전부가 그러했다.

툰툰은 희네 나래가 자신들을 도와 지나족 도둑을 물리치고, 거기서 밤을 새고 갔던 일은 생생히 기억하고 있었다. 그러나 희네 나래를 제외하고 선인이나, 선인이 사는 곳에 대해 기억하는 사람은 미아우족 부락 전체에서 아무도 없었다. 사람들의 기억마저도 산과 함께 사라져 버린 것이다.

그제야 희네와 나래는 자신들이 정말로 비교할 자가 없는 대선인을 만났다는 것을 진심으로 깨닫게 되었고, 그때의 일은 평생 아무에게도 입 밖에 내지 않았다.

공손헌원

믿을 만한 부하를 얻고 싶으면, 그가 스스로 따르게 만들라.
— 지나 화산족의 옛 가르침

한편, 사와라 한웅의 행렬은 천천히 남으로 향해 내려가고 있었다. 전날 젊은 사울아비들이 길가에 있는 도둑들을 처치하였으니 당분간 불미스러운 일은 없을 것이었다.

그러나 다음 날이 되어도 희네와 나래가 돌아오지 않자 치우우레는 약간 걱정된 얼굴이었다. 치우우레의 동생 치우벌은 그런 사촌형에게 둘이 다 똑똑하니 염려 말라고 위로해 주었는데도 근심스런 표정이 풀리지 않았다.

그렇게 행진하던 중, 이십 리 정도 앞서 길을 살피러 나갔던 사울아비가 급히 말을 달려 되돌아왔다. 정찰병의 보고인지라 치우우레는 직접 치우벌과, 부관 격이자 참모라 할 수 있는 부소다솔과 함께 보고를 들었다.

"저편에 백 명 정도 되어 보이는 사람들이 있습니다."

"어떤 사람들이냐?"

"지나족입니다. 싸우려는 것이 아니고, 한웅을 맞으러 나온 사람들 같습니다."

"맞으러 왔군. 당연히 그럴 때가 되었지."

부소다솔이 턱에만 매끈하게 자란 수염을 매만지며 중얼거렸다. 부소다솔은 부소* 집안 출신이었고, 싸움을 잘해서라기보다는 부소 집안의 대표로 사울아비가 된 사람이었다.

부소 집안은 원래 불을 맡아 보았는데 부소씨의 먼 할아버지는 돌을 쳐서 불을 일으키는 것을 알아낸 사람으로 전해지고 있었다. 주신에서 가장 유명한 세 집안, 즉 고시** 신지*** 치우**** 집안만큼은 아니었지만 부소 집안도 유명했다.

"머나먼 지나족의 땅에 한웅께서 몸소 오셨는데 나와 맞아야 하고 말고."

치우벌이 고개를 끄덕이며 말했다. 그러자 치우우레가 정찰 나갔던 사울아비에게 물었다.

"이끄는 자가 누구였느냐?"

정찰병 사울아비가 대답했다.

"공손헌원이라는 자였습니다."

이름을 듣고는 부소다솔이 반색을 했다.

---

* 예부터 내려오는 주신 가문의 이름. 부싯돌(부소돌)의 원류가 된 것처럼 그 시조인 부소씨는 불을 다스려서 사람들에게 불의 기능과 힘을 알려 준 프로메테우스와 흡사했던 사람이라 전해진다. 부소씨부터 내려온 집안사람들을 일컫는 성씨이다.

** 예부터 내려오는 주신 가문의 이름. 농부들이 식사 전 밥 한 술을 떠서 버리며 '고시레 = 고시 예(禮), 즉 고시에게 감사한다'는 풍습을 낳게 한 것처럼, 농경을 알게 해 준 최초의 고시씨부터 내려온 집안사람들을 일컫는 성씨이다.

*** 예부터 내려오는 주신 가문의 이름. 신지씨는 안파견 한, 또는 그 이후 어느 때인가 글씨를 창안하여 만든 인물인 신지혁덕부터 내려오는 성씨라 전해진다.

**** 예부터 내려오는 주신 가문의 이름. 치우씨는 바람을 맡았다고 전해지므로 아마도 풍백의 원류일 것으로 추정되며, 무기를 다루고 군사를 이끄는 일종의 무신 역할을 했던 가문의 성씨로 추정된다.

"오! 헌원이로군."

치우우레가 부소다솔을 돌아보았다.

"아는 사람이오?"

"그렇소. 공손헌원은 십오 년인가…… 전에 신시에 와 있던 사람이오. 유망하고 같이 와서 자부 선생에게 배웠던 일도 있고……."

치우우레가 고개를 끄덕였다.

"아, 자부 선생에게 배우러 왔었나?"

자부 선생은 신시에서 제일가는 스승을 일컫는 말이었다. 아주 오래전 안파견 한님 때에 자부 선인이라는 큰선인이 안파견 한님에게 오셔서 주신을 세우기 위한 여러 가지를 가르쳐 주었는데 후에 안파견 한님은 그것을 감사히 여겨 자부 선인을 모든 사람의 스승으로 영원히 받들 것이라고 맹세했다. 이후 주신에서 가장 뛰어난 스승을 '자부 선생'이라고 불렀다.

실제로 자부 선인은 안파견 한님 시절의 전설로만 전해지는 이름이었으나, 자부 선생은 신시가 세워진 이후로 항상 있었다. 가장 문물이 앞선 주신이고 그중에서도 도읍이 신시이니만큼, 주신뿐만 아니라 주변의 많은 부족의 젊은이들이 배우러 오게 되었다. 주신과 동맹 관계에 있는 부족들이 이후 지도자가 될 만한 똑똑한 사람을 보내는 것이 보통이었는데, 공손헌원도 그중 한 사람이었던 모양이다.

부소다솔이 수염을 연신 쓰다듬으며 웃으며 이야기했다. 다른 사람처럼 텁석나룻이 아니라 한 줄기로 길게 난 수염을 쓰다듬는 것은 그의 버릇이었다.

"헌원은 아주 똑똑한 사람이었네. 다른 젊은이들과는 달리 나이가 지긋해서 왔지만 생각이 깊고 말수가 적고, 어떤 일에도 얼굴이 변하지 않는 사람이었지. 자부 선생도 헌원은 하나를 가르쳐 주면 둘을 안다고 말했네. 어이쿠, 십오 년이나 지났으니 이제는 나이가 더 들었겠지만."

그 말에 치우우레는 조금 심사가 뒤틀렸다. 왜냐하면 희네의 일 때문이었다. 나래는 몸집이 크고 힘이 장사여서 싸움을 잘했지만 희네는 나래처럼 몸이 좋지 않았다. 대신 머리는 좋은지라 잘 배워 보라고 일껏 신경 써서 자부 선생에게 보냈는데 사흘 만에 도로 돌아왔다. 무슨 일이냐고 물어도 대답도 하지 않았다.

치우우레는 희네가 자부 선생에게 쫓겨난 모양이라고 생각해 부끄러워하기도 하고, 화도 나 있었다. 그런데 자부 선생에게 배웠다는 헌원이라는 사람의 이야기를 들으니 심사가 꼬인 것이다. 다른 일에는 한없이 대범한 치우우레였지만 자식 일에는 그렇지 못했다.

"똑똑하면 뭐해? 제가 잘나야 뭐하겠어. 지나족 촌놈인걸."

치우우레가 비아냥거리자 부소다솔이 고개를 저었다.

"아니야. 대단한 사람이라고 생각하네. 들어 보게나. 알다시피 큰 부족의 젊은이들이 배우러 오면 한웅님께서 대개 선물을 내리시지 않는가? 고시 집안사람을 시켜서 말야."

"그렇지."

"지나족도 큰 부족이니, 유망과 헌원 둘이 신시에 왔을 때 한웅님이 고시울률님을 시켜서 구리칼과 구리거울을 내리셨다네. 좋은 물건이었어. 지나족에게 구리 물건을 주신다는 건 대단한 일이지."

고시울률의 이야기가 나오자 치우우레 눈살을 찌푸렸다. 고시울률은 고시 집안의 대표 인물이며, 치우우레의 장인이기도 했다. 그러나 고시울률과 치우우레의 사이는 극히 좋지 않았다. 고시울률은 치우 집안과 맺어지는 것을 싫어했는데도 딸 미리내가 고집을 부려 치우우레에게 시집을 가자, 화를 내며 부녀 관계를 끊고 미리내의 고시 성(姓)을 빼앗아 버렸기 때문이다.

그 때문에 미리내는 쌍둥이 아들이 커서 사울아비가 될 때까지도 집 안의 천한 아낙네처럼 그냥 '미리내'라는 이름으로 불릴 수밖에 없었다. 그러니 장인 사위 관계라고는 하나 치우우레와 사이가 좋을 수가 없었다. 더구나 미리내는 지금 이 세상 사람이 아니었다. 그렇게 된 배후에는…….

치우우레는 마음이 아파 더 생각하지 않고 심드렁하게 대꾸했다.

"그렇구먼. 그런데?"

"유망이 구리칼을 받아들자 고시울률이 마음에 드느냐고 물으니까 이러더래. '이런 칼을 많이 주신다면 주신 대신 싸워 주신의 적들을 모조리 물리치겠습니다'라고. 그래, 고시울률님이 그저 웃으시며 헌원에게도 묻자 헌원이 이러더라는 거야. '구리거울도 좋습니다만 구리거울 만드는 법을 가르쳐 주시면 이후로 지나족이 만든 모든 구리거울의 반을 주신에 바치겠습니다'라고 말야."

"허허, 하지만 구리 물건 만드는 법은 비밀 아닌가?"

"물론 그야 그렇지. 지나족에게 구리칼을 많이 주거나 구리 물건 만드는 법을 가르쳐 주는 것은 안 될 일이지. 그러나 헌원이 생각하는 게 더 크지 않은가 말야. 유망은 자기가 염제 신농이라고 하면서 우쭐대고 있지만, 사람됨은 헌원만 못할 거야. 헌원은 사람됨도 진솔하고, 대답으로 봐도 주신을 더 생각하는 착한 녀석 아니냐, 이 말이야."

부소다솔이 헌원을 마치 자기 아들이라도 되는 양 칭찬하자 치우우레는 괜히 심사가 꼬였다.

"그게 뭐가 주신을 더 생각하는 건가?"

"생각해 보게. 유망 녀석은 칼을 달라고 하잖았는가? 그 녀석, 지나족은 수가 많으니 칼을 많이 가지면 주신이라도 쳐들어오려고 할 녀석이야. 그러나 헌원은 거울 만드는 법을 생각하고 있잖아? 더구나 지나족이 만든 물건의 반을 주신에게 바치겠다고 말하니, 주신 생각을 많이 하는 녀석 아니냐, 이 말이야."

치우우레는 그 말을 들을수록 뭔가가 마음에 걸렸다. 부소다솔의 말은 그럴듯했으니 말로 이길 자신은 없었다. 하지만 평생을 싸움터에서 앞장서서 도끼를 휘두르며 살아온 치우우레에게는 예감이 있었다. 지금의 기분이 그 예감 때문인지, 아니면 자식 때문에 기분이 언짢아서인지는 잘 구별할 수 없었지만, 헌원이라는 존재가 이상하게 마음에 걸리기 시작했다.

"모르는 거야. 모르는 거……."

치우우레는 중얼거리면서 말을 조금 빨리 몰아 앞으로 나섰다. 그러자 정찰병이 앞장섰고 치우벌과 부소다솔도 뒤를 따랐다. 한웅의 행렬이 조금 떨어질 때쯤 부하들 수십 명이 대열에서 빠져나와 뒤를 따르는 모습을 보고 치우우레는 조금 더 속력을 내어 말을 달리기 시작했다.

"지나, 화산족의 공손헌원입니다."

헌원은 정중하게 말하며 허리를 굽혀 보였다. 그가 허리를 굽히는 데에도 한참이 걸렸고 다시 펴는 데에는 더 오래 걸렸다. 그러면서도 그의 움직임에는 흐트러짐이 전혀 없었다.

헌원은 통통한 몸에 뺨이 약간 늘어져 후덕해 보이는 인상이었다. 세 갈래의 수염을 옅게 기르고 있었는데, 눈이 가늘었지만 마음씨가 좋아 보였다. 동작은 느릿느릿했지만 우아했고, 나이는 자세히 보면 오십을 좀 넘은 듯했으나 나이에 비해 피부가 희고, 느긋하면서도 활기차 보였다.

그를 따르는 백여 명 중 아흔 명 정도는 평범한 전사이고, 열 명 정도는 옷차림부터 용모, 크기나 나이에 이르기까지 아주 특이한 사람들 같아 보였다. 전사들은 창을 들고 있었는데 창은 번들거리는 곱돌(옥)로 만든 것이었다. 지나족은 아직 구리 무기를 만들 줄 몰랐다.

치우우레가 말에서 내려 화답했다. 한웅님을 모신다 해도 치우우레는 일개 사울아비 스승일 뿐이니 말에서 내려야 예의에 맞았다.

"주신의 사울아비 스승 치우우레요."

치우우레가 인사를 하자 헌원이 말했다.

"화산족 공손헌원이 말씀드립니다. 염제 신농께서는 태산서 한웅님을 맞을 준비를 하고 계십니다. 부족하나마 제가 한웅님을 모시고 길을 안내하기 위해 왔으니 무엇이든지 명을 내려 주십시오."

"주신의 사울아비 스승 치우우레가 말하오. 고맙소. 염제 신농께도 고맙다고 전해 주시오. 당신은 한웅님을 뵙기를 바라오?"

"화산족의 공손헌원이 말씀드립니다. 감히 한웅님을 뵈올 수 있습니까? 그저 길 안내나 할 따름입니다. 길을 지체하지 마시고 제 뒤를 따르소서. 태산까지는 아직 멉니다."

공손헌원이 영원히 걸릴 것 같은 느린 동작으로 고개를 숙인 후 앞장섰다. 공손헌원은 가마에 타고 있었고 지나족은 말을 탄 자 하나 없이 모두 걷고 있었다.

치우우레는 치우벌에게 공손헌원과 함께 앞장서라고 말한 다음 따라온 부하 사울아비 중 반을 치우벌에게 붙여 두고, 부소다솔과 함께 나머지 반을 이끌고 말을 돌려 한웅의 행렬로 향했다.

행렬로 되돌아가면서 치우우레와 부소다솔은 헌원에 대해 이야기를 나누었다. 먼저 부소다솔이 입을 열었다.

"헌원 말인데, 살이 좀 쪘구려. 하지만 아주 보기 좋던데? 전사 같지는 않지만 높은 사람처럼 보이더군."

"좋은 사람 같더군."

"같더군,이 아니라 좋은 사람이네. 사람들에게도 항상 먼저 인사하고 또……."

치우우레가 웅얼거리듯 말을 막았다.

"좋은 사람이 딴 맘을 먹으면 더 무서운 법이라고. 안 그러길 바라야지."

두 사람은 속력을 내어 말을 몰았다. 치우우레가 돌아오니 반가운 소식이 기다리고 있었다. 치우우레가 한웅의 행차에 도달할 때쯤 희네와 나래가 무사히 돌아와서 합류했던 것이다. 치우우레는 소식을 듣고 말을 달려 행렬의 뒷부분으로 향했다.

한웅의 행차가 늦어지면 안 되기 때문에 행렬의 뒷부분에는 항상 먹을 것과 간단히 얼굴을 씻을 물을 실은 소와 나귀 등이 뒤따랐다. 대열의 끝에 있는 이유는 이동하면서 누구라도 허기지거나 지치면 조금이나마 피로를 풀도록 하기 위해서였다. 계속 움직이면서 먹고 씻는 것이다. 걸어가며 먹고 씻어야 하지만 그래도 없는 것보다는 나았다. 희네와 나래는 막 도착했기 때문에 거기 있었다.

수레가 있었다면 번갈아 앉아서 쉬기도 했을 테지만 아직 수레는 없었다. 바퀴가 발명되어 일부 사용되었지만 먼 길을 가자면 나무로 만든 바퀴 축이 닳아 없어지기 때문에 많이 사용되지 않았고, 길이 포장되지도 않았으니 수레는 제대로 만들 수도 쓸 수도 없었다.

"이 녀석들!"

치우우레는 희네와 나래를 발견하자 얼굴에 웃음을 머금고 짐짓 호통을 쳤다.

희네는 한창 토기의 물을 따라서 얼굴을 축이고 있었고 나래는 먼지투성이인 말린 고기를 뜯고 있었다.

치우우레의 호통에 희네에게 물을 따라 주던 계집아이가 깜짝 놀라

물을 흘렸으나 희네는 태연히 얼굴과 손의 물을 털어 내고 웃으며 치우우레 앞으로 왔다. 나래도 고기를 잔뜩 문 입을 우물거리며 치우우레 앞으로 달려왔다.

"아버지!"

"이 녀석들 어딜 쏘다니다가 이제 오느냐? 아비를 놀려 먹고 말야. 혼 좀 나 봐라."

치우우레는 말채찍을 들었으나 얼굴은 웃고 있었다. 희네가 웃으며 피하는 시늉을 해 보이다가 말했다.

"잘한 것도 있는데 야단만 치십니까?"

"요 녀석들! 사울아비면 당연히 해야 하는 일이지, 뭐 잘한 게 있어? 더 혼나야겠다!"

그러다 입에 고기를 문 채 이러지도 저러지도 못하고 눈만 크게 뜨고 중간에 서 있는 나래를 보고는 희네와 치우우레는 웃음을 터뜨리고 말았다.

"됐다, 됐어. 길을 가는 중이니 나중에 따지자. 아무튼 하던 대로 씻고 먹어라."

나래는 고개를 끄덕이고 다시 고기를 입에 넣었다. 그 와중에도 한웅의 행차는 전혀 멈추지 않았으니 분주하게 걸어가야 했다. 치우우레는 흐뭇한 표정을 지으며 천천히 말을 걸려 옆을 따라갔다. 그런 치우우레에게 희네가 물었다.

"무슨 일 있었냐고 묻지 않으시나요?"

"별일 없으니 무사히 왔겠지. 안 그러냐?"

그 말에 희네가 싱긋 웃자 치우우레가 말했다.

"이번 한웅님 행차에서 돌아가면 성인식을 해야 할 것 같구나."

"벌써요?"

"벌써라니! 이미 늦었다! 이번 태산 회의만 아니었어도 벌써 성인식을 치렀을 거다. 그러니 딴말 마라. 성인식을 해야 성도 쓸 수 있고, 어른 이름도 갖게 되고 장가도 갈 수 있게 되지 않느냐?"

"장……가는 좀……."

"군소리 마! 나도 손자를 안아 보고 싶단 말이다! 좌우간 더 도망갈 생각 마라."

"도망가는 게 아니라……."

"네 이 녀석, 여자가 그리 무서우냐? 마을 처녀들이 모두 너 좋다고 하는데 너는 왜 그러는 게냐? 몸이 부실한 게냐?"

그 말에 희네는 몸을 움찔거리다가 이내 고개를 저었다. 치우우레는 입에서 나오는 대로 한 말이라 희네의 움직임을 눈치채지 못했다.

"네 녀석이 여기 따라오겠다고 기를 쓴 것도 내 다 알아! 장가가기 부끄러워 그런 거지? 이제 더 이상은 안 된다. 이번에 돌아가면, 무슨 일이 있어도 성인식을 치르도록 하겠다. 그렇지 않으면 집에서 쫓겨날 줄 알아! 알았냐?"

치우우레는 갑자기 기분이 상한 듯 말을 몰고 앞으로 달려가 버렸다. 뒷모습을 보는 희네의 얼굴이 어두워졌다. 나래가 다가왔다.

"형님, 어쩌지?"

"그러게 말이다. 내가 장가가기 싫어 이러는 줄로만 아시니……. 허헛."

희네는 힘없이 웃었다. 그 모습을 보고 나래는 눈물을 글썽거렸다.

"형님, 그러지 말고 사실대로 말하는 것이……."

"그래 봤자 도움될 것 없다. 아버지 마음만 상할 뿐이야. 내가 못된 자식이 되는 편이 낫지, 아버지 마음 쓰리게는 못한다."

희네는 딱 잘라 말했다. 사실 희네와 나래가 걱정하는 것은 희네의 다리였다. 희네의 다리는 점점 아파 오고 있어서, 전에는 억지로라도 말을 달리고 싸움 연습하는 흉내라도 낼 수 있었으나 이제는 그마저도 여의치 않았다. 자신의 다리가 계속 아프다는 것이 발각될 우려가 있어, 그것을 숨기기 위해 희네는 말을 달리지 않고 몇 달 동안 천천히 움직일 한웅님 행차에 따라나서겠다고 한 것이다. 치우우레를 졸라 간신히 허락을 얻어 냈으나 이제 치우우레의 말이 떨어졌으니 어떻게 해야 할지 몰랐다.

"그 다리로 성인식을 어떻게 한담? 아버지께 말씀드리자구. 내가 맞아 죽는 한이 있어도……."

나래가 조르자 희네는 매섭게 잘랐다.

"안 된다니까!"

나래의 눈에 눈물이 그렁그렁 맺혔다. 주신의 성인식, 특히 사울아비의 성인식은 단순한 의식이 아니었다. 그 사람이 사울아비가 될 수 있는가 없는가를 확인하는, 혹독하고도 힘든 시험을 치르는 의식이다. 지금 말 달리고 싸움 연습조차 힘겨워하는 희네가 그런 성인식을 무사히 넘길 리가 없다. 나래는 아무리 생각해 보아도 방법이 없다고 여겼다.

"그래도……."

"만에 하나 성인식을 참고 넘긴다 치자. 그러면 아버지는 당장 장가들라고 하실 건데. 생각해 보렴. 마누라를 얻으면 세상 다른 사람은 다 속인다 해도 마누라를 어찌 속이겠니? 그러면…… 그러면……."

희네는 더 이상 말을 잇지 못했다. 나래는 답답함을 참지 못하고 가슴을 쳤다.

"그러면 어쩔 거야! 형도 일부러 그런 게 아닌데! 아, 정말 답답하구나! 정말 답답해!"

희네는 냉정을 찾으려 애쓰며 말했다.

"아직 길은 있다."

"뭔데?"

"이번 길에서 병을 고치거나, 고칠 수 있는 방법을 찾으면 된다."

"신시의 솟대 단군도 못한 일을 누가 한다는 거야?"

"나래야, 이번 행차에 내가 말타기를 피하려고 따라나선 건 아니다. 이번에 한웅님이 어디로 가시는지는 너도 알지?"

"태산으로 가시는 거지. 부족하고 회의하시러."

"그래. 그러면 그곳에는 수많은 부족이 모인다. 그리고…… 특히 누가 오지? 반드시 와야 하는 사람 말야."

그제야 깨달은 듯 나래가 짝 하고 손뼉을 쳤다.

"지나족의 염제 신농이 오겠지!"

"그래. 염제 신농 유망도 온다. 이번 회의는 한웅님께서 지나족과 담판을 지으시는 자리니깐, 염제 신농 유망은 반드시 와. 염제 신농은 아주 옛날 신농씨 때부터 약초와 의술에 으뜸이다. 염제 신농을 만나면 아홉구비를 대신할 약초를 알 수도 있을 거야. 그러면 모든 게 풀린다."

"염제 신농을 만나기는 쉽지 않을 텐데……?"

"나도 그게 걱정이야. 특히 회의가 끝나면 만날 수 없을 거다. 회의 전에 만나야 하는데, 시간이 너무 없어."

"근데 회의 전에 만나야 하는 건 또 왜?"

"가 보면 알거야. 너도 머리가 잘 돌아가면서 왜 나에게 묻기만 하니? 너도 생각해서 스스로 깨우쳐라."

희네가 따끔하게 이르자 나래는 몇 번 고개를 끄덕이고는 다시 희네의 눈을 보며 물었다.

"염제 신농을 만나도…… 세상에 아홉구비보다 나은 약초가 있을까? 만약 염제 신농도 모른다면?"

"그렇다면……."

희네가 말꼬리를 흐렸다.

"형님, 형님은 항상 마지막의 마지막까지 생각하고 대비하잖아. 이번에는 그런 생각도 없는 거야?"

그러자 희네는 결심한 듯 단호하게 말했다.

"원래 말 안 하려 했지만, 말해 줄게. 염제 신농도 모른다면 그땐 카린산(곤륜산, 히말라야)의 쑤앙마이(서왕모)를 만나러 간다. 염제 신농이 모른다 해도 쑤앙마이는 알 거다."

"카…… 카린? 형님, 거기가 얼마나 먼데……."

"방법이 있다. 이번 태산 회의 때 카린에서 쑤앙마이가 직접 오지는 않아도 누군가는 올 거다. 그들을 따라가면 된다."

"하…… 하지만 카린에 갔다 오려면 몇 달…… 아니, 한 해도 더 걸릴 건데……."

나래가 질린 표정을 짓자 희네는 짧게 말했다.

"그것도 생각해 두었다."

"무…… 무슨……?"

갑자기 희네가 눈을 번득이며 아주 나지막한 소리로 나래에게 속삭였다.

"만약 그렇다면…… 주신을 떠난다! 그때가 되면 내가 어떻게 할 건지 말해 줄게."

"뭐라구?"

나래는 깜짝 놀랐다. 표정 변화가 거의 없는 나래였지만 이때만큼은 그럴 수 없었다.

"물론 돌아오지 않는다는 건 아니다. 하지만…… 그것밖에 방법이 없어. 그래야 아버지도 무사하실지 모른다."

"자…… 잠깐. 갑자기 아버지 말은 왜 꺼내는 거야?"

희네는 나래 말은 듣지도 않고 중얼거렸다.

"이건 아무도 모른다. 물론 나도 장담은 못해. 하지만…… 내가 이 모양 그대로면 아버지도 위험하시다. 너도 그렇고……. 그렇구나. 떠나는 것이 방법일지도……."

"무슨 소리인지 전혀 모르겠어! 도대체 무슨 이야기야?"

희네는 더욱 빠르게 중얼거렸다.

"나도 지금에야 생각이 미쳤다. 하지만…… 그렇게 된다. 맞아. 그렇다면…… 할 수 없다……. 그렇게 해야지……."

희네는 먼 하늘을 바라보았다. 희네의 눈은 알 수 없는 먼 곳, 하늘 저 너머의, 나래에겐 보이지 않는 어딘가를 바라보는 것 같았다.

나래는 놀라고 궁금했지만 참고 입을 다물었다.

저렇듯 자신은 알 수 없는 먼 곳을 볼 때의 희네는, 누가 귀에 대고 소리를 질러도 알아듣지 못할 정도로 깊은 생각에 빠져 있었기에.

희네는 끝내 나래에게 그 이상의 말은 해 주지 않았다. 나래도 더 이상 물어볼 수 없었다. 계속 길을 가다 날이 저물어 천막을 치고 양역 등과 합류하자마자 양역이 무심코 던진 말 한마디를 두 형제가 들었기 때문이다.

"공손헌원이라는 사람이 왔다네. 염제 신농이 보낸 사람이라는데 앞장서서 길을 열고 있어."

다른 말은 필요 없고 들리지도 않았다. 염제 신농이 보낸 사람이라면 미리 만나 두어야 했다.

희네는 나래를 밖으로 데리고 나가 속삭였다.

"서둘러야겠어. 사실 태산에 가서 염제 신농을 만나기는 무척 어려울 것 같았거든. 이건 안파견 한님이 도우시는 거다. 헌원이라는 사람을 알아 놓으면 회의가 시작되기 전에 염제 신농인 유망을 만날 수 있을지도 몰라. 같이 가자."

희네와 나래의 천막은 한웅님의 큰 천막 부근이었고, 헌원이 있는 지나족의 천막은 한참 남쪽에 있었다. 이미 어두워져 저녁을 준비할 시간이었으니 만나기에도 좋았다.

당시는 해가 져서 완전히 깜깜해진 후에야 저녁을 준비해서 먹고 곧바로 잠을 자는 것이 보통이었다. 그리고 해가 뜨기 전에 아침을 먹고 해가 밝자마자 움직였다. 그 밖에는 되는대로 먹고 쉬기도 했지만, 대개 두 끼만 먹었다. 불을 밝힐 수단이 없으니 밝을 때는 힘껏 일을 하고 완전히 어두워진 후에나 쉬었다.

헌원에게 줄 선물로 희네는 툰툰에게 얻은 신수의 알을 쓸까 생각해 보았으나 아직 이르다 싶었다. 희네는 자신의 구리몽둥이와 잘 만든 뿔활을 꺼내 들었다. 지나족이 가장 좋아하는 것이 구리 무기이며, 주신의 뿔활도 대단히 유명했다. 지나족이나 다른 부족은 나무로밖에 활을 만들 줄 몰랐는데, 뿔로 만든 활은 작지만 강한데다 화살이 멀리 날아가서 대단히 귀한 선물이었다.

준비를 마치고 지나족의 천막 쪽으로 불빛을 따라 조금 걸어가다가 나래가 희네를 들쳐 안았다. 가급적 희네의 다리를 피곤하게 해서는 안 되었기 때문이다. 예전부터 주위에 보는 사람만 없으면 항상 하던 일이라 희네는 부담 없이 나래에게 안겼다. 나래가 하도 덩치가 커서 마치 애를 안은 듯했다. 나래가 희네에게 물었다.

"그런데 말야, 염제 신농을 왜 회의가 시작되기 전에 만나야 하지? 난 아무리 생각해도 모르겠어."

희네는 한숨을 한 번 쉬고는 나래에게 말했다.

"나래야, 네 머리도 나 못지않아. 그런데 너무 나에만 의지해서 물어

보려고 해. 너도 생각하면 알 수 있을 텐데……!"

"형님이 나보다 훨씬 머리가 잘 돌아가잖아. 주신 전체에서 형님만큼 생각이 깊은 사람은 없을 거야."

또다시 희네가 한숨을 쉬었다.

"말도 안 돼. 아무튼 말해 줄게. 잘 들어. 이번에 한웅님께서 큰 부족 회의를 여신 건 무슨 이유지?"

"자꾸 나한테 묻지 말구 그냥 다 이야기해 주면 편하잖아."

나래가 항의하자 희네는 눈을 흘겼다.

"떠 넣어 줘야만 받아먹니? 대답해 봐."

"그건…… 지나족이 자꾸 미아우족을 건드리고 못살게 구니까 그렇지. 그걸 화해시키려고 하는 거구."

"맞다. 하지만 그건 겉에 드러난 것뿐이야."

"왜?"

"물론 지나족은 미아우족을 싫어하고, 미아우도 지나를 싫어한다. 하지만 지나족과 미아우족과의 싸움이 이렇게 많은 것은 왜일까?"

"잘 모르겠어."

"또 그런다. 나래야, 키탄족과 몽골족도, 훈족과 마갸르족도 사이가 나쁘다. 하지만 지나족과 미아우족만큼 자주 싸우지는 않아. 너는 몽골족이 초원을 떠나 산을 넘어서 키탄족 남쪽 마을을 습격했다는 이야기를 들어 보았니?"

"몽골족이 미쳤다고 그 먼 길을 오겠어? 약탈해도 돌아갈 수도 없을 건데."

"그런데 지나족은 미아우족을 그렇게 습격하고 있어. 너도 전날 보았겠지만 툰툰의 미아우 마을을 습격한 것도 지나족이었지?"

"응."

"그들은 남쪽 말씨를 쓰고 있었어. 그들은 남쪽에서 올라온 지나족이야."

"그놈들이 왜 그 먼 길을 올라온 거지?"

"그것도 이상하지? 더구나 그 지나족은 자신들이 도둑이 아니라 전사라고 했어."

"그게 어쨌단 거야?"

"도둑이 아니라면, 그 전사들은 아주 먼 길을 걸어와서 미아우 마을을 습격한 게 돼. 그렇다면 그건 염제 신농이 시킨 거야. 안 그러면 그리먼 길을 올 까닭이 없잖아."

"그건 그래."

"염제 신농은 미아우족 전체를 치려는 것이 분명해. 지나족의 어느 부족이 미아우 어느 부족과 싸우는 게 아니라는 뜻이야."

"지나족 전부가 똘똘 뭉쳤다는 거야?"

"그런 셈이지. 그것도 싸움을 하기 위해. 지나족은 구리 무기를 만들줄 모르지만 수가 무척 많아. 어느 부족보다도 많아서, 몽골이나 마갸르나 키탄이나 훈이나 미아우나 하다못해 주신 전체를 다 합쳐도 지나족보다는 적다고 들었어."

"에이…… 설마!"

"안 믿는 사람이 많아. 하지만 나는 그럴 수 있다고 생각해. 지나족은 말을 타지 않고 농사만 지어. 너 고시 할아버지네 마을이 얼마나 금방사람 수가 불어났는지 알지?"

"으음……."

"먹을 게 많으면 사람은 불어나. 금방 불어나. 태어나서 크는 아이들도 많아지지만, 무엇보다 먹을 것 때문에 사람들이 모여들기 때문이야. 너 칭과 쏜 봤지?"

"칭? 쑨? 아, 우리 집에 있는 지나족 종 말야?"

"그래. 그 사람들이 다른 종들과 뭔가 다른 거 모르겠어?"

"뭐…… 똑같이 착하기만 하던데……."

"그거 말구! 저번에 우리가 아버지 무기를 바꾸려고 신시에 칭과 쑨을 데리고 갔을 때 말야."

"별다른 거 없던데. 많이 놀라고……."

"뭘 보고 놀랐지?"

"음…… 잘 기억이……. 음, 그래. 물건이 아주 좋고 신기하다고 놀랐어."

"그게 문제야. 칭과 쑨은 지나족 시골 출신이랬어. 근데도 신시에 가서는 물건이 좋은 것만 보고 놀랐어. 근데 눙카는 어땠는지 알아?"

"몽골 사람 눙카 말야? 오이라트 부족 출신이라던?"

"그래 눙카는 처음 신시에 갔을 때 신시 문이 열리자마자 입까지 딱 벌리면 나에게 말했어. '이렇게 많은 사람은 처음 본다'고……."

나래에게도 어렴풋이 뭔가가 잡힐 것 같았다. 희네가 자세하게 설명을 덧붙였다.

"몽골족은 원래 그리 많이 모여 살지 않지. 눙카는 그래도 오이라트의 큰 부족 출신이야. 근데 신시의 사람 수를 보고 놀랐어. 그런데 칭과 쑨은 지나족 시골 출신이면서도, 신시의 사람 수를 보고는 조금도 놀라지 않았어. 그렇다면 지나족의 시골 마을이라 해도, 이미 신시만큼 수많은 사람들이 모여 산다는 이야기야! 지나족이 그 정도로 많다는 말이라구!"

그제야 나래는 고개를 끄덕였다.

"그럼 미아우족이 지겠네. 사람 수를 어떻게 당해 내?"

희네가 씁쓸하게 웃으며 되물었다.

"미아우족만 문제일까? 지금 사와라 한웅님은 주변 부족의 일은 스스로 해결하라고 말해 오셨는데, 왜 굳이 직접 태산까지 가시는 걸까? 염제 신농을 부르지 않고? 왜 다른 많은 부족들까지 소집하신 걸까?"

"그럼 또 뭐야? 그러고 보니 그렇네. 염제 신농을 왜 안 부르셨지?"

"간단해. 불러도 오지 않을 것이기 때문이야."

울컥 화가 치밀어 나래가 부르짖었다.

"감히!"

"물론 무엄하지. 염제 신농의 시조는 주신에서 보낸 사람이라는 이야기도 있어. 바로 신농씨고, 그들에게 농사짓는 법이며 약초 찾는 법을 알려 준 분이지. 그런데 지나족은 이제 와서 한웅께서 불러도 오지 않아. 그리고 미아우족을 자꾸 쳐들어가지. 미아우족을 치고 나면 이제 주신과 지나 사이에는 아무 부족이 없어. 서쪽에 키탄족이 있을 뿐이야. 여기까지 말하면, 염제 신농의 속셈이 뭔지는 너도 알 텐데?"

"그러면…… 뭘 바라는 거야? 염제 신농이 주신을 친다고?"

나래가 믿어지지 않는다는 듯이 묻자 희네는 웃으며 말했다.

"주신으로 쳐들어올 생각은 아니겠지. 염제 신농이 미치지 않고서는. 그러나 그들은…… 나라를 세우려고 하는 거야."

"나라를?"

"그래. 지나족의 나라를 세우려는 거야. 주신처럼 말야. 부족이 아니라 나라가 되려고 하는 거지."

"그들이 그렇게 할 수 있을까?"

"뭐 나라를 세운다면 세워도 되지. 그들은 그렇게 해서 주신들과 더 교류를 하고, 자신들의 물건들을 더 좋게 만들고, 다른 많은 것들을 배우려고 하는 걸 거야."

"그렇다면 내버려 두면 되잖아."

"하지만 문제는 그들의 행동이야. 지나족은 미아우족과 사이가 나빠. 또 키탄족과도 사이가 나빠. 몽골이나 마갸르나 훈족이나 모조리 그들은 야만스럽다고 하고, 못된 놈들이라고 해. 지나족이 나라를 세우는 것은 자기들 맘이지만, 지나족의 나라는 주변의 모든 부족을 적으로 삼을 것 같다는 거야."

"주신한텐 그러지 않잖아."

"주신이 강하니까 그렇지. 아직은 이길 수 없다고 생각하니까. 하지만 주신보다 강해졌다고 생각하면 지나족은 분명 주신도 흉보고 멸시하고 쳐들어오려고 할 거야."

"도대체 왜 그러지?"

"나도 몰라. 그래서 한웅님께서는 고민이 많으신 거야. 지나족이 한데 뭉쳐 더 좋게 잘살겠다고 나라를 만드는 거야 좋은 일이지. 그런데 그 나라가 자기들이 잘살겠다고 힘을 뭉친 거면 좋지만, 힘을 뭉쳐서 다른 부족을 짓밟고 쳐들어가려는 거라면 주신으로서도 그렇게 하라고 할 수는 없잖아. 염제 신농도 당연히 한웅께서 좋은 이야기를 하지 않으리란 걸 알기에 오지 않는 거야. 그러니 별수 없잖아. 한웅께서 직접 그들 땅으로 가셔야 하는 거지. 그리고 다른 부족도 전부 모아 회의로 이야기하시려는 거고."

"그렇군……. 형님은 대단해. 그걸 어떻게 생각했지?"

"어른들도 다 이런 생각에서 움직이는 거야. 내가 생각한 게 아니고. 너도 눈을 크게 뜨고 조금만 생각하면 알 수 있잖아."

"그런데 회의가 끝나면 염제 신농을 왜 못 만난다는 거야?"

희네는 심호흡을 하고는 주변을 살핀 다음 목소리를 낮췄다.

"이 회의는 분명 좋지 않게 끝날 테니까."

"엥? 한웅님께서 직접 여시는 회의가 왜 안 좋게 끝나?"

"그러니 누구에게도 말을 못하지. 그러나 분명해. 내가 보기에 회의는 분명 좋지 않게 끝나. 가장 나쁘면 회의가 끝나자마자 전쟁이 날 거고, 잘 풀려도 몇 년 안으로 전쟁이 일어나. 틀림없어."

"회의하기도 전에 그런 것을 어떻게 알아?"

나래는 형의 말을 믿었다. 그러나 반쯤 탄복한 듯이 묻는 나래를 보며 희네가 슬쩍 웃으며 말했다.

"그것까지 설명해 주긴 힘들어. 많은 이야기를 해야 해. 그러나 회의가 끝나면 주신과 염제 신농의 사이가 틀어질 테니, 당연히 우리 같은 주신 사울아비를 염제 신농이 만나 줄 이유가 없지."

"그럼 회의 전에는?"

"염제 신농도 기대는 그리 크게 안 하겠지만, 그래도 회의에서 자기가 바라는 대로 좋은 결과가 나오기를 바라지 않겠어? 그러니 회의 전에는 미움을 사지 않기 위해서도 주신 사람을 만나 주지 않겠니?"

나래는 "과연" 하고 감탄하며 고개를 끄덕였다. 희네는 나래보다 힘도 약하고 싸움도 못하지만, 머리 쓰는 것이나 생각의 깊음은 나래가 감히 따라갈 수가 없었다. 더구나 나래는 희네를 지극히 존경하고 따라야 하는 이유가 있었다.

'아홉구비 때문이 아니더라도 나는 정말 훌륭한 형을 두었다. 정말 잘난 형이다.'

속으로 나래가 생각하는데, 희네가 말했다.

"다 온 것 같다."

나래는 희네를 내려놓았다. 희네가 앞장서서 지나족의 천막 쪽으로 갔다. 지나족은 백여 명 정도 되어 보였는데, 가죽으로 만든 천막이 스무 개가량 있었다. 그중 커다란 천막 주변을 작은 천막이 에워싸고 있었고 몇 사람이 꼼짝도 않고 앞을 지키는 것으로 보아 커다란 천막이 우두머리인 헌원의 천막 같아 보였다.

낯선 젊은이 두 명이 들어왔지만 지나족은 주신 사람이라는 걸 알고는 아무도 뭐라고 하지 않았다. 훈련을 잘 받은 자들 같았다.

희네는 그중 범상치 않은 사람을 한 명 발견했다. 그 사람은 어마어마하게 덩치가 컸는데 불가에 앉아 돼지 다리를 하나 들고 통째로 뜯고 있었다.

희네는 나래의 옆구리를 팔꿈치로 툭 치면서 농담을 건넸다.

"지금 너도 크지만, 네가 어른이 되어 더 커도 저 사람만큼 크지는 못할 것 같구나."

나래는 슬쩍 웃었을 뿐 덤덤했다. 희네는 슬그머니 그 사람 곁으로 가서 앉았다.

그 사람은 여자처럼 곱게 생긴 낯선 소년이 옆에 앉자 의아한 표정을 지었다.

"안녕하시오?"

희네가 능숙한 지나 말로 이야기하자 남자는 뜯던 돼지 다리를 입에서 떼며 희네를 훑어보았다.

"그래, 너도 안녕하냐?"

"여기가 공손헌원님이 계신 곳이죠?"

"너는 누구냐?"

의아한 표정을 짓는 사내를 보며 희네가 대답했다.

"저는 주신의 사울아비 희네라고 합니다."

남자는 고개를 끄덕이며 정중하지만 떳떳한 태도로 말했다.

"나는 지나족, 화산 부족의 끽구다. 헌원님은 왜 찾느냐?"

"헌원님에 대해서 많이 들었습니다. 그래서 만나 뵙고 이야기를 나누어서 그분께 새로운 것을 배우고 싶어서 왔습니다. 지금 아니면 뵐 틈이 없을 것 같아서요."

끽구는 고개를 끄덕이며 다시 돼지 다리를 뜯었다.

"헌원님보다 현명한 분은 드물지. 주신에도 그만한 분은 드물 게다."

그러는데 옆에서, 눈빛이 무섭지만 작달막한 사내 하나가 끼어들었다. 잘생긴 얼굴에 멋진 수염을 길렀는데, 얼굴빛이 마치 무엇을 칠한 것처럼 붉어 특이하게 생긴 남자였다.

"나는 지나족, 화산 부족의 이주다. 헌원님은 만나기 어렵다."

"선물을 준비했습니다. 꼭 뵈어야 합니다."

희네가 구리칼과 뿔활을 내밀었으나 이주는 쳐다보지도 않았다.

"너는 주신을 대표하는 중요한 이야기를 하러 온 것이냐? 개인적인 일을 이야기하러 온 것이냐?"

"물론 저 따위가 주신을 대표할 수 없지요. 개인적인 일입니다."

그러자 이주는 딱 잘라 말했다. 말솜씨가 능란한 사람처럼 보였다.

"헌원님은 지나족을 대표하여 나오신 분이니, 개인적인 일로 만나 뵐 수는 없는 노릇이구나. 선물도 도로 가져가거라."

"꼭 뵙고 싶어서 찾아왔는데 말 한마디 나눌 수 없단 말입니까?"

"헌원님께서는 다른 일도 많으시다."

"주신에서는 배움을 청하는 사람을 마다하는 법이 없습니다만……."

희네가 간곡하게 고개까지 숙이며 하자 끽구가 갑자기 돼지 다리를 내팽개치며 험악하게 소리쳤다.

"이 녀석, 안 된다면 안 되는 줄 알아라. 주신 사울아비라고 고집을 피울 거냐?"

나래가 재빨리 희네 앞을 막아서며 끽구를 쩨려보았다. 나래가 여느 소년보다도 훨씬 덩치가 큰데도 끽구와 비교하니 가슴팍밖에 오지 않을 정도로 끽구는 거인이었다.

나래의 눈초리가 자못 험악해 보이자 끽구가 픽 웃었다.

"이 녀석들아. 어린것들이 왜 이리 나서는 거냐? 성인식이나 올렸느냐?"

나래는 대답하지 않고 계속 끽구의 눈을 째려보았다. 그러자 끽구는 고개를 설레설레 흔들었다.

"이 녀석아, 나를 화나게 하지 마라. 네 녀석도 힘깨나 쓸 것처럼 보인다만, 내 팔 한쪽도 못 당할 거다. 혼나지 말고, 째리는 눈 치워라."

그러자 희네가 말했다.

"우리는 잘못한 것이 없는데 왜 호통을 치는 거요? 우린 잘못이 없단 말이오."

이주가 뭐라고 말리려 했지만, 끽구가 흥 하고 코웃음을 쳤다.

"건방진 놈들, 너희 둘 다 덤벼 보아라. 내 팔 하나라도 당해 내면 헌원님께 내 직접 청해 보마. 하지만 봐주지 않겠다."

지지 않겠다는 듯이 희네가 외쳤다.

"나 말고 아우만 나서도 됩니다. 정 그렇게 말한다면, 내 아우를 씨름으로 이겨 보시오. 팔 하나만 써서 이긴다면 우리가 잘못했다 빌고 물러나겠소."

이주가 끼어들어 희네에게 말했다.

"이봐, 자네. 뭘 몰라서 그러는 것 같은데 끽구는 당할 자 없는 장사야. 승부를 하려면 더 큰 다음 어른이 되어 하라구. 지금 자네들은 당해 내지 못해."

그러면서 이주는 끽구를 쳐다보며 인상을 찌푸렸다.

"왜 또 자네 멋대로 일을 벌이는가? 주신 한웅을 모시는 길에 꼭 주신 아이들을 때려야 하는가?"

이주는 다시 희네를 보며 말했다.

"일단 오늘은 돌아가게. 내가 내일 헌원님께 청하여 한번 만나 보십사 전할 것이니 오늘은 소란 피우지 말고 돌아가 주게나."

이주의 말이 정연하여 희네는 그럴까도 생각해 보았다. 그러나 나래는 여전히 끅구를 불타는 눈으로 노려보며 움직이려 하지 않았다.

"나래야, 내일 다시 오자꾸나."

"싫어."

"나래야, 왜 그래?"

"내일이면 늦을지도 몰라. 형님의 일인데 오늘 만나야지. 형님이 고개를 숙였는데도 이렇게 나와? 헌원이 안 나온다면 내가 여기를 다 두들겨 부숴 엎을 거야."

"나래야, 일을 크게 벌여 무엇하니?"

그러나 나래는 대답 않고 끅구만 째려보았다. 희네는 속으로 할 수 없구나 생각했다. 사실 법 같은 것도 없는 옛날이다. 누구를 째려본다는 것만으로도 도전의 의미를 충분히 지니고 있었으며, 일단 취한 행동은 되돌릴 수 없었다.

희네가 윽박지르면 나래도 결국은 말을 듣겠지만 동생의 기분도 생각해 주고 싶었다. 끅구도 새파랗게 젊다 못해 어린 녀석이 한참이나 째려보는 것을 알았으니, 자존심 때문에라도 그냥 곱게 보낼 수는 없는 판이었다.

"내 어린놈을 죽일 수도 없으니. 이리 와라! 내 왼팔을 꺾으면 네가 이긴 것으로 해 주마. 몸으로 매달려도 내 팔만 꺾을 수 있으면 내가 진 것으로 하겠다!"

끅구가 시커먼 털로 뒤덮인 엄청나게 굵은 팔을 내밀어 보였다. 희네가 끅구의 말을 나래에게 전해 주자 나래는 픽 웃었다.

"저 녀석이 왼팔만 쓴다면 나도 왼팔만 쓸 거야!"

그러자 희네는 나래에게 낮은 목소리로 말했다.

"너…… 힘의 반만 쓰라는 말 잊었니?"

"지금도 반만 써야 해? 저 덩치를 상대로?"

"목숨이 걸린 일이 아니니까, 내 말 들어라. 겨뤄 보겠다는 걸 말리지는 않겠지만. 그런데도 해 보겠니?"

나래는 조금 불만스러운 표정이었다. 평소 희네는 나래의 엄청난 힘을 알고는 항상 절반의 힘만 사용하고, 절대 온 힘을 다하지는 말라고 일러 왔다.

나래는 형의 의도가 무엇인지는 몰랐지만 그 말을 따랐다. 사실 나래는 천하장사여서 반의 힘만으로도 무엇이든 해낼 수 있었다. 그러나 저 거인을 보니 나래도 은근히 불안해져서 이번에는 온 힘을 써야겠다 생각하는데, 희네가 재빨리 가로막은 것이다.

희네가 잘라 말했다.

"반의 힘을 써서 진다면, 져도 할 수 없다."

나래는 오기가 생겨 성큼성큼 끽구 앞으로 나갔다. 비록 덩치가 크고 늠름하다 해도 자기 가슴팍의 키에 솜털도 아직 가시지 않은 소년일 뿐인 나래를 본 끽구는 비웃으며 왼팔을 내밀었다. 나래도 서두르지 않고 입을 꾹 다물고는 신중하게 왼팔만 내밀었다. 나래의 손이 끽구의 왼팔을 잡았다. 그 순간, 끽구의 얼굴에서 비웃는 표정이 사라지고 의아한 표정이 되었다가 다시 심각한 얼굴이 되었다.

나래도 얼굴이 긴장되고 온몸이 뻣뻣하게 굳었다. 둘 다 힘을 쓰고 있는 것이다. 끽구의 왼팔은 조금도 꺾이지 않았다. 나래가 땀을 뻘뻘 흘리자 끽구의 왼팔이 살짝 내려갔다. 허나 끽구가 이를 악물자 왼팔은 움직이지 않았다. 아무리 나래가 장사라고 해도 무리 같았다.

끽구의 얼굴을 보고 이주는 깜짝 놀랐다. 끽구는 지나족에서 제일가는 장사인데, 어린 나래가 끽구의 얼굴이 굳어지게 할 정도의 힘을 지니고 있다면 이는 대단히 놀라운 일이었다.

마찬가지로 희네도 놀랐다. 아무리 나래가 절반의 힘만 쓴다 해도, 끽구가 이 정도로 강할 줄은 몰랐던 것이다. 더구나 나래의 표정을 보니 나래가 혹여 자신의 말을 어기고 전력을 쓰고도 당해 내지 못하는 것 아닐까 생각했다.

끽구의 손이 조금씩 아래로 떨어졌다. 자세는 아무렇게나 팔을 내민 끽구가 훨씬 불리했다. 그때 나래가 숨을 한 모금 들이켰다. 그것을 보고 끽구는 이 꼬마가 또 용을 쓰려나 보다 생각하여 정신을 집중했다.

그 순간, 나래는 놀랄 만큼 빠르게 오른쪽 다리로 끽구의 왼 다리를 걸었다. 끽구는 왼팔을 내민 상태에서 왼 다리가 걸리자 중심을 잃고 옆으로 기우뚱했다. 넘어지지는 않았지만 끽구는 당황하여 팔의 힘을 풀었고, 그사이 나래는 재빨리 끽구의 왼팔을 꺾었다.

"이 녀석이 속임수를 써?"

끽구가 노하여 외치는 순간 희네가 재빨리 외쳤다.

"분명 당신은 내 동생이 온몸을 다 써도 된다고 했고, 왼팔만 꺾으면 된다고 했어요. 내 동생은 당신 말대로 다리도 썼고 결국 왼팔을 꺾었어요. 뭐가 잘못됐지요?"

희네가 낭랑하게 외치자 끽구는 할 말이 없어졌다. 그러자 이주가 나서며 말했다.

"끽구, 자네가 졌네! 이 소년들은 정말 대단하군. 주신 사울아비는 정말 대단하네."

끽구도 뭐라고 더 불평을 하지 못했다. 나래가 끽구의 팔을 풀어 주고 끽구는 흥! 하면서 팔을 뿌리치며 외쳤다.

"좋다. 내가 한 말은 지키겠다. 헌원님께 아뢰마!"

"당신은 말을 잘 지키시는군요. 그러나 괜찮습니다. 저희도 무례했지요. 찾아오는 입장에서 소란을 피웠으니 내일 다시 오겠습니다!"

희네가 낭랑한 소리로 말하자 희네 뒤에서 누가 말하는 소리가 들렸다.

"그럴 것 없네!"

희네가 뒤를 돌아보니 보통 키에 조금 뚱뚱하지만 후덕하고 마음씨 좋아 보이는 사내가 서 있었다. 가느다란 눈이 조금 아래로 처지고 뺨이 복스럽게 생긴 남자가 말을 이었다.

"약속을 했으면 지켜야지. 무슨 일로 나를 만나려는 건가?"

"그러면 당신이……?"

희네가 말끝을 흐리자 그가 대답했다.

"그래. 내가 지나, 화산족의 공손헌원이네."

운명의 만남

내가 여자에게 한눈에 반할 줄은 몰랐지.
주술에 걸린 것도 아니고, 저주를 받은 것도 아니라면 말야.
그런 일은 허풍쟁이들이 지어낸 것이고, 내게는 절대 안 일어날 줄 알았어.
그런데 정말…… 그런 일도 있더군.
그냥 눈앞이 캄캄해지고 돌도끼로 뒤통수를 맞은 기분이 되는 거야.
— 이름이 알려지지 않은 몽골족의 전사

공손헌원은 침착하고 행동거지가 조용하면서도 위엄이 있었다. 특별히 몸이 날래거나 힘이 세지는 않을 것이다. 그러나 많은 사람을 이끌 수 있는 무엇이 느껴졌다. 희네는 헌원의 그런 모습을 눈여겨보지 않을 수 없었다.

헌원은 희네와 나래를 자신의 천막으로 정중히 안내한 다음 앉으라고 했다. 희네와 나래는 고운 여우 가죽을 깔아 놓은 바닥에 앉았으나 헌원은 가죽에 앉지 않고 옆에 있는 나뭇등걸 위에 앉았다.

지나인은 근래 들어 바닥에 앉지 않고 평상에 앉았으며 잠도 침대에서 자는 풍습에 익숙해 있었다. 그러나 온돌을 사용하는 주신인은 안에 들어가면 바닥에 앉고 바닥에 눕는 것이 일반적이었다.

희네와 나래는 자신들도 평상에 앉을까 생각하다가 그대로 앉았다. 그러나 헌원이 위에 앉고 자신들은 헌원을 올려다보는 입장이 된지라 기분이 묘했다.

"자네들의 이름은?"

헌원이 능숙한 주신 말로 둘에게 물었다. 나래는 평소처럼 담담히 입을 다물었고 희네가 대답했다.

"저는 희네, 애는 제 동생인 나래입니다. 다르게 생긴 쌍둥이죠."

"그런가. 아까 말했지만 나는 공손헌원이라 하네. 자네 동생은 대단한 장사더군."

"그냥 그렇습니다."

"아니야. 끽구는 내 부하 중에서도 가장 힘이 세고, 지나족 중에서도 으뜸가는 장사일세. 그런 끽구를 쓰러뜨리다니 대단해. 그것도 그런 어린 나이에."

"힘으로 이긴 것은 아니지 않습니까? 얕은꾀를 썼는데 나래가 어리니 끽구님도 마음을 놓다가 당한 것입니다. 제대로 한다면 나래가 이길 리가 없지요."

희네는 일부러 겸손을 떨었다. 그러자 헌원이 미소를 지으며 감탄하듯 말했다.

"그래도 대단하네. 나래가 크면 끽구 못지않은 장사가 될 걸세. 이런 훌륭한 젊은이들이 나에게 왔으니 기쁘네. 내 무슨 부탁이든 힘닿는 대로 들어줌세."

희네는 가지고 온 구리칼과 뿔활을 헌원에게 공손히 건넸다. 헌원은 그것을 받아들고 보더니 말했다.

"정말 좋은 물건이군. 신시에서 만든 것인가?"

"그렇습니다."

그러자 헌원은 구리칼과 활을 이리저리 자세히 보다가 고개를 끄덕이며 말했다.

"신시의 기술은 더 발전했군. 세상에서 제일이야. 나도 신시에 몇 년 있었다네. 좋은 시절이었지. 그때보다 기술이 더 좋아진 것 같군."

헌원은 구리칼과 뿔활을 희네에게 도로 내주었다. 희네가 받지 않으려 하자 헌원이 미소를 지으며 말했다.

"마음만으로도 충분하네. 나는 무기 쓸 일이 없고 솔직히 만지기도 싫다네. 이런 좋은 무기는 자네가 계속 사용하게. 받은 셈 칠 테니."

"그래도……"

"그렇다면 내가 받고, 다시 자네에게 선물하는 걸로 생각하게."

희네는 할 수 없이 구리칼과 뿔활을 받았다. 헌원은 미소를 띠면서 그런 희네와 나래를 찬찬히 바라보았다.

"나를 보자고 한 까닭은 무엇인가? 부탁이 있는 듯한데."

헌원이 묻자 희네가 대답했다.

"고치기 힘든 병을 얻은 사람이 있습니다. 신시의 솟대 단군도 고치지 못하죠. 그래서 염제 신농님을 뵙고 고침을 받거나 고칠 수 있는 길을 알고자 합니다."

단군은 제사장이라 점복이나 굿, 푸닥거리도 했지만 의술이나 기타 기술에도 능한 사람이 많았다. 그중 으뜸가는 단군을 솟대 단군이라 불렀는데, 이는 단군들의 거처가 신시의 중심, 솟대 바로 밑에 있었기 때문이다.

"허, 솟대 단군도 못 고친다? 무슨 병인데?"

"다리가 아픈 병입니다. 다리에 힘이 빠지고, 힘을 주면 굉장히 아파집니다. 아픈 것이 몇 년을 두고 점점 심해지고, 급기야는 다리의 느낌이 없어지다가 돌처럼 굳어서 다시는 다리를 쓰지 못하게 되는 병이죠."

"다리가 부어오르거나 썩어 들어가는가?"

헌원은 다리가 붓고 썩는 병(각기병)에 대해서는 들은 바가 있었다. 그러나 희네는 고개를 저었다.

"그렇지는 않습니다. 마치 아이들이 앓아서 다리를 절게 되는 병과 비슷합니다. 그러나 그것처럼 일시에 다리를 못 쓰는 것도 아니고, 계속 조금씩 아파지며 고통이 대단합니다."

"희한한 병이군."

"예……"

헌원은 잠시 생각에 잠겼다가 입을 열었다.

"흠…… 어차피 우리 행렬이 태산에 도달하면 염제 신농님과도 만날 수는 있을 걸세. 그러나 일단은 내 부하 중에서도 병에 대해 잘 아는 이가 있으니 한번 이야기를 나눠 보도록 하세. 그런데 아픈 이를 직접 데리고 오면 좋았을 텐데……."

희네는 주저하다가 결심하고 말했다.

"아픈 이는 여기 있습니다."

"뭐? 밖에 있는가? 그러면 어서 들라고 하게."

"아닙니다. 제가 바로 아픈 사람입니다."

그 말에 헌원은 눈을 빛내며 고개를 끄덕였다. 그러자 희네는 담담히 말했다.

"이 일은 절대 아무도 알지 못하게 해 주소서. 감히 부탁드립니다."

헌원은 이해한다는 듯이 고개를 끄덕이더니 걱정스러운 눈빛으로 물었다.

"자네, 지금도 아픈가?"

"솔직히…… 그렇습니다."

"그런데 어떻게 걸어왔고, 태연히 이야기를 나누는 것인가? 고통이 대단하다면서 표정 하나 변하지 않고 말일세."

"아픈 것이 하도 오래되다 보니 어느 정도 익숙해졌습니다. 저도 사내인데 그런 것은 참을 줄 알아야지요."

"자네, 아픈 것을 숨겨야 하는 이유가 있는 겐가?"

그때 옆에 있던 나래가 갑자기 흑 하더니 눈물을 떨구었다. 희네는 그것을 못 본 척했으나 얼굴빛이 이내 어두워졌다. 헌원은 궁금했으나 희네가 얼른 짧게 말했다.

"깊은 사정이 있습니다. 모쪼록 이 일을 다른 이에게는 절대 알리지 말아 주소서."

헌원은 깊은 한숨을 쉬더니 말했다.

"알았네. 내 절대 다른 이들에게 알리지 않으리. 그러나 병을 보아 주는 부하에게는 말해야 할 걸세. 그 사람도 입을 다물도록 할 테니 아무 걱정 말게."

헌원이 밖에 소리를 쳤다. 지나 말이었으나 희네는 알아들을 수 있었다.

"누가 상망을 들라 해라!"

"십육기인의 상망 말이옵니까?"

"그렇다."

희네는 그 짧은 대화를 듣고는 의아한 생각이 들었다.

'지나족의 지도자는 유망인데 헌원이 부하를 부리는 소리를 들으니, 이제껏 들어 본 적 없는 말투로구나. 물론 지나 말이기는 하나 헌원은 마치 한웅님이 말씀하시는 것처럼 엄하게 말하고, 부하들은 한웅님께 대하듯 공손하게 말하지 않는가? 자기가 지도자도 아니면서 이렇게까지 하는 것일까?'

이렇게 생각하다가 희네는 문득 섬뜩한 생각이 들었다. 그러나 희네는 아무런 내색도 하지 않았다.

잠시 후 아주 키가 작고 얼굴이 새카만데다가 머리를 꼭지처럼 위로 묶은 남자가 들어왔다. 광대뼈가 튀어나온 얼굴에 뻐드렁니, 눈은 부리부리한데 잔뜩 충혈되어 있고, 초라하기 짝이 없는 수염이 뽑히다 만 것처럼 입술 양끝에 뭐가 묻은 듯 자라 있어서, 보기만 해도 우습고 볼품 없는 남자였다. 난쟁이만 한 키에 허리까지 구부정했고 다리마저도 둥 글게 휘어 있어서 사람이라기보다는 원숭이 같았다. 나래는 그 모습을 보고 소리 내어 웃지는 않았으나 우스워하는 눈치였다.

"상망, 부르셔서 달려왔습니다."

상망이 말하자 헌원은 희네의 이야기를 간단히 들려주고, 고칠 수 있 는 방법을 찾아보라고 말했다.

상망이 희네에게 다가가 주신 말로 물었다. 헌원의 부하들은 모두 주 신 말을 할 줄 알았다.

"주신 사람이냐?"

"그렇습니다."

상망은 다시 희네의 옷과 몸에 걸친 무기들을 보고 물었다.

"사울아비냐? 근데 상투가 보이지 않는구나. 총각이냐?"

"예. 아직 성인식 전입니다."

"저런 저런, 장가도 안 갔는데 다리가 아프면 안 된다. 다리가 아프면 허리도 쓰기 힘들거든. 장가가서 마누라에게 매일 혼난다구."

상망은 중얼중얼하면서 희네의 다리를 살펴보더니 희네의 손목을 잡 아보았다.

"이런 이런, 계집아이처럼 피부가 곱구나. 사울아비이면서 말야. 원 래 그을지 않는 살갗을 가졌구면. 사내자식이 참 곱기도 하구나."

상망은 뻐드렁니가 튀어나온 입으로 쓸데없는 소리를 연방 지껄이고 있었으나 눈과 손끝만은 틀림없이 희네의 손목 맥을 짚고 있었다.

희네는 적잖이 놀랐다. 맥이 뛰는 것만으로 아픈 데를 알아내는 기인 이 있다는 말은 들어 보았지만 상망같이 보잘것없이 생긴 사람이 그런 기인일 줄은 몰랐다. 그것은 신시의 단군 중에서도 제일 나이 든 한 사람밖에 알지 못하는 기술이었다.

그러다가 상망이 탄식하듯 외쳤다.

"제기랄! 안 된다! 안 돼! 고치려면 방법이 한 가지뿐인데, 안 하는 게 낫다."

"왜 안 하는 게 낫습니까?"

"그냥 그렇게 사는 게 죽어 썩기보다는 낫지 않겠느냐?"

"그렇게 어렵습니까?"

"어렵다마다. 네 다리는 말야, 병이 아니다."

"그러면요?"

"나도 잘 모르겠다. 병은 아냐. 혈이 뭉치고 맥이 끊긴 거란 말이다. 들어나 두어라. 내가 알기론 고치는 방법은 한 가지뿐이다."

"그 방법이란 무엇입니까?"

"세상에서 가장 영험한 풀이 있다. 보통 삼(蔘)이나 불로초를 최고라 하지만 사실 더 영험한 약이 있다. 아홉구비라는 것인데, 아홉 개의 입사귀가 돋아나 있는 풀이다. 사실 이 풀은 그렇게 귀하진 않다. 그러나 이 풀이 정말 약이 되려면 특별한 데서 자라야 하는 거다. 그렇게 자란 풀에 달린 작은 열매는 맥을 트는 데에는 세상에서 제일가는 신기한 약이다. 그런데……"

상망이 정신없이 떠들고 있었는데도 희네와 나래는 침울한 표정을 지을 뿐 제대로 듣고 있지 않았다.

상망이 여우처럼 캥 소리를 질렀다.

"가르침을 주는데 듣지 않는 게냐? 들으라니깐! 아홉구비는 말이다, 아주 특별한 데서 자라야 하는데 그것은 바로……"

그러자 나래가 무심코 슬픈 듯 말했다.

"신수 옆에서 자라야 하지요?"

그 말에 상망은 깜짝 놀랐다.

"네…… 네가 그것을 어찌 아느냐? 누구에게 들었느냐?"

재빨리 희네가 나래의 말을 가로챘다. 나래는 급히 입을 다물었다.

"전에 들은 적이 있습니다. 저희가 아직 어릴 때였지요. 그러나 신수 옆에 있는 것을 무슨 재주로 얻는단 말입니까? 다른 방법을 일러 주소서."

"물론 아홉구비를 얻기란 쉬운 일은 아니다. 하지만…… 이것 외에는 방법을 모르겠구나."

희네는 조심스레 물었다.

"염제 신농께옵서도 모르실는지요?"

상망은 조금 생각해 보더니 입을 열었다.

"염제 신농께옵서? 음……."

상망이 말에 여운을 남기자 희네의 눈빛이 빛났다.

"어떠하옵니까?"

"옛날 신농씨께서는 세상의 모든 풀을 맛보고 사람에게 이롭고 해로운 풀과 열매, 뿌리를 가려내어 약을 만드셨다. 그때 신농씨의 가르침은 계속 이어졌느니라. 그러면서 대대로 염제 신농께서는 얻은 풀과 열매와 뿌리와 잎사귀 들을 종류별로 갈무리해 두시곤 했다."

"그 말씀은……?"

"그러니 염제 신농께서 혹여 아홉구비를 가지고 계실지도 모른다. 어쩌면 그를 대신할 방법을 아실는지 모르지."

그런 모습을 지켜보던 헌원이 입을 열었다.

"이보게, 희네. 만일 염제 신농께옵서 방법을 아시거나 약을 지니고만 계신다면, 내 얻어 주도록 애써 보겠네."

그 말에 희네보다도 나래가 반가워하며 다급히 말했다.

"감사합니다. 정말 감사합니다."

헌원이 미소를 지어 보였다.

"자네들과 같은 영웅 형제를 알게 된 것만으로도 내 다행이라 생각하네. 나중에 큰일을 할 소년들인데 힘이 닿는 대로 도와야지. 우리 친하게 지내도록 하세."

헌원의 친절에 나래는 감격하여 헌원에게 인사를 드렸다. 희네도 헌원에게 고개를 숙여 보였다. 헌원은 나래와 희네에게 웃으며 그럴 것 없다고 했다.

"우리 서로 나이는 차이가 있으나 자네들과는 이제 벗이 된 것이니 나를 형 정도로만 생각해 두게나. 이렇게 만났는데 한잔 술이 없을 수 있겠는가. 같이 한잔 드세."

그러자 상망이 말했다.

"하지만 희네는 아플 텐데요."

희네가 웃으며 말했다.

"지금껏 잘 견뎌 왔습니다. 하물며 큰 은혜를 입는 마당에 조금 아픈 것이 문제되겠습니까. 저도 한잔하지요."

헌원이 기분 좋게 웃으며 말했다.

"지금 우리도 한웅님을 맞이하러 가는 길이라, 기분 같아선 밤새 마시고 싶으나 그럴 수는 없군그래. 대신 내 부하들과 같이 한잔하도록 하세나. 그들을 소개해 줄 테니 알고 있으면 나중에 염제 신농님을 만나러 갈 때에 도와줄 것일세."

희네와 나래는 고개를 끄덕였다. 헌원은 십육기인(十六奇人)을 들라 일렀다. 헌원의 말이 떨어지기가 무섭게 몇 명의 말단 부하들이 토기에 담긴 술을 내왔다.

그사이 헌원이 말했다.

"내 부하 중 가장 뛰어난 자들일세. 모두 열여섯이지만 지금 나와 함께 온 이들은 일곱 명뿐일세. 상망과 끽구, 이주는 이미 만나 보았을 테지만 상망은 병을 보는 데 능하고, 끽구는 힘이 천하장사이며, 이주는 머리가 좋아 이치를 따지는 데 밝다네."

세 사람이 더 들어왔다. 한 사람은 보기만 해도 섬뜩할 정도로 눈매가 매서운 사람이었고 두 사람은 덩치가 크고 우락부락하게 생긴 사람이었는데 쌍둥이처럼 서로 닮았다. 헌원이 계속 소개했다.

"이 눈이 날카로운 이는 비휴라고 하네. 천랑대의 대장일세."

"천랑대란 무엇인가요?"

"늑대로 이루어진 군대를 말하네."

희네가 놀라서 되물었다.

"늑대 군대라고요?"

대뜸 상망이 나서서 떠들어 댔다.

"그렇다네. 비휴는 기인이네. 늑대를 마음대로 다룰 수 있는 사람이라네. 원래 선인이었지."

희네는 놀라움에 고개를 끄덕였다. 헌원이 덧붙여 말했다.

"그리고 이 두 사람은 신도와 울루라고 하네. 둘이 생각하는 것도, 행동하는 것도 똑같은 한 쌍일세. 쌍둥이가 아닌데도 꼭 닮았지. 힘도 세고, 무엇보다 귀신을 잡아 억누르는 재주를 지녔다네. 이 둘도 선인일세."

나래도 적이 놀랐으나 희네의 놀라움도 컸다. 상망이나 끽구, 이주 등도 보통 사람은 아니었지만, 비휴나 신도, 울루를 소개하는 말을 듣고 보니 재주 한 가지만으로도 선인이라 할 수 있는 사람들이었다. 십육기인이라 일컫는 이들은 전부 선인이거나 선인급인 듯했다. 그런데 헌원이 수하에 선인이라 할 수 있는 능력 있는 자들을 이리 많이 모아 두었을지는 전혀 몰랐던 것이다.

맨 나중에 들어온 사람을 보고 희네와 나래는 더욱 깜짝 놀랐다. 선인처럼 보이지도 않는, 앳되고 귀엽게 생긴 소녀였다. 희네는 속으로 생각했다.

'아니, 저런 조그만 계집아이도 기인이란 말인가?'

나래는 그보다도 소녀의 얼굴을 보는 순간, 심장이 멎어 버리는 것 같았다. 발랄하고 활기차고 그늘이라곤 전혀 없는 소녀의 눈동자를 보자, 왜 그런지 알 수는 없었지만 가슴이 두방망이질 쳤다. 이제껏 많은 여자아이들을 보아 왔고, 예쁜 아이도 많이 보았지만 이런 느낌은 처음이었다.

나래가 넋이 나간 듯 멍하니 소녀의 얼굴을 바라보자 소녀는 풋! 하고 버릇없이 웃으며 하늘하늘한 허리를 굽혀 일부러 나래를 마주 보는 시늉을 했다. 그래도 나래는 멍하니 소녀의 얼굴을 바라보고만 있을 뿐이었다.

헌원이 외쳤다.

"아니, 발아! 너는 손님들이 계시는데 왜 허락도 없이 불쑥 들어오는 것이냐?"

발이란 소녀가 헌원 옆으로 깡총 뛰어갔다.

"아버님, 끽구 아저씨를 넘어뜨렸다는 장사가 이 아이들인가요?"

헌원은 허, 하면서 어쩔 줄 모르겠다는 듯 한숨을 쉬고는 희네와 나래에게 말했다.

"이거 미안하네. 이 아이는 막내딸인 공손발이라고 하네. 그런데 오냐오냐 해 줬더니 버릇없이 자라서……. 이거 미안하네."

"하하, 아닙니다."

희네가 웃으며 괜찮다고 하면서 슬쩍 나래의 옆구리를 찔렀다. 나래는 그때까지 공손발의 얼굴만 바라보고 있어 희네가 옆구리를 찌르는데도 느끼지 못하고 있었다.

발은 나래가 계속 자신을 바라보기만 할 뿐, 자신이 나래를 놀렸는데도 꿈쩍도 하지 않자 화난 표정이 되었다.

"이봐! 뭘 빤히 쳐다보는 거야?"

보다 못한 헌원이 발을 나무랐다.

"이 버릇없는 녀석아! 너는 아무 말썽 피우지 않고 조용히 따라와 한웅님 행차를 구경만 하겠다고 하지 않았느냐? 그런데 왜 아무 데나 끼어들어서 법석을 떠는 것이냐?"

"제가 무슨 법석을 떨었나요? 아저씨들을 부르시기에 무슨 재미있는 일이 있을까 하여 와 본 거죠. 근데 저 덩치 큰 아이가 끽구 아저씨를 넘어뜨린 게 맞아요? 멍청해 보이는데."

발은 맺힌 것이 하나도 없는 시원시원한 여자아이였다. 허나 워낙 곱게만 자라서 그런지 안하무인이라 희네는 겉으로 내색을 하지는 않았지만 속으로 눈살을 찌푸렸다. 헌원도 겉으로 내색은 하지 않았으나 창피했는지 발에게 다시 말했다.

"멍청한 것은 너다! 이 소년들은 주신의 사울아비로, 대단한 소년 영웅이란 말이다. 너야말로 감히 끼어들어서 이렇다 저렇다 함부로 입을 놀리다니, 혼이 나야겠느냐?"

그래도 헌원은 언성을 높이지는 않았다. 타이르듯 차분하게 이야기할 뿐이었는데 혼이 나야겠냐는 말이 떨어지자마자 발은 금세 얼굴빛이 변하더니 다소곳이 헌원 옆에 앉았다. 별것 아닌 한마디였는데도 풀이 팍 죽은 듯했다.

그 모습을 보고 희네는 움찔했다.

'이 사람, 헌원은 정말 보통 사람이 아니구나. 한 번도 목소리를 높이거나 화를 내는 것 같지 않은데 모든 이들이 받들고 따른다. 십육기인 모두가 대단한 선인 같은데도 마치 주신 사람이 한웅님을 따르듯 받들고, 저렇듯 철없는 계집아이마저도 아버지의 한마디를 무섭게 생각하는구나.'

주변을 둘러보자 상망, 비휴, 이주, 끽구, 신도 울루는 아무 말 없이 잠자코 있었다. 웃지도 않고 그렇다고 화를 내는 것도 아니었다. 희네는 이유 없이 등골마저 오싹해졌다.

'헌원은 조용하고 말이 없으며 친절하다. 목소리를 높이지 않고 주변 사람을 따르게 하기란 쉬운 일이 아니다. 철없는 여자아이가 저렇듯 고분고분 말을 듣게 만드는 것도 보통 일은 아니다. 저 정도로 나이 먹은 자식이 부모 말을 잘 듣기가 얼마나 어려운가 말이다. 더구나 저 계집애는 아버지의 부하에게도 멋대로 까불며 성질을 부려 왔을 것이다. 저들이 저렇게 태연한 것을 보면 안다. 하지만 저들은 헌원의 집안일에는 아무 말도 하지 않고 입을 다물고만 있구나. 평소에 저 사람이 말 한마디 한마디를 얼마나 무겁게 지켰는지 알 수 있겠다. 선인 부하들까지도 꽉 틀어쥐고 있으니 무서운 사람이다!'

희네가 생각하는 사이, 나래는 여전히 공손발을 바라보고만 있었다. 그러다가 발의 표정이 침울해지자 나래가 입을 열었다.

"헌원님, 따님을 너무 야단치지 마십시오. 따님은 잘못한 것이 없습니다."

"아이가 버릇없이 어른의 일에 끼어들고 손님에게 멋대로 입을 놀려서 창피를 주었으니 나중에 벌을 받을 것이네."

나래는 급히 두 손을 저으며 말했다.

"아닙니다. 오히려 제가 실례했습니다. 제가 빤히 바라보기만 하니 따님도 화나서 그런 거죠. 멍청한 저를 보고 멍청하다 했으니 잘못한 게 아닙니다."

헌원이 허허 웃었다.

"자네가 왜 멍청한가? 좌우간 내 딸은 잘못한 것이니 벌을 받아야 하네."

나래가 고집을 부리며 말했다.

"저희는 손님으로 왔습니다. 손님으로 왔고, 헌원님께 귀한 대접을 받은 이상 저희도 헌원님께 뭔가를 해 드리고 싶습니다. 그러나 해 드릴 일도 마땅치 않아 답답한데 집안에 울음소리가 나게 할 수는 없습니다. 집안일에 간섭하는 것은 아닙니다만 제발 따님을 용서해 주십시오. 제가 얼굴을 못 들겠습니다."

나래는 또박또박 조리 있게 말했다. 나래의 큰 덩치와 변하지 않는 담담한 표정, 그리고 입을 꼭 다물고 있는 모습을 보고 사람들은 나래가 멍청하다고 생각하기 쉬웠다. 허나 나래는 말하기를 그리 좋아하지 않아서 그렇지 머리도 좋은 편이고 말도 잘했다. 수줍음을 타서 보통 때는 말수가 적었지만 필요한 말은 물러서지 않고 하는 배짱도 있었다.

나래의 태도를 보고 헌원이 '오호' 하며 감탄의 표정을 지었다.

"내가 할 말이 없군그래. 허허, 그래. 자네 말대로 하겠네."

그러면서 헌원이 발에게 말했다.

"발아, 너는 이 손님 덕분에 벌을 면하는 거다. 자, 고맙다고 말씀드려라."

발의 얼굴이 금세 환해졌다. 헌원은 자신이 한 말은 반드시 지키는 사람이란 것을 누구보다 잘 아는 그녀였다. 벌을 안 준다고 한 이상, 벌은 없을 것이었다.

발이 나래에게 주신 말로 말했다.

"고마워. 이름이 뭐야?"

그러면서 나래에게 다가갔다. 발은 여전히 자신을 빤히 쳐다본 이 덩치가 별로 마음에 들지 않았고, 천방지축으로 날뛰던 습관이 남아서 말끝에 나래에게만 들릴 정도로 조그맣게 덧붙였다.

"……멍청이?"

나래가 씩 웃으며 대답했다.

"주신의 사울아비, 나래라고 한다."

"사울아비? 몇 살인데?"

"열일곱 살이다."

"벌써 사울아비라니, 빠르네……?"

발은 웃으며 이야기했으나 역시 말꼬리에 나래만 들릴 정도로 조그맣게 덧붙였다.

"……멍청이가?"

여전히 나래는 사람 좋게 미소를 지으며 되물었다.

"네 이름은 뭐지?"

공손발이 짐짓 환하게 웃었다.

"방금 아버님이 말하셨는데 못 들었어……?"

하면서 발은 또 말꼬리를 붙였다.

"……멍청하기는."

나래는 그런 발의 얼굴을 다시 한번 바라보며 말했다.

"직접 듣고 싶어서 그래."

그사이 헌원은 골칫덩이 딸에게 관심을 접고 희네와 더불어 한창 잔을 나누며 이야기를 하고 있었다. 십육기인도 담소를 나누었다.

공손발은 슬슬 나래의 뒤로 돌아갔다. 나래는 해바라기가 해를 따라 고개를 돌리듯 발을 따라 몸을 조금씩 돌렸고 이윽고 나래가 헌원을 완전히 등지게 되자 발은 그 앞에 아무렇게나 털썩 앉았다. 나래의 눈에는 그런 그녀가 우아하게만 보였다.

"그럼 말해 줄게. 나는 공손발이라고 해. 저기 아버님의 막내딸이야. 멍청이 너는?"

발은 이제 헌원을 등지고 앉아 아예 막 나왔다. 나래는 조금도 불쾌하게 생각하지 않고 대답했다.

"나는 나래야. 아직 성인식을 하지 않아서 성을 쓰지 못하고 진짜 이름도 없지만 치우 집안사람이야."

"치우 집안? 멍청이가?"

발은 놀랐다. 치우 집안이라면 싸움에 능하고, 용감하기로 주신만 아니라 세상 곳곳에서 대단히 유명한 집안이었다. 치우 집안 사울아비들이 세상 각 부족을 도와 세운 영웅적인 업적들이 어디에나 전해지고 있을 정도로 유명했다. 나래는 눈부시게 웃으며 대답했다. 멍청이가 아니라 더한 말을 들어도, 이 계집애가 더 버릇없게 굴어도 전혀 싫지 않은 듯했다.

"사실 나는 좀 멍청해. 멍청이라고 부르려면 네 맘대로 해라."

나래가 한술 더 뜨자 공손발은 의외라는 듯 긴 속눈썹을 몇 번 깜박거렸다.

"그래도 끽구 아저씨를 멍청이 네가 정말 이긴 거 맞아? 끽구 아저씨는 당할 자가 없는 장사인데?"

"끽구님은 정말 대단하더군. 감히 내가 당할 수 있겠어? 그래서 꾀를 썼어."

그 말에 발이 호호 웃었다.

"멍청이가 꾀를 쓰다니, 것참……."

문득 발은 나래의 눈매를 새삼스레 살펴보았다. 자신을 바라보는 나래의 눈은 기분 나쁘거나 욕심에 가득 찬 눈이 아니라 해맑았다.

안하무인에 버릇없는 발이었지만 조금 부끄러워졌다.

"왜 그렇게 빤히 보는 거야, 멍청이?"

"보기 좋아서 그래."

발이 피식 웃었다.

"내가 예뻐서 그래?"

나래는 고개를 끄덕였다. 거리낌이 없이 당당한 표정이었다. 오히려 말을 꺼낸 발이 부끄러울 지경이었다.

"날 보고 예쁘다는 사람은 많아. 하지만 내가 어떤지 알아? 어떤 사람도 반나절도 안 되어서 나에게 고개를 흔들면서 도망간다구. 너도 나한테 혼이 나 봐야 알겠어?"

"지금도 혼나고 있잖아."

"내가 언제 널 혼냈어?"

나래가 해맑게 웃었다.

"멍청이가 되었는걸?"

발도 덩달아 피식 웃었다.

"멍청이 보고 멍청이라고 하는데 뭐가 혼낸 거야?"

그러자 나래가 말했다.

"만약 너 말고 누가 나보고 멍청이라고 한다면 나는 그 녀석을 절대 가만두지 않을 거야. 그러나……."

"그러나 뭐지?"

"너는 그럴 수 없어."

발이 코웃음을 쳤다.

"왜? 내가 예뻐서?"

"예뻐서가 아니라, 네 앞에서는 이상하게 내가 정말 멍청해지기 때문이야. 정말 멍청해지는데, 네가 나를 멍청이라 불러야지 다른 수가 있겠어?"

"앞으로도 계속 멍청이라고 부를 건데? 네가 멍청이 짓을 안 해도 멍청이라 부르면 그땐 날 혼낼 거야?"

그 말에 나래는 웃으며 말했다.

"앞날의 일을 함부로 말할 수는 없어."

공손발은 조금 샐쭉해져서 대꾸했다.

"그럼 혼낼 거란 말야?"

"아마도 그렇게 못하겠지만, 앞날의 일은 함부로 이야기하는 게 아냐."

공손발은 화를 낼 듯하다가 이윽고 싱긋 미소를 지었다. 아직도 발은 이 녀석을 멍청한 녀석이라 여기고 있었다. 다만 이 덩치 큰 멍청이와 이야기하니 이상하게 평소에 답답했던 마음이 풀어지는 것 같았다. 그런 내색은 전혀 하지 않고 발은 일부러 심술궂게 말했다.

"하여튼 난 네가 싫어. 잘난 척 떠들고 말야, 멍청아."

나래는 미동도 하지 않고 되받았다.

"나는 네가 좋은데."

"누가 네 맘대로 좋아하라고 그랬어? 눈을 빼 버린다?"

평소에 입이 대단히 거친 발은 이번만은 그런 말을 쓰지 않으리라 했는데도 불쑥 내뱉고 말았다. 발은 당황했으나 오히려 오기로 더 심한 말을 퍼부어 댔다.

"혀도 잘라 버릴 거야. 멍청이가 쓸데없이 혓바닥만 나불거리고 말이야."

그 말에 나래는 눈살을 찌푸려 보였다.

"그렇게 험한 말을 하는 게 아냐."

"너도 그럴 거야? 여자가 어떻게 그런 말을 하냐고?"

"여자라서가 아니라, 누구라도 그런 험한 말을 하면 안 돼."

"네가 뭔데 나를 가르치려 들어? 네가 내 스승이야?"

"가르치려는 게 아니라 옳은 이야기는 언제건 해야만 해……."

매일 듣던 고리타분한 이야기 비슷한 것이 나래의 입에서 나오자 발은 확 성깔이 치솟았다. 안 그래도 그런 이야기와 온갖 제약에 마음이 답답하던 터였다.

"네까짓 게 뭐길래……!"

"그건……."

"너, 한번 혼나 볼래? 네가 내 상대가 될 것 같아?"

느닷없이 발이 손을 뻗어서 나래의 눈썹을 잡아 뽑았다. 발은 말문이 막힐 때면 어른의 수염을 뽑는 것을 장기로 삼고 있었다. 말도 안 될 정도로 버릇없는 짓이었지만, 발은 이런 짓에 재미를 느꼈다. 아무리 근엄하게 말을 하는 스승이라도 자기가 느닷없이 수염을 뽑으면 화가 나서 고래고래 소리를 지르거나 하다못해 얼굴을 굳히며 이야기하기를 포기하고 물러났다.

아버지와 큰스승들을 제외하고는 모든 사람이 발에게 수염을 뽑힌 경험이 있었다. 근엄하고 깐깐한 이주나 거한인 신도 울루마저도 뽑힌 적이 있었다. 그것은 발이 사람들을 도리머리 치게 만드는 첫 번째 재주였다. 수염이 없으면 상대의 머리카락이라도 뽑았다.

그런데 나래의 경우는 이상하게 울화가 더 치밀어서 머리카락보다 더 아프고 치명적인 눈썹을 뽑아 버렸다. 이러고도 화를 안 낼 장사는 없다 싶었다.

찌직 소리가 났으나 나래는 조용히 앉아 있었다. 몹시 아픈 듯, 눈을 잠시 감았고 눈물까지 핑 돌았지만 조금도 움직이지 않았다. 발은 되레 자기가 놀라 손에 쥔 눈썹을 보았다. 나래의 짙은 눈썹이 한 무더기 뽑혀 있었고, 겨냥이 조금 빗나갔는지 손톱에 나래의 살점이 박혀 있었다.

나래의 얼굴을 보니 눈썹 한 귀퉁이가 비어 있었고 거기에서 피가 조금 솟아 있었다. 발은 당황했다. 수염이나 머리칼은 뽑아도 별로 표가 나지 않는다. 한마디로 증거가 없다. 그런데 지금은 실수로 눈썹 주위에 상처와 피까지 냈으니 아버지에게 경을 칠 것 같았다.

그때 나래가 갑자기 입을 열자 발은 깜짝 놀랐다.

"아이쿠! 이거 웬 벌레가!"

나래는 뽑힌 눈썹 주변을 손바닥으로 철썩 쳤다. 철썩 소리가 커서 헌원과 희네도 잠시 그쪽을 돌아보았다가 다시 이야기를 시작했다.

발은 깜짝 놀라 나래에게 바싹 다가가서 속삭였다.

"왜 그러는 거야?"

"그래야 나중에 어른들이 보아도 변명 거리가 되잖아."

나래가 담담히 말하며 미소를 짓자 발은 휴, 하며 한숨을 쉬었다. 나래는 발의 행동을 덮어 주려고 일부러 자기 얼굴을 친 것이다. 나중에 왜 피가 나느냐고 물으면 아까 벌레를 쫓다가 자기 손가락에 찔렸다고 둘러댈 수 있으니까. 발은 부끄러워져 물었다.

"아프지 않아?"

"왜 안 아프겠어? 아프지."

"화 안 나?"

"이상하게 화가 안 나는군. 나도 모르겠어. 그냥 화가 안 나. 하하."

"왜 웃어? 정말 화 안 나?"

"피장파장이잖아. 너는 나를 멍청이라 했고 나는 너를 벌레라고 했고. 너는 벌레라도 나비같이 예쁜 벌레지만."

그러자 발은 아까 나래가 소리를 지르면서 자신을 벌레라고 빗대어 욕했다는 것을 깨달았다. 갑자기 발이 샐쭉해지며 외쳤다.

"날 놀려? 이 멍청이가! 꼴도 보기 싫어!"

그러면서 획 몸을 돌려 밖으로 나가 버렸다. 그러나 그때도 헌원과 희네는 한창 이야기에 열중하고 있었고, 십육기인도 밭의 일에는 신경을 쓰지 않았다. 나래는 한동안 멍하니 밭이 앉아 있던 자리의 허공을 바라보다가 눈썹을 문지르며 웃었다. 욕을 먹고 눈썹까지 뜯겼지만 그동안의 시간이 달콤한 꿈속의 일처럼만 느껴졌다. 멍하니 있던 나래의 귀에 헌원의 음성이 들려왔다.

"나래, 자네도 이리 오지그러나?"

"아…… 아? 아……. 예, 예."

나래는 허둥거리며 헌원에게 가서 잔을 받아 들었다. 헌원이 이주에게 말을 걸었다.

"적송자님은 왜 안 오시는가?"

"적송자님이 술을 하시던가요?"

"그래도 말이나 여쭈어 보게. 이 젊은이들을 만나 보고 싶어 하실 것이니."

그때 천막이 열리면서 검은 머리가 치렁치렁하게 길고, 온몸에 나무 껍질로 신기하게 엮은 옷을 두른 초로(初老)의 남자가 들어섰다.

"대단한 영웅들이 찾아왔다는데 내가 늦었소이다그려."

그 남자를 헌원이 희네에게 소개했다.

"나와 우리 십육기인의 큰스승이신 적송자님이시네. 선인이시지."

적송자가 고개를 들어 희네를 보는 순간, 두 사람은 모두 앗, 하면서 놀라는 표정을 지었다.

"자네…… 자네가 여기 왔는가?"

"서…… 선인님이 여기 계셨습니까?"

적송자와 희네의 입에서 동시에 나온 말이었다. 헌원은 크게 놀라 두 사람에게 물었다.

"어인 영문이오? 아는 사이인가요?"

적송자가 허허하며 희네에게 말했다.

"벌써 다섯 해가 지났구먼. 그래, 다리는 나았는가?"

희네는 고개를 저었다. 적송자는 의아해하며 물었다.

"아홉구비를 얻지 못했는가?"

"그게 사정이 깁니다."

적송자가 나래를 보며 희네에게 물었다.

"이쪽은…… 아우인가?"

"예."

"아우 쪽은 나았군."

"예."

그 말에 나래는 눈물을 글썽했다. 헌원은 아무래도 그간에 복잡한 사연이 있던 것이 틀림없다 여겼고 또 궁금했다.

"아무래도 깊은 사연이 있는 듯한데, 이야기해 줄 수 없겠는가?"

희네는 잠시 생각해 보다가 마음을 정하고 아홉구비에 얽힌 일을 사람들에게 이야기하기 시작했다. 처음으로 남에게 털어놓는 이야기라서 나래도 일의 첫 부분은 알지 못했다. 벌써 오 년 전의 일이었지만 마치 어제의 일처럼 생생하게 되살아났다.

"벌써 다섯 해나 지난 일입니다……. 그때 저는 지금처럼 다리가 아팠는데, 나래도 병이 났습니다. 부모님은 걱정하다 못해 사방으로 수소문하셨지요. 제 다리는 물론이고 나래의 병도 중하여 솟대 단군도 제대로 고칠 방도를 찾지 못했지요. 그래서 아버님은 용한 단군이나 약에 대해 잘 아는 사람을 찾아 멀리까지 나가시고, 어머님 혼자 계실 때에 바로 여기, 적송자 선인님께서 저희 집을 찾아오셨답니다……."

조리 있고 자세한 희네의 이야기는 지나 말로 계속 이어졌다. 희네의 목소리는 슬픈 어조를 띠고 있었다.

"적송자 선인께서는 저희 둘을 보시더니, 병에 대해 어머님께 설명하셨습니다. 내 병은 목숨이 위험하지는 않지만 맥이 끊겨 생긴 병이니 아주 강한 약초를 써야 나을 수 있는데, 그것이 아홉구비라고 하셨습니다. 아홉구비는 신수 옆에서 자란 것이어야만 하는데 이는 세상에 둘도 없는 귀한 약으로, 끊어진 맥을 이어 주는 것은 물론 사람의 힘을 두 배로 만들어 주는 아주 구하기 힘든 약이라고 하셨죠. 상망님이 이야기해 주신 처방과 같았습니다."

그러자 상망이 채신없이 고개를 까딱까딱거렸다.

"그랬군. 적송자 스승께서야 물론 아셨겠지. 나도 스승께 배운 것이 많으니 말야."

"적송자 스승께서는 나래도 보셨습니다. 그때 나래는 온몸이 부풀어 오르는 기이한 병에 걸려 눈도 뜨지 못했고 움직이지도 못했습니다. 사람들은 나래가 괴물이 되어 간다고 수군거렸죠. 적송자 스승께선 나래의 병은 위중하여 목숨이 위태로우나 별반 특별한 약은 없고, 스스로 병을 이겨 내야 하는데, 한 달 내로 병을 이겨 내면 살 것이고 아니면 힘들 거라고 하셨습니다. 몸을 보해 주는 약초를 많이 구해 먹이라고 하셨지요."

적송자는 나래를 보며 주신 말로 말했다.

"그래, 나은 것 같으니 다행이군. 자네는 워낙 체질이 강건한 아이였으니 이겨 낸 것일 게야."

그 말에 나래는 또 눈물을 글썽거렸다.

"제가 강해서 이겨 낸 것이 아닙니다. 형이…… 형이 저를 살려 주었습니다."

"희네가?"

적송자가 희네를 바라보자, 나래는 더 이상 참지 못하고 눈물을 흑 쏟으며 외치듯 말했다.

"희네 형이……! 아홉구비를 저에게 먹였습니다!"

그 말에 희네를 제외한 주신 말을 알아들을 수 있는 모든 사람들이 깜짝 놀랐다. 항상 침착하기 그지없는 헌원은 겉으로는 놀란 표정을 짓지 않고 여전히 태연한 얼굴이었으나, 희네에게 물었을 때는 그의 목소리에 놀라움이 깃들어 있었다.

"아홉구비를 어떻게 얻었는가? 그리고 그것을 왜 동생에게……?"

희네는 흔들림 없이 이야기를 계속했다.

"부모님은 적송자 선인님의 이야기를 들으시고 일단 이렇게 이야기를 나누셨습니다. 저는 우연히 옆에서 들었지요. 어머님은 나래의 병이 위중하니 그 약부터 찾아보자고 하셨습니다. 그러나 아버님은 나래의 병을 고치는 약은 몸을 보하는 약이면 될 것이니 솟대 단군에게 구해 달라고 하고, 어디서 찾아야 하는지 아니까 아홉구비부터 찾아오시겠다고 하셨습니다. 두 분은 결국 아버님의 뜻대로 하시기로 했죠."

그러자 적송자가 물었다.

"아홉구비가 있는 곳을 아버님이 아셨던가?"

희네는 고개를 끄덕였다.

"신시 먼 아래, 미아우족 부락 근처에 구름골이라는 산이 있고, 그곳에 신수가 산다고 했습니다. 번개범이라는 신수인데, 그 산에는 수없이 기이한 풀들이 자라고 있어 미아우족이 가고 싶어 하나 신수가 두려워 가지 못한다는 소문이 있었답니다."

여태껏 듣기만 하던 이주가 수염을 쓰다듬으며 끼어들었다.

"미아우족은 원래 독이나 벌레나 약초를 좋아하니 그런 것을 잘 알만도 하군."

"아버님은 구름골에 반드시 아홉구비도 있을 것이라 생각하셨죠."

신도 울루도 한마디 했다.

"신수가 있는 곳에 갈 생각을 하다니 아버님도 대단히 용기 있는 분이군."

희네는 자세히 말하지 않고 그저 고개만 끄덕여 보였다. 희네의 아버지 치우우레는 사울아비 스승으로 주신에서도 손꼽히는 용사지만, 굳이 그런 것을 지나인만 있는 이 자리에서 밝힐 필요는 없다고 여겼다.

"아버님은 같이 갈 용사들과 부하들을 모으셨는데, 그만 주신의 높은 분께서 아버님이 가지 못하도록 다른 명을 내렸습니다. 다른 곳에 일을 처리하러 먼 길을 떠나게 한 것이지요. 아버님과 친한 분들까지 함께 그 길에 같이 나서게 명을 내려 누구 하나 갈 수 없게 만들어 버렸구요."

이 말에 사람들이 의아해했다. 특히 신도 울루나 상망은 어리둥절해했다.

"음? 아니, 그건 무슨 까닭인가?"

헌원이 넌지시 희네에게 물었다.

"혹여 신수를 건드리면 신수가 나중에 주신 사람들에게 해코지를 할까 봐 그런 것인가?"

희네는 놀란 듯 헌원을 보며 고개를 끄덕였다.

"그렇습니다. 마치 보신 것처럼 잘 아시는군요."

짐작대로라며 헌원이 말했다.

"나는 예전, 자네들이 태어나기 전에 신시에서 꽤 오래 지낸 적이 있다네. 신시의 상황은 대강 짐작이 가네. 어느 분이 그런 명을 내렸는지도 알 것 같구먼."

"어느 분이 그러셨을 것 같습니까?"

"고시울률님이 그랬을 듯싶네."

"어떻게 그분이라 생각하십니까?"

헌원은 차근차근 설명했다.

"첫째, 그런 명령을 내리려면 높은 직위에 있어야 하네. 고시울률님의 직위는 주신에서는 한웅님 다음이네. 둘째, 그런 명령은 옳다고 할 수 없네. 주신 백성이 병에 시달리면 당연히 신수가 아니라 어떤 위험이 있어도 구하기 위해 애쓰거나 도와주는 것이 당연한 일 아닌가? 그런데 신수가 두려워서 가지 못하게 한다는 것은 속이 좁고 자신만 아는 사람이란 뜻일세. 그런 속 좁은 사람도 사실 고시울률님이 제일 아니겠는가?"

지나 사람들은 우습다는 듯 얼굴에 웃음기를 띠었다. 희네는 얼굴이 화끈거렸다. 한편으로는 두려워지기 시작했다.

'이 사람들은 주신의 모든 것을 알고 있구나. 이건…… 이건 보통 일이 아니다.'

헌원은 흥이 났는지 계속 이야기했다.

"셋째, 자네 형제는 어린 나이인데도 사울아비이며, 특히 자네는 다리가 아픈 것을 숨기고 있지만, 몸이 불편한데도 사울아비이네. 그렇다면 자네 아버님도 높은 사울아비여야 말이 되네. 그런데 고시울률님이 사울아비들을 싫어한다는 것은 지나 사람인 나도 아는 일이네. 그런 연유로 그런 명을 내릴 사람은 고시울률님밖에 없다고 생각한 것일세."

"그렇습니다. 틀림없군요. 놀랐습니다."

희네는 헌원의 머리가 비상하게 돌아가고, 상황을 보는 눈이 예리한 데 다시 한번 놀랐다. 그런 일에는 관심 없다는 듯 적송자가 희네에게 물었다.

"그런데 어찌 되었는가?"

희네는 이야기를 계속했다.

"아버님이 가실 수 없게 되고 도움을 청할 만한 사람도 없어지자……

어머님이…… 어머님이 혼자 가셨습니다……."

그 말에 다들 놀랐다. 헌원과 적송자도 놀란 표정을 지었다. 이주가
되물었다.

"신수에게 어머님 혼자 가셨다고?"

희네는 슬픈 듯 고개를 끄덕였다. 이주는 처연한 표정을 지어 보이며
말했다.

"대단한 분이군."

희네는 숙연하게 대답했다.

"저희 어머님은 정말 대단한 분이셨습니다. 여인네의 몸이셨지만 남
자도 당하기 힘들 정도로 용기 있는 분이셨습니다……."

이윽고 희네의 눈에서도 눈물이 방울 지어 흘러내리기 시작했으나
희네는 그것도 느끼지 못하고 말을 계속했다.

"어머님은 밤에 혼자 떠나셨기 때문에 저나 집안의 누구도 어머님이
가신 줄 모르고 있다가, 다음 날 아침 어머니의 말과 무기가 없어진 것
을 보고 알았습니다. 그래서 저와 집안 종들, 그리고 가까운 아저씨들과
함께 어머님을 만류하러 구름골을 향해 떠났습니다. 저는 말을 못 탔기
때문에 아저씨께서 안고 가 주셨습니다. 그런데…… 밤에도 제대로 자
지 않고 사흘을 걸려 구름골 어귀에 다다랐을 때…… 어머님을 만났습
니다……. 그런데…… 어머님은…… 어머님은……."

모두 숨을 죽인 채 희네의 입만 바라보고 있었다. 침착한 희네도 이
때만은 감정을 억누르지 못하고 눈물을 줄줄 쏟으며 말을 잘 잇지 못
했다.

"어머님이…… 어떻게 신수와 싸웠는지, 혹은…… 어떤 방법을 쓰
셨는지는…… 아무도 모릅니다……. 다만…… 다만…… 어머님
은…… 왼…… 왼팔이 잘려 없어졌으며…… 다리도 둘 다 부러져 있

었습니다. 그리고 몸에 큰 구멍이 한개도 아니고…… 아아…… 차마 말을 할 수 없습니다. 그러나…… 그러나 어머님은 오른…… 오른손에…… 아홉구비 열매를…… 꼭…… 꼭 쥐고 계셨습니다. 제…… 제가 달려…… 갔을 때 어머님은…… 말도 하실 수 없었지만…… 마지막으로 한 번 웃…… 웃으시며…… 아홉구비 열매를 제 손에 쥐어…… 쥐어 주시고…… 숨을 거두셨습니다…….”

울먹이며 간신히 말을 마친 희네는 끝내 참지 못하고 목을 놓아 크게 울었다. 나래도 덩달아 울었다. 십육기인과 헌원도 숙연한 표정이었고 신도 울루는 감정에 솔직한 사람들인지 눈물을 흘리며 탄식하듯 외쳤다.

“정말 대단한 어머님이다! 정말 대단한 분이다!”

끽구도 중얼거렸다.

“어느 영웅보다도 장한 분일세. 어머니는 그토록 강한 것인가……. 여자의 몸으로 자신을 돌보지 않고 혼자 신수를 상대하다니…….”

헌원이 희네에게 엄하게 말했다.

“그만 우시게! 그토록 장한 어머님을 두었으니, 그 뜻을 받들어 더 장한 영웅이 되어야지!”

희네는 간신히 눈물을 씻으며 몸을 추슬렀다. 그리고 몇 번 심호흡을 한 다음 입을 열었다.

“못난 꼴을 보였습니다.”

“사내라도 울 때는 당당하게 울어야 하는 법. 자네는 부끄러울 것이 없네. 다만 슬픔은 간직하는 것이지, 너무 내놓아도 안 되는 것이야. 자, 그런데 자네는 그것을 왜 아우에게 주었는가?”

헌원이 묻자 희네는 대답했다.

“그때 아버님은 명을 받아 먼 곳에 가 계신데다 어머님마저 돌아가셨습니다. 아우는 몸이 아파 눈도 뜨지 못하고 있었습니다. 더구나 아홉구비는 세상에서 제일가는 약이라 했으니, 아우의 병도 고칠 것이라 믿었습니다."

적송자가 그 말에 의문을 제기했다.

"아홉구비가 아우의 병을 고친다는 말은 없었잖은가? 아홉구비는 아우의 병을 고치는 데 잘 듣는다는 보장이 없다네. 그것은 맥을 풀어 주는 약이고 사람의 힘을 두 배로 만들어 줄 수 있네만, 자네 아우의 병은 몸이 부어오르는 것이 아니었던가?"

그러나 희네는 딱 자르듯 말했다.

"아무튼 저는 당시 아픈 아우를 두고 다른 생각은 전혀 할 수 없었습니다."

사람들은 저마다 희네의 생각이 옳았다거나 틀렸다고 속으로 생각했다. 머리를 잘 굴리는 사람들은 희네가 틀렸다고 여겼다. 자신이 먼저 완쾌되어 동생의 병을 고쳐야 했으며, 요행히 동생이 나았지만 그것은 결코 아홉구비 때문만은 아니니, 결국 자신은 병을 떠안고 동생에게 영약을 낭비한 것이라 생각했다.

그러나 감정적이고 솔직한 사람들은 희네가 한 일은 자신보다 동생을 먼저 생각한 것이니, 바람직한 결과를 낳지 않았다 해도 남자답고 사람다운 일을 한 것이라 틀리지 않는다고 여겼다.

사람들이 저마다 생각하는 사이, 헌원이 말했다.

"그래서 자네는 아직까지도 아픈 것이군."

"그렇습니다……."

"그런데 왜 아픈 것을 숨기는가?"

"나중에 돌아오신 아버님께는…… 제가 아홉구비를 먹어 나았다고 말씀드렸습니다."

"왜 그런 말을 했는가? 자네 아버님도 자네가 잘못했다고 탓하지는 않았을 것인데?"

다른 사람들도 듣고 보니 의아했다. 희네의 아버지도 그런 여걸을 부인으로 두었으니 결코 범상한 사람은 아닐 것이다. 그런데 왜 군이 희네는 자신이 나왔다고 말하면서 아버지를 속인 것일까? 그러나 희네는 그 말에는 끝내 대답하지 않았다.

"그것은 말씀드릴 수 없습니다. 여러 사정이 있습니다. 용서해 주십시오."

거기에는 깊은 속사정이 있었다. 희네와 나래 둘만 알고 있는 일이었다.

"어머님의 이름은 무엇이신가?"

갑자기 신도와 울루가 동시에·물었다. 희네가 의아한 표정을 짓자 둘은 쑥스러운 듯 웃었다.

"그런 훌륭한 어머님의 이름이라도 알고 싶어서 그러네."

"아버님의 이름을 말씀드리기 곤란한 것처럼, 어머님의 이름도 말씀드리기가 힘듭니다. 죄송합니다."

전혀 예기치 않은 말을 신도 울루가 했다.

"어머님을 만나게 해 줄 수도 있네."

희네와 나래는 눈이 휘둥그레졌다. 돌아가신 분을 어떻게 만나게 해 준단 말인가? 그러자 끽구가 말했다.

"신도 울루는 저승과 영이 통하는 선인일세. 죽은 사람이라도 다시 만나게 해 줄 방도가 있을 걸세. 이야기는 나누지 못할 테지만, 모습은 뵐 수 있을 걸세."

가슴이 두근거렸으나 희네는 간신히 참고 고개를 저었다.

"돌아가신 분을 뵈어서 무엇하겠습니까. 아직은 은혜를 갚지도 못한 죄 많은 몸이니 미루어 두었다가 나중에 훌륭히 된 후 만나 뵙겠습니다."

고개를 끄덕이며 헌원이 말했다.

"뜻이 장하군. 자네들은 훌륭한 청년들이니 하늘도 보살펴서 자네의 병도 반드시 나으리라 믿네. 내 태산에 도착하는 대로 염제 신농님을 꼭 만나 뵐 수 있도록 다리를 놓아 줌세."

나래는 지나 말을 몰라 잘 알아들을 수 없어 여전히 고개를 숙인 채 눈물만 흘리고 있었다. 처음부터 끝까지 입을 열지 않은 자는 늑대 선인이라는 비휴뿐이었다.

헌원은 십육기인과 희네 형제에게 말했다.

"밤이 늦었고, 내일 또 길을 떠나야 하니 오늘은 이만 헤어지기로 합시다. 희네 나래여, 자네들은 태산에 도달하는 대로 나에게 달려오게나. 내 태산에 도달하는 대로 염제 신농님께 데리고 갈 것이네."

희네와 나래는 헌원에게 깊이 고개를 숙이며 감사의 표시를 했다.

"정말 감사합니다."

희네와 나래가 헌원과 십육기인의 마중을 받으며 천막을 나서는데, 천막 한편에 누가 서 있는 모습이 보였다. 나래가 언뜻 보니 공손발이었다. 방금 전까지 울었는지 나래와 눈이 마주치자마자 얼굴을 가리면서 어둠 속으로 사라졌다. 그 모습을 보며 희네는 생각했다.

'저 아이도 엿들었구나.'

희네와 나래는 이미 모든 것을 털어놓았으므로 굳이 숨길 필요가 없어 나래가 희네를 안고 말에 올랐다. 헌원과 십육기인이 따뜻하게 두 사람을 전송해 주었다.

그때였다. 지금까지 단 한 번도 입을 열지 않았던 비휴가 헌원에게 말했다.

"헌원, 저 둘, 범."

"범이라니? 호랑이?"

비휴는 날카로운 눈매로 고개를 끄덕였다.

"대단한 소년들이기는 하지. 그렇다고 자네보다 나을까?"

비휴는 고개를 저었다. 원래 비휴는 늑대 무리에서 자란지라 말을 잘하지 못했으나 본능적인 감각만은 누구보다 예리했다.

"나, 늑대. 저 둘, 범. 아주 큰 범."

헌원은 놀랐다. 비휴는 항상 자신을 늑대로 비유했으나 자존심이 높아 다른 사람보다 자신을 낮추는 일이 드물었다. 가령 싸움 잘하는 자를 보고 비휴는 자신을 늑대, 저 사람은 다람쥐나 도마뱀이라고 말하곤 했다. 비휴가 저들을 호랑이라고 하는 것은 의외였다. 허나 헌원은 미소를 지으며 말했다.

"호랑이라도 새끼 호랑이 아닌가? 더구나 장하고, 훌륭한 아이들이지 않은가? 아무리 주신 사람이라고 해도……."

헌원은 말을 끊었다가 다시 말을 이었다.

"썩어 가는 주신일지라도, 큰 나라에 저런 영웅쯤 없겠는가? 또 저 아이들이 우리 편이 되지 않는다는 법도 없지 않은가?"

그 말에는 모두 놀랐다. 적송자가 말했다.

"저 아이들은 자신의 출신을 밝히지 않으려 했지만, 치우 집안 아이들일세. 나는 알고 있다네. 아버지는 치우우레, 사울아비 스승이고, 어머니는 미리내, 고시울률의 막내딸일세. 주신에서 으뜸은 아니라도, 열 손가락 안에 드는 집안 아이들일세. 어찌 지나족인 우리 편이 된다 하는가?"

그러자 헌원은 미소를 띠며 말했다.

"어머니를 죽게 만든 사람이 외할아버지 고시울률입니다. 우리 편이 안 된다고 할 수도 없지 않습니까?"

그러면서 천천히 덧붙였다.

"저들이 영웅이고 대단한 집안 아이들이지만 조금 있으면 보금자리가 없어질 것입니다. 집 잃고 위험에 빠진 새를 받아들이게 되는 것이겠지요."

"어찌 그러한가?"

"고시울률의 위인됨을 아시지 않습니까? 결국 딸을 죽게 했으면서도, 원망을 오히려 아이들이나 사위에게 돌릴 사람입니다."

"치우우레는 여전히 사울아비 스승이잖습니까?"

끽구의 말에 헌원은 고개를 저었다.

"회네 어머니의 죽음에 원망을 사지 않게 하려고 일부러 사위를 우대하고, 아이들을 사울아비로 만드는 것도 반대하지 않은 것뿐일세. 아직 고시울률은 아이들이 저런 영웅인 줄 모르고 있어. 끽구 자네, 아까 나래가 자네와 겨룰 때 힘을 다 쓰지 않은 것을 모르겠나?"

"조금…… 그런 느낌은 받았습니다……."

"내 생각이 맞다면 저 아이들은 지금 남에게 제 능력을 다 보이지 않고 있어. 지나치게 이름이 날 것을 겁내는 것이야."

그 말에 적송자가 반신반의하며 물었다.

"정말 그럴까?"

"닥친 자가 가장 잘 알 겁니다. 아이들이 영웅으로 자라고 있다는 사실을 고시울률이 알아 보십시오. 나중에 복수하지 않을까 무서워서 미리 아이들의 싹을 잘라 내려 할 겁니다. 그래서 아이들도 눈치채고 가급적 틈을 보이거나 구실을 주려 하지 않는 것이지요."

"그럼 왜 아픈 것을 숨기는 것이지?"

"회네가 아프면, 그것도 구실이 됩니다. 신수 때문에 저주를 받았네 어쩌네 소문을 퍼뜨리면, 결국 집안은 망할 수밖에 없을 것입니다. 그러니 저 아이들이 딱하지요. 이러지도 저러지도 못하는 겁니다."

그 말에 적송자는 한숨을 쉬었다. 야비한 일이었지만 충분히 일어날 수 있는 일이었다.

"내 인간 세상으로 다시 나오는 것이 아니었어. 못 볼 꼴을 너무 많이 보는 것 같네."

"그래도 할 수 없지요. 이런 더러운 세상이니 힘으로라도 깨끗이 해야 합니다."

헌원과 십육기인은 헤어져 잠자리로 들어갔다.

헌원의 막사 곁에 있는 공손발은 잠을 이루지 못하고 있었다. 그 형제나 이상하게 마음에 들었던 나래 생각 때문은 아니었다. 천하만 생각할 뿐 모든 것을, 가엾은 형제마저도 이용하려 하는 아버지에 대한 원망이 점점 깊어져 갔기 때문이다.

한편, 희네와 나래는 막사로 돌아가면서 이야기를 나누고 있었다. 나래가 먼저 입을 열었다.

"형님, 이야기를 너무 많이 한 것 아니야?"

"넌 헌원을 모르겠니? 내가 말을 안 하고 숨기려 해도 그는 이미 다 안다."

"그러면서 왜 숨기려 했지?"

그러자 희네가 가볍게 대답했다.

"그래야 헌원이 우리를 작게 보거든."

"그게 무슨 뜻이야?"

"너도 생각해 보려무나. 헌원은 틀림없이 우릴 도와줄 거다. 우릴 맞아들이려고."

"우릴 맞아들이다니?"

희네가 희미하게 미소를 지었다.

"나중에 보렴."

그러다가 희네는 다짐하듯 말했다.

"나래야, 우리의 맹세를 잊지 말자. 절대 잊지 말자. 우리는 반드시…… 반드시 해내야 한단다……."

나래는 희네가 자신에게 아홉구비를 줄 때의 기억을 떠올렸다. 눈시울이 뜨거워지면서 가슴이 후끈 달아올랐다. 희네는 결코 감정적으로 나래에게 아홉구비를 준 것이 아니었다. 그때 희네가 나래에게 다짐한 맹세가 다시 가슴을 울렸다.

'나래야. 이 아홉구비는 내 다리를 낫게도 하지만, 사람의 기운을 두 배로 만들어 준다고 한다. 우리는 할 일이 많아. 우리 이야기했지? 세상에서 가장 잘 싸우는 사울아비가 되고 세상을 편안하게 만들자고! 나는 머리로 싸우는 사람이니 힘이 더 세져도 별것 아니다. 너는 원래가 장사니까, 힘이 두 배가 되면 세상 제일이 될 거다!'

희네는 눈물을 흘리며 그렇게 나래에게 이야기했다. 그때 나래도 눈물을 흘렸다.

'나래야, 우리는 형제다. 힘을 합해야 해. 어머니의 목숨과 바꾼 이 아홉구비! 이것을 내 다리 따위를 낫게 하는 데 쓸 수는 없구나. 이것은…… 하늘이 내리신 것이다! 나는 여기 모든 것을 걸겠다. 너는 네 힘으로 나아라! 어머님의 목숨을 걸고 나아라! 그리고 세상에서 제일가는 용사가 되어라!'

나래는 형의 큰 뜻을 느꼈고, 비몽사몽중이었지만 손을 뻗어 아홉구비를 받았다. 그리고 그때, 나래는 힘겹게 입술을 떼었다.

'형님! 나…… 난…… 목숨이 붙어 있는 한 형의 다리가 되겠어……. 형 대신 달리고…… 싸우겠어……. 내가 싸워서 형의 큰 뜻을

열겠어……'

형제의 마음이 완전하게 하나로 되었다. 그리고 그들이 바라는 것은…… 아무도 짐작하지 못할 만큼 크고 넓었다. 그들은 그때, 보통의 사울아비에서 아주 큰 뜻을 지닌 사람으로 변했다. 나래는 희네가 부르는 소리에 현실로 돌아왔다.

"나래야, 무슨 생각하니?"

"어…… 아냐. 그냥 옛날 그때의……."

희네가 씩 웃으며 고개를 끄덕였다.

"나도 그 생각을 했다."

"응……."

"나래야, 이제 우리는 고생을 많이 해야 할 것 같구나."

"왜?"

"아무리 생각해 봐도 헌원은 대단한 사람이야. 내 생각보다 몇 배나 더……."

"대단한 사람인 것은 틀림없어."

"대단할 뿐만 아니라, 무서운 사람이야."

그러면서 희네는 깊은 생각에 잠겼다. 나래가 뚜벅 물었다.

"그 사람이 우리를 도와주지 않는 건 아닐까?"

"아니야. 틀림없이 도와줄 거다. 무슨 일이 있어도 염제 신농을 만나게 해 줄 거고, 안 된다면 카린의 쑤앙마이라도 만나게 줄 거야. 허나……."

그러면서 희네는 알 듯 모를 듯한 미소를 지었다.

"그리고 난 다음 우리를 위험에 빠뜨릴 거야. 몸조심하자."

"무슨 소리야?"

나래가 의아해하며 묻는데 희네는 눈을 찡긋했다.

"나래야, 네가 잘 생각해 보렴. 너는 결코 둔하지 않아. 남들이 다 너를 둔하다 생각하니 너도 스스로 그렇다고 속이고 있어. 하지만 아니야. 너도 나 못지않아. 그 길을 스스로 찾으렴."

나래가 묵묵하게 고개를 끄덕이자 희네는 웃으며 말했다.

"다 왔다. 날 내려놔."

"아…… 응."

나래가 희네를 내려놓자마자 두 사람은 자신들의 자그마한 천막으로 들어갔다. 자리에 나란히 눕자 희네가 웃으며 나래에게 인사를 건넸다.

"늦었구나. 잘 자라, 아우야."

나래도 담담하던 표정을 거두고 보기 좋게 웃으며 말했다. 항상 같이 붙어 다니는 두 사람이었지만 그래도 항상 느껴지는 흐뭇한 순간이었다.

"잘 자, 형님."

보돈차르

환계는 어둠에도 빛에도 속하지 않은, 일종의 자유세계이다.
즉, 영혼의 순환을 벗어날 수 있을 정도의 깨우침을 얻었지만,
그러한 순환에 들어가거나 빛이나 어둠의 세계 어느 한쪽을 택하지 않고
중립을 지키려는 영혼들이 모인 세계라 보면 된다.
환계로 새 영혼이 들어가는 일은 드물며
대부분은 우주 8계 건설 시에 모인 신수, 선인이나 고립자 들이다.

다음 날도, 그다음 날도 한웅의 행렬은 남쪽으로 나아갔다. 지나족 땅에 들어온 지도 한참 되었지만 헌원이 앞장서서 길을 잘 열어서인지 별다른 일은 일어나지 않았다.

지나가는 길에 있는 지나족 부락들은 언제나 한웅의 행차를 환대하며 꽃을 뿌리고 노래를 불렀으며 맑은 물과 과일이나 농사지은 것, 사냥한 고기 등을 바쳤다. 어떤 곳에서는 술을 바쳐 희네와 나래도 얻어 마실 기회가 있었는데 지나의 술맛은 형편없었다. 미아우족의 술에 비하면 맹물 같았으며 주신 술에 비해서도 맛이 떨어졌다.

"이게 무슨 맛이지? 어떻게 만든 거야?"

나래가 투덜거리자 희네가 웃으며 말했다.

"수수로 만들었나 보다. 어떤 곳에서는 여자들이 수수를 잘근잘근 씹어 뱉어서 술을 담근다는 말을 들었는데, 여자들이 씹어 만든 술 같은걸."

나래는 그 말을 듣고 언짢은 듯 술을 담은 토기 잔을 내려놓았다.

"으음……."

그것을 보고 희네가 덧붙였다.

"여자 중에서도 팍삭 늙은 할망구들이 만든 술 같다. 참 맛없구나. 너도 그러냐?"

그 말에 나래는 웃으며 고개를 끄덕였다.

"정말 맛없어."

희네가 깔깔 웃으면서 나래를 놀렸다.

"전에 누구냐, 공손발이 씹어서 만든 술이라면 네가 모조리 마시겠지? 술이 말 오줌 같아 아무도 안 마셔도 혼자 신나서 다 마셨을 거다. 안 그래?"

나래는 그 말에 뺨을 붉히면서 피식 웃었으나 대꾸는 하지 않았다.

"원 녀석이. 놀리면 받아치기라도 해야지. 네가 그러면 놀려 먹는 재미도 없잖느냐. 그러지 말고 뭐라고 말 좀 해 봐. 심심하다."

"내가 뭘."

"지루해서 그래. 이 길이 언제나 끝나나?"

지루하다고는 하나, 지나인의 땅으로 들어서면서 한웅을 경호하는 사울아비들은 바짝 긴장하고 있었다. 아무리 지나족이 주신의 영역하에 있다고는 하지만 말을 잘 듣지 않는 부족이다. 한웅님에게 무슨 일이 생길지도 모르며, 만에 하나의 일이 발생하더라도 그것을 잘 막아 내는 것이 사울아비들의 임무이다. 덕분에 치우우레도 몹시 바빠서, 희네와 나래를 만날 틈조차 없었다.

태산 회의에 참석하는 부족들은 매우 많았기 때문에 태산이 가까워질수록 한웅의 행렬은 많은 부족 행렬과 만날 수 있었다. 대부분의 북쪽 부족은 주신을 받들어 으뜸으로 삼고 있었으므로 자연스레 한웅의 행렬 뒤를 따라 태산으로 향했다. 때문에 한웅의 행렬은 점점 규모가 커지고 길어졌다.

그러므로 사울아비 스승이자 한웅의 경호를 책임지고 있는 치우우레는 하루에도 서넛씩이나 되는 부족장들과 만나야 했으며, 그들의 행렬도 돌아보아야 했다. 믿을 수 있는 부족이라도 통솔해서 대열을 맞추어야 했고, 조금이라도 마음에 걸리는 부족은 따라오더라도 멀찌감치 거리를 두고 중간중간 사울아비들을 박아 놓아야 했으므로 치우우레는 밤에도 잠을 잘 수 없을 지경이었다.

따라오는 부족의 집단이 벌써 마흔에 이르렀다. 적은 인원이 온 부족은 스무 명 정도였고, 키탄족 같은 큰 부족의 경우는 사백 명이 넘는 인원인데 주신의 일행 다음으로 큰 규모였다.

희네는 결심한 듯 말했다.

"그래, 나래야. 오늘 밤부터는 다른 부족 막사로 놀러 가자."

"왜?"

"다른 부족 사는 모습을 구경해 두는 게 좋을 것 같아."

"아버님이 다른 부족과 말썽 일으키면 안 된다고 하셨잖아. 회의 때까지는 멀찍이 떨어져 있어야 한다구."

치우우레는 사울아비들에게 다른 부족과 아예 어울리지도 말라고 엄명을 내린 바 있었다. 사이가 나쁘지 않다 해도 다른 부족과 섞이다 보면 이런저런 말썽이 일어날 소지가 생기게 마련이었다. 술에 취해서건 여자 때문이건 입을 잘못 놀려서건 말이다. 그래서 아예 치우우레는 다른 부족의 막사에는 가지도 말라고 명령을 내렸다. 아울러 주신 사울아비뿐만 아니라 각 부족끼리도 서로 만나지 말라고 일러두었다.

"여러 사람을 알아 두는 게 뭐 나쁘겠어? 이렇게 모였을 때 구경하지 않으면 언제 구경하느냔 말야."

"하지만 아버님께 혼나……."

나래가 주저하는데도 희녜는 고집을 피웠다.

"그럼 나 혼자라도 간다."

그러자 나래는 한숨을 길게 쉬었다.

"아이구, 안 돼. 형님. 으음…… 알았어, 같이 가자구."

"하하, 그래야지. 그런데 어느 부족부터 만나 본다?"

한웅의 행렬을 따르는 종족은 수도 없었으나 대강 다섯 부류였다. 늑대같이 사납고 거칠지만 또 우직하고 정이 많은 키탄(거란)족, 하나같이 날렵하게 말을 잘 타며 눈이 밝은 몽골족, 양만 치면서 검소하고 세상을 편하게 사는 타타르족, 반은 농사짓고 반은 양을 치며 주신과 가까운 마갸르(말갈)족, 그리고 미아우족이었다.

각각의 종족도 많은 부족으로 나누어져 있어 부족장이 여러 명이었다. 키탄족의 경우 여섯 명의 부족장이 왔고 몽골족은 다섯 부족장, 사람 수가 많은 타타르족은 여덟 부족장이 참여했다. 마갸르족은 아홉 명의 부족장, 미아우족은 다섯 명의 부족장이 왔다.

물론 이들은 각 부족장 중에서 비교적 가까운 곳에 자리 잡은 부족에서 대표로 뽑혀서 온 사람들이었으니 부족의 수효는 이보다 훨씬 더 많았다. 키탄족만 해도 대강 서른 개가 넘는 부족으로 나누어져 있었는데, 이는 서른 부족이 각각 열 개에서 많으면 백 개 이상의 작은 부족 무리를 거느린 큰 부족을 말한다.

이외에도 한웅의 행렬과 만나지는 않았지만 투르크족도 올 것이다. 서쪽과 남쪽의 종족은 길이 달라 아직 마주치지 않았으나 동쪽과 북쪽의 대표적인 부족만 해도 이토록 많았다. 각 부족은, 가령 몽골족이라 해도 옹구트니 타이추트니 자다라트니 하는 이름을 가진 부족으로 나누어져 있었으며, 그 안에서도 서로 맞서고 경쟁하며 투쟁했다.

키탄족이나 마갸르족도 마찬가지로 그 안의 수많은 부족이 때로는 서로 돕고 때로는 서로 싸웠다. 서로 다른 부족끼리도 때론 싸우고 다투었다. 키탄족은 타타르족과 항상 싸워 왔고 타타르족은 몽골족과 싸워 왔다. 물론 키탄족과 몽골족도 많이 싸웠다. 마갸르도 미아우와 싸워 왔고, 키탄과도 싸워 왔다. 미아우도 키탄과 사이가 좋지 않았다.

주신은 이들 부족 간의 싸움에는 중립을 지켰다. 이들은 주신의 힘을 알고 있었기에, 간혹 주신이 중재하는 일은 항상 받아들였으며 주신의 힘이 강성한 것을 알았기에 주신을 으뜸으로 쳤다. 특히 마갸르족이나 미아우족, 키탄족은 주신과 상당히 친한 편이었다. 원래 지나족도 주신의 연방이나 다를 바 없었으나 지금은……

"미아우족은 지난번 툰툰을 만나 보았으니 이번엔 몽골족을 만나러 가 보자. 알아볼 것도 있고……"

희네가 결정을 내리자 나래가 물었다.

"뭘 알아봐?"

"말 타는 법에 대해 물어보려구."

희네는 말 등에 실어 두었던 짐 보퉁이를 툭 쳤다. 희네는 꼼꼼하여 이미 많은 부족을 만날 작정을 하고 선물로 줄 물건들을 많이 가지고 왔다.

대부분은 활이나 구리 물건이었다. 원래 구리 물건은 신시에서도 얻기가 그리 쉽지가 않았으나 희네는 신시 제일의 대장장이인 불쇠 할아범과 친했기에 많이 얻을 수 있었다. 아주 좋은 물건만 있는 건 아니었다. 지난번 헌원에게 바치려고 한 뿔활과 구리 물건들은 자신이 쓰던 가장 좋은 물건이었지만, 짐 보퉁이에 있는 것은 보통의 구리 물건과 무기들이었다.

희네와 나래는 희네의 말 한 필만 끌고 몽골족의 막사로 향했다. 몽골족의 막사는 구별하기가 쉬웠다. 수많은 말이 있었기 때문이다. 말이 있는 부족이 있긴 했지만 몽골족의 말[馬] 수에 비교할 수는 없었다. 그러므로 한눈에 어느 부족의 막사인지 알아볼 수 있었다.

양이 많은 부족은 타타르족이었다. 그들은 야외에서 모든 것을 얻었기 때문에 항상 양과 염소를 끌고 다녔다. 각 부족도 동물에게 풀을 먹여야 했기에 넓은 지역에 걸쳐 막사를 쳤다. 그래서 희네와 나래는 하룻밤에 여러 부족을 돌아볼 시간이 없었다. 하나만 골라서 방문해도 잠잘 시간이 빠듯했다.

희네와 나래는 가장 커 보이는 몽골족의 막사로 들어서면서 지나가는 몽골인에게 물었다. 희네는 집안 종인 눙카에게 배워 몽골어를 약간 할 줄 알았기에 힘들기는 해도 그 사람과 말이 통했다.

"나, 주신의 사울아비 희네다. 여기는 몽골의 어느 부족 막사인가?"

젊고 다부져 보이는 몽골인이 희네를 보며 태연히 대답했다.

"보돈차르족의 막사다."

"보돈차르족? 처음 듣는다."

그러자 젊은 몽골인이 대답했다.

"새 부족이다. 하지만 우리는 가장 강한 부족이 될 것이다."

희네는 흥미가 당겨 몽골인에게 물었다.

"부족장을 만날 수 있는가?"

젊은 몽골인이 당당하게 대답했다.

"보돈차르님은 누구든 만나신다. 저 안쪽으로 가라."

희네는 고개를 끄덕이며 나래와 함께 막사 안쪽으로 갔다. 몽골인들이 말을 돌보거나 또는 고기를 굽고 있었다. 몇 번 보돈차르를 물어보다가 희네는 드디어 보돈차르를 발견했다. 다른 사람들과 함께 고기를 굽고 있던 보돈차르는 희네를 언뜻 보며 입을 열었다.

"내가 보돈차르다. 너는 누구냐?"

희네는 보돈차르를 보고 흠칫했다. 보돈차르는 부족장인데도 기껏해야 서른 살이 될까 말까 한, 젊고 키도 그리 크지 않은 남자였다. 더구나 부족장인데도 옷차림도 수수하여 일반 몽골인과 다를 것이 없었다. 그리고 직접 고기를 굽고 있다니 아무래도 부족장 같지 않았다.

"나는 주신의 사울아비 희네다. 당신이 이 부족의 족장인가?"

희네가 묻자 보돈차르는 고기를 계속 구우며 대꾸했다.

"주신? 그렇다. 왜 나를 찾는 것인가? 좀 들겠는가?"

희네는 고개를 끄덕였다. 겉보기에는 평범한 몽골인 같았지만 어딘지 모르게 태연한 분위기가 남달랐다. 희네가 보돈차르 곁에 앉자 저만치 있던 나래가 다가와서 희네 옆에 앉았다.

보돈차르는 놀랍게도 주신 말로 말했다. 다소 서툴지만 주신 말을 하는 몽골족은 그리 많지 않았다.

"저 친구는?"

"내 아우인 나래다."

나래가 보돈차르에게 인사를 건넸다.

"주신의 사울아비 나래다. 만나서 반갑다."

"나는 보돈차르. 보돈차르족의 족장이다."

"족장? 아, 미안합니다. 반말을 해서……."

나래는 당황했다. 그러나 보돈차르는 웃지도 않고 구운 고기를 자르며 말했다.

"족장이기는 하나 형제들과 다를 것이 없다. 주신은 그런 것을 따지는 모양이지만, 몽골인은, 특히 나는 따지지 않는다. 나도 젊으니 편하게 이야기해라. 너희는 내 부하가 아니지 않은가?"

그러면서 보돈차르는 구운 양고기를 잘라 희네와 나래에게 내밀었다. 가장 좋고 잘 익은 부위였다. 희네와 나래가 아무 말 없이 고기를 들고 먹자 보돈차르는 자신의 고기도 잘라 냈다. 거칠고 힘줄이 많은 부위였다. 그러고 나서 보돈차르는 다른 젊은이들을 불러서 나머지 고기를 나누어 먹도록 했다.

젊은이들 중 하나가 양젖이 담긴 가죽 주머니를 내밀었다. 희네도 말 없이 양젖을 마시고 나래에게 건넸다. 나래는 누린내 나는 양젖을 좋아하지 않아서 한 모금만 마시고 도로 돌려주었다.

보돈차르는 질긴 고기를 힘주어 뜯으며 희네에게 물었다.

"아이락(마유주馬乳酒), 하겠는가?"

몽골인은 말젖을 발효시켜 술을 만들었는데, 그것을 아이락이라고 불렀다. 다른 부족 사람들은 그것을 마실 수가 없었다. 특유의 기이한 맛 때문이었다. 그러나 희네는 쾌히 말했다.

"좋다!"

보돈차르는 부하에게 아이락이 담긴 주머니를 가져오게 했다. 희네는 자신의 짐에서 구리로 만든 잔 두 개를 가지고 와서 보돈차르 앞에 하나를 놓고 하나는 자기 앞에 놓았다. 보돈차르는 씩 웃으며 희네의 잔에 아이락을 따랐고 자신의 잔에도 따랐다.

희네가 잔을 들며 말했다.

"내 동생은 많이 마시니, 주머니째 주어라."

보돈차르가 웃으며 가죽 주머니를 나래에게 건네주었다.

순간 퀴퀴한 아이락의 냄새에 놀란 나래가 희네에게 물었다.

"왜……?"

희네가 나래에게 슬쩍 말했다.

"다 마셔."

나래도 분위기를 눈치챘다. 형은 이 보돈차르라는 남자가 마음에 든 것이다. 나래도 이상하게 이 사람이 싫지 않았다. 나래는 눈을 딱 감고 술 주머니를 통째로 들이켜 단숨에 비워 버렸다. 여러 모금으로 마시면

역한 냄새가 더할 것 같아 단숨에 마신 것이다. 그것을 보고 주변의 몽골인들은 놀라 박수를 쳤다.

나래는 입가를 쓱 닦으며 호기 있게 말했다.

"좋구나!"

사실은 속이 뒤집힐 것 같았지만 나래는 내색하지 않았다. 그것을 보고 몽골인들은 스스럼없이 웃으며 다시 박수를 쳤다. 그리고 뭐라고 떠들어 댔는데, 호탕한 남자라고 하는 듯했다.

보돈차르가 감탄한 듯 말했다.

"대단하군, 대단해. 당신들은 좋은 손님이군."

나래가 희네에게 슬쩍 물었다.

"이렇게 퍼마셔야 좋은 손님인 거유?"

그러자 희네도 목소리를 낮춰 말했다.

"몽골 사람들은 호탕하거든. 술을 마셔야 진짜 손님이라 여기는 풍습이 있지."

"다음부턴 형님이 마셔."

나래가 불만스럽게 말했지만 희네는 웃으면서 보돈차르를 쳐다보았다.

"여기 온 것은 첫째로 좋은 벗을 사귀고 싶어서이고, 둘째는 몽골 사람들의 말 타는 기술을 배우고 싶어서이다."

보돈차르는 희네와 나래가 좋은 손님이라 믿어서인지 내내 웃음을 거두지 않았다.

"주신 사울아비들도 말을 잘 타지 않는가?"

"몽골 사람보다는 못하다. 그리고 나는 조금 특별한 것을 배우고 싶다."

희네는 나래에게 말에 얹혀 있던 등짐 중 하나를 통째로 가져오게 하여 보돈차르가 보는 앞에서 풀도록 했다. 그 안에는 열 개의 뿔활과 열

묶음의 화살이 들어 있었는데 뿔활은 희네가 직접 쓰는 것만은 못해도 상당히 좋은 물건이었다.

희네가 그것을 가리키며 선물이니 나누어 가지라고 하자 주변의 몽골인들은 좋아서 함성을 질렀다. 주신의 뿔활은 작지만 세상에서 가장 좋은 활이었다.

감격에 겨운지 보돈차르의 목소리가 떨렸다.

"훌륭한 선물이다. 주신 사울아비 희네여, 말 타는 법 하나를 배우려고 주는 선물치고는 너무 값지다."

몽골인들은 활을 들어 당겨 보면서 활의 힘과 탄력이 대단한 것을 알고는 엄지손가락을 세우며 감탄했다. 그중 한 사람이 보돈차르에게 활 한 개를 바치자 보돈차르가 웃으며 말했다.

"난 괜찮다. 네가 가져라."

그러자 희네가 나섰다.

"말 타는 법을 배우려고 준 선물이 아니다. 당신에게 준 선물이다."

보돈차르는 의아한 듯했다.

"나에게?"

보돈차르는 모르겠다는 표정을 지어 보이며 물었다.

"나에게는 준 것이 아무것도 없는데, 왜 나에게 주는 선물이라는 건가?"

"당신은 부족장이면서도 몸을 꾸미지 않고 부하들과 같이 고기를 구워 식사를 준비한다. 그리고 좋은 부분을 떼어 남에게 주고 질긴 부분은 자신이 먹는다. 세상에 그런 부족장은 많지 않다. 당신은 내가 당신에게 선물을 주는 것보다 부하들에게 선물을 주는 것을 더 좋아할 것이다. 그러니 당신에게 준 선물이다."

보돈차르가 호탕하게 껄껄 웃었다. 그러고 나서 희네에게 다가와 어깨를 탁 쳤다.

"희네라고 했나? 자네는 대단하군. 남의 마음을 그토록 잘 알기는 쉽지 않지."

희네는 보돈차르의 눈을 바라보며 말했다.

"나는 당신을 처음 보지만, 당신은 대단한 사람이다. 당신은 아마 몽골 제일의 부족장이 될 것이다."

보돈차르는 엄숙한 얼굴로 희네를 바라보다가 고개를 끄덕였다.

"나는 몽골 제일의 부족장이 될 것이다. 나는 맹세했다."

그러면서 보돈차르는 거리낌이 없이 당당하게 말을 이었다.

"나는 내 어머니, 알란 고아에게서 태어났다. 아버지는 도분 메르겐이다. 그러나 아버지는 돌아가신 후에 태양으로 변해서 나를 낳았다. 그 때문에 나는 형제들에게 의심을 받았으며, 유산도 받지 못했다. 열다섯 살에 가진 것 없이 벌판을 홀몸으로 떠돌면서도 나는 살아남아 부족을 세웠다. 희네여, 나는 푸른늑대의 직계 자손이다."

희네는 연신 고개를 끄덕였다. 몽골족은 자신들이 푸른늑대의 자손이라 믿었다. 푸른늑대의 직계 자손이라는 것은 스스로를 영웅이라 여긴다는 뜻이었다.

희네가 진지한 목소리로 응답했다.

"보돈차르는 영웅이다. 나는 보돈차르 당신을 믿으며, 당신의 벗이 되고 싶다."

나래도 한마디 거들었다.

"나도 당신이 대단하다 믿는다."

그러자 보돈차르 옆에 서 있던 눈빛이 형형한 젊은이가 주신 말로 외쳤다.

"당신들은 몽골 사람이 아닌 손님이니, 족장의 안다가 될 수 없다."

몽골인은 벗을 '안다'라고 불렀는데, 안다는 벗을 넘어서 결의형제 (結義兄弟)가 된다는 의미가 있었다. 나래는 젊은이의 눈빛에서 은근한 도전의 의미를 보았다. 말로 대화하기는 희네가 제일이지만 말없는 눈빛을 알아보는 것은 나래가 빨랐다.

나래 역시 호기가 대단한지라 즉시 되받았다.

"나는 족장의 안다가 될 것이다. 만약 내가 자격이 없다고 생각한다면, 나를 시험해도 좋다."

그 말에 젊은이가 눈짓을 하자 주변의 몽골인들이 재빨리 주변을 치웠다. 젊은이가 장황하게 말했다.

"족장의 안다가 되려면 우리의 존경을 받아야 한다. 그리고 우리의 존경을 받으려면 세 가지 시험을 받아야 한다. 용사로서 말타기, 활쏘기, 씨름 세 가지에서 우리를 이기거나, 우리 고개가 저절로 끄덕이도록 실력을 보여 줘야 한다. 이미 늦은 밤이고 당신들은 우리에게 좋은 선물을 주었으니 말타기 시험은 넘어간 것으로 하겠다. 활 실력을 겨루자."

나래는 고개를 끄덕이며 호기 있게 되받았다.

"좋다. 내 활이 좋다고 할지도 모르니, 당신들의 활을 가지고 똑같이 겨루겠다."

"당신 입으로 한 말이니 후회하지 마라."

"걱정 말고 가져와라."

젊은이는 흥, 하고 웃으며 활을 가져오게 했다. 몽골인 두 명이 두 개의 활을 가져왔다. 몽골 활은 작고 둥근 것이 보통인데, 이 활은 엄청나게 커서 사람의 키만 했고 잘 말린 물푸레나무로 만들어 탄력이 상당했다.

젊은이는 활을 잡더니 서슴없이 화살을 겨누어 휙휙휙 하고 눈에 보이지 않을 정도의 빠르기로 어둠 속으로 세 발을 내쏘았다.

희네가 나래에게 속삭이듯 물었다.

"저 사람, 어디로 활을 쏜 거냐?"

나래는 화살이 날아간 어둠 속을 뚫어지게 보다가 고개를 끄덕거리며 대답했다.

"저 앞 막사 꼭대기의 나뭇가지를 쐈어. 막사 위에 나뭇가지가 세 개 삐져나와 있었는데 그걸 모두 맞혀 잘랐어."

그 말을 듣고 젊은이는 흠칫 놀라는 표정을 지으면서 나래에게 물었다.

"그걸 보았는가?"

"쏘아 맞힌 당신도 있는데 보기만 한 내가 뭐 대단한가?"

젊은이는 믿어지지 않는 표정이었고, 보돈차르마저도 놀라는 얼굴이었다. 사실 이 젊은이는 아주 드물게, 태어날 때부터 야안(夜眼)을 지니고 있어서 어둠 속에서도 밝은 곳처럼 볼 수 있는 능력이 있었다. 더구나 활에 있어서는 보돈차르족만이 아니라 활 잘 쏘는 몽골족 전체에서도 손꼽을 정도의 실력이었다. 그러니 나래가 단번에 노린 곳을 알아내자 놀랄 수밖에. 이런 일은 이제껏 수많은 사람을 만난 보돈차르나 젊은이로서도 처음 겪는 일이었다.

"내게도 활을 달라."

나래가 말하자 다른 몽골족이 활을 내주었다. 나래는 화살 하나를 빼들었다.

"나는 저 사람 같은 재주는 없으니 그냥 저 앞의 나무를 맞히겠다."

나래가 말한 나무는 나래가 선 곳에서 백 보 정도 떨어진 거리에 있었다. 물론 먼 거리였고 그것을 맞히기만 해도 상당한 명궁이겠지만 이 젊은이가 보여 준 기술에 비하면 보잘것없는 기술이었다.

희네와 보돈차르는 나래가 무슨 생각으로 그러는지 몰라 의아해했다. 그러나 희네는 나래를 믿었다. 자신의 생각을 나래가 믿듯 희네는 나래의 실력이나 이런 겨룸에서의 임기응변을 절대적으로 믿고 있었다.

나래는 큰 활과 살 다섯 개를 들고 나무까지의 거리를 재는 듯 무척 뜸을 들였다.

그때 몽골족 젊은이가 빈정거렸다.

"어서 쏘게나. 빨리 쏘는 것도 중요한 거야. 싸움에서 언제 거리를 재겠는가?"

"어, 그렇군. 충고 고맙네."

그러면서 나래는 고개를 몽골족 젊은이에게 돌린 채로 무심코 그러는 것처럼 활을 잡아당겼다. 그 순간, 나래가 별로 힘을 주지 않은 것 같은데도 크고 강하던 활의 시위가 끊어지며 뚝 부러지고 말았다. 그것을 보고 젊은이와 몽골인들의 안색이 변했다. 그 활은 무척 크고 강한 것이었다.

더 놀라운 것은 시위나 활이 둘 다 끊어졌다는 데 있었다. 강한 힘으로 당기면 시위가 끊어지거나 활이 부러지는 일은 있을 수 있다. 하지만 둘 다 끊어지는 일은 이제껏 없었다. 그것을 보니 나래의 힘이 얼마나 어마어마한지 알 수 있었다.

"어, 미안하군. 부러졌네."

나래는 부러진 활 조각을 허공으로 휙 던지며 말했다.

"빨리 쏘는 게 중요하다 했지?"

나래는 화살을 쥐었던 손을 세 번에 걸쳐 번개같이 떨쳤다. 놀랍게도 활에 매기지도 않은 화살 한 대가 쏜살같이 허공을 날아 아까 나래가 말했던 나무에 탁 박혔다. 그리고 허공에 던졌던 둘로 부러진 활 조각이 저만치에 툭툭 떨어졌는데, 기가 막히게도 각각의 활 조각에 화살이 한 대씩 박혀 있었다. 나래는 활의 힘을 빌릴 것도 없이, 화살을 표창처럼 던지는 동시에 나무와 허공에 던진 활의 가느다란 조각에 화살을 박은 것이다.

엄청난 나래의 능력 앞에 몽골인들은 입을 열지 못했다. 기세등등했던 몽골 젊은이도 기가 막힌 듯 입을 딱 벌린 채 얼이 빠져 있었다. 보돈차르 역시 입을 반쯤 벌리고 있었다. 희네도 놀라기는 마찬가지였다.

분위기를 수습하려는 듯이 희네가 다급하게 말했다.

"너무 그럴 것 없다. 나래, 활을 쏘라고 했지 누가 화살을 던지라고 했니?"

나래가 머리를 긁적이며 싱긋 웃으며 뭐라 말하려 하는데, 갑자기 몽골인들이 우레 같은 함성을 지르며 박수를 쳤다. 희네의 말에 정신을 차리고 갈채를 보냈다. 기세당당하던 젊은이도 나래에게 다가와 고개를 깊이 숙였다.

"당신은 정말 대단하다. 처음 보는 영웅이다. 당신에게 건방지게 군 것 사과한다."

나래는 젊은이의 어깨를 툭 치며 말했다.

"나야말로 건방지게 굴어서 미안하다. 당신의 솜씨도 대단하다. 솔직히, 나보고 당신처럼 활을 쏘라고 한다면 나는 어둠 속에서 뭘 맞힐 자신이 없다. 그래서 잔재주를 부린 것이다."

그 말에 젊은이가 정색을 했다.

"그게 잔재주라고?"

나래는 뭐라 대꾸하기가 뭣해서 우물쭈물하다가 그만 호탕하게 크게 웃어 버렸다. 젊은이도 따라 웃었다.

"나는 보돈차르족의 치베(철별)다. 활에는 자신 있었는데……."

나래는 황급히 손을 내저었다.

"아니다. 충분히 자신할 만한 실력이다. 당신은 대단한 용사다."

보돈차르가 웃으며 나섰다.

"이렇게 훌륭한 영웅들을 만나게 되다니 정말 영광이다. 나, 보돈차르가 감히 당신들 형제와 안다 의식을 하고 싶다."

"우리로서도 영광이다. 몽골 제일이 될 젊은 부족장 보돈차르와 안다가 된다니."

희네의 말에 보돈차르가 웃으며 되받았다.

"아직 몽골 제일은 아니다."

희네는 그 말에 딱 잘라 말했다.

"당신이 아니면 누가 되겠는가?"

그때 나래가 약간은 멍한 표정으로 물었다.

"그런데 세 번째 시험은? 나와 씨름을 할 사람은 누구인가?"

그 말에 몽골인 모두 와하고 웃었다. 치베도 한참을 웃다가 나래에게 말했다.

"나래여, 당신의 텡그리(몽골인이 믿는 천신) 같은 힘을 보았는데 누가 당신과 겨루고 싶겠는가? 목뼈가 부러질 것이 뻔한데 누가 나서겠는가? 더구나 이미 족장이 당신들을 인정하지 않았는가? 충분하다, 충분해!"

그때야 나래도 하하 웃었다. 희네와 나래, 보돈차르는 셋이 벗이 되는 안다 의식을 치렀다. 결의형제가 된 셈이지만 위아래를 정하지는 않았다. 굳이 따지자면 족장이자 나이도 많은 보돈차르가 위가 되어야 했지만 부족이 다르기에 정하지 않는 것이 낫다고 생각한 것이다.

셋은 짐승을 잡아 불에 던지고 서로의 피를 내어 나누어 마신 후 하늘에 맹세했다. 안다 의식에 정해진 형식이 있는 것은 아니라서 각자 엄숙하게, 하늘에 이제 서로가 벗이 되었음을 고하는 맹세의 말을 했다. 원래 맹세의 선물을 교환하는 것이 일반적이었지만 보돈차르는 이미 선물을 받았으니 되었다고 말했다.

"자네들은 안파견 한을 믿고, 우리는 텡그리를 섬기지만 각자의 신에게 맹세했다. 이제 앞으로 우리는 영원히 안다이니, 자네의 벗은 나의 벗이고 자네의 원수는 나의 원수이다. 비록 부족은 다를지라도 영원히 벗으로 지내게 되기를 바란다."

희네와 나래는 그러마고 약속했다.

보돈차르의 말이 계속되었다.

"광야를 홀로 헤매며 나는 굶주림에 지쳤다. 그때 나는 우연히 다친 매를 잡았는데, 그 매를 잡아먹지 않고 길들였다. 그러자 매는 끝없이 나를 위해 사냥을 해 주었다. 그때 나는 깨달았다. 매를 잡아먹으면 한 끼 배가 부를 뿐이지만, 매를 길들이면 영원히 배가 부르다는 것을 말이다. 나는 매 길들이는 법을 사람들에게 가르쳐서 비로소 사람들을 모을 수 있었고, 사람들을 가르치고 인도하여 족장이 되었다……."

희네는 엄숙한 표정으로 고개를 끄덕였다. 보돈차르는 실로 배울 점이 많은 훌륭한 사람이었다. 특별히 힘이 세지 않아도 마음 씀씀이나 생각의 깊음은 보통 사람이 엄두도 내지 못했다. 지금 보돈차르가 희네에게 해 주는 조언도 대단히 뜻깊었다. 보돈차르는 부하가 가져온 두꺼운 가죽 장갑을 손에 끼고 자신의 매를 얹었다.

"희네, 나의 안다에게 내 매를 선물한다. 내 말을 꼭 기억하라. 자네도 대단한 영웅이니, 반드시 사람들을 길들일 때가 올 것이다."

보돈차르는 희네의 손에 가죽 장갑을 껴 주고 매를 넘겨주었다. 그러자 희네는 감격에 겨운 목소리로 화답했다.

"보돈차르여, 당신의 가르침에 감사한다. 나도 뜻이 있다. 사람들을 많이 모으고 많은 벗을 모아야 한다. 사람을 길들이라는 충고, 깊이 새겨 두겠다."

"자네도 뜻이 있는 사람임이 틀림없다. 말타기를 배우려고 굳이 우리 막사로 올 필요가 어디 있겠는가? 분명 사람을 만나러 온 것이지."

보돈차르가 웃으며 말하자 희네는 고개를 끄덕였다. 영웅이 영웅을 알아본다고, 희네가 보돈차르를 알아보는 것처럼 보돈차르도 희네를 이미 알고 있었다.

"나는 자네와 안다이니, 자네가 힘이 필요할 때는 언제나 도울 것이다. 보돈차르족은 아직 작은 부족이지만 이제 자네의 부족이나 마찬가지이다."

잠시 보돈차르는 치베와 목소리를 낮춰 이야기를 나누었다. 그러고 난 후 보돈차르는 나래에게 말했다.

"나래, 자네는 이미 힘으로도 누구도 당할 자 없는 영웅이다. 내 부탁이 하나 있다. 치베가 자네와 함께 가게 해 달라."

"음?"

"치베는 우리 보돈차르족에서 활쏘기와 말타기에는 으뜸가는 용사다. 더구나 주신 말도 할 줄 안다. 앞으로 치베는 자네들이 큰 뜻을 이룰 때까지 나를 돕듯 자네들을 도울 것이다. 자네들은 치베에게 몽골족의 기술을 배우고, 자네들의 기술을 치베에게 가르쳐라. 때가 되었다 생각되면 그때 돌려보내 달라."

나래가 어떻게 할 생각하고 있는데 희네가 대신 나섰다.

"치베도 안다로 맞아 같이 다니도록 하겠다."

그 말에 치베가 뛸 듯이 기뻐했다. 보돈차르와의 만남을 일단 끝낸 희네와 나래는 치베를 데리고 막사로 돌아왔다.

먼 훗날의 일이지만 치베(철별)는 몽골족의 영웅이 된다. 그로부터 몽골인은 활 잘 쏘는 이를 가리켜 '치베'라고 말하거나 그 이름을 붙이게 된다. 그리고 보돈차르는 자신의 부족을 몽골족 제일의 부족으로 만들고 몽골 제일의 영웅이자 시조로서 영원히 몽골인의 마음에 새겨지는 업적을 쌓게 된다.

삼천구백 년이라는 세월이 흐른 후 보돈차르의 후손 중 천하를 제패하는 자가 나오게 되는데, 그가 바로 칭기즈 칸이다. 그리고 칭기즈 칸이 평생 마음속으로 가장 존경하고 숭배했던 이가 바로 시조인 보돈차르였다.

황하를 건너며

그 후에도 희네와 나래는 다른 부족의 막사를 찾아가 부족장들을 만났지만, 보돈차르 같은 영웅은 좀처럼 찾아볼 수 없었다. 대부분의 부족장은 거만하게 굴었고, 조금이라도 기분이 틀어질 경우에는 무리하게 자신의 힘을 과시하려고 했다. 대부분 허풍쟁이이고 형편없이 식견이 낮은 자들뿐이었다.

그런 와중에도 희네는 몇몇 부족의 젊은이들을 눈여겨보아 두었다. 키탄족 울크리 부족의 야율쿠리라는 젊은이는 키가 크고 힘이 세면서도 용감하여 키탄족 젊은이들의 우두머리로 꼽히고 있었다. 그러나 그는 울크리 부족장의 세 번째 마누라에게서 난 아들이라 부족장 자리를 물려받지는 못할 것이라 했다. 야율쿠리는 그 때문에 비관하여 매일같이 술을 퍼마셨는데 그러다가 희네와 나래를 만났다. 희네는 야율쿠리의 용감한 얼굴을 기억에 잘 담아 두었다.

또 마갸르족 중 친두 부족에는 울쿠타와 야쿠타라는 쌍둥이 형제가 있었는데, 특별히 힘센 청년들은 아니었지만 나무가 빽빽이 들어선 숲

속을 빨리 달리기에는 비할 자가 없었다. 눈이 밝고 몸 빠른 나래마저도 이 쌍둥이에게 숲 속 달리기에서 져서 곰 가죽 한 필을 빼앗겼다. 이 젊은이들도 그리 좋은 위치에 있지는 않았다. 그들은 친두 부족이 데리고 있는 노예의 아들이었다. 친두 부족장은 이들을 전령으로 부리려고 데리고 온 것이었다.

타타르족인 앗수라트 부족의 막사에서도 희네와 나래는 기이한 사람을 한 명 보았다. 울라트라는 이름의 열 살도 안 된 어린 소녀였다. 아주 야리야리하게 비쩍 마른데다가 걸을 때에도 어디가 아픈 것처럼 휘청거리며 걸어 가련해 보였다. 울라트는 눈이 몹시 커 얼굴의 절반을 차지한 듯했고, 실제로 눈이 아주 좋아 독수리보다 더 잘 볼 수 있다고들 했다. 울라트는 앗수라트족 부족장의 딸로, 몹시 수줍음을 타서 누가 말을 걸기만 하면 천막으로 도망쳐 숨어 버렸기 때문에 이야기를 건넬 수 없었다.

미아우족의 막사에 갔을 때 희네와 나래가 툰툰을 안다고 이야기를 하자 미아우 사람들은 희네와 나래를 환대했다. 그중 키가 훤칠하고 사납게 생긴 청년이 특히 툰툰을 잘 안다고 하여 희네 나래와 술을 마시면서 이야기를 많이 나누었는데, 나중에 이름을 듣고 보니 여자 이름이었다.

나래가 의아해하자 청년이 껄껄 웃으면서 자신은 사실 여자라고 말했다. 희네와 나래는 놀랐다. 그녀의 이름은 초초룬이었는데, 어디를 보아도 여자 같은 구석이 보이지 않았다. 조금 마른 남자 같았고 남자치고도 거친 남자로 보였다. 수염은 없었지만.

희네와 나래가 반신반의하자 초초룬은 못 믿겠으면 벗어 보겠다고 화를 내어 희네와 나래는 괜찮다며 그녀를 말리느라 진땀을 흘렸다. 기분이 좋아지자 초초룬은 휘파람을 불었다. 그녀의 휘파람 소리는 맑고 듣기 좋았다. 그녀의 말에 따르면 자신의 휘파람에는 모든 벌레들의 제왕인 '타타츄이트'의 기운이 깃들어 있어 어떤 벌레든지 휘파람으로 불러낼 수 있으며 도망치게도 할 수 있다고 했다.

타타츄이트가 뭐냐고 희네가 묻자 초초룬은 그건 말해 줄 수 없다고 했다. 그러면서 초초룬은 나래와 함께 미아우족의 향기 짙은 과일술을 퍼마셨다. 커다란 토기 단지를 두 개 비울 때까지 취하지 않다가 별안간 취해서는 울면서 주정을 부렸다. 나래는 한바탕 곤욕을 치렀다.

다른 미아우족의 말을 들어 보니 초초룬의 술주정은 유명해서, 초초룬의 움집에 술 냄새가 나기만 하면 마을 사람들은 저만치 피해 버린다는 것이다. 나래는 초초룬이 뻗어 버리자 도리머리를 치며 희네와 함께 막사로 돌아갔다. 주정 때문에 하도 혼이 나서 이후 나래는 미아우족 막사 근처에는 얼씬도 하지 않았다.

하지만 희네는 낮에 미아우 부족의 행렬에 몇 번 더 갔다 오는 듯했다. 밤에는 나래와 항상 같이 다녔지만 낮에는 각각의 일을 맡을 때가 많았기에 나래도 희네가 어디를 돌아다니는지 알 수 없었다.

헌원의 무리가 앞길을 여니 사울아비들도 한가해졌고 서서히 지루해지기 시작했다. 끝없는 벌판을 터벅터벅 말을 타고 걸어가는 지루한 여행이었지만 희네와 나래는 밤마다 각 부족 막사를 돌아다니느라 시간이 가는 줄도 몰랐다.

어느덧 여행이 끝나 가고 있었다. 주변의 경치가 끝없는 벌판에서 산비탈과 등성이가 맞닿아 있는 풍경으로 바뀌었고 커다란 강도 만났다. 강은 멀리서 보기에는 온통 누런빛이었는데 건널 때 보니 아주 가는 먼지가 가득 차 있어서 그런 빛을 띠는 듯했다.

아버지 치우우레는 강을 건널 때 두 아들에게 그 강이 황사 바람 먼

지를 담고 흐르는 강이라 해서 누런 강. 지나인은 황하(黃河)라 부른다
고 말해 주었다.

나무를 베어 덩굴로 엮은 뗏목으로 강을 건너야 했는데, 헌원이 이미
뗏목을 만들어 두었다. 뗏목 한 개는 아주 큰 것이고, 작은 뗏목이 세 개
있었는데 가장 큰 뗏목은 한웅의 가마를 생각해서 만든 것 같았다.

번갈아 강을 건너는 데에만 꼬박 이틀이 걸렸다. 먼저 사울아비들 절
반이 건너가 강 건너편을 지키고 한웅의 가마와 다른 높은 분들의 가마
가 건넜다. 그다음 뒤를 따르던 종과 말을 제외한 짐승, 짐 등의 행렬이
강을 건넜고 마지막으로 남은 사울아비 절반이 강을 건넜다. 희네와 나
래는 뒤에 강을 건너기로 되어 있었다. 물론 다른 부족들은 주신 사람이
강을 다 건넌 후에 강을 건너도록 되어 있었기에 건너편에서 그들이 올
때까지 기다려야 했다.

이틀을 강 건너편에서 기다리려니 심심해진 나래는 근처의 산으로
혼자 사냥을 나서다 호랑이를 만났다. 아주 큰 호랑이는 아니었지만 나
래가 그놈을 맨손으로 잡아 짊어지고 돌아오자 사람들이 깜짝 놀라 눈
을 커다랗게 떴다. 특히 치베가 호랑이를 살펴보고 가죽에 흠이 없는 것
을 알고는 놀라 물었다.

"이 범은 화살에 맞은 상처가 없다. 어떻게 잡았는가?"

나래는 싱긋 웃으며 대답했다.

"목이 말라 물을 마시려는데 갑자기 덤벼서…… 주먹으로 치고 목을
졸라 잡았지."

치베의 놀라움이 찬사로 바뀌었다.

"무기를 써서 범을 잡기도 결코 쉬운 일이 아니다. 그런데 나래 너는
맨손으로 범을 잡았구나. 대단하다."

희네는 나래와 범을 보다가 물었다.

"다친 데는 없어?"

"다치기는."

그러자 희네는 나래에게 슬쩍 핀잔을 주었다.

"이런 건 왜 잡아 오니? 사람들 앞에서 티내고 싶어?"

나래는 어이가 없는지 무뚝뚝하게 대답했다.

"범이 덤비는데 그럼 어떡해. 그리고 잡았는데 굳이 버리고 올 건 또 뭐야?"

희네는 고개를 설레설레 저으며 한숨을 쉬었다.

"할 수 없구나. 좌우간 너, 이것 때문에 나중에 고생 좀 할 거다."

뿌루퉁해진 나래는 벗긴 호랑이 가죽을 어떻게 할까 희네에게 물어보았다.

"호랑이 가죽이야 가죽 중에서도 가장 귀한 물건이잖아. 흠집도 없는 가죽이라 귀한 물건일 거다. 네가 주고 싶은 사람에게 주려무나. 참, 범의 뼈는 미아우 사람에게 주어라. 미아우 사람들은 그 뼈를 특별한 데 쓴다더라."

나래는 가죽을 헌원이나 보돈차르에게 줄까 생각하다가 공손발을 떠올리고 나중에 그녀에게 주어야겠다 생각하며 잘 펴서 말렸다. 치베도 호랑이 가죽을 말리는 데 거들어 주었다. 호랑이 뼈는 술주정꾼인 미아우 여자 초초룬에게 주었다. 초초룬은 기뻐하면서 고맙다고 했다. 그녀는 호랑이 뼈로 신통한 약을 만들 수 있으니 나중에 약을 만들면 나래에게도 주겠다고 약속했다.

치베가 호랑이의 발톱과 이빨을 원하는 것 같아서 주자 치베는 그것으로 목걸이를 만들어 걸었다.

나래는 치베의 모습을 보면서 싱긋 웃었다.

"이번에 잡은 것은 좀 작은 놈이야. 이빨이 그렇게 크지 않으니 멋이 덜하군. 다음에 큰 놈을 잡으면 치베, 꼭 너 줄게."

고개를 저으며 치베가 말했다.

"우리 부족이 사는 곳에는 범이 없다. 그래서 늑대나 표범 이빨 목걸이밖에 할 수 없지. 이것만으로도 우리에겐 귀중한 선물이다. 고맙다, 나래."

나래가 맨주먹으로 호랑이를 잡았다는 소문은 금세 퍼져 나래는 모든 부족의 관심을 끌게 되었다. 안 그래도 치베가 활을 잘 쏘면서 매사냥의 명수라는 이야기와 함께 희네 역시 사람들 입에 자주 오르내리던 차였다. 보돈차르가 희네에게 선물한 매를 희네가 아직 잘 다루지 못해 치베가 대신 써서 사냥을 했던 것이다.

매에게 희네는 '마파람'이라는 이름을 붙였는데 마파람은 사냥을 잘해 한번 나갔다 하면 끊임없이 토끼나 꿩이나 산비둘기를 물어 왔다. 여행길에서도 풀어만 놓으면 마파람은 사라졌다가 어김없이 날아와서 사냥감을 떨어뜨렸다.

치베는 사냥감 중 일부를 잘라 마파람에게 반드시 주어야 매가 길이 든다고 알려 주어서 희네는 그때마다 사냥감에 칼질을 해야 했고, 귀찮아질 정도로 마파람은 많은 짐승을 잡아 왔다. 너무 많이 잡는 것 아니냐고 치베에게 말하자 치베는 웃으며 그래야 매가 빨리 길이 드니 쉬지 말라고 일러 주었다.

희네는 마파람이 물고 온 수많은 짐승을 새로 사귄 친구들, 즉 보돈차르나 야율쿠리, 울쿠타 야쿠타 형제, 초초룬에게 아낌없이 나누어 주었다. 다만 울라트는 어린 소녀인데다 부족장의 딸이라서 자칫 잘못 선물하면 청혼하는 것처럼 비칠 수도 있었으므로 제대로 선물할 수 없었다. 어쨌든 희네도 꽤 유명해졌다.

그런 중에 나래가 맨주먹으로 호랑이를 잡았다니, 사람들이 더 왁자

하게 떠들어 댈 수밖에 없었다. 전에는 호의적이지 않던 부족 사람도 희네와 나래를 보면 먼저 인사했고, 이전에 알았던 친구들도 더 자주 찾아오게 되었다.

이틀 동안 황하 어귀에 머물면서 희네와 나래는 새로 알게 된 다른 부족 친구들과 깊이 사귈 수 있었다. 야율쿠리는 틈만 나면 찾아와 나래에게 씨름을 하자고 했다. 당시의 씨름은 자칫하면 상대를 다치게 하거나 죽게 만들 수도 있는 위험하고도 거친 경기였으나 야율쿠리는 순수하게 씨름 연습을 하고 싶어 나래를 찾은 것이다.

결국 땅에 넘어지면 지는 것으로 하고 겨루는데, 야율쿠리의 힘과 기술도 대단하여 열 번을 겨루면 한두 번은 나래가 넘어지기도 했다. 그럴 때면 야율쿠리는 자신도 꽤 강하다는 것을 알고는 은근히 기뻐하는 듯했고 사람 좋은 나래는 야율쿠리를 아낌없이 칭찬해 주었다. 나래 역시 야율쿠리에게 많은 기술을 배웠다.

희네는 울쿠타 야쿠타 형제와 숲 속을 쏘다니며 풀과 나무의 이름과 작은 동물과 벌레 들의 이름을 맞히면서 친해졌다. 초초룬이 그들과 어울리는 때도 있었고, 울쿠타 야쿠타 형제는 치베와 달리기 시합을 하기도 했다. 치베도 달리기는 잘하는 편이었는데 열 번에 여덟 번은 울쿠타와 야쿠타가 이겼다. 치베는 근성이 있어 달리기에서 지면 무척 원통해하며 계속 달리기 연습을 하겠다고 별렀다.

보돈차르는 부족 사람들이 강을 건널 준비를 하느라 바빠서 만나기 힘들었다.

호랑이를 잡은 그날 저녁, 느닷없이 방문객이 찾아왔다. 그 사람은 주신에서 으뜸으로 치는 세 큰스승(삼사三師) 중의 한 명인 풍백 비렴이었는데, 행렬에서 가마를 타고 한웅의 뒤를 따르던 기다란 검은 수염의 체구가 당당한 중년 남자였다.

한웅의 뒤를 따르던 네 채의 가마에는 바로 풍백(風伯), 운사(雲師), 우사(雨師)의 삼사와 사와라 한웅의 여섯 번째 작은마누라가 각각 타고 있었다. 지금의 한웅은 사와라 한웅이고 풍백은 비렴, 우사는 병예라는 나이 많은 노인이었다. 운사는 신지울태라는 할머니였고, 한웅의 마누라는 부루 집안의 버들이라고 했다.

세 큰스승 중에서 으뜸이자 주신 안에서도 훌륭한 풍백으로 명성이 자자했던 비렴이 직접 찾아오자 희네와 나래는 깜짝 놀라 서둘러 맞이했다. 치우우레도 사울아비 스승이었지만 세 큰스승과는 격이 달랐다. 치우우레는 풍백 비렴보다 두 단계 정도 아래에 있다고 볼 수 있었으니까.

"큰스승 풍백님을 뵙게 되어 영광입니다."

희네와 나래는 손을 모으고 머리를 깊이 숙여 큰절을 했다. 그러자 비렴은 웃으면서 고개를 끄덕였다. 비렴은 검은색으로 물들인 옷을 걸치고 있었다. 당시 물들인 옷은 귀한 것이라 권위의 상징이기도 했다. 비렴은 두 사람의 사울아비만을 데리고 가마도 타지 않고 걸어서 희네 나래의 막사로 온 것이다.

"자네들이 희네 나래인가? 치우우레님의 아들이지?"

"그렇습니다."

"이야기 많이 들었네. 앞날이 창창한 젊은이들이라 들었어."

"별말씀을……."

비렴은 사울아비들을 밖에서 기다리게 하고 막사 안에 깔아 놓은 노루 가죽에 앉았다. 그러면서 저만치 널어놓은 호랑이 가죽을 유심히 보았다. 원래는 밖에 널어야 했지만 사람들이 하도 구경하러 오는 바람에 냄새가 나지만 막사 안에 널어 두었던 것이다. 비렴은 호랑이 가죽에 전혀 상처가 없으며, 털에 윤이 나고 가죽에도 탄력이 있다는 것을 알아보았다.

"정말 손으로 잡았군. 다친 데도 없이 건강한 범이었고."

비렴이 혼자 중얼거리며 고개를 끄덕였다. 나래는 머리를 긁적이며 물었다.

"냄새가 심하지 않습니까?"

"괜찮네. 자네가 범을 잡은 나래겠군. 정말 대단한 젊은이일세."

"원하신다면 별것 아닌 물건이지만 바치겠나이다."

나래가 말하자 비렴은 웃으며 손을 저었다.

"아니야. 그래서 온 게 아닐세. 가죽을 얻으려고 살펴본 것도 아니고 자네가 정말 범을 맨손으로 잡았다는 게 믿어지지 않아서 온 것뿐일세."

그러자 희네가 겸손하게 말했다.

"운이 좋았겠지요."

"자네들 쌍둥이라고 했지?"

"그렇습니다."

"올해로 몇 살이 되는가?"

"열일곱이 되었습니다."

비렴이 고개를 끄덕이며 감탄했다.

"대단하군, 대단해. 아직 상투를 안 틀었으니, 성인식 전인가?"

"아직 치르지 못했습니다."

"들자 하니 나래 힘도 대단하지만 희네 자네는 머리가 대단히 좋다면서?"

"부끄럽습니다."

"부끄럽기는. 이렇게 훌륭한 젊은이들을 보니 나로서는 기쁠 따름일세. 내 여기 온 것은 자네들에게 할 말이 있어서야."

"무슨 가르침이 계신지요?"

희네와 나래가 공손히 물었다.

"자네들이 아직 성인식 전이기는 하나 힘과 용기가 대단하다고 들었네. 알다시피 지금 한웅님께서는 회의에 참석하시러 지나 땅으로 가시는 길인데, 아무래도 분위기가 수상하네. 한웅님의 주변을 좀 더 잘 지켜야 할 필요가 있어."

"용감한 사울아비들이 많이 있지 않습니까?"

"물론 그렇네. 그러나 무엇이든 단단히 대비하는 것이 좋지 않은가? 더구나 태산 회의장에는 아무도 무기를 가지고 들어가지 못하게 되어 있네. 행여 있을지 모르는 좋지 않은 일이 일어나지 않게 하려는 것이지. 물론 나나 병예님이나 신지울태님도 있고 다른 사울아비들도 있지만, 무기를 들지 않고도 힘을 낼 수 있는 사람이 많을수록 좋은 거야."

그러자 희네가 조심스레 말했다.

"신지울태님의 주술은 세상에 겁낼 것이 없지 않습니까? 병예님도 그러하시고……. 비렴님은 주신 제일의 힘을 지니셨구요."

큰스승 중에서도 삼사는 아무나 되는 것이 아니었다. 물려받거나 배우는 것도 아니었고, 가진 능력이 최고이어야만 될 수 있었다. 풍백 비렴은 장사처럼 보이지는 않았으나 기이한 힘이 있었다. 즉, 내공을 익힌 달인이어서 주먹에서 바람을 내쏠 수도 있었고 공력을 모아 몇천 근을 들 수도 있는 기인이었다.

우사 병예는 어떤 저주나 주술도 막아 낼 수 있는 능력이 있었으며 운사 신지울태는 글자의 힘을 이용한 주술을 썼는데, 그들의 능력을 본 사람은 극히 드물지만 대단하다고들 했다. 이 세 큰스승의 힘은 안파견 한님 때부터 내려온 것으로 자부 선인에게서 받은 가르침이자 힘이라 했다. 세 큰스승은 나이를 먹고 합당한 후계자가 나타나면 수많은 시험을 거친 후 지식과 주술 능력을 전수했다.

희네의 말에 비렴이 말했다.

"우리 셋은 세상에 널리 알려져 있다네. 한웅님을 지키는 것은 만에 하나라도 실수가 있으면 안 되는 일. 더구나 싸움에는 감추고 보이지 않는 수를 지니고 있어야 하는 법. 나는 자네들이 일을 맡아 주었으면 한다네."

희네는 비렴의 뜻을 깨닫고 고개를 끄덕였다. 비렴은 대단한 인물이라 웬만한 선인보다 강했다. 하물며 힘뿐만 아니라 생각의 깊이도 남들과 다르다고 여겼다.

희네가 조심스럽게 물었다.

"나래가 감히 그런 일을 할 수 있겠습니까?"

비렴이 웃으며 희네에게 말했다.

"나래도 할 일이 있지만, 자네도 할 일이 있다네."

"나래야 힘이 세지만 제가 어찌……."

희네가 손을 젓자 비렴은 날카로운 눈빛으로 희네를 쳐다보았다.

"들어 보게. 주술은 힘으로 하는 것이 아닐세. 총명하고 똑똑한 사람만이 세상에 떠도는 거대한 힘을 느끼고, 그것과 합하여 주술을 사용하는 것이라네. 듣자 하니 자네는 자부 선생에게 배우다가 그만두었다면서?"

"제가 철이 없고…… 아는 것이 없는 탓입니다."

"나는 알고 있네. 다른 사람은 자부 선생의 가르침을 받지 못해 안달인데 자네는 만족을 못하고 답답하다며 뛰쳐나갔다더군. 그렇지?"

"그런 것을 어찌…… 알고 계셨습니까?"

그 말에 비렴은 피곤한 듯 씨익 웃어 보였다.

"풍백의 자리에 있는 건 쉬운 일이 아니라네."

희네가 뭐라 할 말을 찾지 못하자 비렴이 말을 이었다.

"자네에게는 나름의 뜻이 있는 게 분명해. 자부 선생의 가르침도 물론 좋지만, 자네가 생각하고 나아가고자 하는 길과는 맞지 않는다고 느긴 거야. 그래서 그만둔 것이고. 그렇지 않은가?"

이번에도 희네가 아무런 대답을 하지 않자 비렴이 계속 말했다.

"자네 아버님도 아직 모르고 계신 듯하네만 나는 알았다네. 주술이나 능력은 총명하고도 자신에 대한 믿음이 강하고 심지가 깊은 사람이 배워야 하는 것일세."

비렴의 뜻밖의 말에 나래가 놀라며 끼어들었다.

"말씀중에 죄…… 죄송합니다만…… 그러면 희네 형에게 주술을 가르쳐 주실 건가요?"

"당장 내일부터 시작하고자 하네. 태산까지 멀지 않으니 많은 것을 가르칠 시간은 없어. 몇 가지 중요한 것부터 가르치기로 하지. 나래 자네는 나에게 오고, 희네 자네는 병예 어르신과 신지울태님을 찾아가 보게나. 내가 미리 말해 두었네."

세 큰스승에게 가르침을 받는다는 것을 실로 대단한 일이자 영예였다. 하물며 그런 가르침을 받는다는 것은 세 큰스승이 되는 후계자의 대열에 들어간다는 의미였다.

그러나 희네는 다소 침울한 목소리로 입을 열었다.

"나래는 모르겠지만, 저는 그런 일을 감당할 힘이 없습니다."

"허허, 희네. 주술은 다리로 쓰는 것이 아닐세."

그 말에 희네와 나래는 소스라치게 놀랐다. 아버지도 모르는 일을 어떻게 알았을까?

"나는 솟대 단군과도 잘 아는 사이일세."

희네는 다리 때문에 몇 번 비밀스레 솟대 단군을 만난 적이 있으니, 비렴은 아마 단군에게서 희네의 몸이 성치 않다는 것을 알아낸 모양이다. 아무튼 비렴은 그들 형제의 생각보다 훨씬 대단한 사람이었다. 모든 일에 있어 빈틈이 없었다.

비렴이 타이르듯 말했다.

"자네는 치우 집안사람이니 나중에 풍백이 되겠지만, 그렇다고 우사나 운사가 되지 못하란 법은 없다네. 이미 자네들이 해 온 일만 보아도 충분히 후에 큰스승 자리를 노려 볼 만하네. 물론 많은 사람들 중 가려 뽑을 것이니 자네들도 열심히 훈련을 해야겠지만 말일세."

"감히 바라지도 못하는 일입니다."

"이번 일은 대단히 중요하니, 틀림없도록 하게나. 자네들은 절대 티를 내어서는 아니 되네. 우리만 아는 비밀로 해야 하는 것일세. 아무 일 없으면 좋지만, 만에 하나 무슨 일이 생기면 자네들이 나서서 한웅님을 지켜야 하는 것일세. 만에 하나 한웅님을 누가 노린다고 하면 우리는 미리 경계를 하겠지만, 자네들에 대해서는 모를 테니 말야."

그러더니 비렴이 웃으며 나래에게 시선을 돌렸다.

"마지막으로 시험해 보겠네. 팔을 내밀게."

비렴이 먼저 팔을 걷어붙이고 손을 내밀었다. 나래와 팔씨름을 해 보자는 뜻이었다. 나래는 감히 거역하지 못하고 비렴의 손을 잡았다. 비렴이 순간 눈을 감았는데, 그의 얼굴이 하얗게, 파랗게, 붉게 변하다가 다시 원래의 얼굴로 돌아왔다.

나래는 그 모습을 보고 당황하여 힘을 줄 생각도 못했다. 그러자 비렴이 말했다.

"힘을 끌어내는 선인들의 가르침대로 한 것이니 당황할 것 없네. 자, 힘을 주어 보게. 범을 잡은 힘 말이야."

나래가 힘을 주었으나 비렴의 팔은 까딱도 하지 않았다. 끽구와 겨룰 때에도 끽구의 힘은 대단했지만 그래도 힘을 주면 반응이 있었다. 그러나 비렴의 팔은 그것과 전혀 달랐다. 마치 움직일 수 없는 것을 움직이려 하는 것처럼, 반응도 없고 아예 땅과 한데 붙어 굳어 버린 것 같았다.

아무리 힘을 주어도 전혀 움직이지 않았다.

나래가 땀을 쏟자 비렴이 고개를 끄덕였다.

"되었네."

나래가 손을 거두고 고개를 숙여 절을 하자 비렴은 옷소매를 내리며 말했다.

"충분한 힘일세. 세상에서 감당할 자가 몇 안 될 걸세. 대단하군. 자네들이 꼭 도와야 하겠네."

그러자 희네가 조심스레 물었다.

"그럴 정도로 일이 안 좋게 흘러갈 것 같습니까?"

"먼저 맹세해야 말해 줄 수 있네. 내 말대로 따르겠는가, 아니 하겠는가?"

희네와 나래는 비렴의 말을 따르기로 하고 안파견 한님의 이름으로 맹세했다.

그제야 비렴은 형제에게 말해 주었다.

"누가 감히 주신의 한웅님을 건드리겠냐마는 병예님이 아무래도 꿈이 좋지 않다고 하시네. 어떻게 될지는 병예님도 모르시니 아무도 모르는 것이 당연하지만, 무엇인가 일이 벌어질 것 같다는 게야. 안 벌어지는 것이 가장 좋지만 말일세."

병예는 우사였고, 우사는 미래를 점치는 주술사이기도 했다. 그런 병예의 꿈에 심상치 않은 것이 보였다면 당연히 대비해야 한다. 당시에는 주술사의 말은 절대적인 권위가 있어서 아무도 의심하거나 거스르지 않았다.

희네와 나래도 그 말을 듣고는 고개를 끄덕였다.

비렴은 내일부터 대열을 옮겨 세 큰스승의 가마 뒤를 따라올 것을 당부하고, 그렇게 되도록 다른 일은 자신이 조치하겠노라고 했다. 막사에서 나가기 전에 비렴은 희네 나래에게 다시 한번 당부했다.

"아무도 알지 못하게 하게. 아버님께도 말씀드리면 아니 되네."

희네와 나래는 정중하게 고개를 끄덕였다. 비렴이 나가는 것을 배웅하고 막사로 들어오자마자 나래는 커다랗게 웃으며 좋아서 펄쩍 뛰었다.

"형님! 형님! 잘되었네! 정말 잘되었어!"

"잘된 일이기는 하다. 너도 풍백 어르신께 배우는 것이 좋겠지."

"그뿐이야? 잘 배우면 우리가 나중에 큰스승이 될지도 모른다구."

그 말에 희네는 희미하게 웃었다.

"나쁠 것은 없지."

"더구나 형님은 신지울태님께 배운다며? 글자도 배우겠네? 글자 주술의 힘은 대단하다던데?"

당시는 글자가 막 등장한 시대였다. 그때 글자의 힘은 주술로 풀이되었고 그 힘은 막강했다. 글자는 신지씨 집안에서, 최초에 신지혁덕이 창안했다고 알려져 있었다. 글자는 이름을 가진 사물을 고정시키는 주술과 연관이 되었다. 신지혁덕이 했는지 다른 선인이나 주술사가 글자에 힘을 부여했는지는 모르지만, 글자 주술은 실로 대단했다.

당시 사람들은 모든 것에 대한 이미지를 자연 그대로 지니고 있었기에 압축되어 만들어진 글자에는 사물에 대한 모든 것이 담겨 있었다. 가령 호랑이의 글자를 손에 써서 주술을 걸면 호랑이의 앞발과 같은 힘이 생겨났고, 눈꺼풀에 매의 글자를 손가락으로 쓰면 매처럼 눈이 밝아졌다.

이는 단순한 주술에 속했다. 운사 신지울태와 같은 대주술사는 땅에 냇물의 글자를 써 냇물이 생기게 할 수도 있었고, 사막에 나무 글자를 써서 사막을 숲으로 바꿔 버릴 수도 있다고 전해졌다. 물론 정말로 숲이 생기거나 냇물이 생긴 것은 아니어서 글자가 지워지면 함께 사라졌지만, 사람들은 냇물을 마시거나 나무에 부딪힐 수도 있었다.

가장 무서운 것은 이름을 조종하는 힘이었다. 이름이 있고 이름을 자각하는 생물은 무엇이든 글자 주술로 조종할 수가 있었다. 사람은 물론이며 동물도 특별한 자신의 이름으로 길들여진 경우는 조종이 가능했다. 아주 믿음이 강한 사람은 완전히 조종받지 않았지만 최소한 행동을 제약할 수는 있었다.

다만 이런 글자 주술은 엄격하게 비밀에 부쳐져 주신 전체에서도 아는 사람이 열 손가락을 넘지 않는다고 했다. 신지씨 집안사람 중에서도 아주 적은 사람에게만 가르쳤다. 그런 주술을 형이 배울 수 있다고 생각하자 나래는 기뻤다.

희네가 나래에게 차분한 목소리로 물었다.

"나래야, 너 아까 비렴님께 힘을 다 썼니?"

나래는 입맛을 쩝 다시며 말했다.

"다 쓴 것은 아니지만, 반은 좀 넘게 썼어. 비렴님을 어찌 속인단 말야."

희네가 고개를 끄덕였다.

"그래도 다행이구나. 나래야, 그건 속이는 것이 아니란다. 나중을 생각해서 그러는 거지."

"셋 중 둘 정도의 힘은 냈어. 반 넘게 힘을 내서 미안해. 형님이 말한 걸 어겨서."

"아냐, 괜찮아. 그나마 내 생각을 했으니 다행이구나."

잠시 희네는 생각에 잠겼다.

"앞으로 큰일이 닥칠 것 같구나……."

"설마? 한웅님을 누가 노린단 말야?"

"병예님의 꿈이 아무것도 아닐 리가 없잖아?"

나래가 씨익 웃으며 되받았다.

"아무리 그래도 풍백, 운사, 우사 세 큰스승이 옆에 계시고 천 명의 사울아비가 있는걸? 지나족이 그런 짓을 할 것 같아? 모조리 몰려와도 한웅님을 어쩌진 못할 거야. 한웅님을 덮쳤다가 잡지 못하면 뒷감당을 어찌하려고?"

나래가 제법 세밀하게 분석하자 희네는 빙그레 웃어 보였다.

"너도 이제 일의 앞뒤를 조금 생각하게 되었구나. 그래야 한다."

"그야 뭐······. 좌우간 간단해. 그냥 비렴님은 한웅님을 잘 지키고 싶으신 거야. 우리를 뽑을 생각도 진작부터 있으셨던 거구. 그래서 오신 거지, 뭐."

희네가 고개를 끄덕였다. 그러나 희네의 마음속에는 의문이 끊이지 않았다.

'정말 그렇게 간단한 일일까? 그렇게 간단한 일 같지는 않은데······. 무슨 일이 생기려는 걸까?'

희네는 그날 밤 잠을 잘 이룰 수 없었다.

맥달

그로부터 열흘이 더 지났다. 이 열흘 동안 나래는 풍백 비렴에게서 숨쉬기를 이용해 세상 만물의 기운을 담아 저장했다가 사용하는 선술(仙術)의 기본인 호흡법을 익혔으며, 희네는 우사 병예에게 기본적인 주술 사용 방법을 배웠다.

두 사람의 재능이나 지식을 배우는 속도는 비렴이나 병예가 깜짝 놀랄 정도로 뛰어났으나 열흘이라는 기간 동안 많은 것을 배우기에는 무리가 있었다. 그래서 두 사람은 앞으로도 계속 수행해 나가야만 하는 가장 기본적인 수련법과 함께 신지울태가 만든 부적 무늬를 이용하여 두어 가지 주술을 사용하는 방법 정도만을 익힐 수 있었다.

주술을 사용하기 위해 몸에 부적 무늬를 새길 때는 신지울태가 직접 왔다. 몹시 늙긴 했어도 아주 고운 할머니였다. 젊었을 때는 상당한 미녀였을 듯했다.

신지울태는 희네 나래 두 사람에게 아무런 말도 하지 않고 그저 공을 들여서 부적 무늬를 몸에 그려 주고 가 버렸을 뿐이었지만, 희네와 나래는 신지울태의 모습이 이유도 모르게 강한 인상으로 마음속 깊이 새겨졌다. 희네는 등과 왼쪽 팔뚝, 그리고 목 아랫부분에 무늬를 그려 받았으며 나래는 오른쪽 어깨와 등에 무늬를 그려 받았다.

비렴과 병예는 나래와 희네에게 주술을 불러내는 주문을 가르쳐 주었다. 주문은 대부분 알아들을 수 없는 뜻 없는 글자들의 나열 같았지만 묘하게 가락이 붙어서 노래 같기도 했다. 삼사는 가락을 익혀 익숙해질수록 주술이 강해지며 사람마다 붙이는 가락이 다르기 때문에 주술의 특색도 사람에 맞추어 조금씩 달라진다고 덧붙여 설명해 주었다.

"주문의 특별한 점은 보통 두 번에서 많으면 세 번, 네 번 똑같이 반복해야 한다는 점에 있다. 여러 번 외울 때 주문이 똑같지 않으면 효과가 없다. 소리나 길이, 높이, 강하기 등이 똑같아야 하니 많은 연습이 필요할 것이다. 이것을 같게 할 정도가 되어야 주문에 통달하지. 아마 며칠 내로는 하기 힘들 것이나 열심히 연습하라."

당시는 문자를 상용하던 시대가 아니라서 주문을 직접 들려주어서 전달했는데, 단순한 발음이 아니라 음색이나 높이, 길이, 떨림, 강하고 약함 등이 똑같아야 했다. 즉, 말이라기보다는 일종의 이미지까지 전부 전달하는 셈이었다.

조금이라도 틀리면 주문을 외워도 주술이 발동하지 못하니 되도록 많이 연습하여 잊어버리거나 더듬거리지 않게 연습하라고 일러 주었다. 또한 가장 중요한 것은 주문보다는 정신 집중이라고 하면서, 주술을 함부로 연습할 수 없으니 정신을 집중하는 연습과 주문 연습을 나누어서 익숙해지게 하라고 당부했다.

마침내 사와라 한웅의 행렬이 회의가 준비된 태산 어귀에 들어섰다. 멀찌감치 경치 좋고 높은 산이 보이기 시작하자 희네와 나래를 비롯한 모든 이들은 마침내 긴 여행이 끝나간다는 것을 알 수 있었다. 헌원도 이주를 보내 희네와 나래에게 이제 며칠이면 태산 회의장에 들어갈 것이니 유망을 만날 준비를 해 두라는 말을 전했다.

그날 밤의 일이다. 희네가 곤히 잠들어 있는데 나래가 갑자기 희네를 깨웠다.

"형님, 일어나."

"왜 그러니?"

희네가 졸린 눈을 비비며 묻자 나래가 말했다.

"밖이 심상치 않아."

"뭔데?"

희네는 귀를 기울여 보았지만 아무런 소리도 들리지 않았고 기척도 없었다.

"아무 소리도 안 들리는데?"

"그래서 이상한 거야."

희네는 곧 나래의 말뜻을 알아차렸다. 아무리 늦은 밤이라도 사람들이 많이 모여 있고 지키는 사람도 있으니 조금은 인기척이 나게 마련이다. 그런데 지금은 정말 쥐 죽은 듯이 조용했다. 마치 두 형제만 외딴곳에 따로 떨어진 기분이었다.

"나가 보자."

희네가 귀하게 여겨 평소 잘 꺼내지 않는 돌칼을 손에 잡으며 말했다. 이미 양손에 구리도끼와 구리몽둥이를 들고 있던 나래는 희네의 말이 떨어지자마자 조용히 몸을 일으켰다. 그리고 번개같이 막사의 가죽 문을 젖히고 밖으로 달려 나갔다.

그때 나래의 놀란 목소리가 들렸다. 침착한 나래가 놀라는 일은 드물었다.

"어엇!"

희네도 깜짝 놀라 밖으로 나갔는데 희네 또한 나래와 마찬가지로 소리를 지르고 말았다.

밖에는 수백 개의 막사들이 늘어서 있었다. 사람들도 여기저기 서 있었다. 짙은 안개가 끼어 먼 곳이 잘 보이지 않는 것 말고는 변한 것은 하나도 없었다.

그런데 사람들이 하나같이 몸이 굳어 있었다. 눈도 초점이 없고 움직이지도 못했다. 마치 돌처럼 몸이 굳어져 버렸다. 움직일 수 있는 것은 희네와 나래 두 사람뿐인 것 같았다.

"이게…… 어찌 된 일이지?"

두려움을 모르는 나래였으나 이때만큼은 목소리가 떨렸다. 희네도 등골이 오싹했다. 희뿌연 안개는 기분 나쁘게 천천히 흘러가고 있었다. 조금 떨어진 저쪽은 제대로 보이지 않았다.

바로 저편에 서서 하품을 하는 사람이 보였다. 두 형제의 친구인 양역이었다. 양역은 오늘 밤 불침번 대장이었다. 그런데 양역은 하품하는 입을 벌리고 왼손으로 입을 반쯤 가린 채 그대로 굳어져 있었다.

맞은편에는 젊은 사울아비 한 명이 큰 걸음으로 걸어오고 있었다. 오른발은 땅에 붙어 있었지만 왼발을 땅에서 떼어 막 걸음을 내디디려는 찰나, 그 자세 그대로 돌처럼 군자 몸이 기울어져 왼발 끝이 땅에 닿았다. 몸이 돌처럼 굳어 기울어진 것이다.

"어떻게 이런 일이……?"

나래가 중얼거리자 희네가 칼을 빼며 날카로운 눈초리로 주변을 훑어보았다. 나래도 덩달아 긴장하며 도끼를 든 손에 힘을 주었다. 그때 두 형제의 뒤에서 뭔가가 휙 지나가는 느낌이 있었다.

나래는 순간, 등줄기에 차가운 것이 훑고 지나가는 것을 느꼈다.

"신수!"

뒤로 지나갔기 때문에 정체를 알 수는 없었지만 나래는 그것의 덩치가 보통 사람의 수십 배 이상, 소름 끼치도록 크다는 것을 알 수 있었다. 재빨리 몸을 돌렸으나 이미 사라져 버린 후였다. 크기만 한 것이 아니라 형언할 수 없을 정도로 날쌔었으니 신수라고밖에는 할 수 없었다.

희네도 기척을 느꼈는지 입술을 깨물면서 주변을 돌아보았다. 더욱 안개가 짙어져 아무것도 보이지 않았다. 양역이나 다른 사울아비들, 막사들의 모습이 갑자기 짙어지는 안개에 삼켜지듯 모습이 사라져 갔다. 코앞에 서 있는 나래조차도 잘 보이지 않을 정도였다.

희네는 나래의 등에 자신의 등을 댔다. 서로 등을 맞대면 사방을 볼 수 있기 때문이다. 희네는 안개 저편에서 화등잔처럼 빛나는 두 개의 불빛을 발견했다. 무엇의 눈 같았는데, 커다란 호랑이라 해도 저토록 밝은 빛을 쏘아 낼 수는 없다.

희네가 외쳤다.

"저기!"

말이 떨어지자마자 나래가 번개같이 몸을 돌리며 희네가 가리킨 쪽을 향해 구리몽둥이를 던졌다. 나래의 무서운 힘을 담은 구리몽둥이가 빙빙 돌면서 돌진하듯 날아가는데 저편의 화등잔처럼 빛나는 눈이 확 밝아졌다. 그러자 놀랍게도 구리몽둥이가 허공에 딱 멈춰 공중에 뜬 채 움직이지 않다가 아래로 힘없이 털썩 떨어졌다.

희네가 긴장한 목소리로 외쳤다.

"주술이다!"

나래는 온 힘을 모아 던진 무기가 맥없이 떨어지는 것을 보고 처음에는 놀랐으나, 이윽고 화가 치밀었다.

"에에이~!"

구리도끼를 양손으로 거머쥐고 이판사판으로 달려 나가려 하는 나래를 희네가 막아섰다.

"나래야! 신중해. 저것이 주술을 쓰는 이상, 아무리 너라도 힘들다."

그때 안개 저편에서 빛나는 두 눈이 천천히 앞으로 다가왔다. 더불어 그것의 발소리인 양, 땅이 울리는 소리가 조금씩 들려왔다. 희네와 나래는 겁이 났지만 물러설 생각은 조금도 없었다.

그때 희네가 나래의 손에 자신의 칼을 쥐어 주며 귓속말로 속삭였다. 이런 상황에서도 희네는 머리를 썼다.

"나래야, 저것이 스무 발 앞으로 다가오면 도끼를 던져라. 아마 저것이 막아 내겠지만, 그 틈을 타서 밑으로 몸을 날려라. 파고들어 칼로 찔러 보자."

나래는 대답할 겨를도 없이 칼부터 받아 손에 쥐었다. 그사이에도 화등잔 같은 두 눈은 안개 속에서 점차 다가왔고 발소리도 쿵쿵거리며 더욱 가깝게 다가왔다.

희네는 긴장하며 짧은 돌칼을 손에 쥐고 작은 소리로 헤아렸다.

"셋……!"

나래는 오른손에 힘을 모으기 시작했다. 이번만은 나래도 있는 힘을 다했고 거기에 배운 지 얼마 되지는 않았으나 비렴에게서 배운 풍백의 기 모으는 법까지 발휘했다. 손에 쥔 나래의 구리도끼가 저절로 우르르 떨리면서 웅웅 소리를 냈다.

"둘……!"

그 순간, 갑자기 희네와 나래 앞의 안개가 확 걷히면서 거대한 짐승이 모습을 드러냈다. 별안간 안개가 없어지자 희네와 나래는 당황했다. 앞에 있는 짐승은 신수가 틀림없었다. 네 발 달린 짐승이었는데 어깨까지의 높이가 키가 큰 나래의 세 배는 넘어 보였고 덩치는 서른두 명이 메는 한웅의 가마보다도 더 컸다.

튼튼하지만 날렵한 네 다리와 부드러운 털로 덮인 강철같이 단단해 보이는 몸집, 길쭉한 코와 둥글고 크게 빛나는 눈동자를 지닌 짐승이었다. 눈에서 뿜어내던 빛이 어느 결엔가 사라지고 짐승은 큰 눈동자를 굴려 두 사람을 내려다보고 있었다.

"맥!"

희네는 탄성을 올렸다. 이야기에서나 들었던 전설의 신수 맥이었다. 맥은 선한 신수로, 주신족이 받드는 신수였다. 맥을 직접 본다는 것은 매우 영광스러운 일이었으며, 맥은 아주 훌륭하게 될 영웅에게만 모습을 보인다는 전설도 있었다. 최초 주신족의 시조인 안파견 한님을 동쪽으로 인도한 것이 신수 맥이었다는 전설도 있었다. 희네가 다급하게 말했다.

"나래야, 도끼를 던지면 안 돼! 맥은……"

그러자 나래도 고개를 끄덕였다.

"우리를 해치지 않아."

희네는 지식을 통해 맥이 선한 신수라는 것을 알았지만, 나래는 눈빛을 보고는 느낌으로 대번에 맥이 자신들을 해칠 의사가 없다는 것을 알 수 있었다.

나래가 도끼를 내려놓으려는데 도끼에 힘을 너무 많이 준 상태라 단단한 나무로 만든 도끼 자루가 썩은 나무 바스러지듯 푸석! 소리를 내며 부서져 도끼날만 땅에 떨어져 버렸다.

나래와 희네는 거기에는 눈도 돌리지 않았다.

맥은 위엄 있는 발걸음으로 천천히, 마치 두 사람을 놀라게 하지 않으려는 듯 조심스레 다가왔다. 우스꽝스러운 긴 코조차 아름다워 보일 만큼, 거대한 짐승의 동작은 크고 우아했다. 커다란 눈동자에서 무지개처럼 맴돌아 나오는 오색영롱한 눈빛은 아찔할 정도로 고와 마음을 편안하게 했다.

희네와 나래는 긴장이 풀린 지 오래였다. 취한 듯 홀린 듯 맥의 커다란 눈에서 솟구쳐 나오는 영롱한 눈빛을 바라보며 말할 수 없이 따사로운 기운을 느낄 뿐이었다.

그때 갑자기 까르르 웃는 소리가 들려와 나래와 희네는 후닥닥 정신을 차렸다. 갓난아기의 목소리 같았는데 어디서 들리는지는 알 수가 없었다. 희네와 나래는 놀라 두리번거렸으나 사람은 아무 데도 보이지 않았다. 마치 안개가 벽을 만들어 맥과 두 사람을 감싼 듯했다. 희네가 고개를 들어 보니, 놀랍게도 맥의 머리 위에 얼굴 하나가 아래를 내려다보고 있었다.

어린 티를 아직 벗지 못한 아이의 얼굴이었다. 비록 머리가 잔뜩 헝클어지고 마구 늘어뜨려져 있었으나 눈빛만은 아주 맑은 아이였다. 너무 너저분해서 얼굴을 자세히 알아볼 수 없었고 남자인지 여자인지도 알 수 없었으나, 아무튼 몹시 추해 보였다. 소리 내어 웃는 것은 그 아이인 듯했다.

희네는 전설의 신수 머리 위에 저런 지저분한 아이가 타고 있을 것이라고는 생각도 못했던 터라 깜짝 놀랐다. 하도 놀라서 기가 막힌 나머지 아이와 눈이 마주치는 순간 풋, 하고 헛웃음을 터뜨렸다. 그러자 높은 곳에서 내려다보던 아이도 역시 까르르 웃으며 눈을 깜박거렸다.

나래도 그제야 아이를 발견하고 놀라 말꼬리를 흐렸다.

"형님! 어떻게 꼬마애가 맥의 머리에……."

그러나 아무리 박식한 희네라고 해도 이번만큼은 나래나 똑같이 모르는 것투성이였다.

희네가 웃으며 말했다.

"난들 알겠니?"

나래는 의아한 듯 소곤거렸다.

"형님! 아무리 그래도…… 웃다니?"

"웃음이 나오는 걸 어쩌겠니?"

희네는 아이 쪽으로 얼굴을 돌리며 이번에는 약간 의도적으로 하하 하 웃었다. 맑은 소리였다. 그러자 아이도 다시 까르륵거리며 웃었다. 조금은 큰 아이인데도 웃는 소리는 마치 갓난아기 같았다.

아이는 희네를 자세히 보려는 듯 고개를 아래로 뻗었다. 그러다가 떨어질 뻔하여 몇 번 버둥거리더니 이윽고 맥의 머리를 손바닥으로 툭툭 쳤다. 놀랍게도 맥이 땅에 무릎을 꿇으며 고개를 슬며시 낮추어 아이가 희네를 바라볼 수 있게 해 주는 것이 아닌가. 맥은 기듯이 몸을 몇 번 움직여서 희네의 바로 옆에까지 다가섰다. 아이와 희네와의 거리는 손만 뻗으면 닿을 수 있을 정도였다.

그것을 보고 나래가 놀라서 희네에게 속삭였다.

"형님……! 신수를…… 사람이 부릴 수도 있수?"

희네는 대답할 겨를이 없었다. 그 순간 아이가 휙 손을 뻗어 희네를 잡으려 했기 때문이다. 맥이 아무리 기를 쓰고 무릎을 꿇어도 워낙 덩치가 커서, 아이의 손은 희네에게 닿지 않았다.

아이는 계속 갓난아기처럼 끙끙 기를 쓰며 희네에게 손을 잡으라는 듯 희네를 바라보며 눈빛을 보냈다.

그것을 보고 나래가 당황스런 투로 말했다.

"가지 마, 형님! 너무……."

갑자기 희네가 하하 웃었다.

"이럴 때 신수 등에 타 보지, 언제 타 보겠니?"

희네는 선뜻 손을 뻗어 아이의 손을 잡았다. 그러자 별안간 맥이 희네를 기다란 코로 밀어냈다. 희네가 다가오지 못하게 하려는 듯 코로 희네 앞을 막았다.

나래는 깜짝 놀라 칼을 쥔 손에 힘을 주었으나 희네가 맥에게 밀려나면서 나래의 앞을 막아섰다.

"아서라, 아서!"

"맥이 형님을 싫어하는 것 같아!"

"해치는 것도 아니잖아."

맥이 희네를 밀쳐 내자 맥 머리에 올라탄 아이가 으앙, 하고 울음을 터뜨렸다. 아무리 보아도 목소리나 행동거지가 갓난아기와 똑같았다.

맥의 맑은 눈동자에 수심이 어렸다. 맥은 여전히 코로 희네 앞을 막고 있었다. 아이는 더 크게 울면서 맥의 머리를 손바닥으로 어리광부리듯 마구 툭툭 쳤다. 맥은 커다란 눈에서 눈물을 한 방울 흘리더니 희네를 막아섰던 코를 거두고는 눈을 감아 버렸다.

대뜸 아이가 맥의 머리를 껴안고는 얼굴을 몇 번 비볐다. 고맙다는 뜻 같았다. 아이는 다시 희네에게 손을 뻗었다. 도대체 어떻게 돌아가는 일인지 모르지만, 희네는 낙천적일뿐더러 대담한 기질도 있어서 웃으며 아이의 손을 잡았다. 비록 때가 묻어 더러운 손이었지만 몹시 곱고 부드러운 손이었다. 여자아이가 아닌가 하는 생각도 들었다.

아이는 애써 희네를 위로 끌어올리려 했으나 힘이 약해 무리였다. 그 것을 보고 나래가 왼손 집게손가락으로 희네의 뒤춤을 휙 밀어 희네를 맥의 머리로 올려 주었다.

희네가 맥의 머리로 올라서자마자 아이는 까르르 웃으면서 희네를 와락 껴안았다. 아무리 대범한 희네라도 아이가 이렇게 나올 줄은 몰랐기에 희네는 대번 얼굴이 붉어졌다.

처음에는 알 수 없었는데, 몸에 감촉이 느껴지자 이 아이가 여자아이임을 확실히 알 수 있었기 때문이다. 더구나 아이는 아무것도 입지 않은 알몸이어서 더더욱 얼굴이 붉어지고 말았다.

여자아이는 태어나서 한 번도 씻지 않은 듯, 머리도 엉키고 얼굴이며 손에도 때 범벅이었지만, 신기하게도 몸에서 흉한 냄새는 나지 않고 오히려 맑고 향기로운 내음이 났다. 초롱꽃 냄새 같았다.

더운 철에 옷을 벗어도 흉이 되지는 않던 시절이라 희네가 그렇게까지 심하게 낯을 붉힐 만한 일은 아니었다. 그래도 부끄러움은 어쩔 수 없기에 희네는 일단 달라붙는 여자아이를 벌게진 얼굴에 헛웃음을 지으며 떼어 냈다.

아이는 희네에게서 떨어지면서 묘하게 몸을 움츠려 못 보일 곳이 보이지 않게 앉았다가 희네 앞에 아무렇게나 엎드리더니 희네의 두 손을 자신의 손으로 모아 잡아 간절한 눈빛으로 희네를 가만히 바라보았다. 더럽긴 해도 고운 몸이다.

희네는 욕망이 들기보다 아이가 한없이 가련하고 불쌍하게 느껴졌다.

'아무리 신수와 있다고 하지만 이 아이는 아무래도 사람과 살아 보지 못한 게 아닐까?'

가까이서 보니 여자아이는 조금 마른 편에, 지저분해서 그렇지 얼굴이 고왔다. 둥글고 맑은 눈은 마치 맥의 눈처럼, 순진하면서도 무한한 지혜가 담겨 있는 것 같았다.

희네는 처음 보는 여자아이, 그것도 신비하기 이를 데 없이 맥의 머리에 타고 다니는 여자아이가 왜 자기를 보고 이렇게 친밀한 태도를 보이는지 의아했지만 짐작도 할 수 없었다.

희네는 비록 세상 모든 것을 머릿속으로 꿰뚫어 보려는 치밀함도 있었지만 대범함도 겸비하고 있었다. 자신이 알 수 없는 것은 솔직히 받아들이고, 자신이 모르는 것이라도 되도록 기꺼이, 유쾌하게 받아들이려는 좋은 성격을 가졌다.

희네는 여자아이를 보고 시원하게 웃으며 말을 건넸다.

"너, 말할 수 있니?"

여자아이는 뭔가 생각하듯 골똘히 눈을 빛내다가 이윽고 고개를 저었다. 말을 아는 것 같기는 한데 벙어리인가 보다 하고 희네는 생각했다. 대답을 하는데 왜 이리 시간이 걸릴까 의아하기도 했지만.

희네가 다시 물었다.

"너, 사람을 오랜만에 보니?"

여자아이는 고개를 끄덕였다. 역시 한참 생각한 다음이었다. 희네는 사람을 보고 반가워하는 여자아이가 불쌍해졌다.

"너, 내가 좋아?"

다시 여자아이는 한참 생각하더니 이윽고 갑자기 기쁜 얼굴이 되어 고개를 마구 끄덕였다.

그 말에 희네는 웃으면서도 한편으로는 이상하다고 생각했다.

'저렇게 좋아하면 말을 듣자마자 기뻐해야 할 텐데, 왜 한참씩 걸리는 거지? 머리가 둔해 보이지도 않은데……'

눈을 돌려보니, 여자아이의 눈이 빛나면서 자신을 주시하고 있었다. 대범한 희네가 오히려 부끄러워질 정도로 강한 눈빛이었다. 희네는 지금껏 자신을 좋아하는 사람을 야박하게 대한 적이 없었다. 다만 자신이 앞으로 헤쳐 나가려는 길이 험난했기에 여자에게는 마음을 준 적이 없었다.

하지만 이 순진하기 짝이 없는 벙어리 아이에게는 이상하게도 호감이 갔다. 맥을 타고 있는 신기한 아이라서도 아니었고 자신을 좋아해서만도 아니었다.

이윽고 희네는 미소를 지었다.

"나도 네가 좋구나."

여자아이는 또 한참 생각하더니 고개를 마구 끄덕이며 웃는 얼굴로 눈물을 주르르 흘렸다. 눈빛에 무척 슬픈 빛이 깃들어 있어서 희네는 아리송했다.

희네가 물었다.

"이름이 뭐지? 아…… 말할 수가 없구나. 미안하다."

그러자 아이는 눈물을 거두고 활짝 웃었다. 눈물이 얼굴을 씻어 주어서 얼굴에 얼룩이 지기는 했지만 더 고와 보였다.

"이름은 있니?"

여자아이는 고개를 저었다.

"그런데 왜 이…… 신수와 같이 지내지? 너는 마을이나 부족에 살지 않니?"

여자아이는 잠시 생각해 보더니 고개를 저었다. 희네는 속으로 생각했다.

'불쌍하구나. 아마도 부족에서 홀로 떨어져 나와서 맥이 주워 키운 아이인가 보다. 늑대가 사람을 키우기도 하고 곰이 아기를 기르는 일도 있다고 하지 않았는가? 그러나 이대로 살기보다는 사람답게 사는 것이 좋지 않겠는가? 종족도 다른 신수와 살면서, 게다가 신수는 무리도 짓지 않고 혼자 사는데, 말도 통하지 않는 신수와 단둘이서 무슨 낙으로 세상을 살 것인가? 차라리 늑대나 곰과 산다면 무리도 있고 나름대로 형제자매도 있겠지만 혼자 사는 신수와 함께라니…… 불쌍하구나.'

생각을 거두고 희네가 여자아이에게 물었다.

"그러면…… 이, 신수는…… 맥이지?"

여자아이는 생각에 잠겼다가 고개를 끄덕였다.

"너는 그럼 이 맥이 키워 주고 있니? 맥이 네 아버지나 어머니니?"

여자아이는 이윽고 고개를 끄덕이며 엎드려서 맥의 머리를 안고 흐뭇한 표정으로 얼굴을 비벼 보였다. 그 행동거지가 아기 같으면서도 곱고 우아하여 희네는 웃었다.

"그럼 너는 맥의 딸이로구나."

여자아이는 맥의 털에 얼굴을 묻고 웃으면서 고개를 끄덕여 보였다.

"나는 희네다, 희네."

여자아이는 웃으면서 또 고개를 끄덕여 보였다.

"너도 이름이 있어야겠구나. 너를 뭐라고 부르지?"

여자아이는 웃으면서 마치 희네에게 무슨 말이든 하라는 듯, 자꾸 손을 저어 보였다.

"내가 부르고 싶은 대로 부르라고?"

여자아이는 고개를 끄덕였다.

"내가 너에 대해 아는 게 뭐 있다고……. 근데 너는 참 좋은 냄새가 나는구나. 초롱꽃 향기 같으니 초롱꽃이라고 할까?"

여자아이는 마음에 들지 않는 듯 고개를 저었다. 희네는 속으로 생각했다.

'조금 느리기는 하지만 말을 이렇게 잘 알아듣는데 누가 가르쳐 준 걸까? 맥이 신수라지만 말할 줄은 모를 텐데 말을 어떻게 가르친 걸까? 도무지 알 수가 없구나.'

그러면서 희네는 몇 가지 예쁜 이름을 댔는데, 그때마다 여자아이는 마음에 들지 않는 듯 완강하게 머리를 저었다. 희네도 지쳐서 투덜거렸다.

"이봐, 내가 너에 대해 아는 거라곤 네가 맥의 딸이라는 것뿐인데…… 내가 어떻게 이름을 지을 수……."

그 순간 희네가 '맥의 딸'이라는 말을 입에 담자 여자아이는 눈을 빛내며 고개를 끄덕이는 것이었다.

희네는 이상해서 하던 말을 끊고 물었다.

"맥의 딸? 맥딸? 그걸로 불러 달라는 거야?"

여자아이는 눈을 빛내며 고개를 끄덕였다.

희네는 이상한 이름 같다고 여겨서 말했다.

"맥딸……. 아, 맥달이라고 하자. 이 이름이 마음에 드는 거야?"

그러자 여자아이는 엄숙하게 고개를 끄덕였다. 마치 그렇게 해야만 한다는 표정이었다.

희네는 영문을 몰랐지만 웃으며 말했다.

"네 이름이니 네가 좋으면 됐지. 더 예쁜 이름도 많은데……. 맥달, 맥달……. 그리 나쁜 것도 아니구나. 너는 맥이 키워 주었으니 은혜를 잊으면 안 되겠지. 그래, 맥달. 만나서 반갑구나."

희네의 말에 여자아이는 정말 기쁜 듯, 눈물을 흘리면서 희네의 두 손을 곱고 가느다란 손으로 꽉 쥐었다.

"신수도 좋지만, 사람은 사람들과 같이 사는 게 좋지 않겠니? 너, 사람들과 같이 살고 싶으면……."

희네의 말을 듣다가 여자아이가 갑자기 맥의 털 속에 손을 넣어 뼈로 조각한 작은 물건을 희네의 손에 쥐어 주었다. 그때, 별안간 맥이 번쩍 고개를 쳐드는 바람에 희네는 균형을 잃고 어어, 하며 맥의 머리에서 굴러떨어졌다.

여자아이는 맥의 머리에 거의 엎드려 있었기 때문에 떨어지지 않았다. 맥의 아래에서 불안하게 서 있던 나래는 맥이 고개를 쳐들고 형이 위에서 굴러떨어지자 놀라서 얼른 희네를 받아 안았다.

소중한 형을 떨어뜨린 맥에게 뭐라고 욕을 하려는데 맥도 놀라 당황한 눈빛을 하며 몸을 일으켰다. 순간, 하늘 위에서 호통이 들려왔다. 목소리로 들리거나 특별한 부족의 말은 아니었는데도 확실하게 그 뜻을 알 수 있었다.

이 녀석! 내 눈을 속이고 어딜 갔나 했더니만!

그러자 거대한 신수 맥이 쩔쩔매며 그 자리에 주저앉았다. 희네와 나래도 놀라 굳은 듯이 서 있는데, 맥과 희네 나래 사이에 갑자기 흰옷을 걸친 노인이 나타났다. 흰 머리와 흰 수염을 길게 늘어뜨리고 눈부실 정도로 밝은 흰옷을 입은 노인이었는데, 날아온 것도 아니고 그냥 갑자기 나타난 것이다. 놀랍게도 노인은 허공에 떠 있었다. 노인은 화난 듯 맥을 꾸짖었다.

"저 아이를 사람과 만나게 하면 어쩌겠다는 게냐? 아무리 저 아이가 떼를 쓰고 저 아이의 힘이……."

노인은 말을 하다가 별안간 말을 끊은 듯 소리가 들리지 않았다. 그러나 희네 나래에게만 들리지 않을 뿐 맥이 쩔쩔 매는 모습으로 보아 노인에게 혼이 나는 것 같았다.

희네와 나래는 얼떨떨하여 말도 나오지 않았다. 맥을 타고 다니는 아이는 맥이 키워서 그렇다고 생각할 수 있겠지만 노인은 아예 맥을 부리는 것 같았다. 더구나 홀연히 나타나고 허공에 뜨는 것이 사람이라고는 생각할 수 없을 정도였다.

그때 희네의 머릿속을 스치는 것이 있었다.

'이분이야말로 선인 중에서도 대선인일 것이다! 아무리 선인이 기이한 능력이 있다 해도 신수를 강아지처럼 부리는 선인이라면 대선인일 수밖에 없다.'

몇십 년을 살아도 선인 하나를 만날까 말까라는데 하물며 대선인을 만난다는 것은 지극히 운이 따랐다 할 수 있었다. 더구나 희네는 선인에게서 다리 병을 고칠 수 있는 방법을 찾으려 하지 않았던가? 나래도 눈치를 챈 듯 자꾸 희네의 옆구리를 건드렸다.

그러나 희네는 돌연 화가 치밀어 올랐다.

'맥을 강아지처럼 부리는 것을 보니 저 아이도 이 대선인이 주워 온 것이 분명하구나. 아이가 말을 알아듣는 것도 그 때문이었나 보다. 자기가 돌보지 않고 아무리 신수라지만 맥 같은 짐승에게 맡겨 키우게 하다니. 그게 도대체 대선인이 할 짓인가? 저 아이의 꼴도 그렇고, 불쌍하지 않은가 말이다. 자기가 못 키울 것이면 차라리 다른 부족에게 맡기면 될 것을, 왜 저렇듯 짐승처럼 키우느냔 말이다.'

그러다가 문득 괴이한 데까지 생각이 미쳤다.

'아이는 몹시도 고운데, 혹시 잡아 두었다가 나중에 못된 짓을 하려는 것은 아닐까? 아니, 지금도 그러고 있는 중이 아닐까? 틀림없다! 자기는 옷을 입으면서 아이에게는 제대로 된 옷조차 안 입혔으니! 그건 분명……'

그런 생각에 이르자 이상하게도 머리로 피가 몰리며 걷잡을 수 없이 분노가 치밀었다. 평소 그런 호색한을 보기도 했었고 그런 짓을 하는 자들이 간혹 있다 들었지만 이렇게까지 화가 난 적은 없었다. 희네는 이상하게 냉정을 잃고 말았다.

'아무리 대선인이라 해도 이런 짓을 하는 것을 보면 좋은 사람은 아니다! 만에 하나 그런 짓을 안 했어도 이건 사람으로서 할 짓이 못 된다! 왜 아이를 혼자, 짐승에게 맡겨 키우게 한단 말이냐?'

이윽고 노인은 맥을 다 꾸짖었는지 희네와 나래에게 몸을 돌렸다. 아주 자상하고도 엄숙한 미소를 지었는데 대선인의 풍채가 완연했다.

"놀랐겠구나. 안 그래도 너희 형제를 만날 인연이 있었는데, 조금 일렀나 보다……"

노인이 희네와 나래를 보고 막 입을 여는 순간 희네가 갑자기 소리를 쳤다.

"저 여자아이는 노인이 키웠습니까?"

노인이 약간 당황스러운 듯했다. 감히 어린 소년이 자신을 보고 놀라기커녕 대뜸 하는 소리가 곱지 않으니, 아무리 대선인이라도 의아할 수밖에 없었다.

노인은 고개를 살짝 끄덕여 보였다. 나래가 놀라 형의 옷깃을 자꾸 잡아당겼는데도 희네는 멈추지 않고 화를 터뜨렸다. 옳지 못한 일에 대한 분노가 점점 끓어올랐기 때문이다. 그것도 보통 사람이 아니라 대선인이 옳지 않은 일을 했기 때문에 더더욱 화가 났다.

보통 사람이라면 몽매하기에 한때 악한 짓을 할 수도 있고 잘못된 행동을 할 수도 있다. 그러나 깨우침을 얻은 대선인이 옳지 못한 일을 했기에 분노가 컸다.

대선인 한 명의 죄는 보통 사람 천만 명의 죄보다 더 나쁜 일이라 여겨졌기 때문에 희네는 끓어오르는 화를 주체할 수 없었다. 게다가 그 이상한 아이가 자신의 마음을 울리게 할 정도로 이상하게 친근했고 불쌍하기도 해서, 치미는 화를 걷잡을 수가 없었다.

"저 여자아이를 돌려보내 주시오!"

노인은 어이가 없는지 웃으며 물었다.

"왜 그런 소리부터 하는 것이냐? 나에게 묻고 싶은 것이 있을 텐데……."

드문 일이었지만 나래가 형을 제치고 나섰다.

"대선인이십니까? 반갑습니다. 저희 형제는 오랫동안 대선인님을 찾아다녔습니다. 부디 저희 형님을 구할 수 있는……"

나래가 말을 하고 있는데 희네가 빽 소리를 질렀다.

"그만!"

나래는 깜짝 놀랐다. 희네가 화를 내는 모습은 거의 본 적이 없었다. 항상 평정을 잃지 않고 감정의 기복을 드러내지 않는 희네였다. 그런데 왜 대선인을 만나자마자 이렇게 화를 내는지 나래로서는 도무지 이해할 수 없었다. 나래는 아이를 제대로 보지도 못했고 이야기도 하지 않았으니 모르는 게 당연했다.

노인도 의아한 듯 다시 물었다.

"희네여, 왜 그러는가? 나래의 말까지 못하게 할 것은 무엇인가? 그는 너의 다리에 대해……."

노인이 이미 희네 나래의 이름부터 모든 것을 다 알고 있는 듯하여 나래는 기가 죽었다. 그러나 희네는 점점 화가 치밀어 올랐다. 희네는 화를 거의 내지 않기 때문에 한번 화를 내면 무섭게 끓어오르는 성격이었다.

"당신이 대선인이라 해도, 아무리 능력이 크다고 해도, 당신에게는 아무것도 부탁하지 않겠소!"

노인은 놀라면서 타이르려는 듯 말을 하려 했고, 나래도 놀라서 희네에게 뭐라 하려 했지만 너무도 기가 막혀 말조차 잘 나오지 않았다. 희네가 큰 소리로 하늘에 외쳤다.

"나, 주신의 희네는 안파견 한님의 이름으로 맹세하니, 우리 형제는 저 대선인에게 아무 도움도 받지 않을 것이며 도움을 받을 경우 혀를 깨물고 죽어 버릴 것이다!"

그 말을 들은 노인의 낯빛이 질렸고, 나래는 눈앞이 캄캄해져서 기절해 버릴 지경이었다. 왜 그러느냐고 묻고 싶어도 놀란 나머지 말이 목에 걸려서 나오지를 않았다. 대선인인 노인이 말없이 희네를 바라보다가 탄식했다.

"허허. 도대체 왜 그러는 것이냐? 왜 너의 앞길을 망치려는 것이냐?"

희네는 계속 목소리를 돋우었다.

"듣고 싶지 않습니다. 맥달을 돌려보내 주시오. 안 그러면 목숨을 걸고 당신과 싸우겠소!"

순간 노인은 하늘을 우러러보며 탄식했다.

"허허. 그렇구나. 이것도 하늘의 뜻인가? 저들이 모든 것을 짊어져야 하는가?"

비록 힘없고 항상 웃기만 하는 희네였지만 화를 내자 그 기세가 너무도 무섭고 세어, 두려운 것이 없던 나래조차 꼼짝을 못할 지경이었다. 어떻게 설명할 방법이 없는 알 수 없는 힘과 기백이 희네에게 숨겨져 있었다.

"돌려보내 줄 거요? 말 거요?"

희네가 다시 외치자 노인은 길게 한숨을 내쉬며 고개를 저었다.

"그럴 수 없다. 저 아이는 아니 된다."

"그럼 나와 싸웁시다."

희네는 나래의 손에 쥐어 주었던 구리칼을 빼앗아 들고는 앞으로 나섰으나 그 순간, 온몸이 굳어 꼼짝도 할 수 없었다. 나래도 놀라서 주먹을 쥐고 나가려 했으나 역시 몸이 굳어 버렸다. 노인은 손가락 하나도 까딱하지 않았는데 천하장사인 나래마저도 몸이 굳어 버린 것이다. 그러나 희네는 입은 마비되지 않은 듯 커다랗게 외쳤다.

"정말 대선인답구려! 하지만 옳지 못한 대선인은 두렵지 않소! 죽이려면 죽이시오! 다만 저 아이는 풀어 주시오!"

그때 희네의 목소리를 듣고 맥의 머리 위에 있던 여자아이가 갑자기 흐흑 하고 울음을 터뜨렸다.

노인이 타이르는 듯 말했다.

"희네여, 네가 무슨 짓을 했는지 아는가? 너는 하늘을 우러러 맹세를 했고, 그것은 되돌릴 수 없다……."

"상관없소!"

"너의 마음은 이제 알겠으니. 그러나 너는…… 너무도 성급했다. 저 아이는 아니 된다. 세상에 돌이킬 수 없는 화를 부를 수 있는 아이니라……."

"저 아이가 무슨 화를 불러일으킨단 말이오? 당신이 더 큰 화일 것이오!"

그 지경이 되어서도 희네가 조금도 굽히지 않자 갑자기 노인이 껄껄 웃었다.

"수천 년 도를 닦아 온 나, 자부가 오늘 대단한 망신을 당하는구나! 하하……."

몸이 굳어 있던 나래는 깜짝 놀랐다. 저 대선인이 자부 선인이란 말인가? 안파견 한님을 도와 주신을 세우게 하고 인간의 도리를 일러 주던 대선인. 은덕을 잊지 못하여 대대로 신시에 자부 선생이라는 이름을 남기게 만든 자부 선인?

그 말을 믿지 않겠다는 듯이 희네는 계속 외쳤다.

"그런 분의 이름을 함부로 말하지 마시오! 당신이 자부 선인일 리가 없소! 그냥 우리를 죽이려면 죽이시오!"

그러고는 나래를 쳐다보았다.

"아우야! 아우야! 미안하구나! 우리 뜻도 이루지 못하고, 우리는 여기서 요망한 선인에게 죽겠구나. 그러나 아우야, 나를 이해하거라!"

희네가 외치면서 눈물을 흘리자 나래도 감동하여 눈물을 주르륵 쏟으며 외쳤다.

"저 노인이 자부 선인이건 아니건 상관없어! 형님이 가는 길은 어떤 길이건 나도 가! 형님! 형님! 안파견 한님 곁에서 만나자구!"

두 형제가 눈물을 흘리며 당당하게 외치자 노인, 자부 선인은 맑은 음성으로 껄껄 웃었다.

"그렇구나, 그래. 그것이 진정한 길이었더냐? 그래, 그래야 한다. 그래야 하고말고!"

돌연 희네와 나래의 몸이 자유롭게 풀려났다. 희네와 나래는 놀랐으나 여전히 희네는 자부 선인을 노려보았다. 자부 선인이 혼잣말처럼 신비로운 음성으로 말했다.

"너희 형제는 하늘이 낸 사람이다. 나는 너희 형제를 도와 너희의 뜻을 일으키려 했으니. 그러나 내가 잘못한 것이구나. 선인들을 세상에서 몰아내어 신을 세우고 인간의 세상을 만드는데, 나 같은 선인이 어찌 힘을 쓴단 말인고. 혼돈이 사람을 이끌었다고 걱정하여 맞설 사람을 이끌려 했지만, 어차피 그릇된 것이라면 따라 하는 것도 그릇된 것이지. 인간의 세상을 만든다면서 어찌 내 힘을 빌려 주려 했단 말인고. 나도 아직 멀고 멀었구나……."

자부 선인은 희네와 나래를 쳐다보며 말했다.

"내 이제 모든 것을 인간에게 맡기고자 한다. 너희 형제에게 맡기고자 한다. 그러나 묻겠다. 너희의 길을 막는 것은 인간만이 아닐 것이니라. 신수도 있고 고립자도 있고 선인도 있으며, 나아가서는 나를 능가하는 대선인의 힘이 너희를 막으려 할지도 모르느니. 그런데 너희는, 정말 너희 힘만으로 모든 것을 해 나갈 수 있는가? 그럴 자신이 있는가?"

희네는 노인의 말에 깊은 깨달음이 담겨 있음을 알고 진짜 자부 선인이라는 느낌을 받았다. 그러나 그렇다 해도 자신의 행동이 잘못되었다고는 생각하지 않았다. 오해는 했지만 아이는 분명 불쌍한 처지였고 아이가 불행해진 것은 자부 선인 탓이라고 믿었다.

희네가 당당하게 외쳤다.

"당신이 정말 자부 선인이건 아니건 나는 말하겠습니다. 저는 선인도 아니며, 하늘의 도리를 깨달은 잘난 사람도 아니지만, 아무리 작아도 옳은 것은 옳은 것이니 옳게 해야 하고, 아무리 큰 까닭이 있어도 그른 것은 그른 것이니 그르게 해서는 안 됩니다. 당신은 저 아이가 세상의 재앙이 된다 하지만, 세상의 재앙이 될 인간이 왜 태어나겠습니까? 하늘이 그런 인간을 낸다면, 그 아이가 아니더라도 얼마든지 세상을 망하게 할 것 아니겠습니까? 저 아이가 사람들에게 내린 하늘의 시험이라면 왜 그것을 하늘의 시험대에 맡기지 않고 선인인 당신이 감추어 두려는 것입니까? 사람을 진정으로 생각하고 사람을 위한다면 왜 사람을 믿지 않습니까?"

"그러면 사람에게 주어진 힘든 일도 사람의 힘으로 해 나가야 하는 것이냐?"

"물론입니다."

"그 힘든 일을 너희가 해야 한다 해도?"

그러자 희네는 늠름하게 말했다.

"바라는 바입니다."

"네 다리는? 네 목숨은? 네 아우의 운명은?"

"주어지는 대로 해 나가겠습니다."

"너희는 내 손가락 하나도 당하지 못한다. 그런데도 하겠다고?"

"내가 죽어도 수많은 사람이 있습니다. 사람의 뜻이 중요한 것입니다. 목숨이 다해도 뜻이 남으면 사람은 무엇보다 강합니다. 사람 하나는 약하더라도 사람들은 선인이나 신수보다도 강합니다!"

희네가 낭랑하게 외치자 자부 선인은 웃으면서 손뼉을 짝짝 쳤다.

"훌륭하구나. 내 너에게 배웠느니라. 그래, 사람의 일은 사람에게 맡긴다. 그것이야말로 진정하게 가치 있는 일이니라. 그것이 진정한 하늘의 뜻인지도 모르지……."

잠시 말을 끊었다가 자부 선인이 다시 말했다.

"여자아이는……."

희네가 단호한 목소리로 자부 선인의 말을 막았다.

"맥달입니다. 이름을 지었으니 그리 불러 주소서."

"아, 맥달이라 이름 지었느냐? 그래……. 허허. 맥달은 내 돌려보낼 것이니라. 그러나 지금은 아니다. 나중에 만나게 될 것이니라."

"왜 그렇습니까?"

"네가 바라는 대로 사람답게 만들어 보내야 할 것 아니겠느냐? 그 때문에 네가 화를 낸 것 아니더냐? 하하하……."

자부 선인은 웃음을 멈추고 덧붙였다.

"저 아이를 다시 만나게 되면, 너는 모든 것을 알게 될 것이니라. 모든 것을……. 아마도 저 아이를 거두는 것이 하늘이 네게 내린 두 번째 시험이 될 것이다."

"두 번째라고요?"

옆에 있던 나래가 의아한 듯 물었으나 자부 선인은 대답하지 않고 크게 양팔을 쳐들며 외쳤다. 아직 희네는 자부가 말한 '모든 것'의 의미를 잘 모르고 있었으나 자부는 이미 앞으로 벌어질 일들을 짐작하고 있었다.

"모든 것은 너희가 알아서 한다 하지 않았는가? 자, 이제 돌아가라. 지금 겪은 모든 일은 때가 되면 기억이 날 것이다. 모자라는 것이 남는 것보다 낫느니."

순간 눈앞이 하얗게 변하며 희네와 나래는 까마득히 정신을 잃어버렸다. 자부 선인은 다시 한번 웃었다. 자부 선인이 망연하게 허공에 대고 탄식하는 소리가 희네의 귓가에 마지막으로 울려 퍼졌다.

"맥달…… 맥달이라. 그래, 저 깜찍한 녀석은 다 알고 있었을 게야! 다 알고 벌인 일일 거야! 맥달아, 맥달아. 너는 모든 것을 알 테지? 너의 운명도, 저 아이들의 운명도, 그리고 모든 사람의 운명도……! 그래서 한 일이지? 그러나 그 때문에 너는 웃고, 또한 울 것이다. 영원히…….
영원히……."

두 형제가 깨어난 건 다음 날 막사 안에서였다. 양역이 형제가 늦잠을 잔다고 깨우러 왔다. 희네와 나래는 아무것도 기억할 수 없었다. 그런데 희네는 손에 작은 뼈를 조각한 부적인지 목걸이인지를 꼭 쥐고 있었다.

"그게 뭐야?"

양역이 묻자 희네는 자신도 의아해 고개를 갸웃했다.

"그러게. 이게 왜 내 손에 있지?"

"예쁜데?"

양역이 무심코 그것을 잡으려고 손을 뻗치자 희네는 반사적으로 손을 꽉 쥐었다. 희네는 평소 어떤 물건이든 친구에게 아끼는 법이 없었는지라 양역은 기이하게 여겨 물었다.

"소중한 거야?"

그러자 희네가 즉시 대답했다.

"응."

"왜?"

"나도 몰라."

평소의 희네답지 않게 얼떨떨하게 대답했을 뿐이다. 그러면서도 뼈 목걸이를 품속 깊숙이 집어넣었다.

희네의 눈앞에 무엇이 자꾸 아른거렸다. 사람의 얼굴 같았는데, 꿈에서 본 것처럼 얼굴이 뚜렷하게 생각나지는 않았고 누구이며 왜 그러는 지도 알 수 없었다.

　나래도 희네처럼 아무것도 기억하지 못했다. 그저 전날 밤 잠자리가 뒤숭숭했다고 생각할 뿐이었다.

카린산의 여인족

여인족이라고 해서 여자만 있는 것은 아니지. 남자도 있어.
그러나 전사나 주술사는 여자만이 될 수 있고,
남자는 그릇을 빚고 가죽이나 다듬어야 하지.
모두가 그런 대접을 받는 것은 아니지만,
재수 없는 남자들은 그냥 재산이나 장식품이야.
— 주신 우사 병예의 여인족에 대한 술회

어느덧 사와라 한웅의 행렬은 회의가 열릴 태산에 들어섰다. 이미 많은 부족들이 태산에 도착해 있었고 사와라 한웅의 행렬과 만나서 그 뒤를 따라온 부족의 행렬도 더 늘어 있었다.

사와라 한웅이 도달하자 지나족의 염제 신농인 유망이 직접 나와 한웅을 맞이했다. 그러나 어디까지나 형식상의 만남이었을 뿐이라 사와라 한웅은 가마에서 모습을 드러내지도 않았고, 다만 우사 병예를 시켜서 길일(吉日)에 회의를 시작할 것이니 준비하라고 일렀을 뿐이다.

유망은 곧 돌아갔는데, 그때 희네와 나래는 직접 유망을 볼 수 있는 자리에 서지 못했다. 가마 뒤를 지키고 있었기 때문이다. 들리는 바에 의하면 유망의 태도는 상당히 거만했으며 의식적으로 한웅님보다 호화스럽게 꾸미고 나왔다고 했다. 아무래도 회의 결과가 좋지 않을까 봐 걱정된다는 소문도 떠돌았다.

사와라 한웅의 행차가 태산에 도달하고 자리를 잡자 비렴이 희네와 나래를 불러 일렀다.

"드디어 태산에 왔구나. 회의가 시작되면 너희가 할 일이 생기느니라. 한웅님의 경호는 회의하는 낮에만 하게 하므로 밤에는 돌아다녀도 되며 주술이나 호흡 연습을 하라."

"밤에는 괜찮습니까?"

"한웅님은 사람들에게 함부로 모습을 드러내지 않으시며, 우리 셋 중 한 사람은 항상 한웅님을 뫼신다. 그리고 치우우레님이 사울아비들과 함께 철통같이 지키므로 염려할 것이 없다. 그러니 회의 시작 때 말고는 걱정하지 않아도 된다. 회의가 시작되면 한웅님께서 모습을 드러내셔야 하느니, 그때 너희는 바로 옆에서 한웅님을 모시게 된다. 너희 말고도 열 사람이 있는데, 각 부족의 수행원이 열다섯 명씩으로 정해졌기 때문이니라. 그러므로 너희 둘을 포함한 열두 사람과 우리 풍백, 운사, 우사가 한웅님을 뫼시고 회의장으로 들어가게 되는 것이니라."

그 말을 듣고 희네와 나래는 왜 삼사가 그토록 경호에 신경을 쓰는지 알 수 있었다. 천하의 주신 한웅을 모시는 사람이 열다섯 명이라면 신경 쓰이지 않을 수 없었다. 회의가 시작되면, 회의장 문이 닫혀 밖의 사람들은 아무도 들어갈 수 없게 된다. 나머지 사람들은 밖에 진을 치고 기다린다. 그런데 주신 한웅이 열다섯 명밖에 데리고 들어갈 수 없다는 것은 의외였다.

"어이하여 열다섯밖에 아니 됩니까?"

나래가 묻자 비렴이 웃으며 말했다.

"태산 회의장에는 삼백여 부족이 와 있다. 열다섯씩만 들어가도 거의 오천 명이 된다. 더 많은 숫자가 모이면 회의도 아니 될 것이다."

"그러나 한웅님은 특별하시지 않사오니까? 대주신의 한웅께옵서……."

이번에도 희네는 입을 다물고 있었고, 나래가 묻자 비렴이 그 말에 대답했다.

"그것은 한웅님께옵서 직접 명하셨다. 다른 부족장들을 존중하는 뜻을 보이시려는 것이니라. 주신은 가장 강한 부족이나 힘으로 강하게 군림하는 부족은 아니다. 세상 사람을 편하게 하라는 안파견 한님의 가르침을 한웅님부터 시작해 모두가 실천함으로써 강한 부족으로 인정받는 것이니라."

비렴의 말에 나래는 고개를 끄덕이다가 깊숙이 절을 했다.

"제가 잘 몰랐습니다. 가르침을 주셔서 감사합니다."

"아니다. 아무튼 너희들은 주신에서 뽑힌 열두 명의 젊은이 가운데 하나인 셈이다. 그러니 잘 부탁한다."

"나머지 열 사람은 누구입니까?"

"사람들 사이에 소문이 나지 않게 하려고 일부러 따로 만났느니라. 회의는 며칠 뒤이니 내일 다른 사람들과 만나게 해 주마. 그때부터는 따로 행동할 수 없고, 열두 명이 같이 훈련을 해야 한다. 다른 사람들의 눈을 피하기 위해 하는 것이니 바깥사람들은 절대로 알지 못하게 해야 할 것이야. 알았느냐?"

"예!"

"그럼 오늘은 이만 가서 쉬거라. 볼일이 있으면 미리 처리하고."

비렴은 두 사람을 내보냈다.

희네와 나래는 나오자마자 헌원의 막사를 찾아갔다. 내일부터는 한데 모여서 훈련해야 하니 오늘밖에 유망을 만날 시간이 없었다. 헌원은 며칠 뒤에 열릴 회의장 건설 때문에 밖에 나가 있었다. 회의 준비는 잘되어 가고 있었다.

태산의 중턱쯤 전망 좋은 등성이에 아주 넓은 터를 닦고 나무와 풀을 베어 평평하게 만든 장소가 회의장이었다. 수천 명이 들어갈 수 있을 만큼의 상당히 넓은 장소였다. 주변에는 나무 울타리를 쳤고, 회의를 하는 장소는 커다란 가죽을 이은 기둥을 세워 혹여 비가 내려도 회의를 하는 데 지장이 없도록 만들어져 있었다.

천막은 몹시 커서 수백 명이 들어갈 수 있었는데, 이미 완성된 천막은 지나족 중 손재주 좋은 이들이 알록달록하게 꽃을 으깨어 만든 물감으로 칠을 하여 장식하고 있었다.

오백 명도 넘는 인원이 회의장 준비를 하느라 여념이 없었고, 총감독이 공손헌원인지라 희네 나래는 헌원이 혹시 바쁘다고 하면 어쩌나 걱정했다.

뜻밖에 헌원은 희네와 나래를 보더니 쾌히 자리를 털고 일어섰다.

"왔군. 희네, 나래. 그럼 염제님을 뵈러 가 보세나. 이보게, 이주, 신도, 울루! 막사 짓는 일은 자네들에게 맡기겠네."

"예."

이주는 성격이 꼼꼼했고 신도 울루는 일꾼들을 잘 부렸기 때문에 헌원이 없어도 일은 척척 잘될 듯했다. 헌원은 그 길로 분주하게 희네와 나래를 달고 염제 신농인 유망을 만나러 나섰다. 부하는 아무도 딸리지 않았다.

태산 아래는 사방에서 모인 부족들로 와글와글 들끓고 있었다. 멀리 남쪽에서 온 피부 빛이 가무잡잡한 사람도 있었고, 먼 북쪽에서 온 흰 피부와 키가 큰 사람들도 있었다. 서쪽에서 온 사람들은 코가 높고 눈이 움푹 들어갔으며 머리색이 검지 않고 갈색인 사람도 간혹 있었다.

길을 가면서 희네는 헌원에게 말을 건넸다.

"세상은 넓군요. 이렇게 많은 부족들이 모이다니요."

"세상이야 끝이 없지. 이런 부족 말고도 사방 너머에는 더 이상하고 더 신기한 부족들도 많다고 하네. 괴물이나 도깨비도 많고."

그 말에 나래가 물었다.

"도깨비라고요?"

"그렇다네. 먼 서쪽으로 가면 겨울이 춥고 음습하여 사람이 살기 힘든 고장이 있다는데, 머리에 누렇고 붉은 털이 난 도깨비들이 산다더군. 그 도깨비들은 사납고 난폭할뿐더러 덩치도 크고 힘이 세다던걸."

"호오……."

나래는 신기한 듯 고개를 끄덕였다. 희네가 그런 나래를 쳐다보고 물었다.

"그건 왜 묻니? 나중에 구경 가 볼래?"

"도깨비들 사는 곳에 뭐하러 가? 더구나 아주 멀 텐데."

희네와 나래의 이야기를 듣고 헌원이 웃으며 말했다.

"북쪽으로 멀리 가면 몹시 추운 땅인데, 너무 추워서 땅도 산도 온통 얼음으로 되어 있다고 하네. 도깨비보다 더 키가 크고 사나운 족속이 사는데, 그들을 과보족이라고 하지. 과보족은 도깨비는 아니지만 도깨비나 다를 바가 없다고 하더군. 서쪽 도깨비들 땅으로는 몇 년을 가도 모자라지만, 북쪽은 일이 년이면 갈 수 있을 걸세. 언제 한번 가 보겠나?"

"허, 그런 추운 땅에 왜 가겠어요? 난 추운 건 질색이라서……."

나래가 웃으며 중얼거렸다. 나래는 헌원과 이번에 두 번째로 만나는 것이지만, 헌원을 퍽 좋게 여겨 마치 마을 아저씨를 대하듯 했다. 희네는 그런 나래에게 뭐라고 하려다가 헌원이 기분 나쁜 표정이 아니라 아무 말도 하지 않았다. 헌원은 도리어 나래에게 더 많은 이야기를 들려주었다.

"북에만 기이한 사람이 사는 것은 아닐세. 남쪽 지방에도 키가 작고 눈이 크고 얼굴 검은 사람들이 산다네. 그들은 울창한 숲 속을 제집처럼 여기고 온갖 동물들과 뒤섞여 산다고 하네."

"동쪽은 끝이 있다던데요. 아주 큰 물이 꽉 차 있고 거기가 세상의 끝이라 하더군요."

"나도 그렇게 들었네. 서남쪽에는 특이한 사람들이 많다네. 북쪽 야만인 같지 않고 무척 점잖고도 용감한 사람들인데, 얼굴빛이 그을리고 눈이 맑고 크며 코가 아주 높은 사람들이 많지. 서남쪽 저 먼 곳에 사는 부족들도 회의를 구경하러 조금은 올 것 같네."

"서남쪽 먼 곳 사람들이요?"

"그렇다네. 이번 회의에는 카린산의 쑤앙마이도 사람을 보냈는데, 카린산 부족은 서남쪽 아주 먼 곳에 있기 때문에 우리보다 오히려 그 사람들과 더 자주 만난다고 하네."

그 말을 듣고 희네의 눈이 빛났다. 만에 하나 유망도 방법이 없거나 치료를 거절하면 카린의 쑤앙마이를 만나러 갈 생각이었기 때문이다. 나래도 둔하지 않아 희네의 생각을 재빨리 눈치채고 헌원에게 물었다.

"카린산 부족도 신비하다던데요? 만나 보고 싶군요."

"허허……. 카린산 부근에서 가장 큰 쑤앙마이 부족은 바로 여인족이라네."

뜻밖의 말에 나래는 놀랐다.

"여인족요? 그럼 여자만 있는 부족이란 말인가요? 여자만 있으면 애를 못 낳아 대가 끊길 건데?"

그 말을 하며 나래는 약간 얼굴을 붉혔다. 헌원은 그런 순진한 나래의 표정이 재있는 듯 싱글거리며 말했다.

"물론 쑤앙마이족에도 남자가 있네. 그러나 남자들은 집안일만 하고 수도 적지. 여자들이 사냥을 하고 전쟁을 하며 부족을 다스리는 족속이라 남자들은 밖으로 나가도 못한다네."

"그거 이상하군요. 남자가 집안일하는 거야 그럴 수 있지만, 왜 힘센 남자 대신 힘없는 여자들이 사냥을 하고 전쟁을 할까요?"

"각 부족마다 나름대로 까닭이 있으니 우리가 뭐라 할 수 있는가? 더구나 쑤앙마이 밑에 있는 여자 전사들은 무섭기로 유명하다네. 무슨 방법인지 모르지만 쑤앙마이가 주술을 쓰기 때문에 부족 여전사들은 남자에 비해 힘도 용기도 기술도 전혀 뒤지지 않는다는 거야. 카린산 부근에서는 쑤앙마이족을 두려워하지 않는 부족이 없다네."

사나운 여자라는 말에 나래는 불현듯 공손발을 떠올렸다. 그러나 나래는 곧 그 생각을 지우고 헌원을 바라보았다.

"만나 보고 싶네요. 염제 신농님은 쑤앙마이님과도 자주 사람을 보내 물건을 바꾼다고 하던데요?"

"그렇다네. 쑤앙마이족은 일 년 내내 눈이 녹지 않는 높은 카린산에 살기 때문에 신기한 것들을 가지고 있지만 풍족한 편은 아니라 우리 지나족과 많은 물건을 바꾸어 쓰지. 전부 여자들이지만 상당히 용감하고 똑똑하다네."

"전부 여자들이라니……. 꼭 한번 보고 싶네요."

나래가 혼잣말로 중얼거리는데, 갑자기 뒤에서 누가 흥! 하고 냉랭하게 코웃음 치는 소리 들렸다. 나래 생각에 공손발의 목소리 같았다. 하지만 사방을 둘러보아도 공손발의 모습은 보이지 않았다. 희네와 헌원은 소리를 듣지 못한 것 같았다. 이상하다고 생각했지만 지체할 시간이 없어서 나래는 희네와 함께 헌원을 따라갔다.

한참 가자 커다란 나무 울타리가 나오고, 지나족이 무리 지어 모여 있는 모습이 보였다. 모두 울타리를 장식하고 고치느라 여념이 없었다. 울타리는 사람의 키보다 높았고, 꽃이며 깃털이며 물감 등으로 화려한 장식이 되어 있었는데, 일하는 사람들은 얼굴빛이 좋지 않았다. 커다란 몽둥이와 채찍을 들고 감시하는 전사들이 여럿 보였다.

희네는 기분이 언짢아졌다.

'회의장이야 그렇다 치더라도, 며칠 동안 잠만 자면 되는 자기 막사 주위에 저토록 높은 울타리를 치고 저렇게까지 치장을 하다니 위신을 세우려는 것일까? 허나 아무리 위신을 세운다 해도 한웅님도 저런 쓸데없는 일은 시키시지 않는다. 그것도 부족 사람들이 스스로 하는 것도 아니고 매를 때려 가면서 일을 시키다니. 유망의 사람됨을 알 만하군.'

화려한 장식이 된 막사를 가리키며 헌원이 희네에게 말했다.

"저 울타리 안에 염제 신농님이 계신다네."

나래 역시 울타리가 언짢은 듯 툭 던지듯 물었다.

"저 울타리요?"

"그렇다네."

그 말을 하는 헌원의 얼굴에는 일종의 자부심이나 자랑스러움이 깃들어 있었다.

나래는 이상하여 물었다.

"저 울타리가 좋아 보이시나요?"

"큰 부족의 족장이 되려면 저렇게는 해야지. 사실 더 크고 높아야 하네만……."

그 말을 듣고 나래는 더더욱 언짢아져서 뭐라고 하려는데 희네가 살짝 나래의 옆구리를 찌르는 바람에 입을 다물었다.

울타리 입구에는 수십 명의 전사들이 서 있었다. 구리 무기는 아니지만 번쩍거리는 푸르스름한 옥돌과 광택이 나는 검은 돌 무기를 들고 역시 화려한 치장을 한 전사들이었다.

그들은 헌원을 보는 순간 약간 기분 나쁜 표정을 지었다. 허나 감히 헌원의 앞을 막아서지는 못하고 길을 비켰다.

그것을 보고 나래는 헌원에게 물었다.

"눈초리들이 고약한데, 왜들 그런가요?"

헌원은 아무렇지 않게 대답했다.

"저들은 형천과 금천의 부하 전사들이네."

"형천과 금천요?"

"그렇다네. 그들 둘은 염제 신농 밑의 아주 강한 부족장인데 나와는 사이가 좋지 않다네. 그래서 저러지."

헌원은 그 자리에 멈추어 서서 잠시 무슨 생각을 하는 것 같았다.

"왜 그러십니까?"

희네가 묻자 헌원은 쓸쓸한 표정을 지어 보였다.

"형천과 금천의 전사들이 있는 걸 보니 그들이 와 있는 것 같은데, 그렇다면 지금 염제님을 만나지 않는 편이 좋겠네."

"왜 만나지 않는 편이 좋습니까?"

"아까도 말했듯 형천과 금천은 나와 사이가 좋지 않으니 그들 둘이 염제님 곁에 있다면 내 일에 무조건 훼방을 놓으려 할 걸세. 그러면 낭패가 아닌가?"

희네와 나래는 얼굴을 마주 보았다. 지금 염제를 만나지 않으면 만날 시간이 없으니 난처했다.

생각 끝에 희네가 입을 열었다.

"별수 없습니다. 여기까지 왔는데 그냥 갈 수 있겠습니까? 염제 신농님을 뵙게 해 주십시오."

"내일 다시 오는 것이 나을 듯한데……."

"다시 오기가 어렵습니다."

그러자 헌원은 고개를 끄덕이며 울타리를 넘어 안쪽에 있는 가장 큰 막사로 향했다. 안에는 많은 전사들이 있었으며 또 기이한 차림을 한 많은 부족 사람들이 있었는데, 대부분이 화려한 차림인 것으로 보아 부족장들 같았다. 그중에서도 사슴뿔을 머리에 쓴 부족과 온몸에 물감으로 뱀을 그려 넣은 부족, 나뭇잎과 잔가지로 만든 도마뱀 같은 탈을 쓰고 있는 부족 등이 눈에 띄었다.

"저게 다 웬 사람들인가요?"

나래가 묻자 헌원이 말했다.

"지나족 부근의 부족장들일세. 염제님께서 거느리시는 부족들이라 할 수 있지."

"동물을 섬기는 부족들인가요?"

"그렇다네."

세 사람이 가장 크고 좀 난잡할 정도로 화려하게 꾸며진 중앙의 큰 막사에 도달했을 때, 막사 앞에는 수십 명의 사람들이 정렬을 하고 서 있었다. 모두 여자였다. 여자라지만, 긴 창을 손에 들고 검은 머리를 길게 늘어뜨렸으며 이마에 가죽 띠를 두르고, 크고 화려한 빛깔의 보기 힘든 새털을 꽂았으며, 어깨와 다리를 드러낸 짧고 단단해 보이는 가죽옷 차림의 키 크고 늘씬한 전사들이었다.

그들은 표범 모양의 가면을 얼굴에 쓰고 있어 생김새를 알 수 없었다. 가면은 진짜 표범의 가죽을 벗겨 만든 듯했는데 얼굴을 다 가리지 않고 눈과 귀, 코 위까지만 덮여 있었다. 대단히 화려한 모습의 여전사들이었다.

그것을 보고 헌원은 나래에게 말했다.

"먼저 온 손님이 있군. 아까 말했던 카린산의 여인족인 모양일세."

나래와 희네는 처음 보는 여인족의 모습에 흥미가 일어 자세히 지켜보았다. 그런데 그들의 맨 앞쪽에서 화난 고함 소리가 들려왔다. 앙칼진 여자의 목소리였다. 그 목소리를 들은 헌원은 안색이 변하더니 희네와 나래에게 말도 없이 빠른 걸음으로 그리로 향했다. 희네와 나래도 의아하여 뒤를 따랐다.

여인들의 대열 앞에서 소리를 치는 여인은 다른 여자와는 달리 아주 새하얀 표범 머리 가면을 쓰고 있었다. 다른 여인들처럼 키가 크고 화려한 치장을 했는데, 특이하게도 머리카락이 검은색이 아니라 은색이었다. 그렇다고 할머니는 아니고, 상당히 원숙한 몸매의 여인이었다.

옆에는 흰표범 가면을 쓴 두 명의 소녀가 있었다. 한 소녀는 무척 키가 크고 늘씬하여 마치 마른 남자 같았으며 머리도 눈처럼 희었다. 다른 소녀는 검은 머리칼이었지만 피부가 투명할 정도로 희고 맑았다. 두 소녀의 얼굴이 보이지 않아 정확히는 알 수 없었지만 조금은 덜 성숙한 몸과 입 언저리를 보아 희네 나래 정도 또래인 듯했다. 헌원과 그 뒤를 따른 희네와 나래가 다가오자, 소리를 지르던 여인이 헌원을 보고 지나 말로 외쳤다.

"헌원님! 잘 오셨소. 지나족이 나에게 이럴 수가 있는 겁니까?"

"무슨 말입니까? 누루마이?"

그때 나래는 피부가 흰 소녀를 힐끗 보고는 슬쩍 웃으며 희네에게 말했다. 둘 다 이제 막 사춘기로 들어서는 소년인지라 여자들이 많이 모여 있자 괜히 쑥스럽기도 하고 기분도 묘해졌다. 희네는 묵묵히 표내지 않았지만 나래는 기분이 묘해져서 장난기가 들었다.

"형님, 저 아이 이름도 희네 아닐까?"

"무슨 소리냐?"

"형님보다 얼굴이 더 하얗잖아? 하하."

나래가 실없이 농담을 걸자 희네는 픗 웃으며 나지막이 말했다.

"실없는 소리!"

희네는 나래의 말을 듣고 웃기는 했으나 실제로는 헌원과 카린산 여인족의 우두머리의 이야기에 귀를 기울이고 있었다. 그때 누루마이라 불린 원숙한 몸매의 우두머리 여인이 헌원에게 말했다.

"나, 카린의 누루마이가 말하오. 지나족과 우리는 좋은 관계로 지내 왔소. 그런데 염제 신농님이 우리를 본체만체하고 만나지도 않겠다는 건 무슨 뜻인지 모르겠구려."

그때 막사 안쪽 그늘진 곳에서 세 사람이 걸어 나왔다. 한 사람은 끽 구만큼이나 덩치가 크고 텁석나룻을 길렀으며 어깨가 늠름하게 벌어진 거인이었다. 다른 한 사람은 다부진 얼굴에 강인한 눈매를 지닌 중년의 남자였으며, 나머지 한 명은 난쟁이라 할 만큼 키가 작고 더 살이 찌려 야 찔 곳이 없을 정도로 뚱뚱한 실눈의 남자였다.

중년 남자가 누루마이에게 말했다.

"지나, 금천족의 금천이 말하오. 염제 신농께서 당신을 만나지 않겠 다는 것이 아니오. 당신의 부하들을 데리고 무기를 든 채로는 들어갈 수 없다는 것이오."

"카린의 누루마이가 말하오. 부하들을 데리고 가지는 않더라도 무기 를 버리라니! 우리 카린족의 전사는 절대 무기를 손에서 놓지 않소!"

이번에는 옆에 선 난쟁이 뚱보가 나섰다.

"지나, 축융족의 축융이 말하오. 염제님을 뵈옵는데 굳이 무기를 손 에 들고 뵙겠다는 건 무슨 이유요? 염제님을 뵈올 때는 우리도 무기를 들지 않소!"

"카린의 누루마이가 말하오. 카린족의 전사는 절대 무기를 손에 놓지 않소. 염제 신농님을 어쩌겠다는 것이 아니잖소. 지나족의 관습도 존중 하지만, 우리 관습도 존중받아야 하오."

그러자 우람한 거인이 호통을 쳤다. 우렁우렁하여 귀가 울릴 정도의 목소리였다.

"지나, 대인(大人)족의 형천이 말하오! 여기는 지나 땅이니 지나 습 관을 따르시오! 그렇지 않으면 염제 신농님을 뵈올 수 없소!"

세 사람의 이름을 듣고 희네는 그들이 염제 주변의 가장 강한 부족장이며 염제의 측근인 형천과 금천이란 것을 알았다. 그러나 축융이라는 이름은 처음 들었다.

누루마이도 지지 않고 외쳤다. 무척이나 고집이 센 듯했다.

"카린의 누루마이가 말하오! 그렇다면 만나지 않겠소! 나중에 쑤앙마이께 이 일을 그대로 전하겠소!"

쑤앙마이 이야기가 나오자 희네는 고개를 끄덕였다.

'카린산 여인족이라더니, 정말로 쑤앙마이의 밑에 있는 족장인 것 같군.'

그때 헌원이 나서서 누루마이에게 달래듯 말했다.

"지나, 화산족의 공손헌원이 말하오. 누루마이, 당신들의 관습은 알겠지만 할 수 없는 일이오. 당신을 못 믿는 것은 아니지만, 당신이 무기를 들고 들어가도록 허락한다면 다른 부족장도 무기를 들고 들어가게 될 것인데 그것을 막을 수 없게 되오. 그러다 보면 좋지 못한 부족 사람이 무기를 들고 염제 신농님을 만나는 일이 벌어질 수도 있잖소?"

이미 화가 머리끝까지 치민 누루마이가 외쳤다.

"카린의 누루마이가 말하오. 무기를 놓으라는 건 굴복하라는 의미밖에는 안 되오! 염제 신농도 전사라면 그런 겁쟁이 짓은 하지 말아야 하오! 전사라면 무기를 들건 안 들었건 당당히 사람을 맞아야 하오! 전사가 아니라면 족장이 될 수 없소!"

그 말은 염제를 크게 모욕하는 말이라 형천이 씩씩거리며 등 뒤에 짊어졌던 도끼를 꺼냈다. 도끼는 무시무시하게 커서 희네 나래의 아버지 치우우레의 도끼보다도 더 큰 것 같았으며, 놀랍게도 구리 무기였다. 형천이 도끼를 꺼내자마자 누루마이의 등 뒤에 서 있던 키 큰 흰 머리 소녀가 재빨리 두 주먹을 쥐고는 누루마이 앞으로 나섰다.

그녀는 여자답지 않게 상당히 걸걸하면서도 듣기 좋은 낮은 목소리로 말했다.

"나는 카린족의 무라다. 당신, 싸울 건가?"

형천은 나이 어린 소녀가, 그것도 맨손으로 자기 앞에 나서자 어이가 없는 듯 흥, 하고 코웃음을 쳤다. 막사 주변의 지나 전사들이 카린의 여인족 주변에 우르르 둘러섰다. 그러나 여인족은 꼿꼿이 서서 눈 하나 깜빡하지 않았다.

희네가 헌원을 보니 난처한 표정을 짓고 있었다.

희네는 속으로 생각했다.

'이거 일이 곤란해진 모양이구나. 여기서 난리가 벌어지면 우리는 상관없지만 염제를 만나지 못하게 될지도 모른다. 쑤앙마이와도 알아 두면 나쁘지 않으니, 건방져 보이더라도 내가 나서야겠구나.'

희네가 앞으로 나서면서 무라와 형천 사이를 가로막았다. 나래도 슬쩍 형의 뒤를 따라 섰다.

희네가 낭랑하고 맑은 목소리로 입을 열었다.

"나는 주신의 사울아비 희네라고 합니다. 나는 지나족도 아니고 카린산의 부족도 아니지만 말할 게 있습니다."

헌원은 희네가 나설 줄은 몰랐던 듯 눈을 크게 떴다. 속으로는 놀랐지만 헌원은 얼굴 표정의 변화가 없는 사람이라 그저 미소를 띠며 바라보았다. 반면 금천은 눈살을 찌푸렸고, 축융은 노골적으로 비웃는 얼굴을 했으며, 형천은 화를 내며 외쳤다.

"네가 뭔데 끼어드는 거냐?"

그러나 누루마이는 희네를 힐끗 보더니 형천에게 비아냥거렸다.

"끼어들면 또 어떠한가? 자신이 있는 것 같으니 싸울 때 싸우더라도 말을 들어 보는 게 뭐 어떻겠는가?"

사실 누루마이도 희네가 끼어든 것이 탐탁지 않았지만, 형천에게 화가 잔뜩 나 있던 참이라 형천이 희네를 욕하자 자신은 반대로 희네를 두둔했다.

"주신 사울아비 희네가 말씀드립니다. 끼어들어 죄송합니다. 허나 지나족과 카린족이 다툴 이유가 없다고 생각하기에 감히 나선 겁니다."

금천이 느릿하게 말했다. 냉정한 목소리였다.

"나, 금천이 말한다. 왜 다툴 이유가 없다는 거냐?"

이야기를 할 때 자기 자신의 부족과 이름을 먼저 밝히고 말하는 것은 예의를 갖춘다는 의미이며, 그 말이 공식적인 의미를 지녔다는 뜻이었다. 밝히지 않으면 사적인 이야기거나 상대를 무시한다는 뜻이었다. 당시에 그것은, 말이나 습관은 달라도 근방의 모든 부족 간에 통용되는 일종의 국제 의례였다.

이로 볼 때, 방금 금천은 절반 정도 예의를 갖추면서 절반 정도는 건방지게 희네에게 말한 것이라 할 수 있었다. 금천은 금씨였고 이름은 사우였지만 금천 부족의 족장이었으므로 사람들은 그냥 금천이라 불렀다.

희네는 아무 내색하지 않고 맑은 표정으로 예의를 갖췄다.

"주신 사울아비 희네가 말합니다. 지나족은 염제 신농님을 뵈려면 무기를 들지 말아야 한다고 하고, 카린족은 전사라면 무기를 손에서 놓을 수 없다고 했습니다. 맞습니까?"

"그렇다."

"그렇지."

형천과 누루마이가 동시에 대답했다. 흰 머리의 전사 소녀, 무라는 여전히 누루마이의 앞에 주먹을 쥐고 서서 아무 말 없이 희네의 얼굴을 표정 없는 눈길로 바라보았다. 누루마이의 뒤에 서 있는 맑은 피부의 소녀도 의아한 듯 날카로운 눈길로 희네를 바라보았다. 그뿐만 아니라 주변의 모든 사람들이 제각각 조롱이나 비난이나 의아함이 가득한 눈길로 희네의 얼굴을 바라보고 있었다.

희네는 시선을 의식하지 않으려 애쓰면서 말했다.

"주신 사울아비 희네가 카린의 누루마이께 묻습니다. 카린족의 전사가 무기를 손에서 놓을 때는 언제입니까?"

누루마이는 흥, 하고 코웃음을 치며 거만하게 말했다.

"너도 어리고 건방지지만 그래도 사울아비라니 대답해 주겠다. 카린의 전사가 무기를 놓을 때는 더 좋은 무기를 손에 쥘 때뿐이다!"

상당히 오만하면서도 빈틈없는 대답이었다. 헌원은 희네가 무슨 수를 쓰려고 그러는 것이라 생각했다. 항상 무기를 들고 있을 수는 없지 않느냐고 설득하는 것이 아닐까 생각했다. 하지만 누루마이도 보통은 아니어서 그런 말꼬리를 잡히지 않는 대답을 한 것이다.

헌원이나 다른 사람들도 이제는 희네가 무슨 이야기를 할까 궁금해졌다. 희네는 눈 하나 까딱 않고 실망한 표정 없이 말했다. 표정이 태연한 사람은 오로지 희네와 형의 지혜를 철석같이 믿는 나래 둘뿐이었다.

"그렇습니까? 알려 주셔서 감사합니다."

"고작 그것을 알려고 말을 했단 거냐?"

누루마이가 이번에는 희네에게 부아를 냈다. 희네는 조금도 흔들리지 않고 되받았다.

"아닙니다. 주신 사울아비 희네가 말씀드립니다. 지나족과 카린족은 더 다툴 이유가 없습니다."

이번에는 형천이 우렁차게 외쳤다.

"왜 다툴 이유가 없단 거냐? 카린족은 무기를 못 놓겠다고 하고, 우리는 놓으라 하는데?"

"주신 사울아비 희네가 카린의 누루마이께 청합니다. 무기를 보여 주실 수 있습니까?"

누루마이는 거드름을 피우며 등 뒤에 꽂은 기이하게 휘어진 칼을 꺼내 보였다. 가장 단단하다는 푸른 돌로 만든 칼이었는데, 희한한 광택이 감돌 정도로 아주 잘 만들어졌다.

희네는 자신이 차고 있던 칼을 뽑아 보였다. 그 칼은 구리로 만들었으며, 놀랍게도 칼 몸은 검은 구리였지만 칼날 주변은 금색으로 빛나는 아주 귀하고도 화려한 물건*이었다. 바로 신시 제일의 대장장이 불쇠가 심혈을 기울여 만든 칼이었다.

지금껏 희네는 그 칼을 뽑은 적이 없었으며 무척 아끼는 것이어서 나래도 희네가 그 칼을 지니고 왔을 줄은 몰랐다.

그것을 보자 주위의 모든 사람들이 찬탄하는 표정을 지었다. 전사들의 세상이니만큼 좋은 무기는 그야말로 경외의 대상이 되었다. 누루마이마저도 놀라는 표정을 지었다.

"주신 사울아비 희네가 카린의 누루마이께 묻습니다. 뽐내려는 것은 아닙니다만, 이 칼이 좋습니까? 누루마이의 칼이 좋습니까?"

누루마이가 머뭇거리며 대답했다.

"그 칼이 더 좋군."

그러자 희네는 웃으며 고개를 끄덕였다.

"카린의 누루마이시여, 그러면 당신의 칼과 이 칼을 바꾸시겠습니까?"

---

* 여담이지만 청동기 시대의 최고의 유물 중 하나로 평가받는 것 중 근래 발굴된 월왕 구천('와신상담' 고사의 주인공 중 한 명)의 동검이 있다. 이 동검이 바로 이러한 구조인데, 몸체는 단단한 청동, 즉 검푸른 빛이며, 쉽게 깨어지면 안 되는 날 부분은 금색 황동 또는 다른 화합물을 입힌 구조로 되어 있다. 이 검은 글자 그대로 청동 기술로 만들어진 칼의 최고봉이라 분석되는바, 소설에 등장하는 희네의 칼은 물론 이보다 훨씬 이전의 물건이지만 그러한 구조를 참조하여 설정했다. 당연히 그 기술이 당시 있었다는 것은 아니며 비슷한 구조를 지녔다는 가상의 설정이다.

누루마이는 곧 말했다.

"카린의 누루마이가 말한다. 그 칼이라면 바꾸고말고!"

누루마이뿐 아니라 주변의 사람들도 당연하다고 생각했다. 주신 외에는 구리 기술을 가진 부족이 없어서 구리 무기 하나만도 귀하디귀한 판국인데, 그토록 훌륭한 구리 무기는 죽어 가는 판국일지라도 얻고 싶은 것이 당연했다.

희네는 웃으며 자신의 칼을 들어 땅에 꽂았다.

"그럼 바꿉시다. 주신 사울아비 희네는 카린 누루마이와 칼을 바꾸기로 했습니다. 누루마이님, 당신의 칼을 주십시오."

누루마이는 자신의 칼을 희네에게 넘겨주었다. 탐욕 때문은 아니었다. 만에 하나 지금 지나족과 싸움이 벌어지더라도 이런 좋은 칼을 든 것과 아닌 것은 큰 차이가 있고, 또한 목숨이 달린 문제였기 때문이다.

누루마이가 희네의 칼을 집으려는데 희네가 웃으며 막아섰다.

"누루마이시여, 당신은 더 좋은 무기를 얻기 위해 자신의 무기를 놓았습니다. 그러니 너무 급히 무기를 들지 마시고 염제 신농님을 만나 뵌 후 다시 무기를 드십시오. 이제는 지나족도 문제 삼을 것 없고, 카린족도 자존심이 상할 이유가 없습니다."

그제야 몇몇 사람들은 '아' 하며 찬탄의 한숨을 내쉬었다. 헌원도 희네의 꾀와 임기응변이 대단하다고 느꼈다. 사실 지나족이나 카린족으로서도 굳이 싸울 필요는 없었다. 단순한 자존심 싸움이라 보아도 좋았다. 누루마이가 무기를 들고서 염제를 만나겠다고 고집을 피울 수도 있지만, 그렇다고 자신에게 득 될 것도 없었다.

희네가 나타나 이렇게 자신의 좋은 무기를 희생하면서 양측의 자존심을 살려 화해를 시켜 주는 터에야 쓸데없는 고집을 피워 어쩌겠는가? 누루마이는 마음속으로 소년에게 호감이 갔지만, 일부러 냉랭하게 고

짐을 부리며 말했다.

"사울아비 희네여, 내가 무기를 잡지 않은 사이에 무슨 일을 당하면 책임지겠는가?"

그 말을 듣고 형천이 노해서 외쳤다.

"우리 염제 신농의 막사에서 왜 이유 없이 사람을 해치겠는가? 버릇없는 자가 아니라면 말야!"

희네는 형천의 외침을 가로막듯 누루마이에게 말했다.

"누루마이시여, 당신의 칼은 제가 받았지만, 당신이 제 무기를 들지 않았으니 아직 이 칼은 당신 칼입니다."

그러면서 희네는 다시 웃는 표정으로 나래에게 칼을 내밀면서 말을 이었다.

"그러니 이 칼은 당신 손에 있을 때처럼 여전히 당신을 지킬 것입니다. 그리고 땅에 꽂힌 칼은 여기 이 나래가 누구도 손대지 못하게 할 것입니다."

그 말에 나래는 웃으며 누루마이의 칼을 손에 힘차게 들었다. 그것을 보고 헌원은 웃으며 끼어들었다.

"누루마이여, 이제 다 같이 들어가 봅시다. 희네가 자신의 귀한 칼까지 주었는데 아직 믿지 못하겠다는 말이오?"

그때야 누루마이는 희네에게 웃어 보이며 정중하게 말했다.

"카린 쑤앙마이족의 누루마이가 주신 사울아비 희네에게 말한다. 그대는 왜 그런 보물을 주면서 나를 도왔는가?"

"첫째, 이유 없는 싸움이 벌어지는 것이 안타까웠고, 둘째, 저는 지나족과는 이미 벗이며 카린족과도 벗이 되고 싶어서이고, 셋째, 저도 염제님을 뵈러 왔는데 일이 길어지면 곤란하기 때문입니다."

세 번째 이유를 대고 희네가 하하 맑게 웃자 누루마이를 비롯하여 모든 사람들이 웃음을 터뜨렸다. 희네의 솔직함에 자신도 모르게 호감이 가기 때문이었다. 평생 표정 변화가 없을 것 같던 무라마저도 아주 잠깐 싱긋, 하고 가볍게 웃었다.

누루마이가 입가에 미소를 담고 말했다.

"자네 말솜씨는 정말 반할 정도군. 솔직하기까지 하니 밉지가 않아. 그러나 자네 부하는……."

"제 아우입니다. 나래라고 하죠."

"……그래. 네 아우는 들어갈 수 없게 되지 않았는가?"

"괜찮습니다. 염제 신농님을 뵐 일이 있는 사람은 저 하나뿐이니까요."

"이런 좋은 칼이 땅에 꽂혀 있으니 누가 욕심내지 않겠는가? 우리가 없는 사이 혹여 결투라도 걸어서 칼을 가지려 한다면 자네 아우가 칼을 지킬 능력이 있을까? 자네 같은 젊은이가 믿고 맡겼으니 그만하리라 생각하지만…… 너무 어리지 않은가?"

결투를 걸어 물건을 빼앗는 일은 당시로서는 당연하고도 합법적인 일이었다. 더구나 그런 귀한 물건을 보이는 데 놓고 지키니 아무리 염제의 막사 안이라도 누가 집적거릴지 모르는 일이기는 했다. 누루마이는 칼보다는 당당하게 나서는 소년들의 능력이 궁금해져서 일부러 그런 질문을 던졌다.

그러자 헌원이 웃으며 말했다.

"당신이 데리고 온 저 소녀도 어리지만 형천님 같은 천하장사에게도 덤비려 하지 않았습니까? 하물며 이 아이들은 장차 주신의 영웅이 될 만한 아이들입니다. 나래의 힘은 내가 보장하겠소."

그에 덧붙여 희네가 간단하면서도 명쾌하게 답했다.

"나래가 많이 부족하지만 그래도 누구에게서든 이 칼을 지킬 만은 할 겁니다."

"그가?"

순간 누루마이가 눈짓을 하자 무라가 번개같이 땅에 꽂은 칼로 몸을 이동시켰다. 몸을 날리거나 던진 것도 아닌데 동작이 하도 빨라 무리가 자리에서 없어졌다가 칼 옆에 나타난 것 같았다.

무라가 막 손을 뻗어 땅에 꽂힌 칼을 뽑으려는 순간, 나래는 재빨리 칼을 거꾸로 쥐고 손잡이로 무라의 손을 막았다. 무라만큼 빠르게 움직일 수는 없었지만 나래의 대응도 신속했다.

누루마이나 무라는 소년들을 다치게 하지 않고 시험해 보려는 것뿐이었다. 의도를 눈치챈 나래 역시 상대를 다치게 하지 않는 선에서 대응했다. 무라는 보이지 않을 정도로 빠르게 세 번이나 양손을 번갈아 뻗으며 칼을 쥐려고 했지만, 나래는 칼 손잡이로 무라의 오른손을 막고 손목을 돌려 칼등으로 무라의 왼손을 막았다. 그리고 날아오는 무라의 오른손을 왼 팔꿈치로 막았다.

비록 피를 보거나 상대를 치는 것은 아니었지만 눈부시게 빠른 공방전이 벌어지자 주변의 사람들이 탄성을 올렸다. 무라의 동작은 귀신에 홀린 것처럼 빨라서 보이지도 않았다.

나래가 번번이 아슬아슬하게 무라의 손을 막아 내자 무라는 방법을 바꾸어서 빙빙 나래의 주변을 돌았다. 너무 빨리 돌아 나래는 무라의 그림자를 제대로 좇지 못해 눈을 크게 떴다. 나중에는 무라의 몸이 수십 개로 불어나 나래를 포위한 것처럼 보였다.

그런 환영 같은 모습에 사람들은 놀라서 웅성거렸고 형천이나 금천조차도 억, 하며 놀라는 소리를 냈다. 이윽고 나래가 당황하는 표정이 보이자 희네도 긴장했다.

다음 순간, 나래가 이얍 고함을 내지르더니 난데없이 땅에 두 손을 꽂았다. 그리고 사방이 울릴 정도로 기합 소리를 내며 용을 쓰자 땅이 우지직 갈라지면서 통째로 파여서 들렸다. 나래가 칼이 꽂힌 땅을 거의 막사 크기만 하게 파내 위로 들어 올린 것이다. 무시무시한 괴력이었다.

나래의 발이 무게 눌려 땅을 움푹 파고 들어갔지만 나래는 굳건하게 양손으로 거대한 흙덩어리를 붙잡고 똑바로 섰다. 그러자 무라의 얼굴색이 변했다. 무라가 아무리 동작이 빨라도, 이렇게 되면 칼을 뽑기 위해서는 위로 뛰어올라야 하는데, 위로 뛰어오르면 허공에 뜬 몸이 아무래도 나래에게 잡힐 것 같았다. 더구나 나래가 들고 있는 흙덩이는 나래가 던지거나 움직일 수도 있으며 자칫 흙더미에 깔릴 수도 있었다.

이때 누루마이가 박수를 치며 외쳤다.

"무라! 네가 이길 수 없구나! 나래라고 했나? 정말 대단하구나! 대단해!"

누루마이나 카린의 여인족뿐만 아니라 지나족 사람들마저도 열심히 박수를 치며 환호했다. 형천도 방금 전까지 다툰 것은 잊은 듯 감탄에 감탄을 거듭하며 박수갈채를 보냈다.

"대단하군! 대단해! 나도 저렇게 하기는 쉽지 않을 거야! 어린 나이에, 정말 대단들 하군!"

나래가 흙덩이를 쿵, 하고 원래 구멍에 던져 넣었다. 약간 삐딱하게 들어가기는 했으나 칼은 원래 자리에 그대로 꽂힌 채였다. 나래는 남의 물건인 칼을 건드리지 않고 칼을 지킨 것이다. 그러나 나래는 담담했다. 그렇게 용을 쓰면서도 인상을 쓰거나 얼굴을 찡그리지도 않았다.

누루마이나 무라, 현원 등 생각이 깊은 사람들은 사실 나래의 힘보다도 그런 나래의 심기에 더 감탄하고 있었다.

무라가 감탄과 아쉬움이 섞인, 묘한 말투로 입을 열었다.

"나래라고 했나? 아직 내가 진 건 아니다. 조금만 더 했으면……."

나래는 그저 보기 좋게 웃어 보였다. 말을 알아들을 수가 없었던 것이다.

아무튼 희네가 나서고 나래가 신력을 보여 놀라운 구경거리가 벌어지고 누구 하나 칼에 손을 대지 않게 되자, 분위기는 다시 좋아졌다. 이제 누루마이나 형천도 희네와 나래가 건방지게 나선 것이 아니라 그만한 대접을 받을 만큼 대단한 소년들이란 점을 알았으니 순순히 그의 말에 따르게 되었다. 다만 축융과 금천은 밝은 표정이 아니었다.

결국 누루마이와 희네는 헌원과 함께 염제를 만나러 가고, 무기를 지키기로 한 나래는 밖에서 기다리게 되었다. 누루마이는 희네에게 감탄한 듯 갑자기 희네에게 친근한 태도를 취하며 안으로 들어갔다. 무라와 얼굴이 흰 소녀도 누루마이를 따라 들어갔다. 얼굴 흰 소녀의 눈빛은 희네를 좇고 있었고 무라는 들어서기 전 나래를 힐끗 보았다.

무라는 원래 주먹만 쓰는 듯 애초에 내려놓을 무기도 없었고, 피부가 흰 소녀는 신기하게도 물처럼 투명한 작은 단검을 풀어 나래 앞에 놓아두고 뒤를 따랐다. 그녀 또한 지체 높은 소녀인 듯했다.

형천과 금천, 축융도 따라 들어갔는데, 형천은 들어서면서 나래에게 씩 웃어 보이며 엄지손가락을 세워 보여 주었다. 사나워 보이긴 해도 형천이 시원시원하고 유쾌하며 솔직한 성격인 것 같아 나래도 기분이 나쁘지 않았다.

염제 신농

> 염제 신농, 유망님은 젊어서부터 대단한 용사셨습니다.
> 벗이고 부하이자 대역사인 형천보다 힘은 모자랐을지 모르지만,
> 기세나 사람을 누르는 눈빛은 그보다 더 강하셨지요.
> 유망님과 형천이 싸움터에서 어깨를 맞대고 커다란 도끼를 휘두르며 달려 나가시면,
> 적들은 주저앉아 도망조차 못 치고 덜덜 떨었습니다.
> 그러나…… 나이가 드시면서는…… 참…….
> ─ 지나족 신농 부족 노인의 이야기

　염제 신농, 유망의 막사는 겉뿐만 아니라 안도 화려하고 넓었다. 중앙에 붉은 물을 들인 화려한 가죽옷을 입고 앉아 있는 사람이 바로 염제 신농인 유망인 듯했다. 유망은 특이하게 머리에 커다란 소뿔을 달고 있어 마치 머리에 뿔이 난 것처럼 보였다. 최초의 염제인 신농씨는 머리에 뿔이 돋아 있었다고 전해졌는데, 그 때문에 이후 염제 신농은 모두 머리에 뿔을 달았다.

　희네는 그것을 보고 주신족은 소를 아주 귀하게 여기므로 신농씨도 주신 사람이었을 것이라는 이야기를 떠올렸다. 지금의 지나족은 소보다는 돼지를 많이 키웠기 때문이다.

　유망은 남자답게 잘생긴 얼굴의 중년 남자로 뭔가 대단히 기분 나쁜 듯 인상을 찡그리고 있었다. 유망의 주위에는 전사들이 아니라 갖가지 장식을 하고 머리를 곱게 늘어뜨린 예쁜 여인들이 많이 서 있었으며, 그들은 작은 소리로 재잘거리면서 유망의 비위를 맞추고 있었다. 그리고 네 명의 덩치 크고 표정이 딱딱하게 굳은 전사들이 문가를 지키고

있었다.

헌원과 누루마이가 희네를 데리고 먼저 들어섰고, 헌원은 유망에게 머리를 깊숙이 숙여 절을 했다. 그 뒤에 누루마이를 따라온 무라와 얼굴 흰 소녀가 섰고, 형천과 금천, 축융이 그 뒤에 나란히 섰다.

"화산족 공손헌원이 염제님을 뵙습니다."

유망은 대수롭지 않게 헌원에게 한마디 툭 던졌다.

"왜 왔나? 나에게 무슨 볼일이 있다고?"

"카린산의 쑤앙마이족 누루마이께서 염제님을 뵙기 위해 오셨습니다."

"아, 쑤앙마이의 부하인가?"

누루마이가 앞으로 나서면서 유망에게 예를 차리려고 하자 유망은 손을 까딱거리며 괜찮다는 표시를 했다. 아무리 지나족의 우두머리라고 하지만 행동이 건방져 보여서 희네는 기분이 좋지 않았다.

누루마이는 그런 것에는 개의치 않는 듯 희네를 앞으로 조금 이끌어 내며 말했다.

"카린의 누루마이가 인사드립니다. 이쪽은 주신의 사울아비 희네라고 합니다. 저에게 좋은 일을 한 아이이니 이 아이의 청부터 감히 들어 주시기를 바랍니다."

그 말을 듣고 유망은 벌레 씹은 표정이 되었다.

"주신?"

아차 싶었는지 누루마이가 다급하게 덧붙였다.

"쑤앙마이께서 보내신 아이는 이쪽입니다."

누루마이는 여태껏 말 한마디 없었던, 얼굴 흰 소녀를 손짓해 불렀다. 그러자 그 소녀는 나긋나긋한 걸음으로 앞으로 나서서 살짝 몸을 숙여 유망에게 절을 했다.

유망은 벌레 씹은 표정을 거두고 눈을 크게 떴다.

"너냐? 이름이 뭐냐?"

여자아이가 처음으로 입을 열었다. 마치 구슬이 굴러가는 듯 고운 목소리였는데 교태가 넘쳤다.

"소녀(素女)라고 불러 주십시오."

희네 생각에는 저 아이도 자신처럼 얼굴이 희기 때문에 아마도 소녀라고 이름을 붙인 것 같았다. 저 아이는 분명 카린산 여인 부족의 일원일 텐데, 아예 지나족 말로 이름을 지은 것 같았다. 태어날 때부터 지나족에게 오기로 되어서 그런 것인지 나중에 이름을 바꾸었는지는 알 수는 없었다. 유망은 소녀의 목소리가 마음에 들었는지 웃으며 말했다.

"얼굴 가린 것을 벗어 보아라."

그러자 소녀는 주저하며 말끝을 흐렸다.

"지금은……."

"괜찮다."

소녀는 얼굴을 가리고 있던 흰표범 가면을 벗어 내렸다. 희네는 소녀의 뒤편에 있어서 얼굴을 볼 수는 없었지만 흡족하게 변하는 유망의 표정을 보아서는 아주 예쁜 얼굴인 듯했다.

"재주가 있다면서?"

유망이 묻자 소녀는 살짝 몸을 숙이면서 대답했다.

"소리를 낼 줄 압니다."

"무슨 소리냐? 목소리냐? 물건 소리냐?"

"물건 소리입니다."

아직 체계적으로 발달된 형태의 악기가 없던 시절이었기 때문에 물건 소리를 한다는 말은 곧 악기를 연주할 줄 안다는 의미였다.

순간, 유망이 악기까지 연주하라고 할 기세여서 누루마이가 재빨리 말했다.

"실망시키지 않을 것입니다. 하오는데……."

유망은 계속 소녀의 얼굴에서 시선을 두고 건성으로 대답했다.

"아, 그래, 그래."

"……일단 쑤앙마이께 보낼 물건은 준비되셨는지요?"

"아, 물론이다. 마음에 드는 아이이니, 물건도 더 보내도록 하겠다."

희네는 그 말에 고개를 끄덕이며 생각했다.

'카린족이 유망에게 바치는 여자인가 보군. 대신 무엇인가 지나족에게 값진 물건을 얻으려는가 보다. 사람을 바꾸다니 그리 떳떳한 일은 아니지만 부족 간의 일이니 하는 수 없지.'

그때 헌원이 입을 열었다.

"감사합니다. 아마 쑤앙마이께서도 기뻐하실 것입니다. 두 부족 모두에게 아주 기쁜 일이지요. 오늘은 기쁜 날입니다."

유망은 역시 건성으로 대답했는데 소녀가 마음에 들었는지 눈을 소녀에게서 떼지 않았다.

"그래, 그래."

"이렇게 기쁜 날에 이 주신 아이가 염제 신농님께 청을 드리러 왔습니다. 이것도 경사스러운 징조라 생각되옵니다."

희네는 그 말을 듣고 의아해했다.

'누가 청을 드리러 온 것이 무슨 경사스러운 일이라고 하는 걸까?'

"흠, 그런가? 난 주신 아이는 보고 싶지 않은데?"

유망이 관심 없다는 듯이 건성으로 말하자 헌원이 웃으며 되받았다.

"이런 중요한 때에 다른 곳도 아닌 주신 사람이 제 발로 염제님께 청을 드리러 왔으니 어찌 기쁜 일이 아니겠습니까? 좋은 징조라 할 수 있지요."

그때 갑자기 뒤에서 금천이 외쳤다.

"헌원! 말조심하라!"

유망이 손을 까딱하며 막아섰다.

"금천, 시끄러워."

금천이 입을 다물었지만 희네는 뒤쪽의 분위기가 살벌하게 느껴졌다. 뒤통수의 시선이 따가웠다.

"헌원의 말도 일리는 있어. 하지만 금천은 싫다고 하는데……?"

이번에는 누루마이가 나섰다. 누루마이는 금천이나 형천 같은 이들과 싸울 뻔했지만, 희네에게는 덕을 입은데다 희네가 당당하고 남자다우며 잘생긴 터라 마음에 들어 하던 참이어서 역성을 들었다.

"누가 좋고 싫고가 어디 있습니까? 다 염제 신농님이 결정하실 일이지요."

유망이 대수롭지 않다는 듯 말했다.

"난 그래도 부하들 말을 무시하진 않아. 난 귀까지 막을 정도로 바보는 아냐."

희네는 유망이 비록 욕심이 많고 변덕스러우며 과시하기를 좋아하는 성격인 듯하지만, 겉보기만큼 둔하거나 멍청한 바보는 아니라는 생각이 스쳤다. 역시 우두머리다운 데가 있었다.

형천이 나서서 한마디 거들었다.

"이 아이는 제가 밖에서 보았는데, 씩씩하고 늠름한 아이입니다. 주신족이기는 해도 이런 좋은 아이의 부탁이라면 들어주시는 것이 염제님답다고 생각합니다."

형천이 의외로 편을 들어 주자 희네는 고마웠다. 형천은 힘만 센 게 아니라 배포가 크고 남자다웠다. 헌원의 부하 끽구도 비슷하게 덩치 크고 힘이 세며 남자다웠지만, 끽구보다 그릇이 더 큰 느낌이었다.

그런데 이번에는 아주 뒤틀린 듯, 쥐어짜는 목소리로 축융이 입을 열었다.

"이 아이는 장차 주신의 영웅이 될 아이 같습니다……."

그 말에 축융도 희네 편을 들려나 보다 생각하며 누루마이와 헌원은 슬며시 마주 보며 미소를 띠었다. 그러나 다음 순간 축융의 입에서 나온 말은 전혀 뜻밖이었다.

"……그러니 차라리 여기서 죽여 버리십시오!"

희네와 누루마이, 헌원은 깜짝 놀랐다. 석상처럼 서 있던 무라도 표정은 변하지 않았지만 일순 긴장하는 듯했다. 그리고 그 말에 놀랐는지 소녀가 뒤를 휙 돌아보았는데, 순간 희네는 소녀의 얼굴을 보았다.

소녀의 얼굴은 무척 특이했다. 상당히 예쁘고 고운 얼굴이기도 했지만 눈가와 얼굴 전체에 기이한 기운이 흘러넘쳤다.

희네는 평소 여자 보기를 돌같이 했고, 지금 놀라운 이야기가 나와 목이 달아날지도 모르는 상황이었는데도 소녀의 얼굴을 보자 가슴이 잠시 울렁거렸다. 뭐라고 표현하기 힘든, 여자로서의 기이한 매력이 흘러넘쳤다. 요사스럽다면 요사스럽다고도 할 수 있고, 청순하다면 청순할 수도 있으며, 색기가 넘친다고 할 수도, 가련하여 동정심이 생긴다고도 할 수 있는 여자였다.

갑자기 희네의 머릿속에서 아까처럼 모습이 생각나지 않은 어떤 사람의 얼굴이 흐릿하게 떠올랐다. 맥달의 얼굴이었지만 희네는 그게 누구였는지는 기억할 수 없었다. 왜 그런지는 알 수 없었지만 그 생각이 들자 울렁거리던 가슴이 삽시간에 가라앉았다. 진정이 되고 나자 희네는 섬뜩한 생각이 들었다.

'이 여자는 귀신도 홀릴 여자구나! 주신의 많은 예쁜 여자들을 보아도 눈 한번 깜빡거린 일이 없는 내가 잠시나마 마음이 흔들리다니! 그것도 이런 순간에!'

순간 소녀의 얼굴을 보아서인지 형천이나 금천, 축융도 더는 말을 잇지 못하고 잠시 입을 다물었다.

유망이 갑자기 기분 나쁜 듯 빽 소리를 질렀다.

"소녀! 가면을 써라!"

"예? 아……."

소녀는 즉시 흰표범 가면을 썼다.

"처음이니 봐준다. 다시 나 말고 누구에게든 얼굴을 보이면 네 얼굴을 칼로 깎아 버리겠다!"

무시무시한 말에 모든 사람이 긴장했다. 표정의 변화가 없는 사람은 헌원과 무라뿐이었으나, 헌원도 심히 눈가가 떨리는 것이 몹시 긴장한 듯 보였다. 유망은 근래 들어 성격이 거칠어지고 변덕스러워져서, 기분이 맞지 않으면 아무나 잡아 죽이거나 벌을 내리는 가혹한 짓을 서슴지 않았다. 물론 그렇다고 아끼는 부하들을 마구 다룰 만큼 정신이 나간 것은 아니지만 모든 이들에게 공포의 대상이 되고 있는 것은 사실이었다.

그럴 때 유망은 얼빠진 것처럼 보이기도 했으나 그 순간만 지나면 다시 냉정하고 빈틈없는 성격이 되었다. 다만 모든 것에 권태롭고 지친 듯한 모습은 항상 떠나지 않았다.

어느새 유망은 지친 듯 보통 말투로 변해 있었다.

"가장 가까운 네 명의 부족장 중 두 명은 들어주라고 하고, 두 명은 들어주지 말라는군. 나는 내 부하들을 똑같이……."

말을 잠시 끊고 유망은 불타는 눈으로 헌원을 쏘아보았다. 희네는 언뜻 그 눈에서 적의가 불타오르는 것을 느꼈다.

'뭔가 심상치 않구나. 헌원이 유망의 미움을 사고 있을 줄이야!'

"……아끼니 누구 말을 듣고 누구 말을 듣지 않을 수가 없군. 누루마이, 그대는 어떻게 생각하지?"

누루마이는 이제 감히 자신의 뜻을 고집할 수가 없었다.

"염제 신농의 일이시니 뜻대로 하소서."

누루마이는 자기가 무슨 말을 해도 소용없다는 것을 알고 있었다. 오히려 함정에 빠질 것 같아 마음을 졸였다. 형천이나 금천 같은 자들 앞에서는 위신을 세울 수 있었지만, 기이하게 유망이라는 자 앞에서는 용기가 나지 않았다. 자칫하면 자기 부족과의 관계가 위태로워질지도 몰랐다.

유망은 이 상황을 즐기는 듯, 한 명 한 명의 얼굴을 훑듯이 보다가 희네의 얼굴에 눈길을 멈추었다. 희네는 조금도 떨고 있지 않았다.

유망이 희네에게 물었다.

"네 이름이 뭐냐?"

"주신의 사울아비, 희네라고 합니다."

"나에게 부탁할 것이 무엇이냐?"

희네는 겁내지 않는 태도로 당당하게 말했다.

"남에게 말하지 않는다 약속하셔야 알려 드릴 수 있습니다."

"네가 지금 누구에게 말하는지 알고 있느냐? 나는 염제 신농이다. 지나족의 우두머리이다. 하찮은 부족장 따위가 아니다."

"잘 알고 있습니다."

"그런데 감히……? 내가 눈만 찡긋해도 네 목이 달아난다."

그래도 희네는 당당함을 누그러뜨리지 않았다.

"제가 부탁하는 처지인 것은 압니다. 그러나 저는 잘못 말하지 않았습니다. 한웅님 앞에서도 똑바로 말할 수 있습니다."

"방금 축융이 한 말을 못 들었느냐? 너를 죽여 없애라는데? 너를 안 죽이면 축융과 너는 원수가 될 것 아니냐? 축융도 그걸 무릅쓰고 나에게 말한 거야. 너는 필경 죽을 듯하다만?"

"저는 청을 드리러 왔을 뿐입니다. 들어주시든 들어주시지 않든 신농님의 뜻입니다. 마찬가지로 저를 죽이거나 살리는 것도 신농님의 뜻이겠지요."

유망은 고양이가 쥐를 가지고 놀 듯이 잔인한 눈빛으로 희네를 바라보았다.

"그런데 어떻게 그리 태연하냐?"

"신농님이 그러실 리 없다 생각합니다."

"왜냐?"

"형천님이나 금천님, 축융님 같은 영웅을 부하로 거느리시는 분의 그릇이 그리 작겠습니까?"

희네는 일부러 헌원은 빼고 이야기했다. 일종의 아부 같기도 하고 건방져 보이기도 했지만, 반대로 생각하면 아주 당당하고도 상대와 자신을 둘 다 모욕하지 않는 훌륭한 답이었다.

헌원이나 다른 사람들은 다시 한번 희네에게 탄복했다. 소년의 기개는 처음 보았을 때보다 더욱 대단했다. 아무리 주신 사람이라 해도 대부족장 중의 대부족장 염제 신농 앞에서, 그것도 자신의 목을 놓고 이토록 당당히 이야기하기란 결코 쉬운 일 아니었다. 유망이 소리 높여 하하핫 웃었다.

"그래, 알았다. 너, 마음에 드는구나. 똑똑하고 훌륭한 아이로군!"

유망이 크게 웃자 누루마이와 헌원은 안도하는 표정이 되었다. 누루마이는 속으로 역시 유망이 하는 짓은 좀 기괴해도 그릇이 큰 인물 같다는 생각을 했다. 유망의 기분은 다시 좋아진 것 같았다.

"내, 네 부탁을 듣고 남에게 말하지 않으마. 네 부탁이 무엇이냐?"

헌원이 대신 대답했다.

"이 아이는 다리가 아픈데, 무엇으로도 낫지 않습니다."

"뭐야? 겨우 그런 거였냐?"

유망은 시원스레 되받으면서 다시 웃었다.

"너 정도 되는 녀석이 올 때에는 더 그럴듯한 까닭이 있을 줄 알았는데. 땅을 천 리쯤 달라거나 전사를 천 명 내달라고 할 줄 알았잖느냐?"

유망의 목소리가 더욱 시원시원해졌다.

"붓거나 곪았느냐?"

"아닙니다."

유망은 눈을 조금 치켜뜨더니 말했다.

"그래? 됐다. 네 부하 상망에게 보이거라."

헌원은 난처한 표정을 지었다. 항상 정중하고 공손하여 절도를 잃지 않는 헌원이었지만 이때만은 좀 황급히 말했다.

"이미 보였습니다만……."

그 말에 유망이 놀라는 표정을 지었다.

"뭐? 상망도 못 고쳐? 상망도 무슨 병인지 모르느냐?"

"아홉구비라는 약초가 있어야 낫는다고……."

유망이 쯧쯧 거리며 인상을 찡그렸다.

"흠, 그럼 맥이 끊긴 거로군! 날 찾아올 만한 이유가 있었군그래. 그래, 좋다. 기왕 말한 것, 나 염제 신농이 누구냐?"

그러면서 유망이 형천을 불렀다.

"형천!"

"예!"

형천이 씩씩하게 답하자 유망이 말했다.

"이 애가 필요한 건 보통 아홉구비가 아니다. 신수 옆에서 자라는 아홉구비만이 쓸모 있을 것이다. 태산 북쪽, 주신 접경 부근에 미아우족 부락 근처에 가면 구름골이라는 산이 있다. 신수가 있는 산인데, 그 산에서 아홉구비가 자란다. 위험하긴 해도 너라면 가져올 수 있을 것이다. 괜히 신수랑 붙지는 말고 훔쳐 와! 아무리 너라도 신수랑은……."

유망이 떠들어 대자 헌원이 대단히 송구스러운 듯 고개를 깊이 숙이며 말했다.

"대단히 죄송합니다만…… 그 아홉구비는 이미 세상에 없습니다."

유망은 이번에야말로 깜짝 놀랐다.

"뭐? 그걸 어떻게 아느냐? 누가 감히 신수에게 약을 얻었단 말이냐? 그 약은 나도 오래전부터 눈독을 들이고 있던 것인데……."

"사정이 깁니다만…… 좌우간 그 아홉구비는 이미 없다고 들었습니다."

유망이 앉아 있던 의자를 주먹으로 쾅 쳤다. 별로 힘을 준 것 같지 않게 보였으나 유망의 기운도 대단하여 아무렇게나 친 주먹 한 방에 의자가 박살 나 의자를 장식하던 꽃이며 깃털 들이 와르르 땅에 떨어져 버렸다. 유망이 벌떡 자리에서 일어섰다.

"제기랄! 그럼 방법이 없다!"

헌원은 그 와중에도 간곡하게 유망에게 말했다.

"다른 방법을 모르시겠사옵니까? 염제 신농님이시라면 반드시……."

유망은 화를 내며 소리를 지르려다가 뭔가 생각하는 표정이 되어 뒷짐을 지고 이리저리 걸어 다녔다. 유망이 의자를 부수자 근처에 있던 여자들까지 긴장해 있었는데, 유망은 그 여자들을 향해 소리를 질렀다.

"이 머저리들아! 앉을 곳이 없잖느냐?"

얼굴이 하얗게 질린 여자들이 허둥지둥 다른 의자를 가지고 와서 유망이 선 자리에 갖다 댔다.

유망이 의자에 털썩 앉아 한참 생각하더니 이윽고 희네에게 말했다.

"너, 이리 와 봐라."

희네는 이미 반쯤 포기했지만 유망이 부르자 그리로 다가갔다. 유망은 희네를 위아래로 훑어보더니 말했다.

"손목을 내밀어 봐라."

희네가 손목을 내밀자 유망은 가만히 손목을 짚고 바라보다가 갑자기 희네의 아픈 왼다리를 발로 툭 걸었다.

"여기가 아프냐?"

희네는 언제나 그렇듯이 아픔을 꾹 참고 있었는데 유망이 느닷없이 발로 차자 놀라기도 하고 아프기도 해서 그만 그 자리에 넘어져 버렸다.

유망이 벌떡 의자에서 일어났다.

"너 이 녀석, 생각보다 훨씬 무서운 녀석이구나! 이제 보니 참을 수 없을 정도로 항상 아팠을 텐데, 어떻게 그리 멀쩡한 얼굴로 돌아다니는 거지?"

유망이 걸어찬 것은 겉으로 보기에 살짝 걸어찬 것 같았지만 정말 놀랄 정도로 아팠다. 심지어는 무슨 주술이 아닐까 싶을 정도의 고통이었다.

희네는 안간힘을 다해 참으면서도 겉으로는 여전히 태연한 듯이 말했다.

"작은 아픔조차 참지 못하면 어찌 남자라 하겠습니까?"

"작은 아픔? 이 녀석 보게나?"

유망은 큰 소리로 말하더니 쓰러져 있는 희네의 어깨를 손끝으로 툭 쳤다. 희네의 온몸에 미칠 듯한 고통이 해일처럼 몰려들었다. 도대체 무엇을 어떻게 했는지는 모르지만, 이번에 건드린 곳은 아픈 부위도 아니었고 세게 건드리지도 않았는데 어떻게 이토록 엄청난 고통이 밀려오는 것인지 알 수 없었다. 그 고통은 자기의 왼다리가 가장 심하게 아플 때보다 더더욱 지독했다.

희네의 얼굴이 삽시간에 빨갛게 터져나갈 듯이 질렸다가 다시 혈색 하나 없이 새파랗게 변했다. 희네의 온몸이 지독한 고통을 이기지 못해 와들와들 떨렸다. 그것은 바로 의학의 시조라는 신농씨가 전수하여 내려오는 '몸길 찌르기(뒷날의 점혈법)'라는 수단으로, 인간의 고통을 극대화시키거나 몸을 마비시킬 수도 있는 무서운 수법이었다.

여간해서는 그런 것을 보이지 않는 유망이 왜 저런 지독한 수단을 쓰는지는 알 수 없었으나 그 내용을 조금 알고 있는 헌원이나 형천, 금천 등은 놀라며 눈살을 찌푸렸다. 그 고통이 얼마나 지독한지 들어 보았던 것이다. 축융마저도 가는 눈을 더 가늘게 하며 옆의 금천에게 속삭였다.

"나도 전에 한번 겪어 보았네. 저 아이가 스물 셀 동안 버텨 내는 놈이라면 당장 죽여야 하네. 내가 당장이라도 화염술(火焰術)로 죽여 뼈도 안 남게 만들어 버리겠네."

"왜 그런가?"

"지독하다는 나도 열셋을 못 넘겼네. 불구덩이에서도 쉰을 넘겨 세는 나인데도 말야. 그러니 스물을 넘게 버티는 놈이면 세상에 못할 일이 없을 걸세. 더구나…… 주신 놈 아닌가?"

작은 소리로 둘만 들리게 한 말이었지만 옆에서 들은 사람이 있었으니 바로 무라였다. 그 말을 들은 무라는 둥근 눈을 더욱 크게 떴다.

희네는 악착같이 버티고 있었다. 유망이 외쳤다.

"작은 아픔? 흥! 작은 아픔이면 어디 일어나 봐라!"

희네는 오기가 솟았다. 어려서부터 수없는 고통을 참아 고통이 만성화되기도 했지만, 그것은 작은 이유에 지나지 않았다. 희네는 비록 몸은 별반 강하지 않고 평상시에는 사람 좋고 쾌활했지만 타고난 근성과 오기가 생기면 아무도 꺾을 수 없었다. 희네는 기억하지 못하지만, 자부 선인 같은 대선 앞에서도 옳다고 생각하면 할 말은 꼭 하고야 마는 성격이었다.

희네는 이를 악물면서 고통을 참으려고 입술을 깨물었다. 입술이 순식간에 터져서 피가 줄줄 흘렀다. 희네는 양손으로 허벅지를 꽉 쥐고 있었는데, 그마저도 손가락이 살을 파고 들어가 피가 흘렀다. 머리카락은 꼿꼿하게 곤두서고 눈이 거의 뒤집히려는 것을 억지로 참고 있었다. 그런데도 희네는 억지로 움찔거리며 일어서려 했다. 그 모습은 차마 눈뜨고 볼 수 없을 정도로 참혹했다.

어지간한 누루마이도 참혹한 모습에 눈을 감고 얼굴까지 돌려 버렸고, 소녀는 너무도 끔찍해서 가면 쓴 얼굴을 두 손으로 가리고 눈물까지 흘리고 있었다. 석상 같던 무라마저도 참다못해 고개를 돌렸고 형천은 하늘을 바라보며 깊은 한숨을 내쉬었다.

무라는 축융의 이야기를 듣고 축융이 손을 쓰면 자신이 일단 막아 볼까 하는 생각을 했다. 그러면서 왜 자신이 그런 생각을 했는지 의아해하고 있었다. 축융은 속으로 열을 세면서 동시에 정말 지독한 놈이라고 놀라고 있었다.

갑자기 희네가 폭발하듯 맑은 소리로 하하하 웃었다. 그러더니 높은 목소리로 어울리지 않게 꼬맹이들이나 부르는 노래를 불렀다. 주신 말의 노래여서 헌원을 제외한 사람들은 가사를 알아들을 수 없었지만 곡조는 곱고 아름다웠다.

하늘은 푸르고, 구름은 하얗네.
저 멀리에 흰 구름이 둥실둥실 떠가네.
아우야, 우리 같이 달려 가자꾸나.
저기 떠가는 구름 잡으러…….

이 노래는 희네가 어렸을 적에 나래와 함께 지어 불렀던 노래였다. 아픔을 참기 어려웠을 때……. 그러면서 희네는 나래를 생각했다. 듬직한 아우, 믿음직한 아우. 나래는 항상 희네를 따라다녔고 희네의 말을 잘 듣고 자신을 의지했지만 정작 희네가 의지했던 것은 바로 나래였다. 희네는 고통이 심하여 머릿속이 빙빙 돌고 이제는 자신이 누구인지 지금 무엇을 하고 있는 것인지조차 생각할 수 없었지만 사력을 다해 속으로 외쳤다.

'아우야! 나를 봐 다오!'

그러면서 희네는 비명과 함께 벌떡 몸을 일으켰다. 모든 사람이 깜짝 놀랐다. 축융이 막 열아홉을 세었을 때였다. 축융이 막 손을 쓰려고 했고, 무라는 이를 악물고 이유도 모르면서 뛰어들어 주먹을 휘두를 결심을 했으며, 헌원도 더 이상 보지 못하여 제발 그만두어 달라고 엎드리려는 찰나였고, 소녀는 자신도 모르게 울음을 터뜨리려는 순간이었다.

몸을 일으키자마자 희네는 정신을 잃고 꼿꼿하게 선 자세 그대로 뒤로 벌렁 넘어졌다.

"물!"

순간 번개같이 희네를 받아 안은 사람은 놀랍게도 유망이었다. 그러면서 유망은 큰 소리로 물을 외쳤다. 유망은 '허허, 하하' 하면서 바보같이 자꾸 실없이 웃으면서 눈부신 손놀림으로 희네의 몸을 타다닥 찍어 나갔다. 유망은 웃음을 거두지 않고 기분 좋은 듯 외쳤다.

"하하하. 할 수 있다! 하하하! 고칠 수 있어!"

"무슨 말씀이십니까?"

화염술을 쓰려다가 남몰래 거두어들인 축융이 제일 먼저 안 된다는 듯이 외쳤다.

"그 녀석을 고쳐 주실 겁니까?"

유망은 웃으며 손 놀리는 것을 멈추지 않으며 외쳤다.

"그래! 고친다! 하하! 하하! 드디어! 드디어 고쳐 보게 되었다!"

"어찌 된 영문인지 알려 주옵소서."

헌원이 한 발 앞으로 나가며 간곡하게 말하자 유망이 말했다.

"이놈의 절맥(絶脈)은 원래는 고칠 수 없다. 아홉구비 말고는 말이다. 치료 과정이 너무 고통스러워서 누구도 견디지 못하고 죽어 버린다. 그런데 이놈은 버티어 낼 것이다. 분명 버티어 내서, 내가 물려받았지만 한 번도 써 보지 못한 비법을 쓸 수 있게 해 줄 것이다!"

갑자기 유망의 막사 문이 펑! 하고 뚫려 나가면서 누가 휙 날아들었다. 굵은 나무로 만들고 가죽을 덧댄 막사 문이 먼지처럼 바스러졌다. 문 앞을 지키던 네 명의 장사가 앞을 막아섰으나 네 장한의 몸은 순식간에 허공을 날아 막사 지붕의 각각 다른 부분을 뚫고 펑펑 날아가 버렸다.

그자의 빠른 몸놀림은 눈 빠른 무라마저도 볼 수 없을 정도였다. 날아간 지나족 전사들은 어디까지 날아갔는지 보이지도 않고 막사에 구멍만 네 개 남겼다. 더불어 막사가 와르르 흔들리며 먼지가 우수수 떨어져 내렸다.

곧바로 거대한 역사 형천이 소리를 왁 지르면서 눈부신 속도로 몸을 날렸다. 도끼를 가져오지도 못했고 다른 것을 손에 쥘 겨를도 없어 어깨로 막사 안을 뚫고 들어온 자를 밀어붙인 것이다. 형천은 끽구와 막상막하의 장사인데다가 기술에 있어서는 몇 수 위에 있는, 대인족의 당할 자 없는 영웅이었다.

형천과 들어온 자는 정면으로 쾅 하는 소리가 나며 몸과 몸이 부딪혔다. 놀랍게도 형천이 뒤로 세 발짝이나 튕겨나갔는데 그자 또한 뒤로 네다섯 발짝만 튕겨났다. 보통 사람이 형천의 어깨에 부딪혔다면 아마 그 순간 온몸의 뼈가 박살 나면서 막사를 뚫고 튕겨나갔을 것이다.

다음 순간 축융이 손을 뻗자 놀랍게도 손에서 무서운 불덩이가 꼬리를 길게 끌면서 그자에게 날아갔다. 바로 축융이 희네에게 쓰려 했던 화염술이었다. 불덩이가 그자에게 맞으려는 순간, 그자는 '야압' 하며 무시무시한 고함을 질렀다. 막사 전체가 고함 소리에 흔들리면서 모든 사람의 귀가 얻어맞은 듯 멍해졌고 축융의 불덩어리는 그자의 바로 앞에서 기합에 견디지 못하고 폭발하여 작은 불똥으로 변해 사방으로 흩어져 버렸다.

이 모든 것이 불과 숨 한 번 쉴 정도의 짧은 시간에 벌어진 일이어서, 헌원이나 누루마이, 소녀 등은 뭐가 뭔지조차 모를 정도였다. 금천이 외쳤다.

"네 녀석이 감히!"

헌원도 비로소 외쳤다.

"나래!"

그 자리에 들어서서 씩씩거리며 무서운 눈으로 서 있는 사람은 나래였다. 나래는 맨주먹이었는데 전신의 힘을 다한 듯 온몸에서 김이 무럭무럭 나고 있었다. 유망도 그제야 놀란 눈으로 희네를 반쯤 안은 채 나래를 돌아보았는데 나래는 쓰러져 있는 희네를 보고는 찢어져라 고함을 질렀다.

"형님! 네놈들이 우리…… 우리 형님을! 으아아악!"

다시 한번 나래가 고함을 치자 유망 주변의 여인들이 충격을 이기지 못하고 비명을 지르며 와르르 기절했고 소녀 또한 균형을 잃고 빙글 몸을 돌리며 쓰러져 버렸다. 축융과 금천도 견딜 수 없어 두 걸음씩 물러섰는데 나래의 눈꼬리에 피눈물이 우르르 솟아나 뚝뚝 떨어지는 것을 보고는 기가 질려 버렸다.

아무도 막아 낼 수 없을 것 같았다. 나래가 막 몸을 날리려는데 앞을 가로막은 사람이 둘 있었으니 형천과 무라였다. 그 둘 말고는 누구도 그만큼 빠르지 못했다. 뒤를 이어 금천이 휙 몸을 날려 나래의 옆을 노리는 듯 섰다. 금천도 대단히 몸이 날렵했고 어느새 어디서 잡았는지 옥으로 만든 칼을 뽑아 들고 있었다.

"무슨 짓이냐!"

형천이 나래에게 외쳤다.

"그러면 안 돼!"

무라도 외쳤다. 그러나 불행히도 형천은 지나 말로 외쳤고 무라도 급한 나머지 카린 부족의 말로 외친 터라 나래는 알아듣지 못했다. 헌원이 상황을 파악하고 급히 주신 말로 외쳤다.

"나래! 안 되네! 희네는 죽은 게 아냐! 치료를 받는 중이야!"

그 말을 들은 나래는 몸을 우르르 떨다가 외쳤다.

"그…… 그 노래는 다시는 부르지 않겠다고 했는데……!"

헌원은 영문을 알 수 없어서 외쳤다.

"무슨 노래 말인가?"

나래는 대답하지 않았다. 사실 그 노래는 어릴 적 희네가 고통을 이기기 힘들 때마다 우는 대신 불렀던 노래였다. 그때마다 나래는 옆에서 희네 대신 울었다. 희네는 커서 고통을 견딜 수 있게 되자 그 노래를 다시는 부르지 않겠다고 했는데, 희네가 부르는 노랫소리를 듣고 나래는 형이 엄청난 고통을 겪고 있으며, 생명이 위험해졌다고 여겼던 것이다.

"그럼…… 형…… 형님은? 나는 비명 소리를 들었어요. 그리고…… 그리고 그 노랫소리……."

"자네 형은 치료받는 걸세. 오해가 있었던 걸세!"

나래는 상황을 깨달았다. 결코 덩치만 크고 힘만 센 무식쟁이는 아니었다. 보통 사람보다도 훨씬 영민했다. 곧바로 상황을 깨달은 나래는 그 자리에 푹 엎드리며 고개를 숙이며 외쳤다.

"제가 어리석었습니다. 죽여 주십시오. 그러나 형님만은 고쳐 주십시오."

그제야 사람들이 한숨을 내쉬었다. 특히 형천이나 축융은 얼굴까지 질린 상태였다. 나래의 무시무시한 기세는 아무도 막을 수 없었다. 형천 같은 경우 세상에 힘으로 싸워서는 자신의 적수가 없다고 스스로 자부했지만 나래가 아까처럼 죽기 살기로 나온다면 혼자서는 승패를 장담할 수 없었다. 실로 등골이 오싹했다.

형천은 속으로 탄식했다.

'형제가 하나같이 이렇게 대단하니 정말…… 하늘은 불공평하구나! 왜 저런 젊은이들이 주신에서 태어난 것인가?'

유망은 어느새 다시 희녜를 돌보고 있었다. 아까 힐끗 나래를 보았을 뿐, 유망의 손놀림은 쉰 적이 없었다. 마치 나래가 뛰어든 것을 보지 못했다는 태도였다.

헌원이 다가가 말하려고 하자 유망이 중얼거렸다.

"그래, 이거다. 사람을 고치는 자는 이래야 하는 거야. 이게 위에서 내려온 가르침이었지……. 오랫동안 잊고 있었어……."

유망은 진심으로 희녜를 돌보는 일에 열중하고 있었다. 아무도 말을 할 수 없었다. 부서진 막사 지붕에서 먼지가 가끔 떨어져 내리고 밖에는 지나족 전사들이 벌 떼같이 모여들었지만 문 앞에 뻣뻣이 서 있는 형천을 보고는 감히 안으로 뛰어들지 못했다. 기절했던 여인들도 소리를 내지 않도록 조심하며 몸을 일으켰고 소녀도 일어섰다.

유망은 대강 치료를 마쳤는지 휴, 하고 이마의 땀을 닦고서야 던지듯 주신 말로 말했다. 유망도 주신 말을 할 줄 알았다.

"나래라고 했나? 희네 동생이냐?"

나래는 고개만 더 깊이 숙였다. 실로 자신이 저지른 일은 엄청났다. 오해를 했다고는 하지만 다른 사람도 아니고 지나족의 대족장, 염제 신농의 막사를 무너뜨리고 사람을 해치려 했으니 당장 죽어도 할 말이 없었다.

유망이 말했다.

"너는 좋은 형을 두었구나."

유망은 기절해 있는 희네를 보면서 말했다.

"너도 좋은 아우를 두었다."

이내 유망은 지치고 권태롭기까지 한 목소리로 헌원에게 말했다.

"이봐, 헌원."

"예!"

"이 애는 오늘 밤에야 정신 차릴 테니, 자네가 데려다 주고 내일 다시 오라 이르게. 그리고……."

유망은 헛기침을 하더니 형천을 불렀다.

"이봐, 형천!"

"옛!"

형천이 씩씩하게 대답하자 유망은 화가 난 듯이 꾸민 목소리로 외쳤다.

"왜들 모여 있는 거냐? 내가 화가 나서 몇 놈 집어 던진 게 그렇게 신기하냐?"

"아, 그러게 말입니다."

형천은 그 말에 이 일을 덮고 유망이 전사들을 집어 던진 것으로 얼버무리는 의도가 있음을 얼른 깨닫고 웃으며 말했다. 나래가 버릇없이 뛰어들었다 해도 형천은 이 대단한 형제가 마음에 들었기 때문에 유망이 벌을 내리려 하면 막아 보리라 잠시 생각했었다. 그런데 유망이 일을 덮어 주려 하자 기분이 좋을 수밖에 없었다. 형천이 대답하고는 곧 밖에 소리쳐 알리자 유망이 외쳤다.

"뭣들 꾸물거리는 거야? 막사나 다시 지어! 또 집어 던지기 전에!"

지나족 사람들이 웅성거리며 흩어지자 그제야 유망은 피 웃으며 작은 목소리로 말했다.

"내가 뽐내려는 게 아니라, 이래야 모두 좋은 거 아니겠어?"

누루마이는 유망의 짓거리를 보고 처음에는 정이 많이 떨어졌는데 이제는 대단하고 심지도 깊은 사람이라 생각했다. 제멋대로인데다 경박해 보이기는 했지만.

누루마이는 마주 웃으며 고개를 숙였다. 이번만은 어느 정도 진심이었다.

유망은 소녀의 얼굴을 보고 미소를 지으며 외쳤다.

"다 물러가. 이제 난 피곤하다. 다 물러가라. 주신족이든 카린족이든 다 가. 볼일 끝났다."

헌원은 기다렸다는 듯 나래에게 희네를 안게 하고는 뒷걸음질 쳐 나갔다. 나래도 나가면서 여러 번 고개를 숙이며 말했다.

"이 은혜, 절대 잊지 않을 것입니다."

그러자 유망은 일부러 비꼬듯 웃으며 되받았다.

"네깟 게 잊지 않으면 뭘 하겠느냐? 어서 사라져라."

누루마이도 무라와 함께 헌원의 뒤를 쫓아나갔고 형천도 밖으로 나갔다. 그러다가 맨 마지막으로 축융과 금천이 나가려 하자 유망은 갑자기 얼굴을 굳히며 둘을 손짓해 불렀다.

둘이 다가오자, 유망이 말했다.

"저 두 놈, 아주 마음에 들어. 대단한 놈들이야. 그렇지? 더구나 치료하는 재미도 있고 말야……"

유망은 아까 나래가 자신의 장사들을 집어 던져 뚫린 구멍을 바라보았다. 구멍 너머로 아까 희네가 노래 부른 푸른 하늘과 흰 구름이 흘러가고 있었다.

유망은 아까 들은 노래 곡조를 흥얼거리며 되뇌었다.

"하늘은 푸르고 구름은 하얗네……."

그러다가 구석에 서 있는 소녀를 불렀다.

"소녀!"

"예……?"

소녀가 다가오자 유망은 힘없이 피식 웃으며 말했다.

"그 노래 너도 들었지?"

"예……."

"그 노래를 물건 소리로 들려줘, 오늘 밤."

소녀는 고개만 까닥했다. 별안간 유망이 역정을 냈다.

"가면 벗어! 내 앞이잖아!"

소녀가 가면을 급히 벗자 유망이 버럭 외쳤다.

"가만. 너 이제 가 봐. 물건 소리 연습해야잖아."

소녀는 어쩔 줄 몰라 돌아서려는데 유망이 빽 소리를 질렀다.

"얼굴 깎이고 싶어?"

소녀는 울 듯한 표정으로 가면을 쓰고는 막사 밖으로 흐느끼며 달려나갔다. 유망이 힐끗 눈짓을 하자 옆에 서 있던 여인들도 소녀를 도와주러 와르르 몰려나갔다.

유망은 지치고 권태로운 듯 무표정한 얼굴로 돌아가서는 손가락을 까딱거리며 막사에 뚫린 구멍을 바라보다가 금천과 축융에게 말했다.

"아까 이야긴데 말야……."

"예."

"그 두 녀석, 정말 좋은 놈들이지?"

둘은 이번에도 아무 대답을 하지 않았다. 그러자 유망은 무정하게 툭 내뱉었다.

"그러니 더더욱 살아선 안 돼. 그렇지?"

그 말에 축융이 목소리를 깔면서 대답했다.

"주신 놈들이니 할 수 없습니다."

"그래, 그렇지. 재미없군. 아까워. 하지만 뭐, 별수 없어. 회의가 끝나면 돌아가는 길에……. 알지? 아무도 모르게 말야."

금천과 축융은 표정 없이 고개를 깊이 숙였다. 순간 축융은 밝은 표정으로 살짝 미소를 지었지만 그 미소는 잔인해 보였다.

"헌원 놈과 형천은 모르게 해."

과묵해 보이는 금천이 짧게 물었다.

"주신 한웅과 같이 없앱니까?"

유망은 장난처럼 고개를 끄덕끄덕했다. 유망의 지치고 권태로워 보이는 무표정한 눈은 막사 위에 뚫린 구멍을 다시 바라보고 있었다. 그의 입에서 한마디가 흘러나왔다.

"늙은 놈, 젊은 놈. 다 없애야지."

금천과 축융은 또다시 깊이 고개를 숙였다. 유망은 여전히 손가락 장난을 놀며 두 사람이 절하는 모습은 돌아보지도 않았다. 그 순간, 유망의 눈에는 전보다 훨씬 짙은 권태와 피곤이 엿보였다.

세 가지 길

주신의 삼사는 각각 풍백, 운사, 우사라고 불린다.
풍백은 법과 질서의 수호자이고, 우사는 지혜로운 조언자이자 점술사이며
운사는 대주술사다.
풍백은 강한 전사를 배출하는 치우씨와 비씨 집안에서 주로 나오고,
운사는 주술사를 배출하는 고시씨나 신지씨, 간혹 부루씨 집안에서 맡지만
우사는 능력에 따라 누구든 될 수 있다.

유망을 만난 뒤 의식을 잃은 희네를 나래가 안고 헌원의 인도하에 지나족의 막사를 나서자, 어느새 소문을 들었는지 친구들이 모여들었다. 지나족 막사와 가까운 곳에 있던 발 빠른 마갸르족의 울쿠타가 새로 사귄 친구들에게 알린 것이다.

울쿠타와 야쿠타, 키탄의 야율쿠리, 미아우의 초초룬과 치베가 모여 지나족 막사 앞에서 웅성거리고 있었다. 희네가 피투성이가 되어 축 늘어져 있는 모습을 보고는 성질 급한 야율쿠리가 소리쳤다.

"누가, 내 벗 희네를 저런 꼴로 만들었단 말이냐? 어떤 놈이든 내, 가만두지 않겠다!"

초초룬도 남자 목소리로 욕을 해 댔다.

"지나족 놈들이 그랬다면, 내 당장 이놈들 막사에 독을 뿌려 버리겠다!"

치베는 말은 하지 않았지만 극도로 흥분한 듯 손에 들고 있던 활에 힘을 주었다 풀었다를 반복했다.

나래가 모두를 향하여 입을 열었다.

"형은 치료를 받다가 이리 된 거야. 섣불리 말썽을 일으키면 안 돼."

야율쿠리가 씩씩거리면서 나래에게 물었다.

"무슨 치료를 받는데 사람이 이렇게 된다는 말이냐?"

"그럴 일이 있으니 제발 소란 피우지 마."

문득 나래는 이런 소란이 벌어졌으니 아버지 치우우레까지 오는 게 아닌가 하는 생각이 들었다. 아버지가 오신다면 무슨 일이냐고 물을 것이며, 그러면 희네가 다리가 아파 치료를 받던 중이라는 이야기도 나오게 될 것이다. 그렇게 되면 큰일이라 나래는 얼른 두 손을 휘저으며 말했다.

"정말 고맙지만 이러면 안 돼. 일단 가자, 가자."

나래는 뒤를 따라오던 헌원에게 얼른 고개를 꾸벅 숙인 후 말했다.

"소란을 일으켜서 정말 미안합니다. 어떻게 뒷감당을 할지……."

헌원은 고개를 끄덕여 보였다.

"그건 걱정 말게. 염제 신농님은 한 입으로 두말하시지 않으니. 나야말로 미안하네. 막사 안에서 있었던 일은 자네나 자네 형도 잊어 주었으면 좋겠네."

나래는 얼른 자리를 피하고 싶어 짧게 대답했다.

"예."

"내일 사람을 보내겠네."

그 말만 남기고 헌원은 어느새 나타난 자신의 부하들을 시켜 주변에 모여든 자들을 흩어지게 했다.

나래는 어떻게 해야 하나 생각했다. 이렇게 큰 소란이 벌어졌는데 아버지 치우우레가 이 소식을 듣지 못한다면 그게 더 이상했다. 지금 가장 큰 문제는 아버지가 이 일을 알지 못하게 하는 것이었다. 자신의 막사로 갔다가는 치우우레의 눈에 띌 것 같았다.

다급한 목소리로 나래가 친구들에게 말했다.

"누가 막사를 빌려 주겠는가? 조용하고 멀리 떨어진 곳이면 더 좋다."

그러자 치베가 말했다.

"초초룬의 막사가 가장 조용하다. 빌려 줄 수 있겠나?"

초초룬이 기다리고 있었다는 듯이 대답했다.

"그러자. 내 막사에는 약도 있다. 어서 가자."

초초룬이 워낙 기이한 행동을 많이 했기 때문에 그녀의 막사는 다른 미아우족과도 멀찌감치 떨어져 있었다. 왜 이런 큰 회의에 저런 말썽쟁이를 데리고 왔는지 미아우 부족장의 속을 알 수 없었다.

아무튼 나래는 희네를 안고 달려서 초초룬의 막사에 왔고 친구들도 뒤를 우르르 따라왔다. 나래가 막사 안에 희네를 눕히자 초초룬은 검은색의 약과 뭔지 알 수 없는 나뭇잎들을 꺼내 상처 입은 희네의 몸에 약을 발라 주고 나뭇잎을 붙인 다음 말했다.

"염려 마라, 나래. 괜찮다. 이 약은 네가 준 호랑이 뼈로 만들었다. 아주 잘 듣는다. 금방 나을 거다. 조금 있으면 정신을 차릴 것이다. 이제는 그리 고통스럽지 않을 거다."

그때 힘없는 작은 목소리가 들려왔다.

"정말 그래. 왜들 법석을 떠는 거야?"

"형님!"

"난 괜찮아, 괜찮다구. 하하……."

희네가 생각보다 빨리 정신을 차리고 가냘프게나마 웃기까지 하자 다들 놀랐다. 야율쿠리는 초초룬의 약이 정말 신통하다고 생각했으나, 정작 초초룬은 약보다도 희네의 정신력이 강해 일찍 깨어난 것을 알고 웃었다. 나래와 치베는 희네가 정신이 든 것만으로도 반가워서 어쩔 줄 몰랐다.

정신을 차린 희네가 입을 열어 다시 말했다.

"이봐, 이봐. 이래서는 안 돼……."

"희네 안다(벗, 형제), 힘들 텐데 말하지 마라."

치베가 만류하자 희네는 힘없이 고개를 저으며 손을 까닥거렸다. 일으켜 달라는 것 같았다. 나래가 희네를 일으켰다.

"지금 이러고 있을 때가 아냐. 해야 할 일이 있다."

"방금까지 정신을 잃고 있던 사람이 무슨 할 일이 있다는 소리냐?"

야율쿠리가 고개를 저으며 막아서자 희네는 그 와중에도 웃음을 띠며 말했다.

"정신을 잃다니, 창피하군. 하지만 지금 할 일이 있어. 다들 내 부탁을 들어주겠어?"

"뭔데?"

모두 희네를 바라보자 희네가 차분하게 말했다.

"치베는 어서 주신 막사로 달려가서 내 벗인 양역을 데리고 와 줘. 조용히, 아무도 모르게 데리고 와야 해."

"알았다. 희네 안다."

"울쿠타와 야쿠타는 돌아가 있어. 너희 부족장이 너희를 찾을지도 모르는데, 둘 다 나와 있으면 안 돼. 그리고 돌아가는 길에 사람들에게 소문을 내도록 해."

"어떻게?"

울쿠타가 고개를 갸웃하며 물었다.

"지금 소란이 벌어진 게 나 때문인 걸 우리 아버지가 알아서는 안 돼. 그러니 일단 지나족 막사에서 있었던 일은 무조건 모른다고 해. 누구 때문에 일어난 일이냐고 사람들이 묻거든 카린산 여인족과 지나족끼리 말다툼이 있었다고 말해. 우리 이야기는 빼고 소문을 내라구, 알았지?"

"그런데 지나족 사람들이 많이 봤잖아? 그놈들 입은 누가 막지?"

초초룬이 걱정스러운 듯 묻자 희네는 고개를 저었다.

"지나족도 아마 그렇게 말할 거야."

"음? 어째서?"

핏기 없는 희네의 얼굴에 신비한 미소가 맴돌았다.

"유망이 그렇게 시킬 테고, 헌원도 그렇게 시킬 거야. 아마 우리 이야기는 하지 않을 거야."

다른 사람들은 희네가 무슨 말을 하는지 잘 이해할 수 없었으나 희네는 말을 이었다.

"초초룬."

"응?"

"이 막사를 사흘만 빌려 줄 수 있어?"

"그냥 달라고 해도 준다. 나는 다른 막사를 치면 된다."

초초룬이 시원하게 말하자 희네는 고개를 끄덕였다.

"넌 독 같은 걸 자주 만지지? 가끔 독을 만지다가 실수도 하고?"

"음? 그렇긴 한데……."

"잘됐어. 혹시 독처럼 냄새가 아주 심하면서 사람에게 해는 없는 그런 약초가 있어?"

"있어. 근데 왜?"

"그럼 그걸 이 막사 주변에 뿌려. 그리고 독이 퍼졌으니 아무도 이 막사 부근에 오지 말라고 소문을 내는 거야. 내가 좀 조용히 있어야만 하거든."

"아……! 알았다!"

초초룬은 얼른 일어나 바구니들을 부스럭거리며 찾기 시작했다.

"그리고 야율쿠리."

"왜?"

"혹시 나에게 염소 두 마리 정도 줄 수 있어? 나는 나중에 뿔활을 줄게."

"활 안 줘도 된다. 그냥 줄 수 있다."

"그래, 고마워. 그러면 너는 지금 나래와 씨름을 하도록 해."

뜬금없는 소리에 야율쿠리와 나래는 눈을 크게 떴다.

"씨름?"

"그래, 씨름. 오늘 하루 종일 하는 거야. 나중에는 아주 호되게 당해서, 내기로 뭘 잃은 거야. 그걸 우리 아버지에게 전해 줘야 해."

야율쿠리는 이해가 가지 않는 듯 물었다.

"지금 하면 하는 거지, 언제 하루 종일 했냐? 그리고 내기로 잃다니? 무슨 소리인지 모르겠다."

"내기 물건은 더 좋은 것으로 돌려줄게. 그렇게 해야 우리 아버지가 이 일을 모를 거야."

야율쿠리는 한참 더 듣고서야 이해했다. 즉, 나래와 희네가 자신과 하루 종일 씨름하고 있었다는 이야기를 미리 아버지에게 전해 주어 나중에 혹시라도 희네 나래가 지나족 막사에서 소란을 피웠다는 것을 입막음하자는 것이었다.

그래도 야율쿠리는 아직 이해가 되지 않는 부분이 있다는 듯이 물었다.

"그러면 그냥 그렇게 하면 되지, 왜 지금 씨름을 해야 하는가?"

"씨름을 하지 않으면 너는 거짓말을 한 게 돼. 아무리 나를 위해서라지만, 벗에게 있지도 않은 새빨간 거짓말시키기는 싫어."

"어차피 거짓말은 거짓말 아닌가? 벗을 위해 이런 작은 거짓말은 할 수도 있다."

그러자 희네가 웃으며 고개를 저었다.

"더 큰 까닭이 있어."

"그건 뭔가?"

"내가 거짓말을 시키기는 하지만 난 거짓말쟁이가 싫거든."

그 말에 모두 와, 웃었다. 초초룬은 아예 허리를 부여잡고 한참 웃다가 입을 열었다.

"희네여, 너 정말 웃기는구나. 하하하."

희네도 따라 웃었다.

"난 원래 거짓말을 아주 싫어해. 거짓말은 해선 안 되지만 할 수밖에 없을 때가 있지. 하지만 할 수 없이 하는 거짓말이라도 지킬 건 지켜야 해. 거짓말도 다 같은 거짓말이 아니야. 좋은 거짓말이란 없고, 안 하면 안 할수록 좋지만, 그래도 할 수 없을 때는 두 가지만 지키면 돼."

"어떤 두 가지?"

"첫째로 없었던 일을 지어서 만드는 거짓말은 안 돼. 두 번째, 거짓말로 누구에게 손해를 끼쳐도 안 돼. 많이 생각해 보고 그럴 수 있을 때만 거짓말을 할 수 있는 거야. 나는 많이 생각했는데, 이 두 가지만 지킨다면 비록 거짓말을 해도 하늘에 그리 부끄럽지 않을 거야. 내 벗들도 그렇게 해 주었으면 좋겠어."

희네가 계속 웃으며 차근차근 맑은 목소리로 덧붙였다.

"울쿠타, 야쿠타. 카린족과 지나족의 싸움은 정말 있었어. 너흰 우리가 거기서 어떻게 끼어드는지 못 봤으니, '우리는 못 봤다'라고 하면 돼. 그러니 거짓말을 한 게 아냐."

울쿠타와 야쿠타는 고개를 끄덕였다.

"초초룬, 너는 약간은 거짓말을 한 셈이지만 아무에게도 피해가 가지 않구."

초초룬도 웃으며 고개를 끄덕였다.

"그러니 야율쿠리, 나래. 너희도 멋들어지게 씨름을 한판 하도록 해. 그러면 큰 거짓말은 하지 않게 되니까."

야율쿠리가 시원하게 대답했다.

"좋아, 좋아. 희네 너는 정말 생각이 깊은 벗이다. 벗의 말을 어길 수는 없지. 내 나래를 이기려고 특별히 배워 둔 기술이 있다. 이번에는 잘 안 될걸, 나래?"

야율쿠리와 나래가 밖으로 나가자 초초룬은 희네가 볼 수 있도록 막사에 쳐진 가죽 장막을 거두어 주었다.

야율쿠리는 자세를 낮추어 허리를 굽히고 기다란 양팔을 획획 내뻗었다. 야율쿠리는 덩치도 컸지만 특히 팔이 아주 길고 힘이 좋았는데 그렇게 팔을 휘두르니 접근할 수가 없었다. 나래와 야율쿠리의 씨름은 상대를 넘어뜨리는 편이 이기는 것이며, 치거나 상처를 주어서는 안 되었다.

야율쿠리의 힘이 상당해서 섣불리 접근하다가 팔에 잘못 걸리면 아무리 힘이 센 나래라도 곤두박질칠 우려가 있었고, 야율쿠리가 자세를 낮추었기 때문에 팔을 되잡기도 힘들었다. 더구나 허리를 굽혀 안정되고 빈틈이 없는 자세였다.

나래는 오호, 하며 탄성을 올렸다.

"제법인데? 어디서 배웠니?"

"타타르족 제일의 씨름꾼 보챠두에게 염소 열 마리나 주고 배운 기술이다! 자, 덤벼 봐라, 나래!"

문득 나래는 아까 무라와 겨룰 때 무라가 빠른 몸놀림으로 자신의 주위를 돌아서 당황하게 했던 것을 떠올렸다. 나래는 발을 박차 야율쿠리의 주위를 빠르게 맴돌았다. 모습이 수십 개로 불어나 보일 정도였던 무라만큼의 속도는 아니었지만, 나래의 속도도 허깨비 같아서 모습이 보이지 않을 정도로 대단했다.

야율쿠리는 깜짝 놀랐다. 자세를 낮추고 팔을 휘두르는 것은 정면의 적을 상대할 때는 효과가 있었으나 이렇게 나래가 맴을 도니 오히려 뒤가 불안했다. 허겁지겁 나래를 좇아 뒤로 돌기는 했으나 엉거주춤하여 몸을 돌리기가 힘들었다.

나래는 더 빨리 돌았다. 그러자 야율쿠리는 어쩔 줄을 모르며 돌다가 오히려 발걸음이 흐트러졌다. 그 순간 나래가 형천이 했던 것처럼 어깨로 들이받자 야율쿠리는 저만치 날아가 넘어져 버렸다. 물론 나래는 형천만큼 거칠게 몰아붙이지는 않고 작은 힘만 썼을 뿐이다.

넘어진 야율쿠리가 누운 채 박수를 치며 감탄했다.

"대단하다! 대단해! 그 수법은 어디서 배운 거야?"

"맴도는 것은 카린족 여전사가 썼던 기술이고, 어깨로 부딪치는 건 형천이 썼던 기술이야."

나래의 말에 야율쿠리는 깜짝 놀랐다.

"벗, 나래여. 너 형천과 무슨 일이 있었나?"

나래는 담담하게 대답했다.

"한 번 부딪쳤다. 아직도 얼얼하구나."

별안간 야율쿠리가 우하하 웃으면서 덩실덩실 춤을 추었다. 초초룬이 화를 내며 야율쿠리에게 쏘아붙였다.

"너 미쳤냐?"

춤을 멈추고 야율쿠리가 정색을 하며 대꾸했다.

"이봐, 이봐. 형천은 당할 자가 없다는 세상 제일의 장사다. 그런데 나래는 그 형천과 부딪고도 멀쩡하니 나래 역시 세상 제일 장사가 될 수 있는 장사다!"

그 말에는 초초룬도 흐뭇해했다. 친구가 천하제일의 장사에게 인정을 받았으니까.

"근데 나는 그런 나래와 씨름하면 아주 가끔이지만 이긴다. 그러면 나도 세상 제일이 될 수 있는 장사 아닌가? 하하……."

야율쿠리의 말에 초초룬의 인상이 험악해졌다.

"에라, 이 멍청아! 나래가 봐준 걸 모르냐? 그리고 그런 장난 씨름하고 정말 싸움이 어떻게 같아!"

초초룬이 버럭 화를 내며 몰아붙이자 야율쿠리도 멋쩍었는지 머리를 긁적거렸다. 아주 가끔 나래를 이기긴 했으나 나래의 힘은 자기보다 훨씬 강했다. 자기는 그때 죽을힘을 다했지만 나래는 담담히 웃던 것이, 아무래도 그렇게 힘을 쓴 것 같아 보이지 않았다.

희네가 웃으며 야율쿠리를 바라보았다.

"야율쿠리, 그럴 것 없다. 좀 더 기술을 배우기만 하면 더 강한 장사가 될 거다."

나래도 한마디 거들었다.

"형천이나 끽구는 물론 세지만, 너도 그들에 못지않을 거야."

그 말에 야율쿠리는 기분이 좋아졌다.

"고맙다. 아무튼 난 씨름에서 졌구나. 아주 오랜 승부였다. 하루 종일 싸웠지만 이기지 못했구나. 내, 약속대로 너희 아버님께 염소 두 마리를 드리겠다. 반드시 아버님을 찾아서 직접 전해 드리겠다. 씨름 이야기도 자세히 하겠다."

야율쿠리가 덩치답지 않게 눈치 빠르게 말하자 희네가 한마디 주의를 주었다.

"나래가 카린족이나 형천에게 배운 기술을 썼단 말은 하지 마라."

야율쿠리는 이마를 찰싹 치며 웃었다.

"아차, 그렇구나. 하마터면 그 말까지 지껄일 뻔했다."

야율쿠리는 껄껄 웃으며 돌아갔다. 곧이어 야쿠타와 울쿠타도 자리를 떠났고, 초초룬도 약 가루를 막사 주위에 뿌리고 나서 미아우 사람들에게 소문낸다면서 막사를 떠났다.

단둘이 남게 되자 희네가 나래를 불렀다.

"아우야."

"왜, 형님?"

"다들 갔구나. 조용해졌으니 네가 할 일이 있다."

"뭔데?"

"나는 아까 잠깐 정신을 잃었지만, 계속 정신을 잃고 있었던 건 아니다. 네가 뛰어들 때 어렴풋이 정신이 들었어. 그래서 사정을 알게 되었다만⋯⋯."

희네의 얼굴빛이 엄숙해졌다.

"아주 중대한 일이다. 내일 유망이 치료받으러 오라 했지?"

"응. 근데 갈 거야? 정말?"

"가야 한다. 치료가 문제가 아니라 더 중요한 일이 있거든."

"그게 뭔데?"

희네는 나래의 말에 대답하지 않고 덧붙였다.

"그건 아직 몰라도 된다. 유망은⋯⋯ 나를 치료해 줄 수 있다던?"

"응."

"그렇구나⋯⋯. 그럼 너는 지금 비렴님을 찾아가거라. 내가 유망에게 치료받는다는 건 말하지 말고, 아파서 한웅님 지키는 일을 할 수 없다고만 전해 줘."

"근데 더 중요한 일은 뭐야?"

"잘은 모르겠지만 유망이 무슨 일을 꾸미고 있는 것 같다."

"일?"

"아주 위험한 일을 꾸미는 것 같아."

"어떤 위험한 일?"

"아직 분명하지는 않아. 둘 중 하나인데……."

그때 막사 밖에서 낯익은 묵직한 목소리가 들려왔다.

"희네 있는가?"

바로 풍백 비렴의 목소리였다. 희네와 나래는 깜짝 놀랐다. 비렴이 천천히 초초룬의 막사 장막을 거두며 안으로 들어섰다. 그리고 더더욱 놀랍게도 우사 병예와 운사 신지울태가 그 뒤를 따라 막사 안으로 들어섰다.

"아니…… 큰스승들께서 어떻게……."

나래와 희네가 놀라 동시에 입을 열자 비렴이 씩 웃어 보이며 집게손가락을 세워 입에 갖다 대었다.

키가 작은 우사 병예가 입을 열었다.

"큰 소리 내지 말게. 여기가 외딴곳이기는 하나, 조용히 해야 하느니."

신지울태도 작은 목소리로 나직하게 말했다.

"우리가 너희를 만난 것, 아무도 알면 안 되는 것이야."

신지울태는 '것이야, 것이다'로 말을 맺는 버릇이 있었는데, 그 말투가 때론 신비스럽게 느껴지곤 했다.

나래와 희네는 곧 입을 다물었다. 희네가 작은 목소리로 물었다.

"어찌하여 저희를 만나러 오신 것입니까?"

"왜 왔겠느냐?"

우사 병예가 주름살투성이의 얼굴에 미소를 지으며 되묻자 희네가 천천히 말했다.

"혹…… 저희가 해야 할 일이 있습니까?"

그러자 신지울태가 살짝 웃으며 비렴에게 말을 건넸다.

"이 아이는 정말 똑똑하니 잘해 낼 수 있을 것이에요."

비렴이 신지울태에게 고개를 끄덕여 보이고는 희네에게 말했다.

"그렇다. 너라면 해낼 수 있겠구나."

"무슨 일입니까?"

나래가 물었으나 삼사는 빙그레 웃기만 했다. 마치 희네에게 무엇인지 이야기해 보라고 하는 듯했다.

희네는 생각해 보다가 천천히 말문을 열었다.

"혹…… 제가 유망의 막사에서 알아 올 것이 있습니까?"

그 말에 병예가 놀라는 표정을 지으며 물었다.

"어찌 알았느냐?"

희네는 태연한 표정으로 대꾸했다.

"병들고 아픈 제가 할 수 있는 일이 달리 있겠습니까? 다만 제가 유망의 막사에서 치료받게 된 것만이 남과 다른 것이니, 그 때문에 오신 것 아니겠습니까?"

신지울태가 특유의 조용하고도 사근사근한 말투로 병예에게 말했다.

"그것 보아요. 내 말이 맞지 않아요? 저 아이는 알아서 잘할 것이에요."

병예는 탄식하듯 내뱉었다.

"참으로 똑똑하구나. 놀랍구나."

삼사에게서 그런 말을 듣는다는 것은 대단한 일이었다. 허나 희네는 그 말을 듣고 피식 웃을 뿐이었다.

"저희의 일을 손바닥 보듯 아시는 세 분이 더 대단합니다."

신지울태가 희네에게 말했다.

"그것은 어려운 일이 아닌 것이야. 한웅님을 뫼실 너희에게는 그 때문에 우리가 주술을 가르쳐 준 것이야."

"그 때문이라고요?"

신지울태가 미소를 지으며 말했다.

"그때 새긴 부적 무늬가 있었지 않아?"

"그렇습니다."

"그 무늬가 새겨진 사람들이 어디 있는지 무늬를 새긴 사람은 알 수 있는 것이야. 한웅님을 지키기 위해서는 똘똘 뭉쳐야 하기 때문에 무늬를 새긴 것이야."

비렴이 덧붙여 이야기했다.

"그래서 우리는 너희가 유망의 막사로 가는 것을 알았다. 아픈 네가 유망의 막사로 가서 할 일이 뭐가 있겠느냐? 치료를 받으러 갔겠지. 유망 막사에서 일어난 소동에 대해서도 들었다."

이어서 병예가 덧붙였다.

"내가 걱정이 되어 네 막사로 가 보았는데, 마침 네 벗인 치베라는 몽골 아이가 양역을 만나는 것을 보았느니라. 너는 그 아이에게 양역을 데려와 달라고 했지?"

"예……"

이번에는 신지울태가 말했다.

"그래서 우리는 사정을 다 알게 된 것이야. 그러고 나서 잠시 생각을 해 보다가 달려온 것이야."

"그렇군요……"

희네가 고개를 끄덕이자 비렴이 물었다.

"유망을 만나 보았지? 사람됨이 어떤 것 같더냐?"

희네는 잠시 생각하다가 말했다.

"좀 위태위태한 듯싶었습니다. 무슨 일을 저지를 것 같았어요."

"그래, 잘 보았다. 유망은 본래 용감하고도 선량한 영웅이었는데 요 몇 년 사이에 이상하게 변해 버렸어. 우리는 그가 무슨 일을 저지를까 봐 걱정하고 있단다. 하지만 사람의 속마음을 어떻게 알겠느냐……."

"제가 할 일은 유망이 무슨 짓을 하는지 알아내는 것입니까?"

희네의 물음에 비렴이 고개를 끄덕였다.

"그렇다. 유망은 요즘 주신 사람들을 무척이나 꺼리고 있어. 그래서 그가 무슨 생각을 하는지 알기가 힘들다. 천만다행으로 네가 유망의 근처에 있게 되었으니, 우리로서는 너에게 부탁을 하지 않을 수 없구나."

지켜보고 있던 나래가 곤란한 표정을 지었다.

"허나 몸 아픈 형이 어떻게 그런 일을 합니까?"

"큰일을 해 달라는 것은 아니다. 다만 유망의 부근에서 네게 보이고 들리는 것만 우리에게 전해 주면 된다. 유망의 말을 들을 수 없다면 그가 누구를 만나는지 어떤 사람들이 찾아오는지만 보면 된다. 못 보게 되어도 탓하지는 않을 것이니 무리하지는 말거라. 그다음 일은 우리가 알아서 하겠다."

병예도 한마디 거들었다.

"내 꿈이 아무래도 심상치 않으니. 몹쓸 짓을 할 녀석은 유망밖에 없어. 그러니 네가 그 일을 하는 것은 한웅님을 옆에서 뫼시고 지키는 것이나 매한가지인 것이니."

희네는 잠시 생각하다가 고개를 끄덕였다. 나래는 걱정이 되어 뭔가 말하려 했으나 희네는 나래에게 고개를 저었다.

"할 수 있는 데까지 해 보겠습니다."

"그래, 고맙네."

"아버님은 모르게 해 주십시오."

비렴이 고개를 끄덕였다.

"알았네. 약속하지."

신지울태도 자상한 표정을 지으며 걱정스러운 듯 희네에게 말했다.

"희네, 위험하게 나서지는 말아야 하는 것이야. 더 알아내겠다고 욕심을 부려서 나서지는 말아야 하는 것이야. 보이는 것만 보고 들리는 것만 들으면 되는 것이야."

친할머니처럼 걱정해 주는 신지울태가 고마워서 희네는 싱긋 웃어 보이며 대답했다.

"알겠습니다."

희네는 '걱정하지 않아도 되는 것이에요.'라고 말하고 싶었으나 버릇없어 보일까 두려워 그 말은 꿀꺽 삼켰다.

"그런데 어떻게 말을 전합니까?"

희네가 묻자 비렴이 방법을 말해 주었다.

"자네는 간간이 아우를 보고 싶다고 말하게. 나래도 형이 보고 싶다고 하며 매일 들리도록 하게. 형제가 만나고 싶어 하는 것을 누가 말리겠는가? 그럴 때마다 말을 전해 주면 되네. 나래 자네는 우리와 같이 연습을 하되 매일 한 번씩은 형을 만나러 가 보도록 하게. 그래 봐야 며칠밖에 안 남았네만."

"만약 못 만나게 하면요?"

"그때는 내가 다른 길을 찾아볼 것이니 염려 말게."

비렴이 든든하게 말하자 희네는 두말없이 고개를 끄덕였다. 이윽고 삼사는 자신들이 희네와 만난 것을 다른 사람이 알면 안 된다고 하며 이내 자리를 떠나 사라져 버렸다.

밖이 어두워졌다. 희네는 기운 없는 듯 누워서 숨을 고르고 있었고, 나래는 옆에 앉아 뭔가 골똘히 생각하다가 형에게 물었다.

"그런데 유망이 왜 그런 짓을 하려는 걸까?"

희네는 잠시 생각하다가 진지하게 이야기했다.

"유망은 주신과 전쟁을 하려는지도 몰라."

엄청난 말에 나래는 얼굴에 찌푸렸다.

"흠……."

"너는 보지 못했겠지만, 그들은 주신 사람을 대단히 꺼렸다. 그리고 유망은…… 내가 볼 때 정상적인 사람 같지가 않았다. 아주 큰일을 앞두고…… 들뜨고 흥분한 것 같았어. 수상해. 그 부하들…… 형천이나 헌원은 그래도 낫지만 축융이나 금천 같은 녀석들은 노골적으로 주신을 적으로 생각하는 눈치였어."

"지나족과 주신족은 원래 사이가 나빴잖아?"

"그 정도가 아니야. 축융 같은 녀석은 내가 나중에 주신의 영웅이 될 사람이니 이 자리에서 죽여 버려야 한다고까지 했어. 이건 전쟁중인 부족 사이가 아니라면 있을 수 없는 일이야. 전쟁이 시작된 것은 아니지만, 놈들은 전쟁중이라고 생각하는 듯했다."

"지나족은 주신족과 전쟁할 만큼 강하지도 않을 텐데."

"아직은 그럴지도 모르지. 그러나 만약 주신이 혼란스러워진다면?"

"혼란?"

"지금 사와라 한웅께서는 나이가 많으시지만, 아들이 없으시다. 그리고 지금이 이 대째 사와라 한웅이시니, 이제 삼 대째를 준비해야 하잖아. 아들이 없기 때문에 이번에는 한웅 집이 아닌 다른 집안에서 나와 이름이 바뀔 때이기도 하지. 만약 이때 한웅님이 돌아가신다면……."

그 말을 듣고 나래는 눈을 크게 떴다. 한웅은 한 집안에서만 나는 것이 아니었고, 다섯 개의 큰 집안에서 나왔다. 지금의 사와라 한웅은 고시 집안 출신이었다. 한 집안에서 나온 한웅은 큰 아들이 있을 경우 삼 대까지 이름을 그대로 이어 간다. 즉, 지금의 사와라 한웅은 이 대째 내려오는 고시 집안 출신의 한웅이었다. 그런데 이번 한웅은 아들이 없었고, 삼 대가 거의 차 가는 이 대째였다.

"그러면?"

"아마 다음 한웅을 놓고 분란이 일어날 거야. 다른 집안은 아들이 없으니 다른 집안에서 한웅을 세워야 한다고 할 거고, 고시 집안은 자기 집안에서 세 번째 한웅을 채워야 한다고 할 거다."

"아들이 없으면 다른 집안에 자리를 넘기는 게 당연하잖아."

"고시 집안이 순순히 그렇게 할 것 같니? 고시 집안 우두머리가 누구지?"

"그건……."

고시 집안의 우두머리는 바로 형제의 외할아버지이자 그들이 가장 미워하는 사람이기도 한 고시울률이었다. 희네는 외할아버지가 결코 만만히 넘어갈 사람이 아니라는 사실을 알고 있었다. 고시울률의 속 좁은 성격은 헌원까지도 알고 있을 정도였다.

희네는 한숨을 내쉬며 말했다.

"나래야, 유망은 위험한 사람이다. 무슨 짓이든 태연히 해치울 수 있는 사람이야. 만약…… 그가 주신과 전쟁을 일으키려 한다면 그가 노릴 수 있는 방법은 그것 하나뿐일 거야. 그저 맞대들고 싸워서는 힘이 모자라다는 사실을 그도 알 거다. 지나족은 구리 무기 만드는 법도 모르고, 사울아비처럼 강한 전사도 없어. 하지만…… 하지만 한웅님이 돌아가시고 주신 안에서 서로 싸우는 난리가 일어난다면…… 그때는 해볼 만하다고 생각할 거야. 내 생각이 틀리기만 바랄 뿐이지만……. 그래서 유망은 한웅님을 노리는 것 같아."

나래는 엄청난 이야기를 듣고 잠시 눈앞이 캄캄해졌다. 이야기의 내용 때문에도 놀랐지만, 그런 것을 미루어 추측하는 형의 명석함에도 놀

랐다. 그러나 환자나 다름없는 형을 혼자 그런 유망의 막사로 보내기는
싫었다.

"그렇다면 형님 혼자 보내기는……."

"나래야. 그러고 보니 비럼님이 우리를 찾아와 도움이 되어 달라고
한 것부터 이번에 내가 유망에게 가게 된 것, 세 큰스승님이 찾아오신
것, 이 모두가 보통 일은 아니었어. 안파견 한님께서 우리 형제에게 한
웅님을 지키라고 그렇게 만드신 것 같구나. 지금 유망을 만날 수 있는
사람은 나뿐이고, 우리 형제는 한웅님을 지키기로 맹세까지 하지 않았
니? 그러니 우리가 할 수 있는 일은 해야 한단다. 더구나 내 짐작이 그
렇다는 것뿐이지, 증거가 없어. 증거를 찾아야 하잖아."

"하지만 너무 위험해. 형님은 내가 지켜야……."

"확실한 일은 아니니 그럴 것 없다 하지 않니. 그리고 너는 가서는 안
된다. 아까도 네가 뛰어들어 한바탕한 모양인데, 그런 너를 데리고 갈
수는 없어."

"그래도……."

"아니야. 나는 다쳐서 치료를 받으러 가는 거다. 너를 데리고 가면 내
가 오히려 위험해진다."

"축융이나 그런 놈들이 형님을 보는 눈빛이 아무래도 기분 나빠."

나래는 축융이 희네를 죽이려 했던 것은 모르고 있었으나 느낌만으
로도 불안해했다. 그러자 희네가 타이르듯 말했다.

"그래서 더 안 되는 거야. 지금은 그냥 경계하는 정도겠지만, 네가 뛰
어들거나 내 속셈을 알게 되면, 그때는 정말로 살아날 도리가 없어. 아
무리 우리가 주신 사람이지만 유망은 지나족의 대족장이다. 그가 우리
를 해치려고 한다 해도 지금 여기서는 아닐 거야. 그러니 일단은 나 하
는 대로 맡겨 둬라."

"그놈들이 앞으로 우릴 해치려 할 거라고?"

나래의 목소리에 당황스러움이 묻어나자 희네가 눈을 빛냈다.

"나래야, 너는 힘을 너무 보였어. 과했다. 호랑이를 잡고, 세상 제일의 장사라는 끽구나 형천과도 맞섰어. 나도 적당히 굽힐 것을 공연히 기를 세웠던 것 같고…… 그동안 잘 참아 왔는데 이번에 들떠서 지나쳤다. 그 정도만 되어 보여도 위험하다 생각하는 거겠지."

"형님이 똑똑하고 내가 힘이 센 게 왜 위험한 거야?"

"커다란 고목나무는 베기 힘들지만, 자라기 전에 밟아 주면 부러져 죽는 법이잖아."

나래가 고개를 갸우뚱하자 희네는 차근차근 설명했다.

"우린 성인식도 치르지 않은 어린 사울아비들이다. 하지만 그들은 대부족장이고 많은 부족에게 알려진 사람들이야. 적이 될 것 같으면 우리가 더 자라고 힘을 모으기 전에 처치하는 게 낫다고 여길지도 몰라. 더구나……"

희네는 고시울률의 이야기를 하려다가 그만 입을 다물었다. 이번 태산 회의 때 일은 분명 나중에 고시울률의 귀에도 들어갈 것이다. 그러면 고시울률은 그들 형제를 그냥 두지 않을 것 같았다. 어머니 미리내의 일이 그들 형제에게는 철천지한(徹天之恨)이 되었고, 그것을 고시울률도 느끼고 있을 것이기 때문이다.

어머니의 죽음 이후 그들 형제는 외할아버지 고시울률에게 큰 반감을 가지게 되었으며, 고시울률도 분명히 알고 있었다. 그러나 고시울률은 자기 딸이 죽은 것이 그들 형제 때문이라고 생각하여 형제를 공공연하게 미워하게 되었으며, 높은 자리를 이용하여 아버지 치우우레가 더 높은 자리에 오르지 못하도록 방해했고, 그들 형제에게도 감시의 눈초리를 번득였다.

지금의 기준으로 보면 한 집안이지만, 당시의 기준으로 보면 같이 살고 있지 않으면 그렇게 혈족 의식이 강하지 않았기에 그 정도의 관계는 없는 것만 못했다. 즉, 그들의 아버지 치우우레는 고시울률과 가까운 관계일 수 있지만 그들 형제는 관계가 없는 것이나 마찬가지이다.

그리고 그런 원한 관계가 생기면 반드시 갚는 것이 당시의 일반적 관습이었다. 원한이 있다면 오히려 치우 형제는 고시울률을 없애야 하는 게 당시로서는 옳았고, 고시울률로서는 그럴 낌새가 보인다면 외손자라 해도 밟아 버리는 것이 당연했다.

희네가 무심코 한숨을 쉬었다.

"아무래도 태산 회의 때 우리가 뭔가 해야겠어."

"왜 꼭 그래야 하지?"

나래가 묻자 희네는 서글픈 미소를 지었다.

"나래야, 잘 생각해 보렴. 너는 왜 생각을 안 하니?"

"무슨 생각?"

"나래야, 우리 아버님이 왜 치우웃뜸이 못 되셨지?"

치우웃뜸은 치우 집안의 우두머리를 일컫는 호칭이었다.

"그야…… 외할아버지 땜에……."

"그래. 외할아버지가 아버지를 싫어해서, 치우괄괄 아저씨를 웃뜸으로 세웠지."

"하지만 치우괄괄 아저씨는 아버지와도 친하고, 나쁜 분이 아니잖아."

"그건 그래. 허나 치우괄괄 아저씨는 큰 병이 들어 제대로 움직이지도 못하고 계셔. 그런데 아들들이 누구지?"

그 말을 듣는 순간 나래의 안색이 어두워졌다. 치우괄괄에게도 형제가 있었는데 치우가람과 치우바람이라고 했다. 그들은 희네 나래보다 세 살, 두 살씩 나이가 많았는데 이미 성인식을 치러서 성과 이름을 받았다. 그들 형제는 음험하고 시기심이 많은데다가 치우웃뜸의 아들이라고 우쭐거리며 희네 나래 형제를 무시하고 질투했다. 희네의 지혜와 나래의 힘이 센 것을 알고, 그들 형제가 행여 두각을 나타낼까 봐 갖은 짓을 벌였다.

나래가 화가 치밀어 몇 번이나 그들과 부딪치려 했지만, 희네는 계략이란 것을 알고 나래를 잘 제어해 왔다. 가람과 바람 형제가 고시울률의 손발이 되어 움직이고 있다는 것은 신시에서도 널리 알려진 사실이었다.

나래가 대답하지 않자 희네는 계속 말을 이었다.

"지금껏 그들 형제가 우리를 계속 건드린 것은 우리를 싫어하기 때문이기도 하지만 그보다는 외할아버지가 시켰기 때문이야. 우리 형제가 정말 위험한지, 아니면 조금 힘이 센 정도라 무시해도 될 만한 아이들인지를 알아보려는 거겠지. 그래서 너에게는 힘을 절대 다 쓰지 말고 있는 힘의 반만 내라고 했고, 나도 자부 선생의 가르침이 싫다고 하면서 일부러 말을 듣지 않고 싸돌아다녔지. 우리 형제를 제발 작게 봐 달라고 말야. 하하……."

희네는 잠깐 웃다가 덧붙였다.

"그런데 이번 태산 회의 때 너무 많은 일이 터졌어. 호랑이나 끽구 일은 그럭저럭 괜찮지만, 형천과 맞대결한 건 어떻게 할 수가 없어. 유망이나 헌원이 입단속을 한다 해도 그 광경을 본 지나족이 많고, 카린족도 보았어. 결국은 소문이 돌아 외할아버지 귀에도 들어갈 거고…… 그러면……."

"내 잘못이야……."

나래의 얼굴빛이 어두워졌다.

"그런 생각할 필요 없다. 이제 우리는 좀 더 힘들어질 거야. 유망과

부하들도 우릴 좋게 보지 않고, 외할아버지나 가람 바람 형제 놈들도 무
슨 짓을 할지 몰라."

"그럼 어떻게 하지?"

침울한 목소리로 나래가 묻자 희네는 웃어 보였다.

"너무 걱정 마라. 언젠가는 닥칠 일이었어. 드러나 버린 이상, 우리는
어떻게든 힘을 키워야 해. 외할아버지가 우리를 만만히 건드리지 못하
도록 말야. 지금대로라면 우리는 치우가람이나 바람에게도 밟히고 만
다. 지금 우리가 갈 수 있는 길은 세 가지가 있어."

"세 가지?"

"하나는 신시로 돌아가지 않고 떠나 버리는 길이야. 이번 길에 우리
는 좋은 친구가 될 수 있는 사람들을 많이 만났어. 보돈차르나 카린족도
그렇고 야율쿠리나 울쿠타, 야쿠타, 초초룬, 치베. 모두 좋은 사람이고
큰 도움이 될 벗들이야. 몽골족이나 키탄, 카린족까지 다니면서 친구들
을 만나고 선인들을 찾고 해서 우리를 도와줄 친구들을 많이 만드는 거
야. 헌원도 선인들을 부하로 거느렸는데, 우리라고 왜 못하겠어. 그래서
밖에서 힘을 기르고 몇 년 뒤에 신시로 돌아오는 거야."

나래가 고개를 끄덕였다.

"헌원도 좋은 사람 같더군."

나래의 말에 희네는 눈을 빛내더니 무슨 말인가 하려다가 입을 다물
었다. 희네는 헌원이 실제로 대단히 속이 깊어 짐작조차 할 수 없는 사
람이라 생각했기 때문이다. 희네 생각에 헌원은 진심으로 도움을 주기
는 하지만 내심 그들을 다른 선인들처럼 부하로 거느리고 싶어 하는 듯
했다. 그러나 아직 나래에게 그런 말을 할 필요는 없었다. 나래는 희네
의 생각을 짐작하지 못한 듯 다시 물었다.

"다음 길은?"

"다음 길은 유망의 속셈을 알아내서 한웅님을 지키는 데 공을 세우는 거야. 이것도 다 안파견 한님이 이렇게 되라고 하셨는지도 모르지. 유망이 나를 치료하자면 자신의 막사로 데려가야 하고, 내가 정신을 차리지 못하면 나를 계속 자기 막사에 둘 수밖에 없어. 그러면 유망의 속셈을 알 수 있을지도 몰라. 그것을 알아내고 공을 세우면 세 큰스승들도 우릴 인정할 거고, 어쩌면 한웅님께도 인정받을지 몰라. 그렇게만 된다면 우리는 외할아버지가 해치려 해도 그냥 밟힐 약한 싹이 아니야. 유명해지고 큰사람이 되어서 저쪽에서 섣불리 건드리지 못하도록 하는 거지."

나래는 감탄하여 고개를 끄덕였다. 형의 머리가 좋은 것은 알았지만 이렇게 만나는 모든 일을 기회로 삼고 일거수일투족을 용의주도하게 배려했을 줄은 모르고 있었다.

"대단해, 정말……."

나래가 말끝을 흐리자 희네는 씩 웃었다.

"그렇다고 다 좋은 건 아냐. 첫 번째 길은 우리가 주신을 떠나 새 부족을 만드는 거나 다름없으니 힘들고, 두 번째 길은 유망이 만만한 자도 아니니 좋지 않은 일이 생기길 바라는 것 같아서 문제가 있지."

"그럼 세 번째는 더 좋은 방법이야?"

"그럼! 더 좋은 방법이지."

"그게 뭔데?"

나래가 채근하자 희네는 맑게 웃으며 말했다.

"두 길을 다 가는 거야. 둘 다 버리기 아까우니, 둘 다 가는 거지."

말을 끝내고 희네는 맑게 하하 웃었다. 나래도 어이가 없고 걱정도 되고 하여 덩달아 웃었다.

"나래야, 네 싸움 기술과 힘은 세상 제일이야. 하지만 나처럼 아픈 사람도 누워서 정신을 잃고도 싸울 수 있다는 걸 보여 주마. 난 유망을 이길 거다. 이겨서 그 녀석의 뱃속에 품은 생각을 알아내 돌아올 거야. 그러니 염려 마라⋯⋯."

희네는 아무 일 없다는 듯 이제 그만 자자고 하며 눈을 감았다. 하지만 나래는 걱정이 되어 잠을 이룰 수가 없었다. 잠시 후에 치베가 돌아와 나래와 한자리에 누웠다.

소녀(素女)

전설에 의하면, 소녀는 본래 삼황(三皇) 중 최초인 복희(伏羲)를 시중든 소모(素模)라는
음악가의 딸로, 후에 선녀가 되어 선계에서 동남동녀의 정기를 흡수해
불로불사의 방중술을 터득했다고 전해진다.
그러다가 황제의 시대에 지상에 화신으로 나타났다는 것이다.
물론 이는 그녀를 방중술의 권위자로 삼아 훨씬 후대에 저술되었음이 분명한
『소녀경』 등의 윤색된 기록일 뿐이다.

다음 날 희네는 나래에게 주신 막사로 가라고 말했다. 나래는 걱정을
뒤로하고 비렴에게 갔다. 치베는 희네 곁에서 잠시도 자리를 뜨지 않고
지켰다.

희네는 아무래도 정신을 잃은 척하는 것이 활동하기 편하리라 생각
해 내내 눈을 감고 뜨지 않았다. 낮이 되자 헌원의 부하 이주가 양역의
안내를 받아 막사로 들어왔다. 이주는 하루가 지났는데도 희네가 아직
정신을 차리지 못하는 것을 보고 걱정하며, 희네를 어서 유망의 막사로
옮기자고 했다.

치베가 희네를 들쳐 업고 이주의 뒤를 따랐다.

희네는 눈을 계속 감고 있어 소리만으로 대강 상황을 판단할 수밖에
없었다.

유망의 막사 앞에 도달하자 헌원의 낯익은 목소리가 들려왔다. 헌원
은 유망의 막사 앞에서 희네를 기다린 듯했다. 희네가 정신을 차리지 못
하자 헌원도 걱정스러운 듯 이주와 이야기를 나누었고, 잠시 후 희네는

치베의 등에서 내려 큼지막한 등을 가진 다른 사람에게 업혔다. 치베는 같이 가고 싶었으나 헌원은 그러면 안 된다고 설득했다.

희네는 속으로 바짝 긴장했다. 유망은 보통 사람이 아니었다. 더구나 몸길(혈도)까지 자유로이 다룰 줄 아는 의술을 지닌 사람이니 자칫했다가는 탄로 날 수도 있었다. 그러나 이번 기회는 너무도 좋았다. 지금 유망이 막사에 기거하고 있으니 부하들의 보고도 막사에서 받을 것이다. 같은 막사에 있기만 한다면 우연히 귀한 정보를 들을 수 있을지도 모른다.

희네는 긴장을 늦추지 않고 고통을 참으며 계속 몸에서 힘을 뺀 채 기절한 척했다. 마침내 유망의 막사에 도달한 듯 헌원이 외치는 소리가 들렸다.

"염제 신농이시여. 주신 사울아비 희네를 데리고 왔습니다."

헌원의 엄숙한 목소리가 들리자 막사 안에서 유망의 날카로운 목소리가 들려왔다.

"아, 그래? 들어오라고 해."

유망의 목소리와 더불어서 듣기 좋은 물건 소리(악기를 연주하는 소리)도 들렸는데 희네는 처음 듣는 희한한 소리였다. 그 가락은 자신이 정신을 잃기 전에 불렀던 노래와 똑같았다.

"그런데 염제 신농이시여, 희네는 아직 기절하여 일어나지 못하고 있습니다."

"뭐? 아직 정신을 못 차렸단 거냐?"

"듣자 하니 한 번 깨어났다가 다시 기절했다고 합니다."

"그래? 알았어. 한번 한 말을 어길 수는 없지. 귀찮지만…… 들여봐."

유망의 막사 안으로 들어선 듯, 훈훈한 공기가 희네의 살갗에 닿았다. 아까 들리던 물건 소리도 더 분명히 들려왔는데 무슨 줄을 뜯는 소리 같았다. 딩딩, 하고 뜯는 소리가 듣기 좋았다.

나래는 물건 소리와는 담을 쌓았지만 희네는 소리 내기를 좋아했고 풀 피리를 잘 불었는데, 이런 상황만 아니었다면 같이 불고 싶을 정도였다.

'유망이 뜯는 소리 같지는 않은데 누가 이렇게 고운 소리를 내는 걸 까?'

희네는 속으로 생각하면서도 계속 정신을 잃은 척했다. 이윽고 푹신 한 털가죽 위에 희네가 눕혀지자 유망의 목소리가 들렸다.

"헌원, 나가 봐."

"예. 그러하오면 언제 치료가 끝날지······."

헌원이 공손하게 말하자 유망이 갑자기 빽 소리를 질렀다.

"지금 바쁜 거 안 보여? 언제부터 네가 내게 말대꾸하게 되었지?"

헌원은 유망이 신경질을 부리자 아무 소리 못하고 물러가는 것 같았 다. 물건 소리도 유망의 목소리에 놀랐는지 잠시 멈추었다. 헌원이 물러 간 듯하자 유망이 말했다.

"왜 그치냐? 계속해."

그러자 잠시 중단되었던 물건 소리가 이어졌다. 역시 희네가 정신을 잃기 직전 불렀던 노랫가락이었다. 유망은 흥얼흥얼 노랫가락을 따라 부르다가 말했다.

"소녀!"

곱지만 독특한 목소리가 대답했다.

"예."

희네는 그 소리를 듣고 생각했다.

'저 물건 소리를 내던 사람이 어제 봤던 소녀라는 여자애였구나.'

"다른 걸 뜯어라."

"예."

소녀는 다른 곡을 연주하기 시작했다. 희네는 언제 치료가 시작되는지 기다리고만 있었다. 그러나 유망은 소녀의 곡을 한참이나 더 듣다가 막사를 지키는 장사들을 불러서 희네를 뒤쪽 막사에 데려다 놓으라고 일렀다. 그새 기분이 변했는지 치료는 할 생각도 없는 듯했다.

희네는 뒤쪽 막사로 옮겨진 다음 한참 동안 가만히 동정을 살폈다. 막사 안에 누가 있는 것 같지는 않았다.

희네는 속으로 생각했다.

'아마 이 막사도 분명 유망의 소유일 거다. 유망의 속셈을 알아낼 수 있을 만한 물건이 있을지도 모른다.'

희네는 조심스럽게 눈을 뜬 다음 막사 안을 살폈다. 막사 안에는 아무도 없었지만 매우 넓은데다 좋은 가죽을 깔아 놓고 화려한 물건들이 수북이 쌓여 있는 것이 유망의 막사가 분명했다.

희네는 물건들 중에 특별한 것이 있는지 조심스럽게 살펴보았지만 별다른 것은 없었다. 행여 움직인 티가 날까 봐 물건들을 세세히 뒤져 볼 수도 없었다. 그런데 아주 깊숙이 놓여 있는 맨 마지막 바구니에서 한 가지 물건이 희네의 눈길을 끌었다. 특별한 것은 아니고 한 장의 잘 마무리된 가죽이었는데, 위로 검붉은 얼룩무늬가 보였다.

펼쳐 보니 사람들의 손바닥이 잔뜩 찍혀 있었다. 큰 손바닥도 있고 작은 손바닥도 있었는데, 모든 손바닥이 다 피로 찍은 것 같았다. 손바닥을 찍은 곳에는 각각 동물의 그림이 그려져 있었다. 무엇인지는 잘 알 수 없었지만 수상한 느낌이 들었다. 더구나 바구니 안에는 구리거울과 날카로운 구리칼이며, 빛나는 조개껍질 등 귀한 물건들이 많이 들어 있었다. 그러니 이것도 귀한 물건임이 틀림없었다.

'손바닥을 찍는 것은 약속한다는 뜻이다. 그런데 피로 찍었으니 대단히 중요한 약속 같다. 그림은 아무래도 여러 부족을 뜻하는 것 같은데

부족 간에 무슨 약속을 한 기록인지도 모른다.'

희네는 아무래도 마음에 걸려서 모험을 하기로 마음먹고 그것을 꺼냈다. 그러나 막상 꺼내고 보니 마땅히 간수할 곳이 없었다. 치료를 받게 되면 옷을 벗어야 할지도 모르기 때문이다. 희네는 잠시 생각하다가 방을 뒤졌다. 다행히 방 안에는 뼈로 날카롭게 갈아 만든 바늘과 머리카락을 꼰 실이 있었다.

희네는 아랫도리를 두른 가죽 속바지를 벗고 안쪽에 그 가죽을 겹쳐 꿰맨 후 바지를 입었다.

'설마 유망이 아니라 누구라도 속바지를 들여다보진 않겠지.'

희네는 속으로 생각하며 피식 웃었다.

그러고 난 다음에는 할 일이 없었다. 조심스럽게 막사의 장막을 들치고 보니 장막 밖에는 두 명의 지나족 전사가 희네 쪽으로 등을 보인 채 지키고 서 있었다. 그리고 맞은편에 바로 전에 들어갔던 유망의 막사가 보였다.

희네는 별달리 할 일도 없어서 막사에 누가 들어가고 나오는가를 살펴보았다. 형천과 금천이 서너 번 막사를 드나들었고 헌원과 축융도 두 번 정도 막사를 오갔다. 그리고 부족장으로 보이는 여덟 무리의 사람들이 유망의 막사에 들어갔다 나왔는데 지나족 무리인 듯했다.

유망의 막사에는 아무나 드나드는 것이 아니라서 드나드는 자들은 적어도 큰 부족의 부족장이거나 원로, 주술사는 돼 보였다. 전부가 제각각 부족의 풍습에 따른 화려한 차림을 하고 있어서 쉽게 알아볼 수가 있었다. 대략의 차림으로 보아서는 뱀족과 곰족, 사슴족과 물고기족 등이었다.

유망은 하루 종일 막사 밖으로 나오지 않았으며, 종일토록 음악을 듣는지 소녀가 뜯는 물건 소리가 막사에서 그치지 않았다.

처음에는 긴장하여 살폈으나 오랜 시간 그렇게 살펴보고 있으니 지루해져 점점 긴장이 풀렸다. 더구나 유망은 희네를 막사에 집어넣기만 했을 뿐, 음식도 물도 주지 않아서 배가 고팠다. 정신을 잃은 척하고 있었으니 그렇다고 먹을 것을 달라고 할 수도 없는 일이라 희네는 그냥 쫄쫄 굶을 수밖에 없었다. 배고픔은 참을 수 있었지만 목이 타는 것은 참기가 힘들었다. 그러나 물을 마시지 않아 소변도 나오지 않으니 도리어 다행이라 생각했다.

희네는 이 생각 저 생각 하면서 지루함을 참으며 살피기를 멈추지 않았다. 날이 어두워지자 유망의 막사에 드나드는 사람들이 더 많아졌다. 특히 금천과 축융이 뻔질나게 드나들었다.

'잠자야 하는 밤에 되레 드나드는 사람이 많으니 수상하구나. 드러내 놓고 하지 못할 일을 꾸미는 게 틀림없어.'

아니나 다를까 특이하게 북쪽 부족인 키탄족과 타타르족으로 보이는 두 무리도 들어가고 나왔다. 북쪽 부족이 유망의 막사를 드나드는 것은 심상치 않은 일이라 희네는 그 무리의 우두머리들의 얼굴과 차림새를 자세히 기억해 두었다.

키탄족은 늑대 무늬를 몸에 그리는 풍습이 있어서 쉽게 구별할 수 있었고 타타르족의 차림새도 금방 구별할 수 있었다. 날이 어두워서 자세히는 알 수 없었지만 주변에 모닥불이 피워져 있어 간신히 구별할 수 있었다. 그들은 남의 눈에 띄기를 꺼리는지 조심스럽게 유망의 막사에 드나들었다. 그리고 난 다음 희네가 들어 보지도 못한 한 무리의 이상한 사람들 셋이 유망의 막사에 들어갔는데, 그들은 기이한 검은 풀로 온몸을 감싸고 있었고 머리를 길게 늘어뜨리고 있었다. 척 보기에도 이상한 느낌을 주는 자들이었다.

그들이 들어갔다 나온 후에 유망이 비로소 막사에서 나왔다. 그 뒤를 소녀 혼자 따르고 있었다. 그것을 보고 희네는 얼른 자리에 누워 눈을 감고 정신을 잃고 있는 척했다. 부스럭거리면서 장막이 걷히는 소리가 들리더니 유망의 목소리가 들렸다.

"이건 뭐야? 저 녀석은 뭐지?"

그러자 막사를 지키던 지나족 전사가 대답하는 말이 들렸다.

"아까…… 염제님이 옮겨 놓으라고 하신 놈입니다. 일단 여기 눕혀 두었습니다만……."

"아, 그랬나? 맞아, 그랬지. 그래. 그런데 여기에 두었느냐?"

유망의 심드렁한 목소리가 들리더니 다시 이어졌다.

"그런데 이 녀석, 일어나지 않았느냐?"

"아무 기척이 없었습니다."

"하루 종일 있었을 텐데? 물이나 뭘 달라 하지도 않았느냐?"

"아무 기척 없어서 그냥 뒀습니다."

찰싹 하고 뺨을 때리는 소리가 들렸다. 이어서 유망이 지껄이는 소리가 들렸다.

"이놈은 아픈데 그냥 내버려 두면 어떡하느냐? 물이라도 먹였어야지. 죽으면 어떡해?"

"죄송합니다. 정신을 잃은 것 같아서 미처……."

희네는 유망이 그래도 자신을 걱정해 주는 줄 알았는데 유망의 다음 말이 들려왔다.

"젠장, 멍청하기는! 죽으면 좋다만 하필 내 막사에서냐? 귀신이 되면 재수 없지 않느냐. 됐으니 썩 꺼져라."

전사가 물러가는 소리가 들자 이번에는 소녀의 곱고 조심스러운 목소리가 들려왔다.

"물이라도 먹여야 하지 않을까요?"

그러자 유망이 빈정거리는 소리가 들렸다.

"제길, 이놈이 걱정되느냐?"

"아뇨, 아닙니다……. 하지만 죽으면…… 무서워서…….'

소녀가 변명하자 유망은 흥, 하고 코웃음을 쳤다.

"그럼 네가 물을 먹여. 야! 밖에! 찬물을 떠 와라!"

밖에서 누가 금방 찬물을 떠오는 기척이 나더니 다시 유망의 목소리가 들렸다.

"네가 먹여라. 걱정스럽지? 응?"

"그런 것이 아니고…….'

소녀가 머뭇거리자 유망이 빽 소리쳤다.

"어서어서 햇!"

"예…….'

소녀의 겁먹은 소리가 들리고 잠시 후 부드럽고 따스한 손이 자신의 머리를 감싸더니 찬물이 입으로 흘러 들어왔다. 순간 희네는 솜 같은 부드러운 것이 온몸을 두르는 듯한 묘한 기분에 휩싸였다. 그러나 지금 정신을 차린 척하면 모든 게 허사가 되므로 희네는 입을 벌린 채 물을 삼키지 않고 옆으로 주르륵 흘려 버렸다.

"어맛.'

물이 흘렀는지 소녀가 조금 놀라자 유망이 지체 없이 소리를 질렀다.

"그것 하나 제대로 못해? 쓸데없는 넌 갖다 버리고 내가 직접 할까?"

"아닙니다, 아닙니다."

소녀의 목소리가 울먹이는 듯했다. 희네는 소녀가 난처해지자 속으로 미안한 생각이 들었다.

유망이 다시 소리를 질렀다.

"못 넘기면 안 돼! 재주껏 해!"

"어떻게……."

"입에 물을 물고 먹여!"

그 소리를 듣자 이번에는 희네가 당황했다. 그렇다고 이제 와서 갑자기 정신이 돌아온 척할 수도 없는 노릇이었다. 이윽고 촉촉하고 부드러우며 약간 차가운 입술이 희네의 입술에 와 닿았다. 아무리 자제심이 강한 희네라도 심장이 쿵쿵거리며 뛰는 것을 어찌할 수는 없었다. 싫은 기분은 아니었다.

자신의 입술에 와 닿은 소녀의 입술이 부르르 떨리는 것을 느끼고 희네는 안간힘을 썼다.

'뭐 하는 거냐, 희네! 이제 와서 유망에게 들키면 큰일이다. 정신 차려야 한다.'

그러나 부드럽고도 촉촉한 소녀의 입술 촉감에 눌려 희네는 자신도 모르게 물 한 모금을 꿀꺽 삼켰다. 그러자 정신이 바짝 들었다. 자신의 입안으로 밀려드는 물을 삼켜야 했는지, 말아야 했는지는 희네로서도 알 수 없었다. 기절한 사람에게 이런 식으로 물을 먹이는 모습을 본 적이 없었기 때문이다. 혹시 유망이 자신이 정말 정신을 잃었는지 확인하는 것은 아닐까 하는 생각이 들자 등골이 오싹해졌다. 만약 그렇다면 유망은 정말 무서운 사람이었다.

"물을 삼키느냐?"

유망이 묻자 입술이 떨어지고 잠시 후 소녀의 떨리는 목소리가 애처롭게 들렸다. 여전히 울먹이는 것 같았다.

"예……."

그런데 유망은 한술 더 떴다.

"됐다. 놈의 옷을 벗기고 가슴 언저리를 세게 눌러라. 그럼 정신이 들 것이다."

'이거 미칠 노릇이군.'

희네는 아무래도 이러다가는 큰일 날 것 같다는 생각이 들었다. 아무리 희네가 자제심이 강하다고 하지만 소녀 같은 미녀가 옆에 바짝 앉아 살이 와 닿는 판국이니 본능이 꿈틀거렸다. 또한 정신을 잃은 척한다 해도 저절로 몸에 힘이 들어가는 것은 참기 어려웠다. 더구나 큰일인 것이, 만약 잘못하면 속바지에 감춘 가죽 두루마리가 발각될지도 모른다는 생각이 들었다.

소녀가 시킨 대로 나긋나긋한 손으로 희네의 가슴 언저리를 세게 누르며 주무르자 소녀의 몸이 희네의 몸과 바짝 붙었다.

'미치겠구나, 미치겠어. 싫은 것은 아니지만 미치겠구나. 희네야. 정신 차려라, 정신 차려! 이런 것도 참지 못하면 어찌 큰일을 한단 말이냐! 안파견 한님이시여, 도와주소서!'

희네는 속으로 자신의 여자에게 이런 일까지 시키는 유망을 미친놈이라고 욕도 하고, 돌아가신 어머니도 생각했으며 그밖에 온갖 가지 생각을 다 떠올리며 필사적으로 버텼다. 아랫도리에 힘이 들어가면 끝장이라는 생각에서였다. 지금까지 겪은 고통보다도 더욱 참기 힘든 일이었다.

느닷없이 유망이 빽 소리를 지르자 희네는 가슴이 철렁했다.

"그만! 떨어졌!"

순간 소녀의 손이 희네에게서 떨어졌다. 잠시 부스럭거리는 소리만 들려올 뿐 잠잠하자 희네는 걱정스러웠다.

'내가 잘 참았는지 아닌지도 모르겠구나. 잘 참아 낸 것 같기도 한데……'

이윽고 유망은 특유의 권태로운 목소리로 말했다.

"저놈, 아무래도 정신을 못 차리는 것 같구나."

"죄…… 죄송……."

울먹이는 소녀의 목소리가 애처롭게 들렸다. 그러자 희네는 유망이 일부러 소녀에게 그리 시켰다는 것을 확신했다.

'정말 누구라도 이런 것은 견디기 어려울 것이다. 정말 지독한 사람이군.'

유망을 생각하자 희네의 마음은 싸늘해져서 쿵쿵거리던 심장도 순식간에 평온해졌다. 그때 유망이 다가오더니 희네의 풀어헤쳐진 가슴 언저리에 손을 대 보았다. 그러고는 손을 떼더니 중얼거렸다.

"이상하군. 정신이 들 만도 한데……."

유망이 고개를 갸웃거리더니 이내 덧붙였다.

"너, 여기서 기다려라. 내, 약을 가져와야겠다."

"예……."

유망이 밖으로 나가는 것 같아 희네가 속으로 안도의 한숨을 내쉬고 있는데, 잠시 후 놀랍게도 소녀가 희네 곁에 바싹 붙어 앉는 것이 아닌가.

'아니, 유망이 또 뭘 시켰나?'

다시 희네의 심장이 쿵쿵거리려고 했다. 그런데 더더욱 미치겠는 것이, 이번에는 소녀가 희네의 가슴을 부드럽게 손바닥으로 어루만지는 것이었다. 손끝은 소름이 오싹오싹 돋을 정도로 부드러웠다.

'이…… 이 여자가 뭘 하는 거냐?'

이윽고 소녀는 몸을 자신의 몸 위로 포개더니 자신을 꽉 끌어안고 입맞춤을 했다. 아까처럼 물을 먹이는 것도 아니고 아예 노골적 행동이었다. 소녀의 부드러운 가슴이 닿으며 입술이 강하게 밀착하여 숨결을 빨아들이자 희네는 그만 기절해 버릴 것 같았다. 정신까지 다 빨려 들어가는 것 같았다.

'이 여자가 미쳤나? 어째서…….'

그때 다행히 유망이 돌아오는지 인기척이 들리자 소녀는 얼른 희네에게서 떨어졌다. 순간, 희네의 얼굴 위로 따뜻한 물 한 방울이 떨어졌는데 아마 소녀의 눈물인 듯했다. 희네는 안도했지만 마음 한 켠으로는 아쉽기도 했다. 이윽고 유망이 혼잣말로 욕설을 중얼거리며 들어왔다.

"질긴 놈 같았는데 아직도 정신을 못 차리다니, 어제는 허풍을 떤 것이란 말인가? 그 정도로 약한 놈이 아닌 것 같았는데 대체 뭐가 잘못된 건가? 빨리 끝내 버려야겠다."

이번에는 소녀 대신 유망이 희네 옆에 와 앉았다. 유망이 비로소 손을 쓰려는 것 같아 희네는 잘되었다고 생각했다. 무언가 탁탁 부딪히는 소리가 들려왔다. 아마 유망이 부싯돌로 불을 붙이는 것 같았다. 잠시 후 묘한 향기가 코로 흘러들어 왔다.

'이건 뭐지?'

조금 지나자 몸이 둥실 떠오르는 듯하며 정신이 몽롱해져 갔다. 마치 꿈을 꾸는 것 같았고 항상 느끼던 고통도 거의 느끼지 못할 만큼 기분이 묘해졌다.

유망의 손이 희네의 손목을 잡고 손가락으로 맥을 보는 듯했다. 그러고는 유망이 희네의 왼쪽 다리 여기저기를 손가락으로 세게 눌렀다. 누를 때마다 흠칫흠칫한 고통이 치밀어 점점 쌓여 가듯 심해졌다. 다행히 희네의 옷을 벗기지는 않았지만 나중에는 정말 참기 힘들 정도로 저릿저릿하고 아프다가 이윽고는 욱신거리며 고통이 누적되기 시작했다.

치료를 받다가 아파서 죽을지도 모른다는 유망의 말은 괜한 소리가 아니었다. 묘한 향기를 맡아서 고통을 많이 덜어 낸 상태인데도 이렇게 심하다니, 향기가 없었다면 아마도 어제처럼 까무러치거나 참다 죽을지도 몰랐다. 소녀의 떨리는 목소리가 들려왔다.

"그…… 그건 무엇인가요……. 저는…… 저는…… 견디기가……."

곧이어 유망이 쏘는 듯한 소리로 날카롭게 말했다.

"좋으냐? 좋지? 꿈속을 헤매는 기분일 거다. 빌어먹을 계집아."

"저……는……."

"이 녀석이 기절했다가 못 참고 죽으면 안 되니까 피운 거다. 너도 맡아 봐라. 기분 좋지? 좋을 거다."

유망도 들떠서 계속 중얼거렸다.

"나까지 미치면 안 되니까 조금만 피운 거다. 안 그랬으면 네년은 그 자리에 넘어져서 누가 옷을 벗겨도 모를 거다."

희네는 그 와중에서도 속으로 생각했다.

'이건 정말 요사스러운 냄새다. 사람을 몽롱하고 미치게 만들다니, 유망은 이런 무서운 약도 가지고 있구나.'

유망이 피운 향은 일종의 태우는 마약으로 아편 비슷했다. 다행히 유망 본인이 정신을 잃지 않으려고 약하게 태웠기 때문에 희네도 의식을 잃지는 않았다. 희네는 몹시 고통스러워하던 중이라 향기를 그나마 잘 버텨 냈다. 그렇지 않았으면 별수 없이 의식을 잃었을 터였다. 그러나 소녀는 그런 참을성이 없었는지 벌써 몽롱해하는 듯했다.

어느새 유망은 희네의 다리를 찌르던 손길을 멈추었다. 다 끝난 듯했다. 잠시 침묵이 흘렀다. 소녀와 유망의 거친 숨소리만이 막사 안에 들려왔다. 이윽고 소녀의 목소리가 들렸다.

"왜…… 왜…… 절 그런 눈으로 보시나요……."

"네년이 미워서 그래."

유망은 쏘는 듯이 말했지만 약 기운에 취해서인지 목소리가 한층 뾰족하게 변해 있었다. 사실 희네도 둥실둥실 구름 속을 떠가는 듯 모든 것이 몽롱하기만 했다.

"저를 왜…… 미워하시나요……."

"네년이 예뻐서. 지나치게."

"그런데 어찌 저를…… 미워……하시……."

"걸친 걸 다 벗어라."

"예? 하지만……."

"어서 벗으란 말이다. 이 빌어먹을 계집아."

유망이 상스러운 욕을 해 대자 잠시 후 소녀가 옷을 벗는 듯 부스럭거리는 소리가 들려왔다. 희네는 생각하지 않으려 했으나 저절로 상상되었다. 가슴이 쿵쾅거리며 눈을 뜨고 살짝 보고 싶은 마음이 들었다. 이상한 약 기운 때문에 더더욱 가슴이 뛰었지만 그래도 희네는 이성을 잃지는 않아 눈을 뜨거나 움직이지 않을 수 있었다. 잠시 후 기절초풍할 말이 유망의 입에서 흘러나왔다.

"저 녀석을 안아 봐라."

"옛?"

"빨리!"

"그…… 그것은……."

"어서 햇!"

유망의 호통과 함께 철썩철썩 소녀를 때리는 소리가 들려왔다. 희네는 기절하고 싶을 지경이었다. 저런 미친놈이 어디 있나 싶어 속으로 온갖 욕을 퍼부었다. 소녀가 불쌍하기도 했지만 가슴은 미친 듯이 두근거렸다.

잠시 후 소녀는 할 수 없는 듯 희네에게 몸을 기대어 왔다. 걸친 것 없는 알몸이 희네의 몸에 닿자 미칠 지경이었다.

희네는 온 힘을 다해 속으로 외쳤다.

'참아야 한다! 참아야 해!'

희네는 돌아가신 어머니 생각을 했고 이빨로 혀끝을 질끈 깨물었다.

혀끝이 잘려 뜨뜻한 피가 입안에 머금어지도록 자꾸 깨물었다. 그렇게라도 하지 않으면 도무지 참을 수가 없었다.

소녀는 희네를 끌어안고 흑흑 소리를 내면서 흐느껴 울었다. 만약 소녀가 울지 않았다면 악다구니로 버티는 희네 역시 참지 못했을지도 모른다. 그러나 소녀의 가련한 울음이 삼 푼, 어머니의 생각 삼 푼, 고통이 삼 푼 정도 역할을 하여 희네는 초인적인 정신력으로 흥분을 눌러 참을 수 있었다.

유망이 빽 소리를 질렀다.

"그만!"

그러더니 소녀의 몸이 당겨지기라도 하듯 희네의 몸에서 휙 낚아채어졌다. 곧이어 우당탕거리며 유망이 소녀를 덮치는 소리가 들렸다. 희네는 한편으로 안도의 한숨을 내쉬었고, 한편으로 조금 아쉽기도 했으며, 한편으로 유망의 미친 짓이 한없이 더럽고 혐오스럽게 여겨졌다. 유망의 거친 숨소리와 소녀의 헐떡거리는 신음 소리가 들려왔으나, 희네는 혐오감이 차올라 평정을 잃지 않았다. 순간 유망이 벌떡 일어나더니 찰싹찰싹 때리는 소리가 들렸다. 더불어 소녀의 '아아' 하는 신음이 들리는 것으로 보아 유망이 소녀의 뺨을 후려갈기는 모양이었다.

"이년아! 아무리 예뻐도 별수 없다. 네년도 안 되는구나, 안 돼."

그 소리를 듣고 희네는 생각했다.

'뭐가 안 된다는 거냐? 미친놈.'

유망은 소녀를 마구 때리는 듯 소녀의 신음 소리는 점점 커져 갔다. 그러다가 맥이 빠지고 묘하게 처절한 목소리로 중얼거리는 유망의 목소리가 들렸다.

"네년도 안 된다, 안 돼. 느낌이 없어. 안 될 것 같아."

'무슨 느낌이 없다는 건가?'

희네는 속으로 생각하다가 뭔가 짚이는 것이 있었다. 이윽고 유망의 힘없는 절규가 들려왔다.

"왜 나는…… 나는 안 되는 것이냐! 왜……."

이윽고 유망이 바닥에 철퍼덕 주저앉는 소리가 들렸고 소녀의 흐느끼는 소리 사이로 놀랍게도 유망이 흐느끼는 소리가 들려왔다.

눈치 빠른 희네는 이제야 유망의 행동을 이해할 수 있을 것 같았다.

'이제 보니 유망 저 사람은 사내구실을 못하는 자로구나! 그래서 성격이 이상해지고 괴팍해졌구나!'

유망은 신농이 남긴 약초와 의약 비법을 익히느라 수많은 약초를 맛보아야 했고, 그 와중에 실수로 독초를 삼켜서 이후로는 사내구실을 할 수 없는 성불구자가 되어 버렸다. 오래전 최초의 신농씨도 수많은 풀을 맛보며 약을 가려내다가 독초를 수없이 입에 대서 죽을 고비를 수없이 넘기고 온몸이 성한 곳이 없는 추한 몰골이 되어 버렸다고 하는데, 유망도 그만큼은 아니지만 큰 희생을 치렀던 것이다.

본래 유망은 대영웅의 기개를 타고 났으며 근골도 늠름한 호남아였다. 그런데 사내구실을 못하게 되었다는 분노와 수치심, 자격지심이 그를 묘하게 비틀린 지금의 성격으로 바꾸어 놓았다. 더구나 지금 희네에게 쓴 것 같은 마약을 자주 사용하여 일종의 중독 상태가 되어 있었으므로 평상시의 성격은 더 비뚤어졌다.

그럼에도 대부족장의 자리를 유지하고 형천이나 헌원, 금천 같은 영웅들을 부하로 거느릴 수 있다는 것은 원래 그의 그릇이 얼마나 큰지를 보여 주었다. 허나 지금 유망은 약에 취하고 기분이 상해서 더없는 미치광이처럼 굴고 있었다.

희네는 유망이 불쌍해졌다.

잠시 후 유망은 흐느낌을 멈추고 입을 열었다.

"네년…… 네년도 소용없다. 어차피 날 괴롭히기만 하는 년일 뿐이다. 쑤앙마이가 가르친 것도 내게는 소용이 없어."

그러다가 유망이 버럭 소리를 질렀다.

"이년이! 넌 누굴 보고 있는 거냐?"

"아…… 아닙니다."

"거짓말 마라! 저놈을 보고 있었잖느냐! 이 개 같은 년!"

소녀가 희네에게 눈길을 주는 것을 본 유망이 길길이 날뛰며 소녀를 때리고 발로 찼다.

유망은 끊임없이 욕설을 퍼부었다.

"이 나쁜 년! 나에게 바쳐졌으면서 한눈을 팔아? 응? 저놈이 젊고 잘생겼다, 이거지? 저런 희멀겋고 계집애 같은 놈이 좋다 이거냐? 이런 쓰레기 같은 년! 죽어라 죽어!"

유망은 소녀를 죽이다시피 두들겨 패고 발로 차는 것 같았다. 비명이 악악 들리다가 이윽고는 그마저도 기운 없는 소리로 바뀌어 갔다. 희네는 소녀가 가엾어졌다. 자기 때문에 소녀가 저렇게 당한다고 생각하니 당장에라도 박차고 일어나 유망을 말리고 싶었으나 그럴 수도 없었다.

이윽고 유망은 자조적으로 흐느끼다가 모진 목소리로 외쳤다.

"네년을 죽이고 싶다만 그것으로는 만족 못하겠다. 그래, 네년을 괴롭히고 싶어! 네년을 나보다 더 늙고 못생기고 기운 없는 놈에게 보내 주지! 하하핫! 아마 평생 벗어나지 못하고 늙어 죽을 때까지 사내 냄새도 못 맡고 지내야 할 것이다!"

유망은 미친 듯이 낄낄거리며 웃고 울고 하다가 외쳤다.

"네년을 주신 한옹 놈에게 바치겠다! 다 죽어 가는 늙은이라 얼마 못 살 테지만 일단 한옹의 마누라가 되고 나면 다른 남자는 이제 꿈도 못

꿀 거다! 다른 남자에게 손댔다가는 산 채로 땅에 파묻힐 거야! 하하핫!
너 같은 년은 그래야 해! 다른 놈에게 줄 수 없단 말이다!"

그러더니 몸을 돌려서 희네를 거칠게 자리에서 끌어내 땅에 내동댕
이쳤다.

"이 개 같은 새끼! 너도 필요 없다. 너같이 번드르르한 새끼들이 싫
어! 난 싫단 말이다!"

유망은 무자비하게 희네를 발로 계속 걷어찼다. 물론 그 고통은 다리
나 치료 과정의 고통에 비하면 별것 아니었지만 그래도 아프기는 마찬
가지였다.

"너 같은 녀석은 치료해 주지 않겠다! 치료하지 않겠어! 나는 주신
새끼들이 싫어! 뒈져라! 뒈져! 너 같은 새끼를 고치겠다고 한 내 손목을
잘라 버리고 싶다!"

욕을 퍼부으면서 자신이 지칠 정도로 희네를 걷어찬 유망은 숨이 차
서 씩씩거리면서 소녀에게 외쳤다.

"소녀!"

"예……."

소녀가 간신히 대답하자 유망이 목소리를 높였다.

"너는 이제 주신의 늙다리 한웅에게 가는 거다. 하지만 넌 내 거야.
알아?"

"예…… 예……."

희네는 자신도 모르게 이를 꽉 깨물었다. 만약 유망이 사와라 한웅에
게 소녀를 바친다면 소녀는 미모도 미모려니와 지나족 대부족장의 선
물이었으니 당연히 한웅의 일곱 번째 마누라가 될 것이다. 그러고 나면
소녀는 꼼짝도 할 수 없게 되고 만다.

"내 말을 듣지 않을지도 모르지. 내가 밉지? 그렇지? 그럼 더 미워하

게 해 주지."

유망은 부스럭거리며 무엇을 꺼내는 것 같았다.

"얼른 삼켜!"

"이…… 이게 무엇인지요……."

소녀가 되묻자 찰싹 소리가 나며 유망이 소리를 질렀다.

"삼켜라!"

잠시 후 소녀가 그것을 삼켰는지 유망이 음침하게 웃었다.

"<u>으흐흐흐</u>……. 그건 독이다, 독."

"네? 아앗!"

"<u>흐흐</u>……. 열흘마다 내가 주는 약을 먹지 못하면 고통에 겨워 길길이 날뛸 뿐만 아니라 온몸이 퍼렇게 변해 썩어 들어가는 독이다. <u>흐흐</u>……. 내 말을 안 들으면 썩어 죽는 수밖에 없어. 지금 네게 같이 준 약은 스무 알이다. 이백 일이 되면 너는 어떻게든 내게 돌아와 내가 바라는 것을 주고 약을 받아야 해! 내 기분이 상하면 약은 없다! 잘난 낯짝도 퍼렇게 썩고 코도 뭉개져서 없어져 버릴 거다. 눈알도 쑥 빠져나가 땅에 굴러다닐 테지. <u>흐흐흐</u>……."

다른 사람도 아닌 염제 신농 유망이 준 독이라니 충분히 그럴 수 있다고 희녜는 생각했다. 잔인함에 치가 떨릴 지경이었다.

그 말을 듣자 소녀는 미친 듯 소리치며 울었다.

"아아악!"

"우하핫! 이제 너는 내 말을 들어야 한다, 이년아. 너는 이제 주신 한 웅에게 가서, 내가 알고 싶어 하는 것을 알아내야 한다. 안 그러면 너는 죽는 거야. 썩어 문드러져서 구더기가 얼굴을 파먹게 될 것이다. 우하하……! 우하하핫!"

유망의 미친 듯한 웃음소리와 소녀의 흐느끼는 소리가 악몽같이 울려 퍼졌다. 희네는 눈을 감고 있었지만, 더욱 힘주어 감고 싶었고 할 수 만 있다면 눈꺼풀로 귀까지 막아 버리고 싶었다. 곧이어 유망이 외치는 소리가 들렸다.

"형천! 형천! 제기랄!"

"옛!"

형천은 근처에 있었던 듯 유망이 부르자 금방 대답했다.

"내 못 보일 꼴을 보였어. 입을 막아."

"옛!"

다음 순간, 장막 앞에 섰던 지나족 전사들이 비명을 지르며 도망가는 듯했다. 그러나 퍽퍽 하는 소리가 들리더니 지나족 전사들은 끅끅 거리는 소리를 내다가 이내 조용해졌다.

희네는 등골이 오싹해졌다. 유망은 자신이 못난 꼴을 보이자 자기 부하까지도 죽여 버린 것이다. 다음 순간 커다란 손이 자신을 훌쩍 가볍게 들어 올렸다.

형천이 중얼거리는 소리가 들렸다.

"이 녀석은……?"

"그놈도 그냥 둘 수 없어!"

이제 희네는 죽었구나 생각했다. 유망의 큰 비밀을 알게 되었지만 이렇게 속절없이 죽게 되었다고 생각하자 전신의 맥이 풀렸다.

그때 형천이 조심스럽게 입을 열었다.

"이 아이는 정신을 잃고 있었잖습니까? 그리고 헌원에게 이 아이를 고쳐 주신다고 약속하셨는데…… 여기서 죽이신다면……."

희네는 형천에게 일말의 기대를 했지만 유망은 희네가 기분 나쁜 듯 외쳤다.

"약속 따윈 아무래도 좋아! 그놈은 기분 나빠!"

"이 녀석이 제 손에 죽게 된다면, 헌원이 무슨 일이 있었는지 알려고 할 것입니다. 좋지 않습니다."

그 말에 유망이 뭐라고 투덜거리더니 욕을 하면서 외쳤다.

"제기랄, 빌어먹을 헌원 놈. 알았어. 그럼 가둬 둬!"

"알겠습니다."

희네는 죽음 바로 직전에 살아날 수 있었다. 희네는 속으로 생각했다.

'형천, 당신이 날 살렸군. 나중에 기회가 생기면 나도 당신을 꼭 도와주겠소.'

소녀는 공포에 질려 흐느끼며 울었다. 그 모습을 보며 유망이 심드렁하게 말했다.

"저년도 가둬. 그리고 사와라 한웅 늙다리에게 던져 줘. 내가 바치는 거라고 해."

"알았습니다. 따라와!"

희네는 형천의 손에 번쩍 들려져 어디론가 향했다. 그 뒤를 흑흑거리며 소녀가 따라왔다. 잠시 후 희네는 어느 곳에 던져졌는데 축축하고 차가운 흙이 잡히는 것으로 보아 토굴 같은 곳에 처박힌 것 같았다. 소녀도 함께 처박힌 듯 곁에서 흑흑거리는 소리가 들려왔다.

살짝 눈을 떠 보았으나 눈을 감은 것과 마찬가지로 온통 깜깜하기만 했다. 깊숙한 동굴인 듯했다. 가만히 귀를 기울여 보았지만 소녀의 흐느끼는 소리가 조금씩 메아리치는 것 외에는 아무런 소리도 들리지 않았다. 두 사람 말고는 아무도 없는 듯했다.

희네는 어떻게 해야 할까 생각해 보았다. 생각할수록 난감했다. 이곳은 죄지은 자를 가두는 곳이 분명하다. 지키는 자가 있을 것이니 혼자 힘으로 도망갈 수는 없을 것이다. 헌원 덕에 당장 자신을 죽이지는 않는다 해도 유망이 언제 마음이 변할지 몰랐다. 죽이지 않는다 해도 태산 회의가 끝날 때까지 이곳에 갇혀 있을 수는 없었다. 유망은 일을 저지르고도 남을 자였다. 그것을 알려야 했다.

'방법은 한 가지뿐이다. 이 여자를 이용하는 수밖에.'

희네는 소녀에게 말을 걸려다가 생각을 바꾸었다.

'가만. 이 여자도 내가 정신을 잃은 것으로 아는 게 좋을 거야. 안 그러면 부끄러워할 테니……. 내가 정신을 잃지 않았다는 걸 유망이 알면 나는 죽은 목숨이다. 이 여자에게도 알게 할 수 없어.'

희네는 잠시 때를 기다렸다. 이윽고 소녀의 흐느끼는 소리가 그치고 시간이 어느 정도 지나자 희네는 일부러 신음 소리를 내며 정신이 드는 척했다.

소녀가 얼른 말했다. 지나족 말이었다.

"정신이 드나요?"

소녀는 어두운 토굴에 갇혀 무서웠던 듯 목소리에 반가운 기색이 돌았다.

"여기가…… 어디죠? 왜 내가 여기 있죠?"

"그건…… 말할 수 없어요. 아무튼 다행이네요. 너무 무서워서……. 난 너무 무서워서……."

"나는 주신의 사울아비 희네라고 합니다. 아파서 정신을 잃고 있었는데…… 여긴 어디죠? 그리고 당신은……?"

"나는 소녀예요. 어제 염제님 막사에서 본 적 있지요?"

"아……. 예……. 목소리를 들으니 그런 것 같군요……. 그런데 여긴? 지나족 막사인가요?"

희네가 능청스럽게 묻자 소녀는 곧 대답했다.

"그래요. 죄지은 자를 가두는 토굴이에요."

"내가 왜 여기 있는 거죠? 병을 고치려고 염제 신농님께 보내진 것 같은데…… 내가 왜 여기 있는지……?"

희네는 끝까지 둘러댔다. 소녀는 안도한 듯 흑흑 울기 시작했다. 희네는 모르는 척 이것저것 물어보았다.

소녀는 희네가 마음에 들었다. 얼굴도 잘생겼고 처음 보았을 때 기개도 대단했으며, 희네는 모른다고 하지만 자신은 희네에게 입도 맞추었고 알몸으로 안기기도 하지 않았는가?

그러나 소녀는 자신이 먹은 독약이 무서워서라도 말을 지어낼 수밖에 없었다. 소녀는 자신이 쑤앙마이 부족 출신으로 유망에게 바쳐졌는데, 유망의 잠자리 시중을 들다가 비위를 잘못 맞추어 사와라 한웅에게 보내지게 되었다고 했을 뿐 자신이 독을 먹었다는 것도, 사와라 한웅에게 첩자로 보내진다는 사실도 내비치지 않았다. 더구나 희네와 분명 함께 갇혔으면서도 그런 말은 하지 않고, 희네가 먼저 갇혀 있는데 자신이 들어왔다고 둘러대어 희네가 왜 갇혔는지에 대한 물음은 모조리 피해 넘어갔다. 말솜씨가 어찌나 교묘하고 태연한지 희네는 속으로 생각했다.

'이 여자도 보통이 아니구나. 이렇게 놀란 와중에도 말을 저렇게 잘 지어내다니. 내가 몰랐다면 그대로 믿었을 것이다. 이 여자 머리 돌아가는 것도 대단하다.'

희네는 모른 척하며 물었다.

"그러면 당신은 며칠 안으로 주신족에게 가겠군요?"

"예……."

"그러면 한 가지 부탁하겠소. 주신 사울아비 중에 내 아우가 있소. 나래라는 아이인데, 덩치가 크니 찾기 쉬울 겁니다. 그 아이에게 내가 여기 갇혀 있다고 알려 주십시오."

"누군지 알 듯하군요."

"어떻게요?"

"어제 본 것 같아요. 막사 문을 부수고 들어온 사람이죠? 정말 힘센 장사였어요."

희네는 능청을 떨었다.

"그런 일도 있었나요? 난 어제부터 지금까지 정신을 차리지 못해서……."

희네가 말끝을 흐리자 소녀는 슬픈 듯 말했다.

"만약 당신이 정신을 차리고 있었다면 염제님께 곧장 죽었을 거예요."

그러면서 소녀는 속으로 생각했다.

'정신을 차리고도 나를 무시했다면 내가 죽일 수도 있었어.'

그런 싸늘한 생각을 하다가 소녀는 덧붙였다.

"그런데…… 그 부탁은 들어주기 어렵네요."

소녀의 뜻밖의 말에 희네는 난처해졌다.

"왜요?"

"나는 비록 벌을 받고 있지만, 염제님의 사람이에요. 그런 내가 당신이 여기 있다는 걸 알려 주면 염제님을 배반하는 게 되잖아요? 카린족은 배반하지 않아요."

희네는 뭐라 할 말이 없었다.

갑자기 소녀가 웃었다.

"물론 방법은 있어요."

"뭐죠?"

"나는 염제님의 사람이라 배반할 수 없어요. 그러나 염제님의 사람이 아니라면 그 부탁을 들어줘도 배반이 아니죠."

"그 말은……?"

"솔직하게 말하죠. 나는 당신이 마음에 들어요. 그러니 당신이 나를 당신 사람으로 만드세요. 그러면 돼요."

"어떻게 당신 사람으로 만든다는 말이죠?"

소녀가 대담하게 희네의 목을 팔로 끌어안았다. 희네는 아찔해졌다. 특별한 윤리나 법도가 없던 시절이라 남녀가 좋으면 어디서나 같이 잘 수 있는 것이 당시의 풍습이었다. 희네도 더 참기는 어려웠다. 그때 갑자기 이상하게도 한 번도 본 적이 없던 여자의 얼굴이 떠올랐다. 꿈에서 본 얼굴인 듯 정확하게 생각나지는 않았지만 그 여자 얼굴이 떠오르자 정신이 맑아졌다. 이상하게 일렁거리던 마음이 돌처럼 차갑게 가라앉았다.

문득 떠오르는 것이 있어서 희네가 살그머니 소녀의 팔을 풀었다.

"가만, 가만. 지금은 안 됩니다."

"무슨 소리죠?"

소녀는 화난 듯이 목소리가 샐쭉해졌다. 소녀는 벌써 숨소리가 높아져 있었다. 그것을 깨닫고 희네는 속으로 생각했다.

'이 여자는 조금 전에 그런 일을 겪고도 참지 못하는구나. 겉보기에는 안 그럴 것 같은데 정말 밝히는 여자인가 보군.'

"당신은 조만간 우리 한웅님께 바쳐진다고 하지 않았습니까? 그런 당신과 내가 같이 자면 내가 한웅님을 배반하는 게 됩니다."

소녀가 볼멘소리로 되받았다.

"그건 다음 일이고, 오늘은 아니잖아요. 주신 한웅님은 늙으셨다는데……. 그리 가면 다시는 남자와 잘 수 없을지 몰라요."

"하지만……"

소녀는 울먹이는 목소리로 말했다.

"나는 어릴 적부터 남자와 잘 때 어떻게 해야 하는지 배워 왔어요. 다른 부족에 바쳐질 여자였기 때문이죠. 그러면서도 정작 남자와는 아직 한 번도 못 잤어요. 바쳐질 여자는 깨끗해야 하기 때문이에요. 이게 무슨 뜻인지 아나요?"

'알고 보니 불쌍하구나. 어려서부터 그렇게 키워졌으면 이러는 게 당연할지도 몰라.'

그러나 희네는 속내를 내비치지 않았다. 소녀가 계속 말했다.

"그런데…… 염제님은 나를 내쳤고 이제는 늙으신 주신 한웅님에게 가요. 오늘이 아니면 다시는 기회가 없을지도 몰라요. 나를 불쌍히 여겨 주세요."

희네도 피 끓는 남자였다. 당장이라도 소녀를 안고 싶은 마음이 굴뚝 같았다. 그러나 아직 소녀를 완전히 믿을 수는 없었다. 소녀와 자려면 옷을 벗어야 하는데, 두루마리가 발각될 수도 있었다. 그것도 이유였지만 사실은 스스로에게 대는 핑계였고, 이상하게도 여자와 자는 문제에만 부딪히면 자고 싶은 생각이 달아나곤 했다. 여자가 싫어진다기보다 자면 안 되는 이유가 저절로 생각났다. 마치 누가 옆에서 보고 있기라도 한 것처럼. 그것은 알 수 없는 수수께끼였는데, 이번에도 그랬다. 희네는 무심결에 뱉듯이 말했다.

"나는 당신이 좋고, 불쌍해요."

"그러면……?"

"그러나 당신을 지금 안으면 안 됩니다. 사울아비로서 한웅님을 배반할 수는 없어요."

"정말로요?"

목소리가 너무도 처량하고도 매혹적이라 희네는 당장이라도 소녀에게 달려들고 싶어질 지경이었다. 희네는 억지로 충동을 눌렀다.

"그러나 방법이 있어요. 당신이 나를 구해 준다면, 반드시 한웅님 곁에서 당신을 얻어 오겠습니다. 그래서 당신을 내 사람으로 만들 겁니다. 그다음에 같이 지내면 되겠지요."

그 말에 소녀는 반색하며 물었다.

"정말로요? 정말 그럴 수 있나요?"

"정말입니다. 만약 내 사람으로 못 만들더라도 좋은 사람에게 갈 수 있도록 해 줄 겁니다. 주신 사울아비 희네가 맹세합니다."

희네는 혹시나 하는 마음에 조금 여유를 두어 맹세를 했다.

"다른 사람은…… 싫어요."

그러면서 소녀는 희네 곁으로 몸을 바싹 붙였다.

"정말 맹세를 지킬 거죠?"

"맹세를 지키지 않는 사람이 어디 있겠습니까?"

"정말…… 나를 구해 줄 거죠?"

"그렇습니다."

그러자 소녀는 안심한 듯 고개를 끄덕였다.

"알았어요. 그럼 당신 말대로 할게요. 카린족은 마음이 굳세요. 저를 버리면 안 돼요. 여자를 배반하면 반드시 복수해요. 알았죠?"

희네는 어쨌거나 지금 희망은 소녀뿐이었으며, 마음으로도 소녀가 가련하고 좋았기 때문에 흔쾌히 말했다.

"걱정 말아요."

"내가 주신족 쪽으로 가게 되면 어떻게든 수를 써서 당신 아우에게 알려 줄게요. 그러면 되죠?"

"예."

"나도 오늘은 참을게요. 그러나 이렇게 옆에 꼭 있어 줘요. 그건 괜찮죠?"

"그렇게 해요."

소녀가 떠는 것 같아 희네는 소녀를 달래기 위해 재미있는 이야기를 몇 가지 들려주었다. 희네나 소녀 모두 지나 말에 능통해서 우스갯소리도 나눌 수 있었다. 희네는 본디 우스갯소리를 좋아했으므로 소녀의 기분 푸는 일쯤은 쉽게 할 수 있었다. 소녀는 마음이 풀어진 듯 머뭇거리다가 입을 열었다.

"그런데 나는 사실 걱정이 있어요. 그건……."

"뭐죠?"

희네는 자신이 유망의 독을 먹은 것을 말하려나 보다 생각했다.

"아니에요. 혼자 할 수 있는 일이에요. 아니, 나 혼자 해야죠."

"뭘 말입니까?"

소녀는 훗 하고 웃으며 짧게 말했다.

"앙갚음이죠."

이제까지의 가련하고도 고운 목소리와는 달리, 그 목소리에는 오싹한 한기가 서려 있어서 희네는 소름이 쫙 끼쳤다.

'이 여자는 보기에 가련하고 예쁘기 그지없지만 머리도 빠르고 마음이 독할지도 모르겠구나. 여자들의 속은 알 수 없어.'

그러는 사이 소녀도 생각에 잠겨 있었다. 그 생각을 희네나 다른 사람이 알았다면 크게 놀랐을 것이다.

'염제 그 녀석은 용서 못해. 나에게 독을 먹인 것도 그렇지만…… 나를 보고도 사내구실을 못하다니…… 그런 등신은 반드시 죽이고 말 거야.'

그러는 사이 어느덧 날이 밝아 왔다. 희네도 지쳐 잠이 들고, 그가 잠든 사이 소녀는 밖으로 불려 나갔다.

희네가 눈을 뜨자 소녀는 자리에 없었다.

구출

젊고 힘센 사내들이 땅도 갈지 않고 나무도 베지 않으며 짐승도 치지 않는다.
다만 그들은 싸움 기술을 갈고 닦아야 한다.
그들은 아무것도 만들어 내지 않지만,
대신 다른 모두가 안심하고 일할 수 있도록 지켜야만 한다.
그들이 바로 사울아비이다.
그들은 일하지 않고 먹고 사는 것에 대해 깊은 책임을 느끼며
자신의 일에 목숨을 걸어야만 한다.

"오늘부터는 한웅님을 직접 뫼시게 된다. 모두 정신 바짝 차리도록
해라."

비렴의 엄숙한 지시로 또 하루가 시작되었다. 이제 하루만 더 지나면
태산 회의다. 나래를 비롯한 열두 명의 젊은 장정들은 비렴의 앞에 어깨
를 쭉 펴고 서 있었다. 그들 중 일곱 명은 힘이 세고 건장한 사울아비였
고, 두 명은 몸이 날쌔고 발이 빠른 사람이었으며, 세 사람은 각각 박수
와 단군, 주술사였다.

건장한 일곱 사람 중 가장 힘센 사람은 말할 것도 없이 나래였지만
부루벼락이라는 성질 급하고 성인을 이미 치른 청년과, 쇠돌이라는 아
이 티를 벗지 못한 소년도 무척이나 힘이 셌다. 특히 쇠돌이는 나래보다
도 어렸지만 힘은 은근히 놀라운 데가 있었다. 아홉구비를 먹기 전의 나
래보다 강할지도 몰랐다.

발 빠른 두 사람은 마파람과 날램이였는데, 마파람은 희네의 매 이름
과 똑같았다. 마파람은 눈 하나가 없는 애꾸였고 비쩍 몸에 마르고 항상

우울한 표정을 짓고 있어 기분 나쁜 청년이었다. 날램이는 키가 작고 얼굴도 동글동글하지만 보기와는 다르게 기가 막힐 정도로 달리기가 빨랐고 몸도 날쌨다.

무당은 도단이라는 박수(남자 무당)였는데 자그마하고 여자아이처럼 귀여운 얼굴이지만 두 눈이 먼 봉사였다. 배냇장님이라야 제대로 된 박수가 될 수 있다. 작은단군인 질쾌는 약초를 잘 알고 뼈 맞추기도 잘해서 단군 중에서도 의원에 가까웠지만 하는 일에 어울리지 않게 덩치가 커서 거의 나래만 했다.

주술사인 스름이는 열두 명 중 하나뿐인 여자였으며, 못난 것은 아니었으나 얼굴빛이 푸르스름하고 분위기가 음침하여 남자들은 그녀를 보면 슬슬 피했다. 그녀는 신지울태의 직계 제자로 표정에 변화가 없었다. 말수도 적었고 남자들이 피하는 것도 신경조차 쓰지 않았다.

열두 사람은 각각 특기가 있어 저마다 삼사에게서 한두 가지 재주를 배웠다. 누가 무슨 재주를 배웠는지 다른 사람은 알 수 없었다. 나래는 아주 특별할 때만 써야 한다는 신신당부와 함께 두 가지의 글자 무늬를 몸에 그려 받게 되었다. 글자 무늬는 등에 그려져 나래 자신도 볼 수 없었지만 그 무늬는 잠시 동안 바위산처럼 몸을 단단하게 만드는 '바위뫼' 글자 주술과 성난 곰처럼 주먹을 강하고 세게 만들어 주는 '성난곰' 글자 주술의 두 가지였다.

글자 무늬를 새겨 준 운사 신지울태는 두 가지 주술 모두 한번 쓰고 나면 효력이 없어진다고 했으며, 사용하기 시작한 뒤로 한 각(십오 분) 정도 주술이 지속된다고 말해 주었다. 글자 주술을 사용하려면 정신을 집중해야 했고 주문을 외워야 했기 때문에 그것을 연습하는 데 하루가 꼬박 걸렸다. 그리고 해가 떨어지기 전까지 반나절은 그동안 익힌 것을 다시 한번 연습해 보는 데 보냈다.

열두 사람은 짧은 기간이나마 고된 연습을 했고 또 순수 주신족으로 이루어져 있었기에 음침한 스름이 하나만 빼고는 금방 친해졌다.

다만 나래는 형 생각에 우울해서 그들과 그리 깊게 사귀지 못했다. 그간 몇 번이나 지나족의 막사로 가서 형을 만나겠다고 해 보았지만 통 들여보내 주지 않았다. 비렴과 병예와 상의해 보았지만 아직 별일 없으니 조금만 더 두고 보자는 이야기뿐이었다. 나래는 한숨만 쉬었다.

치베는 자신이 지나족 막사로 숨어들어 보겠다고 했으나 자칫하면 일이 커질 것 같아서 나래가 말렸다. 야율쿠리나 초초룬도 걱정해 주었는데 그 후 며칠 동안 그들 부족도 각각 바쁜 일들이 생겨서 나래를 만나지 못했다.

아버지 치우우레는 태산 회의 때 보일 큰 행사를 준비하느라 바빠서 형제를 찾지 못했다. 성대하고 큰 행사라고 했는데 치우우레는 양역을 보내 행사에 나래도 끼게 해 달라고 삼사에 부탁했고 비렴은 잠시 생각하다가 좋다고 승낙했다. 나래가 무슨 일인데 준비도 없이 할 수 있느냐고 묻자 양역은 웃으며 그냥 앞장만 서면 되는 일이니 염려 말라고 했다.

"지금부터 한웅님 막사 주위에 서서 지키는 일을 시작한다. 연습한 대로 하거라."

비렴의 호통이 떨어지자 나래는 퍼뜩 정신을 차렸다. 나래도 다른 친구들과 함께 한웅님의 막사 주변에 서서 지키기를 시작했다. 지키는 것은 단순한 일이었지만 삼사를 포함한 열다섯 명의 사람들은 뭔가가 날아오지 않는지, 위험한 동물이나 독을 지닌 것이 가까이 오지 않는지, 근처에 수상한 자들이 얼쩡거리거나 먼발치라도 사람들이 이유 없이 모여 있는 기척이 보이는지 등을 항상 정신 차리고 경계해야 했다.

잠깐이라도 무슨 일이 생기면 발 빠른 두 사람이 교대로 사울아비 진

영에 상황을 알리기로 되어 있었다. 삼사와 단군, 발 빠른 두 사람은 한웅 옆을 에워싸듯 지켰고, 두 명의 사울아비와 무당이 한웅 앞을 막아서서 비상시에 대처하며, 다섯 명의 사울아비와 주술사는 위험에 맞서 싸워야 했다.

가장 힘이 센 나래는 선두에 서는 여섯 명 조의 조장 격이었다. 그 때문에 평상시에도 나래가 한웅의 막사 입구를 지키게 되어 있었다. 기대는 많이 했으나 그뿐이었고, 삼사를 제외한 열두 명의 젊은이들은 아직 한웅님의 얼굴도 보지 못했다. 몇몇 상황을 보고하는 사울아비들과 연락병들이 드나드는 것 말고는 아무 일도 일어나지 않았다. 다른 부족들도 도착해 인사를 나눈 뒤라서 부족장들도 드나들지 않았다. 지루하기 짝이 없었다.

반나절가량 경계를 하고 있는데, 저쪽에서 다가오는 행차가 보였다. 스무 명 남짓한 화려한 행렬이었다. 이미 저쪽에서 다른 사울아비들이 그들이 누구인가 세워서 묻고 있었지만 나래도 연습할 겸 이 사실을 삼사에게 알렸다.

병예가 나와서 말했다.

"오늘 유망이 한웅님께 선물을 바친다 하더구나. 그 행렬인 듯하나 어떤 경우에도 마음을 놓지는 말거라."

잠시 후 행차를 호위하는 평범한 전사들이 멈추어 서고, 유망의 부하로 보이는 늙은이 한 사람과 붉은 꽃으로 온몸을 덮어쓴 여자 한 명과 그 뒤를 따르는 자그마한 계집아이 하나, 이렇게 세 명만 통과되어 오는 모습이 보였다.

그것을 보고 나래 옆에 서 있던 쇠돌이가 입을 열었다.

"선물이란 게 사람인가? 아항, 예쁜 여자인가 보네. 그치, 나래 형?"

쇠돌이는 성격이 좋아, 자기와 나이도 비슷한 나래가 허락도 안 했는데 나래를 형이라 부르고 있었다. 나래는 희네 생각에 마음이 심란한 터라 별 생각 없이 "응" 하고 말했다.

병예가 안에 기별을 했는지 한웅의 막사 안에서 한 여인과 세 명의 시중드는 여자들이 걸어 나왔다. 여인은 사와라 한웅의 여섯 번째 마누라인 부루버들이었다. 부루버들은 신시 안에서도 예쁘기로 소문이 자자했던 여인이었는데, 언짢았는지 인상을 찌푸리며 빠른 걸음을 옮기고 있었다.

이야기로만 듣던 한웅님의 마누라를 보자 열두 젊은이들 중 아홉 명의 젊은이들이 눈을 크게 떴다. 여자인 스름이와 장님인 도단이, 그리고 형 생각만 하고 있는 나래만 미처 보지 못했다. 부루버들의 용모는 그 정도로 뛰어났다.

방금 막사를 나선 부루버들의 입에서 나온 말은 얼굴만큼 듣기 좋지는 않았다.

"또 계집입니까? 저걸 어떻게 못 하나요?"

아무리 한웅의 마누라라고는 하지만 모든 이에게서 존경받는 삼사 중의 한 명이자 최고 연장자인 병예에게 할 말투는 아니었다. 그러나 병예는 내색하지 않고 정중하게 말했다.

"지나족의 유망이 한웅님께 바치는 선물입니다. 선물을 어찌 거절하겠습니까?"

"듣기 싫으니 썩 돌려보내요! 죽여 묻어 버리거나!"

부루버들의 입에서 독기가 서린 말이 튀어나왔다. 열두 젊은이는 내색하지 않았지만 속으로는 크게 놀랐다. 병예가 간곡히 말했다.

"다른 큰 부족에서 바친 사람을 그리할 수는 없습니다. 살펴 주소서."

그제야 부루버들은 다른 청년들의 시선을 의식한 듯 흥 하고 코웃음을 쳤다.

"한웅님께서는 나이가 많이 드셔서 젊은 계집들이 곁에서 꼬리를 치
면 몸에 좋지 않단 말이에요……."

부루버들이 변명이라도 하듯 조잘거리자 쇠돌이가 나래에게만 들리
도록 작은 소리로 투덜댔다.

"흥, 자기는……?"

부루버들의 외모에 대한 쇠돌이의 좋은 감정이 그녀의 독한 말 때문
에 어느새 경멸로 바뀌어 버린 듯했다. 부루버들은 계속 조잘댔다.

"하물며 지나족이 보낸 여자라니. 그것도 카린산 쑤앙마이 밑에 있던
여자라던데요? 여우 같은 것이 무슨 짓을 할 줄 알고……."

그때 붉은 꽃을 뒤집어쓴 여자가 다가오자 병예는 당황하여 낮은 소
리로 말했다.

"들리겠습니다."

부루버들 다시 한번 코웃음을 흥 치며 입을 다물었다. 병예가 나아가
서 유망의 부하를 맞았다. 늙은 지나족은 병예를 알아보고 코가 땅에 닿
을 정도로 고개를 숙이며 주절주절 뭐라고 떠들어 댔다. 병예는 절차대
로 대강 응수하고 있었다.

어느새 부루버들은 서 있는 여자 곁으로 와서 명령했다.

"머리에 쓴 것, 벗어 보아라."

늙은 지나족과 대화를 하던 병예가 놀라서 작은 소리로 얼른 끼어들
었다.

"그건 실례입니다. 한웅께서 직접 명하셔야……."

부루버들은 듣지도 않고 빽 소리쳤다.

"나는 한웅님의 안사람이다! 먼저 확인하는 게 내 일이다. 어서 벗어
보라니까!"

상황을 눈치챈 늙은 지나족이 어찌할 바를 모르다가 여자의 머리에 씌워진 꽃 덮개를 벗기자 여자의 얼굴이 드러났다. 순간 여러 사람들은 할 말을 잃었다.

여자의 용모는 대단했으나 부루버들의 얼굴만큼 요모조모 곱지는 않았다. 그러나 얼굴과 눈을 비롯해 온몸에서 오싹할 만큼 요염한 분위기가 넘쳐흐르고 있었다. 어느 한 군데가 특별히 완벽하게 뛰어나지 않되, 전체적으로 볼 때 말할 수 없을 정도로 매혹적인 여자였다. 소녀(素女)였다.

나래도 무심코 소녀의 얼굴을 보고 놀랐다. 지난번 언뜻 소녀와 마주 대한 적이 있었지만, 그때는 청순하고 수수한 모습이었는 데 반해 지금은 온갖 화려한 장식으로 몸을 꾸미고 얼굴을 단장한 화사한 모습이라 못 알아볼 정도였다.

부루버들은 잠시 소녀의 얼굴을 바라보다가 손을 부르르 떨며 뭐라 막 소리를 지르려는 순간, 막사 안에 굵직한 소리가 들렸다.

"밖에 무슨 일이냐?"

사와라 한웅의 목소리였다. 행여 부루버들이 질투심에 무슨 행패라도 부리지 않을까 조마조마하게 생각하던 병예가 얼른 대답했다.

"지나족의 유망이 보낸 여자…… 선물이 왔사옵니다."

부루버들이 휙 소리가 나게 몸을 돌려 뒤도 돌아보지 않고 한웅의 막사 반대편으로 달리듯 걸어갔다.

그 틈에 병예가 눈짓을 하자 늙은 지나족이 소녀를 이끌고 한웅의 막사로 향했다. 소녀가 걸음을 옮기다가 갑자기 나래 쪽을 돌아보았다. 짧은 순간이었지만 나래는 소녀의 눈이 분명히 자신을 응시하는 것을 느꼈다. 그것도 뭔가 아주 절실한 빛. 그러면서 소녀의 입이 소리를 내지 않고 벙긋거렸다. 눈이 날카로운 나래는 분명 입술이 '희네'라고 말하는 것을 보았다.

　나래는 자신도 모르게 소녀에게 다가갔다. 아직 바쳐지지는 않았다지만 곧 한웅님에게 바쳐질 여자에 먼저 다가가는 것은 불경스러운 일이다. 쇠돌이가 놀라서 나래를 잡으려 했고 병예도 놀라 나래에게 뭐라 말하려 했지만, 나래는 뚜벅뚜벅 소녀에게 다가갔다. 소녀가 지나 말로 무슨 말을 했다. 나래는 무슨 말인지 알아들을 수 없었지만 그 말을 듣자 병예가 놀라 나래를 돌아보았다. 그러나 다음 순간, 소녀는 지나족 노인에게 이끌려서 한웅의 장막으로 떠밀리듯 들어가 버리고 말았다.

　나래는 뒤쫓으려 했으나 병예가 앞을 막았다.

　"멈추어라. 들어가서는 안 되느니."

　병예의 말을 듣고 나래는 걸음을 멈추었다. 병예는 마치 나래를 안심시키려는 듯이 조용한 눈빛으로 나래를 바라보았다.

　'병예님이 뭔가 들으신 것 같다. 저 여자는 분명 우리 형님에 대해 말했어.'

　나래의 생각을 끊듯이 병예가 짧게 말을 건넸다.

　"날 따라오너라."

　병예에게 이끌려 나래는 한웅의 막사 뒤쪽, 병예의 작은 막사에 들어섰다. 나래는 병예의 막사를 난생처음 들어가 보았다. 삼사의 직책에 어울리지 않게 막사는 좁고 답답했으며 무엇에 쓰는지 알 수 없는 물건들이 잔뜩 쌓여 있었다. 막사로 들어서자 병예가 나래에게 물었다.

　"너, 들었느냐?"

　"무엇을 말입니까?"

　"너 지나 말을 모르는구나."

　"예, 모릅니다. 하지만 그 여자는 분명…… 제 형님에 대해……."

　"그렇다. 이상하구나."

병예는 한숨을 쉬었다. 나래는 궁금증을 더 참을 수 없어 병예에게
물었다.

"그 여자가 뭐라고 했습니까?"

"그냥 나는 안다……고 했다."

"그 말뿐이었나요?"

나래는 분명 그녀가 희네에 대해 뭔가 알고 있다고 생각했다. 병예가
고개를 저으며 대답했다.

"한마디 더 했느니라."

"무슨 말이었습니까?"

병예는 잠시 주저하는 눈빛을 보이더니 말했다.

"갇혔다……라고 했느니."

나래는 펄쩍 뛰었다.

"형님에게 무슨 일이 생긴 것이 틀림없습니다!"

"가만, 가만! 차근차근 생각하자."

나래는 당장이라도 유망의 막사로 달려가고 싶은 생각이었지만 병예
가 나래를 눌러 멈춰 세웠다. 병예는 고개를 갸웃거리며 뭔가 곰곰이 생
각하다가 입을 열었다.

"이상한 일이로구나. 왜 그 여자가 그런 말을 했는지, 뭘 알고 있는지
모르겠구나. 아니, 뭘 꾸미는지도 모르느니라."

"그 여자는 전에 본 적이 있습니다. 형을 도우려는 걸 겁니다."

"그걸 네가 어떻게 아느냐?"

나래는 병예에게 전에 카린산의 여인족과 있었던 일을 털어놓았다.
그러자 병예는 눈살을 찌푸렸다.

"물론 그들이 너희 형제에게 나쁜 생각은 없겠지. 허나 유망이 바친
여자야. 무턱대고 믿을 수는 없느니라."

"그럼 여자와 이야기해 보면 되지 않습니까?"

"아무래도 그래야 되겠구나. 너는 여기 꼼짝 말고 있거라. 곧 돌아오겠느니라. 네 형이 유망 막사로 간 건 비밀이다. 다른 사람이 알게 하면 안 되느니."

그 말을 하고 병예는 막사 밖으로 나갔다. 나래는 형에게 무슨 일이 생긴 것 같아 초조해 참을 수 없을 지경이었다. 다행히 병예가 금방 돌아왔다.

"문제가 있구나."

병예는 오자마자 한숨부터 내쉬었다.

"무슨 문제입니까?"

"여자가 나를 믿지 않는다. 그냥 자기가 갇힌 신세가 되어 한탄하는 거라고 둘러대는구나."

"네?"

병예는 곰곰 생각하다 말했다.

"여자가 분명 너를 보고 '희네'라고 벙긋거리는 것을 나도 보았는데……. 아무래도 너에게만 말할 것 같구나."

"그럴지도 모르죠. 제가 만나겠습니다."

"아서라! 아서!"

병예는 펄쩍 뛰었다. 나래가 의아해서 병예의 얼굴을 바라보자 병예는 한숨을 쉬었다.

"너는 만날 수 없느니라."

"어찌 그렇습니까?"

"그 여자는 이제 한웅님의 여자니라. 한웅님께 바쳐진 여자를 외간 남자가 사사로이 만날 수는 없지 않느냐?"

"저는 그냥 물어보기만 할 것인데요?"

"그 말을 누가 들으면 어쩌겠느냐? 아무도 없는 비밀스러운 장소 아니면 여자는 입을 열지 않을 것인데?"

"하지만 저는 형에 대한 안부만⋯⋯."

"일이 그렇게 간단하지 않느니."

병예는 또다시 한숨을 쉬었다.

"내 짐작이기는 하다만, 아까 부루버들님을 보았지?"

"예⋯⋯."

"그분은 지금 무척 화나 계시느니."

"그런 것 같습니다만⋯⋯."

"그러니 그 여자에게 작은 꼬투리라도 잡으려고 할지 몰라. 거기 네가 말려들면 되겠느냐? 만에 하나 네가 그 여자와 만나는 것을 그분이 아시면⋯⋯."

자칫하면 여자의 질투 때문에 나래가 누명을 쓸 수도 있다는 뜻이었다. 그러나 나래는 고개를 저었다.

"아닙니다. 저는 떳떳합니다. 병예님도 아시지 않습니까?"

"이런 일에는 나도 도울 수 없느니. 남자 여자 간의 의심이란 걷잡을 수 없는 것이야. 하물며 처음 오자마자 외간 남자를 비밀스레 만났다고 한다면⋯⋯. 그 사실이 밝혀지면 한웅님은 화를 내실 것이야. 더구나 그 여자를 정말 믿을 수 있는지 없는지도 모르잖느냐?"

"그래도 만나 봐야지요."

"혹시 그 여자가 유망의 꿍꿍이대로 움직이는 거라면? 네 형을 잡아두고 너를 이용하려는 거라면? 아니, 그 여자가 너에 대해 묘한 생각을 품고 형을 미끼로 너를 불러내는 거라면? 그 여자는 천성적으로 남자를 밝힐 위인이다. 안 그런다는 보장이 없느니."

나래는 말문이 막혔다. 사실 소녀를 보기는 했어도 그녀를 믿을 수 있는지 없는지 나래로서도 전혀 알 수 없었다.

"유망의 짓거리에 공연히 놀아날 수는 없는 법. 네 형이 갇혀 있다면 아직은 무사한 것이니라. 내 삼사와 의논해 볼 테니 너는 절대 함부로 나서지 마라."

병예는 그 말을 끝으로 황망히 나가 버렸다. 나래는 병예의 막사에 앉아 고민에 빠졌다. 형이 유망의 비밀을 알아내려다 잡힌 것인가? 그래서 유망이 그것을 미끼로 자신을 이용하려는 것인가? 소녀는 정말 형을 도우려는 것인가? 생각할수록 머리가 아팠다. 가능성은 많았지만 아는 것이 너무 없었다.

마침내 나래는 중얼거리며 벌떡 자리에서 일어섰다.

"부딪쳐 봐야 아는 거지! 고민 따윈 내게 안 어울려!"

그러나 막상 소녀를 만나려니 그것도 문제였다. 무턱대고 한웅님의 막사에 뛰어들 수도 없는 일이며 조그마한 전갈조차 전할 방법도 없었다. 나래는 머리가 터지도록 생각해 보았지만 방법이 없었다.

그때 병예가 돌아와 원래 자리로 돌아가라고 나래에게 말했다. 병예의 막사를 나서서도 줄곧 고민에 빠져 터벅터벅 망보던 자리로 다시 돌아가던 중 나래의 옷깃을 누가 잡아당겼다. 뒤를 돌아보았으나 아무도 없었다. 아래를 내려다보니 조그마한 여자애가 자신을 올려다보고 있었다.

"나래……?"

가만히 보니 그 아이는 옷차림이 독특한 것이 주신족 같지 않았다. 아까 소녀의 뒤를 따라가던 여자애였다. 나래는 반가워 얼른 고개를 끄덕였다.

아이는 서툰 주신 발음으로 말했다. 아주 작은 소리인데다 발음이 서툴러서 알아듣기 힘들 정도였다.

"오늘 밤…… 큰 나무…… 희네…… 빨리……."

여자애는 그 말만 하고는 나래의 말도 듣지 않고 저쪽으로 뛰어가 버렸다. 보니 저쪽에 아까 소녀를 데려왔던 늙은 지나인이 있었다. 지나 노인은 아이를 데리고 막사 주변의 울타리를 넘어 사라져 버렸다.

나래는 멍하게 있다가 아이가 한 말을 곱씹어 보았다.

"오늘 밤…… 큰 나무…… 희네…… 빨리……."

아마도 그 아이는 주신 말을 몰랐을 것이다. 소녀가 시킨 일이 분명했다. 아이는 돌아가는 길이었으니 이 기회를 타서 나래에게 전달한 것이다. 주신 말도 모르는 아이이니 비밀이 샐 염려도 없을 것이라 생각한 모양이다. 네 단어만 들었지만 나래는 대강 내용을 짐작할 수 있다.

'오늘 밤에 큰 나무 부근에서 만나자는 뜻 같구나. 형님이 급한 지경에 처했나 보다. 그러니 빨리 만나야 한다는 것이겠지. 그렇다. 오늘은 첫날이니 한웅님도 소녀를 쉬게 하시겠지. 그러니 오늘 말고는 기회가 없다는 말일지도 모르겠다.'

나래는 주위를 둘러보았다. 부근에 큰 나무는 한 그루도 없었다. 이 근방은 태산 중턱이기는 하지만 회의 준비를 하느라 땅을 파고 나무를 태우고 벤 바람에 평지가 되어 버렸던 것이다.

나래는 답답해졌다.

'이거야 미칠 노릇이군. 큰 나무가 어디 있다는 거야? 나무라고는 한 그루도 없는데……!'

나래가 아무리 눈을 크게 뜨고 둘러보아도 큰 나무는 고사하고 잡목 한 그루도 없었다. 눈 닿는 곳에는 막사와 울타리, 그리고 끌고 온 짐승을 먹일 들판과 황토 벌판이 있을 뿐이었다. 반대편에는 산이 있었고 나무도 많았지만 이제 막 한웅에게 바쳐진 소녀가 밤에 그 먼 곳까지 갈 수 있을 리도 없고, 그런 곳을 꼬집어 만날 장소로 삼을 리도 없었다.

'아무래도 무슨 수수께끼 같구나…….'

나래는 답답해서 미칠 것 같았다. 그러나 시간이 없었다. 벌써 저녁 무렵이 되어 갔다. 오늘 밤에는 만나야 했다. 나래는 친구들의 도움을 청하기로 마음먹었다. 가장 가까운 치베는 유망의 막사 부근에 숨어 있었기에 만날 수가 없었고 야율쿠리나 울쿠타도 자기 부족 일이 바빠 만날 수 없었다. 남은 사람은 초초룬뿐이었다.

생각 끝에 나래는 횡설수설 핑계를 대어 해가 떨어지자마자 쇠돌이에게 떠넘기듯 자리를 대신 지켜 달라고 하고 초초룬을 찾아갔다. 초초룬은 마침 막사 밖을 돌아다니다가 나래를 발견하고 손을 흔들었다. 벌써 얼굴빛이 붉어진 것을 보니 대낮부터 한잔한 모양이었다.

"어이, 나래. 한잔 어때?"

걸걸한 초초룬의 목소리를 듣자 나래는 맥이 탁 풀렸다. 초초룬이 한잔했다면 주정이나 부릴 터이니 기대하기 힘들 것이다. 그러나 달리 의논할 사람도 없어서 나래는 행여나 하는 심정으로 초초룬에게 말을 건넸다. 그곳은 사람들이 많이 오가는 곳이라 행여나 다른 사람이 들을까 봐 나래는 꾀를 냈다.

"이봐, 초초룬. 수수께끼 내기할래?"

"수수께끼? 좋지! 대신 틀릴 때마다 한 잔씩 하는 거다. 어때?"

초초룬은 허리에 안고 있는 커다란 항아리를 흔들어 보였다. 나래는 답답했지만 초초룬이 취했을 때 그녀의 말을 거절했다가는 무슨 일이 생긴다는 것을 알고 있어 고개를 끄덕여 보였다.

초초룬이 의기양양하게 덧붙였다.

"못 맞히면 이긴 사람이 시키는 대로 해야 한다. 내가 이기면 잡소리 말고 코가 비뚤어지게 마시는 거다. 알았지?"

나래는 무심코 고개를 끄덕였다. 초초룬은 기분이 좋은 듯 털퍼덕 앉

있다.

"좋, 좋아. 네가 먼저 할래? 내가 먼저 할까?"

"내가 묻고 싶은……."

나래가 말을 하려는데 초초룬이 껄껄 웃으며 버럭 소리 질렀다.

"내가 먼저 내겠다!"

나래가 항의할 틈도 없었다. 초초룬은 수수께끼에 지지도 않았는데 벌컥벌컥 술을 먼저 들이켜고는 소리쳤다.

"나는 남자 같고 못난데다 성질도 거칠어서 남자들이 모두 다 슬슬 피한다. 하지만 어떤 일이 있어도 나를 따라다니는 녀석이 하나 있다. 아무리 떼어 놓으려 해도 절대 떼어 놓을 수 없는 녀석이다! 그게 누군 지 아느냐?"

그 말을 듣는 순간 나래는 멍해졌다. 도대체 초초룬에게 그런 남자가 있단 말인가? 그러나 모르겠다고 했다가는 완전 술판을 벌이자고 덤빌 테니 나래는 난처했다.

"그걸 내가 어떻게 아느냐?"

"그러니 수수께끼지! 그럼 말한 것을 어길 생각이냐?"

"아니…… 그건 아니지만…… 초초룬, 내가 네게 내고 싶은 수수께 끼가……."

"그만 그만! 일단 대답부터 해! 맞히면 들어 준다!"

초초룬의 기세가 너무 등등해서 나래는 기가 찼지만 할 수 없었다.

"혹시…… 너희 부족 사람이냐?"

"이런 이런! 틀렸어."

"나는 답한 게 아니다. 너무 막연해서……."

"일단 한 잔 마셔라!"

"아니, 나는……."

"안 마시면 난 안 한다."

할 수 없이 나래는 독한 술을 벌컥 들이켰다. 그러자 초초룬은 코맹맹이 소리로 말했다.

"우리 부족 사람? 절대 아니다."

답답해진 나래는 맨 먼저 떠오르는 이름을 말했다.

"혹시 야율쿠리냐?"

"틀렸다! 또 한 잔!"

초초룬이 외쳤다. 나래는 일이 이상하게 돌아간다고 생각하면서도 할 수 없이 한 잔을 더 마셨다. 초초룬이 투덜거렸다.

"그 곰 같은 자식은 싸움밖에 모른다. 마누라보다 너와 씨름하는 걸 더 좋아할 것이다."

나래는 혹시나 하는 생각이 들었다.

"그럼…… 혹시…… 나냐?"

"이 멍청아, 네가 날 따라다니기나 하냐? 틀렸다! 다시 한 잔!"

나래는 다시 술을 마셨다. 그러고 나니 너무 난처했다. 이대로 가다가는 술만 마시다 끝날 것 같았다. 아무래도 초초룬을 화나게 해서라도 이 자리를 박차고 일어나야 하는 게 아닌가 생각하던 차에 옆에서 아주 가느다란 목소리가 들렸다.

"그림자."

나래는 눈을 퍼뜩 떴다. 그러고 보니 초초룬은 자기를 따라다니는 것이 남자라고 한 적이 없지 않았던가? 나래가 황급하게 초초룬에게 말했다.

"알았다. 답은 그림자다!"

초초룬이 무섭게 소리쳤다.

"너는 누군데 끼어드느냐?"

그제야 나래는 옆을 돌아보았다. 거기에는 아주 큰 눈의 작은 여자아이가 몇 명의 타타르족 남자들과 함께 서 있었다. 그 아이는 눈이 밝아 독수리보다 잘 본다는 신기한 재주를 가지고 있다고 들었던 타타르 앗수라트 부족의 족장 딸 울라트였다. 그런데 옆의 타타르인이 화난 소리로 뭐라 외쳤다. 아마도 감히 부족장 딸인 자기 아가씨에게 소리를 질렀다고 화를 내는 듯했다.

그 사람을 말리며 울라트가 주저주저 말했다.

"내가 끼어들어 미안해요. 재미있는 것 같아서. 나도 수수께끼를 좋아하거든요."

"좋아, 좋아. 반갑다. 나는 주신의 나래야. 이쪽은 미아우의 초초룬."

"나는 타타르족 앗수라트 부족의 울라트예요. 심부름 왔다가 지나는 길이었는데……. 끼어들어서 미안해요. 수수께끼를 워낙 좋아해서."

아이는 차분하고 침착했다. 크다 못해 이상해 보일 정도로 큰 눈을 깜박거리는 모습이 겁이 많아 보였지만. 나래는 이 여자애가 자기나 초초룬보다 똑똑할 것 같아서 쾌히 반겼다. 초초룬이 화를 참을 수 없다는 듯 소리쳤다.

"끼어들어 내 일을 망쳐 놓으려고?"

나래가 재빨리 대꾸했다.

"그럼 내 수수께끼도 이 아이 도움을 받으면 되잖아."

그러자 초초룬도 구시렁거리던 입을 닫았다. 나래는 눈을 크게 떴다.

"내가 수수께끼를 내겠다. 이 근처에는 나무를 다 베어서 나무가 하나도 없다. 그런데 어떤 사람이 큰 나무 밑에서 보자고 하면 거기가 어디일까?"

초초룬은 머뭇거리다가 술을 담은 토기를 번쩍 들어 꿀꺽꿀꺽 마셨다. 한참을 마시다가 초초룬은 혀 꼬부라진 목소리로 말했다.

"됐냐, 이 자식아. 난 다 마셨다."

그 모습을 보고 울라트는 킥킥 웃었다. 즐겁게 웃는 듯했지만 어딘가 맥이 풀리고 힘이 없는 것 같았다.

"초초룬님은 너무 급했어요. 내가 맞힐 수 있었는데."

"정말?"

초초룬보다 나래가 먼저 급히 물었다.

"물론 이 근처에 잎 달리고 가지 달린 나무는 없어요. 하지만 울타리도 나무고, 막사에도 나무 기둥을 세우고, 하다못해 창이나 도끼도 나무 자루가 있지요."

"그렇구나……."

그러더니 웃으며 주신족 막사 쪽을 가리켰다.

"저 나무가 이 근처에서 가장 크니 저 나무라고 하겠어요."

나래는 울라트의 손가락 끝을 좇았다. 그곳에는 주신족의 솟대가 우뚝 서 있었다. 새 날개가 조각된 나무 기둥인 솟대는 주신족의 상징이라 가장 높게 세워야 했다. 그러나 주신 사람들에게 솟대는 솟대이지 나무가 아니었다. 나래는 솟대가 나무라는 생각도 아예 하지 않고 있었다. 하지만 카린족인 소녀나 울라트는 솟대가 무언지 모르니 그냥 큰 나무라고 보아 두었을 것이다. 물론 회의장에서 멀지도 않고 솟대는 신성한 곳이라 사람들도 가까이 가지 않는다. 거기라면 모든 것이 들어맞는다. 그것을 보자 나래는 자기도 모르게 벌떡 일어섰다.

"알았…… 아니, 맞았다!"

울라트가 의아한 듯이 물었다.

"당신도 답을 몰랐나요?"

"아니, 아니. 그건 아냐. 아무튼…… 넌, 울라트 넌 정말 똑똑하구나. 정말 똑똑해!"

그때 초초룬이 갑자기 소리 내어 왁 울면서 그 자리에 쓰러지며 주정을 해 댔다.

"제길, 나란 놈은…… 아니, 나란 년은 뭐야……. 그림자 말고는 따라다니는 사내놈도 없고…… 머리도 나쁘고 얼굴도 못나고……. 시집 가라고 집에서는 아우성인데…… 어떻게 하라는 거야……. 누가 나 좀 주워 가……. 제기랄…… 여자라도 좋아……."

"당신 여자였나요? 난 당신이 족장 아들인 줄 알았어요!"

울라트가 눈을 크게 뜨며 초초룬에게 말을 걸었으나 나래는 더 이상 그쪽에는 관심도 없었다. 하지만 초초룬이 족장의 딸이라는 사실을 알게 되었다.

"울라트, 고마워. 정말 고마워! 너는 정말 똑똑하구나."

그러면서 나래는 황급히 자리에서 일어섰다.

"야, 인마! 어디 가? 다 마시고 가야지!"

초초룬이 소리를 질렀으나 나래는 뒤도 돌아보지 않았다. 날이 어두워지고 있었다.

"만나서 반가웠어요. 또 도움이 필요하면 오세요."

울라트의 친절한 말을 제대로 듣지도 않고 나래는 정신없이 달려갔다.

'왜 안 오는 걸까?'

초저녁에 솟대 부근에 숨어 밤이 이슥해지도록 기다렸는데도 소녀가 나타나지 않자 나래는 지루하고 초조했다. 나래는 큰 바위 뒤에 숨어 있었는데 멀리서 사람 지나가는 기척만 나도 흠칫흠칫 신경을 곤두세우곤 했다.

솟대 주위는 본래 신성한 영역이라 아무나 들어가서는 안 된다. 죄를 지은 자도 솟대 부근으로 도망쳐 들어가면 잡을 수 없는 것이 신시의 법이었다. 다만 이곳의 솟대는 한웅의 행차에 따라 임시로 세운 것이라 신시와는 달랐다. 신시에는 솟대 단군을 비롯하여 대 밑에 단군들의 솟대 마을이 있지만 여기는 허허벌판, 막사들 한가운데에 솟대를 세웠을 뿐이라 누가 도망쳐 와도 기거할 곳이 없기 때문이다.

솟대의 신성함 때문에 주변 두어 마장에는 막사가 없었지만 몸을 숨길 만한 바위나 나뭇등걸은 많이 있었다. 솟대 주변에는 사람들도 지나다니지 않아 들킬 염려가 없긴 해도 신성한 솟대 부근에 몸을 숨기고 있다는 것이 조금 켕겼다. 하지만 형의 안위에 관련된 일이니 물불을 가릴 수 없었다.

밤이 깊어지자 나래는 소녀가 못 오는 것이 아닌가 걱정했다. 그때 저만치서 사람의 발걸음 소리가 들려왔다. 분명 솟대 밑으로 오는 발걸음 소리였다. 그런데 그 소리는 묵직해서 여자의 발걸음 같지 않았다. 반대편에서 또 다른 발걸음 소리가 들려왔다. 나래는 얼른 더 깊숙이 몸을 숨기고 귀를 곤두세웠다.

그 발걸음 소리의 주인공이 말하는 소리가 들렸다.

"……아무도 없겠지? 일은…… 틀림없이…… 그래."

거리도 멀고 목소리의 주인공이 소리를 낮추어서 잘 들리지 않았지만, 긴장한 말투였다. 두 사람 모두 남자로 주신 말을 쓰고 있었다.

"회의가 끝나고…… 그래…… 산굽이……."

"위험한데…… 개 백 마리……."

"할 수 없다…… 많은 금…… 조개껍질……."

금과 고운 조개껍질은 당시 화폐 대신으로 쓰이던 물건이었다. 그런데 개 백 마리라니? 나래는 아무래도 그들이 수상쩍다고 생각되어 귀를 기울였다.

"제대로만 되면…… 지나 땅으로 가서……."

그 말 한마디를 듣고 나래는 얼굴을 찌푸렸다.

'주신 사람 같은데, 지나 땅으로 간다고?'

그러나 다음에 들린 말은 더더욱 놀라웠다.

"한웅······ 죽으면······ 다 잘될 것······."

'한웅님이 죽는다고?'

나래는 놀라움을 더 이상 참지 못하고 몸을 일으키려 했다. 아무래도 그 사람들을 잡아서 물어봐야겠다는 생각이 들었다. 그런데 그때 두 사람이 갑자기 목소리를 낮추었다.

"쉿!"

저만치서 뛰어오는 작은 발걸음 소리가 들렸다. 소리가 가벼운 것으로 보아 여자인 듯했다. 순간 스윽 하는 소리가 난 뒤 잠시 후 앗, 하고 여자가 놀라는 소리가 들리는가 싶더니 입이라도 막혔는지 금세 잠잠해졌다. 나래는 놀라 바위 뒤에서 몸을 날려 밖으로 뛰어나갔다.

저만치에서 검은 가죽옷을 입고 얼굴에 늑대 가면을 쓴 사람 둘이 여자를 잡아 어깨에 걸머쥐고 있었다. 소녀인 것 같았다. 나래는 성큼 몸을 날렸다. 허공에서 두어 바퀴 몸을 돌려 두 사람의 머리 위를 가볍게 뛰어넘었다.

쿵 소리와 함께 나래가 앞에서 내려서자 두 사람은 놀라 엇, 하며 짧은 소리를 내뱉었다. 여자를 걸머진 한 사람이 재빨리 뒤로 물러서는 사이 다른 한 사람은 허리에서 칼을 뽑아 들었다. 잘 만들어진 검은 구리 칼이었다. 나래는 아무런 무기도 가지고 있지 않았기 때문에 손으로 칼을 낚아채려 했다. 그러나 그자의 칼 쓰는 솜씨도 대단해서 순식간에 나래의 손을 피해 연달아 어깨와 가슴 부위를 휙휙 찔러 들어왔다.

그자가 나지막이 소리쳤다.

"죽여!"

나래는 당황했다. 칼 든 자의 솜씨도 제법이긴 했지만 나래를 해칠 정도는 아니었다. 스무 합만 겨루면 칼도 빼앗고 넘어뜨릴 자신도 있었다. 그러나 그 시간이면 뒤의 남자가 여자를 해치고도 남을 시간이었다. 나래는 재빨리 발로 땅을 걷어찼다. 흙을 걷어차는 사이에 여자를 구할 생각이었다.

흙덩이가 칼 든 남자에게 날아가자 남자는 놀랍게도 피하지 않고 칼을 휙휙 돌려서 흙덩이를 막아 내고 곧바로 나래에게 칼을 찔러 들어왔다. 나래는 막 몸을 날리려던 참이어서 균형을 잃었다. 간신히 칼을 피하기는 했으나 왼쪽 옆구리가 시큰했다. 칼날이 스친 것이 분명했다. 나래는 왼팔을 내려 남자가 거두려던 칼을 옆구리에 딱 붙여서 칼을 붙들고는 물었다.

"넌 사울아비냐?"

방금 그자가 쓴 칼 쓰는 법은 보통의 솜씨가 아니라 사울아비만 배우고 익히는 칼 쓰는 법이었다. 그자는 대답하지 않고 칼을 잡아채 뽑으려 했다. 하지만 나래의 엄청난 힘 때문에 칼은 꼼짝도 하지 않았다. 그자의 힘도 보통은 아니었다. 그자는 칼을 뽑는 시늉을 하다가 나래가 힘을 쓰려는 하자 재빨리 칼을 놓고 뒤로 물러나면서 어느새 품 안에서 돌멩이 몇 개를 꺼내 손가락 사이에 끼우고 한 번에 네 개의 돌멩이를 나래에게 날렸다.

나래는 재빨리 오른손을 휘둘러 돌멩이 중 한 개를 손바닥으로 쳐내고 두 개를 받은 다음 하나는 피한 뒤 외쳤다.

"사울아비가 이게 무슨 짓이냐?"

돌멩이를 던지는 법도 사울아비가 배우는 무예였다. 더구나 보통 돌멩이가 아니라 아주 둥글게 갈고 다듬어서 이마에 정통으로 맞으면 구멍이 나게 만든 것이었다. 나래는 워낙 힘이 세서 돌 던지기를 그리 좋아하지 않기 때문에 가지고 다니지 않았지만, 많은 사울아비들이 그런 돌멩이를 가지고 다녔다. 크기나 무게가 사울아비가 쓰는 것이 분명했다.

나래는 크게 화를 내며 그자에게 돌을 던지려다 보니 저쪽에서 다른 자가 막 여자를 땅에 내던지고 칼을 빼 들고 있었다. 나래는 잡았던 돌 두 개를 재빨리 그자에게 던졌다. 엄청난 힘이 실린 돌멩이는 귀를 찢을 듯 쌩 소리를 내며 그자에게 날아갔다. 그자도 솜씨가 있는 듯 급히 칼로 돌멩이 하나를 막고 왼 손바닥으로 다른 돌멩이를 막았지만 나래가 던진 힘이 워낙 엄청나서 하나는 칼을 단박에 부러뜨렸고 다른 돌은 그자의 왼 손바닥에 푹 박혀 버렸다.

"으으윽!"

그자는 부러진 칼을 쥔 오른손으로 피가 솟구쳐 나오는 왼손을 감싸 쥐고 어둠 속으로 달아났다. 나래는 왼쪽 옆구리에 낀 칼을 급히 오른손으로 쥐려고 하는데 무엇이 휘리리릭 날아오더니 칼을 감아 갔다. 칼을 놓쳤던 자가 어느새 가죽 채찍을 꺼내 휘둘러서는 귀신같이 칼을 채 간 것이다. 나래도 놀랄 만큼 능숙한 솜씨였고 임기응변도 대단해 나래는 속으로 감탄했다.

그 바람에 나래의 옆구리가 크게 벌어져 왼손으로 옆구리를 누르고 있어야 했다. 그자는 칼을 손에 쥐더니 칼과 채찍을 동시에 휘두르며 나래에게 달려들었다. 채찍이 윙윙 소리를 내며 방패처럼 앞을 막으며 사이사이로 번득이는 칼날이 찔러 들어왔다. 대단한 솜씨였다.

무기가 없는 나래는 몇 걸음 뒷걸음질 치는데, 어느새 그자는 오른손의 칼을 나래에게 찌르면서 왼손으로는 넘어져 있는 여자 쪽으로 번개같이 채찍을 뻗었다. 그제야 비로소 여자의 얼굴이 눈에 들어왔는데 틀림없이 소녀였다. 칼을 피하지 못할 것은 아니었지만 자기가 피하면 그자의 귀신같은 채찍 솜씨로 보아 소녀의 목을 감아 단번에 부러뜨릴 수 있을 것 같았다.

나래는 하는 수 없이 모험을 하기로 했다. 나래는 급하게 싸울수록 침착해지곤 했다. 나래는 입을 꾹 다물고 담담한 표정으로 주먹을 힘껏 쥐고 오른팔을 크게 휘둘러 팔꿈치로 칼날을 튕겨내면서 주먹으로 그자의 가슴팍을 연이어 밀어 쳤다. 제대로 친 것은 아니었으나 그자는 헉 하는 비명을 내지르면서 뒤로 밀려나 엉덩방아를 찧으며 넘어졌다.

소녀를 향해 독사처럼 날아들던 채찍이 아슬아슬하게 옆을 쳐서 땅이 파이게 되었다. 나래는 성큼 왼발을 내디디며 그 발을 축으로 몸을 빙글 돌리면서 오른쪽 발꿈치로 넘어진 자의 다리를 내리찍었다. 제대로 찍혔으면 다리가 박살 났을 테지만, 그자도 무척 민첩해 어느새 다리를 오므렸다가 뒤로 훌쩍훌쩍 몸을 굴리면서 물러섰다. 네 개의 돌멩이가 또 날아왔다. 어둠 속이었지만 밤눈이 밝은 나래는 코웃음을 치며 눈을 크게 뜨고는 몸을 뒤로 젖혀 세 개의 돌멩이를 피하면서 돌멩이 하나를 오른발로 허공에서 호되게 되걷어찼다.

돌멩이는 반대 방향으로 쌕 소리를 내며 날아갔고 이어서 이크, 하는 비명이 들렸다. 나래의 힘으로 보아 어딘가 맞았으면 분명 몸이 성하지 않을 것이었다. 나래는 코웃음을 치며 그자를 따라가려는데, 저만치에서 많은 사람들이 다가오는 기척이 났다.

솟대 부근이 소란해지니 막사에서 자던 사울아비들이 나와 살펴보려는 모양이었다. 그러자 넘어져 있던 소녀가 울상이 되어 뭐라고 지나 말로 말했다. 아무래도 모습을 보이면 좋지 않을 것 같아 나래는 오른손으로 그녀를 번쩍 어깨에 메고 왼손으로는 피가 흐르는 옆구리를 감싸 쥐고는 반대편으로 달려갔다.

가다 보니 아까 여자를 해치려던 자가 부러진 구리칼을 버리고 도망친 모양이라, 나래는 그것을 주워 들고 다시 달려갔다. 나래의 동작이

하도 빨라서 횃불을 든 사람들이 솟대 부근으로 왔을 때는 이미 나래는 반대쪽 벌판 가운데 도랑으로 숨은 다음이었다.

도랑 안으로 뛰어들자 소녀는 간신히 진정하여 나래에게 지나 말로 뭐라고 말했다. 나래는 고개를 저으며 모르겠다는 시늉을 하자 소녀는 서툰 주신 말로 떠듬거리며 말했다.

"나래······? 아파······? 많이 아파?"

"아니오, 괜찮소."

소녀도 간신히 진정한 듯했지만 몹시 놀란 듯했다.

"그······ 사람들 누구?"

"나도 모르겠소. 뭔가 나쁜 짓을 꾸미는 것 같은데······."

나래는 고개를 갸웃거리며 자신도 잘 모르겠으며, 우연히 만나는 장소가 겹쳐서 그런 일이 벌어진 것 같다고 말했지만 소녀는 제대로 알아듣지를 못했다.

"그런데 형님은? 내 형님 희네 이야기를 해 주시오."

"희네? 아······ 희네······."

소녀는 고개를 끄덕이며 손짓 발짓을 섞어 가며 말했다. 처음에는 무엇을 말하는지 잘 몰랐으나 한참 뒤에 소녀의 말을 알아들을 수 있었다. 희네는 염제의 막사 뒤쪽 토굴에 갇혀 있으며, 이 일을 나래에게 알려 달라고 했다는 것이다. 나래는 듣고 나자 마음이 급해졌다. 설마 설마 했는데 형이 갇혀 있다니 참을 수 없었다.

나래는 다급히 소녀에게 고개를 숙이면서 말했다.

"고맙소, 정말 고맙소. 나는 형님을 구하러 가야 하고 당신도 밖에 오래 나와 있으면 안 되니, 이만 돌아갑시다."

소녀가 살짝 웃으며 주신 말로 답했다.

"잘 부탁해요, 도련님."

이상하게도, 그 말은 누구에겐가 미리 물어보았는지 꽤 능숙한 편이 었다. 평상시 같았으면 소녀가 왜 자기를 도련님이라 부를까 생각해 보았을 테지만 형이 갇혀 있다는 말에 마음이 급한지라 나래는 대충 고개만 숙여 보이고 도랑 밖으로 훌쩍 뛰어나갔다. 옆구리에서 피가 흐르고 있었지만 신경조차 쓰지 않았다.

소녀는 그런 나래를 조용히 지켜보고 있다가 흐뭇한 표정을 살짝 지으며 천천히 도랑 밖으로 나갔다. 나래나 소녀, 두 사람은 저만치 어두운 곳에 두 개의 눈동자가 숨어 있었다는 사실을 알지 못했다.

나래가 급히 유망의 막사가 있는 울타리 부근으로 갔으나 많은 지나 전사들이 지키고 있어 들어갈 수 없었다. 성질대로라면 때려 부수고 들어가고 싶었지만 그럴 수도 없는 노릇이었다. 나래가 바위 뒤에 숨은 채 숨을 씩씩거리며 생각하고 있을 때 누가 나래의 어깨를 슬쩍 건드렸다. 깜짝 놀라 돌아보니 치베였다.

"나래 안다. 왜 그러는가?"

나래는 치베에게 희네가 저 안에 갇혀 있다는 이야기를 들려주었다. 그러자 치베는 고개를 끄덕거리며 말했다.

"역시 그러한가? 나도 며칠째 희네가 보이지 않아 걱정하던 참이었다. 같이 가자. 준비한 게 있다."

나래는 귀가 솔깃하여 치베가 이끄는 대로 가 보았다. 울타리에서 약간 떨어져 아무도 막사를 치지 않은 호젓한 돌밭에 있는 조금 큰 천막에 다다르자 치베가 싱긋 웃었다.

"들어가 봐라."

나래가 들어가니 바닥에 커다란 구멍이 하나 뚫려 있었다. 그 옆에 야율쿠리와 울쿠타, 야쿠타가 웃으며 앉아 있었다. 모두 흙투성이었다.

"어떻게 된 거야?"

어리둥절한 표정으로 나래가 묻자 치베가 대답했다.

"우리 생각에도 희네가 지나족 막사에 들어가서 뭔가 잘못되었을 것 같았다. 하지만 지나족 울타리는 많은 사람들이 지키지 않는가? 그래서 우리는 밤마다 여기 모여서 지나족 막사 안으로 들어갈 수 있게 굴을 팠다. 이제 거의 다 팠다."

야율쿠리가 나섰다.

"우리는 사흘 동안 하루도 제대로 잔 날이 없다, 하하."

야쿠타도 한마디 거들었다.

"울쿠타가 땅 파는 데 재주가 있거든. 여긴 마침 파기 좋고 무너지지도 않는 흙이라 다행이었다."

나래는 그들이 부족 일 때문에 바빠 만날 수 없다고 생각했다. 그러나 정작 그들은 벗을 위해 밤마다 위험을 무릅쓰고 고생을 하고 있었다. 나래는 눈시울이 시큰해져서 치베의 손을 꽉 잡았다가 말없이 몸을 날려 구멍 속으로 뛰어들었다.

치베와 야율쿠리, 울쿠타와 야쿠타도 구멍 속으로 나래 뒤를 따라 들어갔다.

토굴은 간신히 한 사람이 빠져나갈 만큼 좁아서 덩치가 큰 나래는 움직이기 힘들었다. 그러나 나래의 힘이 워낙 강해서 밀고 나아가니 오히려 토굴이 벌어져 넓어졌다. 토굴의 반대편은 남에게 드러날까 봐 아직 뚫지 않은 상태였고, 커다란 돌멩이 하나를 나무 기둥으로 받쳐 둔 상태였다. 사람들 발길이 뜸한 호젓한 곳을 고르기는 했지만 안심은 할 수 없다고 울쿠타가 말했다.

나래는 나무 기둥을 치우고 흙더미를 들어 올렸다. 지나족이 변소로 사용하는 곳 바로 뒤편이었는지 냄새가 고약했다. 이런 깊은 밤에는 사람이 드나들지 않을 장소인 것만은 분명했다.

"지나 놈들은 냄새도 더러워."

야율쿠리가 얼굴을 찌푸리며 코를 막자 울쿠타가 우물거리며 변명하듯 말했다.

"발걸음 소리가 안 들리는 곳을 찾았을 뿐이야. 이런 곳인 줄은 몰랐다구."

나래는 웃으며 울쿠타에게 말했다.

"괜찮아. 더 잘되었다. 고맙다, 울쿠타."

그러자 야율쿠리가 심술궂은 얼굴을 풀고 히죽 웃었다.

"이봐, 이봐. 땅은 내가 더 열심히 팠다구."

울타리 안에는 막사들이 많았지만 나래는 유망의 막사에 가 본 적이 있어서 대강 길을 알 수 있었다. 울타리는 많은 전사들이 지키고 있었으나 막상 울타리 안은 지키는 사람이 전혀 없어 어렵지 않게 숨어 다닐 수 있었다.

나래는 유망의 막사 뒤로 돌아가다가 나지막한 동산 부근에 불을 피워 놓고 땅에 앉아 있는 두 사람의 지나족 전사를 발견했다. 옆에 자그마한 나무 문이 있는 것으로 보아 저곳이 소녀가 말한 장소가 틀림없었다. 산에 난 작은 동굴을 문으로 막아 감옥처럼 사용하는 듯했다. 문을 지키고 있는 두 명의 지나 전사는 졸지도 않고 검은 돌을 갈아 자루에 붙인 창을 꼿꼿이 세운 채 주변을 살피고 있었다.

야율쿠리가 툴툴거렸다.

"저놈들, 잠도 없나? 어쩌지? 소란을 피울 수는 없지 않은가?"

그러자 치베가 뒤춤에서 줄을 풀어 둥글게 만든 작은 활을 꺼내어 바로 활줄을 매겼다. 전에 희네가 선물했던 활이었다. 그 모습을 보고 야쿠타가 기겁을 했다.

"회의 전날인데 사람을 죽이면 안 돼!"

치베가 슬쩍 웃으며 화살 두 개를 꺼냈다. 두 화살 다 돌촉이 없었고 대신 가죽으로 싼 뭉뚝한 돌멩이가 붙어 있었다. 치베는 화살 두 개를 한꺼번에 활에 재서 동시에 내쏘았다. 이어서 퍽 하는 소리가 들리더니 두 명의 지나 전사가 앞으로 풀썩 쓰러졌다. 소리가 두 번 울려야 정상이지만 화살이 하도 빨라서 동시에 명중했기 때문에 소리가 한 번만 난 것이다. 나래는 치베의 화살이 두 녀석의 미간에 정통으로 맞는 것을 보았다. 두 녀석이 쓰러지자 치베가 씩 웃었다.

"저놈들, 며칠 동안 머리가 울릴 거다."

"그건 무슨 화살이야?"

울쿠타가 묻자 치베는 짧게 답했다.

"짐승을 죽이지 않고 살려 잡는 화살이다. 큰 짐승은 안 되지만."

나래 재빨리 앞으로 달려 나가 굵은 덩굴로 꽁꽁 묶여 있는 나무 문을 통째로 뜯어 버리고 안으로 들어갔다. 들어가자 안에서 인기척이 들렸다. 어두워서 보이지는 않았지만 나래는 누구인지 단박에 알 수 있었다. 나래는 반가워서 눈물이 왈칵 솟았다.

"형님!"

"나래냐? 큰 소리 내지 마라."

희네는 나래가 올 것을 알고 있었다는 듯 태연했다.

"형님? 괜찮아? 응?"

"별일 없다. 그나저나 어서 나가자. 안에는 어떻게 들어왔지?"

"굴을 파고……."

"그럼 굴이 발각되기 전에 서둘러야겠다."

희네는 침착하게 말을 했다. 나래는 어둠 속이었지만 무심코 고개를 끄덕이고는 희네를 들쳐 업고 밖으로 나갔다. 치베와 야율쿠리, 울쿠타와 야쿠타도 나래의 뒤를 따랐다. 막 그곳에서 벗어나려는데 밖에서 누가 소리를 쳤다.

"이봐! 뭐 하는…… 어?"

"전사 둘이 쓰러졌다! 토굴 문이 부서졌다!"

그 소리를 듣고 모두는 가슴이 철렁했다.

"들켰다!"

치베가 이를 악물면서 화살 몇 대를 꺼냈다. 야율쿠리도 인상을 썼고 울쿠타와 야쿠타는 대단히 당황했다. 나래나 치베, 야율쿠리가 아무리 싸움을 잘한다 해도 여기는 지나족의 울타리 안이고 또 나래는 희네를 안고 있다. 어떻게 해야 할까?

희네가 말했다.

"땅굴로 들어가면 안 된다! 우리가 나가기 전에 들키면 꼼짝없이 갇혀 죽는다."

"그럼?"

그때 여기저기서 불빛이 밝혀지면서 지나족 전사들이 쏟아져 나왔다. 그러자 야율쿠리가 다급히 말했다.

"별수 없다. 땅굴로 들어가자!"

그때 땅굴 쪽에서 외치는 소리가 들렸다.

"여기 누가 굴을 팠다!"

"제기랄!"

치베는 이를 갈았다. 울타리 안에서 돌아다니는 횃불은 점점 더 많아지더니 울타리에도 많은 횃불이 밝혀졌다. 이젠 절대 도망칠 수 없었다. 그때 희네가 심각한 표정으로 입을 열었다.

"내가 빠져나온 동굴로 가자."

"뭐?"

야율쿠리와 치베가 의아한 듯 외치자 희네가 말을 이었다.

"동굴에서 도망쳐 나왔으니, 도로 들어갔을 거라고는 생각하지 않을 것이다. 그 동굴은 제법 넓고 어두워서 충분히 숨을 수 있다. 하룻밤만 넘기면 된다."

"하루만 넘기면 뭐가 되는데?"

야쿠타가 묻자 희네는 말했다.

"내일은 태산 회의다. 다들 회의에 나가서 여기는 비어 있을 것이다. 충분히 빠져나갈 수 있다."

"정말?"

울쿠타가 고개를 갸웃하자 야율쿠리가 손바닥을 탁 쳤다.

"그것도 그렇다. 한번 찾은 곳은 여간해서는 다시 안 찾는다."

희네 일행은 재빨리 돌아가서 희네가 갇혀 있던 동굴 속에 숨었다. 나무 문도 닫지 않았다. 그곳에서 숨을 죽이고 한동안 긴장해 있자 어느덧 주변이 조용해졌다.

아무리 찾아도 없으니 벌써 도망갔다고 생각한 모양이었다. 동굴은 문도 부서지고 갇힌 사람도 도망갔으니 더 이상 지키지도 않고 누가 와서 들여다보지도 않았다.

나래를 비롯한 젊은이들은 안도의 한숨을 내쉬었다. 다만 야율쿠리나 울쿠타, 야쿠타는 다음 날 족장이 찾을 텐데 나중에 혼날 것 같다며 울상을 지었다.

태산 회의

중국 고서에 악종항대 선주운정(嶽宗恒岱 禪主云亭)*이라는 말이 있다.
중국에서 신령스럽게 여기는 다섯 산(태산, 화산, 형산, 숭산, 항산)이 있는데
그중에서 높이는 가장 낮지만 태산을 제일로 친다.
태산 운정에서 행해지는 봉선(封禪)이라는 의식이 있어,
이는 천하를 평정한 천자만이 올릴 수 있다고 알려져 있다.
이러한 의식이 전통이 될 정도로 태산은 신령한 곳이라 여겨져
태곳적부터 신성한 회의장으로 쓰였다.

해가 뜨자마자 태산 회의장에는 그야말로 수를 헤아릴 수 없이 사람들이 몰려들었다. 삼백여 개에 달하는 동아시아 각지의 부족들이 모인 것이라 수효만도 수만 명에 달했다.

각 부족의 생김새도 각양각색이고 모든 부족원들이 자기 부족의 독특한 장식과 치장을 하고 나와 화려함은 극에 달했다. 다른 부족에게 깊은 인상을 심어 주는 기회이기 때문에 솜씨를 있는 대로 발휘했다.

각 부족은 저마다 축제라도 벌어진 양 신나게 춤을 추고 노래를 부르면서 회의장으로 향했다.

"저건 뭐냐? 저건?"

사람들은 무섭게 생긴 짐승을 보며 흠칫거렸다. 남쪽에서 온 남만 부족 하나는 부족장이 커다란 교룡(악어) 두 마리 위에 타고 나와 사람들

---

* 오악(五嶽)의 으뜸은 항상 태산이었으니, 운정이란 곳이 있어 왕을 봉한다는 뜻. 여기서 쓰인 '岱'는 대산을 일컬음인데, 이는 태산의 옛 이름이었다.

을 놀라게 한 것이다.

"저것 봐라! 저렇게 큰 짐승도 있다!"

멀리 서역에서 온 부족은 키가 크고 등에 둥그런 혹이 솟은 낙타를 타고 줄을 지어 달려 나와서 눈길을 끌었고, 서남쪽에서 왔다는 한 부족은 거대하기 이를 데 없는 짐승을 타고 어슬렁거리며 나타났다. 짐승의 크기는 집채만 했고 코가 길고 긴 어금니가 비죽 튀어나온 코끼리였다.

사람들의 시선이 코끼리에 쏠리려는 차에 더 놀라운 것이 눈에 들어왔다. 하늘을 뒤덮듯 꺼멓게 날아오는 검은 그림자가 있었다. 그것은 바로 벌 떼였다. 네 명의 미아우족이 가마 하나를 높다랗게 메고 있었고 그 위에 바로 초초룬이 눈을 감고 앉아 이상한 손짓을 하고 있었다. 초초룬은 벌레를 부릴 줄 알아 머리 위에 거느린 벌 떼가 여기저기 하늘을 뒤덮었다.

동물을 부리는 것이 중요한 재주이기도 했거니와, 처음 보는 신기한 동물들을 보는 것 또한 상당한 구경거리가 아닐 수 없었다. 그중 압권은 카린산의 쑤앙마이족으로 누루마이와 무라를 비롯한 열 명가량의 여인족 전사들이 놀랍게도 커다란 흰호랑이를 타고 나타났다. 호랑이 중에서도 흰호랑이는 무척이나 귀한 것인데, 열 마리나 나타난 것을 보고 사람들은 놀랐다. 그 호랑이들은 '개명수(開明獸)'라고 불렸는데 모두 다 의젓하여 말처럼 카린족의 말을 잘 들었다.

이처럼 동물을 부리지 않더라도 동물을 숭상하는 부족은 각기 자신들이 숭상하는 동물의 치장을 하고 나왔다. 주신족 갈래 중 곰을 숭상하는 부족은 곰 가죽을 쓰고 곰을 흉내 내는 춤을 추며 줄지어 나왔고, 호랑이를 숭상하는 부족은 짚과 나뭇잎, 꽃으로 커다란 호랑이 탈을 만들어 네 사람이 들어가 호랑이를 조종하며 나왔다. 그 뒤를 따르는 자들도 노랑과 검정 물감으로 호랑이 무늬를 얼굴과 몸에 그려 넣고 있었다.

지나족 중 뱀을 섬기는 화산족은 덩굴로 커다란 뱀을 만들어 수십 개의 기다란 막대기로 뱀을 허공에 띄우고 수십 명이 막대기를 조종하여 커다란 뱀이 하늘을 구불구불 날아오는 것처럼 보이게 하여 사람들의 놀라움을 샀다. 빨갛게 흥분한 얼굴로 선두에 서서 움직임을 지휘하는 사람은 헌원의 딸인 공손발이었다. 공손발은 예술적인 재주가 뛰어났다.

지나족에 속하는 사슴 부족이나 도마뱀 부족은 직접 동물을 끌고 오지는 않았지만 각기 나름대로 연구를 하여 많은 볼거리를 제공했다. 늑대를 숭상하는 키탄족은 수백 명이 모여 한 마리 커다란 늑대의 모양을 만드는 공연을 했는데, 가까이서 보아서는 알 수 없지만 근처의 높은 곳으로 올라가서 보면 제대로 그 모습을 볼 수 있었다. 수백 명이 모여서 만든 늑대가 울부짖고 달음질치며 천천히 걷기도 하는 모습은 장관이었다.

몽골족은 많은 갈래로 나누어져 있었으나 오늘만큼은 같은 푸른늑대의 자손이라는 생각으로 한결같이 얼굴에 푸른늑대의 문신을 그려 넣고 놀라운 기마술로 사람들 사이를 누비고 다녔다. 특히 보돈차르가 이끄는 보돈차르족은 얼굴뿐만 아니라 몸과 말 전체에 푸른 칠을 하여 더더욱 눈에 띄었고, 사람 수는 적었지만 기마술이 능란하여 말 탈 줄 아는 자들의 부러움을 샀다.

돌연 저쪽에서 괴물같이 거대한 황소의 모습이 나타났다. 진짜로 괴물이나 신수가 나타난 줄 알고 놀라거나 무기를 꺼내는 사람도 있었다. 그것은 염제 신농 유망의 부족에서 만든 커다란 가짜 황소로, 황소 백 필의 가죽을 이어서 황소 모양을 만든 뒤 무려 육십 명의 사람들이 막대를 세워 황소처럼 보이도록 들고 오고 있었다. 키탄족의 늑대 춤도 볼만했지만 높은 곳에 올라야 그것들의 장관을 제대로 볼 수 있는데, 그렇지 못한 사람들이 많아서 이 커다란 황소가 가장 갈채를 많이 받았다.

노랫소리와 사람들의 웃고 떠드는 고함 소리, 탄성과 박수 소리가 끊이지 않았고 부족마다 나무통을 두드리고 휘파람과 피리 부는 소리, 동물들이 짖는 소리로 천지가 떠나갈 듯했다. 그렇게 유쾌하게 웃고 놀면서 수백 개의 부족들은 태산 중턱에 마련된 회의장으로 향했다.

태산 회의장의 울타리는 아주 높았지만 전체가 꽃으로 뒤덮여 보기만 해도 아찔할 만큼 아름다웠다. 울타리로 들어가는 문 밖에는 높다란 나무로 연단을 세워 두었는데, 그 위에는 뿔을 머리에 쓴 유망이 헌원과 형천, 금천과 축융 등 네 명의 대부족장을 거느리고 올라가 있었다. 잠시 후 거대한 황소 가죽이 연단 위에 막대기로 세워져서 연단의 지붕을 덮었다. 커다란 황소가 연단을 감싸고 있는 형상이었다.

박수를 치던 사람들은 이제 회의가 시작되리라 생각했으나 정작 유망은 가만히 팔짱을 끼고 선 채 기다리기만 했다. 그들은 주신 한웅이 오기를 기다리고 있었다. 태산 회의를 주최한 것은 유망이었지만 실질적인 우두머리는 동북부 전체의 맹주라 할 수 있는 주신 한웅이었기 때문에 기다릴 수밖에 없었다.

유망이 아무 말 없이 짜증난다는 얼굴로 연단 위에 서 있자 다른 부족들도 조금씩 흥이 식으려 했다. 그때 사람들이 외쳤다.

"주신 한웅이다! 온다!"

그 소리에 고개를 돌린 사람들은 깜짝 놀랐다. 하늘에서 거대한 새한 마리가 유유히 날아오고 있었다. 눈부실 정도로 화려한 깃털을 지녔으며, 하늘 높이 떠 있어서 제대로 보이진 않았지만 크기도 매우 컸다.

"자오지다!"

"신수다!"

주신족이 새(자오지. 세발 까마귀)를 숭상하는 부족이라는 것은 누구나 알고 있었고, 한웅이 그중 가장 높은 자임도 누구나 아는 사실이었으나, 신수가 한웅의 머리 위를 지키듯 날아올 줄은 아무도 생각하지 못했다. 주신을 섬기는 부족 사람들은 홀린 듯 하늘을 떠가는 봉황을 바라보다가 그 자리에 엎드려 절을 했고, 주신을 그리 달게 생각하지 않는 자들은 억지웃음을 지었다.

"저게 진짜 신수일까?"

유망이 투덜거리듯 묻자 헌원이 눈을 가늘게 뜨고 새를 보다가 대답했다.

"아닐 겁니다. 만든 것 같습니다."

"정말?"

"날갯짓도 하지 않고, 그냥 떠 있기만 합니다. 산 것이 아닙니다."

그것은 새털을 이어서 만든 커다란 연이었다. 헌원은 산 것이 아니라는 것을 금방 알아챈 것이다. 그러자 유망이 미간을 찌푸렸다.

"어떻게 하늘을 나는 걸 만들었지? 주신 놈들, 재주도 좋군."

새는 약간 비틀거리며 날다가 다시 뒤로 돌아서 날아갔다. 날아갔다기보다는 연을 내렸다고 볼 수 있었다. 너무 커다란 연이어서 다루기도 어려웠고, 오래 떠 있게 할 수도 없었다. 연을 띄우기 위해 가장 좋은 말 네 마리가 초죽음이 되도록 들판 저쪽부터 연을 끌고 달려왔다는 것은 헌원도 몰랐을 테지만.

곧이어 주신 한웅의 상징인 커다란 솟대가 나타나고 그 주위로 수많은 짐승의 무리도 등장했다. 행렬의 맨 앞에 선 사람은 치우우레였으며 놀랍게도 각양각색의 짐승들을 이끌고 있었다. 소, 말, 양, 돼지는 물론이고 코끼리나 낙타, 물소, 곰, 늑대, 호랑이까지 보였다. 동물들 옆에는 눈처럼 하얗게 칠한 가죽옷과 모자를 쓴 사울아비들이 동물을 부려 대열을 만들고 있었다.

땅을 달리는 동물만이 아니라 하늘에도 새 떼가 무리 지어 날아다녔다. 새를 조종할 수 있는 능력자가 주신 쪽에 몇 사람 있었던 것이다. 동물들은 화려하게 치장이 되어 있었고 서로 대열을 이루면서 퍼졌다 오므라졌다 하면서 다가왔기 때문에 신기한 구경거리가 되었다.

각 부족이 저마다 치장하고 동물을 끌고 뽐낸 것들도 볼만했지만 수많은 동물들이 한데 모여 행렬을 이룬 데 비하면 약과였다. 더욱이 온통 하얀색의 옷을 입고 모자를 쓴 수많은 사울아비들이 동물들을 다루는 모습은 신기하기 짝이 없었다.

유망마저도 흐음, 하는 신음 소리를 내며 그 광경을 보고 있었다. 그때 금천이 뚜벅 입을 열었다.

"좋지 않군요."

"뭐가?"

유망이 떨떠름하게 묻자 금천이 대답했다.

"흰옷은 주신족이 제일 좋아하는 옷이지요. 특히 우리 지나족은 동물을 섬기는 부족이 많구요."

그 말뜻을 알겠다는 듯이 유망이 인상을 썼다.

"그렇군. 흰옷 입는 놈들이 동물들을 다룬다……. 주신족이 지나족을 언제까지 저렇게 다룰 것이라는 뜻인가?"

그러자 축융이 가는 눈을 더욱 가늘게 뜨고 한마디 보탰다.

"역시…… 안 되겠습니다……."

유망은 화가 난 듯 무심코 고개를 끄덕였다. 허나 헌원은 아무 말도 하지 않았다.

유망이 축융에게 물었다.

"소녀…… 그 계집애는 잘 들어갔나?"

"사와라 한웅이 받아들였다고 합니다."

그 말에 유망이 히죽 웃어 보였다.

"그래…… 그렇군."

바로 그때 예기치 못한 일이 벌어졌다. 동물들의 행렬이 유망의 연단으로 향해 오더니 옆으로 갈라지면서 훈련이라도 하는 듯 흰옷의 사울아비들이 연단을 에워쌌다.

장대한 체구의 치우우레가 말을 탄 채 연단 위를 향해 외쳤다.

"한웅님의 말씀을 먼저 전하오!"

유망은 억지웃음을 얼굴에 가득 지으며 지지 않을 만큼 큰 소리로 대답했다.

"올라오시오."

흰옷 차림의 치우우레가 조용하면서도 무게 있게 말에서 내려 연단 위로 성큼성큼 올라왔다. 치우우레의 키는 형천보다 작았지만 다른 사람보다는 훨씬 컸고, 티끌 하나 없는 흰옷 차림인데다 이글거리는 눈빛이 위압감을 주었다.

"주신의 사울아비 스승 치우우레요. 감히 한웅님의 말씀을 대신 전하겠소."

치우우레가 유망을 보고 말하자 유망이 웃으며 대답했다.

"얼마든지."

치우우레는 사람들을 향하여 몸을 돌렸다. 연단 주위에 새까맣게 모인 각 부족 사람들이 일제히 환호성을 올렸다. 수가 얼마나 많은지 머리만 보이는데도 바다처럼 끝이 보이지 않았다. 치우우레는 헛기침을 한번 하고 우렁우렁한 목소리로 외쳤다.

"주신의 열세 번째 한웅이신 사와라 한웅님의 말씀을 전하오! 이렇게 온 세상에 사는 수많은 부족들이 모일 수 있게 되어 얼마나 기쁜지 모르오!"

와! 하는 함성이 태산이 떠나갈 듯 울려 퍼졌다. 치우우레는 환성이 멎을 때까지 잠시 기다렸다가 손을 들고 말했다.

"이제 많은 부족들의 일을 이야기할 태산 회의에 앞서서, 회의 준비를 하느라 고생이 많으신 분께 먼저 감사를 표하고자 하오. 대부족장이며 모든 지나족을 이끌고 계시는……."

유망이 씩 웃으며 몸을 움직여 앞으로 나서려 했고 형천과 축융이 미소를 띠었다. 그러나…….

"……공손헌원님께 박수를 보냅시다!"

유망의 눈앞이 잠깐 일그러졌다. 마치 물속에라도 들어간 것처럼 공간이 일그러져 주변의 모든 것이 제 모습을 갖추지 못하고 기우는 것 같았다. 축융이 뭔가 치우우레에게 소리를 지르려 했고, 형천도 앞으로 달려 나와 사람들에게 외치려고 했으나 걷잡을 수 없을 정도로 폭발하듯 번져 나가는 수많은 사람들의 환호성에 묻혀 바로 옆에 있는 유망에게조차 들리지 않았다.

유망은 속으로 중얼거렸다.

'그렇구나……. 이걸…… 이걸 노렸구나…….'

축융은 치우우레에게 소리를 질렀다. 잘못 말한 게 아니냐고! 지나족의 우두머리는 염제 신농인 유망이며, 헌원이 아니라고! 형천은 연단 아래 사람들에게 소리를 질렀다. 역시 같은 말이었다. 그러나 아무리 목소리 큰 천하장사 형천이 지르는 소리일지라도 수만 명이 일시에 내쏟는 고함 소리에 묻혀 아무에게도 들리지 않았다.

헌원은 그 와중에도 전혀 몸을 흐트러뜨리지 않으며 아무 일도 없었다는 듯 돌처럼 그대로 서 있었다. 연단 위로 세 사람이 올라왔다. 풍백 운사 우사의 삼사였다.

비렴이 배에 힘을 주어 나직하게 외쳤다.

"한웅님의 말씀은 잘못 전달된 것이 아니오."

비렴의 목소리는 그리 크지 않았는데도 사람들의 함성 소리를 뚫고 연단에 서 있는 사람들에게 뚜렷이 들려왔다. 선인이 쓰는 비결이었다.

붉으락푸르락 얼굴을 붉힌 형천은 이를 갈면서 비렴에게 외쳤다.

"이건……! 이건……!"

흥분한 형천의 태도에도 아랑곳하지 않고 비렴은 태연히 말했다.

"태산 회의를 준비하느라 애쓴 것은 분명 헌원님으로 알고 있소. 그리고 유망님을 따르는 부족보다 헌원님을 따르는 부족이 더 많은 듯하고 말이오."

축융이 소리를 질렀다. 그러나 아우성 때문에 축융은 자기가 무슨 말을 하는지조차 들을 수 없을 정도였다. 그런 와중에도 비렴의 말은 또렷이 들리고 있었다. 이건 말싸움을 할 수 있는 상황이 아니었다. 형천과 축융이 아무리 악을 쓰더라도 비렴은 듣지 못한 듯, 듣지 않은 듯 나직하게 자기 이야기를 할 뿐이었다.

"앞으로 한웅님께서는 지나족의 대표로 헌원님이 나서 주기를 바라오. 아울러 회의도 헌원님이 진행해 주시기를 바라고 계신다는 거요."

"아하하…… 하하핫!"

유망이 미친 듯이 웃어 댔다. 고함과 환호성에 묻혀 들리지도 않았지만 유망은 분명 웃고 있었다. 웃으면서 유망은 자신도 모르게 지껄여 대고 있었다.

"그렇구나! 그렇구나! 이거였구나! 오히려 지금……! 올 것이 오고 말았구나!"

갑자기 유망의 안색이 살기(殺氣)로 가득 차더니 허리의 칼을 뽑아 번개같이 헌원에게 달려들었다. 비렴과 병예는 형천의 큰 체구에 가려서 미처 막을 틈도 없었다. 허나 헌원은 돌처럼, 조금도 움직이지 않고 있었다.

"네놈이……! 네놈이……!"

유망의 칼이 헌원에게 떨어지려는 순간, 번개같이 튀어나와서 그 칼을 튕겨 내는 다른 칼이 있었다. 유망은 칼이 튕겨진 순간 눈을 크게 부릅뜨며 외쳤다.

"네…… 네가……?"

옆에 서 있던 금천이었다. 금천은 칼을 쥔 채 말없이 유망에게 고개를 살짝 숙여 보였다. 그의 눈빛은 조소와 경멸, 그리고 자신만이 그 이유를 알 수 있는 통쾌함으로 가득 차 있었다. 유망은 칼을 떨어뜨리며 미친 듯 웃었다.

"그렇구나! 너였나! 네놈 금천…… 네놈은 벌써부터 헌원 놈에게 붙었구나! 나를 속이려고 일부러 헌원 놈과 아옹다옹한 것이었어……."

유망의 쉰 목소리에는 허탈함이 가득했다. 비렴이 훌쩍 날아 유망과 헌원 사이에 섰다.

비렴이 눈을 번쩍이며 준엄하게 말했다.

"수많은 부족이 모여 있는 앞에서 칼을 쓸 참이오?"

형천과 축융은 얼굴빛까지 퍼렇게 질린 채 금방이라도 사생결단을 내리는 듯했다. 그때 유망이 아무렇게나 털썩 앉으며 신경질적으로 웃었다. 웃으면서 외쳤다.

"그렇구나……. 이렇게 꼼짝도 못하게 만들었어. 칼 한 번, 돌 한 번 던지지 않고 쉽게, 아주 쉽게……. 하하핫. 멋지다 멋져! 정말 멋지게 당했구나!"

수백 부족의 수만 명 사람들이 보고 있는 앞에서 내려진 공식적인 말이었다. 주워 담을 수 없었다. 이제 유망은 더 이상 지나족의 지도자가 아니었다. 유망의 부족과 그에게 충성을 바치기로 한 몇몇 부족을 제외하고 유망보다는 이제 헌원의 말을 더 들을 것이다. 지나족은 너무도 많고 넓은 지역에 흩어져 있어서 유망의 지도력은 실질적인 통제력보다는 이름과 명성에 기인하는 바가 컸다. 그런데 이런 자리에서 헌원에게 눌렸다면 당연히 앞으로는 헌원이 지나족의 지도자가 되는 것이고, 자신은 묻혀서 잊힐 수밖에 없었다. 이 모든 일을 꾸민 것은…….

"염제님!"

형천이 울부짖었다. 유망은 계속 미친 듯 웃으며 고개를 저었다.

"하하…… 하하하…… 관둬라. 관둬. 지금 추한 꼴 보일 기분이 아니다. 하하하…… 웃기는구나, 웃겨. 하하하…….."

"이…… 이 일을 어떻게…….."

축융이 이를 갈며 외치자 유망이 말했다.

"그래. 하고 싶은 대로 둬. 그래, 헌원? 잘났구먼. 정말 잘났어. 자네 맘대로 한번 해 봐. 해 보라구. 이제 지나족 전체의 대족장이니 말야."

유망이 비틀거리며 일어섰다. 유망의 눈에 불같은 것이 서서히 번쩍이기 시작했다. 유망이 비렴을 노려보며 으르렁거렸다.

"기르던 개에게 코를 물렸어. 그런데 말야, 그 개는 코 무는 버릇이 있을 것 같다구. 너희도 조심해야 할걸?"

형천이 이를 부드득 갈며 외쳤다.

"이건 싸우자는 거다. 전쟁이 날 거다! 너희가 시작했다!"

비렴이 한 점 흐트러짐 없이 되받았다.

"너희가 시작했다."

그 말에 유망이 외쳤다.

"누가 먼저 했든, 지금은 관두자, 관둬. 지금 할 이야기가 아니다."

유망은 신경질적으로 웃으며 형천과 축융을 끌고 연단 아래로 내려가 버렸다. 연단 아래 함성은 가라앉았으나 절반 정도의 지나족은 아우

성치고 있었다. 염제 신농인 유망을 따르는 부족들이었다. 그러나 헌원을 따르는 부족들의 고함 소리도 그에 못지않았다.

연단을 내려가다가 유망이 버럭 소리를 질렀다.

"무슨 못난 꼴이냐! 지나족은 지나족 하나다! 조용히들 햇!"

유망이 소리를 지르자 지나족은 단번에 조용해졌다. 목소리가 크기도 했지만, 목소리에 담긴 처절한 울림이 너무도 끔찍하게 들렸기 때문이다. 유망은 형천과 축융을 데리고 바람처럼 사라져 버렸다. 유망이 사라지자 금천이 치우우레에게 고개를 숙이며 말했다.

"이제…… 계속하십시오."

치우우레는 아까부터 내키지 않는 듯 미간을 찌푸린 채 뭔가 심각하게 생각하고 있었다. 그러나 한웅님의 명이었다. 자신은 따를 수밖에 없었다.

"이제 태산 회의를 이끄는 것은 지나족 공손헌원님에게 맡기기로 하겠소. 자세한 것은 헌원님이 말씀하도록 하시오."

헌원은 천천히, 아주 천천히 석상에 피가 돌아서 움직이는 것처럼 무겁게 앞으로 나섰다. 그의 얼굴은 여전히 무표정했고 아무 일도 일어나지 않았던 것 같았다. 그의 목소리는 조금도 떨리지 않았고 그렇다고 들뜨거나 기뻐하는 느낌도 없었다.

"지나족의 공손헌원입니다. 이런 무거운 일을 맡아 잘할 수 있을지 모르겠습니다만 최선을 다할 것입니다. 저는 아직 지나족 우두머리가 될 그릇이 되지 못하며, 어디까지나 유망님을 모시는 몸입니다…….
그리고……."

치우우레의 등골이 오싹했다. 옆에 서 있는 헌원의 몸이 수십 배로 커 보였다. 마치 자기가 그 몸으로 빨려 들어갈 것 같은 오싹함이었다.

'무서운 사람이구나……. 한웅님께서 잘한 것일까?'

사와라 한웅

주신 한웅은 주신의 근간을 이루는 다섯 집안 중에서 선출되는데,
한번 선출되면 한웅의 피붙이 중에서 삼 대까지 이어갈 수 있다.
그럴 경우 한웅의 이름은 계속해서 이어진다.
삼 대 이상 한 집안에서 한웅이 계속 나올 수는 없는데,
이는 권력 고착을 막기 위한 방편이었다.
고대의 한웅들의 통치 기간이 긴 것은 이런 이유 때문이다.

한편, 동굴 속에서 밤을 꼬박 새운 희네 일행은 멀리서 들려오는 함성 소리에 비로소 태산 회의가 시작되었음을 알았다. 나래가 조용히 나가 밖을 살펴보자 지나족 막사는 텅텅 비어 있었다. 그도 그럴 것이 두 번 다시 볼 수 없는 큰 구경거리를 놓아두고 막사에 남아 있을 자가 있을 리 없었다.

숨어서 조금 더 살펴보니 울타리 문 근처에만 두서너 명의 전사가 지킬 뿐 막사 안은 썰렁했다.

"됐다. 아무도 없어."

나래가 돌아와 고개를 끄덕이자 희네는 웃으며 말했다.

"너희가 들어왔다는 땅굴로 나가자."

"도로 메웠을 텐데?"

울쿠타가 묻자 희네는 웃었다.

"너희가 며칠 걸려 판 것을 언제 메웠겠니? 겉만 살짝 메우고 말았을 거다."

"그래. 울타리를 넘기보다는 그리로 나가는 게 덜 위험하다. 날도 밝았고."

야율쿠리는 희네의 말이라면 무조건 믿었다. 결국 그들은 희네의 말대로 조심스레 동굴 밖을 나섰다. 그때 누가 동굴 위쪽에서 훌쩍 뛰어내려 굴을 빠져나오는 그들 앞에 내려섰다. 사람들은 소스라치게 놀랐으나 나래만은 재빨리 주먹을 쥐고 그 사람을 후려갈기려고 했다. 그러자 그 사람이 급하게 외쳤다.

"이놈아! 나야 나!"

나래가 놀라서 흠칫 손을 멈추고 보니 작달막한 키에 땋아 올린 머리, 우습기 짝이 없는 얼굴, 바로 헌원의 부하인 상망이었다. 상망은 나래의 큼지막한 주먹이 코앞에서 멈추자 식은땀을 흘렸다.

"이 무지막지한 놈아, 그걸로 맞으면 이 상망, 대가리가 날아가겠다."

"당신이 웬일입니까?"

희네가 묻자 상망은 약간 억지웃음을 지으며 말했다.

"이놈아, 헌원님이 네 걱정 많이 하셨어. 네놈이 갇힌 것 같아서 말야. 네놈도 꾀가 제법이던걸? 도로 들어가서 숨을 줄도 알고? 염제님이 찾다 찾다 못 찾아서 펄펄 뛰셨고, 화가 나서 지키던 부하 두 놈의 목을 날려 버렸단다."

"언제부터 봤습니까?"

상망이 자기편인 것 같아 희네는 미소를 지으며 물었다. 상망은 일부러 인상을 찡그리며 대답했다.

"그래, 제기랄. 너 같은 주신 놈 때문에 우리 지나족 동족이 둘이나 죽는 걸 보고만 있어야 하다니. 기분 더럽더구먼."

"그런데 왜 나타났죠? 우릴 그냥 놔둬도 되잖아요?"

"헌원님은 네가 무사히 나갈 수 있도록 하겠다고 약속하셨다. 그분이 약속을 어겼다고 생각하게 둘 수는 없지 않느냐?"

그때 상망 뒤에서 다른 남자가 걸어 나왔다. 머리가 반질반질한 대머리였는데 나이가 얼마나 들었는지 짐작도 할 수 없을 정도로 얼굴이 쪼글쪼글한 주름투성이였으나 눈만은 이상하게도 계집아이의 눈처럼 크고 맑았다. 몸도 비쩍 말라 비틀거리며 걷는 품이 금방이라도 쓰러질 것 같았지만, 목소리만은 젊은 청년 같아 기괴하기 짝이 없었다.

"당신은 누굽니까?"

희네가 묻자 괴인은 흉하게 웃어 보이며 대꾸했다.

"나? 난 지(知)라고 한다. 헌원님 밑에 있지."

"그렇습니까? 만나서 반갑습니다. 우린 가 봐야 해요."

희네의 말을 막으며 상망이 얼른 말했다.

"이 녀석아. 네놈 목이 그냥 붙어 있는 것도 헌원님이 계속 염제님께 청을 드렸기 때문이야. 어제 네 아우가 괜한 짓을 했어. 알았느냐?"

지도 한마디 거들었다.

"우리가 아니었다면 아무리 회의중이라지만 염제님 막사 부근이 이토록 비어 있겠느냐?"

희네는 그 말을 듣고 고개를 끄덕이며 머리를 숙여 보였다.

"그랬군요. 헌원님께 감사다고 전해 주십시오. 나중에 기회가 생기면 꼭 찾아뵙도록 하죠."

"알았으면 어서 가거라. 기왕 이렇게 된 것, 들키면 안 되잖느냐? 네 녀석 때문에 더 고생하기 싫다."

희네 일행은 생색을 내는 상망과 지가 수다스럽다고 생각했으나 희네 일행을 보고 이르지 않는 것만도 고마워서 얼른 땅굴 쪽으로 갔다. 과연 희네의 추측대로 땅굴은 메우지 않고 무거운 돌로만 덮어 둔 상태였다. 꽤 큰 돌이었으나 힘센 나래가 가볍게 돌을 치웠고 희네 일행은

굴을 통해 밖으로 무사히 나갔다.

상망과 지가 전사들을 다른 곳으로 보냈는지 천막은 쓰러져 있었지만 반대편에도 아무도 없었다.

"이렇게 빠져나왔구나, 허허."

야율쿠리는 좁은 곳에만 있다가 밖으로 나오자 크게 기지개를 폈다. 그러자 울쿠타와 야쿠타가 한 목소리로 말했다.

"우리는 이제 가 봐야겠어. 밤새 오지 않아서 족장님이 화내실 거야."

"그래. 고마웠다. 울쿠타, 야쿠타."

희네가 인사의 말을 전하자 야율쿠리도 말했다.

"나도 가야겠다. 늑대 춤이 잘되었을지 모르겠네. 나도 혼날 것 같다."

"그래. 가 봐라, 야율쿠리."

야율쿠리와 울쿠타, 야쿠타는 각각 흩어져 자신들의 부족이 있는 곳으로 갔다. 그들의 뒷모습 바라보며 치베가 입을 열었다.

"희네 안다, 나래 안다. 우리도 주신족 있는 곳으로 어서 가자."

"그래. 치베 너도 고생했다. 고맙다."

희네의 말에 치베가 담담히 되받았다.

"벗의 일은 내 일이다. 고맙다고 할 필요도 없다."

희네와 나래, 치베는 주신 막사에 도착하자마자 양역을 만났다. 양역은 희네와 나래를 보고는 반색하며 말했다.

"희네, 나래! 어디 갔었냐? 아버님과 큰스승님들이 몹시 찾으셨는데!"

"아, 그게……."

나래가 우물쭈물하자 희네가 나섰다.

"이야기하자면 길어. 큰스승님들을 뵈어야겠다. 어디 계시지?"

"지금 회의장의 연단에 계신다. 아주 난리가 났단다, 난리가."

"난리?"

양역은 몇 번 헛기침을 하더니 그간의 사정을 설명했다.

"한웅님께서 유망 대신 헌원에게 회의를 맡으라고 하셨단다. 이제 유망 대신 헌원이 지나족을 맡으라고 하신 것이나 다름없지. 그 때문에 유망은 화가 나서 가 버렸고 유망을 따르는 부족 몇몇이 잔뜩 소란을 일으켜서 회의가 늦어지고 있단다."

"그런 일이 있었어?"

나래가 놀라며 묻자 희네가 다급히 말했다.

"어서 스승님을 뵈러 가야겠구나."

"가더라도 옷 좀 갈아입고 가라. 뭘 하다 왔기에 옷이 그렇게 흙투성이냐?"

양역의 핀잔에 희네는 씩 웃으며 고개를 끄덕였다. 자신이 가져온 두루마리를 꺼내려면 어차피 옷은 갈아입어야 했다.

"안 그래도 그러려고 했다."

치베가 말했다.

"회의가 끝나면 나는 너희를 따라갈 것이다. 그러면 앞으로 우리 부족 사람들을 몇 년이나 만나지 못할지도 모른다. 우리 부족 사람들을 마지막으로 만나고 오면 안 되겠는가?"

희네가 웃으며 고개를 끄덕였다.

"물론 된다, 치베. 정말 네 도움이 컸다. 이제 회의가 끝날 때까지 보돈차르 부족에 가 있어도 된다. 회의가 끝나는 날에 돌아와라."

"고맙다. 회의가 끝나는 날 꼭 돌아오겠다."

희네와 나래는 치베를 보내고 막사로 가서 옷을 갈아입었다. 희네가 유망의 막사에서 가져온 두루마리를 뜯어냈다.

"그게 뭐야?"

"나도 잘은 모르지만 중요한 것일지도 몰라. 유망이 부족장들과 뭔가 약속한 증거 같아서……."

희네가 옷을 갈아입는 나래를 보다가 옆구리에 난 상처를 보았다. 희네가 놀라서 물었다.

"나래야, 그 상처는?"

"아…… 이거? 잊고 있었네. 별로 심하진 않아."

나래는 전날 밤 있었던 일을 희네에게 이야기해 주었다. 소녀와 만났던 일부터 시작하여 숫대 밑에서 만난 것, 괴한들의 이야기를 엿들은 것, 괴한들의 솜씨를 보니 사울아비가 틀림없어 보이더라는 이야기까지. 희네는 깊은 생각에 잠겼다.

"흠……. 이거 보통 일 같지 않구나. 누가 한웅님을 노리는 것 같아……."

그러고 보니 희네도 막사에 있으면서 기이한 자들이 유망의 막사에 드나드는 모습을 본 적이 있었다. 키탄족과 타타르족이 드나들었고, 깊은 밤이 되자 온통 검은 옷차림에 머리를 길게 늘어뜨린 기이한 자들 세 명도 드나들지 않았던가. 그 일과 나래가 겪은 일은 아무래도 관련이 있을 것 같았다. 자신이 훔쳐 온 두루마리도 쓸모가 있을지 몰랐다.

두 형제는 아무래도 일이 심상치 않다 생각하고는 서둘러 옷을 갈아입고 회의장 연단 쪽으로 향했다. 희네는 아직 몸이 편치 않았지만 그제 유망의 치료를 조금이나마 받았기 때문인지 예전만큼 통증이 심하지는 않았다. 형제는 지나족이 있는 곳을 피해 돌아서 회의장으로 갔다. 하지만 아직 들어갈 수 없었다.

주변의 아는 사울아비 한 명에게 물으니 이미 회의가 시작되었기에 비렴, 병예, 신지울태의 삼사는 회의장으로 한웅님을 모시고 들어갔으며, 나래가 보이지 않자 비렴은 화를 내다가 대신 양역을 데리고 들어갔다고 했다. 아버지 치우우레도 회의장 주변에서 경비하느라 계속 돌고 있어서 만나기가 힘들었다.

희네는 그 사울아비와 다른 몇 사람을 붙잡고 무슨 일이 있었는지 더 물어보아서 대강 사태의 전말을 파악할 수 있었다. 회의장 안에서 어떤 이야기가 오가든 간에 회의장 밖은 수많은 부족들이 모여 벌이는 축제 분위기였다. 모든 부족들이 질세라 자기 부족의 꾸밈새와 춤과 노래를 뽐내고 노느라 시끌벅적했다. 그러나 두 형제는 축제를 구경할 만한 마음의 여유가 없었다.

"별일 없겠지?"

나래가 걱정스레 묻자 희네는 고개를 끄덕였다.

"다행히 한웅님이 먼저 한 방 먹이셨구나. 오늘은 유망이 저 안에 없으니 괜찮을 거야."

"그나저나 헌원이 지나족 우두머리가 된 셈인데……. 유망보다는 낫지 않을까? 사람됨이 훨씬 낫잖아. 형님 말을 들어 보니 유망 놈은 거의 미치광이라며?"

나래의 말에 희네는 고개를 갸웃해 보였다.

"그건 모르지."

"왜?"

"헌원이 유망보다 훨씬 낫기는 하지만, 한 부족의 부족장이 훌륭하면 옆의 부족은 도리어 고달파질 수도 있단다."

"미치광이 부족장보다는 낫잖아. 미치광이면 무슨 짓을 할지 모르니까."

"그럴 수도 있고 아닐 수도 있지."

형제는 이런저런 이야기를 하면서 시간을 보내며 저녁이 될 때까지 기다렸다. 저녁때가 되어서야 회의장 문이 열리고 한웅 행렬이 나왔다. 희네 나래는 뒤를 멀찍이 따라가다가 기회를 보아 비렴에게 갔다.

여전히 사람들이 춤추고 노래하며 놀고 있었기 때문에 사람들에 치여 뒤를 따르기가 힘들었다. 보통의 부족 사람들에게는 회의의 내용은 별로 의미 없으며 오로지 모여 노는 것만 생각하는 듯 보였다. 하지만 적어도 지나족과 주신족의 막사 부근만은 그리 시끄럽지 않았다. 지나족과 주신족은 이번 회의에서 중요한 사안들을 정하기 때문이었다.

비렴은 조금 피곤한 기색이었으나 둘을 보자 반가워했다.

"오, 너희냐? 나래, 네 녀석은 어딜 갔었느냐? 그리고 희네, 너는 괜찮은가?"

"이야기하자면 깁니다만……. 드릴 말씀이 있습니다."

"여긴 시끄러우니 내 막사로 가자."

비렴은 고개를 끄덕이며 둘을 데리고 자기 막사로 간 다음 목이 마른지 물 항아리에서 물을 퍼서 마시고는 물었다.

"무슨 이야기냐?"

희네와 나래는 각각 자신이 겪었던 이야기를 비렴에게 전했다. 비렴은 이야기를 들으며 점점 심각한 표정이 되어 갔다. 희네는 유망의 막사에서 가져온 가죽 두루마리를 꺼내 비렴에게 보여 주었다.

비렴이 그것을 들여다보며 중얼거렸다.

"흠…… 이건 맹세의 표시다. 부족장 간에 맺은……."

"알아보실 수 있습니까?"

"거의 다 알아볼 수 있다. 맨 위에 있는 표식은 뱀의 표식이지? 이것은 지나족 중 헌원의 부족이다. 이 밑의 표식들은 사슴족, 도마뱀족, 물고기족, 구름족, 바람족이다. 전부 지나족의 큰 부족이다. 이거 보통 일이 아니로구나."

"왜 그렇습니까?"

"이들 부족은 서로 싸우고 다투기를 밥 먹듯 해 왔다. 그런데 이렇게 하나로 뭉친다면 힘이 꽤 커질 거야. 아마도 유망이 헌원을 시켜 부족 간에 동맹을 한 모양이다. 더구나 말이다, 이렇게 피로 쓴 서약은 보통의 맹세가 아니다."

"그러면 어떤 맹세입니까?"

비렴의 눈이 번뜩였다.

"전쟁의 맹세다."

찬 기운이 희네와 나래의 등골을 훑고 내려갔다.

"전쟁……."

비렴은 뭔가 곰곰이 생각하다가 말했다.

"물론 이것 하나만 가지고 반드시 전쟁이 난다고 할 수는 없다. 그러나 여러 가지 낌새가 좋지 않다. 나래 네가 보았다는 사울아비도 그렇고……."

"검은 옷을 입은 괴이한 자들은요?"

비렴은 뜸을 들이다가 입술을 떼었다.

"그런 차림을 한 부족은…… 없다. 적어도 지금은."

"전에는 있었습니까?"

"네 말만 듣고 꼭 그렇다고는 못하겠다만 비슷한 부족이 있었다. 산에 살던 가리족이라는 부족인데 아주 괴이하고 악독한 부족이었다. 기이한 범을 닮은 신수를 숭배하며 사람을 잡아먹는 끔찍한 부족이었지."

"사람을 잡아먹어요?"

나래가 눈살을 찌푸리자 비렴이 허허 웃었다.

"아주 오래전, 사울아비들과 키탄족 전사들이 함께 그 부족을 없애 버렸다. 나도 같이 갔었단다. 설마…… 그중 살아남은 자가 있었을까……."

"대책을 마련해야 하지 않겠습니까?"

희네의 말에 비렴은 고개를 갸웃했다.

"아직은 무엇 하나 분명한 게 없잖느냐?"

"두루마리가 있잖습니까? 전쟁을 준비하는 거라면서요?"

"이 두루마리가 미아우족과의 전쟁을 준비한 것이라고 말하면 어쩌겠느냐? 허허."

희네는 할 말이 없어졌다. 그러자 나래가 말했다.

"하지만 그 사울아비들은 한웅님을……."

"한웅님이 돌아가시면 어쩐다 했지만 한웅님을 해친다는 말을 한 것은 아니다. 더구나 무슨 개 백 마리가 어쩌고 횡설수설하지 않았느냐? 그것으로는 아무도 납득시킬 수 없다."

"그럼 아무것도 할 수 없습니까?"

희네가 분한 듯이 씩씩거리자 비렴은 웃으며 희네를 보았다.

"너는 꼭 전쟁이라도 났으면 좋겠다는 듯이 말하는구나."

그러자 희네는 당당하게 말했다.

"물론 전쟁은 싫습니다. 그러나 기왕 벌어질 전쟁이라면 우리 땅에서 싸움이 나는 것은 싫습니다."

"너는 지나족과 반드시 전쟁이 난다고 생각하는 게냐?"

희네는 추호의 망설임도 없이 대답했다.

"그렇습니다. 지나족은 더 이상 주신 밑에 있기를 원하지 않습니다. 그 정도라면 괜찮습니다만……."

"주신과 전쟁을 한다는 것이냐?"

"그래야만 할 겁니다."

"유망이 네가 말한 대로 미치광이여서?"

"아닙니다. 유망은 그래도 똑똑한 자입니다. 헌원은 더 무섭구요. 그런 것 말고 반드시 전쟁을 해야 할 이유가 있는 듯합니다."

"왜 그런가? 말해 보아라."

"지나족의 땅은 상당히 크고 넓다고 들었습니다. 수많은 부족이 있구요. 하지만 그들이 믿는 것은 부족마다 다릅니다. 우리 주신족은 모두가 안파견 한님을 믿기 때문에 하나로 쉽게 뭉칩니다만, 그들은 같은 족속이면서도 믿는 것이 다르기 때문에 뭉치기가 쉽지 않습니다."

"그 말은……?"

"그들 부족이 하나로 뭉치려면 이유가 있어야 합니다. 즉, 다른 부족과의 전쟁 같은 것 말입니다."

"그래서 주신과의 전쟁을 바란다? 하지만 미아우나 키탄처럼 지나족과 사이가 나쁜 부족은 많이 있지 않느냐?"

"그들 부족은 지나족 전체를 모이게 하지 못합니다. 그들과 맞닿아 있는 부족만 따를 뿐이겠지요. 오직 주신만이 지나족 전체가 들고 일어나야 할 만큼 강합니다. 주신과의 전쟁은 그들을 하나로 뭉치게 해 줄 것입니다."

"그렇다고 주신과 전쟁을 한다? 그들이 이길 것 같은가? 그들은 구리 무기도 없고, 사울아비 같은 용맹한 자들도 적은데?"

"숫자가 많습니다. 그리고 지나족에도 용맹하거나 힘센 자들이 적지도 않습니다. 구리 무기는……."

희네는 망설이다가 말을 이었다.

"어차피 사람이 만든 것입니다. 지나족이라고 만들지 말라는 법이 없습니다."

"지금은 만들지 못하지 않는가?"

"지금은 구리 무기 만드는 법을 비밀에 부치고 있지만 지나족은 무슨 수를 써서라도 알아낼 것입니다. 몇십 년, 몇백 년이 지나도 비밀이 지켜지리라 생각하십니까? 구리 무기를 지나족에게 파는 사람들이 있는 것처럼, 구리 무기 만드는 법을 가르쳐 주는 사람도 나오지 않는다고는 할 수 없잖습니까?"

비렴은 희네의 이야기에 끌려들었다. 비렴은 눈을 빛내며 말했다.

"너 같은 젊은 아이가 몇십 년, 몇백 년 후까지 생각하기란 쉽지 않다. 그건 나중의 일이다. 당장 유망이 주신과 싸워서 얻는 건 무엇이냐?"

"유망은 지나족의 대부족장이지만 전쟁이 벌어지면 지나족 전체의 임금이 될 것입니다. 더 큰 힘을 얻고 지나족도 하나로 뭉쳐 더 큰 나라가 되는 것이죠."

"주신과 전쟁을 해서 얻는 피해가 클 텐데?"

"어차피 모든 부족은 다른 부족과 싸우게 마련입니다. 피할 수 없는 일이죠. 차라리 그 싸움을 다른 데로 돌리는 것이 유리하다는 생각일 겁니다. 주신은 지나족과 싸워 이겨도 얻을 것이 적습니다만, 지나족은 주신과 싸워 이기면 얻을 것이 많습니다. 나라를 뭉치게 하고, 부족장은 더 큰 부족장이 되며, 주신의 기술과 보물을 많이 빼앗을 수 있습니다."

비렴은 거기까지 듣고 무릎을 쳤다.

"똑똑하구나, 똑똑해. 어찌 그렇게 생각했느냐?"

희네는 그냥 웃지도 않고 고개만 한 번 갸웃하고 말았다.

"글쎄요……. 그냥 생각입니다."

"그저 생각만이냐?"

"생각으로는 못할 것이 없지요. 다 해 보고 미리 생각할 수 있습니다. 다리를 못 쓰게 되면서 저는 생각이 많아졌습니다. 달려가기 힘든 곳, 가 볼 수 없는 곳을 생각으로 가 보았고, 하기 힘든 일과 할 수 없는 일들을 생각으로 해 보곤 했지요."

"지나족이 전쟁을 일으킨다면 어찌해야 하겠느냐?"

"저로서는 좋은 방법은 하나밖에 생각나지 않습니다."

"무엇이냐?"

"저쪽에서 쳐들어오기 전에 먼저 쳐들어가는 것입니다."

비렴은 눈을 크게 떴다.

"전쟁을 일으킨다는 것이냐? 너는 전쟁을 좋아하느냐?"

희네는 씁쓸하게 웃으며 말했다.

"누가 전쟁을 좋아하겠습니까? 물론 싸움을 좋아하는 사람도 있습니다만 전쟁을 좋아하는 사람은 없을 것입니다."

"그런데 왜 그런 말을 하는 게냐?"

"지금 지나족을 상대하는 방법은 그것뿐입니다. 그들이 뭉치지 못하게 하고 두렵게 해야 합니다. 그렇지 않으면 수가 많은 지나족에게 지금은 몰라도 몇십 년, 몇백 년 후에는 밀리게 될지도 모릅니다."

"우리가 지나족을 이기면 그뿐이지 않느냐?"

"우리가 지키기만 하면 그들은 계속 쳐들어옵니다. 그들은 이기면 이기는 대로, 지면 지는 대로 남는 것이 있기 때문입니다. 더구나 사울아비 한 명이 지나 전사 열 명을 당해 낸다 해도, 그들은 수가 많습니다. 그러면 점점 주신 땅은 짓밟혀 가겠지요.

주신보다 지나를 따르는 부족이 늘어날 것입니다. 주신의 진정한 힘은 주신을 따르는 부족이 많다는 데 있습니다. 그것을 잃으면 주신은 위험합니다. 먼저 공격하면 그런 위험은 없습니다. 그렇기에 먼저 쳐들어가야 합니다."

희네는 자신도 모르게 열변을 토했다. 비렴은 침묵했다. 비렴이 입을 다물자 희네 역시 입을 다물고 있다가 비렴에게 고개를 숙였다.

"너무 나선 것 같습니다. 죄송합니다."

비렴은 손을 저었다.

"아니다, 아니야. 잘 말했다. 대단한 이야기구나……. 하지만 지금 세상일은 그리 쉽지 않느니. 너는 때를 잘못 탔구나. 흠……."

비렴은 다시 말을 끊었다가 이내 말을 이었다.

"주신은 싸움을 싫어하고 평화를 지키는 겨레다. 특히 지금 사와라 한웅님은 전쟁을 아주 싫어하신다. 모든 부족이 조용히 사는 것이야말로 안파견 한님의 뜻을 지키는 일이라 믿는 분이다. 고귀한 생각이지. 그런 분이 전쟁을 먼저 일으키는 것을 승낙할 리가 없지……."

희네가 할 수 없다는 듯 고개를 숙이자 비렴이 계속 말했다.

"더구나 지금 주신의 높은 분들도 전쟁을 싫어하고 다른 부족 일을 점점 신경 쓰지 않고 있다. 사실 주신의 힘은 다른 부족들을 뭉치게 하여 그 가운데 서는 것에 있는데도 말이다. 너희는 주신의 사울아비가 몇이나 되는지 아느냐?"

"대단히 많겠지요."

"그렇게 많지 않다. 백 명씩 모아서 이백 무리가 될까 말까 할 것이다."

당시는 아직 만이라는 숫자 개념이 쓰이지 않았기에 비렴은 백의 이백이라 말했다. 즉, 이만 명 정도라는 것이다.

"대단합니다."

희네가 말하자 비렴은 고개를 저었다.

"지나족의 마을 수가 그보다 많다."

그 말에 희네와 나래는 깜짝 놀랐다. 희네는 지나족의 사람 수가 많은 것은 알았지만 그 정도일 줄은 모르고 있었다.

"그렇게 많습니까?"

"지나족의 부족은 우리 부족과 다르다. 우리 부족만 한 크기를 그들은 마을이라 하며, 그런 마을이 적게는 열 개에서 많이는 쉰 개 모여야 부족이라 한다. 대부족이 되려면 그런 부족을 열 개에서 쉰 개, 많이는 백 개까지 거느려야 한다."

한 마을, 혹은 부족이라 함은 보통 눈에 보이고 하루에 걸어갈 수 있는 주위 땅을 가진 작은 집단을 뜻한다. 교통이나 다른 이동 수단, 매매나 물자 수송이 없었으므로 하루에 갈 수 있는 범위가 한 집단의 영역 한계였고, 그 안에서 나는 수확물로 부양할 수 있는 사람 수가 자연스레 인구의 숫자가 된다.

당시에 가장 생산량이 높은 농업으로 볼 때도, 아무리 비옥한 땅에 자리 잡은 마을이라 한들 숫자는 백 명 미만이었으며 보통은 오십 명 내외였다. 만약 수렵이나 목축을 위주로 하면 숫자는 더 줄어들어서 이십 명 정도밖에 되지 못했다. 지나족은 농경을 위주로 했으니 보통 오십 명 정도의 구성원을 갖고 있으며 방대한 땅을 필요로 하는 목축 위주의 부족은 보통 한 부족을 통틀어도 이삼백 명밖에 되지 않았다. 그러니 지나족의 대부족은 보통 오십천(오만)에서 백천(십만)의 인구를 지니고 있는데, 이는 다른 종족의 대부족이 오천에서 많아야 스무천(이만)을 넘기 힘든 것과 확연히 달랐다.

"지나족에는 그런 대부족이, 주신은 물론이고 다른 모든 족속을 합한 것만큼이나 많다. 물론 대부족 숫자만 따져서 말이다. 유망은 그 대부족들을 모조리 헤아려 밑에 두려 하고 있다. 우리도 근래에 이르러서야 겨우 알아낸 것이다. 그들은 생각보다 훨씬 많고 크며, 우리는 그들이 생각하는 것만큼 강하거나 많지 않다. 먼저 공격하려면 우리가 적보다 많아야 하지 않겠느냐? 구리 무기와 사울아비가 있더라도…… 쉽지 않다."

비렴은 어두운 안색으로 말했다. 희네나 나래는 말문이 막혔다. 잠시 후 비렴이 천천히 말했다.

"너는 대단하다. 상황을 정확히 알고 있어. 대단한 일이지. 하지만 실제 일은 그리 만만하지 않다. 우리 세 큰스승도 몇 번이나 먼저 쳐들어갈 것을 생각해 보았지만 그럴 수는 없었어. 적은 숫자의 사울아비들로, 처음 가는 남의 땅에서 몇 배나 많은 적들을 상대할 수는 없는 거야. 무모하고 위험해."

비렴은 뒷짐을 지고 막사 안을 몇 번 빙빙 돌았다.

"지나족도 그것을 알기에 한번 해볼 만하다고 여길 게야. 그래서 유망이 그렇게 거만한 것이지. 그래서…… 우리는 이번 회의에 모험을 했다."

"무슨 모험입니까?"

"이번 회의 때 우리는 꾀를 내어 유망의 힘을 꺾고 지나족을 흩으려 했다. 헌원은 보다 온순한 사람이니 그가 뒤를 이으면 나을 거라 생각하고 말이다. 헌원이 뒤를 잇겠다고 하면 유망은 화를 낼 것이니, 유망과 헌원이 다투게 만들 수도 있었지. 우리는 헌원을 밀면 되는 것이고 말야. 그러면 지나족의 힘은 많이 약해지겠지."

"그래서 회의 결과는 어떻습니까?"

희네가 묻자 비렴이 대답했다.

"헌원은 온순하다. 그는 자신이 실제로 부족장이 아니니, 유망이 없으면 이야기하기 힘들다고 빼고 있어. 아직까지 유망의 명령을 듣겠다는 것 같아. 우리는 지나족이 북쪽으로 영토를 넓히지 않겠다는 약속을 받아 내려 했으나 쉽지 않구나. 헌원은 자꾸 유망에게 미루기만 하고 별다른 답을 주지 않는다."

"헌원이 그랬습니까……?"

희네의 눈이 빛났다.

"그는 우리 생각보다 더 온순하고 욕심이 없는 자 같다. 멍청한 것은 아닌데도 말야. 회의는 별다른 결과 없이 끝날지도 모르겠다. 오히려 유망과 감정만 더 사나워진 건지도……."

희네는 속으로 헌원은 절대 멍청이가 아니며 깊은 생각이 있을 것이라고 말하고 싶었으나, 비렴이 벌떡 자리에서 일어섰다.

"가만, 이럴 것이 아니다. 좌우간 너희는 큰 공을 세운 셈이니 한웅님을 뵙도록 하자."

"네?"

희네와 나래는 깜짝 놀랐다.

"저희는 공을 세운 것이 없는데요?"

비렴이 껄껄 웃었다.

"세웠지 않느냐. 허허. 그리고 공보다는 말이다, 너희 형제같이 똑똑하고 올바른 사람들이 한웅님 주변에 있어야 한다. 요즘 이상한 녀석들이 한웅님 주변을 맴돌아서 말이다. 한 명이라도 좋은 사람을 한웅님 곁에 두어야 주신도 나아질 것 아니겠느냐?"

한웅을 뵙는다는 것은 뭔가 이름을 얻어 임명을 받는다는 뜻이다. 물론 후대의 벼슬자리에 오르는 것과는 다르지만 크나큰 명예요, 영광이기도 했다. 부족장 자리에 오르지 않는 이상 봉록(俸祿)을 받거나 재물이 생기는 것은 아니지만, 그런 명예를 얻은 사람에게는 사람들이 더 모여들게 되고 저절로 힘이 커지게 된다.

비렴은 살짝 희네에게 눈짓을 했다.

"너희를 위해 내, 또 준비한 것이 있지."

"감사합니다. 한웅님을 뵙는 것만도 몸 둘 바를 모르겠는데……."

"잔소리 말고 따라오너라."

"하지만…… 아직 준비도……."

"잔소리 말고 따라오래두. 이런 일은 빠르면 빠를수록 좋다."

비렴은 형제를 데리고 휙휙 걸어서 한웅의 막사로 갔다. 막사 주위는 사울아비들이 철통같이 경계를 서고 있었으나 비렴의 앞은 아무도 막지 않았다. 주신 막사 밖은 여전히 모닥불과 횃불이 너울거리고, 춤추며 노는 소리로 떠들썩했지만 주신 막사 안은 조용한 편이었다. 셋은 거리낌 없이 한웅의 막사 앞으로 갔다. 막사 부근으로 갔을 때 안에서 딩딩, 하는 낯익은 소리가 들려왔다. 소녀의 악기 소리였다.

'저 여자가 한웅님 마음에 들었나 보군. 온 지 며칠이나 되었다고 벌써 한웅님 옆에 붙어 있구나.'

희네는 그런 생각을 했고, 나래는 또 다른 생각을 했다.

'다행히 전날 빠져나갔던 것이 들키지는 않은 모양이구나. 그때 그놈들은 누군지 몰랐을 거야. 가만, 들키지 않은 건 나로서도 다행이다. 한웅님 마누라와 밤에 만난 걸 들키면……'

나래가 속으로 부르르 떨고 있을 때 비렴이 굵직한 목소리로 외쳤다.

"한웅님. 비렴이옵니다."

그러자 안에서 온화한 목소리가 들려왔다.

"들라."

"전에 말씀드린 아이 둘을 함께 데려왔사옵니다."

같은 목소리가 또 한 번 들렸다.

"같이 들라."

비렴은 두 형제를 향해 눈짓을 하고는 안으로 들어갔다. 형제는 두근두근한 마음으로 한웅의 막사 안으로 들어섰다.

막사는 생각보다 좁고 검소했다. 화려하지 않다기보다 아예 장식이 하나도 없이 밋밋했기 때문에, 작은 부족장이라면 모를까 대한웅의 막사라고 생각하기 힘들 정도였다. 바닥에 아주 좋은 폭신한 털가죽이 몇 겹으로 깔려 있는 것 정도만 달랐다.

대주신의 십삼대 사와라 한웅이 중앙에 앉아 있었다. 좌우에는 두 명의 여자가 있었는데, 한 명은 여섯 번째 마누라 부루버들이었고 또 한 명은 소녀였다. 부루버들은 정교하게 만들어진 구리 주전자를 들고 한웅에게 술을 따르고 있었으며, 소녀는 악기를 연주하고 있었다. 몇 명의 시중드는 사람과 사울아비 들이 근처에 서 있었다.

"한잔하던 중이네. 같이하겠는가?"

사와라 한웅은 길쭉한 얼굴에 날카롭지만 온화한 눈을 가졌으며 흰 수염을 턱밑까지 기른, 사람 좋아 보이는 노인이었다. 그는 성격도 무척이나 소탈하고 인간적인 듯 미소를 지으며 마시던 잔을 그대로 비렴에게 내밀었다. 한웅이라는 높은 존재의 위엄이나 위압감은 찾아볼 수도 없었다. 세상을 떠나 사는 선인에 더 가까운 풍채였고 행동거지도 시원시원하고 호감이 갔다. 한마디로 마음씨 좋은 할아버지 같은 인상이었다.

비렴이 웃으며 잔을 받아들고 마시는 시늉만 살짝 한 다음 도로 공손히 잔을 돌려주었다. 그러자 사와라 한웅이 웃으며 말했다.

"한 번이라도 정말 마셔 보게. 시늉만 하지 말고."

고개를 살짝 숙이며 비렴이 조심스레 말했다.

"전에 말씀드렸던 두 아이입니다. 형이 희네이고 아우는 나래라 하옵는데, 희네는 똑똑하며 나래는 힘이 장사입니다. 인사드려라. 한웅님이시다."

비렴이 말하는 즉시 희네와 나래는 깊숙이 땅에 엎드려 절을 올리며 말했다.

"사울아비 희네라 하옵니다. 치우 집안의 아들 되옵니다."

"사울아비 나래이옵니다. 희네 형의 아우 되옵니다."

사와라 한웅은 빙긋 웃으며 비렴이 도로 내민 술잔을 쭉 들이켜며 말했다.

"치우 집안이라……. 용감하겠구먼. 아버지가 뉘신고?"

이번에는 비렴이 대답했다.

"사울아비 스승인 치우우레입니다."

"아, 난 그 사람을 좋아하지. 아주 성실한 사람이야. 아들들도 좋군 그래."

희네와 나래는 엎드린 채 꼼짝도 하지 못했다. 사와라 한웅이 부루버들에게 빈 잔을 내밀고 웃으며 말했다.

"일어나거라. 나 같이 늙게 되면 젊은 사람들 얼굴만 보아도 흐뭇해지는 법이니라. 얼굴 좀 보자."

희네와 나래가 얼굴을 들자 사와라 한웅은 흐뭇하게 둘의 얼굴을 보았다. 곁에 있던 소녀가 순간 희네의 얼굴을 보았지만 희네는 그 눈빛을 느끼면서도 눈을 돌리지 않았다.

사와라 한웅이 웃으며 고개를 끄덕였다.

"형은 잘생겼구나, 여자처럼. 아우는 듬직하고. 근데 생각보다 어리구나. 몇 살이냐?"

"열일곱이옵니다."

희네가 대답하자 사와라 한웅이 나래를 보며 물었다.

"너는?"

"저…… 저도 열일곱이옵니다."

사와라 한웅이 의아한 표정을 짓자 비렴이 얼른 귀띔했다.

"쌍둥이이옵니다. 닮지 않은 쌍둥이죠."

"그랬구먼, 허허. 그런데 너무 어리지 않은가?"

사와라 한웅이 모를 소리를 하자 비렴은 웃으며 말했다.

"전혀 아니옵니다."

"정말인가?"

"물론이옵니다."

그러자 사와라 한웅은 웃으며 말했다.

"내가 심심하니 장난 하나 하자. 힘세다는 아우…… 이름이 뭐랬지?"

"나…… 나래라 하옵니다."

"그래, 나래야. 비렴이 그러는데 네 힘이 정말 세서 당할 자가 없다면 서?"

"아…… 아이구…… 그건 너…… 너무……."

"들자 하니 호랑이도 맨손으로 때려잡고 했다는데? 정말이냐?"

나래는 감히 대답할 말을 못 찾고 땀을 흘리며 '아이구 아이구' 소리만 냈다. 사와라 한웅은 그 모습을 보고 기분 좋게 껄껄 웃었다.

"네 힘이 그리 세면, 저기 있는 구리몽둥이를 휘어 봐라."

사와라 한웅이 가리킨 곳에 한 명의 힘센 사울아비가 구리몽둥이를 들고 서 있었는데, 거의 팔뚝만큼 굵은 몽둥이였다. 한웅님의 말이라 나래가 지체 없이 일어나 가려는데, 희네가 당돌하게 나섰다.

"세 개 준비해 주시옵소서."

비렴이 놀라 얼른 막아섰다.

"어허, 어디 감히……."

그러자 사와라 한웅이 재미있다는 듯 비렴을 말렸다.

"괜찮다. 그런데 이름이 뭐라 했더라…… 아, 그렇지. 혼네야."

"희네이옵니다."

비렴이 귀띔으로 바로잡아 주었다. 그러자 사와라 한웅은 웃으며 다시 말했다.

"아, 그렇지. 희네야, 네 아우가 그리 세냐?"

희네는 고개만 조아렸다. 사와라 한웅이 장사에게 말했다.

"같은 몽둥이 다섯 개를 가져오너라."

희네와 나래, 비렴은 다 같이 깜짝 놀랐다. 그들의 모습을 보며 사와라 한웅은 허허 웃었다.

"네가 내 앞에서도 감히 세 개라 했으니 네 아우가 세긴 셀 것이되, 내 앞이라 망신당할까 봐 여유를 두고 말했을 것이니라. 그러니 있는 힘을 다 써 보거라."

희네는 더 이상 말도 못하고 고개만 숙였다. 나래는 조금 불안한 듯 손을 쥐었다 폈다 했다. 곧 구리몽둥이 다섯 개가 날려져 왔는데, 다섯 개를 손에 쥐기에는 너무 많았다. 다섯 개 모두가 굵은 터라 힘이 문제가 아니라 한꺼번에 쥘 수가 없었다.

나래는 땀만 흘리며 쩔쩔매었다. 나래가 몽둥이 다섯 개를 손에 쥘 수 없어서 곤란한 듯하자 사와라 한웅이 말했다.

"곤란하냐? 네 형은 똑똑하다며?"

희네는 속으로 '과연' 했다. 사와라 한웅은 작은 시험 하나로 자신의 지혜와 나래의 힘을 다 보려는 것이다. 난감한 문제였지만 희네는 지체 없이 나래에게 말했다.

"손에 쥐고 휘라는 말씀은 없으셨다. 품에 안고 가슴으로 휘면 된다."

나래는 아! 하며 짧게 내뱉고는 즉시 다섯 개의 몽둥이를 양팔로 품에 안고 휙 구부린 뒤 몽둥이들을 공손히 내려놓고 엎드렸다.

싱거울 만큼 간단히 휘어 버렸다. 나래의 표정이 한 번도 심각하거나 용을 쓰는 기색이 없었다. 오로지 쩔쩔매는 표정 그대로 힘을 써 버린 터라 사와라 한웅은 물론이요, 비렴마저도 몽둥이가 휘어졌다는 것을 깨닫는 데 한참 걸렸다. 엄청난 힘을 요구하는 일이었음에도 너무도 간단히 행했기 때문이다. 행하고 나면 간단한 일이지만 이렇게 금방 기지를 발휘하여 꾀를 내기도 결코 범상한 재주가 아니었다.

사와라 한웅이 멍하게 있다가 중얼거렸다.

"싱겁군. 재미없네."

"제…… 제가 잘못이라도 하였사옵니까……."

나래는 몸 둘 바를 몰라 땀을 흘리며 고개를 숙였다. 그러자 사와라 한웅은 껄껄껄 크게 웃었다.

"저 녀석! 순진하기 그지없구먼! 좋아, 좋아. 형의 꾀도 장하고! 그렇게 쉽게 풀어낼 줄은 몰랐다."

사와라 한웅은 나래에게 말했다.

"이봐야, 나리야."

"나래이옵니다."

비렴이 귀띔하자 사와라 한웅은 고개까지 흔들며 웃었다.

"미안하구나. 이보거라, 나래야. 힘만 세면 모자라거든. 날쌔기도 해야 하지."

"네, 네. 그렇습니다."

나래는 계속 긴장이 되어 땀만 흘렸다.

"한 가지 더 보여 줄 수 있겠느냐?"

"네, 네. 분부만 하소서."

"저기 있는 사울아비는 아주 날쌘 이다. 저 사울아비의 머리 위에 있는 장식을 떼어 보거라."

말이 채 끝나기도 전에 나래의 몸이 번쩍하더니 다시 제자리로 돌아왔다. 한웅이 가리킨 사울아비는 그 말을 듣자마자 방어 태세를 날쌔게 갖추며 손으로 장식을 가리려는 참인데, 손이 올라갔을 때 이미 머리 장식은 그 자리에 없었다.

그 사울아비가 '어' 하는 소리를 내는 순간 이미 나래는 한웅의 발밑에 머리 장식을 놓고 머리를 조아렸다. 이번에 사와라 한웅은 어안이 벙벙한 표정이었다. 마치 홀린 듯했다. 비렴만이 나래가 극도로 기묘한 동작을 써서 사울아비의 머리 장식을 채는 것을 보았으며, 보기에는 간단해도 실로 어려운 일이라는 것을 깨달았다.

"너 무슨 주술사냐?"

사와라 한웅이 묻자 나래는 땀을 죽 흘리며 엎드렸다.

"아…… 아니옵니다. 가져오라시기에 다만……."

사와라 한웅이 기분 좋은 듯이 크게 껄껄껄 웃으며 외쳤다.

"대단하구나! 대단해!"

비렴은 나래를 보며 미간을 약간 찌푸리며 말했다.

"너, 혹시 카린산의 부족과 만난 적이 있느냐?"

"예? 아, 예. 그것을 어찌 아셨습니까?"

"네가 번개같이 움직이는 모습이 어째 카린산 여인들이 쓰는 수 같아서 말이다. 카린산 부족은 가급적이면……."

비렴이 이야기하는 것을 사와라 한웅이 끊었다.

"카린이면 어떻고 아니면 어떠한가? 보기 드문 형제일세. 좋군, 좋아."

사와라 한웅이 웃으며 기뻐하자 아무 말 없이 있던 소녀가 살짝 웃으며 희네를 바라보았다. 희네는 못 본 체했으나 부루버들이 불타는 눈으로 소녀를 바라보고 있는 것을 느낄 수 있었다. 그것을 보고 나니 이상하게 마음이 언짢아지며 불편했다. 사와라 한웅은 그런 것은 신경을 쓰지 않고 웃으며 말했다.

"좋다. 너희는 이제 내 옆에 머물도록 해라. 회의가 끝나고 신시로 돌아가서도 계속 그리하도록 하라."

희네와 나래는 엎드려 절을 했다. 이렇듯 한웅님에게 직접 뽑혀 옆에 있게 되는 것은 실로 커다란 영광이었다.

그때 비렴이 살짝 옆에서 말했다.

"하오나……."

"뭔가?"

"저 둘은 아직 성인식 전이옵니다. 그래서 성을 쓰지 못하고 아잇적 이름으로 그냥 불리고 있으니, 그런 이름으로 한웅님 곁에 있기는 좀 그렇지 않사옵니까?"

"다 자랐는데 어때서 그런가? 그럼 성인식 한 것으로 하면 그만이지. 내가 오늘 만나 보았으니 성인식을 한 것으로 하면 된다."

희네는 기뻐서 자기도 모르게 고개를 들었다. 희네는 불편한 다리 때문에 그동안 성인식을 치를 일이 보통 걱정이 아니었는데, 이제는 걱정거리가 사라진 것이다.

그때 희네는 의미 있게 웃으며 고개를 끄덕이는 비렴과 눈이 마주치면서 일의 전말을 깨닫게 되었다.

'그렇구나. 비렴님이 또 준비한 것이 있다는 말은 이것을 뜻하는 거였구나. 내 곤란함을 알고 성인식을 넘기도록 일을 이렇게 꾸미신 거야! 고맙기 짝이 없구나!'

비렴이 웃으며 희네와 나래에게 물었다.

"한웅님이 직접 너희 성인식을 치러 주신 셈이니 큰 영광으로 알아야 할 것이다. 한웅님을 잘 받들어 뫼셔야 하느니."

희네와 나래는 감격한 나머지 푹 엎드려 몇 번이나 고개를 조아렸다. 그러자 비렴이 물었다.

"너희 이름은 어떻게 할 것인가? 아버님께 지어 달라고 할 것인가? 아니면 너희가 생각한 이름이라도 있는가?"

당시 높은 집안, 즉 후대의 귀족이라고 할 수 있는 집안의 습관은 성인식을 통과하면 그제야 집안의 성을 쓰고 정식 이름을 붙이게 되는데, 이름은 아버지가 붙일 수도 있지만 자신이 짓는 경우도 많았다.

희네가 대답했다.

"생각했던 이름이 있사옵니다."

사와라 한웅이 술을 마시며 기분 좋게 물었다.

"무엇이냐? 들어 보자꾸나."

"저는 천이라 하올 것이며 아우는 비라 할 것이옵니다."

"천······? 비······? 무슨 뜻이냐?"

"저는 성격이 급하여 앞으로는 무엇이든 천천히, 조심스레 생각하고자 그 이름을 지으려 하옵니다. 제 아우는 비가 퍼붓듯 한번 싸움에 서면 당할 자가 없사오니 비라 짓는 것이 좋을 듯하옵니다."

비렴과 사와라 한웅이 마주 보았다. 멋진 이름이리라 기대했는데 어딘가 밋밋하고 재미없는 이름 같았기 때문이다.

"허, 미리 생각했던 이름치고는 흥이 덜 나는군. 알았느니라. 그리고 비렴."

"예?"

"아무리 회의가 잘 안 된다 해도 우리 주신족이 이렇게 축 처져 있어서는 안 될 말이니 다들 즐겁게 놀라고 전하게나."

"예."

"그리고 내일 일 말인데······."

"잘 알고 있사옵니다."

"그래, 자네만 믿네. 이만 가 보거라."

사와라 한웅이 웃으며 손짓을 하자 비렴은 고개를 조아리며 두 형제를 데리고 나갔다.

비렴은 밖으로 나서면서 나래에게 물었다.

"내 다시 묻겠다. 카린산 부족과 가까이 지낸 적 있느냐?"

"가까이 지낸 적은 없습니다."

"그럼 그 번개같이 움직이는 기술은 어디서 배웠느냐?"

"배운 것이 아니라 겨루다가 힐끗 보고 알게 되었습니다."

나래가 대강 이야기를 들려주자 비렴은 고개를 끄덕였다.

"카린산의 쑤앙마이는 신비한 여자다. 그건 그 여자가 만든 기술이라 들었느니라. 쑤앙마이는 대주술사인데 자기 마음에 안 들면 잔혹한 짓을 일삼는 괴이한 여자라 들었다. 그리 좋은 자들도 아니고 우리보다는 지나족과 가까운 자들이니 가까이 않는 것이 좋으니라."

"가까울 것도 없습니다."

나래가 웃으며 말하자 비렴은 고개를 끄덕이며 다시 말했다.

"회의 분위기가 가라앉아 있으니 내일은 회의장 안에서 부족끼리 시합을 벌일 것이다. 나래, 네가 나와 주어야겠다. 이름을 떨칠 수 있는 자리이니 힘내거라."

나래는 손이 근질거려 비렴에게 물었다.

"무슨 시합입니까?"

"여러 가지다. 씨름도 있고 활쏘기와 돌 던지기도 있다. 네가 할 일이 많구나. 희네, 너도 같이 가자."

"저는 그런 것을 잘하지 못합니다."

"아니다. 네가 직접 하지 않더라도 이것은 부족의 체면을 걸고 하는 시합이니 잘 안 풀릴 때는 네가 꾀를 내 주어야 하느니라. 알았느냐? 그래야 한웅님도 역시나, 하지 않으시겠느냐? 허허."

희네와 나래를 돋보이게 하기 위한 비렴의 배려였다. 그런 비렴의 의도를 모를 리 없었으므로 둘은 고마운 마음에 크게 대답했다.

"예!"

"그래, 되었다. 그럼 돌아가서 오늘은 푹 쉬거라. 내일 할 일이 있으니 취하지 말고."

당부를 남긴 비렴은 배웅을 마치고 돌아갔다.

비렴의 모습이 보이지 않자 나래가 수다스럽게 말했다.

"형님! 잘됐어! 정말!"

희네도 오랜만에 활짝 웃으며 말했다.

"그래. 비렴님이 신경 써 주신 덕이지."

"그런데 지금 이렇게 드러내면 외할아버지가 어떻게 생각할까? 괜찮을까?"

두 형제의 큰 걱정거리 중 하나는 주신에서 큰 세력을 잡고 있는 고시울률의 존재였다. 외할아버지였지만 고시울률과 희네 나래 형제 사이에는 깊은 골이 있어서 지금껏 형제는 있는 능력을 보이지 않았었다.

외할아버지 고시울률은 사람됨이 좁은데다가 딸 문제도 있고, 장차 있을 한웅의 후계자로 고시 집안을 내세우기 위해 치우 집안을 의식적으로 멀리하고 있었다. 설령 치우 형제를 죽이거나 하지는 않더라도 어디 첩첩산골 같은 곳에 내버리면 치우 형제는 영영 힘을 써 보기도 힘들었다. 나래는 그것이 걱정스러워 물은 것인데 희네는 딱 잘라 말했다.

"언젠가는 벌어질 일이다. 무슨 일이 생겨도 극복해야 한다. 그리고 이제 우리는 성인식도 치렀으니 어른이잖아. 비렴님도 우리를 도와주시고 한웅님의 눈에도 들었으니 외할아버지도 수월케는 대하지 못할 거다. 다른 부족 친구들도 많이 생겼잖니? 이제 우린 어른이다. 희네와 나래가 아니라 치우천, 치우비란 말야."

희네는 예전에 드물게 열에 들뜬 목소리로 거침없이 말한 뒤 나래를 보고 웃으며 말했다.

"치우비. 자네 이름이 썩 좋네그려."

그러자 나래도 웃으며 되받았다.

"치우천 형님. 형님이 지어 준 이름인데 좋지 않을 리 있겠어? 허나 형님 이름이 더 멋지군그래."

"치우천 형님이 뭐냐? 그냥 천 형님, 그러렴. 나는 그냥 비야, 하고 부를 테니까."

"그게 더 낫겠군."

"그래. 우리부터 얼른 익숙해져야 한다."

나래는 웃다가 약간 얼굴빛을 흐렸다.

"그런데…… 그 이름……."

나래가 조심스레 주위를 둘러보고 나서 말하자 희네는 웃으며 대답했다.

"나도 조마조마했다."

"그 이름 뜻이 알려지면…… 난 형님이 덜컥 이야기할 때 얼마나 놀랐는지……."

희네가 고른 '천'이란 이름은 '천천히 간다'는 뜻이 아니었다. 비밀 중의 비밀로 알려져 있는 글자의 이름이었다. 당시 글자는 두 가지가 있었는데 하나는 주술에 사용되는 뜻글자요, 하나는 말하는 것을 그대로 적는 소리글자였다.*

그중 비는 뜻글자로 '난다'는 뜻이고 천은 뜻글자로 '하늘'이라는 뜻이었다. 물론 뜻글자를 아는 자가 극히 적기도 하고 비밀이었기에 들어도 알 사람도 없었고, 설령 안다 해도 단순한 우연으로 생각할 터였다.

나래가 더 말하려 하자 희네는 웃으며 손가락을 입술에 갖다 대고 조용히 하라고 일렀다. 나래는 입을 다물었으나 곧 과거의 일이 떠올랐다.

형제가 지금보다 더 어렸을 때였다. 아우는 아픈 형을 업고 산등성이

---

* 우리글이 옛날부터 뜻글자와 소리글자로 나뉘어 전해져 왔다는 설은 일부 재야 학자들에 의해 제기된 사실이며, 이 설을 소설의 설정에 사용하였다. 뜻글자는 신지문자, 녹도문 또는 신시문자라고도 불리는데 한문의 원형이 된 글자이며, 소리글자는 가림토로 불리며 후에 한글의 원형이 된 글자이다. 한문의 원형이 동이족에서 비롯되었다는 설은 실제로 근래 중국학자들 사이에서 활발히 제기되고 있다.

를 돌아다녔다. 잘 돌아다니지 못하는 형이 바람을 쐬고 싶다고 해서였다. 높은 산등성이에 올라 널찍이, 아득한 지평선만이 맞닿아 보이는 대평원을 내려다보면서 형이 말했다.

'아우야, 저 하늘을 보거라. 하늘하고 땅이 닿아 있구나. 그렇지?'

'응.'

'저렇게 한님은 땅에 가르침을 내리셨고 거기서 우리 주신이 시작되었겠지. 안파견 한님은 하늘에서 내려오신 분이야. 저것을 보면 알 수 있어.'

'응.'

'나도 그렇게 되고 싶어. 저 땅에 닿은 하늘.'

'응.'

'높은 데만 있지 않고, 높으면서도 땅에 닿아 있는 저 하늘 말야. 안파견 한님은 높고도 귀하지만, 나는 그런 하늘이, 저렇게 땅을 안아 주고 보듬어 주는 그런 하늘이 좋아. 나는 말야, 나중에 성인식을 하면 이름을 천이라 지을 거야. 치우천!'

'천이 무슨 뜻인데?'

'우연히 알게 되었어. 천은 말야, 뜻글자로 하늘이란 뜻이래. 어떻게 쓰는지는 나도 모르지만 천은 하늘이란 뜻이래.'

'아이구! 형! 이름에 다른 건 다 들어가도 하늘은 들어가선 안 돼! 한님이 하늘님인데 그걸 이름에 썼다간 큰일 나!'

'그래도 난 쓸 거야. 난 꼭 그 이름을 쓰고, 반드시 저 하늘같이 될 거야.'

'아이구……'

'아우야. 너는 이름을 비라고 지어, 치우비. 날아다닌다는 뜻이래. 지금 네 이름도 나래니깐, 딱 맞는 이름이야. 그래서 말야, 내가 하늘이 될

테니 너는 그 하늘에서 훨훨 날려무나. 마음대로 말야.'

'그럼 좋겠네. 하하하……'

'그렇게 될 수 있을 거야. 하하하……'

나래, 아니 치우비는 감상에 문득 코끝이 시큰해졌다가 정신을 차려 형의 얼굴을 보았다. 형의 얼굴은 온건하고 살짝 미소만 감도는 침착한 표정으로 돌아와 있었다.

'형님은 정말 그때 생각 그대로, 하늘이 되고 싶은 것일까? 정말로?'

나래의 생각은 꼬리에 꼬리를 물고 이어졌다.

'전에 만난 발귀리 선인은…… 음, 꿈이었는지 뭣에 홀렸는지도 모르지만, 아무튼 형님이 그런 큰 인물이 될 것이기에 나타났던 것이 아닐까? 형님이 정말 하늘같이 높아질 수 있을까?'

앞날은 고사하고 희네, 아니 치우천의 한 치밖에 안 되는 마음을 치우비는 알 수 없었다. 치우천은 좀 피곤해하는 것 같았다. 그도 그럴 것이, 너무 많은 일이 있었던 것이다. 그러나 성인식을 막 끝내고 이름을 얻은 터라 아버지를 만나야 했다.

형제는 아버지의 막사에 찾아갔지만 아버지 치우우레는 여전히 바쁜지 나가고 없었다. 양역과 아저씨뻘인 치우벌을 만나 대신 이야기를 전해 달라고 했다. 양역과 치우벌은 기뻐하며, 한웅님께 성인식을 직접 치른 것은 몹시 영광스러운 일이라며 몇 번이나 축하해 주었다.

그러고 나서야 둘은 막사로 돌아올 수 있었다. 치우천은 통증과 피곤 때문에 거의 눈이 감겨 있었다. 치우비는 형이 걱정스러웠다.

"유망에게 치료를 받지 못하게 되었으니 어쩐다지?"

"대신 성인식을 잘 치르게 되었지 않니? 전보다는 그래도 나아졌다."

치우비는 형을 막사에 눕히고 옆에 앉았다. 치우천이 눈을 감은 채 웃으며 말했다.

"넌 바깥 구경이나 하거라. 난 일찍 자련다."

"그냥 형님 옆에 있을래."

"이 녀석아, 이렇게 막사에 있는데 뭘 걱정이냐? 지금 밖에는 구경거리가 많을 텐데 내 옆에 있어서 뭐하니? 구경하고 와."

사실 안 그래도 근질근질하던 참이었다. 치우비는 웃으며 되받았다.

"그럴까?"

"그래. 난 괜찮으니 걱정 마라. 난 어차피 유망 부하 눈에 띄면 곤란하니 밖으로 나다닐 수도 없단다."

치우천은 자야겠다는 듯이 눈을 꼭 감고 웃으면서 말했다. 치우비는 조금 망설이다가 몸을 일으켰다. 일어서다가 보니 문득 전에 잡아 말려두었던 호랑이 가죽이 눈에 들어왔다. 가죽이 잘 말라서 보기 좋았다.

치우비는 가죽을 거두어서 둘둘 말아 어깨에 걸치고 막사를 나섰다. 전부터 생각하던 것인데, 그 가죽을 발에게 주고 싶었다. 어쩌면 선물 핑계로 발을 한 번 더 보고 싶었는지도 몰랐다.

울라트와 도깨비들

도깨비에는 여러 가지가 있다네. 물건이 변해서 뛰어다니는 도깨비도 있고,
어디서 났는지 알 수 없지만 둥둥 떠다니고 모습조차 분명치 않은 도깨비도 있으며,
사람과 흡사하게 생겼지만 털이 누르고 붉거나 눈알이 새파란 도깨비도 있지.
드물게는 온몸이 새까만 도깨비도 있다네. 귀신처럼 떠다니는 것들도 두렵지만,
나는 되레 사람과 닮은 것들이 더 무섭더구먼.
주신 단군이 주술을 써도 사람 닮은 도깨비에게는 안 통하거든!
대신 그것들은 쳐 죽이거나 잡아서 부릴 수도 있지.
— 타타르족 촌로의 이야기

밖은 축제 분위기로 떠들썩했다. 주신 막사도 사와라 한웅의 명 때문
인지 불을 피우고 놀려는 준비를 막 끝낸 것 같았다. 주신 막사를 나서
니 그곳은 이미 축제가 한창이고 벌써 술에 취해 곯아떨어진 사람이 아
무 데나 쓰러져 자고 있었다.

눈이 맞은 남자 여자가 손을 잡고 숲으로 들어가는 모습도 간혹 보였
고, 고래고래 소리를 지르며 노래하거나 취해서 싸움박질을 하는 사람
들도 보였다. 치우비도 분위기에 들떠 저절로 어깨가 들먹거렸다. 그러
나 오늘 밤은 술을 마시지 않는 것이 좋다고 생각되어 거기에 끼지는 않
고 지나족 헌원의 막사로 향했다. 유망과 문제가 있었으므로 가급적 그
쪽으로는 가지 않도록 조심하면서.

가다가 치우비는 야율쿠리가 술에 잔뜩 취해서 역시 그만큼이나 취
한 초초룬과 어깨동무를 하고 비틀거리며 걸어가는 것을 먼발치에서
보고 웃었다. 또 한참 가다가 보니 야쿠타가 치우비를 먼저 알아보고 나
래 형, 나래 형 하면서 따라와 말을 건넸다.

치우비는 야쿠타에게, 자신은 이제 성인식을 치러서 이름이 치우비가 되었으니 그렇게 부르고, 다른 친구들에게도 전해 달라고 일렀다. 야쿠타는 자기 일인 것처럼 신이 나서 고개를 끄덕이며 부족장의 심부름이라도 받았는지 다람쥐처럼 달려갔다.

한참을 걸은 뒤에야 치우비는 헌원의 부족이 있는 곳으로 들어설 수 있었다. 헌원의 부족들은 떠들썩하게 놀지도 않았고, 오히려 긴장된 표정이었다. 주신 막사보다 분위기가 음침하고 밖에 나선 사람도 없어서 치우비는 안으로 들어가지 못했다. 먼발치에서 비휴를 발견하고 그를 불렀다.

비휴는 사람 같지 않게 날카로운 눈을 번득이며 다가왔다.

"무슨 일?"

"저…… 부탁이 하나 있습니다."

"말해."

"이걸…… 헌원님의 따님인 공손발에게 전해 주세요."

그러면서 호랑이 가죽을 내밀자 비휴는 표정 하나 없는 눈으로 치우비를 훑어본 다음 짧게 물었다.

"왜?"

비휴는 워낙 말수가 적고 분위기가 음산하여 치우비는 저절로 등골이 서늘해졌다.

"그냥…… 그냥 선물입니다."

비휴는 아무 대답 없이 호랑이 가죽을 받아 돌아섰다. 치우비는 머뭇거리다가 뒤로 몸을 돌려서 돌아갔다. 기분이 찜찜하고 약간 부끄럽기도 했다. 그러던 중에 치우비는 저만치에서 커다란 씨름판이 벌어진 것을 보고 기분 전환이나 할까 하고 구경하러 갔다. 타타르족의 씨름판 같았는데, 한 사람씩이 나와 격렬하게 치고받는 형세가 재미있어 보였다.

'전에 야율쿠리가 타타르족 씨름꾼에게 기술을 배웠댔지. 한번 구경하자.'

치우비가 사람들 사이에 끼어들어 구경했지만 타타르족 말을 전혀 모르는지라 사람들이 뭐라고 떠드는지 하나도 알아들을 수 없었다. 그때 누가 아래쪽에서 치우비를 불렀다.

"나래님이시네? 저 좀 봐요!"

작은 여자의 힘없는 목소리여서 하마터면 치우비는 못 들을 뻔했다. 간신히 알아듣고 아래쪽을 보니 거기에는 눈이 왕방울만 한 자그마한 여자아이가 서 있었다. 전날 치우비를 도와준 타타르족 앗수라트 부족장의 딸 울라트였다.

치우비가 웃으며 말을 건넸다.

"울라트로구나. 반갑다. 지난번에는 고마웠어."

울라트는 힘없이 웃으며 되받았다.

"수수께끼 말인가요? 뭘요. 근데 나래님은 여기 웬일로 왔어요?"

"지나가다가 씨름 구경하러 왔어. 그리고 이제 나는 나래가 아냐. 성인식을 해서 이름을 비로 바꾸었어. 치우비야, 치우비."

"아, 그랬나요? 그런데요, 날 도와줄 수 있나요?"

치우비는 작고 힘이 없는 어린 울라트가 제법 또랑또랑 말하는 것이 귀여워서 웃으며 물었다.

"뭘 도와주면 되지?"

그러자 울라트가 대답했다.

"저 씨름판 뒤쪽에 커다란 도깨비들이 있죠?"

"도깨비?"

"여기선 안 보여요. 저쪽으로 가요."

울라트가 사람들을 헤치며 나아가자 치우비는 뒤를 따라갔다. 씨름판 뒤쪽으로 가니 과연 키가 커다란 자가 몇 명 보였다. 그런데 그중 두 사람은 놀랍게도 머리칼이 붉은색이고 살빛이 백지장처럼 창백했으며 눈이 파랬다.

옆에도 키 큰 사람이 있었는데, 이자는 온몸이 먹처럼 새까만 색이었으며 머리가 곱슬곱슬했다. 둘 다 알통이 툭툭 불거져 힘이 셀 것 같았는데, 피부색과 머리색만 보아도 사람 같지는 않았다. 그 외에도 피부색과 생김새가 달라, 사람과 비슷하면서도 달라서 도깨비라고 밖에 할 수 없는 자들이 여럿 있었다.

치우비는 그런 자들은 처음 보았기에 놀라면서 물었다.

"저것들이 도깨비야?"

"맞아요. 아주아주 힘센 도깨비들인데, 앙가마이 부족이 스키타이족에게 산 도깨비들이에요."

"도깨비를 산다고?"

"그러니까…… 음, 일종의 종(노예)이죠. 스키타이 부족은 아주 먼 서쪽 부족인데 사납고 싸움을 좋아해서 도깨비들도 잡아요."

"그래? 그런데 앙가마이는 어떤 부족이야?"

울라트는 치우비의 손가락만큼이나 가늘고 앙상한 팔에 힘을 주며 주먹을 불끈 쥐고 외쳤다.

"앙가마이 부족은 우리 앗수라트의 원수예요! 더럽고 치사하고 나쁜 녀석들이요! 특히 부족장이 아주 못된 놈이에요. 전에는 사이좋았는데, 그 더러운 돼지가 부족장이 되면서 완전히 갈라졌어요. 앙가마이 부족들도 고생 많고요."

"그래, 그렇군. 그런데 뭘 부탁한다는 거야?"

"앙가마이 부족은 우리 부족과의 씨름을 이기지 못하니까 치사하게 도깨비들을 사 와서 씨름을 이기려는 거예요. 부족 간의 씨름 시합은 자기 부족 사람들로 해야 하는데 치사한 짓 아니겠어요?"

"그건 그렇군. 그런데 왜 도깨비가 씨름판에 나왔지?"

"우리 부족에는 유명한 씨름꾼인 보챠두가 있거든요. 그래서 못 이기 겠으니까 저 힘센 도깨비들로 보챠두를 쓰러뜨린 거예요."

울라트는 흥분하여 치우비에게 손짓 발짓까지 해 가며 설명을 했다. 보챠두는 이름난 씨름꾼으로, 야율쿠리가 염소 열 마리를 주고 기술을 배운 바로 그 사람이기도 했다. 그동안은 보챠두가 워낙 강하여 앙가마 이 부족은 씨름에서 이겨 본 적이 없었다.

그런데 오늘 태산 회의에 오자마자 앙가마이 부족장은 울라트의 아 버지인 앗수라트 부족장에게 먼저 씨름 시합을 제의했다. 앗수라트 부 족장은 코웃음을 치며 당연히 받아들였는데 앙가마이 부족장은 한술 더 떠서 양 천 마리의 큰 내기를 걸자고 했다. 앗수라트 부족장은 당연 히 이길 것이라 생각했기에 코웃음을 치며 양 천 마리에 소 백 필을 추 가로 걸었다.

둘의 자존심이 걸린 문제라 내기에 건 것이 계속 많아졌는데, 앙가마 이 부족이 원래 가축이 많았기 때문에 앗수라트 부족장은 더 걸 것이 없 자 딸까지도 내기에 걸었다. 그리고 씨름이 벌어졌는데, 전부 합하여 열 번을 먼저 따내는 편이 이기는 것으로 승부를 내기로 했다.

막상 씨름판이 벌어지자 앙가마이 부족장은 치사하게도 스키타이 부 족에게서 사들인 도깨비들을 씨름판에 내보냈다. 도깨비들은 덩치가 크고 힘도 어마어마하게 센데다 싸움 기술이 워낙 유별나서, 보챠두는 간신히 도깨비 둘을 쓰러뜨렸지만 세 번째 도깨비에게 당해 쓰러졌다. 그런 다음 역시 씨름꾼으로 유명한 보챠두의 두 아들이 나섰으나 도깨 비 하나를 당해 냈을 뿐 다른 도깨비에게 당해 쓰러졌다.

다른 앗수라트의 힘센 장사들도 겨우 도깨비 하나를 쓰러뜨렸을 뿐

줄줄이 쓰러졌다. 그래서 지금 앙가마이는 여덟 번을 이기고 앗수라트는 겨우 네 번을 이긴 상태로 절망적이라는 것이다. 울라트는 단숨에 이야기하고는 서글프게 울었다.

"이 내기에서 지면 나는 구역질나는 앙가마이 부족장에게 노리개로 끌려가요! 그러느니 목매달아 버릴 거예요. 그리고 그것보다 저 나쁜 앙가마이 부족장에게 지는 게 너무 분해요! 날 구해 줄 수 있나요?"

치우비는 이 꼬마 아가씨가 가련해졌다.

"그렇군. 그런데 나는 타타르족이 아니라 주신 사람인데 괜찮을까?"

"저들이 먼저 도깨비를 끌어냈으니 상관없어요! 나는…… 나는 세상 제일의 장사인 형천에게도 사람을 보냈는데 만날 수가 없었어요. 사실 형천이 아니라면 저 도깨비들을 연거푸 이기기는 힘들 거예요."

치우비는 속으로 생각했다.

'형천은 지금 유망의 일 때문에 씨름이나 하고 있을 형편이 아니지.'

울라트의 말이 계속 이어졌다.

"이 씨름은 상대가 다쳐 쓰러지거나 항복할 때까지 계속돼요. 너무 힘들어서 연속으로 여섯 번을 이길 수 없을지도 몰라요. 하지만 지더라도 이렇게 지는 것은 억울해요! 몇이라도 도깨비들을 더 쓰러뜨려 줘요! 이런 부탁을 해서 정말 미안하지만…… 하지만 더 이상 길이 없어요……. 아! 방금 또 졌네요! 우린 아홉 번 졌어요! 이제 한 사람밖에 안 남았어요! 지게 되면 난 절벽에서 뛰어내려 죽어 버릴 거예요."

치우비는 흑흑거리는 울라트의 어깨를 톡톡 두드리며 말했다.

"내가 도움이 될지 모르겠네……."

"정말 이겨 준다면 우리 아버지가 뭐든지 들어줄 거예요."

"그런 것은 필요 없지만. 한번 해 볼게."

"정말요?"

"그럼!"

사실 치우비라 해도 반드시 이긴다는 자신은 없었다. 한 명이라면야 간단히 물리치겠지만 지금 상태를 보니 앗수라트가 이기자면 연속으로 여섯을 물리쳐야 하는데, 연달아 여섯 명과 싸우는 것은 대단히 지치고 힘이 드는 일이었다. 힘이나 기술이 달리지 않아도 지쳐 패할 수도 있었다.

그러나 치우비는 마음이 약해 누가 부탁을 하면 거절하지 못했고 유달리 어린애들에게 약했다. 치우비는 울라트를 달랑 들어 어깨에 얹고는 씨름판으로 나섰다. 막 쓰러진 앗수라트 씨름꾼이 다른 사람들에게 끌려 나가고 있었는데, 얼마나 호되게 했는지 눈이 허옇게 뒤집히고 팔 한쪽과 다리 두 쪽은 모두 부러진 것 같았다. 참혹한 꼴에 치우비가 눈살을 찌푸리자 울라트가 귓속말을 했다.

"불쌍한 쿠베. 쿠베는 지지 않으려고 죽어도 항복하지 않겠다고 하다가 저 꼴이 되었어요."

씨름판으로 나가니, 화려한 꾸밈을 하고 개기름이 흐르는 뚱보 하나가 깔깔거리며 좋아하고 있었다. 앙가마이 부족장 같았다. 가까이서 보니 그의 등 뒤에 선 도깨비들은 굵은 가죽끈으로 묶여 있었고 그들의 눈빛은 불안하고 곱지 않았다. 가만 보니 그의 등 너머 땅에 피가 질펀하게 흐르고 있었고, 도깨비들의 시체 네 구가 보였다. 치우비는 놀라 울라트에게 물었다.

"저 도깨비들은 왜 죽었지?"

"씨름에서 진 도깨비는 앙가마이 부족장이 저렇게 죽여요. 그래서 도깨비들은 죽을힘을 다해 싸우는 거예요. 저놈은 저렇게 치사한 놈이에요."

아무리 도깨비라도 너무하다고 치우비는 생각했다. 화가 치밀어 올라 치우비는 곧 앙가마이 부족장에게 외쳤다.

"다음에 앗수라트 편에서 싸울 사람은 나다. 그런데 그전에 할 말이 있다."

앙가마이 부족장은 치우비를 위아래로 훑어보더니 서툰 주신 말로 물었다.

"주신족이냐?"

치우비가 냉랭하게 웃으며 되받았다.

"그렇다. 너도 주신 말을 하는군. 잘되었다."

그러자 앙가마이 부족장이 치우비의 우람한 체격을 위아래로 훑어보며 말했다.

"사울아비냐? 네가 왜 앗수라트 편에서 싸우느냐? 왜 남의 부족 일에 끼어드느냐?"

앙가마이 부족장이 말할 때마다 부하인 듯 교활하게 쥐처럼 생긴 자가 그 말을 타타르 말로 바꾸어 외쳐 사람들에게 전해 주었다.

"남의 일에 상관 말고 내 말부터 들어라. 너는 왜 도깨비들을 죽이는 것이냐? 씨름에 졌다고 죽이다니 너무하지 않느냐?"

"내가 산 도깨비를 내가 죽이는데 네가 웬 참견이냐? 제길. 네 녀석이 도깨비 친구냐? 아니 도깨비 씨인지도 모르겠군. 우하핫."

앙가마이 부족장이 출렁거리는 뱃가죽을 흔들며 보기 흉하게 웃어대자 앙가마이족 전체가 왁자하게 웃었다. 치우비는 얼굴이 붉어졌으나 표정은 도리어 담담해졌다. 정말 화가 난 것이다.

"내가 도깨비 씨라면 너는 도깨비만도 못하군. 도깨비를 죽이는 짓은 그만둬라!"

"내 맘이다. 너는 낄 자격도 없다."

"도깨비를 씨름판에 끌어들여 놓고 무슨 소리냐?"

"이 도깨비들은 내가 산 것이니 내 씨름판에 나갈 수 있다. 그러나 너는 뭐냐? 주신 사울아비가 앗수라트 부족의 개가 되었느냐? 우하핫!"

앙가마이 부족이 맞다고 우, 하고 떠들며 비웃어 댔다. 치우비의 눈에서 불이 쏟아졌다.

"너는 지금 대주신의 사울아비를 모욕하는 것이냐? 씨름이고 뭐고 너부터 죽어 봐야 알겠느냐?"

치우비가 무서운 눈으로 성큼 걸어 나오자 앙가마이 부족장이 겁을 먹은 듯 움찔거렸다.

"그런 뜻은 아니다. 그러나 주신 사울아비가 우리 타타르족 씨름판에 끼는 것은 안 된다. 그렇게 다른 부족을 다 불러들인다면 뭐하러 부족 간에 씨름을 하는가? 한쪽은 형천을 부르고 한쪽은 끽구를 불러 씨름을 하면 될 것이니, 씨름을 배울 필요조차 없지 않은가? 안 그런가? 우하핫!"

앙가마이 부족장은 입심이 좋아서 치우비가 반박할 수 없었다. 치우비는 화가 치밀어서 외쳤다.

"그럼 어떻게 해야겠느냐?"

"이렇게 하면 모를까……."

"뭔데 그러느냐!"

"너는 잘나고 명예로운 주신의 사울아비라며? 그러나 앗수라트 부족을 존경하여 오늘만 그들 편에서 싸워 준단 말이지? 맞나?"

"그렇다!"

"그럼 존경의 뜻으로 지금처럼 부족장의 딸 울라트를 어깨에 올려놓고 싸우면 허락하겠다. 어떤가?"

앗수라트 부족 사람들은 아우성을 쳤다.

"그…… 그런 말도 안 되는……!"

"씨름이 장난인 줄 아느냐?"

"목숨을 걸고 하는 거다!"

앙가마이 부족장은 코웃음 치며 말했다.

"싫으면 관둬라."

치우비가 당당하게 말했다.

"겨우 그거? 좋다. 그렇게 하지! 여섯 명만 이기면 되는 것 아니냐?"

그 말에 사방이 조용해졌다. 그냥 싸워도 될까 말까 한 일이다. 도깨비들은 힘도 세고 죽을힘을 다하기 때문에 대역사로 소문난 형천이나 끽구가 아니라면 연달아 이기기 힘들 정도라고 생각했다. 헌데 나이 어린 소녀를 어깨에 올려놓고 싸운다니?

앙가마이 부족장은 자기가 말을 꺼내 놓고도 얼떨떨한지 말을 더듬었다.

"정…… 정말 하겠다는 게냐?"

치우비가 코웃음을 치며 당당하게 말했다.

"당연하다. 겁나는 거냐? 앙가마이 부족은 전부 겁쟁이인가?"

그러자 앙가마이 부족은 우, 하면서 야유를 퍼부었다. 더불어 그것은 부족장에게 어서 시작하라는 신호도 되었다. 앙가마이 부족장도 화난 듯 외쳤다.

"그렇게 죽고 싶으냐? 너만 아니라 귀하신 부족장 딸도 죽을지 모른다. 치사하게 여자애를 방패로 쓰겠단 말이냐?"

울라트는 치우비가 의외의 제안을 하자 얼굴빛이 하얗게 질렸지만 억지로 참으며 당당하게 외쳤다. 저런 개기름 흐르는 뚱보 늙은이에게 끌려가느니 죽는 게 낫다고 생각하던 참이었다.

"흥! 그러면 내가 내려 주랴? 이분은 나를 얹고도 너희 잘난 도깨비만 아니라 앙가마이 부족 전부를 쓸어버릴 수 있는 분이다! 네가 그렇게 말한다면 내가 내리고 이분 혼자 싸우라고 하지, 뭐."

그러자 앙가마이 부족장은 흉하게 웃었다. 사실 여자 아이를 업고 싸우는 것은 미친 짓이다. 신경이 쓰이는 것은 물론이고 여자아이를 보호하느라 최소 한 팔을 못 쓸뿐더러 허리를 굽히거나 펼 수조차 없다. 치우비가 아무리 덩치 크고 힘이 좋아 보여도 그러고서는 이길 수 없으리라 생각했다. 아니, 천하제일의 장사라는 형천도 그렇게는 싸우지 못할 것이다. 그러니 이 기회를 놓칠 수는 없었다.

"뭐, 원하는 바이니 그렇게 해라. 이 녀석아, 네가 형천이나 끽구냐? 젊은 놈이 명을 재촉하는구나. 네가 정말 여자애를 어깨에 업고 도깨비 여섯을 이겨 보겠다는 소리냐, 응?"

"그렇다!"

"죽더라도 우리는 주신 사울아비를 죽인 게 아니다. 앗수라트 씨름꾼을 죽인 거다. 다들 알았지?"

앙가마이 부족장은 아무래도 상대가 주신 사울아비라는 사실이 마음에 걸리는 것 같았다. 치우비는 눈 하나 깜짝 않고 외쳤다.

"네가 나와 싸워서 졌다고 도깨비들을 죽이지 않는다면, 내가 져서 죽어도 할 말이 없다. 그러나 도깨비들을 죽인다면 우리 형님이 용서하지 않을지도 모른다."

치우천은 별로 힘이 없었지만, 앙가마이 부족장은 저렇게 크고 힘센 용사의 형 또한 용사일 것이라 생각했다. 약간 질린 앙가마이 부족장이 오기를 부리며 되받았다.

"씨름에 쓰려고 산 도깨비인데, 씨름도 못하는 것들이 무슨 쓸모가 있겠느냐? 화가 나서 그놈들을 어떻게 보고 있으란 것이냐?"

"그럼 죽이지 말고 풀어 주어라."

"도깨비를 어떻게 함부로 풀어 주느냐? 도깨비들은 죽여 없애야 하는 것 아니냐?"

일반적으로 보자면 일리 없는 말은 아니었다. 그러나 치우비는 공포에 질린 채 묶여 서 있는 도깨비들을 바라보았다. 그들의 눈에 서린 공포와 두려움의 눈빛을 보고 치우비는 마음을 다잡았다.

"너는 도깨비들을 얼마에 샀느냐?"

"양 스무 마리씩 주고 샀다. 덩치 큰 놈은 서른 마리 줬다."

"내가 싸움에 진 놈을 양 스무 마리씩에 되사겠다. 내가 이기면 나에게 팔아라. 어차피 너에게는 쓸모없는 놈들 아니냐?"

그 말에 앙가마이 부족장이 한껏 이죽거렸다.

"기껏 되사서 풀어 준다고? 흥. 너는 그렇게 해서 도깨비들 환심을 사려는 모양인데, 헛수고다. 저놈들은 우리 말을 한마디도 못 알아듣는다."

"그런 생각으로 한 말이 아니다."

"흥! 그렇다고 해도 네게 그 많은 양이 어디 있느냐?"

"우리 집에 수도 없이 많다."

그러자 앙가마이 부족장은 또 우하핫, 하고 웃었다.

"그래, 그래. 우리 집에는 금으로 쌓은 산도 있고 술이 흐르는 강도 있다. 이 녀석아, 너를 언제 봤다고 그 말을 믿으라는 거냐? 당장 내놓아야지."

울라트가 도무지 참지 못하겠는지 꽥 소리쳤다.

"이분이 이기면 도깨비 값은 우리가 내겠다! 흉악한 욕심쟁이야!"

"한 번 이길 때마다 풀어 줄 수는 없고, 씨름이 끝나면 풀어 준다. 그런데 저놈이나 네가 죽어도 양은 받을 수 있겠지? 안 그러면 가만있지 않겠다."

"그래! 내가 약속한다!"

"그리고 저 아이를 내려놓고 싸우면 안 되니, 저 아이 몸이 조금이라도 땅에 닿으면 그 즉시 네가 진 것이다. 그래도 좋으냐?"

"좋다."

이제 앙가마이 부족장도 더 할 말이 없는 듯 치우비를 비웃으며 물러섰다. 그러자 앗수라트 부족장이 달려 나왔다. 부족장인 키타야는 진중한 얼굴의 남자였는데 타타르 말로 울라트와 한참 이야기를 나누었다. 아무래도 딸이 걱정되는 것 같았다.

"무섭겠지만 걱정 마라, 울라트. 너는 절대 안 다치게 할게."

치우비가 미안해하자 울라트는 야무진 목소리로 치우비에게 말했다.

"아니에요. 우리 때문에 한 일인데 나도 그 정도는 참아야 앗수라트 부족의 체면이 서죠. 죽어도 같이 죽고 살아도 같이 살자구요."

가냘프기만 한 꼬마 소녀의 입에서 그런 이야기가 나오자 치우비는 웃으며 고개를 끄덕였다.

"네가 참는데 나라고 왜 못하겠니? 우리 같이 힘내서 어떻게든 이기자."

울라트는 감동하여 당장 죽으라고 해도 좋을 듯한 기분이 되었다. 치우비는 걱정스러운 울라트 아버지의 얼굴을 보고는 한마디 덧붙였다.

"아버지께 걱정 말라 전해. 나는 형천이나 끽구와도 힘을 겨뤄 보았다. 내가 그들을 이기지는 못했지만, 그들도 나를 이기지 못했어. 그러니 너무 염려 말라고 말야."

그 말을 들은 울라트는 깜짝 놀라면서 아버지께 말했다. 키타야도 몹시 놀라며 몇 번이나 정말이냐고 묻는 듯했고 여전히 불안하긴 해도 약간은 안심하는 눈치였다. 그러는 사이 앙가마이 부족장이 화난 듯 외쳐댔다.

"이제 죽을 것이라 생각하고 마지막 인사를 나누는 게냐? 거, 눈물겹구나, 눈물겨워!"

"말이 길었다. 시작하자."

치우비는 울라트를 어깨에 얹고 당당하게 천천히 걸어 씨름판 가운데로 나갔다. 울라트는 꼿꼿하게 앉아 있으려 했지만 몸이 달달 떨려 왔다. 치우비는 울라트에게 부드럽게 말했다.

"내가 잡고 있어 주마."

"아니에요. 내가 알아서 매달려 있을 테니 이기기나 하세요. 내가 떨어져도 절대 한눈팔지 말구요!"

울라트는 아예 눈을 감고 목숨을 치우비에게 맡기기로 했다. 치우비는 싸울 때면 으레 그렇듯 담담하고 잡념 하나 없는 조용한 얼굴로 변했다. 형 치우천은 힘보다도 이 담담함과 조용함 때문에 치우비가 두 번 다시 볼 수 없을 용사가 될 것이라고 믿었다. 이런 침착함과 조용함은 아무리 고된 수련을 해도 쉽게 얻을 수 없는데, 치우비는 그것을 타고난 것이다.

치우비가 조용한 표정으로 서 있기만 하는데도 앙가마이 부족장을 비롯한 사람들의 눈에는 치우비가 점점 커 보였다. 앙가마이 부족장은 고개를 몇 번 흔들고는 악을 썼다.

"도깨비를 풀어라!"

첫 번째로 풀려난 도깨비는 바로 아까 앗수라트 씨름꾼의 팔다리를 꺾은 도깨비로, 머리카락과 수염이 금색으로 빛났다. 덩치도 크고 눈이 파란색이었으며 살빛은 하얀데다가 코가 크고 눈가가 움푹 들어갔고 온몸에 불긋불긋한 칠을 하여 보기만 해도 겁날 정도였다. 나이는 조금 든 것 같았으나 힘은 대단해 보였고 기세도 만만찮았다.

그는 짐승 같은 고함을 지르면서 치우비에게 달려들어 주먹을 날렸다. 당시 씨름은 그냥 어떻게든 상대를 쓰러뜨리면 되는 험한 것이라 씨름이라기보다는 무한 격투기와 비슷했다. 무기만 쓰지 않을 뿐이다. 그자의 주먹이 배로 날아드는 순간 치우비는 몸을 번득여 피할까 하다가 울라트 생각에 피하지 못하고 배에 힘을 주어 막았다.

퍽 소리가 나며 주먹이 명중하자 도깨비는 회심의 미소를 지었으나 곧 주먹이 얼얼해져 왔다. 놀라서 올려다보니 치우비의 표정에 변화가 전혀 없었다. 도깨비는 놀라면서 연달아 주먹으로 치우비의 가슴과 배를 무자비하게 두들겼으나 치우비는 고스란히 맞으면서 틈을 노리다가 오른팔로 번개같이 도깨비의 목을 휘감아 뒤로 던져 버렸다.

도깨비는 믿지 못하겠다는 표정으로 날아가다가 땅에 거꾸로 처박혀 그대로 정신을 잃었다. 울라트는 눈을 감고 있으려 했으나 퍽퍽 하는 소리에 놀라서 눈을 떴는데 치우비가 담담하게 서 있고 저만치에서는 도깨비가 쓰러져 있었다. 그러나 소리로 보아 분명 치우비가 맞은 것 같았으므로 울라트가 물었다.

"맞은 것 같은데…… 괜찮아요?"

치우비는 조용히 웃어 보이며 말했다. 사실 아팠지만 참을 만해서 치우비는 딴소리를 했다.

"도깨비는 몸 냄새가 지독하군."

모여든 사람들이 숨을 죽이고 있다가 이내 앗수라트 부족 사람들 와! 하며 탄성을 질렀고 앙가마이 부족 사람들은 우! 하고 웅성거렸다. 앗수라트의 씨름꾼을 박살 낸 도깨비가 정말 눈 깜짝할 사이에 당해 버렸기 때문이다. 앙가마이 족장은 악을 썼다.

"뭐 하느냐! 다음!"

다음에 풀려난 도깨비는 온몸이 칠흑처럼 검고 키가 치우비보다 크며 팔다리가 아주 긴, 이상한 도깨비였다. 그 도깨비는 마치 거미처럼 긴 손발을 쉴 새 없이 흔들며 치우비에게 다가왔다. 도깨비는 순식간에 몸을 숙여 치우비의 발을 걸려고 했다. 동작이 상당히 빨라 치우비는 간신히 피했다. 그러자니 울라트가 떨어질 것 같아 치우비는 왼손으로 울라트를 잡았다.

그러는 사이 검은 도깨비는 긴 팔과 다리로 연속으로 공격을 하면서 계속 치우비의 다리를 걸어 넘어뜨리려 했다. 그자의 팔과 다리는 옆으로 후리는 것이 전문인 듯, 일단 걸리면 좋지 않을 것 같았다. 녀석의 몸은 유연하면서도 힘과 속도도 있었다.

치우비는 무라에게서 배운 동작으로 눈부시게 움직여 그자의 손발을 피하면서 씨름판 주위를 세 번이나 돌았다. 그러나 검은 도깨비는 그렇게 빠른 치우비의 동작에도 찰거머리처럼 떨어지지 않고 달라붙으며 공격을 가했다. 그사이 치우비는 다리로 두 번, 팔로 한 번 후림질을 당해 얻어맞았는데 몹시 아팠다. 위력이 보통이 아니었다.

'이대로는 안 되겠다!'

순간 치우비의 머리에는 야율쿠리가 자신과 겨룰 때 썼던 보챠두의 수법이 떠올랐다. 치우비는 울라트를 받쳤던 왼손으로 울라트를 밀면서 동시에 허리를 숙였다. 울라트가 밀려서 뒤로 떨어지는 순간, 치우비는 허리를 숙여 등으로 울라트를 받으며 동시에 야율쿠리가 했던 것처럼 낮은 자세에서 양팔을 뻗어 때마침 부딪쳐 오는 검은 도깨비의 두 손을 거머쥐었다.

거의 묘기에 가까운 터라 양 부족 사람들 자기 처지를 잊고 탄성을 보냈다. 검은 도깨비는 불편한 상태에서 치우비가 그렇게 금방 자세를 기막히게 바꾸리라고는 예상하지 못해 양손을 빼내려 했으나 힘으로는 치우비를 당할 수 없었다. 손가락에서 우두둑 소리가 나자 검은 도깨비는 비명을 지르며 두 발을 풍차처럼 휘둘러 치우비의 발을 걸어 보려 했지만 허사였다.

치우비는 팔을 쭉 뻗어 허리까지 굽힌 채 도깨비의 팔을 잡은 터라 검은 도깨비의 다리가 아무리 길어도 치우비의 다리를 걸지 못했다. 결국 검은 도깨비는 헛되이 먼지만 날리며 헛발길질만 해 댔다. 치우비는 녀석의 발이 땅에 떨어진 틈을 타서 팔을 밀면서 그대로 앞으로 돌진했다. 검은 도깨비는 치우비의 엄청난 힘에 팔이 꺾이면서 뒤로 밀려갔다.

치우비는 인정사정 보지 않고 앙가마이 쪽의 나무 울타리로 도깨비를 밀어붙였다. 그 위에 앙가마이 부족 사람들이 잔뜩 올라가 구경하고 있었는데 곧이어 우지끈, 와당탕 하는 소리가 나면서 나무 울타리가 무너져 사람들이 우르르 떨어져 내렸다.

치우비의 엄청난 힘에 도깨비가 밀리면서 울타리까지 박살 나 버린 것이다. 박살 난 울타리에 끼인 검은 도깨비는 몇 번 끄윽끄윽 소리를 내다가 울컥 물을 토하면서 기절했다. 도깨비를 쓰러뜨리자 치우비는 허리의 힘만으로 울라트를 퉁겨서 공처럼 위로 띄우고는 허리를 펴서 손도 대지 않고 다시 울라트를 어깨에 받아 얹었다. 치우비의 힘도 놀라웠지만 단순한 허리 힘만으로 그렇게 한다는 것도 대단한 일이라, 앗수라트 부족 사람들은 일어서서 박수를 보냈고 앙가마이 부족 사람들은 욕지거리를 해 댔다.

눈에 핏발이 선 앙가마이 부족장이 외쳤다.

"저놈을 보내라!"

앙가마이 부족장은 어디선가 날이 시퍼렇게 선 돌도끼날을 꺼내더니 앞으로 끌려나온 도깨비의 팔을 잡았다. 눈이 하나뿐인데다가 붉은 머리를 어깨까지 드리우고 역시 붉은 수염이 더부룩하며 온몸이 흉터로 가득 찬 험악한 도깨비였다. 그 도깨비는 오른손이 없고 기다란 나무 막대기가 손 대신 끼워져 있었다. 그 나무 막대기가 바로 도끼날을 끼우는 자루였다. 즉, 손 대신 도끼를 달고 사는 기이한 도깨비였다.

앙가마이 부족장은 도깨비 손에 도끼날을 끼워 주면서 외쳤다.

"나가 싸웠!"

앗수라트 부족장이 즉시 자리에서 일어나면서 외쳤다.

"이것은 씨름이다! 무기를 쓰면 안 된다!"

그러자 앙가마이 부족장은 능글맞게 외쳤다.

"이놈의 손은 원래 도끼다! 무기가 아니다!"

"그런 억지가 어디 있느냐! 그런 사람이 어디 있느냐!"

"이놈이 사람이냐? 이놈은 도깨비다! 이런 도깨비도 있다!"

앗수라트 부족 사람들이 욕지거리를 해 대는데, 도깨비는 틈조차 주지 않고 끔찍스러운 고함을 지르면서 무섭게 도끼를 휘두르며 치우비에게 달려들었다. 치우비가 천하장사라지만 도끼에 맞고도 무사할 수는 없었다.

더구나 도깨비가 도끼를 휘두르는 방법은 주신이나 지나의 방법과는 틀렸고 몹시도 매서웠다. 단순하여 조잡한 것 같으면서도 도끼에 붙는 힘이나 속도가 무시무시했다. 한마디로 방어는 전혀 없고 오로지 적을 일격에 죽이겠다는 살의만이 가득한 솜씨였다.

치우비로서도 이번에는 놀랐고 자신이 없어졌다. 쉭쉭쉭! 사방팔방이 도끼로 가득 찬 듯했으며 숨 쉴 틈을 주지 않고 도끼날이 허공을 갈랐다. 몸을 피하느라 치우비는 울라트를 양손으로 잡을 수밖에 없었고 아무리 빨리 피하려 해도 몸에는 몇 줄기의 상처가 나며 피가 튀었다. 빠르게 움직이는 중이라 피가 흐르지 못하고 사방으로 점점이 튀었다.

울라트가 외쳤다.

"날 버리고 싸워요! 이러다 죽겠어!"

"안 돼!"

"제발! 이러단 져요!"

치우비가 천하장사라 해도 양손으로 울라트를 잡은 상태로 무서운 도끼를 감당할 수는 없었다. 앗수라트 부족장은 전쟁이 나도 할 수 없다고 생각하고 호통을 쳐 무기를 가져오게 했다. 그러자 앙가마이 부족장도 눈이 시뻘게져서 무기를 가져오라고 외쳤다. 축제중이라 무기를 가지고 오지 않았던 것이다.

그러는 사이에도 도끼는 무자비하게 파고들었다. 치우비도 몇 번 발로 도깨비를 걷어차려 했으나 도깨비의 기술은 대단하여 그럴 틈을 잡기도 힘들었다. 치우비는 온몸에 난 상처 때문에 피투성이가 되어 갔다. 그러면서도 담담한 표정은 잃지 않았다. 아픈 것도 느끼지 못했다. 끈질기게 도깨비의 도끼질을 피하면서, 버릇을 찾으려 애쓰는 중이었다.

저 정도로 도끼질에 능숙하다면 적어도 십 년은 수련을 했을 것이다. 그렇다면 습관이나 버릇이 생기게 마련이라는 것을 치우비는 알고 있었다. 그 틈을 잡는 것 외에는 이길 방법이 없었다. 그사이 양 부족에 무기가 날라져 왔다. 치우비는 정신을 집중하고 있었으나 화살과 창이 도깨비를 겨누는 것을 느끼고 외쳤다.

"쏘지 마시오!"

치우비는 진심으로 외쳤다. 치우비는 도깨비의 눈을 보았다. 비록 자신을 죽이려고 핏발이 곤두선 도깨비의 눈이었으나 눈은 분명 공포에 질려 있었고 발악적이기는 하되, 감정이 있는 사람의 눈이라 생각했다. 아무것도 모르는 짐승의 눈이 아니었다. 눈은 이렇게 말하고 있었다.

'날 죽여 주시오. 안 그러면 나는 당신을 죽일 수밖에 없소.'

분명 도깨비는 두 번 정도 치우비를 죽이거나 결정적 타격을 줄 수 있는 틈이 있었다. 두 손을 놓고는 이길 수 없으리만치 도깨비의 도끼질 실력은 뛰어났다. 그러나 도깨비는 치우비를 죽일 수 있는 기회에도 치우비에게 작은 상처만 내고 도끼를 살짝 거두어 갔다.

머리카락보다도 짧은 틈의 일이라 아무도 알아볼 수 없었지만 치우비는 알 수 있었다. 도깨비는 치우비를 죽이려는 것이 아니라 자신을 죽여 달라고 애원하고 있었다. 그런 상황에서 도깨비를 죽게 할 마음은 치우비에게 들지 않았다, 절대로.

치우비가 외치건 말건 앗수라트의 화살과 창은 도깨비를 겨누었고 앙가마이의 화살과 창이 앗수라트를 향했다. 치우비는 안 되겠다고 여기고 모험을 하기로 했다.

'분명하지는 않지만, 이 도깨비는 왼쪽으로 도끼를 그은 다음 위로 빗겨 올리며 다시 한번 그은 후에는 도끼를 똑바로 내려찍는 것 같다. 그때가 기회다!'

도깨비가 왼쪽으로 긋는 도끼를 피하며 치우비는 번개같이 그런 생각을 했다. 다음 순간, 도깨비는 위로 빗겨 올렸다. 그때 치우비는 어깨에서 울라트를 가슴으로 끌어내리며 몸을 위로 젖혀 벌렁 드러누웠다. 그리고 머리를 땅에 쿵 소리가 나게 박으며 머리를 축으로 하여 오른발을 박차 허공에 띄우며 왼발에 힘을 주어 안으로 당겼다.

도깨비의 도끼가 아래로 내려찍히는 순간, 치우비는 허공에 차올렸던 오른발로 도끼 자루를 막아 도끼를 멈추게 만들고 힘을 모아 굽혀 두었던 왼발로 도깨비의 얼굴을 있는 힘을 다해 걷어찼다. 엄청난 힘으로 얼굴을 맞은 도깨비는 입과 코에 피를 흘리면서 뒤로 허공을 날아 나무 울타리에 부딪혔다가 다시 튀어 앞으로 철퍼덕 쓰러졌다.

아까 보여 준 기술도 묘기였지만, 이것은 묘기라는 말을 능가하는 묘기였다. 치우비로서도 이번만은 정말 목숨을 걸고 보인 수법이다. 도깨비가 도끼를 똑바로 찍지 않고 조금만 비틀었어도 치우비의 오른쪽 다리는 잘려 없어졌을 것이다. 활과 창을 쥔 앗수라트와 앙가마이 부족이 얼이 빠진 채 입을 딱 벌리고 움직이지조차 못했다.

성공적으로 일격을 가한 치우비도 털썩 하고 몸을 아무렇게나 땅에 눕힌 채 숨을 가쁘게 몰아쉬었다. 피투성이가 된 가슴팍 위에서 치우비의 피로 얼룩진 울라트가 왁 하고 울음을 터뜨렸다.

"그만해요……. 이젠 제발 그만……."

그러자 치우비가 숨을 후, 몰아쉬며 벌떡 일어나 울라트를 어깨에 올리더니 씩 웃었다.

"아직 안 끝났어."

"당신…… 당신 너무 많이 다쳐……."

그 말에 치우비가 조금 더 웃었다.

"골이 좀 울릴 뿐이야. 난 원래 돌머리라 괜찮아."

그러고는 놀랍게도 쓰러져 있는 도깨비들에게 걸어가 그들을 똑바로 눕히며 앗수라트 부족장에게 외쳤다.

"다 목숨은 붙어 있으니, 물을 먹이고 치료해 주시오."

"도깨비인데도?"

앗수라트 부족장이 서툰 주신 말로 묻자 치우비가 대답했다.

"멋진 용사입니다."

앗수라트와 앙가마이 부족은 치우비의 훌륭한 행동에 박수를 보냈다. 싸움 잘하고 마음 넓은 용사들을 존경하는 것은 어느 부족이나 마찬가지였다. 그런 행동을 보자니 마구잡이로 싸우려 했던 자신들의 행동이 부끄럽게 여겨지기까지 했다.

그때 앙가마이 부족장이 미친 듯이 괴성을 지르며 직접 칼을 들고 세 명의 도깨비의 줄을 잘라 냈다. 그리고 셋 모두의 등을 떠밀며 외쳤다.

"저놈을 죽여! 모두 나갓!"

그 모습을 보고 앗수라트 부족장이 소리쳤다.

"한꺼번에 셋이라니! 말도 안 된다!"

악에 받친 앙가마이 부족장이 되받아 소리쳤다.

"내가 봐준 거다! 저놈은 아까 도깨비 여섯과 한꺼번에 싸우겠다고 했다! 분명 그런 말을 했는데 나는 하나씩 내보낸 것이다!"

"언제 그랬는가? 그건 도깨비 여섯 명과 순서대로 싸우겠다는 말이 었지, 결코 동시에 싸우겠다는 말이 아니다!"

"너는 그렇게 들었는지 몰라도 나는 그렇게 듣지 않았다!"

그러면서 앙가마이 부족장은 운반된 무기 중에서 창 두 자루와 기다란 구리칼 한 자루를 집어 도깨비들에게 던지며 외쳤다.

"여섯 대신 셋이니까 무기를 준다!"

앗수라트 부족장 키타야가 미칠 듯 화를 냈다.

"손도 못 쓰는데 무기를 든 셋과 어찌 싸우느냐? 네가 싸워 봐랏!"

"싸우겠다고 한 건 저놈이지, 내가 아니다."

"저런 빌어먹을 놈! 너 같은 놈과 같은 하늘 아래 사는 것이 부끄럽다!"

"욕을 해? 다른 부족 놈을 끼어들게 한 건 네놈이다!"

"웃기지 마라! 이런 망할 녀석아! 더는 못 참겠다! 우리 부족이 전부 죽어도 저 용사를 그냥 죽게 할 수 없다!"

"그럼 뭐냐? 한판 하겠다는 거냐?"

앗수라트 부족은 이제 부족장만이 아니라 전원이 나서서 무기를 들고 막 싸움이라도 벌일 기세였다. 그에 반해 앙가마이 부족은 웅성거리며 혼란 상태였다. 자기 부족장이 억지를 쓰자 창피하다는 분위기였다.

이미 세 명의 도깨비는 무기를 주워 들고 치우비를 에워싸고 있었고, 치우비는 숨을 헐떡거리고 있었다. 피를 너무 쏟고 힘을 많이 써서 누가 보아도 곧 쓰러질 것 같았다. 그러나 치우비는 큰 소리로 외쳤다.

"싸우지 마시오! 이기면 될 것 아니오!"

"이겨? 그래! 이겨 봐라! 개 같은 주신 놈!"

앙가마이 부족장이 발악하며 소리를 질렀다. 사실 앙가마이 부족도 부족장이 해도 해도 너무한다는 생각을 하던 터라, 처음으로 부족장을 비난하는 야유의 소리가 터져 나왔다. 앙가마이 부족이라고 해도 용사를 숭배하는 풍습은 있었고, 모든 사람이 부족장처럼 간사하고 교활하지는 않았다.

앙가마이 부족장이 씩씩거리며 외쳤다.

"이놈들, 내 말을 안 들어? 너희 놈들도 다 죽인다!"

앙가마이 부족장은 원래 힘으로 사람들을 억누르고 공포로 지배하던 자라 하는 수 없이 앙가마이 부족은 쭈뼛거리며 웅성거리기만 했다. 그 사이 분위기 파악을 할 수 없는 도깨비들이 와! 소리를 지르며 치우비에게 덤벼들었다.

치우비가 울라트에게 속삭였다.

"할 수 없구나. 잠시 실례."

그리고 울라트가 뭐라고 하기도 전에 치우비는 울라트를 하늘 높이 던져 올렸다. 얼마나 높이 던졌는지 울라트의 작은 몸은 까마득히 솟구쳐서 보이지도 않았다.

의외의 행동에 도깨비들도 멍하여 자연스레 하늘로 올라가는 울라트에게 한눈을 팔았다. 그사이 치우비는 앞서 있는 도깨비에게 덤벼들어 우지끈 소리가 나게 얼굴을 한 대 갈기고는 거의 동시에 그가 쥐고 있는 창을 빼앗아 들었다. 치우비의 주먹이 움직이기 시작하자 눈에 보이지도 않을 정도로 빠른데다가 위력도 넘쳐서 도깨비는 산이 날아와 자기 얼굴에 꽂히는 환상 속에 기절하고 말았다.

치우비는 기절한 도깨비를 발로 멀찌감치 걸어찬 뒤에 창을 붕붕 돌리며 다음 도깨비에게 덤벼들었다. 치우비가 창을 몽둥이처럼 길게 쥐고 도깨비의 머리를 향해 내리치자 도깨비는 창을 가로로 머리 위로 높혀 막으려 했다. 그러나 치우비의 무지무지한 힘에 창은 박살이 났고 치우비의 창도 같이 박살 나면서 도깨비의 머리를 치고 나갔다. 도깨비는 창 조각에 맞은 충격만으로도 빙글 몸을 한 바퀴 돌더니 눈을 까뒤집고 쓰러지고 말았다.

마지막 도깨비는 코가 높고 얼굴색이 거무스레했으며 머리에 흰 띠를 둘둘 말아 눌러썼으며 표정이 온화하고 지혜로워 보이는 기이한 도깨비였다. 그는 칼을 눈부시게 휘두르며 치우비에게 돌진했다. 칼솜씨가 대단하여 그가 휘두르는 칼은 거무튀튀한 구리칼이었는데도 무지개처럼 몸을 감싸며 눈부시게 빛났다. 마치 주술로 휩싸인 듯한 대단한 칼솜씨는 치우비도 처음 보는 것이었다.

치우비는 뒤로 몇 발짝 물러났다. 치우비가 빠르게 물러서자 도깨비는 치우비를 향해 칼을 허공에 똑바로 겨누고는 손을 놓았다. 놀랍게도 칼은 땅에 떨어지지 않고 누가 붙잡고 있기라도 한 듯 허공에 그대로 떠 있었다. 도깨비가 양손을 붙이고 눈을 감자 칼은 살아 있는 것처럼 꿈틀대며 치우비를 향해 날아갔다. 주술이 틀림없었다. 사람들은 경악하여 이제 치우비가 죽은 것이나 다름없다고 생각하고는 비명을 질렀다.

치우비도 속으로는 놀랐으나 담담한 표정으로 급히 양손을 칼처럼 펴서 땅에 박았다. 사람들은 치우비가 뭘 하나 의아해하면서도 치우비가 죽을 것을 애석해했는데 우지직 소리와 함께 땅거죽이 통째로 들리기 시작했다. 치우비와 도깨비가 싸움을 벌이는 씨름 터 가장자리에는 큰 바위가 묻혀 있고 겉에는 고운 흙이 덮여 있었다. 치우비가 물러서다가 발아래 바위가 있다는 것을 알고 무서운 힘으로 바위를 통째로 들어 올렸던 것이다.

거대한 바위 한쪽이 흙을 사방으로 뿌리면서 땅을 뚫고 일어나 치우비의 앞을 막았다. 날아들던 칼은 거대한 바위에 자루께까지 깊숙이 박혀서 살아 있는 듯 부르르 떨었다. 마지막 도깨비는 놀라 입까지 벌리고 믿을 수 없다는 듯 치우비와 바위를 번갈아 바라보다가 온화한 웃음을 지으며 그 자리에 가만히 앉아 목을 길게 빼었다. 졌으니 죽여 달라는 뜻 같았다. 그때 하늘에서 울라트가 비명을 지르며 떨어져 내렸는데 바로 치우비가 서 있던 자리였다. 치우비는 울라트를 턱 받고는 흙과 피가 범벅된 얼굴에 맑은 미소를 짓고는 아직 숨이 찬지 헐떡이며 말했다.

"놀라게 해서 미안. 여섯 다 이겼다."

그러고는 울라트를 어깨에 얹었다. 곧이어 떠나갈 듯한 환호성이 씨름 터 전체에서 쏟아져 나왔다. 마지막에 보인 치우비의 솜씨는 인간의 것이라고 할 수 없었다. 마지막 도깨비의 마술 같은 칼솜씨는 정말로 무서운 것이어서 사람들은 생각만 해도 소름이 끼친 터라, 그것을 당당하게 물리친 치우비는 선인이나 신수처럼 거대한 존재 같아 보였다.

울라트는 치우비의 목을 얼싸안고 기쁨과 놀라움의 눈물을 주체하지 못해 치우비의 머리칼이 젖도록 펑펑 울었다. 눈이 큰 만큼 눈물도 엄청나게 많이 흐른다고 치우비는 속으로 생각하며 살짝 웃었다.

치우비는 울라트를 어깨에 태운 채 목을 빼고 있는 도깨비에게 다가가 말했다.

"당신은 이제 자유요."

도깨비는 치우비의 말을 알아듣지 못하고 조용하고 맑은 눈으로 치우비를 바라보았다. 치우비는 웃으며 그를 일으켜 세워 엄지손가락을 세운 뒤 정중히 앗수라트 부족에게 인도했다. 도깨비는 안색이 변하여 고개를 숙인 채 그 방향으로 갔다. 치우비는 기가 막혀서 주저앉아 있는 앙가마이 부족장을 냉랭한 표정으로 노려보고는 고개를 설레설레 흔들고 말없이 뒤돌아서 앗수라트 부족 쪽으로 걸어갔다. 앙가마이 부족장은 아래턱을 덜덜 떨며 한동안 두려움과 놀라움에 정신을 차리지 못하다가 급기야 소리쳤다.

"저놈을 죽여! 다 죽여! 전쟁이다!"

광기에 사로잡힌 앙가마이 부족장이 발악하자 앙가마이 사람들은 깜짝 놀랐다. 그의 말을 옮기던 쥐새끼처럼 생긴 부하마저도 덜덜 떨며 부족장에게 말했다.

"족장님. 저 사람은…… 아니, 저분은 세상에 당할 자가 없을 겁니다. 더구나 대주신의 사울아비인데 저 사람을 해치면……."

"닥쳐랏!"

눈이 뒤집힌 앙가마이 부족장은 허리에서 칼을 번득 뽑아서는 그자의 머리를 내리쳤다. 피와 뇌수가 튀면서 머리가 두 쪽이 난 채 그자가 죽자 부족장이 발악하며 외쳤다.

"다 죽여! 다 죽이란 말이다! 사울아비든 앗수라트든 모조리 죽여 버렷!"

그러나 앙가마이 부족은 웅성거릴 뿐 감히 무기를 들지 못했다. 치우비의 엄청난 힘을 본 뒤라 싸울 마음은 손톱만큼도 들지 않았다. 더구나 비록 자기 부족이기는 하나 부족장이 너무도 치사하고 야비하여 이를 갈던 사람들도 많았다.

앙가마이 부족장이 입에 거품을 물며 외쳤다.

"죽이란 말야! 내 말을 안 들으면 너희도 죽인다!"

하는 수 없이 몇몇 부족 사람들이 활을 들었다. 건너편의 앗수라트 부족은 이미 활과 창을 빈틈없이 세워 들고 여차하면 싸울 기세였다. 숫자는 앙가마이 부족이 많았으나 누가 보아도 앗수라트는 사기가 충천하여 하늘을 뚫을 것 같았고, 반면 앙가마이는 사기가 땅에 떨어져 지리멸렬이었다.

천천히 걸어가던 치우비가 멈춰 서서 뒤를 돌아보았다. 피와 흙으로 얼룩졌지만 앙가마이 사람들의 눈에는 치우비의 몸에서 광채가 흘러나오는 것처럼 보였다. 앙가마이 부족 사람들 중 몇은 치우비가 그리 힘들고 험악한 격투를 하면서 한 번도 기합 소리나 용쓰는 소리를 내지 않았다는 것을 깨달았다.

그는 입 한번 열지 않고 여자아이에게 웃어 보이며 조용히, 씨름이라고는 생각할 수도 없는 엄청난 격전을 치렀고, 여자아이를 어깨에 얹은 채 여섯 명의 엄청난 도깨비들을 물리쳤다. 그와 싸운다는 것은……. 당장 죽는다고 해도 그와 싸우고 싶지는 않았다. 앙가마이 사람 누구라도 마찬가지였다. 앙가마이 사람들 수백 명의 시선이 치우비를 향했을 때, 치우비는 서글픈 표정을 살짝 지으며 손을 약간 들어 저었다.

'그러지 마시오.'

말 한마디 없었지만 사람들은 거대한 전사의 뜻을 알아챘다. 앙가마이 사람들 중 용맹하기로 이름난 나이 많은 전사 한 명이 치우비에게 정중히 고개를 숙였다. 이어서 주변 사람들도 고개를 숙여 치우비에게 인사를 했고, 이어서 앙가마이 부족원 모두 치우비에게 깊이 고개를 숙여 인사를 보냈다.

치우비는 서글픈 듯 살짝 웃어 보이고는 뒤로 돌아 뚜벅뚜벅 앗수라트 부족 쪽으로 걸어갔다. 먼저 쓰러졌던 세 명의 도깨비들은 정신을 차리고 일어나 있었는데, 그들도 분위기를 보아 치우비가 자신들을 해치지 않으리라는 것을 깨달은 듯했다. 치우비를 향한 그들의 눈은 드높은 존경과 경탄과 감사의 뜻이 어려 있었다.

치우비는 쑥스러워 맑게 웃으며 도깨비들에게 하나하나 엄지손가락을 세워 보여 주었다. 훌륭한 전사라는 뜻이었다. 맨 처음 치우비에게 얻어맞아 쓰러졌던 금발 도깨비가 와락 울음을 터뜨리며 하늘을 보고 길게 목 놓아 소리를 질렀다. 사자의 울음소리처럼 거대한 포효를 지른 도깨비는 눈에서 눈물을 줄줄 흘리면서도 딱딱하게 굳은 표정으로 치우비에게 다가와 껴안았다.

치우비는 도깨비들에게 악의가 없었기 때문에 조금도 긴장하지 않고 등을 툭툭 쳐 주었다. 말이 전혀 통하지 않는 도깨비들이었지만 피가 튀는 싸움을 통해 오히려 더 잘 알게 되었는지도 몰랐다. 그 도깨비는 흐흑, 하는 목구멍 소리를 내며 울먹이다가 억지로 굳은 표정을 지으며 성큼성큼 뒤로 걸어갔다.

이어서 손에 도끼를 세웠던 붉은 머리 도깨비가 다가왔는데 그는 양손으로 치우비의 손을 덥석 잡아 흔들어 악수를 했다. 그는 손이 없어 한쪽 손에는 여전히 도끼날이 끼워져 있었는데도 깨닫지 못하고 악수한 것이다. 그는 다시 한번 치우비에게 고개를 숙였다. 그러자 옆에서 울라트가 말했다.

"이 도깨비들은 당신에게 탄복했어요. 당신 말이라면 무엇이든 들을 거예요."

"어떻게 알지?"

치우비가 묻자 울라트는 먼지와 눈물이 엉겨 범벅이 된 얼굴에 비로소 함박웃음을 띠며 대답했다.

"난 눈치가 빠르거든요."

나머지 도깨비들은 아직 정신을 차리지 못했지만 머리에 천을 두른 늙고 지혜로워 보이는 도깨비가 다가오더니 치우비 앞에 납작하게 엎드렸다. 그리고 알아들을 수 없는 말을 중얼중얼거리는데 언제 끝날지 알 수 없었다. 흉포하기 그지없던 도깨비들마저도 치우비에게 진심으로 승복하는 모습을 본 앗수라트 부족은 그때마다 소리 높여 환호를 올리고 박수를 쳤으며, 앙가마이 부족까지도 진심으로 박수를 쳤다. 단 한 사람, 앙가마이 부족장만이 길길이 꼴사납게 날뛰고 있었다.

"이놈들이 내 말을 안 들어? 응? 다 죽인다! 다 죽여!"

그동안 앙가마이 부족장은 부족원에게 공포의 대상이었다. 감히 그를 거역하는 자가 없었고, 거역하면 아까처럼 쥐새끼 닮은 자 같은 꼴이 되곤 했다. 그러나 이제 그는 앙가마이 부족원 눈에도 볼썽사납고 추하고 더러운 뚱보로 보일 뿐이었다. 급기야 야유가 터져 나왔다.

"네가 뭐냐! 부족장이면 다냐!"

"너 같은 부족장은 필요 없다!"

"부족장이면 부족장답게 굴어야지! 부족의 망신이다!"

"네가 씨름판에서 싸워 봐라! 부족장이면 부족장답게!"

부족원들이 오히려 험악하게 나오자 앙가마이 부족장은 당황과 수치, 공포를 한꺼번에 떠올린 복잡한 표정이 되어 쩔쩔매었다. 앙가마이 부족원들의 머리에 부족장의 평소의 악행이 하나하나 떠오르기 시작했다. 급기야 원성이 터져 나오다가 욕지거리로 변하고, 마침내는 무기를 들고 흉흉한 눈으로 부족장을 노려보기에 이르렀다.

별안간 부족장이 미친 듯이 소리를 지르며 칼을 들어 등을 돌리고 서 있는 치우비에게 달려들었다. 치우비는 알고 있었지만 굳이 움직이지도 않았다. 숨이 차고 지쳐서 움직일 기력도 없었다. 그의 어깨에 올라타고 있던 울라트가 뒤를 돌아보더니 큰 눈에 무서운 빛을 떠올리고 부족장에게 가늘고 작은 손가락을 내밀면서 외쳤다.

"넌 끝났어, 돼지!"

그 말이 끝나기도 전에 무엇이 허공을 획 날아서 앙가마이 부족장의 이마에 꽂혔다. 앙가마이 부족장은 믿을 수 없다는 듯, 튀어나올 것처럼 눈을 크게 뜬 채 그 자리에 멈추어 섰다. 이어 머리가 두 쪽으로 갈라진 부족장은 끽 소리도 못하고 털썩 쓰러져 버렸다.

부족장을 냉랭한 눈으로 바라보는 자가 있었으니, 도끼를 팔에 달고 있던 붉은 머리 도깨비였다. 어느 틈에 팔에 끼웠던 도끼날을 빼서 던진 것이다. 그는 씨름판 한가운데로 뚜벅뚜벅 걸어 나가서 앙가마이 부족원들을 향해 고함을 질렀다.

"와!"

그러자 앙가마이 부족원들은 기쁨의 고함을 질렀다. 분노나 경악의 고함이 아니라 기쁨의 환성이 분명했다.

"와!"

앙가마이 부족원들에게 그날은 공포의 대상이었던 부족장이 죽은 경사스러운 날로 기억되었다. 그들은 후세 대대손손 이런 이야기를 들려주게 되었다.

'옛날에 아주 나쁜 부족장이 있었다. 그는 도깨비를 부려서 사람들을 못살게 굴고 욕심을 채웠는데, 도깨비들의 힘이 무서워서 아무도 그에게 대항하지 못했지. 도깨비들은 무기에 손도 대지 않고 저절로 싸우게 하는 무서운 재주가 있어 아무도 이길 수 없었단다.

그러던 어느 날 신이 사람의 모습으로 변하여서 나타나셨단다. 그분이 나타나서 힘을 보이자 땅이 갈라지고 도깨비들의 무기는 모조리 땅에 떨어져 내렸단다. 도깨비들은 그분께 엎드려 절하고 나쁜 부족장을 그들 손으로 죽였지. 그분은 도깨비들을 데리고 앙가마이 부족을 떠나, 우리 부족은 그 후로 도깨비 걱정 없이 살게 되었단다.

너도 힘들고 어려운 일을 당하면 그분이 와 주시기를 빌어라. 누가 아니? 열심히 빌면 다시 오실지, 아니 벌써 우리 옆에 와 계신지도 모른단다.'

'그분을 어떻게 알죠?'

'그분은 조용한 전사이시다. 싸울 때 아무 말도 없고 힘쓰는 소리도 없는 전사. 그러면서 모든 것들을 저절로 엎드리게 만드는 세상에 하나

밖에 없는 전사란다. 앙가마이가 어려워지면 그분이 돌아오실 것이란
다. 언젠가는 반드시……'

치우비는 앗수라트와 앙가마이 부족 전체의 열렬한 환대를 받았으나
전부 마다했다. 앗수라트와 앙가마이는 이번 일을 계기로 부족이 화해
하고 사이좋게 되었다. 묵은 감정도 어느 결엔가 사라져 버려서 진심으
로 두 부족이 함께 즐겼다.

울라트는 기쁜 나머지 울기만 해서 치우비는 당황했다. 앗수라트 부
족장인 키타야는 내기에서 이겨 받은 것들을 모조리 치우비에게 주겠
다고 했다. 가만 듣자 하니 울라트까지 주겠다는 말 같아서 치우비는 얼
굴이 붉어져서 사양했으나 키타야는 막무가내였다. 그는 발음은 서툴
렀지만 알고 보니 주신 말을 꽤 잘했다.

"이건 내기였으니 반드시 지불해야 합니다. 우리가 싸워 이긴 게 아
니라 당신이 이긴 것이니 당신이 가져야 합니다."

키타야가 단호하게 말하자 치우비는 할 수 없다는 듯이 말했다.

"그러면 앙가마이 부족의 것만 주십시오. 왜 앗수라트 것까지 받아야
합니까?"

"당신이 아니었으면 빼앗길 것이었으니 당신에게 주는 것이 당연합
니다. 그것은 반드시 지켜야 하는 일입니다."

"아닙니다. 아닙니다. 그리고 제발 존댓말하지 말아 주십시오. 못 견
디겠습니다."

그러자 키타야가 부족원을 돌아보며 외쳤다.

"대용사께서 존댓말을 하지 말라시니, 앞으로 나이가 많은 자는 절대
존댓말을 하지 마라. 어기면 산 채로 땅에 파묻을 것이다."

"예~!"

사람들이 엄숙하게 일제히 대답하자 치우비는 더욱 당황스러웠다.

"왜 그렇게 하십니까?"

"용사께서 원하시니 반말로 하겠네. 대용사는 우리 부족의 은인인데, 그 말을 어기면 죽어 마땅한 것 아닌가? 우리 부족은 이런 일에는 엄격하다네. 죽어도 아무도 불평하지 못할 거네."

부족장과 부족원들은 하나같이 엄숙했다. 앗수라트 부족이 앙가마이보다 작았고, 항상 시달리면서도 끝까지 버틸 수 있었던 데는 이유가 있었다. 그러나 당황스럽기는 마찬가지였다.

"아이구아이구, 아닙니다. 편한 대로 하세요. 제발요! 누가 실수로 말 한번 잘못했다가 땅에 묻히면 어떡합니까?"

키타야가 다시 외쳤다.

"대용사께서 마음을 바꾸셨다. 다들 편한 대로 하라."

"예~!"

"무섭습니다. 제발 친구처럼 편하게, 웃으며 대해 주세요."

그제야 키타야가 웃으며 말했다.

"대용사께서 편하게, 친구처럼 웃으며 대해 달라신다. 모두 그렇게 하라!"

"예~!"

치우비는 앗수라트의 엄한 풍습에 적응이 덜 되어 쩔쩔맸고, 그런 치우비의 순박하고 착한 모습이 오히려 앗수라트 사람들의 마음을 사로잡았다. 그들은 친구처럼 편하게 대하라는 명이 있자 재잘재잘 떠들며 모여들었다. 어떻게든 대용사에게 하나라도 더 주려고 안간힘을 썼다. 나중에는 전 부족이 부하로 들어가겠다는 말까지 나왔다.

치우비는 비명을 질렀다.

"아이쿠, 그래서는 안 됩니다. 그런 과한 선물은 받을 수 없습니다.

아참, 그렇군요. 제가 일단 받고, 제가 다시 여러분들께 선물로 드리도록 하겠습니다. 제가 선물을 받았으니 여러분도 거절하지 마세요."

그 재치에 키타야가 웃었다.

"자네는 우리에게 값진 것을 주었네. 앙가마이 부족과의 평화를 준 것이네. 세상에 이보다 값진 선물은 없네."

치우비는 감격하여 고개를 끄덕였다. 선물을 받겠다는 것이 아니라 그의 말에서 무엇을 깨달았기 때문이다.

"제가 여러분께 평화를 주었다면, 여러분은 저에게 영광을 주었습니다. 저는 그것으로 족합니다. 선물은 제가 받아 돌려드리는 것이니 거절하지 말아 주세요."

치우비의 현명한 대답에 키타야도 끄덕였다. 그러다가 키타야가 근엄하게 말했다.

"그러나 두 가지는 받을 수 없네."

"뭡니까?"

"첫째는 도깨비들일세. 도깨비들은 자네 아니면 따르지 않을 사나운 것들이니 자네가 맡아야 하네."

"그들을 어떻게 하지요? 그들을 살던 곳으로 돌려보내고 싶습니다만 어딘지도 모르거든요."

키타야는 뭔가 생각하다가 말했다.

"도깨비들이니 도깨비 왕에게 데려다 주면 되겠군."

"도깨비 왕이요?"

쉿! 하며 키타야가 목소리를 낮추었다.

"큰 소리로 말하면 안 되네. 그는 무서운 자일세."

"사람입니까? 도깨비입니까?"

"신기하게도 도깨비 왕은 사람이라고도 하네. 아니, 사람과 도깨비

반반이라고도 하지. 그는 대단히 괴팍하고 무서운 자일세. 언뜻 보면 혼자 사는 것 같지만 수백 수천의 도깨비를 불러내어 부릴 수 있는 무시무시한 자라네. 사실 그에 대해 입에 올리는 것만도 대단히 위험한 일일세. 타타르족은 선인이나 신수보다도 도깨비 왕을 두려워한다네."

앗수라트 부족장은 용감한 사람이었으나 도깨비 왕만은 두려워하는 기색이 역력했다.

"도깨비 왕을 만나 도깨비들을 거두어 가라 하면 되겠군요. 도깨비 왕은 어디에 있습니까?"

"여기서 동쪽으로 아주 멀리, 몽골족과의 경계 부근에 큰 사막이 있다네. 그 사막의 동쪽에 산다는 소문이 있네. 자네는 대용사이니 도깨비 왕도 어쩌지 못할 것이라 가르쳐 주기는 하네만, 거기 갔다가 지금껏 돌아온 자가 없었다네."

"그렇군요. 허나 저는 도깨비를 돌려주러 가는 것이니 괜찮을 겁니다. 고맙습니다. 그런데 또 한 가지 못 돌려주는 물건은 뭐죠?"

그러자 키타야가 씩 웃었다.

"내 딸일세. 생각해 보게. 자네에게 주더라도 내 딸은 내 딸 그대로일세. 딸을 아비에게 선물로 주는 법이 어디 있는가?"

당황하는 치우비를 보며 키타야가 웃었다.

"내 딸은 아직 어리다네. 물론 자네가 마누라로 삼는다면 더 기쁜 일이 없지만, 내 딸은 그럴 만큼 잘난 아이가 아니라는 걸 안다네. 그러니 마누라로 삼지 말고 그냥 데려가기만 하게나……."

"어떻게 따님을……."

키타야는 울상이 되었다.

"내 자식이라고는 그 애 하날세. 더구나 병이 잦고 몸이 약해 그 애를 떼어 놓고는 마음이 놓이지 않는다네."

"그러니 더더욱 데려갈 수 없지요."

키타야가 고개를 저었다.

"그래서 데려가야 한다네. 그 아이는 몸이 약해 천막 안에서만 살아왔네. 그런 그 아이의 평생소원이 뭐였는지 아는가?"

"모르죠."

키타야는 자신도 기가 막히다는 얼굴로 말했다.

"종살이라도 좋으니 세상 제일의 영웅과 같이 세상을 여행해 보는 것이었다네."

치우비도 기가 막혔다.

"저는 세상 제일의 영웅도 아니고, 세상을 여행할 수도 없이 바로 신시로 돌아가야 합니다. 그런데……"

"주신에 가는 것도 대단한 여행일세. 자네 정도 되는 대영웅이 아니면 내 딸을 맡길 수 없지. 시집보내는 것이 아닐세. 동생처럼, 딸처럼…… 아니, 아니, 내 욕심이 지나치군. 그냥 몸종이나 계집종으로 달고 가기만 하면 되는 걸세."

"부족장님의 따님을 어찌 종으로 부린단 말입니까? 안 되겠는데요?"

단번에 키타야의 얼굴이 굳어졌다.

"정말 자네가 안 데려가겠다면 그 아이는 절벽 아래로 뛰어내려 죽는다고 했네."

치우비는 반신반의하며 물었다.

"왜 그런 짓을 하나요?"

"세상에 자네 같은 대영웅을 한번 보았으니 이제 다시는 볼 수 없을 거라는군. 그렇게 평생소원도 못 이루느니 차라리 죽는 게 낫다고 하지 않겠나. 나도 걱정일세."

"정말 뛰어내릴까요?"

치우비가 고개를 갸웃거리며 묻자 키타야는 엄숙한 목소리로 대답했다.

"우리 부족은 뭐든 한다면 하네. 그 애가 비록 어리고 약하나 마음은 대단히 굳다네. 자네가 받아들이지 않으면 뛰어내릴 걸세. 그러나 염려 말게. 그건 그 애가 잘못 말한 탓이지, 자네 탓이 아니니까."

치우비는 기겁을 했다.

"그래서는 안 되죠. 안 됩니다. 그렇게까지 한다면 내가 데려가죠. 안 그래도 전 여동생이 없어요. 여동생처럼 귀여워해 주다가 크면 돌려보내겠습니다."

키타야가 치우비의 손을 덥석 잡았다.

"고맙네. 급히 보낼 것 없네. 시집갈 만큼 큰 다음에 보내도 된다네. 아, 또 내가 욕심을 지나치게 부리는군. 자네 마음에 들지 않으면 언제든 쫓아내도 된다네."

"쫓아내다뇨! 쫓아내다뇨! 저렇게 귀엽고 가여운 아이를 왜 쫓아냅니까? 그럴 일은 없을 겁니다! 울라트는 이제 내 동생입니다. 동생으로 대하겠습니다!"

울라트는 아까 앙가마이 부족장에게 가면 절벽 아래로 뛰어내린다 했는데, 절벽에서 뛰어내린다는 협박은 그녀가 궁지에 몰릴 때마다 사용하는 주특기라는 사실을 치우비가 알 리 없었다.

아버지인 앗수라트 부족장 키타야는 그 말을 수천 번이나 들으며 살아왔기에 협박이라는 것을 알았지만, 울라트가 더 자라고 예뻐지면 치우비같이 대단한 영웅을 사위로 맞을 수 있지 않을까 하는 기대도 은근히 있었기에 그런 말은 구태여 하지 않았다.

키타야는 꾀가 대단한 사람이라 이렇게 나오면 치우비가 거절 못할 줄 알았던 것이다. 물론 악의가 있어서는 아니었다. 키타야는 진정으로 자기 딸의 능력을 아는 단 한 사람이었다.

치우비가 응낙하자 키타야가 넌지시 말했다.

"그 아이는 자네에게도 큰 쓸모가 있을 거라네. 꼭 필요할 걸세."

"왜죠?"

"그 아이는 눈치가 대단히 빠르다네. 마음만 먹으면 누구와도 이야기할 수 있다네."

치우비는 잘 이해가 되지 않았다.

"예? 그럼 각 부족 말을 전부 잘합니까?"

"그런 건 아니지만, 어쨌든 내 딸은 누구와도 이야기가 통하고 그 사람이 무슨 생각을 하는지 대강 아네. 아까 도깨비들의 생각도 내 딸이 알아낼 수 있었잖은가?"

그러고 보니 그러했다. 도깨비들이 치우비에게 감복했다는 말은 울라트가 처음으로 했고, 또한 분명한 사실 아니었던가? 울라트의 큰 눈 뒤에는 알지 못할 힘이 있는 것 같았다.

치우비는 반신반의하면서도 은근히 걱정이 되었다.

'이거 난데없이 여동생에다가 도깨비까지 주르르 달고 돌아가게 된 데다가 도깨비 왕인가도 만나게 되었으니 형님이 알면 어떤 표정을 지을까? 나 참……'

앗수라트 부족과 앙가마이 부족의 대접이 며칠 밤이라도 이어질 것 같아, 적당히 사양하고 치우비가 자리에서 일어선 것은 늦은 밤이 된 후였다. 치우비는 앗수라트와 앙가마이 부족에게 가축들은 돌려주었지만 그래도 많은 선물을 받았고, 여전히 어깨에는 울라트를 얹고 있었다. 뒤에는 열 마리나 되는 도깨비들이 선물 짐을 짊어진 채 줄줄 따라오고 있었다. 도깨비들은 치우비가 가는 곳이면 어디든 따라왔기 때문에 사람들 눈에 띌까 봐 숨어서 인적이 뜸한 길로 돌아와야 했다.

치우비는 생각했다.

'도깨비들이 용감한 전사이기는 하지만, 그냥 끌고 다니다가는 사람들의 오해를 사기 쉽다. 아버지나 형님까지 욕을 먹을지 모르니 조심해야 한다.'

주신 막사 부근은 울타리가 있고 경계를 서는 사울아비들이 있어서 몰래 지나갈 수도 없었다. 하는 수 없이 치우비는 울라트에게 물었다.

"어쩌면 좋지?"

"뭘요?"

"사람들이 지키고 있는데, 도깨비들을 데리고 지나가기 힘들 텐데. 사람들이 놀라고 무서워할 거야."

그러자 울라트는 큰 눈을 더욱 크게 떴다.

"비 오빠는 안 그랬잖아요?"

"나도 처음 보았을 때는 놀랐…… 가만, 뭐라고? 비 오빠?"

"나를 여동생으로 삼는다면서요? 그러니 오빠. 오라버니라고 해 드릴까요?"

치우비는 씁쓸하게 한숨을 살짝 내쉬고는 말했다.

"좌우간 네가 도깨비들에게 어떻게 말을 전할 수 있겠니?"

울라트는 고개를 저었다.

"내 말을 전할 수는 없구요, 도깨비들 생각은 대강 알 수 있어요. 눈치죠."

"그럼 어떻게 하지? 저들은 외따로 떨어진 곳에 묵어야 할 텐데. 아무리 생각해도 주신 막사로 데려갈 수는 없어. 그런데 내 뒤만 졸졸 따라오니 걱정이로구나."

울라트가 웃으며 물었다.

"도깨비들이 잘 만한 곳은 있나요?"

치우비는 전에 땅굴을 팠던 곳에 세워 두었던 천막을 생각해 냈다. 그 천막은 야율쿠리와 치베 등이 치우천을 구하려고 땅굴을 팔 때 들키지 않으려고 세운 천막이니 텅 비어 있을 것이다. 지나족이 땅굴을 수색할 때 무너뜨렸을지도 모르지만, 딱히 생각나는 곳은 그곳뿐이었다.

"그래, 있다."

"도깨비들은 눈치가 빠르니까 손짓 발짓을 하면 알아들을 거예요. 그리로 가요."

치우비는 어둠에 몸을 맡긴 채 도깨비들을 끌고 사람들을 피하며 그쪽으로 향했다. 다행히 늦은 밤이라 사람들도 놀다가 거의 곯아떨어져서 눈에 띄지 않을 수 있었지만, 형을 구할 때보다 더 조심스럽고 조마조마했다. 다행히 전에 세웠던 천막 자리에 도달해 보니 좀 무너지긴 했지만 그럭저럭 지탱하고 있었다. 그 안의 땅굴도 그대로였다.

'지나족이 땅굴을 발견했는데 왜 그대로지? 아, 아마도 형이 이미 도망쳐 버렸고 자기들도 회의 때문에 바쁘니깐 내버려 두었나 보다. 다행이군.'

막사가 남아 있어 치우비는 안도의 숨을 내쉬었다. 도깨비들에게 무너져 버린 막사를 가리켜 보이자 붉은 머리 도깨비가 고개를 끄덕이더니 곧 말없이 막사를 고치기 시작했다. 오른팔의 도끼날로 나무를 톡톡 쪼면서 막사를 고치는 솜씨가 흉측한 생김새와는 다르게 꼼꼼했다. 한 도깨비가 막사를 고치자 다른 도깨비들도 달려들어 함께 거들었다. 두어 명의 도깨비는 치우비에게 얻어맞은 데가 회복이 덜 되어 아직 힘을 쓰기 어려웠기에 막사를 고치는 대신 짐을 주섬주섬 정리하기 시작했다. 시키지도 않았는데 의외로 그들이 일을 착착 잘하자 치우비는 기분이 좋아졌다.

"이 도깨비들, 쓸 만하군. 일을 잘하는데?"

울라트가 웃으며 말했다.

"비 오빠에게 도움이 된다고 생각하니 열심히 하는 거예요. 다른 사람이 시키면 죽어도 꼼짝 안 할걸요?"

그러나저러나 눈치를 보니 도깨비들이 퍽 지치고 목이 마른 듯했다. 치우비가 울라트에게 물었다.

"저 도깨비들, 배고픈 것 아니야?"

"그런 것 같아요."

치우비는 은근히 화가 났다.

"우리는 실컷 잔치를 벌였는데, 도깨비들에게는 먹을 것 하나 안 주었단 말야? 앗수라트 사람들이 인정 많은 사람들인 줄 알았는데?"

"도깨비들이 뭘 먹는지 우리가 어떻게 아나요? 다들 도깨비를 무서워하는데 누가 그 옆에 가고 싶겠어요?"

치우비는 더 이야기하지 않고 일단 앗수라트 부족에게서 받은 선물 보따리들을 풀어 보았다. 그중에 틀림없이 좋은 음식도 있을 것 같아서였다. 보따리들은 가죽으로 싸여 있었는데 전부 열네 개나 되었다.

첫 번째로 푼 보따리에서는 기이하게도 알록달록한 구슬과 치우비가 처음 보는 아주 고운 흰색의 천, 뼈바늘과 구리거울 같은 여자 물건이 잔뜩 쏟아져 나왔다. 치우비는 의아하여 물었다.

"이건 뭐야?"

울라트가 호들갑스럽게 대꾸했다.

"어머, 이건 비단이네. 우리 부족에 이 귀한 것도 있었나?"

"이 천이 비단이야?"

"그래요. 벌레가 만드는 천이라는데 아주 귀하죠. 지나족 가운데 몇 부족만이 그것을 만드는 법을 알아요."

치우비는 농담인 줄 알고 웃었다.

"벌레가 천을 만든다고? 그럼 도깨비들은 더 좋은 천을 만들 수 있겠네."

"정말이라구요. 신기하기 짝이 없는 일이죠."

치우비는 웃다가 문득 이런 생각이 들었다.

'이건 혹시 울라트가 쓰라고 보낸 것이 아닐까? 그러나 이건 내게 보낸 선물이 아닌가? 거기에 울라트 물건을 보낸 것은 어쩌면……'

치우비는 곧 그런 생각을 떨치고 울라트에게 말했다.

"여자 물건이니 난 소용없다. 너 가져라."

울라트가 생긋 웃으며 손사래를 쳤다.

"난 필요 없어요. 우리 부족 것이라 나한텐 하나도 귀하게 안 보이네요. 누구 좋은 여자에게 주세요."

그러다 보니 공손발 생각이 났다. 치우비는 어쩔까 생각하다가 일단 비단만 꺼낸 다음 보따리를 다시 싸매고 다음 보따리를 풀었다. 그러자 과연 그 보따리에는 잘 봉한 단지와 냄새 좋은 말린 과일, 잘 구워 말린 양고기, 곡물 가루, 양젖을 굳혀 만든 치즈와 보송보송하게 말려 소 오줌보에 담은 부스러기 뭉치 등이 잔뜩 나왔다.

그런데 소 오줌보에 든 것은 무엇인지 알 수 없었다. 무슨 가루 같았는데 그것은 울라트도 처음 본다고 했다. 먹을 것과 같이 있으니 먹을 것이 아닌가 하고 조금 집어 조심스레 입에 대 보니 고기 맛이 났다. 그러나 아무래도 뭔지 모르겠어서 그것은 그냥 놓아두고 단지를 열었다. 단지는 진흙으로 잘 봉해져 있었는데 열자마자 달콤하고 향기로운 술 냄새가 났다. 냄새를 맡아 보니 타타르족의 보통 술이나 양젖술이 아니라 미아우족의 향기롭기 그지없는 과일주였다. 치우비가 웃으며 울라트에게 말했다.

"정말 대단한 선물이군. 각 부족의 좋은 것이 다 있는 걸 보니, 네 아버님이 오랫동안 모아 두신 것 같구나. 아버님이 빈털터리가 되신 게 아닐까?"

울라트는 웃고 말했다. 치우비는 다른 사람에게 물어보고 따로 빼둔 소 오줌보에 든 정체 모를 가루만 빼고 나머지를 도깨비들에게 내놓으며 웃으며 말했다.

"배고프지 않아? 먹어라."

도깨비들이 쭈뼛거리며 눈치를 보자 치우비는 집어먹는 시늉을 하며 손을 뻗어 도깨들에게 먹으라고 권했다. 그러자 도깨비들은 이내 다가와서 허겁지겁 음식들을 집어먹기 시작했다. 몹시 배가 고팠던 모양이다. 울라트는 귀한 음식들을 도깨비들이 다 집어먹자 조금 아까운 표정을 지었으나 치우비는 흐뭇하기만 했다.

어느 정도 먹고 나자 붉은 머리 도깨비가 술 단지 쪽을 슬쩍 곁눈질하는 것이 보였는데, 아무래도 술 냄새를 맡으니 마시고 싶은 모양이었다. 치우비가 호탕하게 웃으며 말했다.

"도깨비도 술을 마시나? 이거 미안하다. 몰랐네."

치우비가 술 단지를 도깨비에게 내밀자 도깨비는 기뻐서 흉터투성이의 얼굴에 입이 찢어질 정도로 미소를 지으며 고개를 꾸벅 숙여 고맙다는 시늉을 했다. 도깨비는 술을 조금 마신 뒤 옆의 도깨비에게 단지를 권했고, 그들은 사이좋게 한 모금씩 돌아가면서 술을 마셨다. 술을 마시면서 그들은 저마다 '캬! 크윽' 하고 기분 좋아 죽겠다는 소리를 냈는데, 치우비는 그 소리가 사람들과 똑같다고 생각했다. 그 모습을 지켜보던 울라트가 신기한 듯 말했다.

"도깨비끼리도 의리가 있네요. 혼자 마시거나 싸우지 않고 잘 지내는군요. 모습도 다른 도깨비들인데."

"같이 고생한 처지니까 그렇겠지."

도깨비들 중에서 흰 천을 머리에 두른 거무튀튀하고 지혜롭게 생긴 늙은 도깨비만은 정중히 웃으며 술을 사양했고 나머지는 좋아하며 술을 마셨다. 한 순배가 돌자 도깨비들은 치우비에게도 술을 권했다.

치우비는 웃으며 조금 입에 대었다 떼고 다시 붉은 머리 도깨비에게 주었다. 그러자 그는 껄껄 웃으면서 술을 받아 마시고는 계속 술을 돌렸다. 중간쯤 되니 술이 떨어졌는데 하필 차례가 금발 도깨비였다. 그는 서글픈 표정을 지으며 술 단지를 털어 몇 방울의 남은 술까지 핥아 마셨다.

치우비가 안쓰러운 표정을 지었다.

"더 찾아보자."

그러면서 치우비는 다른 보따리들도 풀어 헤쳤으나 애석하게 무기나 옷, 가죽과 장식품 등이 있을 뿐 술은 더 나오지 않았다. 음식은 많은 편이라 반이나 남았지만 술이 모자라 도깨비들도 아쉬운 듯했다. 치우비는 할 수 없다는 듯 내일 더 갖다 주겠다고 했지만 도깨비들은 알아듣지 못했다.

도깨비들이 배가 불러 졸린 듯하자 치우비는 쉬라는 표정을 지으며 일어섰다. 그런데 치우비가 일어서자 도깨비들도 일제히 일어서려 했다. 치우비가 내일 다시 올 것이니 안심하고 푹 자라는 뜻을 손짓 발짓을 해서 알리려고 했지만 어려운 일이었다.

울라트는 덩치 큰 대용사인 치우비가 땀까지 흘리며 어색한 손짓 발짓을 하며 쩔쩔매는 모습을 보고는 깔깔거리며 웃었다. 치우비가 땀까지 뻘뻘 흘리며 한참이나 미친 짓을 해 댄 후에야 도깨비들이 겨우 알아들었다. 중간에 머리에 천을 두른 늙은 도깨비가 먼저 눈치채고 도와주어 그나마 가능했다. 도깨비들은 치우비가 자신들을 버리고 떠나는 것이 아니라는 생각에 안심하고 껄껄 웃으며 자기들끼리 놀았다. 그러는 와중에도 지혜롭게 생긴 늙은 도깨비는 자세를 흐트러뜨리지 않고 조용히 다리를 꼬고 앉아 있었다. 그 도깨비는 행동거지도 점잖고 칼 쓰는 주술도 실로 놀라워서 치우비는 속으로 생각했다.

'사람들이 제각각이듯 도깨비들도 각각이구나. 붉은 머리 애꾸 도깨비나 노란 머리 도깨비처럼 용맹하고 남자다운 도깨비도 있고, 저 흰 천을 두른 늙은 도깨비처럼 지혜롭고 조용한 도깨비도 있구나. 그런데 도깨비도 여자가 있을까? 있다면 희한하게 생겼을 것 같은데.'

그런 생각을 하면서 치우비는 자신의 막사로 돌아왔다. 형 치우천은 깊이 잠들어 있었다. 피곤하여 눈이 붙을 것 같았다. 울라트는 여자애지만 아직 꼬마였으므로 그냥 옆에서 자라고 하고 치우비도 눈을 감고 잠이 들었다.

다음 날이라고 할 것도 없이 조금 시간이 흐른 뒤, 오랜만에 깊이 잠든 치우천은 뭔가가 목을 누르는 답답함에 눈을 떴다. 눈을 떠 보니 조그마한 발 하나가 자기 목에 얹혀 있는 것이 아닌가?

치우천이 놀라 일어나 보니 웬 자그마한 여자아이 하나가 자신과 치우비 몸에 반쯤씩 걸친 채 잠들어 있었다. 치우천은 놀라기보다는 웃음이 먼저 나왔다. 이 아이는 갑자기 어디서 떨어진 것일까?

'이런 웃기는 일이 있나? 분명 아우 짓일 거야. 이 녀석이 또 뭔 짓을 했나?'

그러고 보니 잠든 치우비의 몸 여기저기에 없었던 상처들이 새로 나 있었다. 사연이 있는 것 같았다. 곤하게 잠든 것 같아 놔둘까 하다가 혹시나 하고 치우비를 툭툭 쳐서 깨웠다.

치우비가 눈을 비비며 부스스 일어났다.

"아, 희네 형? 왜 깨워?"

"이 녀석아, 희네가 아니라 천이다. 천. 지난밤에 무슨 일이 있었지?"

"어…… 그러니까…… 아구, 졸려."

울라트는 그때까지도 세상모르게 네 활개를 뻗은 채 자다가 뒤척였는데 하마터면 발이 치우천의 얼굴을 찰 뻔했다. 꼬마 아가씨치고는 잠버릇이 고약한 편이었다. 치우천이 웃으며 물었다.

"이 잠버릇 고약한 아가씨는 누구냐? 네 몸에 새로 난 상처는 뭐야? 조그마한 아가씨는 마음에 들어 업어 온 거냐? 싸워서 빼앗아 온 거냐?"

잠에서 덜 깬 치우비가 고개를 설레설레 저으며 웅얼거리듯 말했다.

"아이구, 무슨 소리야? 이 앤 내 동생이라구."

치우천은 어이가 없어 웃음을 터뜨렸다.

"그래? 거참, 장하구나. 너에게 여동생이 있는데 쌍둥이 형인 나는 지금껏 몰랐네. 자자, 다 말해 봐라, 이 녀석아. 안 그러면 잠 못 자게 간질인다?"

그제야 잠이 깬 치우비는 치우천에게 어젯밤 있었던 일을 털어놓았다. 앗수라트 부족의 씨름에 끼어 도깨비들과 싸워 이기고, 앙가마이 부족장이 죽게 만들고, 도깨비들을 얻게 되고 울라트를 여동생 삼은 일 등등. 그러면서 치우비는 도깨비들을 걱정하며 도깨비 왕을 만나야 할 것 같다는 이야기도 했다.

치우천은 기분 좋게 웃었다.

"큰 골칫거리를 안게 되었구나. 도깨비를 열 마리나 데리고 오다니! 거기다 도깨비 왕? 하하, 어디 나도 구경해 보자꾸나. 날이 밝으면 회의장에 가야 하니 지금 가자."

"희네 형, 내가 일을 저지른 거 아닐지……."

치우비가 풀이 죽은 듯이 말꼬리를 흐리자 치우천이 말했다.

"내 아우가 주신, 지나, 키탄, 미아우에 이어 타타르족에까지 이름을 떨치게 되었는데 무슨 소리냐? 기왕 소문난 것, 그럴듯하게 나도록 둬라. 하늘을 우러러 떳떳하지 못한 일을 한 것도 아닌데 무슨 걱정이야? 그리고 희네라고 하지 마. 이제는 천이다. 치우천."

"그래, 천 형님. 이 애…… 데리고 가도 돼? 도깨비도 도깨비 왕에게 데려가기로 했는데……. 내가 일을 너무 많이 저질러서……."

"네가 한 약속은 내가 한 약속이다. 설령 네가 못할 짓을 하고, 못 지킬 약속을 했다 해도 내가 대신 지켜 줄 거다. 넌 내 아우잖느냐?"

치우비는 벅찬 마음으로 고개를 끄덕였다. 치우천은 대수롭지 않다는 듯 물었다.

"도깨비들을 어디 두었다고 했지?"

"전에 땅굴을 팠던 막사에."

얼른 치우천이 고개를 저었다.

"그건 좋지 않다. 누가 없던?"

그러면서 치우천은 치우비의 손을 잡아끌었다.

"아무도 없던데?"

"그게 아냐. 너희가 그 땅굴을 며칠 걸려 팠댔지?"

"사흘."

"그러면 정말 급하다. 빨리 가자!"

"대체 왜……."

"가면서 이야기하자!"

치우천이 밖으로 나서자 치우비도 뒤를 따랐다. 아직 해가 뜨지 않은 이른 새벽이고, 전날 늦게까지 놀았던 터라 사람들은 별로 없었다. 가면서 치우비가 물었다.

"왜 그리 급해?"

"유망이 그 땅굴을 그냥 둘 리 없다. 자기들 막사 가운데 들락거리는

굴이 생긴 것을 어찌 그냥 두겠느냐? 우리가 그리로 도망갔는데 안 그러면 왜 그냥 두었겠니? 사흘 걸려 판 굴이니 하루면 메울 수 있었을 텐데."

"그럼 왜 안 메우고 그냥 두었지?"

"그러니 말이다. 분명 함정이다. 누가 거길 또 드나드나 사람을 붙여서 지켜본 것이 분명하단 말야."

치우비는 갈수록 의아해졌다.

"그럼 왜 그때는 아무 일 없었지?"

"도깨비들이 몰려가는 것을 보자마자 덮치러 갈 간 큰 녀석이 몇이나 되겠니? 분명 놀라서 위에 알리러 갔을 테고, 지금쯤 지나족이 몰려갔을 거다! 너는 운이 좋은 거야. 망보던 녀석이 알리러 뛰어간 사이 네가 자리를 뜬 것이 분명하다."

치우비는 울상이 되었다.

"그럼 어떻게 하지? 도깨비이긴 해도 좋은 놈들이야. 죽거나 잡히게 놔둘 수는 없잖아."

"아무 일 없으면 다행이고, 탈이 났으면 일이 돌아가는 것을 보아 움직이자."

"우리 둘 가지고 될까?"

"그렇다고 도깨비 일인데 누구더러 도와 달라겠느냐?"

치우천이 걱정한 대로 일은 터져 있었다. 가까이 갈 것도 없이 근방에 가 보니, 이미 주위는 활과 돌창, 돌도끼를 든 지나 전사들이 물샐틈없이 포위하고 있었다. 족히 삼백 명은 되어 보였다. 상대가 도깨비들이라 그런지 지나족은 쭈뼛거리며 감히 먼저 공격하러 들어가지는 못하고 있었다.

치우비는 울상이 되었다.

"이걸 어떻게 하지? 도깨비들이 날 오해하겠네. 죽기 살기로 한판 붙어 볼까?"

"가만, 가만. 이럴 때는 힘으로 부딪칠 수 없다. 비야, 넌 눈이 밝으니, 지나족 대장이 누군지 봐. 우리가 아는 사람인지, 아닌지."

치우비가 살펴보니, 지나족 대장으로 보이는 사람은 처음 보는 턱석부리 남자였다. 그 말을 전해 듣고 치우천은 미소를 띠었다.

"그럼 됐다. 우리 얼굴을 모르는 자라면 된다. 나와 같이 나가자."

"나가? 저놈들 가운데로?"

"너는 그냥 조용히 서 있기만 하면 된다. 태연하게, 천천히 걸어라. 내게 맡겨."

치우천이 슬렁슬렁 여유 있는 걸음걸이로 지나족에게로 걸어갔다. 치우비도 불안했지만 따라갈 수밖에 없었다.

두 사람이 여유 있게 걸어 자신들에게 다가오자 지나족은 누군가 하고 의아해했다. 몇 명의 지나족이 그들 앞을 막아서며 외쳤다.

"거기 서라! 들어갈 수 없다."

치우천이 지나 말로 말했다.

"왜 안 되는 거요?"

"큰 싸움이 날지 모른단 말이다. 다치기 싫으면 썩 꺼져!"

치우천이 보기에도 지나족은 긴장하고 있었다. 치우천은 웃으며 말했다.

"거참, 가라면 가겠소만……. 도깨비들과 싸우다가 죽을 목숨이 불쌍하군."

슬쩍 웃으며 흘린 말이 정곡을 꿰뚫었는지 지나족 전사들의 안색이 변했다. 소대장 정도 되어 보이는 대머리 남자가 외쳤다.

"네놈들 뭐냐? 도깨비들 일을 어떻게 알지?"

치우천은 하늘을 보고 하하하 웃었다.

"나는 카린산 쑤앙마이와 주신의 자부 선생 밑에서 도깨비를 다스리는 법을 배운 천이라 하오. 아직 선인은 못 되었고 선인의 길을 닦는 사람이지요. 이쪽은 내 부하인 비요."

"도깨비를 다스린다고?"

"쑤앙마이?"

"자부 선생?"

지나족이 저마다 떠들어 댔다. 카린의 쑤앙마이는 대주술사로 머나먼 지나까지 이름이 알려졌고, 주신의 자부 선생도 학식이 높기로는 선인 못지않고 알려진 인물이다. 그 두 사람을 끌어다 댔으니 지나족의 귀가 솔깃하지 않을 수 없었다. 그러나 우두머리는 섣불리 믿지 않고 물었다.

"그런데 여긴 왜 왔느냐?"

치우천은 흥, 하고 코웃음을 치며 대꾸했다.

"도깨비 냄새가 나서 잡으러 온 것이지. 그런데 당신들이 설치니 이거 어쩐다? 죽는 걸 보고만 있기도 그렇고 해서 말리러 왔소."

그 말에 지나족 대머리는 호기롭게 말했다.

"우리는 삼백이나 된다. 도깨비들은 열 마리밖에 안 되니, 네 도움은 필요 없다."

치우천이 비웃는 듯이 이죽거렸다.

"허허, 아깝구나, 아까워. 또 말을 듣지 않고 삼백 명이 죽어 없어지는구나."

"재수 없는 소리 마랏!"

대머리가 화난 듯 외치자 치우천이 더욱 이죽거리며 말했다.

"당신들, 미안하지만 도깨비에게는 상대가 안 되오. 도깨비 두 마리라면 그럭저럭 이길는지도 모르지만, 열 마리라면 이천 명은 데리고 와야 간신히 이길 거요. 그나마 반은 싸우다 죽어 없어질 거구."

"믿을 수 없다. 도깨비들이 그렇게 강한가? 그렇게 강하다면 너는 무슨 재주로 도깨비를 이긴다는 건가?"

"일단 우리를 들여보내시오. 우리에게는 도깨비들이 알아서 설설 기게 만드는 재주가 있소. 우리를 못 믿더라도 당신들에겐 손해될 게 없잖소?"

"네가 뭔데?"

별안간 치우천이 노기를 띠며 우렁찬 목소리로 말했다.

"감히 내 스승인 쑤앙마이와 자부 선생의 힘을 못 믿는다는 것인가? 주술의 힘을 못 믿겠다는 말인가?"

치우천은 체구는 보통이고 얼굴도 고왔지만 힘주어 소리치면 그의 목소리는 웅장하고 울림이 있어서 사람들을 저절로 제압하는 기운이 넘쳤다. 지나족은 목소리에 눌려 찔끔했다.

대머리는 혼자 중얼거리다가 이윽고 말했다.

"선인을 몰라 뵈어 죄송하오. 그러나 내가 결정할 일이 아니오. 우리 대장을 만나 보시오."

대머리가 치우천과 치우비를 끌고 대장인 텁석부리에게로 갔다. 텁석부리는 퍽 긴장한 듯했는데, 대장이 있는 곳으로 가니 이미 싸움이 한번 벌어진 듯, 막사 앞에 쓰러진 지나족 시체 세 구가 보였다. 치우비는 그것을 보고 걱정했으나 치우천은 태연하게 말했다.

"저런 저런, 내가 조금 늦어서 세 사람이 죽었구나. 하늘이시여, 용서하소서."

텁석부리는 치우천과 치우비를 번갈아 훑어보다가 대머리에게 나지막이 물었다.

"저놈들, 너무 어리잖아?"

목소리를 낮춘다고 했지만 치우천에게는 그 말이 들렸다. 치우천은 호탕하게 웃었다.

"내 손주뻘도 안 되는 것이 감히 나보고 어리다는구나. 하긴 저 녀석만 탓할 일이 아니지."

그 말을 듣고 텁석부리는 화를 내며 호통을 쳤다.

"스무 살도 안 되어 보이는 놈이 무슨 헛소리냐?"

그러자 치우천이 되레 더 크게 호통을 쳤다.

"썩은 눈깔만 믿고 헛소리! 내 나이 이미 이백 살이 되었느니라. 도를 닦는 데 겉모습이 무슨 상관이랴마는, 내 욕심이 있어 젊어 보이게 한 것 때문에 이런 욕을 보는구나. 허허, 내 탓이구나, 내 탓이야."

그러자 텁석부리는 약간 기가 질렸다. 쑤앙마이만 해도 벌써 천 년을 넘게 살아왔다는 전설이 퍼져 있었다. 정말 쑤앙마이의 제자라면 이백 살이 넘어도 젊은 모습을 간직할 수 있다는 생각이 들었다.

"정말 선인이라면 도력을 보여 주시오. 안 그러면 믿지 못하겠소."

텁석부리는 기가 죽어 존댓말을 썼으나 여전히 불신의 눈초리가 강했다. 치우천은 비웃는다기보다는 한심하다는 투로 흥, 웃었다.

"나는 도깨비 말고는 도력을 쓰면 스승님께 혼나니, 비야, 약하나마 네가 해라. 내 도력을 조금 줄 것이니 저걸 뽑아라."

치우천이 가리킨 것은 한 아름이나 되어 보이는 커다란 나무였다. 치우천은 주신 말로 하지 않고 지나 말로 치우비에게 말했는데, 그것은 주신 사람이란 것을 들키지 않으려고 한 것이다. 대신 치우천은 나무를 가리키며 손을 위로 올려, 나무를 뽑으라는 뜻을 치우비에게 전달했다.

치우비는 말을 알아듣고 나무로 갔다. 일이 묘하게 돌아간다는 생각을 했을 뿐이지만 형이 시키니 그대로 하려는 것이다. 치우비가 나무로 다가간 순간 치우천은 정말 도력을 부리는 듯, 뒤에서 이상한 손동작을 취하며 혼자 용을 썼다. 그러면서 치우천은 속으로 웃었다.

'이렇게 하는 게 그럴듯한가? 아니면 저렇게 해 볼까? 에라, 모르겠다. 이게 제일 멋져 보이겠다.'

아무튼 치우비는 아무것도 모르고 나무를 잡고 힘을 있는 대로 써서 나무를 뽑아 버렸다. 치우비에게야 별것 아닌 일이었지만 지나족은 깜짝 놀랐다. 저 청년이 도력을 넣어 주자 부하가 거대한 나무를 혼자 간단히 뽑아 버리지 않는가?

특히 텁석부리는 탄복을 금치 못했다.

'정말 대단하구나! 저 덩치 큰 놈의 힘이 세 보이긴 하지만 제깟 놈이 형천이나 끽구가 아닌 이상, 저런 나무를 저리 간단히 뽑을 순 없다. 도력이 무섭긴 무섭구나! 젊은 선인이 도력을 부려 직접 힘을 쓰면 부하보다 더 무서울 것 아니겠는가? 아무래도 선인의 말을 어겨서는 안 되겠구나.'

거기까지 생각한 텁석부리는 치우천에게 머리를 숙였다.

"선인을 몰라 뵈었습니다. 죽여 주십시오."

그러자 삼백 명에 달하는 지나족이 고개를 숙이며 따라 절을 했다. 치우천은 속으로 우스워 죽을 지경이었지만 엄숙히 말했다.

"그러지들 마시오. 항상 있는 일인데 뭘 그러시오?"

치우비는 멀뚱히 뒤를 돌아보고는 의아해했다. 나무를 뽑았을 뿐인데 왜 저렇게 절을 하는지, 그것도 왜 형에게 절을 하는지 지나 말을 전혀 모르는 치우비는 도무지 알 수가 없었다.

'나도 어서 지나 말을 배워야지, 이거 원 답답한 일이 한두 가지가 아니구나.'

치우천이 근엄하게 말했다.

"저 도깨비들은 무서운 것들이라 그냥 두면 사람을 많이 해칠지 모르오. 그렇다고 다 죽여 버리자니 그것도 불쌍하지 않소."

텁석부리는 완전히 속고 있었다.

"예, 예. 선인님의 마음은 정말 넓으십니다."

"그러니 내가 저 놈들을 잡아다가 잘 가르쳐서 저놈들 세상으로 돌려보내려 하오. 그리해도 되겠소?"

"저희는 도깨비들을 산 채로 잡으라는 명령을 받았습니다. 잡아서 저희에게 주시면 안 되겠습니까?"

텁석부리의 말에 치우천은 생각했다.

'유망이 내 뒤를 캐려고 도깨비들이라도 잡으라는 것이 분명한데 넘겨줄 수 없지. 더구나 비 아우가 그들을 좋아하는데.'

치우천은 더욱 엄하게 말했다.

"그렇다면 알아서 하시구려. 내가 도깨비를 잡는 것은 그들을 가르치기 위한 것이오. 당신들에게 넘겨주면 당신들이 도깨비들을 다 죽일 텐데, 그럼 도깨비들이 나를 원망하지 않겠소? 그러나 죽이든 살리든 당신들이 알아서 하시오. 난 못 본 걸로 할 테니."

그 말에 텁석부리는 애원했다.

"저 도깨비들은 무섭습니다! 세 명이 도깨비들을 살피러 갔는데…… 칼이 튀어나와서 살아 있는 것처럼 꿈틀거리며 세 명을 죽이고…… 도로 천막으로 들어갔습니다! 선인님이 도와주시지 않으면……."

'아우가 말한 늙은 도깨비의 재주로군. 대단하긴 하다. 반드시 구해야겠다.'

치우천은 결심을 굳히고는 웃으며 말했다.

"세 명이 갔으니 칼 하나가 나온 것이오. 당신들 삼백 명이 가면 칼이 백 개나 튀어나올 것이오. 도깨비 하나당 칼을 열 개까지 부릴 수 있다오. 그래서 내가 이천 명 정도 한꺼번에 덮쳐서 반은 죽어야 저들을 잡을 수 있다고 말한 것이오."

텁석부리의 얼굴이 사색이 되었다. 그쯤 되자 치우천은 더 말도 없이 홀홀 천막으로 걸어갔고 치우비가 따랐다. 텁석부리와 지나족은 질려서 아무것도 하지 못했다.

치우비가 걸어가면서 물었다.

"천 형님, 어떻게 한 거지?"

치우천이 씩 웃으며 답했다.

"어떻게 하긴? 속였지. 천막은 네가 열거라. 도깨비들이 너라면 알아볼 것 아니냐?"

그러나 그럴 것도 없이 천막은 치우비가 다가오자 안에서 활짝 열렸다. 치우비는 천막 안에 도깨비들이 불안한 빛으로 있다가 치우비가 오자 반가워하는 것을 느낄 수 있었다. 그나저나 어제 도깨비들은 추레하고 흉했는데, 오늘은 어쩐 일로 번쩍번쩍하니 잘 차려입고 무기도 주렁주렁 매달아 중무장을 하고 있었다. 가만 보니 어제 앗수라트 부족의 선물 짐에 무기와 옷이 많았는데 도깨비들이 그것을 꺼내 입고 몸에 차서 무장한 것이었다.

앗수라트 부족의 선물 짐에는 각 부족의 희귀한 장신구나 화려한 가죽, 새털, 무기 등이 많았는데, 도깨비들이 풀어서 자신들을 꾸미자 대단히 화려하고 무시무시해 보였다.

치우비는 웃으며 도깨비들에게 괜찮다고 눈짓을 해 보였고 도깨비들은 감격하여 몇몇은 울먹이기까지 했다. 그들은 난데없이 군대를 만나 죽게 되었다고 생각하고, 죽기 전에 마지막까지 싸우자고 생각하여 선물 짐에 든 물건들을 있는 대로 꺼내 무장한 뒤 몸치장까지 한 터였다. 죽음을 각오한 싸움에서 화려하게 꾸미는 것은 당시에는 어디에나 있는 풍습이었다. 그런데 주인인 치우비가 나타나니 감격하지 않을 수 없었다.

그때 치우천이 들어와 놀라움을 이기지 못해 탄성을 올렸다.

"아우야, 너는 대단한 군대를 거느렸구나. 보기만 해도 굉장하군."

도깨비들은 머리칼이나 수염, 피부색이 다른데다 엄청난 무장을 했기에 보기만 해도 위세가 대단했다.

치우비는 치우천에게 물었다.

"정말 괜찮을까? 이대로 나가도?"

"괜찮다. 다만 내 말 없이는 절대 움직이지 말고, 무기를 들거나 싸우지 말라고 해라. 안 그러면 싸움이 난다."

치우비는 한참이나 손짓 발짓을 하여 나만 믿고 조용히 따라오라고 했고, 한참 지난 다음에야 도깨비들을 겨우 납득시켰다. 덩치 큰 치우비가 땀을 뻘뻘 흘리며 온갖 손짓 발짓을 하는 모습에 치우천이 웃었다.

치우비가 볼멘소리로 투덜거렸다.

"울라트도 웃었는데 형도 웃네. 나는 고생하는데."

"미안하다. 내 안 웃으마."

준비가 되자 치우천은 늠름하게 천막에서 여유 있게 걸어 나갔다. 그때까지 지나족은 숨을 죽인 채 긴장하여 천막에서 무슨 일이 벌어지는지 궁금해했는데, 치우천이 걸어 나오자 큰 소리로 환호했다. 치우비와 함께 열 명의 도깨비가 화려하고 무시무시한 모습으로 얌전히 나오자 놀라며 환호했다. 지나족으로서는 저런 무서운 도깨비들과 죽기 살기로 싸울 일을 피했으니 좋을 수밖에 없었다. 텁석부리도 감격하여 치우천에게 외쳤다.

"선인님! 정말 고맙습니다! 정말 고맙습니다!"

텁석부리는 부하들에게 명령해서 제일 좋은 말 열두 마리를 끌고 오라고 했다.

"선인님, 이것을 받아 주십시오. 도깨비 나라까지는 먼 길일 텐데 이 것을 타십시오."

치우천은 사람 좋은 텁석부리를 속여 미안했으나 도깨비들에게도 말이 필요한 터라 고맙다고 하며 받았다. 치우천은 덕담 삼아 텁석부리에게 앞으로 좋은 일만 있을 것이며, 싸움터에서 죽을 고비를 만나도 반드시 한 번은 살아나리라는 예언까지 해 주었다.

'내 말이 효험이 있을지는 모르만 그렇게 믿고 살면 좋을 것이오. 만약 당신과 싸우게 되어도 한 번은 봐주리라.'

지나족이 나름대로 좋은 말을 골라 왔을 텐데도 그다지 좋은 말들이 아니라 얻어다 막 기른 말이었다. 치우천은 지나족의 말 타는 재주에 분명 한계가 있다고 생각했다. 말은 원래 항상 달리게 해야 제대로 길이 드는 법인데, 지나족은 말을 탈 수는 있지만 말 타고 싸우거나 잘 달릴 줄은 몰랐던 것이다. 말들도 하나같이 걷기만 하고 달리지를 못한 듯 살만 잔뜩 찌고 운동 부족으로 몸에 생기가 없었다.

안장이나 등자가 없는 시절이라 말을 타는 것에는 어려운 순서로 세 가지 방법이 있었다. 첫째는 타고 걷는 것, 둘째는 타고 달리는 것, 셋째가 타고 싸우는 것이었다. 말을 타고 걷는 것은 아무나 할 수 있었지만 말을 타고 달리는 것만 해도 쉽지 않았다. 말의 목을 얼싸안거나 갈기를 잡고 말의 움직임에 흐름을 맞춰 달려야 하는데 간단히 할 수 있는 일이 아니다.

더욱이 말을 타고 싸우기는 더 어렵다. 양손이나 한 손으로 무기를 들어야 하므로 다리 힘만으로 말의 허리를 조이고 타야 하는데, 이것은 태어날 때부터 훈련하고 어릴 때부터 다리 안쪽의 근육을 기르기 전에는 할 수 없는 재주였다. 그 때문에, 말이 흔해 어떤 부족이든 여러 마리가 있었지만 기마병을 지닌 부족은 당시 거의 없었다. 그래서 지나족은 말을 쓸데없는 가축으로 여겨 몽골족이나 주신족과 바꾸는 용도 외에는 잘 활용하지 못했다. 오히려 나귀나 소가 훨씬 중요한 가축으로 생각되었다.

아무튼 그런 말이나마 열두 마리를 얻고 나자 치우천은 누가 또 나타날세라 재빨리 빠져나가기로 했다. 지나족은 여전히 선인님, 선인님 하면서 허리를 굽실거리며 배웅했지만 치우천은 서둘렀다.

"어서 가. 이런 거짓말은 꼬리를 길게 끌면 금방 잡힌다. 안파견 한님, 거짓말을 했지만 피차간에 싸움을 막으려고 한 것이니 너그러이 용서해 주십시오."

치우천은 웃으며 앞장서서 치우비와 도깨비들을 인도했다. 그들은 혹시라도 눈에 띌까 봐 주신 막사 반대편 광야로 갔다가 한참이나 걸려 반대편으로 돌아서 막사로 돌아왔다. 몇몇 도깨비는 말을 잘 탔지만 몇몇은 부들부들 떨며 말 등에 간신히 붙어 있는 것이 고작이었다. 돌아갈 때 치우천은 도깨비들에게 말고삐를 끌고 따라오라고 했다.

치우비가 펄쩍 뛰었다.

"도깨비들을 그냥 끌고 가면 어떡해? 사람들이 놀라잖아?"

"도깨비라지만 내가 보기에는 사람과 다를 바 없다. 도깨비들을 맡은 이상, 우리가 돌봐 줘야 한다. 비야, 너는 사람들이 놀라며 손가락질하는 게 무서우냐? 도깨비들이라도 이제는 우리 벗이잖느냐?"

"그렇기야 하지. 하지만 내 말은 다른 사람 눈도 생각하자는 거야."

"뭐 어떠냐? 도깨비들 우두머리라고 하면 그러라지, 뭐. 남들이 뭐라건 내가 옳으면 되는 거다."

"지나족에서 우리가 한 짓인 줄 알게 될 텐데?"

"어차피 알게 되어 있다. 허나 우리가 주신 막사에 있는 한 지나족은 우릴 건드릴 수 없어. 또 그들이 뭐라 하겠니? 거짓말을 하기는 했지만 약속대로 도깨비를 끌고 간 것은 맞잖아. 지나족도 어차피 알게 될 일, 아예 소문내 버리는 게 낫다."

치우천은 딱 잘라 말하고는 결국 도깨비들을 끌고 주신 막사로 돌아왔다. 치우비의 걱정대로 사람들이 웅성거리며 쑥덕거렸다. 그러나 치우천은 신경도 쓰지 않고 착한 도깨비들이며 사람과 다를 바 없으니 잘 대해 달라고 했다. 이때부터 치우 형제는 도깨비들의 대장이라는 이야기가 퍼지기 시작했다.

치우천은 잠깐이나마 잠이 깨 있던 울라트와 정식으로 인사를 나누었다.

"울라트라고 했지? 전에 본 적이 있었는데 잊어버리고 있었어. 비의 동생이면 내 동생이기도 하다. 잘 지내자, 울라트."

울라트는 잘생긴 오빠를 또 하나 두게 되자 기뻐서 외쳤다.

"천 오빠라고 했죠? 저도 기뻐요."

"그래, 울라트. 너에게 부탁 하나 하자."

"뭐죠?"

"너는 도깨비 마음도 대강 알 수 있다고 했지? 그러니 도깨비들에게 주신 말을 가르쳐 다오. 조금이라도 좋다. 지금 이대로는 불편해서 안 되겠다."

울라트는 깜짝 놀랐다.

"도깨비들한테 말을 가르치라고요? 도깨비가 사람 말을 배울 수 있을까요?"

"난 배울 수 있다고 믿는단다."

"저 도깨비들은 앙가마이 부족에서 몇 달이나 있으면서도 한마디도 하지 못했대요."

"무서워서 아무도 안 가르쳐 줬을 테고, 말도 걸어 주지 않았겠지. 안 그래?"

치우천이 맑은 음성으로 말하자 울라트는 큰 눈을 껌벅이며 말꼬리를 흐렸다.

"그건…… 그렇지만……."

"이제 도깨비들의 주인은 네 오라비인 비다. 걱정 말고 도깨비들을 가르쳐 보거라."

"난 도깨비들이 안 무서워요."

"그래, 착하다. 꼭 부탁한다."

"알았어요. 그리고 막사가 너무 지저분하더라고요. 제가 치웠어요. 괜찮죠?"

그러고 보니 울라트는 시키지도 않았는데 부지런히 치우 형제의 막사를 정돈해 놓고 있었다. 치우천은 웃으며 고맙다고 말했다. 그러다 보니 어느새 회의가 시작될 시각이 넘어선 것 같았다.

치우천은 치우비와 함께 비렴에게 가자 비렴은 늦었다고 야단을 쳤다.

"왜 이리 늦은 게냐? 나 혼자 남아 기다리고 있었느니. 내 낯에 먹칠을 할 생각이냐?"

"죄송합니다. 다시는 안 그럴 것이니 용서해 주십시오."

"됐다. 도깨비 이야기로 밖이 소란하던데, 너희 형제 짓이냐? 그 때문에 늦었지?"

치우천이 멋쩍게 머리를 긁적이자 비렴은 한숨을 내쉬었다.

"너희가 가는 곳마다 이상한 일들이 터지니 좋다 할지 나쁘다 할지 모르겠구나. 원 참."

"죄송합니다."

"뭐, 다 안파견 한님의 뜻이겠지. 그런데 오늘은 너희가 꼭 할 일이 있다. 아느냐?"

"무엇입니까?"

"어제 회의는 늘어져서, 오늘은 회의 전에 기분을 돋우기 위해 부족 끼리 시합을 하기로 했느니. 주신 이름이 걸린 일이니 지면 안 되느니라. 너희를 버리고 갈까도 했지만 치우비의 힘이 필요하여 내 기다렸으니 실망시키지 말라."

치우비는 어제도 격전을 치르고 난 뒤라 잠조차 제대로 못 잔 상태였지만 씩씩하게 대답했다.

"있는 힘을 다하겠습니다."

비렴은 더 이상 말하지 않고 형제를 데리고 태산 회의장으로 향했다. 온통 꽃으로 장식된 회의장 울타리 안으로 들어가는 것은 형제로서는 이번이 처음이었다. 안에는 부족장들이 모여 있었다. 각 부족에서 가장 힘세고 머리 좋은 자들이 각 부족장을 따라왔을 터였다. 이미 형천이나 끽구와도 겨루어 본 바 있지만 더 대단한 누가 있을지도 몰랐다. 회의장의 거대한 문 앞에 서자 낯익은 목소리가 들려왔다.

"누구시오?"

회의장 경비를 맡고 있는 치우우레의 목소리였다. 비렴이 곧바로 외쳤다.

"주신의 풍백, 비렴이오. 시합할 젊은이 둘과 함께 좀 늦게 오게 되었소."

"알았소."

치우비는 두 사람의 대화를 듣고 생각했다.

'두 분은 서로 잘 아실 텐데도 법도를 지키느라 저리 말씀하시는구나.'

치우우레는 밤낮으로 회의장과 한웅의 안부를 지키느라 아들도 만나보지 못했으며, 먼발치에서 보았음에도 공식적인 일만 할 뿐이었다. 그러나 회의장의 문이 삐걱거리며 열리고 수많은 사람들이 모여 함성을 지르는 회의장 안에 들어설 때, 치우천과 치우비의 뒤에서 아버지의 목소리가 울려왔다.

"이 녀석들! 천아! 비야! 잘해라!"

두 형제는 목소리에서 애틋한 아버지의 정을 느끼고는 가슴이 뭉클했다. 형제는 주먹을 불끈 쥐고 장대한 회의장 안으로 걸음을 옮겼다.

대시합

부족끼리 큰 모임이 있으면 겨루는 시합이 열리는 것은 당연하다.
볼거리와 여흥을 통해, 만나기 어려운 다른 부족들과 자신의 기량을 견주어 보기 위해,
나아가서는 비교적 평화로운 방법으로 부족 간 힘의 우열을 견주어 보기 위해서.

통나무로 높게 울타리를 올린 태산 회의장은 수천 명이 들어갈 수 있을 만큼 넓었다. 중앙에는 높다랗게 나무로 단을 쌓아 놓았는데, 그 단도 수백 명이 올라설 수 있을 만큼 넓었고, 다시 그 단의 한가운데에는 사람 키 높이의 단이 또 있었는데, 그 단에는 오십 명 정도가 올라설 수 있었다.

태산 회의에서 가장 높은 곳에 오를 수 있는 것은 동북아의 우두머리라 할 수 있는 주신족 한웅의 무리와 지나족의 무리였다. 그래서 양편에는 각각 주신족의 상징인 솟대와 지나족의 상징이 새겨진 높은 막대가 세워져 있었다. 지나족의 우두머리는 원래 유망이었지만 지금은 헌원으로 바뀌어 있었기에 그 상징도 원래 걸려 있던 소머리에서 꿈틀거리는 듯한 훌륭한 뱀의 형상으로 바뀌어 세워져 있었다.

바로 밑의 단에는 나름대로 큰 무리를 거느리는 대부족 열 개가 각각 족속을 대표하여 뽑혀 올라서게 되어 있었다. 키탄, 몽골, 마갸르, 타타르, 위구르, 투르크, 훈, 미아우, 그리고 치우천도 처음 보는 두 부족이

올라서 있었다.

나머지 부족장들은 단 아래 모여 있었는데, 이 역시 어느 정도는 부족의 힘과 사람 수의 많고 적음에 따라 단에서 가깝게 또는 멀리 자리 잡고 있었다. 태산 회의와 직접 상관은 없지만 멀리서 온 손님들이 단 바로 밑에 자리 잡고 있었다.

비렴이 늦게 도착하여 두 젊은이를 거느리고 그 사이를 헤치며 단 위로 올라섰기 때문에 모두의 눈길을 받았다. 치우비는 수천 명의 눈길을 받자 약간 부끄러웠으나 치우천은 신경도 쓰지 않고 단 주위를 둘러보며 생각했다.

'비렴님 말씀대로 지나족의 숫자는 많기도 하구나.'

단과 가까운 부족들이 큰 부족인 것은 분명한데, 지나족이 압도적으로 많았다. 치우 형제가 새로 사귄 친구들도 이 안에 많이 들어와 있었다. 키탄의 야율쿠리는 아버지인 부족장을 따라 단 위에 올라서 있었다.

단 위에 올라서 있는 치우 형제의 친구는 야율쿠리 하나뿐이었다. 그는 형제와 슬쩍 눈길이 마주치자 씩 웃으며 가슴을 두드려 보였다. 카린 산 쑤앙마이의 여인족은 멀리서 온 손님이라 단 가까운 곳에 있었다. 무라와 누루마이가 치우 형제를 보고 살짝 손을 흔들어 보였다.

단 위에 올라서자 커다란 의자에 앉은 사와라 한웅이 질책하는 눈길을 보냈다. 옆에 병예와 신지울태가 서 있었고 그 주위로 치우비와 같이 훈련을 한 열 사람이 서 있었다. 치우비가 잘 아는 쇠돌이, 부루벼락, 도단이, 스름이 등이었지만 이번에 치우천을 데리고 오게 되어 그중 힘센 사울아비 한 명이 빠져 있었다.

맞은편에는 헌원이 군중들을 내려다보며 큰 소리로 시합의 규칙을 이야기하고 있었다. 뒤로 빈 의자가 있는 것으로 보아 헌원도 한웅처럼 의자가 마련된 듯했다. 헌원의 의자 뒤에는 구면인 선인 적송자와 명석

한 이주가 서 있었고, 비휴, 상망, 끽구, 신도, 울루, 지의 십육기인과 금천이 있었고, 몇몇 힘세 보이는 전사들이 서 있었다.

그중 특히 한 명은 뱀 문신을 온몸에 새기고 상체의 알통이 공처럼 단단히 부풀어 오른 장사가 눈길을 끌었다. 또 한 사람은 보통 키에 보통 체구였으나 눈매가 가늘고 사람을 쏘아보는 기운 때문에 눈에 띄었다. 그들 중 마지막에 놀랍게도 헌원의 막내딸인 공손발이 다리를 까딱거리며 지루해 보이는 모습으로 서 있었다. 그녀의 모습을 보자 치우비는 가슴이 두근거렸다.

비렴의 뒤를 따라 치우 형제가 한웅 뒤에 서자 우사 병예가 작은 소리로 비렴에게 속삭였다.

"시합이 곧 시작될 것이오."

"알았습니다."

헌원은 계속 이야기하고 있었다.

"……시합은 부족 간에 가진 재주를 뽐내고 부족과 용사의 이름을 널리 알릴 수 있는 기회입니다. 그럼으로써 우리는 새로운 용사와 영웅의 이름을 알게 될 것입니다. 이렇게 세상에 있는 모든 부족들이 한데 모여 힘을 겨루는 자리는 앞으로 다시 있기 어려울 것이니, 오늘 이름을 날리는 용사는 두고두고 모든 부족의 이야깃거리가 될 것입니다……."

헌원이 말하자 단 아래의 부족들이 환호를 보냈다. 헌원은 시합의 규칙을 이야기했다.

"……용사들이 전부 겨룰 수 있으면 좋겠지만, 여기 모인 부족이 워낙 많아 그럴 수는 없을 것입니다. 가진 재주들도 아주 많으나 그것을 전부 볼 수도 없을 것입니다. 그러니 겨루는 시합은 돌 던지기, 씨름, 활쏘기, 몽둥이 쓰기로 정합니다. 칼이나 도끼를 쓰면 사람들이 많이 다치게 되므로 몽둥이 시합만 겨루도록 하겠습니다. 칼이나 도끼를 잘 쓰는 용사는 어렵겠지만 그런 용사라면 몽둥이도 잘 다룰 수 있을 것입니다."

사람들은 웃으며 좋다고 외쳤다. 사와라 한웅도 살짝 웃었다.

치우천과 치우비는 그사이 단 아래를 살펴서 자신의 벗들이 있나 살펴보았다.

미아우 부족장의 딸인 초초룬이 단 아래 저만치 미아우족의 부족들 사이에 섞여 있었다. 특이한 재주를 지닌 아이라서 들어온 모양이었다. 몽골의 보돈차르족이 멀리 보였는데 아직 작은 부족이라 단 위로 올라오지 못한 듯했다.

그들 중간에 치베가 있는 것을 치우비가 발견하고는 약간 놀라워했다. 타타르의 앗수라트족, 앙가마이족도 그렇게 크지 않은 부족이라 단 아래 멀찍이 자리 잡고 있었다. 그리고 저만치 떨어진 곳에 모여 있는 사람들이 또 있었는데 그들 중에는 특이한 모습을 한 자들이 있었다.

치우비가 치우천에게 넌지시 말을 건넸다.

"저 사람들, 도깨비들 중 하나와 모습이 비슷한걸? 도깨비들도 회의를 보러 온 것인가?"

"그러냐? 나중에 틈을 내서 만나 보아야겠구나."

그 도깨비들은 몇 명 되지 않고 회의나 시합에는 관심 없이 구경만 하는 듯했는데, 치우비의 도깨비들 중 나이 많고 지혜로운 도깨비처럼 흰 천을 머리에 감고 얼굴빛도 비슷하게 가무잡잡한 모습을 하고 있었다.

헌원의 말이 계속 이어졌다.

"용사들끼리 겨루면 다치는 사람이 나올지도 모릅니다. 그러나 시합 중에 생긴 일이니 혹 다치는 사람이 나와도 앙갚음을 해서는 아니 됩니다. 아무리 시합이라도 상대방을 죽이는 일은 없어야만 할 것입니다. 상대를 죽이면 진 것으로 할 것이니 용사들은 조심하여 시합하기를 바랍니다."

그러자 모인 자들 중 거친 사내들은 반대의 소리를 질렀다. 싸움하다가 죽고 죽이는 것은 당연한 일인데 그렇게 사정을 봐줘 가면서 어떻게 진짜 힘을 겨룰 수 있느냐, 상대가 항복하지 않으면 어쩌냐는 등이었다. 그러나 헌원은 단호했다.

"죽는 사람이 나오면 앙갚음을 하게 되고, 그러면 싸움이 커질 수도 있습니다. 우리가 여기 태산에 모인 것은 싸움을 멈추고 사이좋게 사귀자는 것이지, 싸우자고 모인 것이 아닙니다. 죽이지 않고 상대를 쓰러뜨리는 것도 용사의 기술입니다. 만나는 상대마다 죽이기만 하는 전사는 무서운 사람일지는 몰라도 사람들의 존경을 받는 용사는 못 되지 않겠습니까?"

헌원의 말에 사람들은 '옳다, 옳다' 하며 박수를 보냈다. 생각 깊은 사람들도 있었지만 대부분의 사람들은 단순하기 그지없는 시대였다.

"겨루기가 힘든 재주도 있을 것입니다. 그런 재주들은 따로 하나씩 선을 보이며, 박수를 제일 많이 받은 사람이 이긴 것으로 하겠습니다. 한번 시합에 나간 사람은 다른 시합에는 나가지 못하도록 하겠습니다. 보다 많은 영웅들이 나타나기를 바라는 마음에서 그러는 것입니다."

이 말에 몇몇은 불만이었지만 생각해 보니 그럴 법도 했다. 상을 나눠 가져야지, 누가 독식하면 좋지 않다 여겨 사람들은 동의했다. 말이 좋아 대시합이지 실상 지나족과 주신족의 대결이나 마찬가지였다.

다른 부족들에도 뛰어난 용사들이 몇몇 있었지만 으뜸은 지나족과 주신족이었다. 지나족에는 이름난 용사가 많았고 주신 사울아비는 엄격한 훈련으로 유명했다.

어차피 다른 부족 용사들은 그 사이에서 몇 번 이겨 이름을 약간 날리는 것에 불과했지, 결과적으로 이기는 부족은 주신족 아니면 지나족이라고 생각했다. 그러나 사람들은 제일의 용사라는 형천이 지나족에 보이지 않자 주신이 덕을 보았고, 주신이 이기리라 대부분 생각하고 있었다. 치우비와 친했던 쇠돌이가 다가와 말했다.

"나래 형, 어제는 뭘 했수? 나래 형이 안 보여서 양역이란 사람이 대신 왔었는데, 오늘은 또 양역하고 한 사람이 빠져 사람이 갈리니……. 어떻게 되는 거유?"

그러면서 쇠돌이는 치우천을 위아래로 훑어보았다. 그러자 치우천이 웃으며 먼저 인사를 건넸다.

"처음 보네. 나는 사울아비로 치우천이라 한다네. 여기 나래의 형 되네."

"그러시우? 형이 더 작으시네?"

쇠돌이가 무심코 말하자 치우비가 나섰다.

"내 형님이시니 잘 부탁한다. 그리고 난 이제 이름이 생겼어. 치우비라고 한다."

"아, 그래요? 축하하우."

그러면서 사울아비들을 돌아보다가 치우비는 껄끄러운 시선을 느꼈다. 사람들의 눈초리가 곱지 않았다. 그도 그럴 것이 며칠이라지만 그들은 고된 훈련을 했고, 한웅님을 모시는 자리라고 기대도 많이 했다. 치우비야 힘도 으뜸이고 사람됨도 좋으니 그렇다 해도, 형이라는 자는 얼굴만 곱지 싸움 하나 할 줄 모르게 가냘프게 생겼는데 난데없이 같이 고생하던 사람을 밀어내고 두 번째 날부터 끼어든 것이다.

밀려난 자의 낙담은 입장을 바꾸어 보면 알 수 있다. 열심히 준비해 온 그들더러 갑자기 내일은 가지 말라고 한다면 기분이 어떨까? 더구나 그날은 모든 부족이 모여 힘과 재주와 용기를 가리어 용사를 뽑는 날이고, 거기서 이름을 날리면 당장 주신뿐 아니라 세상의 영웅이 될 수 있었다. 치우천이 힘세고 용기 있어 보인다면 그러려니 하겠지만 그리 보이지도 않았다. 그렇기에 그들은 치우천을 탐탁하게 여기지 않고 있었다.

그중 부루벼락이라는 자는 노골적으로 치우천을 비꼬았다.

"형씨는 얼굴 잘나 좋겠수."

치우천은 여전히 웃으며 되물었다.

"무슨 뜻이오?"

"얼굴이 잘난 재주가 있어서 들어온 것 아니오? 신시의 마나님이라도 녹이셨나 보지? 여자들을 녹이는 제일의 용사가 되려고 말이오! 하하핫!"

그 말에 치우천은 담담했는데 오히려 치우비가 무섭게 화를 내려 했다.

부루벼락이 코웃음 쳤다.

"왜 그러는 거여? 힘을 쓰려면 시합에서 써."

치우비는 화가 났지만 그렇다고 한웅님과 뭇 사람들이 보는 앞에서 자기들끼리 싸움박질을 할 수도 없는 일이라 참을 수밖에 없었다.

도단이가 부루벼락을 말리며 나섰다.

"그러는 게 아니지. 벼락 형, 큰스승님이 공연히 데리고 온 사람은 아닐 테지."

그러면서 도단이가 웃으며 치우천에게 인사를 했다.

"치우천이라 하셨지? 난 도단이라 합네다."

"반갑소."

"좋은 재주가 있어서 시합 날 특별히 오신 것으로 압네다. 어느 시합에 나설 생각이신지?"

치우천은 여전히 담담히 서 있다가 웃으며 말했다.

"나갈 만한 시합이 없구려."

그 말에 부루벼락이 껄껄 비웃었다.

"그래, 그래. 얼굴 시합이 없잖아. 그래도 태산 회의에 참가했다고 마나님에게는 자랑하겠지?"

치우비가 나지막이 으르렁거렸다.

"부루벼락, 너 이따 나 좀 보자."

"흥! 네 힘이 세다고 형을 역성드는 거냐?"

치우천이 손사래를 치며 천천히 말했다.

"난 괜히 온 것이 아닙니다. 내가 할 일은 하겠습니다."

또 다른 사울아비인 애꾸눈 마파람이 빈정댔다.

"대체 뭘 믿고 그러느냐? 네가 돌 던지기를 잘하느냐, 활쏘기를 잘하느냐?"

"못합니다."

"그러면 씨름이나 몽둥이를 잘 쓰느냐?"

"못합니다."

"그럼 잘나신 얼굴밖에 없는데, 네가 하긴 뭘 해!"

병예가 그들을 화난 눈으로 노려보자 모두 입을 다물었다. 치우비는 화가 나서 주먹을 몇 번이나 쥐었다 폈다 했지만 별수 없었다. 그러나 치우천은 담담한 표정이었다.

헌원의 말이 끝나가자 누가 외쳤다.

"이건 부족끼리 겨룸이오? 아니면 사람들 하나하나씩 겨루는 겨룸이오?"

"부족끼리도 누가 위이고 아래인지 이 겨룸으로 정하도록 합시다."

"그럽시다!"

아무리 평화로운 회의라고 하지만 부족 사이에는 앙숙과 원한, 감정이 수도 없이 많았다. 대놓고 싸울 수가 없어서 그렇지, 얼굴만 마주 대하면 무조건 싸우는 원한 깊은 부족도 많이 있었다. 그러므로 사람들은 대부분 같은 부족끼리도 누가 위고 아래인지 정하고 싶어 했다.

헌원이 말했다.

"겨루기에서 가장 많이 이긴 부족을 가장 용감한 부족으로 뽑도록 합시다. 용사들은 많지만, 한없이 겨룰 수도 없으니 각 부족은 겨루기별로 세 명씩의 용사를 내보냅니다. 그래서 두 번 이상 이기면 이기는 것으로 합시다. 각 부족이 열다섯 명씩 들어왔으니 할 수 없는 일입니다.

이기는 사람에게는 각 부족마다 좋은 물건을 모아 상을 주기로 하였습니다만, 부족이 설령 지더라도 용사들을 아끼는 마음으로 겨루기에서 이긴 용사들 모두에게 상을 주도록 하겠습니다. 그 상은 대주신의 한웅님과 제가 내놓겠습니다."

"상은 얼마나 되오?"

몇몇 사람들이 떠들자 헌원이 웃으며 대답했다.

"한 번이라도 이긴 용사는 주신 한웅님이 내리신 구리칼과 제가 드리는 소 한 마리씩을 받게 됩니다. 이 상은 여러 번 이기더라도 이길 때마다 받게 되며, 잘 싸운 용사들은 큰 선물을 받게 됩니다. 여러분도 아실 것입니다. 주신의 구리솥과 구리 무기, 거울. 지나족이 만든 좋은 비단, 몽골족의 좋은 말, 조개껍질, 보물 구슬, 소와 양, 나귀와 예쁜 여인도 있습니다!"

그 이야기에 사람들은 와! 하며 함성을 질렀다. 최고의 보물은 구리솥이었다. 구리는 귀해 무기 하나만 가져도 돌 무기를 든 자는 두렵지 않을 정도였으며, 모든 것의 모습이 비쳐 보이는 구리거울은 귀신을 쫓는다고 알려진 귀한 물건이었다. 후대처럼 화장을 하는 데 쓰이기보다는 주술적인 의미가 강했다.

구리솥은 구리 무기 수십 개나 구리거울 수백 개를 만들 정도의 구리를 모아야 만들 수 있었다. 불을 아무리 때도 토기처럼 갈라지지도 않고 물이 새지도 않으니 정말 귀한 보물이었다. 구리솥으로 음식을 만들어 먹으면 수백 살 넘게 오래오래 산다는 이야기가 보편화되어 있을 정도였다.

비단은 지나족이 발견하여 만들기 시작한 옷감으로, 풀이나 나무뿌리를 두들겨 옷을 만들거나 거친 가죽으로 옷을 짓던 당시로서는 놀라운 것이었다. 부드럽고 고운 감촉은, 한 번이라도 만져 본 사람은 결코 잊지 못했다.

아직 양잠이 본격적으로 이루어진 것은 아니며, 자연산 누에가 고운 실을 토해 고치를 트는 광경을 본 지나족 사람들이 그 실을 써 보았는데 가늘지만 고우며 질겨서 그것을 모아 비단을 만들었다. 후대의 비단만큼 곱지는 않았지만 그것만으로도 하늘의 옷감이라고 여겨질 정도였다.

더구나 벌레를 시켜 만드는 옷감이라 하여 주술로 만드는 옷감이라는 소문도 돌았고, 벌레라 하여 거미를 잡아 실을 뽑아 옷감을 만드는데 평생을 보낸 자가 나올 정도였다. 보통 사람들은 비단을 거미줄로 만든 것으로 알았다. 누에라는 벌레가 단 한 번, 고치를 틀 때 뽑는 실이라는 것은 상상하기 힘들었다. 비단은 지나족의 특산품이었고 비단 제조법은 주신의 구리 제법 못지않은 비밀이었다(비단을 만든 시조는 황제, 즉 공손헌원의 부인인 누조라고 전해진다).

대부분의 부족이 내륙에 자리잡고 있었기에 고운 조개껍질은 그 자체로 훌륭한 장신구 재료가 되는 물건이었다. 강이나 시내에 민물조개도 있었으나, 아무 조개껍질이나 다 귀한 것은 아니었고, 특히 전복 종류의 아롱아롱한 빛이 도는 조개류의 껍질이 보석만큼이나 귀하게 여겨졌으며 자개의 모태가 되었다.

보물들이 걸린데다 엄청난 명예까지 걸렸으니 전사들이 들뜬 것은 말할 나위도 없었다. 헌원은 시합을 시작하기 위해 지나족 주술사가 점을 쳐서 제비를 뽑고 겨룰 순서를 정하겠다고 한 뒤 말을 맺었다. 지나족의 주술사가 나와 불을 피워 제사를 올리면서 춤을 추고 점을 쳤다.

그사이 헌원은 사와라 한웅에게 다가와 정중히 말했다.

"어제의 이야기를 계속하여야겠습니다. 시합도 중요하기는 합니다만……."

"좋소이다. 시합도 중요하지만 주신과 지나의 일을 이야기하는 것이 더 급하오."

헌원과 사와라 한웅은 몇 명만 거느리고 긴 이야기를 나누어야 할 것 같았다. 유망과 그를 따르는 지나족은 회의에 나오지 않았다. 그들에 대한 대책과 지나와 주신 간의 영토나 주변의 부족 문제를 논의해야 했다.

삼사가 한웅 뒤에 모인 열두 젊은이들에게 손짓을 하여 조금 뒤로 물러서서 그들을 모아 놓고 말했다.

최고 연장자인 병예가 입을 열었다.

"어제 회의가 한웅님과 헌원 사이에서 질질 늘어지자 다른 부족들이 지루해하기에 오늘 시합을 벌이게 된 것이니라. 우리 삼사는 한웅님을 모시고 지나족과 담판을 지어야 하느니라. 그러나 시합도 중요하지 않다고 할 수는 없으며, 너희는 고르고 골라 뽑힌 주신의 정예이니 져서는 안 된다. 반드시 지나족을 이겨 주신의 명예를 높여야 한다."

뒤를 이어 비렴이 말했다.

"원래 이런 시합이 벌어지리라 생각했으나 우리 삼사가 나서면 문제 없다고 믿어서 젊은 너희를 모았는데, 헌원이 이렇게 우리를 시합에 갈 수 없게 만드는구나. 지나족이 우리를 이기려고 꾀를 쓴 것이 분명하니 반드시 이기도록 해라."

그러자 도단이가 끼어들었다.

"시합이 네 가지인데, 돌 던지기, 씨름, 활쏘기, 몽둥이 쓰기지요? 활쏘기는 몽골족도 잘하지만 그래도 우리를 이기기 힘들 것입니다. 말 달리면서 활 쏘는 재주는 몽골족이 빼어나지만, 서서 쏘는 활은 주신을 따를 부족이 없습니다. 돌 던지기는 그야말로 아무 부족도 우리를 따를 수 없을 것입니다."

도단이의 자신 있는 말에 비렴이 근엄하게 말했다.

"씨름과 몽둥이 쓰기는 반드시 우리가 이긴다고 볼 수 없다. 어차피 다른 부족은 잘해 봐야 한 명의 용사도 나오기 어려울 것이다. 그러나 지나족은 씨름과 몽둥이에 강한 역사가 많다. 형천이 나오지 않은 것은 다행한 일이다만 끽구가 있다. 끽구는 형천에도 지지 않을 만큼 대단한 장사다."

치우비는 전에 끽구의 힘을 본 일이 있으므로 고개를 끄덕였다. 자신이 끽구를 이길 수 있을지는 의문이었다. 아무래도 그냥 씨름이라면 힘에서는 조금 밀린다고 보는 편이 맞았다. 비렴이 넌지시 치우비에게 물었다.

"비야, 네가 끽구를 이길 수 있겠느냐?"

물음에 치우비는 솔직하게 대답했다.

"모르겠습니다."

비렴은 안타까운 듯 고개를 끄덕였다.

"그럴 것이다. 네가 그렇다면 끽구를 당할 자는 없을 것이다. 그리고 몽둥이는 지나의 금천의 기술이 기가 막히다. 그를 당하기가 쉽지 않을 것이다."

쇠돌이가 한마디 거들었다.

"도끼라면 몰라도 칼이라면 금천이 세상에서 다섯 손가락 안에는 들고, 몽둥이라면 말할 것도 없이 금천이 첫 번째라더군요."

"유망의 부하였던 금천 말입니까?"

치우천이 묻자 비렴은 고개를 끄덕였다.

"그래. 우리 주신 사울아비는 몽둥이를 써서 싸우지 않는다. 급할 때는 마구잡이로 들고 나설 수도 있으나 항상 칼이나 도끼를 들기 때문에 몽둥이 시합은 전적으로 지나족을 위한 것이지."

"그런데 왜 몽둥이 시합을 택하도록 그냥 두었습니까?"

난데없이 약간 앙칼진 목소리로 스름이가 묻자 비렴은 한숨을 쉬었다.

"돌 던지기도 우리가 으뜸 아니겠느냐? 어찌 우리 좋은 것만 할 수 있겠느냐? 더구나 헌원이 칼과 도끼에 사람이 상하지 않게 한다는 핑계를 대니 막을 수 없었지."

그러면서 비렴은 치우비에게 말했다.

"비야, 네 책임이 막중하다. 우리 주신은 활쏘기와 돌 던지기는 이길 수 있을 것이다. 설혹 몽골족이 활쏘기를 잘한다 해도 우리가 지지는 않으리라 믿는다. 그러나 지나족이 일단 몽둥이 시합에서 이긴 것이나 다름없으니 씨름에 모든 것이 달려 있다. 씨름에서 지나족이 이기면 그들도 두 번, 우리도 두 번 이기게 되니 지나족이 주신과 어깨를 나란히 하게 된다. 더구나 지나족은 유망이 물러가서 형천이나 축융 같은 무서운 자들이 빠져 있다. 그런데 주신과 비긴다면 사람들은 지나족이 한 수 위라고 보게 될 것이야."

모두 다 고개를 끄덕였다. 지나족은 무서운 기세로 발전하고 있다. 그런데 이 회의 시합에서 지나족이, 이름이 사방에 알려진 주신 사울아비들을 물리치고 같이 올라서기라도 한다면, 지나족의 이름을 크게 떨치게 되는 것이다. 하물며 천하제일 용사로 알려진 형천은 유망 문제로 나오지도 않은 것이다.

"그렇군요."

"만에 하나 몽골족이 활쏘기에서 이긴다면 우리가 오히려 지나족에게 지고 만다. 몽골족은 근래 크게 발전했다고 한다."

치우천과 치우비는 둘 다 치베를 생각하며 고개를 끄덕였다. 순수하게 활 쏘는 실력으로만 본다면 치우비도 치베를 당할 수 없었다.

"그러니 씨름은 반드시 이겨야 한다. 다른 부족은 크게 문제되지 않을 것이다."

"씨름……."

치우천이 중얼거리다가 물었다.

"저쪽은 누가 나설 것 같습니까?"

"보아하니 끽구와 알유, 이부가 나설 것 같다."

"알유와 이부는 누구입니까?"

"알유는 저기 보이는 알통이 불거진 남자다. 지나 뱀족의 남자로 기운이 대단하고 용맹하다 소문났지만 끽구보다는 아래이다. 쇠돌이가 힘을 다해 준다면 누가 이길지 장담할 수 없을 것이다. 쇠돌이도 수천 년 묵은 산삼을 먹은 장사이니 좋은 적수가 될 것이다."

쇠돌이가 수천 년 묵은 산삼을 먹은 장사라는 것은 처음 듣는 말이었다.

그 말에 쇠돌이는 멋쩍어하며 머리를 긁적였다.

"누가 알고 먹었나요, 뭐. 헤헤……."

쇠돌이의 말을 뒤로하고 비렴이 계속 말했다.

"이부는 저기 눈이 가는, 기분 나쁘게 생긴 남자다. 힘은 별로지만 기술이 대단하여 타타르족 보챠두와 맞먹는다고 들었다. 부루벼락도 씨름에는 능숙하니 상대해 볼 만할 것이다."

그러자 신지울태가 걱정스레 말했다.

"그러고 나면 몽둥이 시합에는 나갈 사람조차 모자라는 것이야. 그것은 아예 넘겨 버리도록 해야 할 것이야."

"그래야 할까요?"

비렴이 아쉬운 듯 묻자 신지울태가 고개를 끄덕였다.

"생각해 보셔야 할 것입니다. 씨름의 세 사람은 정해졌지 않습니까? 돌 던지기는 도단이가 제일이고 날램이와 질쾌가 잘하니 그 셋을 내보내야 할 것인지요?"

장님 박수인 도단이가 돌 던지기의 명수라는 말에 치우천은 깜짝 놀라며 생각했다.

'도단이는 눈이 보이지 않는데도 던지기에 능하다니 보통이 아니구나. 역시 주신에 뛰어난 사람들은 많아.'

비렴이 신지울태의 말에 고개를 끄덕이자 신지울태가 다시 꼽았다.

"활쏘기는 저 아이, 마파람이 제일이고, 나머지 사울아비도 그에 못지않으니 누굴 뽑아도 될 것이에요. 허나……."

신지울태는 스름이를 가리켰다.

"사람은 열둘뿐이고 나가야 할 사람도 열둘인 것이에요. 그런데 저 아이는 여자고 주술사일 뿐인데 어찌 몽둥이 싸움을 시킬 것인가요?"

그 말에 스름이가 외쳤다.

"할 수 있습니다! 저 때문에 주신이 시합을 포기하다뇨!"

신지울태는 걱정스러운 듯 쯧쯧거렸다.

"네가 어찌 험한 전사들과 몽둥이질을 하겠다는 것이야?"

스름이는 그러나 기세 좋게 말했다.

"제가 죽을힘을 다하겠습니다! 죽어도 괜찮습니다! 머리가 깨져도 졌다고 하지 않고 싸울 것입니다!"

부루벼락이 치우천에게 살짝 빈정거렸다.

"이봐. 스름이마저도 저러는데, 네가 이겨 줘야지. 잘난 얼굴로 금천을 뭉개 보라구, 응?"

병예가 스름이를 보며 엄숙하게 말했다.

"스름아, 네 뜻은 장하다만 너희는 죽기 위해 온 것이 아니니라. 시합도 중요하다만 한웅님을 잘 모시어 신시까지 가야 하는 막중한 임무를 맡고 있느니라. 몸을 함부로 해서는 아니 되는 것이야. 몽둥이질은 너희가 배운 적도 없는 일, 헛되이 망신을 당하거나 다칠 것이라면 물러설 줄도 알아야 하느니."

스름이는 고개를 숙였다. 그러나 스름이가 용감하게 이야기하자 사람들은 놀라, 음침한 줄만 알았던 스름이를 다시 보며 저마다 분발하게 되었다. 마지막으로 비렴이 당부했다.

"그러니 힘을 내라. 특히 씨름에 나갈 아이들은 힘을 내어 반드시 이기도록 하라. 상대가 만만치 않으니 조심들 하고! 지더라도 할 수 없는 일이지만……."

젊은이들은 자신 있게 "네" 하고 응답했다.

그때 치우천이 나섰다.

"씨름에서 이겨야 한다면, 반드시 이길 수 있습니다."

세 큰스승은 놀라는 표정을 지었다. 뿐만 아니라 열한 명의 젊은이들도 크게 놀랐다.

치우비가 비록 당할 자 없는 장사이기는 하나 끽구에게 이긴다는 보장은 없었다. 쇠돌이도 강하지만 알유를 당해 낸다는 보장은 없었다. 부루벼락도 마찬가지로 이부를 이긴다는 보장이 없었다. 그만큼 서로 비슷비슷한 힘을 지니고 있었다.

"어떻게 그런 말을 하느냐?"

"저는 싸움을 못합니다만 맡겨 주소서. 그러면 반드시 이길 수 있습니다. 자신 있습니다."

병예가 엄숙하게 말했다.

"이건 중요한 일이다. 감당할 수 있느냐?"

신지울태만이 고개를 끄덕이며 온화하게 말했다.

"저 아이는 몸은 약하나 능히 꾀가 있을 것입니다. 그래서 늦었는데도 비렴님 당신이 굳이 저 아이를 데리고 온 것이 아니십니까?"

"일단 들어 보자. 어떻게 하려느냐?"

비렴이 묻자 치우천이 차분하게 말했다.

"알려지면 아니 되니 소리를 낮추겠습니다."

"그래. 말해 보아라."

치우천이 조용히 말했다.

"세 번을 이기지 않아도 두 번만 이기면 이기는 것입니다. 그렇지요?"

"물론이다."

"그럼 한 번을 내주고 두 번을 이깁니다. 간단합니다."

"그게 네 말처럼 되겠느냐?"

병예가 답답해하자 치우천이 확신하듯 말했다.

"치우비가 끽구를 반드시 이긴다고는 볼 수 없지만, 알유는 어떻겠습니까?"

비렴과 신지울태는 아! 하는 탄성을 냈다. 그러나 다른 사람들이 아직 눈치를 못 채자 치우천은 계속 이야기했다.

"마찬가지로 쇠돌이는 알유와 비슷비슷합니다. 하지만 이부라면 어떻겠습니까?"

이제는 치우비도 눈치채고 도단이와 병예도 고개를 끄덕였다. 치우천이 계속 이야기했다.

"부루벼락 형에게는 미안합니다만 부루벼락 형이 끽구와 겨룹니다. 부루벼락 형은 이기기 힘들겠지요. 허나 치우비와 쇠돌이가 이겨 주면 우리가 이깁니다! 거의 틀림없이 이길 수 있습니다!"

간단한 꾀였지만 누가 들어도 틀림없는 수*였다.

그전까지는 열심히 적수와 겨루어 이긴다는 생각만 했을 뿐, 이런 꾀는 내지 못했다. 질 게 뻔한 부루벼락까지도 감탄하며 말했다.

"이거 미안하네. 내 절을 받게나!"

부루벼락이 갑자기 큰절을 했다. 사람들이 깜짝 놀랐고, 특히 치우천은 놀라 당황했다.

"왜 이러십니까?"

"내 잘못했네. 나는 자네를 안 좋게 보고 비웃은데다가 자칫 주신 사람끼리 뭉쳐야 할 때 빈정거리기나 해서 기를 꺾을 뻔했네. 나는 얼마든지 져도 좋으니, 우리를 잘 다스려서 주신이 이기도록 만들어 주게!"

부루벼락의 솔직하고 곧은 마음씨에 다들 감탄했다. 삼사가 가리고 가려 뽑은 열두 젊은이들은 하나같이 범상한 인물이 아니었다.

조심성 많은 병예가 나섰다.

"끽구, 알유, 이부가 어떤 순서로 나올지 모르는 일 아닌가? 그렇게 맞붙게 할 수 있겠는가?"

"그래서 제가 순서를 정할 수 있어야 하고, 그에 따라 주어야 합니다. 돌아가는 상황을 보아 반드시 그렇게 붙을 수 있도록 하겠습니다. 끽구는 전에 본 일이 있는데 기운은 세지만 꾀가 장하다고 볼 수 없습니다. 제가 나서서 말 몇 마디만 하면 마음먹은 대로 될 것입니다."

그러면서 치우천은 활쏘기를 맡을 마파람과 거서기와 삼이라는 사울 아비에게도 말했다.

---

* 이 방법은 지금 생각하면 간단하다 여길지 모르나 고대에는 잘 알려지지 않은 책략이었다. 이 시대로터 다시 이천여 년 후 전국 시대 때 『손자병법』의 저자 손빈(孫臏)은 이 방법으로 장군 전기(田忌)를 마차 경주 시합에 이기게 하여 최초로 인정받고 두각을 나타냈다는 고사가 있다. 치우천의 꾀나 지모도 지금 눈으로 보면 별것 아니라 여길지라도 당시에는 대단한 것이라 할 수 있다.

"몽골족은 누가 나올지 아직 모르지만, 만약 치베라는 이가 나오면 이번과 같은 방법을 써야 합니다. 치베는 제 벗입니다만 승부에서 봐주지 않을 것입니다. 치베는 활을 무섭도록 잘 쏘는 자이니, 이 방법으로 이겨야 합니다."

그 말을 듣고 삼사는 기뻐하다가 한웅의 부름을 받고 치우천에게 알아서 하라는 말만 남긴 채 자리를 떴다. 헌원은 머리 좋다는 이주와 지, 적송자를 데리고 저쪽으로 가서 한웅과 이야기할 모양이었고, 신도와 울루가 우뚝 서서 사람들이 다가오지 못하게 막았다.

이번에도 떼를 써서 들어온 듯, 까닥까닥 재미있어하며 여기저기를 돌아다니는 공손발의 뒤를 상망과 비휴가 빈틈없이 쫓고 있었다. 지나족은 두 시합만 확실하게 이기겠다는 듯 아예 여섯 명만 내려가고 있었다. 물론 끽구와 알유, 이부 및 금천이었고 나머지 두 사람은 보나마나 몽둥이질에 능한 전사들일 것이다.

치우비는 발의 모습이 눈에 들어오자 거기서 눈을 떼지 못했고, 발은 치우비의 시선을 느꼈으면서도 본척만척했다.

삼사가 자리를 뜨자 애꾸눈인 마파람은 치우천의 어깨를 두드리며 껄껄 웃었다.

"잘 알았네! 자네가 좋은 수를 내었으니 반드시 이기도록 하세. 아니, 이런 꾀를 알고도 못 이긴다면 내 사울아비도 아니지!"

스름이도 좋아서 한마디 끼웠다.

"치우천님. 나도 나가게 해 줄 수 없나요? 몽둥이질도 이길 꾀가 없을까요?"

치우천은 유쾌하게 웃었다.

"내 꾀는 그렇게 장하지 못해서, 갑자기 몽둥이질을 잘하게 할 수는 없다오. 게다가 몽둥이 겨룸에 우리가 나가면 사람이 모자라 나도 나가야 하는데, 머리를 맞으면 안에 든 꾀도 박살이 날 테니 큰일 아니겠소? 나는 몽둥이질에 스름이님, 그대의 한 팔조차도 당해 내지 못할 것이오."

치우천은 농담을 잘해 다들 긴장을 풀고 웃었다. 잠시 후 치우천이 목소리를 가다듬고 말했다.

"제가 꾀를 내기는 했습니다만 실제 겨루는 분들은 여러분입니다. 기운 내서 잘 싸워 주십시오."

아홉 명의 출전자들은 용기백배하여 고개를 끄덕였다. 치우천은 스름이와 또 한 명, 빠지게 된 부달이라는 사울아비에게 말했다.

"우리도 할 일이 있습니다. 다른 부족의 겨루기를 살펴서, 누가 강하고 누가 약한지 미리 알아내도록 해야 합니다. 시합에 나가지 못하지만 도울 수는 있습니다."

스름이는 치우천의 말에 두말없이 고개를 끄덕이며 음침한 얼굴에 전에 없던 미소까지 활짝 지었다. 사울아비 부달도 시합에 못 나가게 되어 아쉬운 기색이었지만, 그 말에 힘을 내고 부지런히 돌아다니기 시작했다. 부달이란 사울아비는 재주가 너무 많아 특별히 뛰어난 것이 없어서 시합에 못 나가게 된 것이다. 그러나 똑똑하고 눈치도 빠른데다 많은 일을 할 줄 알았으므로 다른 시합을 보고 평가하는 데 큰 도움이 되었다.

나머지 사람들은 자기가 나갈 순서가 될 때까지 한데 모여 구경을 했다. 치우비는 자꾸 위를 곁눈질했으나 발은 어느새 단을 내려갔는지 보이지 않았다.

잠시 후 지나 주술사가 부족 순서를 정했다. 변변한 기록 수단도 글자도 없는 때에 삼백여 개에 이르는 부족 이름을 외우고 순서를 정하기도 보통 일이 아니었다. 그러나 그 주술사는 놀라운 기억력으로 하나하나 부족 이름을 불러서 겨루는 순서를 정했다. 지금으로 치자면 주술사라기보다 머리 좋은 학자에 가까웠지만 당시는 주술사라 불리고 있었다. 겨루는 순서는 역시 많은 사람이 예상했던 대로, 주신족과 지나족을 가장 멀리 떼어 놓아서 최후에 가장 큰 두 부족이 붙는 볼거리를 만들도록 짜여 있었다.

각 시합은 따로따로 진행이 되었는데 제일 먼저 돌 던지기 시합이 끝난 다음 몽둥이질 시합, 그다음이 활쏘기, 마지막이 씨름이었다. 돌 던지기나 몽둥이질은 주신과 지나의 독무대이므로 처음에 하고, 승부가 재미있을 시합은 뒤로 돌렸다. 돌 던지기는 별 문제없이 일사천리로 진행되었다. 지나족은 나가지도 않았으며 주신족의 돌 던지는 솜씨를 당할 부족은 없었다.

중간에 겨룬 부족 중에 간혹 가다 한 명씩 잘 던지는 자가 있었지만 주신 솜씨를 당하지는 못했다. 그런데 마지막 결승전에 나온 마갸르족에 뛰어난 두 용사가 있어서 재미있는 승부가 되었다. 주신의 날램이가 먼저 한 번 이겼지만, 마갸르족의 용사 와난강이 두 번째 시합에서 아슬아슬하게 주신 질쾌보다 더 돌을 잘 던졌다. 최후로 나선 마갸르 용사는 먼저 나온 용사의 아버지로 와난수라 했는데, 마갸르족에서는 대단히 유명한 사람이었다.

그런데 상대로 나온 도단이는 눈먼 장님 아닌가! 사람들은 놀라며 의아해했는데 도단이의 돌 던지는 솜씨는 기이할 정도로 놀라워서 아슬아슬하게 마갸르 용사를 이겼다. 와난수는 실로 놀랐다는 듯 도단이를 치켜세워서 사람들의 박수를 함께 받았다.

주신은 첫 번째 종목인 돌 던지기를 간단히 이겼다. 부자(父子) 용사가 나온 마갸르족이 이등을 했고 다른 부족들이 차례대로 상을 받았다. 으뜸가는 돌 던지기 용사는 장님이면서 놀라운 솜씨를 보인 도단이가 뽑혔다.

몽둥이질에서 금천은 실로 놀라운 실력을 발휘했다. 그가 휘두르는 몽둥이는 눈에 거의 보이지도 않았다. 의외로 키탄족의 야율쿠리가 씨름 대신 몽둥이질에 나가서 금천과 붙었는데, 막아 내기는 했으나 공격은 제대로 해 보지 못하다가 결국 지쳐서 금천에게 맞아 떨어졌다.

구경하던 치우비가 야율쿠리에게 물었다.

"야율쿠리! 너는 왜 잘하는 씨름은 제쳐두고 몽둥이질에 나섰느냐?"

그러자 야율쿠리는 얻어맞아 혹이 난 머리를 문지르며 웃었다.

"나래! 네 녀석이 씨름에 나갈 게 뻔한데 내가 씨름에 왜 나가느냐? 그러나저러나 금천 저 녀석, 몽둥이질을 저리도 잘할 줄은 몰랐다. 제기랄! 차라리 씨름에 나갈걸 그랬나?"

결국 지나족이 몽둥이질에서 우승을 했다. 최고의 용사는 금천이었고 야율쿠리는 세 번째로 뽑혔다. 두 번째 용사는 결승전에서 금천과 맞붙은, 몽둥이라기보다 통나무에 가까울 만큼 거대한 막대기를 휘두르던 투르크의 알한이라는 전사였는데, 머리를 허리까지 길게 늘어뜨린 그는 금천과의 대결에도 밀리지 않고 큰 몽둥이를 이용하여 버텼다. 키도 별로 크지 않은 그는 힘과 기술이 대단했다.

몽골족의 활 기술이 주신에 떨어지지 않는 것처럼 투르크의 몽둥이 기술도 유명하다는 이야기도 들렸다. 금천은 그의 거대한 몽둥이 때문에 의외로 고전하다가 여태껏 한 번도 보이지 않은 기술을 썼다. 몽둥이를 휘둘러서 상대의 큰 몽둥이를 꺾어 버리는 수법 때문에 알한은 금천에게 애석하게 패했다.

도단이는 그 말을 듣고 놀랐다.

"그건 기(氣)를 무기에 넣는 것이다. 안 그러면 그렇게 할 수 없어."

치우비도 고개를 끄덕였다. 금천이 아주 빠르게 몽둥이를 휘둘렀다면 더 굵은 몽둥이를 꺾는 것도 불가능한 일은 아니다. 그러나 금천은 그럴 정도로 빠르게 몽둥이를 휘두르지 않았고, 오히려 천천히 휘둘렀다. 그럼에도 알한의 몽둥이는 대번에 두 동강 났고, 알한은 몽둥이가 부러진 것보다도 그런 기술에 놀라 손이 어지러워져 아쉽게 패하고 말았다. 도단이가 다시 말했다.

"난 비렴님 말고는 그런 기술을 쓰는 사람을 본 적이 없어, 아무도 그런 것은 할 줄 모른다고 생각했어. 그런데 주신에서도 비밀인 기술을 지나족인 금천이 어떻게⋯⋯."

단군인 질쾌가 나섰다.

"금천의 할아버지가 주신 사람이었어."

그 말에 다들 놀랐다.

"정말?"

질쾌는 무겁게 고개를 끄덕이며 말을 이었다.

"금천의 집안과 우리 집안은 원수야. 나는 어릴 적부터 이야기를 들었어. 이제⋯⋯ 나는 단군이 되었으니 싸울 수 없겠지만⋯⋯."

질쾌는 분한 듯 말끝을 흐렸다.

그때 치우비는 뒤에서 들리는 소리에 퍼뜩 고개를 들었다.

"멍청이! 너도 시합에 나가니?"

공손발의 목소리였다. 치우비는 즉시 몸을 돌려 발에게 달려갔다. 여느 때와 같이 발은 상망과 비휴가 양쪽에서 지키고 있었는데, 장난기로 가득 차 반짝거리는 눈과 귀여운 용모는 여전했다. 발은 귀한 흰 비단을 망토처럼 둘러쓰고 있어서 환하고 빛나 보이기까지 했다.

"멍청이가 세긴 센 모양이네. 시합에도 나가고⋯⋯."

치우비는 반가워서 웃으며 인사를 건넸다.

"그동안 잘 있었어?"

발이 갑자기 샐쭉한 표정으로 물었다.

"너, 솔직히 말해. 호랑이 가죽, 왜 보냈어?"

치우비는 그 말에 약간 당황했다.

"아…… 그거. 그냥…… 그냥 선물이야."

"너, 자랑하려고 보냈지? 그렇지?"

발이 짓궂게 다그쳐도 치우비는 마냥 웃기만 했다.

"솔직하게 말해. 상망 아저씨가 그러는데 그건 아주 귀한 거래. 호랑이 가죽이야 꽤 있지만, 그 호랑이 가죽에는 상처가 하나도 없어서 귀하다던데?"

치우비는 아무렇지도 않게 되받았다.

"별거 아냐. 자랑하려고 그런 건 아니라구."

"솔직히 이야기해. 그거 네가 잡은 거 맞아?"

치우비는 자랑하고 싶지 않아 우물거렸다.

"음…… 맞아."

"내가 곰곰이 생각해 봤는데 말야, 너, 물에 빠져 죽은 호랑일 건졌지? 그치?"

공손발은 일부러 짓궂게 말했다. 상망과 비휴가 가죽을 보고는 이 호랑이는 단숨에 목을 꺾어서 죽인 것이 분명하며, 지치거나 늙어 죽어 가는 것도 아니고 힘 있고 생기 있는 상태에서 순식간에 즉사시킨 것이라는 설명을 해 준 바 있었다. 그 때문에 생기가 그대로 남아 최고의 가죽이 되었다고 했다. 그러면서 상망은 직접 잡은 것이 분명하니 나래야말로 힘과 용기가 대단하다고 떠든 적이 있었다.

그 말을 듣고 발은 싫지 않았으며 속으로는 고마워했다. 그러나 성격이 틀어져서인지 이상하게 나래만 만나면 좋은 말을 건네지 못하고 비비 꼬기만 했다. 나래, 즉 치우비가 웃으며 고개를 저었다.

"호랑이는 물을 싫어해서 물가에 가지 않아. 그리고 헤엄도 칠 줄 알

아. 헤엄치는 건 싫어하지만…….”

“네가 어떻게 알아? 너 호랑이였어?”

치우비는 하하 웃었다.

“호랑이 사냥꾼은 다 아는 이야기야.”

“그래, 나는 모른다. 멍청이가 그거 하나 가지고 잘난 척은. 너 바느질할 줄 알아?”

“모르지.”

“그러면 비겼어. 그러면 너 그림 잘 그려?”

“그림?”

“그래, 그림 말야.”

“그려 본 적 없다.”

“그래? 그러니 넌 벌써 나보다 못하잖아. 지난번 회의 때 하늘을 나는 뱀 봤지? 그건 내가 사람들 시켜서 만든 거라구!”

발이 한껏 뽐냈으나 치우비는 우물거렸다.

“못 봤는데…….”

그때 치우비는 형을 구하러 지나 막사에 숨어 들어갔다가 동굴에 숨어 있었으니 못 본 것이 사실이었다.

발이 버럭 화를 냈다.

“흥! 그래! 잘났어! 볼만한 게 아니었다 이거지? 이 멍청이가!”

솔직하게 말한 것이 발의 심사를 건드리자 치우비는 당황해하며 쩔쩔매었다.

“아냐, 난 그때 바쁜 일이 있었다구. 정말 못 봤어.”

치우비가 안되어 보였던지 상망이 두 사람 사이에 끼어들었다.

“아가씨, 저 녀석은 그때 정말 바빴어요. 회의 시작 때 내가 만난 적 있답니다. 이 할아범도 그때 바빠서 곁에 없었죠? 저놈이 정말 바빠서 못 본 거 맞아요."

그때 상망은 지(知)와 함께 지나 막사 안에서 망보는 전사들을 따돌려 주었으니 치우비의 사정을 잘 알던 터였다.

그러자 발이 상망에게 말했다.

"나한테 호랑이 가죽을 주면서, 왜 내가 애써 만든 건 보지도 않느냔 말야! 할아범! 화나, 안 나?"

"아이구, 물론 화가 나지요. 그러나 그게 아니랍니다. 저 녀석은 그냥 사울아비예요. 아가씨처럼 높은 분이 아니라서, 위에서 시키면 시키는 대로 해야만 한다는 말씀입죠. 그러니 저 녀석을 탓할 일이 아니라구요."

금세 기분이 풀린 듯 발이 치우비에게 물었다.

"정말이야?"

치우비는 상망에게 고맙다는 눈빛을 보낸 뒤 발에게 고개를 끄덕였다.

"그래."

발은 우물쭈물하다가 말했다.

"나중에 꼭 구경하러 와. 내가 그걸 만드느라 사람들하고 얼마나 고생했는데!"

"아직도 있으면 보러 갈게."

발은 자기가 속마음을 내보인 것 같아 화가 났다.

"내가 말 안 하면 안 보러 온다는 뜻이야? 흥!"

치우비가 얼른 손을 저으며 말했다.

"아냐, 아냐. 정말 보러 가도 되는 거야? 하지만 지나 막사는 들어갈 수가 없다구……."

"그것만 보러 오는데 누가 뭐라겠어? 근데 그것만 보고 가야 돼! 난 바쁘거든!"

발이 억지를 쓰자 치우비가 사람 좋게 웃었다.

"그래? 그러면 그것만 보고 갈게."

갑자기 발이 치우비의 다리를 힘껏 걷어찼다. 퍽 소리가 나긴 했지만 치우비의 다리는 돌기둥 같아서 별로 아프지 않았다. 아프기커녕 치우비는 지금 발이 몇 대 더 걷어차 주었으면 좋겠다는 생각까지 했다.

"이 멍청아! 멍청이 멍청이 멍청이!"

"네가 차 놓고 왜 나를 욕하는 거야?"

"그래서 싫다 이거야? 아파?"

치우비가 고개를 저으며 말했다.

"알았어. 알았어. 마음대로 해. 그런데 이름을 불러 주면 안 될까?"

"너 나래잖아? 나래 멍청이."

치우비가 조금 엄숙하게 말했다.

"나는 이제 치우비라고 불러. 이름을 받았다구."

한웅님 앞에서 직접 고한 이름이니 이때는 치우비도 엄숙해졌다. 그러나 발은 흥, 하고 쌀쌀맞게 비웃을 뿐이었다.

"치우비? 내 보기엔 그냥 멍청이야!"

"관두자, 관둬. 그래, 너 좋을 대로 불러."

치우비는 웃음을 거두고 발이 떠들건 말건 발의 빛나는 얼굴만 물끄러미 바라보았다. 치우비는 이상하게 발에게는 화도 나지 않았다. 머릿속으로 생각한 것은 아니지만 치우비는 원래 예감이 남달랐다. 발이 악의가 있거나 정말 트집을 잡는 것이 아니라는 사실을 자신도 모르게 느끼고 있었다. 그러나 그런 것을 곰곰이 생각하기에 치우비는 여자에게는 부끄럼이 많았고, 무슨 짓을 해도 귀엽게만 보이는 이 아가씨를 상대로는 뭐라 이야기할 수 없을 만큼 주변머리를 갖추지 못했다.

치우비가 말이 없자 발은 치우비가 화난 것이 아닌가 생각했다. 치우비가 싫지는 않은데 너무했나 하는 생각도 들었다. 그래서 발은 넌지시 물었다.

"비야, 화났어?"

치우비가 웃으며 대답했다.

"고마워!"

"뭐가?"

"이제야 내 이름을 불러 주는군. 고마워."

"칫! 속으로는 멍청이라고 했어."

발은 치우비가 화난 것이 아니라고 생각하자 이상하게 안심이 되었다. 딱딱한 아버지와 믿음직하지만 잔소리만 늘어놓는 상망, 죽은 사람처럼 말 한마디 없이 할 일만 하는 비휴와는 달랐다. 아무리 투정을 부리고 마음대로 해도 이 덩치 큰 녀석은 피하지 않고 받아 주며 허허 웃어 줄 것만 같았다. 그러나 발은 여전히 쏘아붙이듯 말했다.

"너 시합에 나가니?"

"응."

"무슨 시합?"

"씨름."

"씨름? 끽구 아저씨랑 붙겠네?"

"글쎄……."

"네가 제일 세니 당연히 끽구 아저씨랑 할 거 아냐? 그러면……."

말하다가 발은 아차 했다. 말로는 멍청이 멍청이 하면서 속으로는 치우비가 사실 찾아보기 힘든 장사라는 것을 인정한 꼴이 된 것 아닌가? 발은 곧바로 말을 돌렸다.

"주신 사람들은 힘이 없으니 네가 그나마 나가는 걸 테지만."

"허허."

치우비가 웃자 발이 쏘아붙였다.

"뭐가 허허야! 이번에 끽구 아저씨한테 걸리면 꼴좋겠다. 다리몽둥이가 부러질걸? 꼴좋겠구나."

듣기 따라서는 욕설에 가까운 말이었지만 치우비는 여전히 웃으며 말했다.

"걱정해 줘서 고마워."

발은 약이 올라 외쳤다.

"뭐가 걱정해 주는 거야? 이 멍청이가! 다리나 콱 부러져 버려랏!"

발은 이번에도 휙 하고 뛰어갔다. 뛰어가는 발의 흰 비단 망토 자락이 들쳐지며 호랑이 가죽으로 만든 옷이 힐끔 보였다. 자기가 보낸 호랑이 가죽이 분명했다. 그것을 보며 속으로 흐뭇해하고 있는데 상망이 다가와 입을 열었다.

"정말 답답하기는! 넌 왜 그리 멍청하냐! 우리 아가씨는……."

상망이 몇 마디 하지도 않았는데 발이 저만치서 찢어지게 소리를 질렀다.

"상망!"

"아이구, 갑니다요! 가요! 이 상망, 갑니다요!"

상망이 원숭이처럼 뛰어서 달려갔다. 치우비는 이번에도 얼얼한 듯 황홀한 듯 묘한 기분에 취해 눈부시게 흰 발의 망토 자락만 바라보았다. 그때 뒤에서 낄낄거리며 웃는 소리가 들렸다.

"멍청이 멍청이 멍청이!"

"나는 멍청이라도 좋네요. 뭐라 해도 좋네요. 당신같이 고운 아가씨라면 멍청이라 불러도 좋사와요!"

남자 목소리였다. 둘 다 닭살이 돋을 만큼 징그럽게 여자 목소리를 흉내 내고 있었으며, 웃음을 참지 못해 킥킥거리고 있었다. 치우비가 기가 막혀 돌아보니 쇠돌이와 부루벼락이 얼싸안고 자기를 놀리는 짓거리를 하는 게 아닌가. 그들은 참을 수 없다는 듯 숨이 막힐 정도로 웃고 있었다.

"나는 멍청이가 좋사와요……. 푸히힛……. 그러니 계속 멍청하시와요, 네? 우하핫!"

"저도 아가씨…… 키킥…… 푸핫…… 좋사와요. 계속 점점 더 멍청해질 테니…… 푸하핫, 아이구 죽겠다……. 그러니 이뻐해 주시와요!"

치우비는 화도 내지 못하고 오히려 우스워 자기도 모르게 웃음을 터뜨렸다. 나이 많은 부루벼락이 껄껄대며 치우비에게 다가와 말했다. 웃다가 재채기까지 해 가면서.

"이보게, 멍청이. 놀려서 미안하네만, 자네는 여자 맘을 왜 그리 모르는가? 엉? 나이가 더 들어야 알겠는가?"

쇠돌이가 아예 데굴데굴 구르면서 말했다.

"더 어린 나도 안다, 뭐! 우하핫!"

"둘 다 정말 웃기더구먼! 자네 사내가 그게 뭐야? 좀 더 밀어붙이라구! 저 여자가 앙탈 부리는 건 자네가 좋아서 그렇다는 거 몰라? 사내인 자네가 나서야지! 누군지는 모르지만 이쁘기는 이쁘던데 머리채라도 붙들어 덤불숲으로 끌고 가라구! 그러면……."

치우비는 얼굴이 새빨개진 채 아무 말도 하지 못했다. 그러자 도단이가 저쪽에서 엄숙하게 외쳤다.

"그런 이야기는 나중에 합시다! 시합중입니다!"

부루벼락과 쇠돌이는 미안하다면서도 계속 낄낄거리며 돌아섰다. 그러나 치우비는 얼굴이 빨갛게 되어서도 이제는 잘 보이지도 않는 발의 뒷모습을 계속 좇고 있었다.

한편 발은 거침없이 걸음을 옮기다가 상망이 뒤따라오자 톡 쏘아붙였다.

"할아범! 왜 쓸데없는 소릴 해!"

"저 녀석이 하도 멍청해서요……."

발이 슬쩍 얼굴을 붉히며 말했다.

"칫! 멍청이가 멍청해야 재미있지! 안 그러면 무슨 재미가 있겠어?"

"그 녀석은 멍청이지만 그래도 난놈입니다. 주신 사람이지만……."

발은 슬쩍 뒤를 돌아보았다. 치우비는 그때까지도 움직이지 않고서 있다가 자신이 뒤를 돌아보자 얼른 미소를 보냈다. 발은 자기도 모르게 미소가 오를 것 같아서 급히 고개를 돌리고 나서 상망에게 말했다.

"끽구 아저씨한테 봐주라고 할 수 없어? 멍청이가 불쌍하잖아."

그 말에 상망이 웃었다.

"글쎄올시다, 아가씨. 하지만 이 시합은 그렇게 봐주면 안 되는 것입죠."

그때 비휴가 오랜만에 침묵을 깨고 입을 열었다.

"끽구가 질지도 모른다."

"헛소리!"

상망이 외치자 발도 고개를 저었다.

"말도 안 돼. 저 녀석도 세지만 멍청이잖아. 끽구 아저씨를 당할 사람은 세상에 형천 아저씨밖에 없어."

그때 발의 눈에 저만치에서 다른 사람들을 헤치며 다가오는 한 무리의 사람들이 보였다. 카린산 여인족이었다. 표범 가면을 쓴 열 명의 여전사가 짐을 잔뜩 짊어지고 다가와 발과 마주치자 공손히 고개를 숙여 보이고는 말없이 계속 갔다. 보아하니 그들은 치우비에게 가는 것 같았다. 어떻게 알았는지 몰라도 발은 느낌으로 알 수 있었다. 발은 그 자리에 멈춰 서서 상망에게 말했다.

"할아범! 저 귀신들을 따라가 봐!"

"네?"

"어서!"

"예……? 예……."

상망이 여인족의 뒤를 따라가자 발이 비휴에게 말했다.

"여기서 기다려요. 비휴 아저씨."

비휴는 말없이 고개만 끄덕하며 그 자리에 섰다. 발은 이상하게 불안했다. 발에게는 예감이 있었다. 아니나 다를까, 상망이 작은 키로 사람들을 헤치며 간신히 여인족 뒤를 밟자 그들은 바로 치우비를 찾아가 이야기를 걸고 있었다.

시합은 한창 활쏘기가 진행중이었다. 사울아비들 중 활 잘 쏘는 이는 발 빠른 애꾸 마파람과 거서기와 삼이라는 사울아비 셋이었으며, 세 사람 모두 백발백중의 실력을 지니고 있었다.

반대편 무리에서는 몽골족이 승승장구하며 올라오고 있었다. 맨 앞에 선 것이 치베였다. 치우천은 치베의 솜씨에 혀를 내두르며, 스름이를 통해 치베와는 경솔하게 붙지 말고 실력이 떨어지는 사람을 내보내라고 전했다.

저쪽 재주를 뽐내는 단상에서는 각 부족 사람들이 신기한 재주를 뽐내고 있었는데, 카린산 부족이 영물인 흰호랑이 개명수를 부리는 묘기를 아까 보였고, 미아우족의 초초룬도 벌 떼를 부리는 신기한 묘기를 보이고는 박수갈채를 받으며 내려서는 중이었다. 그러는 사이 치우비는 깜짝 놀랄 이야기를 듣고 있었다.

"주신의 사울아비, 나래이십니까?"

여전사는 조심스러운 주신 말로 정중이 치우비에게 말을 꺼냈다. 이제 활쏘기 시합이 끝나면 자신의 차례인지라 치우비는 발의 일을 애써 잊고 몸을 풀다가 고개를 돌렸다.

"맞소. 이제는 치우비요."

"저는 누루마이의 부하입니다. 누루마이께서 뵈었으면 하는데요……."

"지금은 시합중이라 갈 수 없군요. 누루마이께 죄송하다고 전해 주십시오."

치우비는 전날 비렴에게 카린산 여인족을 가까이하지 말라는 말도 들었기에 이대로 핑계를 대고 거절할 생각이었다. 그러나 여전사는 고개를 저었다.

"사실은 누루마이가 부르신 것이 아니라 무라마이가 부르셨습니다."

"무라마이? 무라님 말입니까?"

"무라마이십니다. 무라마이는 아직 어리시지만 대족장입니다. 나이 때문에 누루마이께 배우고 계시지만 거느린 부족은 누루마이보다 더 큽니다. 꼭 마이라고 불러 주십시오."

"그런가요? 그럼 무라마이께 나중에 보자고 해 주십시오."

"시합이 끝나면 꼭 가실 것이지요?"

"글쎄요……."

"저희가 기다리다가 뫼시고 가겠습니다."

여인족이 끈질기게 달라붙자 치우비는 당황스러웠다. 주변 사람들도 여인족을 처음 보는 사람이 많았기에 수군수군거렸다. 부루벼락이 또 웃으며 끼어들었다.

"요즘은 멍청이가 최고야! 여자들이 죄다 멍청이만 찾나 보네!"

쇠돌이가 맞장구를 쳤다.

"이번에는 열 명이우!"

카린산 여전사들은 표범 가면으로 얼굴은 가렸지만 키가 크고 살빛이 희었으며 늘씬하여 보기 좋은 여자들만 있었다. 개중에 나이 많은 여자도 있는 듯했지만 모두 예쁠 것 같았고 화려한 치장을 하여 더더욱 고 와 보였다.

그러나 그런 소리는 치우비의 귀에는 들리지도 않았다. 오히려 황당 하고 당황스러울 뿐이었다.

"아니, 왜 그래야 합니까?"

"중요한 일 때문입니다."

"뭐가 그렇게 중요하다는 겁니까?"

"지금은 말씀드릴 수 없습니다."

"말도 안 하고 무조건 오라니, 어찌 갈 수 있겠습니까?"

여전사는 뒤를 향해 눈짓을 했다.

줄을 지어 선 여전사들은 어깨에 여러 가지 물건을 얹고 있었는데, 뒤에 선 사람 수가 아홉 명이었으니 물건 더미는 아홉이나 되었다. 여전 사들이 그것을 일제히 내려 풀었다. 귀한 빛깔의 가죽이며, 옥으로 잘 깎아 만든 화려한 장식품, 보석, 향기로운 냄새를 풍기는 술 단지며 나 무 그릇에 든 향기 좋은 음식까지 온갖 물건들이 가득 실려 있었다. 회 의장 안이라 무기만 없었다.

아까 말하던 여전사는 치우비에게 고개를 숙였다.

"이것은 무라마이께서 보내는 선물입니다. 먼 길을 나오신 참이고 급 히 준비하느라 반의반도 못 보내셨습니다. 더구나 회의장에는 열다섯 명밖에는 들어올 수 없는지라 더 많이 준비할 수 없었습니다."

치우비는 황당해서 미칠 지경이었다.

"아닙니다. 받을 수 없습……."

그때 반대쪽에서 또 다른 여전사 두 명이 나타났는데, 막 개명수를 부리는 묘기를 끝낸 사람들이었다. 그들 둘 뒤에는 흰호랑이 개명수 두 마리가 소나 양처럼 유순하게 설레설레 따라오고 있었다. 사람들이 놀라면서 길을 비켜섰다. 두 사람이 헐떡이며 다가오자 여전사가 말했다.

"이것도 무라마이께서 보내시는 선물입니다. 저 범은 카린산의 보물로서, 개명수라고 하는 아주 용감하고 사람 말도 알아듣는 영물입니다. 왼쪽은 '카'라고 부르는 수컷이고 오른쪽은 '슈'라고 부르는 암컷이며, 두 마리는 무라마이께서 가장 아끼시는 친구인데 당신께 보내신다 하셨습니다."

다른 것은 몰라도 개명수라는 범은 놀랄 만했다. 여전사의 말이 떨어지기가 무섭게 범은 천천히, 사뭇 다정한 표정으로 치우비에게 다가섰다. 비 주변의 다른 사람들이 겁을 먹고 뒤로 물러서자 개명수들은 다가와 치우비의 발 옆에 부드럽게 등을 비비며 주위를 한 바퀴 돌더니 치우비의 앞뒤로 점잖게 앉았다.

치우비는 거의 울상을 지으며 말했다.

"이렇게 성의를 보여 주셔서 고맙습니다. 뭐라 말할 수 없습니다. 그러나 아니 됩니다. 이유도 모르고 이런 보물을 받을 수 없습니다."

때마침 개명수를 보고 놀라 달려온 치우천이 다급하게 나섰다.

"카린산 쑤앙마이족께 감사드립니다만, 주신 사울아비는 이유 없는 선물을 받을 수가 없습니다."

갑자기 여전사가 치우비의 앞에 풀썩 엎드리며 울음을 터뜨렸다. 치우비가 깜짝 놀라서 왜 그러냐고 묻자 여전사는 울먹거렸다.

"나래…… 아니, 치우비님을 모시지 못하고 가면 저는 명령을 받들지 못한 것이 되니, 스스로 목을 베어 죽어야 합니다."

치우비는 깜짝 놀랐다.

"어째서요? 당신 잘못이 아닌데……?"

옆에 있던 여전사와 예물을 가지고 왔던 열한 명의 여전사들은 자리에 엎드려 통곡했다.

이런 소란이 벌어지자 활쏘기 시합을 구경하던 사람들이 눈을 돌렸고, 약간 떨어진 곳의 부족원들도 몰려나와 이 광경을 구경하는 통에 수라장이 되었다. 치우비는 당황하여 할 수 있다면 숨고 싶은 심정이 되었다. 그러나 여자들이 울며 애원하는 소리에 어떻게 할 수가 없었고, 여자들의 탄식은 치우비가 한마디도 알아들을 수 없는 카린족 말이어서 뭐라고 설득할 수도 없었다. 처음 치우비에게 말을 걸었던 여전사가 외쳤다.

"이대로 돌아가면 우리는 죽어야 합니다. 그러니 실례하더라도 용서해 주십시오. 당신을 잡아가겠습니다."

여전사가 휘파람을 불었다. 그러자 놀랍게도 점잖게 치우비 앞에 앉아 있던 개명수 두 마리가 갑자기 노호를 터뜨리며 치우비의 머리 위로 뛰어올라 치우비를 찍어 누르는 동시에, 열두 명에 달하는 여인족이 와 하며 맨손으로 달려들었다.

개명수는 영리하여 치우비가 다치지 않게 올라타서 쓰러뜨리려고 할 뿐이라 발톱도 내지 않고 힘으로 누르기만 했다. 여전사들도 치우비를 잡아끌되 무기를 꺼내거나 치려고는 하지 않았다.

사람들은 개명수가 치우비에게 달려들자 놀라며 뒷걸음질을 쳤다. 그때 부루벼락과 쇠돌이 등 사울아비들이 재빨리 나서서 여인들을 떼어 내면서 개명수를 돌로 치려고 했다. 치우비가 외쳤다.

"그러지 마! 날 해치는 게 아냐!"

치우비는 이럴 수도 없고 저럴 수도 없어 그냥 버티고 서 있었다. 그 광경을 본 사람들은 깜짝 놀랐다. 양쪽 어깨를 커다란 개명수가 찍어 누르고 있고, 열두 명의 여전사가 달려들어 잡아끄는데도 치우비는 꼿꼿이 선 채 꼼짝도 하지 않았기 때문이다. 열두 명의 여전사는 줄다리기를 하듯 서로의 허리를 안고 늘어서 치우비를 잡아당겼으나 치우비는 꼼짝도 하지 않았다.

치우천이 다급하게 외쳤다.

"함부로 이런 짓을 하면 화를 낼 것이오!"

그러나 치우비는 여인족의 울먹이는 모습을 본지라 오히려 형을 말렸다.

"화내지 마. 내가 안 가면 그만 아냐?"

치우비는 힘을 돋우어서 두 마리의 개명수를 툭툭 튕겨 냈다. 손도 대지 않았는데 거대한 개명수가 나가떨어지자 사람들은 더욱 놀랐다. 치우비의 힘도 힘이지만 아무리 길이 들었다 해도 거대한 호랑이 두 마리 앞에서 눈썹 하나 까딱 않는 치우비의 담력에 더 놀랐다. 개명수들은 재빨리 내려앉았다가 다시 달려들려고 했지만, 치우비가 입을 꾹 다물고 무섭게 째려보자 기가 죽어 꼬리를 말았다. 그것을 보고 사람들은 생각했다.

'저자가 정말 사람 맞나? 세상에! 그저 사람 좋아만 보였는데 눈빛 하나로 저 호랑이들을 꼼짝 못하게 하다니!'

그 모습을 본 여전사는 똑같이 놀랐으면서도 이렇게 생각했다.

'정말 이분밖에는 없을 것이다! 죽어도 모셔 가야 한다!'

여전사들은 죽을힘을 다해 치우비를 끌었으나 치우비는 허참, 하는 소리만 낼 뿐 움직이지 않았다. 다만 여자들이라 힘을 주어 떼어 내기도 민망해서 그냥 놔두었을 뿐이다. 여전사들은 치우비를 잡아끌면서도 계속 엉엉 울면서 곡소리를 냈다. 제발 가 달라는 것이다. 해괴한 광경이 아닐 수 없었다.

결국 치우천이 보다 못해 말했다.

"비야, 아무래도 무슨 큰일이 있나 보다. 저렇게 간청하는데 가 보려무나."

"그럴까……."

치우비도 마음이 움직인 참이라 고개를 끄덕이려는데 갑자기 누가 외쳤다.

"멍청잇! 가긴 어딜 가!"

어느새 다시 달려온 발의 목소리였다. 치우비는 발의 목소리가 들리자 곤란한 상황마저도 잠시 잊고 웃어 보였다.

"아…… 발, 다시 왔구나……."

발이 무서운 표정으로 다가와 여인족에게 뭐라고 외쳤다. 카린족 말인 듯, 다른 사람은 알아듣지 못했지만 떨어지라고 협박을 한 모양이다. 잠시 후 발을 알아보는 여인족이 지나족의 권위를 인정하는 듯 손을 놓고 일어섰다. 그러자 발이 날카롭게 뭐라고 여전사에게 질문을 했다. 그 여전사는 처음에는 모른다고 시치미를 떼는 것 같았으나 발이 계속 날카롭게 따지자 쩔쩔매다가 급기야는 고개를 끄덕였다.

발이 차갑게 웃었다.

"흥! 그럴 줄 알았어!"

"대체 뭐야? 나는 아무것도 모르겠어."

치우비가 묻자 발은 차가운 눈으로 치우비를 노려보았다.

"모르긴 뭘 몰라? 아주 잘된 일인걸?"

"뭐가 잘되었다는 거야?"

"무라는 싸움도 잘하고 유명한 여자니, 잘해 봐, 흥! 너 같은 멍청이 누가 신경 쓴대?"

그리고 나서 발은 유유히 콧노래까지 부르며 반대쪽으로 걸어가 버렸다. 치우비만이 아니라 치우천도 무슨 영문인지 몰라 서로 얼굴만 바라볼 뿐이었다.

여전사가 울먹이며 말했다.

"저희가 죽을죄를 지었습니다. 죽을죄를 지었습니다. 말씀드리겠습니다. 사람이 많아 지금은 말씀드리기 어려우니 시합이 끝날 때까지 기다리겠습니다."

여전사를 보며 치우천이 쯧쯧거리며 말했다.

"그럼 제발 울지 마시오. 시합을 앞두고 마음을 가다듬어야 하는데 울음소리가 들리니, 이게 뭐요?"

그 말에 여전사들이 입을 가리고 숨을 죽여 울었다. 수수께끼 같은 일이었다. 한바탕 소란이 일어난 덕분에, 혹이 나고 눈가가 시퍼렇게 된 야율쿠리와 초초룬도 구경하러 와 있었다.

그들은 치우천과 비에게 번갈아 물었다.

"뭐야? 어떻게 된 거야?"

치우천이나 치우비도 모르기는 마찬가지였다. 다른 사람들과 도단이, 부루벼락이 여전사에게 캐물었지만, 그들은 울기만 할 뿐 조개껍질처럼 입을 꾹 다물고 있었다.

그러는 사이 어느덧 활쏘기 시합이 끝나 가고 있었다. 마지막 시합은 몽골족과 주신의 대결이었는데, 놀랍게도 적수가 없는 치베마저 패해 주신이 세 사람 다 이기고 있었다. 치베는 승패는 안중에도 없이 시합이 끝나자마자 활을 던지고 치우비에게 달려와 물었다.

"나래 안다, 희네 안다. 무슨 일이냐? 카린족과 싸움이 붙은 거냐? 내가 있다!"

치베가 활을 당길 무렵 여인족이 와서 난리가 벌어졌고, 치베는 치우비가 무슨 일이 있을까 봐 마음이 급하여 활을 아무렇게나 쏴 버리고 달려온 것이다. 치베는 언제나 백발백중이었는데 그 와중에 두 개의 화살이 빗나가게 되어 지고 말았다.

나머지 두 명의 몽골족 사수도 활을 잘 쏘았지만 치베의 움직임을 보고 마음이 흔들렸고, 그에 반해 주신 사울아비들은 항상 침착하라는 훈련을 받은 사람들이라 평소만큼 활을 잘 쏘아서 압도적으로 이길 수 있었다.

오히려 치우천이 안타까워했다. 승부에서는 주신이 이길 것이었지만, 최소한 활쏘기 최고 영웅은 치베가 되어야 공정하다고 여겼기 때문이다. 그러나 치베는 껄껄 웃었다.

"텡그리의 뜻이시다. 다 내 운수이니 괜찮다. 나보고 자만하지 말고 더 갈고 닦으라는 텡그리의 뜻으로 알겠다. 나래 안다가 아무 일 없다니 다행이다."

"몽골족에게 미안하다. 보돈차르 안다에게도 미안하고……."

"보돈차르는 이름을 날리기만을 바라는 분이 아니다. 그분도 내가 옳았다 하실 것이다."

활쏘기 시합이 끝나자 주신족이 두 번 우승한 상태로 마지막 씨름만이 남았다. 씨름이야말로 가장 중요한 시합이며, 씨름의 제일 용사야말로 최고의 용사인 셈이었다. 활이나 몽둥이, 돌도 중요하긴 하나, 씨름의 기술이야말로 다양하며 용사의 모든 것을 보여 줄 수 있기 때문이다.

시간이 제법 지나 해가 기울어져 가고 있었다. 야율쿠리는 몽둥이 시합에 한 번 나갔기에, 온 김에 그냥 여기서 치우비를 응원해 주기로 했다. 초초문도 미아우로 가지 않고 치우비를 격려했다.

"꼭 이겨라, 나래. 아니, 치우비. 미아우족도 씨름에 나가지만, 그래도 네가 이겨야 한다. 끽구를 쓰러뜨리고 제일의 용사가 되어라!"

끽구의 힘은 대단해 모든 부족의 용사들이 그의 힘 앞에 추풍낙엽처럼 나가 떨어졌다. 알유나 이부도 대단한 장사였지만 끽구의 힘은 정말 무서워서 그와 싸운 장사들 중 세 명이나 온몸이 부서지는 불구가 되었다. 죽지 않은 것이 신기할 정도였다. 그만큼 끽구는 인정사정없이 상대를 박살 냈다. 내로라하는 용사들이 줄줄이 반죽음이 되자 몇몇 부족의 전사들은 아예 끽구와 싸우지 않고 도망치기도 했다.

그래도 그 사람들을 비웃는 자는 없었다. 끽구의 거대한 모습에 모두 몸을 떨었고 형천보다 끽구가 더 셀 것이라는 소리도 나왔다. 반면 치우천은 약한 상대로 용의주도하게 번갈아 순서를 정하게 하여 마치 기분대로 출전하는 것처럼 보이게 했다. 치우비와 쇠돌이, 부루벼락은 연전연승하며 이겨 나갔다.

그렇게 치우천은 다른 사람이 자신의 계획을 눈치채지 못하게 꼼꼼히 신경을 썼으므로 초초룬이나 야율쿠리마저도 눈치채지 못했다. 결국 지나족과 주신족이 결승에서 맞붙게 되었다. 치우천은 가장 힘 센 끽구가 먼저 나와 기세를 떨칠 것이라 예측했는데 과연 그대로였다. 무지무지하게 커다란 거한 끽구는 쿵쿵거리며 나와서 외쳤다.

"며칠이나 잠도 못 자고 별렀는데 드디어 때가 되었구나. 나래, 아니지, 치우비가 되었던가? 이 녀석! 썩 나오너라! 회의장 밖까지 내던져 주리라! 우와!"

끽구가 길게 울부짖자 지나족도 덩달아 우와! 하고 환호성을 올렸다. 눈이 있는 자라면 주신족에서 치우비가 가장 세며, 지나에서 끽구가 제일 세다는 것을 알았다. 끽구와 치우비의 대결이야말로 최고의 대결이 아닐 수 없었다. 그런데 끽구를 응원하는 소리가 치우비를 응원하는 소리보다 훨씬 커서 야율쿠리와 초초룬은 화가 치밀어 있는 힘껏 치우비를 응원했다.

보돈차르족과 야율쿠리의 키탄 부족, 초초룬의 미아우 부족과 어제 신세를 진 앗수라트, 앙가마이 부족까지 모여들어 함께 응원을 해 주었다. 특히 앗수라트와 앙가마이 부족은 광분하여 "치우비! 치우비!" 하고 이름을 외쳐 댔다. 급기야는 열광이 지나쳐 싸움하는 자들까지 생기는 난리판이 벌어질 뻔도 했다.

엄청난 기대와 열기는 그대로 치우 형제와 사울아비들에게 전해졌다. 이것은 어쩌면 주신 편과 지나 편의 보이지 않는 대결일 수도 있었다. 엄청난 환호와 열광 속에서 정신이 나갈 정도였다. 특히 지나 편에서 "끽구! 끽구!" 하며 열광하고 다른 편에서는 "치우비! 치우비!" 하며 난리를 치자 치우비는 난감해졌다. 작전과 달리 자기가 나가지 않을 수가 없게 되고 말았다.

"형님, 이거 어쩌지?"

다른 사울아비들도 난처해졌다. 도단이가 말했다.

"예정대로 하면 우리가 이긴다. 그러나 치우비가 나서지 않으면 겁쟁이라고 욕을 먹게 되잖아. 비, 네가 꼭 끽구에게 진다고 할 수는 없잖아? 그냥 네가 나가는 게 어때?"

치우천은 끝까지 냉정했다.

"안 된다. 주신이 이기는 것이 먼저다."

"하지만 비는 용사로 못 뽑힐지도 몰라. 사람들은 주신을 욕할지도 모른다. 어쩌지?"

생각 깊은 도단이나 부루벼락, 마파람도 어쩔 줄 몰라 하자 치우천이 치우비에게 물었다.

"비야, 어느 게 우선이냐? 최고의 용사가 되고 싶으냐? 주신이 이기게 하고 싶으냐?"

치우비는 단숨에 결단을 내리고 말았다.

"주신이 먼저지! 그러나……."

사울아비들 간에도 아쉬운 기색이 역력했다.

"꼭 시합에 이기더라도 그렇게 이기면 욕을 먹을지도……. 그것이 주신을 위해 좋다고는 할 수는 없잖아?"

그 말에 치우천은 고개를 끄덕여 보이다가 갑자기 웃었다.

"말 잘했다. 그러나 내가 누구니?"

"내 형님이지!"

그러자 치우천은 묘한 어조로 말했다.

"그래. 넌 내 아우다. 형이 내 아우를 최고의 용사로 만들지 않으면 누가 하겠니? 그리고 내가 주신을 욕먹게 하겠니?"

"무슨 소리야, 형님?"

치우천은 웃으며 말했다.

"나도 남자니, 책임질 때는 져야 한다. 알겠니?"

치우천은 돌연 엄숙히 말했다.

"움직이지 마라."

치우비는 영문을 몰라 눈을 크게 떴다.

"뭐야? 형님?"

치우천이 벌떡 일어나 시합장 가운데로 성큼성큼 걸어 나갔다. 갑자기 움직인 것이라 아무도 입을 열거나 손 하나 쓰지 못했다. 치우천은 낭랑하고 맑은 목소리로 크게 외쳤다.

"끽구! 내가 도전한다! 넌 내 아우도 못 이겼으니, 내가 한번 겨뤄 보고 싶구나!"

사람들은 치우천이 갑자기 소리를 지르며 나타나자 놀라 삽시간에 조용해졌다. 치우천은 씨름을 할 장사라고 보기에는 작았고 곱게만 생겨서 의아함은 더했다. 도대체 저런 여자 같은 젊은이가 어떻게 끽구와 싸우겠다는 말인가? 더구나 치우천은 이제껏 단 한 번도 씨름에 나온 적이 없었다. 사람들이 수군거렸다.

"저건 웬 미친놈이냐?"

"씨름이 장난이냐? 끽구가 봐주는 법이 있다더냐?"

한편으로는 다른 이야기도 들렸다.

"저 사람이 치우비의 형이란다. 치우비의 형이면 뭔가 다를 수도 있다!"

"그래. 숨은 힘이 있는지도 모른다!"

"그러니 끽구에게 도전하겠지!"

그때 지나족 한 명이 외쳤다.

"저 사람은 선인이다! 쑤앙마이와 자부 선생의 제자다! 도깨비 열 마리를 그냥 물리치는 선인이야!"

새벽에 도깨비를 잡으러 왔다가 치우천과 마주친 지나족 전사 중 한 명인 모양이었다. 사람들은 우, 하며 웅성거렸다. 사람들이 떠들어 대자 치우천은 사방을 둘러보며 자신 있는 목소리로 크게 외쳤다.

"나는 치우비의 형이오! 나는 아직 시합에 참가하지 않았으니, 내가 나서도 잘못이 아닙니다!"

그 말에 오히려 당사자인 끽구가 의아하여 미간에 깊은 골을 찡그리며 작은 소리로 말했다.

"너 희네 아니냐? 이 녀석아! 네놈이 어찌 나와 싸우겠다는 소리냐? 날 모욕하는 거냐?"

"어찌 됐든 상대는 납니다. 싸워 봅시다."

치우천이 당당히 말하자 끽구는 도리어 의심스러웠다.

"너…… 정말이냐? 혹시 감춘 힘이 있던 게냐?"

"해보면 알 거 아닙니까?"

치우천의 당당함에 끽구는 아무래도 찜찜한 듯 손에 침을 퉤퉤 뱉은 뒤 말했다.

"난 봐주는 것을 모른다. 죽어도 원망 마라."

끽구가 몸을 풀자 몸 전체에서 우두둑우두둑 무서운 소리가 났다. 치우천은 태연했다.

"나도 봐주지 않겠습니다."

치우비는 얼어붙어 있었다. 제정신이 아니었다. 형님을 철석같이 믿고 있었지만, 형이 제 발로 무서운 끽구를 향해 웃으며 나갈 줄은 꿈에도 생각하지 못했다. 그래서 그런지 잠시 동안 손가락 하나 움직일 수 없었다. 뭣에 홀린 것 같았다. 치우비는 덜덜 떨기 시작했다. 다른 사울아비들도 마찬가지였다. 야율쿠리가 더 참지 못하고 외쳤다.

"희네! 안 된다! 넌……!"

그때 누가 야율쿠리의 입을 틀어막았다. 초초룬이었다.

"이 멍청아! 놔둬!"

초초룬은 눈물을 줄줄 쏟고 있었다.

"저건…… 저건…… 희네의 뜻이다! 그 마음을 왜 몰라! 응?"

굳은 표정의 치베가 털썩 자리에 주저앉으며 중얼거렸다.

"희네…… 그건…… 그건 너무……!"

도단이가 얼굴이 하얗게 질려서 소리쳤다.

"막아야 해!"

쇠돌이와 부루벼락은 우왕좌왕했다.

"뭐야? 도대체 뭐야?"

부루벼락은 그러다가 갑자기 울음을 터뜨렸다.

"저놈……! 저놈……! 나 대신…… 그리고 아우 대신……!"

스름이도 울먹이며 말했다.

"그래. 다 걸머지려는 거야. 저…… 저 사람은…… 죽을지도 모르는데……."

치우천은 모든 것을 걸머지고 깨끗이 자신이 책임지려고 했다. 꾀를낸 것은 자신이지만 그로 인해 피해자가 생긴다. 부루벼락은 상대도 되지 않는 강자에게 알면서 패해야 하고, 치우비는 당당히 천하제일 용사로 뽑힐 수도 있는데 도리어 피했다고 사람들의 비웃음을 살 수도 있다. 주신의 확실한 승리를 위해서는 치우비를 나가 싸우게 할 수도 없었다.

가장 깨끗한 방법은 치우천이 끽구와 겨루는 일이었다. 치우천은 치우비의 형이니 그것을 내세우면 나가도 이상할 바 없었다. 주신도 이긴다. 치우비도 부끄러울 것 없이 무패의 기록으로 용사가 된다. 부루벼락도 무리하게 싸울 필요 없다.

그러나 힘이 형편없는 치우천이다. 괴력의 역사(力士) 끽구의 손아귀에 부스러질지도 모른다. 내동댕이쳐져 처참하게 박살 나 버릴지도 모른다. 죽을 수도 있거니와 그렇게 형편없는 녀석이 나와서 개죽음을 당했다고 사람들은 비웃고 침을 뱉을 것이다. 그런 것들을 치우천은 웃으며 감수하려는 것이었다. 자기가 벌인 일을 스스로 거두기 위해서…….

'나도 남자니, 책임질 때는 져야 한다.'

치우천의 말이 계속 귓가에서 빙빙 돌았다. 치우비는 아직도 덜덜 떨고 있었다. 그때 애꾸눈 마파람이 다가와 치우비의 손을 덥석 잡았다.

"비! 네 형은 힘은 없지만…… 진짜 사내다!"

"안 돼……. 안 돼……."

치우비는 사시나무처럼 떨며 중얼거리기 시작했다. 자기가 무슨 소리를 하는지도 몰랐다. 그러나 마파람은 치우비의 손을 굳게 잡으며 치우비의 귀에 대고 소리를 질렀다.

"비! 네 형의 뜻을 더럽히지 마라! 나도…… 나도 미칠 지경이다! 참아! 참아야 한다! 움직이면 모든 것이 엉망이 된다!"

치우비는 참을 수 없었다. 형에 대해서는 잘 알고, 끽구도 안다. 끽구의 손에 한번 붙잡히면 형은 그 자리에서 결딴이 날 것이다. 형이 멀쩡하다면 그래도 사울아비이니 기대할 수도 있다. 그러나 형의 다리는 병들었고 어젯밤까지 극한의 고통을 계속 버텨 온 몸이다! 다치는 것으로 끝날 일이 아니다. 형은 분명 죽는다. 치우비의 머리가 빙빙 돌아 어지러워지기 시작했다.

'형이 죽는다……. 형이 죽는다……'

치우비의 눈에 핏발이 솟았다. 치우비는 자리에서 벌떡 일어나려 했다. 쇠돌이와 야율쿠리, 치베와 부루벼락이 눈물을 흘리며 치우비를 만류하려 했다. 그래도 치우비는 일어섰다. 아무도 막을 수 없었다. 엄청난 장사며 용사인 그들도 한꺼번에 와스스 떨어져나갔다.

치우비는 무시무시한 표정으로 자리에서 일어나 씨름판 위로 오르려 했다. 주신이 지건, 망하건, 세상이 뒤집어져도, 세상 모든 사람과 싸우게 된다 해도 형이 죽는 것을 두고 볼 수 없었다. 치우천은 조용히 웃으며 서 있다가 치우비를 돌아보았다. 눈빛이 치우비를 향했다. 치우비는 순간, 멈칫했다. 치우천은 낭랑하게 말했다.

"아우야, 미안하다만 내게 맡겨 다오."

치우비는 미칠 것 같았다. 어떻게 해야 할까? 도대체 어떻게 해야 하나? 형 말을 거역한다는 것은 상상해 본 일도 없었다. 그리고 형은 저렇게 유유히, 태연히 서 있지 않은가? 형에게도 방법이 있는 것은 아닐까? 내가 일을 그르치는 것이 아닐까? 그러나 형…… 형님은…….

그 순간 조용하고도 커다란 목소리가 울려 퍼졌다.

"끽구, 네가 졌다. 물러서거라."

헌원의 목소리였다. 끽구는 놀라고 의아하여 홀린 표정으로 뭔가를 생각하다가 고개를 설레설레 젓고는 뒤로 한 발자국 물러서서 목소리가 들린 쪽으로 고개를 돌렸다. 높은 단 위에 헌원이 사와라 한웅과 나란히 서 있었다. 어느덧 회의가 끝나 높은 곳에서 시합을 구경하던 모양이었다.

치우천은 말없이 헌원을 올려다보았다. 헌원도 치우천을 바라보았다. 헌원은 치우천의 마음을 알기라도 하는 듯 따뜻한 눈빛을 보냈고, 치우천은 헌원에게 아무도 모르게 살짝 인사를 보냈다. 둘은 말 한마디 없었고 같이 있지도 않았지만 서로를 잘 안다고 느꼈다. 헌원은 눈으로 말했다.

'네가 끽구를 이겼다. 네 용기가 이긴 것이다.'

치우천 역시 눈으로 말했다.

'진정 이긴 것은 나도, 끽구도 아닙니다. 당신이군요.'

숨막힐 듯한 승부는 없었다. 대용사인 끽구가 치우천에게 물러나자 처음에는 어리둥절하던 사람들은 투덜거렸다. 그러나 여기 모인 사람들은 대부분 부족장이나 부족에서 알려진 자들이다. 보통보다는 머리가 더 돌아가고 느낌이 있는 사람들이니만치 그들에게는 헌원의 모습이 깊이 인상에 남았다. 시합에 쏠린 눈과 귀가 많았던 만큼 그 순간 헌원의 모습은 모든 것을 지배하는 듯했다. 사와라 한웅보다 훨씬 강렬한 존재감을 주었다.

치우천은 생생히 느낄 수 있었다. 죽음을 각오한 텅 빈 것 같은 심정이었기에 더더욱 그러했다.

'헌원은 대단한 사람이다. 놀랍다.'

치우천은 조용히 걸어서 시합장을 나왔다. 헌원은 치우천이 시합에 나서는 순간, 치우천이 낸 꾀를 금방 꿰뚫어 본 것이다. 승부에서 끽구와 치우천이 붙게 된 순간, 이미 지나족은 졌다고 할 수 있었다. 그럼에도 헌원은 노하지 않고 오히려 자신의 목숨을 구했다. 부하인 끽구의 명예를 꺾으면서까지.

무엇 때문일까? 헌원의 깊은 생각을 자신만은 읽을 수 있다고 자부해 왔던 치우천도 이번만은 그렇지 않다는 것을 느꼈다. 더 깊이 생각해야 했다. 그만큼 헌원의 심기는 복잡했다. 헌원은 멋지게 승리했다. 시합에는 졌지만 자신의 목숨을 구했고, 추한 꼴을 보이지 않게 했으며 사람들에게 치우비나 자신이나 끽구보다도 깊은 존재감을 남겼다.

'진짜 이긴 사람은 헌원, 당신입니다.'

치우천은 마음속으로 다시 한번 외쳤다. 헌원의 거대함이 자신을 완전히 압도했다. 항상 크다고 자부하던 자신이 쪼그라들어 작아졌다.

형이 무사히 걸어 들어오자 치우비는 몸을 부르르 떨다가 주저앉았다. 그러고는 갑자기 형의 어깨를 덥석 잡고는 울먹이며 말했다.

"형! 다시는…… 다시는 그러지…… 마!"

치우천은 자신을 세상 누구보다 걱정하는 믿음직한 아우의 얼굴을 보며 미소를 잃지 않으려 애쓰면서 말했다.

"네 차례다, 비야."

치우비는 가쁜 숨을 몇 번 몰아쉬다가 정신을 차리고는 얼굴을 문지르고 뺨을 몇 번 때린 후 밖으로 나갔다. 다른 건 아무래도 좋았다. 형은 죽지 않고 멀쩡하다. 치우비는 활기가 넘치고 힘이 차올랐다. 그곳에는 알유가 서 있었다. 둘의 싸움은 볼만했지만 결국은 치우비가 몇 번 양보하다가 간단히 알유를 내던져 버렸다. 좀 싱거웠지만 앞에서 치우비를 원하던 사람들은 아쉬우나마 환호성을 올려 댔다.

마지막으로 쇠돌이가 나서서 의외의 격전 끝에 이부를 물리쳐 주신은 씨름에서도 세 번 모두 이기고 가장 힘센 부족이 되었다. 치우비가 씨름의 최고 승자가 되었다. 한 번도 지지 않아 으뜸이었기 때문이다. 상은 그 자리에서 바로 주어졌다. 그러나 치우비는 외쳤다.

"나는 상을 받을 수 없습니다. 내가 뽑힌 것까지는 어쩔 수 없으나 상은 끽구님께 드리겠습니다."

"내가 왜 받겠느냐?"

끽구가 외치자 치우비도 기탄없이 말했다.

"이번에는 형에게 제가 밀렸습니다만 다음번에 꼭 다시 겨루어서, 이긴 사람이 받도록 합시다. 그때까지 맡아 두십시오. 어떻습니까?"

끽구도 사양하려 했으나 조금 생각하다가 걸어 나와 치우비에게 말하며 악수를 청했다.

"우리 승부는 다음으로 미루자고? 그렇다면 좋다."

끽구는 흉한 얼굴에 기분 좋은 미소를 지으며 호쾌하게 껄껄 웃었다. 그도 성격이 시원시원한 용사였다. 사람들은 덩달아 기뻐하며 우레 같은 박수를 보냈다. 끽구와 치우비의 대결을 못 보아서 내심 섭섭했는데, 이렇게 다음을 기약하자 박수를 보냈다.

끽구가 머리를 긁적이며 살짝 물었다.

"그런데 네 형이 그렇게 세냐? 헌원님이 나중에 웃으시며, '희네에게는 너도 안 된다. 네가 죽을지도 모른다'고 하셨는데?"

치우비가 슬쩍 웃어 보였다.

"그러셨습니까?"

"그래. 그런데 난 그렇게 안 보이거든."

치우비는 새삼 눈물을 글썽이며 말했다.

"우리 형은 셉니다. 저는 손가락 하나도 못 당하죠……."

단순한 끽구는 우직하게 그대로 믿고 놀라며 물었다.

"그 정도냐?"

"물론입니다. 우리 형은 주신 전체에서 제일가는 용사랍니다!"

치우비는 자리로 돌아오며 속으로 외쳤다.

'그럼, 주신 제일의 용사는 우리 형님이다! 우리 형님이고말고!'

그들의 눈이 미치지 않는 먼발치에서 발이 그 광경을 보며 무엇인지 모를 복잡한 심정으로 눈물짓고 있었다.

무라의 초청

무라(武羅)는 사람의 얼굴에 몸에는 표범 무늬가 있었으며
허리가 가늘었고 이가 백옥처럼 희었다.
귀를 뚫어 금 귀걸이를 달고 있었으며
이것이 부딪힐 때마다 패옥이 울리는 소리가 들려 무척 듣기가 좋았다.
—『산해경(山海經)』,「중차삼경(中次三經)」에서

시합이 끝나자마자 회포를 풀 시간도 없이 치우비에게 카린산 여인
족이 진드기같이 달라붙었다. 그들은 전보다 더 애절하게 달라붙어 왔
다. 다른 사울아비들의 축하나 벗들의 환호를 받을 겨를도 없이 치우비
를 에워쌌다. 시간이 늦어 회의는 끝나고 울타리 문이 열려서 사람들이
반 정도 빠져나간 후였다.

"이제 저희와 같이 가시지요? 치우비님! 치우비님!"

치우천은 헌원의 행동을 깊이 생각하고 있던 참인데 여인족의 너무
하다 싶은 행동에 짜증이 나서 보기 드물게 화를 내며 소리를 질렀다.

"왜들 이러는 거요? 적당히 하시오! 일단 이유나 말하란 말이요!"

치우비도 역성을 들었다.

"그렇소. 형님의 말이 옳소."

여전사는 고개를 숙이며 말했다.

"죄송합니다. 저희가 하도 급해서 그만……. 그럼 조용한 곳으로 가
십시다."

"그럽시다. 우리가 밖으로 가지. 나갔다 오겠네."

치우 형제가 일어서자 야율쿠리나 치베 등이 껄껄 웃으며 빨리 돌아오라고 말했다. 일이 잘 풀려 다들 기분이 좋았다. 치우비가 나갈 때 초초룬이 웃으며 말했다.

"이봐 형제들! 나중에 한턱내라, 응?"

그러자 방금 만나 그새 친해진 듯 부루벼락이 초초룬에 넉살 좋게 외쳤다.

"한웅께서 이긴 것을 기뻐하셔서 술을 잔뜩 내신다 하니 그리로 가자, 응?"

"나중에 꼭 와라, 응?"

야율쿠리의 말을 뒤로하고 치우 형제는 여인족과 밖으로 나갔다. 그러나 치우 형제는 카린의 부족이 있는 곳으로 가지 않고 호젓한 울타리 구석 샘물가로 갔다.

여전사가 조심스레 말을 하기 시작했다.

"이렇게 저희가 용사님을 모시고자 한 것은……."

"바쁘니까 빨리 말합시다. 무슨 부탁이 있는 건가요? 아니면……."

여전사는 망설이다가 단도직입적으로 딱 잘라 말했다.

"무라마이께서는 치우비님과 혼인하시기를 바랍니다!"

"엑?"

치우비는 목이 말라 샘물을 마시다가 그만 물을 푸학, 하고 토해 버렸다. 치우비뿐만 아니라 놀라는 일이 드문 치우천마저도 눈을 휘둥그레 떴다.

"그게 무슨 낮도깨비 같은 소리요? 전에 한번 스치듯 본 것뿐인데 무슨 혼인이오!"

전사는 재잘재잘 떠들어 댔다.

"무라마이께서도 시집을 가셔서 후계자를 두셔야 합니다. 귀찮은 일이지만 부족장의 당연한 의무지요. 그러나 아직 자신의 상대가 되는 남자를 만나지 못했고, 자신의 마음에 드는 남자를 만나지 못해서 후계자를 두는 일을 미루셨습니다. 그러나 이번에 두 가지 조건을 다 만족시키는 치우비님 같은 분을 만났으니 저희로서도 기쁠 따름입니다. 더구나 무라님의 선물을 치우비님이 선뜻 받아 주셔서 무라님도 아주 기뻐하고 계십니다."

"이게 도대체 무슨 어이없는 소리란 말이냐?"

치우천이 화를 내며 말하자 치우비도 화를 냈다. 그러나 또 울고불고할까 봐 그렇게 소리를 높이는 못했다.

"무라가 뭔데 자기가 맘대로 정하는 거요? 나는 그럴 수 없소! 그럴 생각도 없고!"

"가셔야 합니다."

여전사가 딱 잘라 말하며 울리고 하자 치우비는 타이르듯 말했다.

"혼인은 서로가 좋아야 하는 법이오! 무라마이는 좋은 사람이기는 하지만, 한 번 보았을 뿐이고 말도 해 본 적 없소. 주신에서는 그렇게 혼인을 막 하지 않소."

"주신에서 어찌하는지는 잘은 모르지만, 그대로 맞추겠습니다. 아버님께는 이미 선물이 갔을 것입니다."

치우비는 당황스러움을 감추지 못했다.

"아니, 누구 맘대로 아버님께 선물을 보내? 형, 어쩌지? 우린 이제 혼났네, 혼났어."

치우우레는 누구보다 강직해서 그런 것을 질색으로 싫어했는데 난데없이 혼사가 들어온다면 필경 치우비가 무슨 사고라도 쳤다고 생각하실 게 아닌가? 치우천도 이런 일에는 어떻게 해야 할지 알 수 없었다.

더구나 아직 머릿속이 혼란스러웠다. 그래서 근엄하게 말했다.

"당신들은 모르고 그랬을 테지만, 큰 실례요. 좋은 사람이 있어도 자식이 부모에게 먼저 고하고 허락을 얻고 난 다음 인사를 나누는 것이 주신에서는 올바른 일이오. 당신들은 일을 잘못한 것이니 얼른 물리시오."

"그리고 나는 아직 장가 못 갑니다. 형보다 먼저는 못 가!"

치우비가 완강하게 말하자 여전사는 울먹이며 말했다.

"그렇다면 이렇게 하십시다. 당장 혼사를 올리지는 말고 우선 응낙만 해 주십시오. 치우비님을 카린족으로 데려가 영원히 살게 하겠다는 말이 아닙니다. 카린족은 여인족이고 치우비님은 영웅이신데, 원하지 않으신다면 어찌 그럴 수 있겠습니까?"

"그건 또 무슨 황당한 소리요?"

"무라마이께서 치우비님처럼 용감한 후계자를 둘 수 있도록 해 주시기만 하면 됩니다. 이번을 포함하여 앞으로 두 해에 한 번씩 도합 세 번만 저희를 방문해 주시면 됩니다."

형제는 얼굴이 시뻘겋게 달아올랐다. 결국 카린족은 자신의 씨를 받기를 원하고 있었다. 치우비는 숫총각이었다. 물론 안 될 것은 아니었다. 당시에는 서로 원해서 그렇게도 하고, 결혼하기 전의 처녀 총각이라면 마음에 드는 상대와 하룻밤 보내는 정도의 일은 종종 있었으며, 특히 전사들의 경우 밖으로 다니는 일이 많아서 더더욱 그러했다.

허나 치우비는 세상 제일의 용사가 되겠다는 치우천과의 약속을 지키기 위해 여자 쪽은 담을 쌓고 살아왔다. 게다가 어린 나이에 사울아비가 되었기 때문에 엄격한 훈련을 받아 여자를 접해 본 적이 없었다. 주신에서는 사울아비가 성인식을 치르기 전에 여자와 잠을 자는 것이 큰 죄였다. 더군다나 지금 치우비의 마음은 공손발에게 쏠려 있으니, 들을 것도 없이 안 될 말이었다.

들다 못한 치우천이 고함을 질렀다.

"갈수록 더하는구려. 내 아우를 무슨 씨돼지로 생각하는 거요?"

"아니…… 아닙니다. 어찌……."

치우비도 화가 나서 외쳤다.

"쑤앙마이가, 무라마이가 뭐 그리 대단하오? 이건 사람을 사람 취급도 안 하는구려!"

"그런 것이 아니라 깊은 사연이 있습니다. 가 주시지 않으면 우리는 모두 죽습니다……."

치우천이 되받아 쏘아붙였다.

"무라가 그런 사람일 줄 몰랐소! 족장을 잘못 모셨으니 그러면 죽는 수밖에 없지. 안 되겠소!"

"그게…… 그게 아닙니다! 이건…… 이건 다 제 잘못입니다. 무라마이가 그러시는 게 아닙니다. 우리 부족은…… 우리 부족 전체가 망해 죽을 수밖에 없습니다!"

여인족은 자신을 납치하려고까지 했고 너무 진드기처럼 붙은 터라, 치우비는 이 말을 듣고도 불쌍한 마음이 들지 않았다. 그는 냉정하게 말했다.

"또 무슨 수작을 부리려는 거요?"

여전사가 길게 탄식했다.

"무라마이시여! 용서하십시오! 제가 얕은 수작을 부려 일을 망쳤습니다!"

여전사는 자신의 돌칼을 빠르게 뽑아 목을 향해 찔러 갔다. 동시에 치우비를 잡기 위해 몰려왔던 열두 명의 여전사 모두 똑같이 행동했다. 그때까지만 해도 치우비나 치우천은 여전사들이 자신들을 데려가기 위해 일부러 겁을 주려고 그리 말했거니 생각했으나 그들은 정말 목숨을 끊으려 하는 것이 아닌가?

치우비는 알 수 있었다. 그들이 협박을 하려고 거짓으로 그런다면 칼에 그런 속도가 붙을 리 없었다. 그들은 죽을 결심으로 있는 힘을 다해 목을 찌르고 있었다. 치우비는 깜짝 놀라며 번개같이 땅으로 손을 뻗어 양손에 흙을 쥐고는 흙덩이 두 개를 여전사들에게 던지며 몸을 날렸다.

치우비가 양손을 크게 휘젓자 앞쪽에 서 있던 여섯 명의 여전사가 치우비의 팔 힘을 이기지 못하고 칼을 떨어뜨리며 넘어졌다. 그리고 던져진 두 개의 흙덩이는 각각 줄 앞에 섰던 여전사 두 명을 맞혔고 여전사들은 그 힘을 이기지 못해 뒤로 밀려나며 뒤쪽의 여전사들과 함께 쓰러지며 뒹굴었다. 그러나 제아무리 치우비라도 두 명의 남은 여전사에게는 손이 미치지 못했다. 악! 하는 소리와 함께 두 여전사는 자신의 칼에 목이 반이 날아가 피를 뿌리며 뒹굴었다. 치우천과 치우비 형제는 안색이 하얗게 변했다. 이 여자들은 진심이다! 치우천이 노하여 소리쳤다.

"무라! 정말 악독하군! 아우야! 그 귀신 같은 여자를 그냥 두면 안 되겠다!"

그러자 엎어졌던 여전사가 깜짝 놀라며 외쳤다.

"무라마이를 욕하지 마십시오!"

"당신들, 명령을 못 지키면 무라가 죽일 것이므로 자살하는 것 아니오?"

치우천이 외치자 여전사는 펄쩍 뛰었다.

"아닙니다! 아닙니다! 무라마이는 좋은 분입니다! 그러실 분이 아닙니다!"

치우천은 고개를 저었다.

"당신들이 하도 거짓말을 하니 못 믿겠소!"

여전사가 엉엉 울며 말했다.

"우리 부족이 망합니다. 이것은 정말입니다. 아아…… 이것을 입 밖에 내니 나는 이제 살 수 없습니다. 하지만 죽을 때 죽더라도 무라마이께서 욕을 먹게 할 수는 없지요."

"그런 말이 어디 있소? 아우가 무라와 자면 부족이 살고 안 그러면 다 죽는단 거요?"

"이야기가 복잡합니다……. 맹세코 정말입니다. 죽는 마당에 뭐가 무서워 거짓을 말하겠습니까? 제발 무라마이를…… 무라마이를 만나 보세요……. 제발……."

여전사는 행여 치우비가 또 방해할까 봐 칼을 짧게 쥐고 가슴을 찔러 자살해 버렸다. 너무도 참혹한 모습에 치우비와 치우천은 서로를 바라보며 입을 벌렸다. 그러다 치우비가 급히 외쳤다.

"당신들 더 이상 죽지 마시오! 한 사람이라도 더 죽으면 나는 절대 안 갈 것이오!"

그 말에 여전사들은 엉엉 울면서 고개만 숙였다. 치우천이 나섰다.

"아무리 그래도 당신들은 회의장 안에 무기를 숨겨 온데다 사람이 죽었으니 이것도 큰일이오. 어서 수습해 떠나시오."

"언제 오시렵니까?"

하는 수 없이 치우천이 치우비에게 말했다.

"비야, 이대로 두면 일이 커지니 내가 다녀오마. 둘 다 빠질 수는 없으니 내가 이야기를 들어 보는 게 낫겠다."

치우비는 승리의 영예 때문에 함부로 움직이기가 힘들었다. 여전사들이 난처한 빛을 보이자 치우비가 쐐기를 박았다.

"형님이 가시는 건 내가 가는 것과 다름없소. 그것도 싫으면 관두시오."

"아닙니다. 감사히 모시겠습니다."

"형에게 무슨 수작을 부리면 모두 죽을 줄 아시오!"

여전사들은 염려 말라고 했다. 그들은 죽은 세 사람을 아쉬워하여 슬피 울면서 시체를 업고 치우천과 함께 사라져 버렸다. 개명수는 시합을 마쳤을 때 돌아갔는지 자리에 없었다. 바닥의 핏자국을 보고 치우비는 한숨을 쉬었다.

"이게 대체 무슨 일인가? 정신을 못 차리겠네."

치우비는 당황하여 혼잣말로 중얼거렸다.

"아까 발이…… 발이 이야기를 들었을까? 만약…… 만약 그랬으면……."

아까 흥, 하며 사라지던 발의 쌀쌀맞은 눈매가 생각나서 치우비는 어쩔 줄 몰랐다.

치우천은 카린족의 안내를 받아 그들의 막사로 거침없이 향했다. 무라나 누루마이를 만나 따져 보고, 만약 정 고집을 부리면 호통이라도 치고 나올 생각이었다. 허나 내심으로는 무라나 누루마이가 그 정도로 옹졸하다고는 생각하지 않았다.

카린 부족의 막사에 도착하자 치우천은 눈을 크게 떴다. 카린 부족의 막사는 여느 막사처럼 가죽이나 나무로 지은 것이 아니라 색색의 새털로 짜여 화려했기 때문이다. 막사는 열 채가량이었는데 한 막사에 백 명 이상 들어갈 수 있을 듯했다. 카린족 여전사들은 중앙의 가장 크고 화려한 막사 앞에 줄을 지어 서 있다가 치우천이 다가오자 고개를 숙이며 공손히 절을 했다.

치우천은 그 모습이 오히려 더 보기 싫어서 눈살을 찌푸렸다. 치우천이 성큼성큼 막사 안으로 들어서자, 주신 말을 하던 여전사가 부리나케 치우천의 뒤를 따르려 하기에 치우천은 지나 말로 한마디 했다.

"필요 없소."

그러나 여전사는 고개를 끄덕이며 들어가라 권하고 함께 따라 들어왔다.

막사 안으로 들어서자 나란히 앉은 누루마이와 무라의 모습이 보였다. 그들 앞에는 많은 음식과 향기로운 냄새가 나는 술이 차려져 있었다. 무라나 누루마이도 가면은 벗지 않았으나 아까와는 달리 화려한 깃털로 짠 옷을 입고 있었다.

치우천이 들어서자 누루마이가 웃으며 말을 했다. 지나 말이었다.

"희네가 오셨군?"

"이제는 희네가 아니라 치우천입니다. 이야기를 들어 보려 이곳에 왔습니다."

"자네라도 와 주어서 정말 고맙네. 혹 실례되는 일은 없었는지?"

"좀 안된 일이 벌어졌습니다."

"일단 앉게나."

누루마이가 말하자 치우천은 엄숙하게 말했다.

"앉기 전에 한 가지 물어봐야겠소. 누루마이, 무라마이."

누루마이와 무라가 고개를 끄덕이자 치우천이 말을 이었다.

"주신 사울아비, 치우천이 말하오. 난 당신들이 좋은 사람이라 생각했소. 그런데 두 가지 점이 마음에 안 듭니다. 그에 대해 납득할 수 있게 해 주어야 앉겠고, 그래야 계속 벗으로 삼을 것이오."

이번에는 무라가 입을 열었다.

"무엇이든 궁금한 점이 있으면 꺼리지 마시고 말하십시오."

조용하지만 온화하고, 다소 굵으면서 나직한 목소리였다.

치우천이 말했다.

"첫째로, 당신들은 내 아우에게 묻지도 않고 그를 불러 그…… 그……

후계자를 만든다고 했소. 나는 날벼락을 맞은 기분이오. 내 아우는 함부로 행동하는 사람이 아니오."

무라나 누루마이는 태연하게 듣기만 했다. 그녀들이 반응을 보이지 않자 치우천은 의아하여 헛기침을 한 다음 말을 이었다.

"두 번째, 그렇다 해도 당신들 부족 풍습이 그렇다면 그런 청을 할 수도 있다고는 생각합니다. 그런데 왜 부하들이 목숨을 걸게 만들어서 내 아우를 강제로 끌고 오려고 한 겁니까? 나는 정말 기분이 좋지 않소."

그 말을 듣고 무라와 누루마이는 의아한 표정을 지었다. 그러자 아까 따라 들어왔던 여전사가 얼굴을 붉히며 말했다.

"그건…… 그건 저분들 탓이 아닙니다. 목숨을 걸라고 하신 적은 없습니다."

"그냥 가면 다들 죽는 게 낫다고 하지 않았소?"

"부족 전체가 살고 죽는 일이 걸렸기에 그런 것입니다. 무라마이나 누루마이 두 분은 그런 말씀은 하지 않으셨습니다."

"무엇이 부족 전체가 살고 죽는 일이란 말이오?"

"아이구, 설명하자면 긴데요?"

"아무리 길어도 들어야겠소. 누루마이, 무라마이 둘 중 어느 분이라도 이야기해 주시오."

그러면서 고개를 돌리자 무라는 어느새 화가 난 안색으로 바뀌어 있었다. 무라가 벌떡 일어나더니 여전사에게 번개같이 다가와서 따귀를 철썩철썩 갈겼다. 너무도 빠르게 움직여서 치우천도 말릴 겨를이 없었다. 그러나 그래도 치우천이 말리려 하자 여전사는 안 된다는 눈빛으로 치우천을 쳐다보았다.

'하긴, 자기 부하를 자기가 치는데 내가 끼어들 일이 아니지.'

그래서 치우천은 가만히 있었다. 이윽고 무라가 때리기를 멈추고 치우천에게 말했다.

"미안합니다. 좋게 청하려 했을 뿐인데…… 부하들이 오히려 기분을 상하게 해 드렸다고요……"

"기분은 상했습니다. 하지만 할 수 없죠. 사정이나 들어 보리다."

여전사의 얼굴이 환해지며 물었다.

"사정 이야기를 해 드리면 도와주시겠습니까? 저희 무라마이께서는 정말로 좋으신……"

무라가 노려보자 여전사는 얼른 입을 다물었다. 무라가 치우천을 쳐다보며 공손하게 말했다.

"나도 부끄러웠습니다. 세상에 어느 여자가 뻔뻔스럽게 그런 말을 하겠습니까? 하지만……"

무라가 망설이다가 물었다.

"아우님의 뜻은 어떤지요?"

치우천은 정중하지만 단호하게 대답했다.

"내 아우는 전혀 그럴 뜻이 없소."

무라는 흠칫하더니 조용히 치우천의 뒤로 돌아섰다. 그 순간 무표정한 눈에 눈물이 조금 글썽거리는 것 같았다. 그러나 곧 태연한 음성으로 등을 돌린 채 말했다.

"아무래도 상관없습니다. 당연히 아우님이 결정할 일이지요. 나래님 같은 영웅을 볼 수 있어서 기뻤답니다. 이름을 떨치고 돌아가시기를 바랍니다."

"지금은 나래가 아니라 치우비입니다."

"아, 그렇군요."

그때 뒤에 서 있던 여전사가 갑자기 자리에 엎어지면서 엉엉 소리를 내며 통곡을 했다. 치우천이 깜짝 놀라서 보니 저만치에서 누루마이도 고개를 푹 숙인 채 끊임없이 눈물을 흘리고 있었다. 무라는 치우천에게 등을 보이고 뒤로 돌아선 채 꼼짝도 하지 않았다.

치우천은 이상하다 여겼으나 속임수가 아닐까 하는 생각도 들었다. 생각할수록 야릇했다. 속임수라 생각하면 속임수 같았고, 절실한 사연이 있는 것도 같았다. 치우천은 생각에 잠겼다.

'카린 쑤앙마이족 여전사들은 용맹하기로 유명한데 설마 속임수로 이렇게 우는 꼴을 보일까? 누루마이만 해도 칼을 든 채로 유망을 만나려고 싸움도 마다하지 않으려 했잖은가? 여전사들도 아까 비를 못 데려가게 되니 정말로 자살하려 했다. 속임수 같지는 않은데⋯⋯.'

그러나 비렴의 당부나 공손발을 생각하는 아우 비가 떠오르자 군이 간섭해서 좋을 것 같지도 않았다. 무라에게 호감이 있기는 했지만 오랜 친구도 아니었다. 치우천은 조금 생각하다가 그냥 고개만 숙여 보이고 막사를 나서려 했다. 아무도 그를 잡지 않았다. 막사의 깃털 휘장을 막 들치는 순간, 치우천은 수많은 여인족이 전부 땅에 주저앉아 울고 통곡하는 모습을 보았다. 치우천은 깜짝 놀랐다.

'이 여자들이 왜 이러지? 미쳤나?'

일이 이렇게 되고 보니 치우천도 난처해졌다. 대놓고 붙들었으면 어떻게든 헤치고 나와 버렸을 테지만, 붙들지도 않고 울고만 있으니 측은한 마음이 들었다.

'아무래도 무슨 사연이 있는 것 같구나⋯⋯. 어떻게 하나?'

치우천은 마음이 약해져서 생각을 정리했다.

'나는 사울아비다. 남의 어려운 일은 도와주어야 한다. 하물며 이 꼴을 어떻게 그냥 보는가? 아무리 이 여자들을 믿을 수 없다 해도 이런 꼴을 보이는 데에는 곡절이 있을 것이다. 아우를 장가보내지는 않더라도 무슨 이야기인지 들어 보는 게 좋겠다.'

치우천은 휘장을 내리고 다시 안으로 들어섰다. 무라와 누루마이와 여전사는 꼼짝도 하지 않고 굳은 듯 그대로 있었다. 누루마이는 몇 년이나 더 늙어 보였고 여전사는 통곡하고 있었으며 무라도 조용히 서 있었지만 울고 있음이 분명했다. 꾸며서 할 수 있는 짓이 절대 아니었다. 그것을 보자 치우천은 결심을 했다.

'좋은 일을 하는 데 무슨 이유가 있는가? 이들도 사람이고 사람이라면 누구라도 도와야 하는 것이 안파견 한님의 뜻이 아니던가?'

치우천은 활달하게 웃으며 누루마이 앞으로 가서, 잘 차려진 말린 과일 중 하나를 집어 입에 쏙 넣었다. 그러면서 입을 열었다.

"아주 맛있군요. 맛있어요. 당신들의 부탁은 들어주지 못하지만, 이런 좋은 대접을 받았으니 그냥 갈 수는 없군요. 우리 이야기나 좀 더 나눌까요?"

치우천이 말꼬리를 늘이자 통곡하던 여전사가 고개를 들었다. 치우천은 일부러 과일을 우물거리며 계속 말했다.

"나도 내 아우도 무라마이, 당신이 싫은 것은 아닙니다. 당신은 훌륭한 전사이고 존경할 만한 마음을 가진 것 같습니다. 하나만 묻겠습니다. 내가 청을 거절했으되 나나 내 아우를 아직 벗으로 여깁니까?"

그 물음에 무라는 석상같이 등을 돌린 채 고개만 단호하게 끄덕였다. 흰 머리칼이 어깨 위에서 출렁이며 흔들렸다. 그것을 보고 치우천은 말을 이었다.

"나도 당신들을 벗으로 생각합니다. 그러니 내가 안 된다고 한 일 말고 도울 수 있는 일이 있으면 무엇이든 돕겠습니다. 내 아우도 기꺼이 도울 것입니다."

누루마이는 고개를 들고 치우천을 바라보다가 이윽고 고개를 저으며 말했다.

"안 된다, 안 돼. 자네가 아무리 영리하고, 자네 아우가 아무리 힘이 세도 그냥은 안 돼."

"누루마이, 주신 사울아비 치우천이 말합니다. 무슨 일인지는 잘 모르지만 당신들은 우릴 도와주었으니 우리도 당신을 돕고 싶습니다. 벗으로서 무슨 일인지 묻지도 못합니까?"

누루마이가 대답했다.

"이것은 싸움도 아니고, 머리로 될 일도 아니네."

"무슨 일인데 그렇습니까? 꼭 내 아우가 장가를 들어야 되는 이유가 뭡니까?"

그러자 누루마이는 슬픈 표정으로 무라를 돌아보았고, 무라는 꼼짝도 하지 않았다. 누루마이가 슬픈 듯 고개를 돌려 지나 말로 이야기를 시작했다.

"이야기해 주겠네. 무라는…… 무라는 이번에 시집가지 못하면 괴물에게 시집을 가야 하기 때문이야. 무라는…… 무라는 내 조카딸일세. 마음이 괴롭네."

치우천은 깜짝 놀랐다.

"괴물에게 시집가다니, 그게 무슨 말입니까?"

누루마이가 깊이 한숨을 쉬고 말했다.

"우리가 사는 카린산 주변에 괴물이 하나 있다네. 그런데 그 괴물이 무라를 얻고 싶다고 말했단 말일세. 괴물이 돌아오기까지는 여섯 달도 안 남았네. 회의를 마치고 돌아가면 괴물이 바로 찾아올 것일세."

"괴물이라니, 믿을 수 없군요."

"믿을 수 없어도 정말이네."

"괴물을 물리치면 될 것 아닙니까? 왜 꼭 혼인을 해야 합니까?"

"그 괴물은 상대할 수가 없어. 원래 선인이었는데 부정을 타서 타락

해 괴물이 되어 버렸다네. 그놈은 힘이 센데다가 안개처럼 흐릿하고 투명해지는 재주가 있어서 어떤 무기로도 해칠 수 없고 불이나 물, 무엇으로도 상처 입힐 수가 없다네. 단 하나, 특이한 사람의 주먹만이 놈에게 타격을 줄 수 있지."

치우천이 고개를 갸웃거리자 누루마이가 다시 말했다.

"그 괴물은 무라의 부족 사람들을 많이 해쳤네. 그 때문에 무라는 쑤앙마이께 싸움 기술을 배운 후 괴물과 용감하게 대적했지. 무기를 쓰지 않고 주먹으로만 싸우는 무라의 기술도 사실 그놈과 싸우기 위해 배운 것일세. 무라는 달의 정기를 받고 태어난 아이라서 무라의 주먹만이 괴물에게 상처를 줄 수 있었다네."

"달의 정기라……. 그런데요?"

"그러나 무라는 괴물에게 졌다네. 세 번이나 찾아가서 겨루었으나 이길 수가 없었네. 괴물은 쓰러진 무라를 해치지 않고 희한한 소리를 했지. 무라가 마음에 들었으니, 자신에게 자진해서 두 해 내로 시집을 온다면 더 이상 무라의 부족을 해치지 않겠으며 도리어 무라의 부족을 지켜 주겠다고 했다네. 그래서 하는 수 없이 부족을 위해 그렇게 하기로 맹세를 했다네."

치우천은 고개를 갸웃했다.

"그 괴물의 말을 어찌 믿는단 말입니까? 그리고…… 만약 그렇다면 그냥 시집가 버리면……."

"괴물에게 무라를 어찌 보내겠는가? 더구나…… 더구나……."

누루마이는 말을 잇지 못하고 울먹거리다가 덧붙였다.

"괴물은 무라와 같이 살려는 것이 아닐세! 무라의 기운을 빨아 먹으려는 것이야! 무라는 달의 기운을 받아 태어난 아이일세. 무라의 기운을 빨아먹고 부정을 씻어 예전의 선인으로 되돌아가려는 것이네!"

치우천은 놀랐다. 믿기 힘든 이야기였지만 거짓말 같아 보이지는 않았다. 누루마이가 울면서 말했다.

"그런 사실을 알게 된 것은 그 일이 있고 한 해 뒤, 어느 지나가던 다른 선인에게 듣고 나서였어. 그 선인도 괴물이 너무 강해 도와줄 수 없다고 말했다네."

"여전사들은 왜 스스로 목숨을 끊었습니까?"

"무라의 부족은 무라를 대단히 존경하지. 부족 사람들은 무라에게 부족이 망하는 한이 있어도 그럴 수 없다고 했지만, 무라는 이미 약속해 버렸으니 할 수 없다고 했다네. 부족을 망하게 할 수는 없지 않느냐는 것이었어. 그래서 부족 사람들은 자신들이 죽더라도 무라만큼은 살리자고 맹세를 했네! 방법이 사라지자 부족 전사들은 죽어서라도 자네 아우를 청하려고 한 것일세!"

우천은 고개만 끄덕였고 누루마이는 계속 서글프게 이야기했다.

"우리는 쑤앙마이께 도움을 요청했고 쑤앙마이께서는 좋은 꾀를 일러 주셨네. 괴물은 두 해 내로 무라가 시집오면 된다고 했지만, 그사이 무라가 힘센 남자에게 시집을 가서 지아비와 함께 괴물을 물리치면 된다는 것일세. 그러나 적합한 남자를 찾기는 지극히 어려웠어. 생각다 못해 나는 세상의 부족이 다 모이고 제일 뛰어난 용사들이 모일 이 태산 회의에 무라를 데리고 온 것이야. 그래서 간신히 한 사람을 찾았는데……."

누루마이는 말꼬리를 흐렸다. 그러자 치우천이 잠시 생각하다가 입을 열었다.

"뭐가 문제인지 모르겠습니다. 만약 내 아우가 그 괴물을 이길 수 있다면 굳이 무라에게 장가들지 않아도 되지 않습니까? 달의 정기가 없으면 괴물을 아무도 당해 낼 수 없다는 말인가요?"

"슬프게도 그렇다네. 무라에게 장가를 들어 달의 정기를 나누어 받은 자가 아니면 괴물을 죽일 수 없는 거야. 자네 아우가 아무리 힘이 세도 괴물을 건드리지 못하네. 그렇지 않으면 무라처럼 달의 정기를 받고 태어난 자를 찾아야 하는데, 그런 남자를 어떻게 찾겠는가? 무라 같은 아이는 수백 년 만에 한 번 태어날까 말까 한 아이란 말일세!"

이쯤 되니 치우천도 뾰족한 수가 생각나지 않았다. 누루마이는 계속 말했다.

"더군다나 달의 기를 몸에 받는 것도 보통 일이 아니지. 웬만한 사람은 힘을 버티지 못하고 달의 정기를 받은 후 일곱 날이 지나면 죽기 십상이야. 그러니 자네 아우가 도와주지 않는다면 무라는 괴물에게 가서 죽는 수밖에……."

장승처럼 가만히 서 있던 무라가 그만두라는 듯 버럭 소리를 질렀다. 누루마이는 입을 다물었으나, 이번에는 주신 말을 하는 카린족 여전사가 치우천에게 말했다.

"치우비님이 도와주시지 않는다 해도 우리 부족은 무라마이를 위해 목숨 걸고 괴물과 싸울 것입니다! 무라마이를 어떻게……."

치우천은 곰곰 생각하다 입을 열었다.

"세상에 그런 괴물이 있다는 말은 듣지 못했습니다. 그런 놈은 선인이 된다 해도 흉한 선인이 될 것이니, 살려 둘 수 없을 것 같습니다. 누라마이, 무라마이, 우리가 도와주겠습니다."

그 말에 누루마이가 대뜸 물었다.

"자네 아우를 무라에게 장가보내겠다는 것인가?"

"그건 곤란합니다."

"그렇다면 어떻게?"

"방법이 있을 것입니다. 달의 정기를 받으면 상처를 입는다 했으니

다른 방법을 찾을 수 있을 것입니다. 제가 세 큰스승께 여쭈어 보면 무슨 방법이 나올 것입니다."

그러자 누루마이는 눈을 크게 떴다.

"세 큰스승이라면……? 주신의 풍백 운사 우사 말인가?"

"그렇습니다."

"그분들이라면 방법이 있겠지만, 세 스승은 결코 주신 밖 사람에게는 술법을 쓰지 않는다고 들었는데……."

"스승님들을 직접 카린까지 가시게 할 수는 없는 노릇입니다만 어쨌든 방법을 찾아보겠습니다. 방법이 있을 것입니다."

누루마이는 절망스러운 듯 고개를 저었다.

"세 스승은 도와주지 않을 것이야. 만약 자네가 도와준다 해도 자네들이 쓸 수 있을 만한 쉬운 방법으로는 괴물을 이기지 못해. 그런 방법이 있었다면 쑤앙마이께서도 벌써 아셨을 것이야. 세 스승을 직접 모시지 못한다면 힘들 것일세."

곤륜의 쑤앙마이(서왕모)는 이미 천 살을 살아 선인의 경지에 이르렀다고 전해지는 대술법가였다. 주신의 삼사도 대단했지만 쑤앙마이는 그들을 능가한다고도 전해졌다. 그녀는 천 년 전 홀몸으로 카린산에 올라 도를 깨우친 후 그 힘으로 부족을 모아 카린산 전체의 부족을 이끌었고, 여인족 제도를 만들어 지금에 이르고 있다는 신비의 존재였다. 그런 쑤앙마이도 별 도움이 안 된다는 말을 듣자 치우천은 입술을 깨물었다.

"아직 무어라 구체적으로 말씀드릴 수는 없습니다만 도울 수 있는 길을 찾아보겠습니다."

"말이라도 고맙네만 방법이 없네. 자네는 우리가 전에 유망을 찾아간 것을 기억하는가?"

"기억합니다."

"우리는 지나족과 가까운 사이도 아닐세. 하지만 그 일 때문에 유망에게 도움을 청하러 간 것이야. 쑤앙마이가 애지중지 가르친 소녀도 내주었고 건방진 유망의 비위를 맞추어 주었네. 그러나……."

"유망이 무엇을 해 준다고 한 것입니까?"

"유망에게는 달의 정기를 받은 보석이 있다고 들었네. 그것과 바꾼 것일세. 그 보석으로 무기를 만들면, 그놈에게 상처를 입힐 수 있을지도 모른다 생각했지."

"그런데요?"

갑자기 누루마이가 버럭 화를 냈다.

"제기랄! 그 보석은 아무 소용이 없네! 색깔만 달빛과 비슷하지 달의 정기를 받은 보석이 아니야! 귀하기는 하지만 우린 헛걸음만 한 것이네. 그전에는 혹시나 했지만 이제는 정말 자네 아우 말고는 방법이 없어!"

"다른 힘센 용사들도 있지 않습니까?"

마침내 입을 굳게 물고 있던 무라가 입을 열었다.

"보통 용사가 괴물을 죽일 수 있다면 내가 죽였을 겁니다. 나는 괴물과 세 번이나 겨뤄 봤어요. 나는 태산 회의장을 다 돌아보았지만 괴물을 이길 만한 사람은 세 명뿐이었습니다. 달의 정기가 힘을 더 세게 해 주지는 않습니다. 괴물을 칠 수 있게 해 줄 뿐이죠. 그러므로 강한 사람이 받아야 합니다."

"그게 누구누구요?"

"형천과 끽구, 그리고 나래, 아니 치우비입니다."

"미안하지만 형천이나 끽구는 안 됩니까?"

"그분들은 너무 늙었어요. 부족을 위해서라면 해골에게도 시집갈 수 있지만 나이 많은 사람은 정기를 못 받아요. 스무 살이 안 된 젊은이만 가능하죠."

"거참, 까다롭군요."

치우천은 머리를 긁적였다. 품위 없는 행동이지만 치우천이 하면 기이하게 대단히 매력적으로 보여 무라도 살짝 그쪽으로 눈을 돌렸다. 치우천이 혼자 중얼거리듯 말했다.

"나는 믿을 수 없습니다. 쑤앙마이가 틀릴 리는 없지만, 괴물을 상대할 다른 방법이 반드시 있을 것입니다. 제가 알아보겠습니다."

그러자 누루마이가 서글프게 말했다.

"다른 방법은 없네. 정말…… 정말 자네 아우는 싫다 하는가? 무라가 뭐가 부족해서……."

치우천이 고개를 저었다.

"무라마이가 내 아우에게 좋은 느낌은 있지만 진심으로 내 아우를 좋아하는 것은 아니잖습니까? 아우도 마찬가지입니다. 무라마이는 좋은 분이지만 아우는 그리 가깝게 느끼지 않습니다. 단순히 그런 이유만으로 그런 짓을 하는 건 짐승이나 마찬가지입니다."

누루마이가 버럭 화를 냈다.

"부족이 다 죽어도 말인가? 많은 부족 사람을 살리기 위해서인데 그만한 부탁 하나 못 들어준다는 말인가?"

그러자 치우천이 못을 박듯이 말했다.

"제가 약속하겠습니다. 반드시 방법을 찾아 괴물을 물리치겠습니다."

"만약 안 되면?"

"제 목숨을 걸죠."

누루마이가 애원하다시피 말했다.

"그러느니 자네 아우에게 부탁하는 것이 낫잖은가? 혼례를 올리지 않아도 좋고 영원히 아무도 모르게 비밀로 해 줄 수도 있네!"

치우천은 완강했다. 이상하게 여자 문제에 있어서 치우천은 대단히 완강했다.

"일단 그냥 싸워 보겠습니다."

별안간 누루마이가 눈을 빛내며 다가와서 치우천을 자세히 살펴보았다. 치우천은 이 여자가 왜 그러나 싶어 당황했는데 누루마이가 냉소를 흘렸다.

"자네, 홀려 있군. 아, 이제 끝장이다……."

"네?"

"자네는 누군가의 주술에 걸려 있네. 무시무시할 정도로 강력한 주술에! 그래서 여자 문제만 나오면 그리 피하고 외면하는 것이야! 자네만 아니라 아우에게까지도 영향을 끼칠 만큼! 그것을 아는가?"

치우천은 섬뜩했다. 그러고 보니 이상하게 자신은 여자와의 관계에서는 항상 깨끗했고 사심이 없었다. 혈기가 번득이는 젊은 나이인데도 그러했다. 신시에서도 치우천을 좋아하는 여자들은 많았고 유혹도 많았다. 그러나 치우천은 아직 숫총각이었다. 가깝게는 툰툰의 부락에서도 얼마든지 기회가 있었고 소녀 같은 절세미인이 유혹하기까지 했다. 그런데도 치우천은 단 한 번도 그런 요구에 응한 적이 없었다. 왜 그랬을까?

"나는 주술에 걸린 적이 없습니다."

"아니, 틀림없네. 아주 아주 강하고 흔적도 보기 힘든 주술이야! 나는 쑤앙마이의 사람일세! 남녀 관계의 일은 쑤앙마이가 세상 제일이네! 주신 삼사나 어떤 선인도 못 따라와! 나는 알 수 있네. 자네는 주술에 씌어 있어! 그것도 상상도 못할 만큼 무서운 여자의 주술에! 이건 풀 방법도 없네! 쑤앙마이께서도 못 푸실 것이야!"

"말도 안 됩니다. 그런 여자가 어디 있습니까? 그리고 왜 저에게 그런 주술을 겁니까? 저는 아무렇지도 않습니다."

"거짓말! 나는 괜한 소리를 하는 것이 아니네. 자네는 분명 숫총각일세! 아직 한 번도 여자와 자 본 일이 없지? 아니, 잘 기분도 들지 않았지? 괜한 소리가 아닐세. 아, 이제 끝장이군. 자네는 결코 우리 부탁을 들어주지 않을 것일세……"

치우천은 입술을 깨물었다. 도대체 누가 그랬을까? 왜 그랬을까? 이것도 누루마이의 술책일까? 아니면 정말일까? 누루마이는 기가 꺾인 듯이 말을 이었다.

"걱정 말게나. 그 주술이 자네를 해치는 것은 아닐세. 주술을 건 여자는 반드시 자네 앞에 나타날 것이야. 다시 나타나지 않으려면 뭐하러 그 주술을 걸었겠는가? 자네는 신경 쓸 것이 없네만…… 우리는 그 때문에 망했군그래……"

누루마이의 목소리는 무척 서글픈 어조를 띠었다. 치우천이 고개를 저었다.

"믿을 수 없습니다. 어쨌든 당신들 일은 꼭 도와주겠습니다."

그 말을 끝으로 치우천은 밖으로 나와 버렸다. 주술이 걸려 있다는 누루마이의 말이 사실일까 두려웠다. 그렇다고 시험하기 위해 아무 여자나 유혹할 수도 없다. 아니, 그것 또한 주술 때문일까?

'내가 유망의 비밀을 보고 한숨을 쉬었는데 내가 그 꼴이구나! 하여간 지금은 생각하지 말자!'

치우천은 그날부터 큰 고민거리가 생겼다. 그 말은 치우비에게조차 하지 않았고, 단지 누루마이와 무라의 이야기만 들려주었다. 치우비는 밭 생각에 빠져 다른 여자는 눈에 보이지도 않는 상황이라 부탁을 들어줄 리 없었다. 두 형제는 어떻게 도울 방법이 없을까 고민해 보자는 이야기만 잠깐 나누었을 뿐이다.

벗들의 결의

"대체 왜 재주 없는 놈들이 높은 자리에 올라 떵떵거리는 거죠?
언제 이게 시작된 겁니까?"
"아주 오래된 일이야. 누가 알겠나?
안파견 한님 때부터일지, 혹은 그전부터일지!
아무튼 사람이 모여 사는 이상 이런 일은 노상 있었을 거야."

치우비와 치우천이 울적하여 느지막이 막사로 돌아오자 요란한 환영
식이 기다리고 있었다. 어느 사이에 모였는지 사울아비들이 다 모였고,
친구인 양역을 비롯하여 다른 젊은 사울아비들도 잔뜩 모여 있었다. 그
리고 다른 부족의 친구들까지 모여 있었다. 응원하던 자들이 전부 몰려
온 듯했다.

그 앞에는 오랜만에 아들들 앞에 모습을 드러낸 아버지 치우우레도
있었다. 위엄 있는 치우우레는 묵묵하고 엄숙하게 서 있었으나 아들들
이 나타나자 참지 못하고 눈물을 흘렸다. 치우우레의 끔찍한 자식 사랑
을 아는 사람들은 그것을 보고 남몰래 흐뭇하게 웃었다.

"이 녀석들아! 아이구, 이 녀석들아!"

치우우레는 두 아들을 한꺼번에 감싸 안고는 마구 흔들어 댔다. 치우
우레로서는 실로 생애 최고의 날이라고 할 수 있었다. 자신도 이름이 널
리 알려진 용사였지만 그렇게 큰 자리에서 나래처럼 당당하게 승리자
가 된 적은 없었다. 전말이야 어찌 되었건 형인 희네도 용감하게 끽구와

맞서 결과적으로는 항복을 받아 내지 않았는가.

사실 희네가 끽구와 맞서기 위해 나갔을 때 눈이 뒤집히게 놀란 양역이 만사를 제치고 달려가 치우우레에게 알렸고, 치우우레는 충성스럽고 엄격한 사람임에도 모든 것을 잊고 달려 들어왔다. 그런데 일이 잘 풀려 희네는 무사했고, 나중에 비럼 이야기를 슬쩍 들으니 주신이 이기도록 꾀를 내고 지휘한 사람이 바로 치우천-희네였다고 하니 기쁘지 않을 수 없었다. 그러나 치우우레는 그런 공보다 아들들이 험한 시합을 겪고도 무사한 것만이 그저 반가웠다.

"이 녀석들아! 희네 이놈아! 그런 위험한 일일랑 다신 마라. 다신 하지 마라!"

치우우레는 떨리는 목소리로 조그맣게 몇 번이나 이야기했고 아버지의 따뜻한 마음에 치우천은 눈물을 지었다. 치우비도 웃으며 말했다.

"이젠 천, 비입니다. 아버지. 한웅님 앞에서 이름을 받았다구요!"

"그래도 내 마음에는 항상 어린 희네, 나래다. 이놈들아, 난 너희 아비잖느냐!"

치우우레는 텁석나룻을 아들들의 뺨에다 따갑게 비비다가 이윽고 정신을 차리고 뒤로 물러섰다. 그리고 이내 엄한 목소리로 말했다.

"사울아비 치우천 치우비는 듣거라."

치우천과 치우비도 곧바로 공적인 자세로 돌아가 정중히 말했다. 아버지를 대할 때는 항상 이렇게 해 왔던 것이다.

"사울아비 치우천 듣고 있사옵니다."

"사울아비 치우비 듣고 있사옵니다."

"너희는 하룻밤 사이 한웅님께서 이름을 정해 주셨다더구나. 둘 다 한웅님 곁을 모시기로 되었다던데, 사실이냐?"

"그렇습니다."

"그것은 아주 드문 일이니 이름을 소중히 하고 더욱더 한웅님을 잘 모셔야 하느니라. 알았는가?"

"예!"

"사울아비의 몸가짐을 잊지 말고 잘 지켜야 할 것이다. 그리고 너희가 이름을 가지게 되기는 했다만 성인식 말인데……."

치우비가 주저다가 입을 열었다.

"이미 이름을 받았으니 성인식은……."

치우우레가 불호령을 내렸다.

"이놈!"

치우비는 얼른 목을 움츠렸다. 치우우레가 호통을 쳤다.

"한웅님께서 어여삐 여기셨지만 아비인 나로서는, 또 너희들의 사울아비 스승으로서는 성인식을 치르지 않고 둘 수 없다. 성인식도 없이 이름을 받으면 너희가 욕을 들 것이다! 사울아비는 그리 쉬운 자리가 아니야! 성인식은 치르도록 한다! 특히 너희는 보통 사람이 아니라 이름을 날린 용사들이니 성인식도 어려운 일들로 한다!"

치우천과 치우비의 안색이 흐려졌다. 아버지는 워낙 엄한 분이라 그런 특전을 그냥 받을 생각은 하지도 않는 고지식한 사람이기는 했으되, 한웅님이 내린 일조차 그리하리라고는 치우천조차 생각 못했다. 성인식은 여러 가지 방법이 있는데 보통은 힘들고 어려운 과업을 해내는 것이었다.

그다음 떨어진 치우우레의 말이 의외였다.

"우선 치우비, 너는 카린산의 여인족 족장 무라마이에게 도와달라는 청이 있었으니 그 일을 마무리 짓거라. 신시로 돌아갔다가 처리하든 지금 처리하든 알아서 해라. 그게 네 성인식의 일이니라."

"네? 무라마이 말입니까? 그 흰 머리의……."

"난 모른다. 다만 정중한 요청이 와서 너만이 도울 수 있는 일이며, 부족 전체가 걸린 일이라기에 그러마 했다. 한웅님을 믿고 그 먼 곳의 부족이 왔는데 어찌 모른 척하겠느냐?"

"허……. 아이구, 그것은……."

"이름은 한웅께서 내리신 것이니 그냥 써도 좋으나 몇 년이 걸리더라도 성인식은 꼭 해야 한다. 안 그러면 너를 어른으로 인정해 줄 수 없느니라!"

여인족 전사들은 아버지 치우우레에게는 혼사 이야기는 하지 않고 도와달라는 요청만 한 모양이었다. 치우천은 망설이다가 기왕 이렇게 된 것, 굳이 알릴 것 없이 알아서 하자 생각하고 입을 다물었다. 치우비는 고민거리와 다시 부딪히게 되어 아찔했지만 별수 없었다. 다른 부족들이 도움을 청할 때 사울아비를 보내 돕는 것도 중요한 성인식 방법의 하나이기는 했다. 그러나 사람들은 아버지인 치우우레가 그렇게 멀고도 먼 땅 쑤앙마이의 일을 아들에게 맡기자 엄한 아버지라며 혀를 내둘렀다.

이번에는 치우천을 보고 치우우레가 말을 건넸다.

"치우천, 네게 마땅한 일은 아직 생각나지 않는구나. 일단은 아우와 같이 가서 아우를 도와라. 네 성인식은 신시에 도착해서 때를 맞춰 치르도록 한다. 알겠느냐?"

형제는 할 수 없이 대답했다. 정이 많은 치우우레였지만 공적인 일에는 바늘 끝만큼도 감정을 개입시키지 않는 사람이었다. 이렇게 말이 떨어진 이상 치우우레는 목이 떨어져도 말을 바꾸는 법이 없었다. 그러니 뭐라 할 수도 없었다. 치우천과 치우비는 속으로 쓴웃음을 지으며 동시에 대답했다.

"예!"

그때 치우우레의 뒤쪽에서 듣고 싶지 않았던 목소리가 울려 왔다.

"성인식은 우리가 준비하면 어떨까요? 치우우레 아저씨."

그러면서 나타난 두 사람을 보고 치우천 치우비의 낯빛이 변했다. 그들은 바로 그들과 앙숙이며 사사건건 그들 형제를 남몰래 괴롭혀 오던 치우바람 치우가람 형제였다.

"너희가 여길 어떻게 왔지?"

치우비가 눈을 크게 뜨며 묻자 형인 치우가람이 웃으며 능글맞게 말했다.

"나래. 아니지, 아니지, 치우비. 너 아주 대단하더구나. 대용사가 되었어? 주신에 있을 적엔 일부러 감추었던 거냐?"

아무리 좋게 들으려 해도 빈정대는 말투였지만 장소가 장소인지라 치우비는 눈만 부릅뜬 채 바라보고 있을 수밖에 없었다. 이어서 치우바람이 뒷짐을 진 채 그들 주위를 빙글 돌며 말했다.

"우리 집안사람인 너희가 이리도 유명해졌고 한웅님 눈에도 들었다니 아주 기쁘구나."

전혀 기쁜 기색은 없으면서 치우바람은 공치사를 하듯 넌지시 말을 이었다.

"이 소식을 들으면 너희 외할아버지도 많이 기뻐하실 거다."

이것은 분명 고자질하여 고시울률을 이용해 치우 형제를 해코지하겠으니 각오하라는 말로밖에 들리지 않았다. 내용은 별것 아니되 다른 사람 귀에도 심히 거슬리는 분위기가 느껴졌다. 형제는 그때까지도 꾹 참았으나 치우바람은 가까이서 이죽거리듯 한마디를 더했다.

"좋은 칼을 내리실지도 모르지. 그러니 목을 잘 씻어 두는 건 어떨까?"

순간 치우천의 눈에서 불꽃이 튀었다. 눈빛에 질린 듯 치우바람은 슬슬 뒤로 몇 걸음 물러나더니 그곳에 모인 많은 사람들을 보며 공연히 거드름을 피웠다.

"태산 회의라고 대단한 구경거리가 있을 줄 알았더니 순 더러운 것들 투성이구나. 안 그래, 형님?"

"흙투성이 싸움질해서 뭐가 좋은지, 나 원 참."

치우가람 치우바람 형제는 거드름을 피우며 한참을 떠들어 댔다. 그들은 옷도 호사스럽고 번쩍거리는 장식을 수도 없이 달았으며 긴 비단 망토 속에까지 흰 비단을 걸쳐 눈이 부실 정도였다. 실용성 위주로 한 옷차림 때문에 땀내와 흙내를 풍기는 뭇 용사들과는 아예 달랐다. 허리의 칼도 흠집 하나 없는 멋진 구리칼이었다.

많이 싸워 본 자들은 흠이 없는 칼을 찬 남자를 용사라 부르지 않는다. 날은 다듬어 세웠더라도 수많은 흠집과 격전의 자국이 있는 칼을 찬 자가 진정한 용사라는 사실을 안다. 그래서 용감하지만 더러운 차림의 진짜 용사들은 그 칼을 보고는 저절로 눈살을 찌푸렸다.

그들의 화려한 차림은 싸움을 하는 자의 것이 아니라 장식품 같았다. 사울아비들은 이번 회의 때는 흰옷을 입고 있어 다른 사람들보다 나아 보이기는 했지만 이들의 화려한 꾸밈은 부족장의 마누라들도 따를 수 없을 정도였다. 거기다가 치우천 치우비를 대하는 태도도 영 무례하니 거기에 모인 친구들은 이를 갈기까지 했다. 그 자리에는 양역을 비롯한 젊은 사울아비들과 야율쿠리, 치베, 초초룬에다가 울쿠타 야쿠타 형제와 울라트까지 소식을 듣고 모여 있었고, 앗수라트 부족장과 보돈차르마저도 특별히 짬을 내어 오는데 무례한 자들이 설치자 화를 냈다.

치우가람 치우바람 형제는 한참을 거드름을 피운 뒤 그곳을 빠져나갔다. 치우우레는 용감한 사울아비 스승답지 않게 아무 말도 못하고 한숨만 쉬다가 나중에 오겠다면서 자리를 떠났다.

아버지의 뒷모습을 보며 치우천은 한숨을 지었다. 아버지가 저놈들에게 쩔쩔매는 이유가 있었다. 치우우레는 자리가 높았고 부하나 따르는 자들도 많았지만 워낙 소박하게 살아서 땅도 재산도 없었다. 그런 치우우레에게 땅과 집을 내준 것이 그들 형제의 아버지이자 지금 치우 집안의 웃뜸인 치우꽐꽐이었다. 치우꽐꽐은 성격이 좋아 호의로 그런 것인데, 어느 날 갑자기 중풍에 걸려 사람도 못 알아보는 폐인이 되어 버렸다.

그래서 치우가람 치우바람 형제가 아버지를 업고 치우웃뜸 행세를 하고 있었다. 치우우레에게 땅과 집들을 내준 사람이 자신인 양 생색을 내어 되돌려 받을 궁리를 하곤 했다. 그러니 치우우레로서도 걱정이 되고 그들에게 굽힐 수밖에 없었다. 자신이야 홀홀 살아가면 그만이지만 치우우레를 따르는 사울아비만 수백 명이 넘고, 함께 모여 땅을 갈고 사는 부족 사람이 몇천 명이나 되었다. 땅을 빼앗기면 그들은 하루아침에 유랑하는 신세가 되고 마는 것이다.

치우우레 본인이야 한웅의 신임을 받고 있으므로 괜찮지만 자신을 믿고 모여든 부족원이 그런 꼴을 당하느니 차라리 굴욕을 버티어 내기로 마음먹고 있었다. 그런 아버지의 뜻 때문에 치우천과 비 형제도 그들 형제에게 눌리기만 했다.

더 무서운 것은 그들이 외할아버지인 고시울률의 개가 되어 치우 집안을 팔아먹을 생각마저 하고 있었다는 점이다. 그러나 그들을 막을 자가 치우 집안에 없는 것이 서글픈 현실이었다. 치우웃뜸의 권위와 고시울률의 콧김 때문이었다.

그들과 치우우레가 나가자 치베가 가장 먼저 화를 내며 외쳤다.

"도대체 저런 자들이 사울아비란 말인가?"

그러자 난데없이 부루벼락이 외쳤다.

"흥! 저런 자들이야말로 정말 사울아비라 하지."

"당신같이 용감한 자들이야말로 진정 사울아비 아닌가?"

치우 형제가 매개가 되었지만 시합을 거치며 만난 열두 명의 젊은 주신 사울아비들은 각자 훌륭한 재주를 지녔기에 직접 겨루어 본 치베도 감탄하고 인정했다. 치우 형제의 벗들도 범상한 자들은 아니었기 때문에 사울아비들 역시 그 용사들을 좋아했다. 특히 야율쿠리와 초초룬은 부족장의 아들딸인데도 소탈하고 인간미가 넘쳐 호감을 주었다. 마지막으로 치우 형제가 오기 전에 그들은 이미 함께 거나하게 한잔한 연후라 부족을 초월하여 친구가 되어 있었다.

그런데 부루벼락의 말이 뜻밖이라 주신 사정을 모르는 외부 친구들은 의아해했다. 마파람이 덧붙였다.

"난 거짓말을 못한다. 주신 사울아비 중에는 훌륭한 사람도 많지. 하지만 썩은 놈들이 더 많다."

도단이가 굳은 목소리로 나섰다.

"그래도 그런 말 하면 못씁니다, 마파람 형."

그때 단군인 질쾌가 술잔을 탁 내려놓으며 외쳤다. 덩치 큰 질쾌가 내리치는 바람에 토기 술잔은 산산이 깨져 버렸다.

"우리 사울아비들이 피땀 흘려 밖에서 싸우고 다른 부족을 사귀어 친구로 만들면, 저 개 같은 놈들이 망쳐 놓지! 그러면서도 우리를 항상 비웃어! 못해 먹을 노릇이야!"

술에 취한 나이 어린 쇠돌이가 끼어들었다.

"어어…… 형님들…… 신시에는 더 훌륭한 사울아비들이 모이는 것 아닌가요?"

그러자 과묵한 편인 부달이 되물었다.

"자네 신시에 가 봤나?"

"듣기만 했어요. 굉장히 번화하고 사람도 많고……."

"그건 그래. 하지만 시궁창이지."

"네?"

"신시의 높은 놈들은 전부 저렇게 번드르르하게 걸치고 세상에 자기들밖에 없다고 믿는 놈들이네! 같은 사울아비인 우리도 저렇게 무시하는 게 보통인데, 다른 부족 사람들을 사람 취급이나 하겠는가? 나는 저 꼴이 보기 싫어 아버지 말도 어기고 신시에서 뛰쳐나와 밖으로 돌아다니는 것이라네."

부달의 말에 치우천 치우비 형제마저 놀랐다. 그들 형제는 신시에 몇 번 놀러 간 일밖에 없었지만 그들은 신시를 사랑했다. 그런데 신시가 그런 곳이었다니?

치우비가 믿지 못하겠다는 듯이 더듬거리며 물었다.

"신시가…… 정말 그렇습니까?"

부달이 술을 연거푸 들이켜며 목청을 높였다.

"흥! 그렇냐고? 방금 나간 저놈들 정도는 그래도 나은 편일세. 별놈들이 다 있어. 여기 다른 부족 친구들도 있지만 한번 물어보게. 다들 신시에 가고 싶어 하긴 하지. 그러나 정작 신시 깊은 곳까지 가 본 사람들은 도리머리를 친다네!"

이번에는 부루벼락이 나섰다.

"내 처음에 천 자네를 빈정댄 것도 자네가 그런 빌어먹을 놈들의 하나라고 오해해서일세. 그런 놈들이 적지 않으니, 주신도 이제는 다 되었다는 사람이 많아. 유명한 용사들과 이름 높은 스승들이 신시와 주신을 버리고 산으로 들로 숨어 버리는 형편 아닌가!"

분위기가 험악해지고 듣기 거북한 소리가 나오자 보돈차르가 조용히 일어서며 치우천 치우비에게 눈짓을 했다. 천과 비는 다른 부족 사람들을 배웅하고 온다고 하고 밖으로 나섰다. 그러자 야율쿠리나 초초룬, 치베, 울쿠타와 야쿠타, 울라트, 앗수라트 부족장과 앙가마이 부족장 등이 그 뒤를 슬그머니 따라나섰다. 아무래도 할 이야기가 있는 모양이었다. 사울아비들은 굳이 따라오지는 않았고 어릴 적부터의 친구인 양역만이 걱정이 되는지 따라왔다.

잠시 후 치우천이 사람들에게 말했다.

"할 이야기가 있습니까? 저 뒤로 가죠."

그들이 묵묵히 사람 없는 빈 막사를 찾아 자리를 잡자 야율쿠리가 먼저 입을 열었다.

"나는 키탄 울크리 부족의 야율쿠리다. 나는 치우천과 치우비의 벗이다. 그것은 지금도 변함이 없고 앞으로도 변함이 없을 것이다. 그러나 내 벗들은 주신 사울아비면서 정작 주신에 대해 모르는 것 같아 내 한마디 하겠다."

야율쿠리는 평소와 다르게 엄숙하게 말을 이었다.

"말재주가 없어서 짧게 말하겠다. 저들 형제를 만나기 전에 나는 주신 놈들은 지나 놈들과 같은 돼지들이라고 생각했다. 욕해도 좋다. 그러나 그게 사실이다."

치우비는 놀랐다.

"그게 정말이냐, 야율쿠리?"

"그렇다……. 하지만 너희는 그렇지 않았다. 그 후 나는 우리 키탄족에도 좋은 사람 나쁜 사람이 있듯, 주신에도 좋은 사람 나쁜 사람이 있다고 생각하게 되었다. 그전까지 나는 주신족도 우리가 제일 미워하는 지나족이나 마찬가지라고 생각했다. 어떤 키탄 사람은 주신족보다 지나족이 낫다는 사람도 있다……."

초초룬도 말했다.

"나도 그렇다. 나는 사실 주신이 지나보다 낫다고 생각했다. 미아우족이면 다 지나족을 제일 미워한다. 그러나…… 솔직히 말한다. 주신이 그다음으로 싫었다."

치우천과 치우비에게 친구들의 말은 충격이었다. 머리 좋고 생각 깊은 치우천도 주신의 실상이 그렇다고는 생각하지 않았다. 한마디로 말하면 치우 형제는 우물 안 개구리였다. 둘은 놀라서 친구들에게 솔직히 말해 달라고 했다. 그러자 다들 숨김없이 이야기를 털어놓기 시작했다.

울쿠타는 간단히 말했다.

"간단해요. 주신이 지금 제일 세죠? 그러니 미움받는 거예요. 주신 사울아비들은 좋은 사람도 많죠. 제일 세니까 그만큼 미움받을 수밖에 없어요."

이번에는 야쿠타였다.

"희네 형 나래 형…… 아니, 천 형과 비 형을 만나기 전에 우리 부족이 만난 사울아비는 우리를 도와주고는 보답으로 많은 것들을 빼앗아 갔어요. 보물과 가축, 여자까지 강제로 빼앗아 갔죠. 나중에 부족장님이, 사울아비를 부르지 않는 것이 더 나았을 거라고까지 하셨어요. 그래서 앞으로 우리 부족장은 어려운 일이 생겨도 주신의 도움은 안 받을 거예요."

울라트의 아버지인 타타르족 앗수라트 부족장 키타야가 말했다.

"자네가 찾아오기 전까지 나는 주신 사람은 만나지 않았네. 자네는 부족을 초월한 좋은 사람이었지만 말야. 이야기 하나 해 주지. 전에 주신의 도움을 청하러 간 이웃의 작은 부족장이 있었네. 그런데 도움을 요청하는 자리에서 그러더라는군. '타타르족은 양하고 같이 산다는데 양처럼 울어 보지그래? 그럼 도와주지.' 그 부족장은 화가 났지만 울분을 참으며 양 울음소리를 냈다고 하네. 부족이 망할 형편이었기 때문이야.

주신 사울아비들이 도와주고 간 다음 날, 부족장은 목을 매어 죽었다네. 수치심 때문에 말야.

　모두 주신 사울아비를 무서워하지만, 친하게 여기는 것은 아닐세. 자네들은 좋은 사람들이고 어리니 몰랐겠지만, 다른 부족 사람들의 웃음에 속지 말게. 그들이 자네들 주신 사람을 진짜 환대하는 것이 아닐 수도 있으니까."

　새로 앙가마이 부족장이 되어 여기까지 찾아온 이는 어제 치우비에게 처음으로 고개를 숙여 보였던 나이 많고 현명한 용사였다. '구르'라는 이름의 부족장이 치우천에게 말했다.

　"좋은 사울아비도 많다는 것을 아네. 자네들도 그렇고, 여기 있는 젊은이들은 정말 훌륭하네. 그러니 주신이 제일 센 부족으로 지금까지 남을 수 있겠지. 그러나 나쁜 녀석들이 더 많은 것 같네. 그런 자들은 자네들처럼 올바른 자들을 두려워하고 해치려 하네. 올바른 자들로 인해 자기들의 더러움이 보이기 때문이지. 자네들도 조심하게. 밖에서 날아오는 날카로운 화살보다 안에서 찌르는 무딘 칼이 더 무서울 수도 있는 것일세.

　주신 사람들은 똑똑하고 끈기 있으며 부지런하네. 좋은 점이지. 그러나 그만큼 건방지고 자기들만 알고 고집이 세다는 나쁜 점도 있다네. 자네들 아버님은 처음 뵈었지만 훌륭한 분이네. 자네들은 아버지 덕에 세상의 더러움을 겪지 않고 살아왔을 것이네. 이제는 자네들도 어른이니 알아야 한다네. 내 말을 무례하다 생각 말고 기억해 주기를 바라네."

　현명하고 지혜로운 말이었다. 치우천과 치우비는 심각한 고민에 빠졌다. 이제껏 치우천과 치우비는 주신이 최고이며 자랑스러웠고 어디에서나 주신 사람이라고 하면 다른 부족들이 인정해 주고 좋아하는 것이 당연하다고 생각해 왔다. 그러나 자신들이 빼어나 인정받았을 뿐, 실제 주신의 모습은 달랐다.

치우비가 실망하여 양역에게 물었다.

"역아…… 너도…… 그렇게…… 생각했니?"

양역이 대답했다.

"나는 아직도 주신이 자랑스럽다. 그러나 그들 말도 맞아. 우리가 있는 마을이나 부근은 치우우레님 덕에 좋아졌다. 치우우레님이 대신 수모를 당하시는 것을 우리도 안다. 그 때문에 치우우레님을 진심으로 따르는 것이지만. 나도 이야기하마. 다른 마을에서 온 친구에게 들었는데, 그 마을 사울아비 스승은 매일 여자를 바꾸어 자는 반면 마을 사람들은 굶어서 딸을 팔아 살아간다고 들었다. 외부 부족이 살기 위해 마을로 오면 부족장이 잡았다가 죽을 때까지 일만 시키고 죽으면 들판에 버린다고 들었어……. 나래야, 아니 비야. 난 사울아비가 된 것이 자랑스럽지만, 가끔은 참을 수 없을 정도로 부끄럽기도 하단다."

그때 몽골의 영웅인 보돈차르가 말했다.

"치우천 안다, 치우비 안다. 나도 같은 생각이다. 주신을 세우신 안파견 한님이 얼마나 오래전 분인지는 모르지만, 셀 수 없을 정도로 오래전 분이라고 들었다. 맞는가?"

"그렇습니다. 여러 천 년 전입니다."

치우천이 간신히 대답하자 보돈차르가 고개를 끄덕였다.

"주신은 오래된 나라다. 그러니 그만큼 썩은 것이다. 내 솔직히 말하겠다. 몽골족도 그러하다. 몽골족도 수가 많고 사람들은 억세며 강하다. 주변의 어느 부족보다 말도 잘 달리고 활도 잘 쏜다. 그러나 몽골은 약하다. 서로 쪼개져서 싸우느라 정신이 없다. 몽골의 푸른늑대가 처음 후손을 낳아 세운 부족은 그러지 않았다. 그래서 나는 새 부족을 세웠다."

보돈차르는 목소리 한번 높이지 않아도 대영웅답게 시선을 끄는 힘을 가지고 있었다. 보돈차르가 계속 이야기했다.

"무엇이든 오래되면 상하고 비뚤어진다. 물도 고여 있으면 썩고, 고기도 내버려 두면 벌레가 우글거린다. 주신의 이야기는 많이 들었다. 아주 크고 힘 있고 강한 나라다. 그러나 주신은 내가 볼 때 너무 묵었다. 묵으면 오래된 관습이 생기고 관습에 기대는 쥐새끼들이 들끓게 된다. 지금 주신이 바로 그런 때다. 치우천 안다, 자네는 유망이 이끄는 지나족이 왜 주신을 거역하려는지 이해하겠는가? 어째서 가장 강한 주신을 감히 거스를 용기가 생겼는지 이해하겠는가?"

치우천은 평정을 되찾고 대답했다.

"이제 알겠습니다."

"그럼 자네에게 묻겠네. 주신은 아직 누가 뭐래도 가장 강한 부족일세. 어째서 강한 부족인가? 구리 무기를 만들 줄 알아서? 신시가 가장 큰 도읍이라서? 사울아비들이 용감하기 때문에?"

"아닙니다. 다른 부족들과 뭉쳐 있기 때문입니다."

"어떻게 뭉친 것인가?"

"안파견 한님의 가르침은 널리 사람을 이롭게 하라는 것이었습니다. 주신은 다른 부족의 일에 간섭하지 않고 늘 앞장서서 다른 부족을 돕고 그로 인해 제일 큰 부족이 되었습니다. 다른 부족을 정복하지 않고도 다른 부족을 정복한 것보다 나았습니다. 모두에게 좋았습니다."

"그렇다네. 내가 주신에 감탄하는 것은 바로 그것일세. 나는 안파견 한님을 믿지 않네만 훌륭한 분이었다고 생각하네. 눈앞만 보는 자들은 이리 생각하네. 다른 부족을 도와서 무엇이 남는가? 우리 사람만 죽이고 우리 재물만 축내지 않는가? 하고 말일세. 그러나 정말 그러한가? 자네 생각은 어떤가?"

"아닙니다. 그런 것보다 더 큰 얻음이 있습니다. 사람들이 주신을 믿게 되고, 주신과 친구가 되어 싸울 일이 없어집니다. 가진 지식과 재주를 나누고 그것이 주신으로 모입니다. 그래서 주신은 제일 앞서고 잘사는 부족이 되었습니다."

"주신이 가장 강해졌지만, 다른 부족이 필요한가 필요하지 않은가?"

"다른 부족은 다른 부족 그대로 남게 하는 것이 주신의 힘입니다. 어느 부족도 재주 없는 부족은 없습니다. 그 재주는 다른 부족이 결코 생각도 할 수 없는 것들이 많습니다. 그것들이 주신을 강하게 하고, 다시 다른 부족을 강하게 합니다. 모두가 강해집니다."

"바로 그것일세. 자네는 나와 생각이 같네. 당장 얻을 것만 생각하는 버러지들은 그런 점을 모르네. 그저 나만, 자기 배만 부르고 종을 많이 부리면 그만이지, 다른 것은 생각할 줄 모르네. 그것이 부족을 진정 위하는 것과 부족을 좀먹는 것의 차이일세……."

보돈차르의 말은 자리에 모인 사람들을 엄숙하게 만들었다. 나이가 그리 많지 않은 이 작은 부족장이 영웅이라 불리는 데는 분명 이유가 있었다. 보돈차르가 웃으며 말을 이었다.

"나는 몽골 사람이네. 우리는 주신 사람과 다르며, 푸른늑대의 가르침 또한 다르네. 사는 땅이 다르고, 사는 법이 다르며, 사람이 다르네. 그러니 우리는 우리에게 맞는 가르침을 만들고 깨달아 가야겠지. 그것은 내 일일세. 하지만 자네들 주신의 안파견 한님의 가르침은 실로 배울 점이 많지. 몽골에 이런 이야기가 있네. 좋은 말도 달리지 않으면 배가 늘어지고 강한 활도 조이지 않으면 늘어진다고. 주신은 오래 아무 일 없이 조용히 지내 온 것일세. 이제 지나족이 주신을 위협하고 있네. 주신에도 이런 생각을 하는 사람은 많을 것일세. 그러나……."

보돈차르는 치우천의 눈을 바라보았다.

"주신처럼 사람이 많아지면, 자연 높은 자와 낮은 자가 생기게 마련이네. 높은 자는 수많은 아랫사람을 책임져야 하므로 그만큼 더 생각하고 더 옳게 행동해야 하네. 그러나 너무 오래 묵으면…… 못난 자가 높은 자리에 오르게 되네. 그자가 나쁜 짓을 하는 것도 문제지만 높은 자리에서는 못난 것도 죄가 되는 걸세. 그것도 아주 큰 죄가……. 자네 생각에 주신은 어떠한가? 못난 자가 높은 자리에 많은가? 좋고 훌륭한 사람이 많은가? 그것이 바로 주신이 지나족을 먹느냐, 지나족에 먹히느냐를 정할 것일세."

보돈차르가 조용하지만 강렬한 말을 토해 내자 앗수라트 부족장 키타야가 나섰다.

"자네들 형제는 실로 대단한 영웅일세. 그러나 미안하지만 주신에는 자네들보다 높은 사람들이 많고도 많네. 자네 형제가 용감하다 해도 지나족 천 명을 상대로 자네 둘만 나가 싸우라 한다면 자네들은 어쩔 건가? 심한 이야기지만 아까 나간 자들은 그러고도 남을 자들 같았네."

치우비와 치우천은 섬뜩해졌다. 앗수라트 부족장 키타야가 덧붙였다.

"자네들은 강해져야 하네. 그리고 높아져야 하네. 아무도 따를 수 없을 만큼 강해져야 자네들의 뜻을 펼 수 있네."

앙가마이 부족장 구르도 한마디 거들었다.

"내 살아온 경험으로 보면 자네들은 위험하네. 알고 있는가? 처음 보는 나조차도 알 수 있다네. 아까 두 놈만 봐도 알 수 있어. 앞으로 자네들을 시기하고 이유 없이 미워하며 죽이고 싶어 하는 자가 들끓을 것일세. 차라리……."

구르는 말끝을 흐리다가 나직이 말했다.

"부족을 세우게! 자네들이라면 충분히 그럴 수 있다네!"

그러자 앗수라트 부족장 키타야가 외쳤다.

"치우비 치우천이 부족을 세운다면 우리 앗수라트 부족은 거기 들어갈 것이네!"

"우리 앙가마이도 함께 할 것이네. 주신 사람이건, 타타르 사람이건 자네들의 부족에서라면 다툼 없이 지낼 수 있을 것이네!"

야율쿠리가 찬물을 끼얹듯이 외쳤다.

"우리 아버지는 그러지 않으실 것이다!"

앗수라트 부족장이 노한 눈으로 바라보자 야율쿠리는 씩 웃었다.

"그러니 십 년만 기다려라. 내가 족장이 되면 키탄족을 뭉쳐서 데리고 들어간다! 말을 안 들으면 정복해서 데리고 간다!"

초초룬도 지지 않고 외쳤다.

"미아우족은 나 혼자라도 들어간다! 아니, 툰툰의 부족도 반드시 들어갈 것이다! 툰툰의 부족과 모든 벌레들의 어머니인 나 초초룬을 받아주십시오, 족장!"

울쿠타와 야쿠타 형제도 말했다.

"우리도…… 끼어도 될까? 부족장 눈치만 보는 건 싫어. 부족장 형이 있으면 좋겠어."

마지막으로 양역이 조용히 말했다.

"난 항상 너희와 함께했어. 앞으로도 그럴 거다. 우리 마을 사람들도 따를 거야."

"자네는 사울아비 아닌가?"

앗수라트 부족장의 물음에 양역이 웃으며 대답했다.

"뭐, 못할 짓 하는 것입니까? 못 살겠으면 나가 사는 거지! 사람이 살지 않는 땅은 얼마든지 있다더군요!"

당시 부족을 버리고 나가 사는 것이 범죄나 못할 짓은 아니었다. 죽어라고 말리지도 않고, 들켜도 벌을 주지 않았다. 싫으면 나가 살면 그만이었다. 가장 앞선 나라인 주신조차 그러했다. 대부분 그런 경우 받아

주는 부족이 없거나 발붙이기가 힘들어 외로이 죽어 가기 때문에 사람들은 잘 떠나지 않았을 뿐이다. 지금은 그런 경우와는 달랐다. 엄연히 존재하는 두 부족장이 합치겠다고 했으며 모두가 보통을 넘어서는 영웅이었다. 당연히 큰 부족이 될 수 있으니 오히려 좋은 기회였다.

보돈차르가 허허 웃으며 나섰다.

"이런 이런! 벌써 이거 대부족이 되겠군. 나는 새 부족에 들어갈 수는 없지만 일이 그렇게 된다면 뭐든 아끼지 않고 돕겠소. 그러나 다들 진정하시오. 치우 형제의 말을 먼저 들어야 하지 않소? 맘대로 부족장으로 모신단 거요?"

사람들의 시선이 치우 형제를 향했다. 치우비의 눈이 치우천을 향하자 일시에 치우천에게로 시선이 쏠렸다. 치우비가 제일의 용사였지만 족장이 용사여야 한다는 법은 없었다. 치우천의 그릇과 용기와 지혜는 최고의 부족장감이었다.

치우천이 공손히 머리를 숙이다가 말했다.

"모두의 뜻 감사합니다. 그러나 주신을 버리고 새 부족을 만들 생각은 없습니다."

치우천이 잘라 말하자 사람들은 풀이 죽은 듯했다. 그러자 보돈차르가 말했다.

"치우천 안다, 자네 아버님의 뜻을 아는가? 왜 그리도 먼 카린산으로 성인식을 보내셨는지 아는가?"

"아버님의 뜻을 그렇게 보셨습니까?"

"분명 그럴 것이다. 자네 아버님 또한 보통 분이 아니시다. 우직하고 선량하며 고지식하신 분이지만 자식에게는 그렇지 않으시다."

보돈차르와 치우천이 알아듣기 힘든 이야기를 하자 야율쿠리가 초초룬에게 물었다.

"이봐, 룬. 뭔 소리야?"

"돌대가리야! 아버님도 형제가 위험하다 생각해서 일부러 먼 곳으로 보내려는 거야! 그대로면 좋지 않다고 생각하고!"

"뭐가 좋지 않아? 한웅 눈에도 들고 대용사가 되었는데?"

"그래도 위험하니 그런 거지. 척 보면 모르냐?"

치우천은 고개를 저었다.

"그 일은 반드시 할 것입니다. 하지만 저는 부족을 세우지 않습니다. 저는 안파견 한님의 가르침을 진심으로 믿으며 자랐고, 그 가르침이 잘못되었다고 당장 새로운 가르침을 만들거나 할 수 없습니다. 무엇보다도…… 그러려면 시간이 부족합니다!"

치우천의 말에 보돈차르가 놀랐다. 다른 사람들은 무슨 시간인지 이해할 수도 없었다. 그러나 보돈차르는 치우천이 그런 가르침을 만들고 사람을 모아 새 부족을, 새 나라를 건설하기에는 시간이 부족하다는 뜻을 알아들었다. 주신만큼 큰 부족은 치우천이 아무리 능력이 있어도 살아서는 만들지 못할 것이다. 그것을 보돈차르는 금방 알 수 있었다.

"자네…… 뜻은 내 생각보다 더 크군."

"별말씀을."

"새로 키우기보다 있는 것을 바꾸는 편이 낫다는 말인가? 낡은 그릇도 고치면 쓸 만한가?"

보돈차르가 묻자 치우천은 고개를 끄덕였다.

"반드시 그렇게 만듭니다."

"얼마나 오래 가기를 바라는가? 자네가 고친 새 그릇은 얼마나 가겠는가?"

보돈차르가 눈을 형형히 빛내며 또다시 묻자 치우천도 그만큼 밝은 눈빛으로 말했다.

"그릇이 생각보다 낡은 것 같아 애초에 생각했던 만큼 오래는 못 가 겠군요."

"그래, 얼마라고 생각하나?"

"잘해야…… 천 년!"

아직 만이란 단위가 쓰이기 전의 일이다. 그런 시절에 천 년이란 엄 청났다. 치우천의 그릇 크기에 보돈차르는 또 한 번 놀랐다.

"정말인가?"

"해낼 것입니다."

"그 그릇은 하나를 위한 그릇이 아닌, 모두가 섞여 있는 그릇이겠지?"

"그렇지 않으면 지나족과 마찬가지입니다. 지나족도 큰 부족이지만, 그릇이 다르기 때문에 어떤 일이 있어도 지나족에게 맡길 수 없습니다."

"지나족의 그릇은? 헌원의 그릇은 자네 못지않다."

"지나족의 그릇은 지나족 하나만의 그릇입니다."

보돈차르는 벌떡 자리에서 일어나 칼을 뽑아 들고 외쳤다.

"나는 자네를 믿네! 치우천 안다! 자네는 이전에도 나의 안다였고 보 돈차르족의 벗이었지만, 이제 자네는 보돈차르족 전체의 목숨을 맡았 네. 자네가 말만 하면 보돈차르의 모든 활과 말은 물속이나 불구덩이 속 이라도 달려 들어가리!"

보돈차르와 치우천의 대화를 모든 사람이 다 알아들은 것은 아니었 으나, 정확히 알아듣지 못해도 뜻은 확실히 전달받을 수 있었다. 이어서 앗수라트 부족장 키타야와 앙가마이 부족장 구르가 일어서서 외쳤다.

"우리 앗수라트도 노인부터 젖먹이까지 그리하겠다."

"앙가마이도 죽을 때까지 함께한다!"

야율쿠리가 툴툴댔다.

"제길! 뭔지 알아야 맹세를 하지! 아무리 친구라도 부족을 걸기는 그렇잖아! 좌우간 나도 건다. 이 야율쿠리의 피와 살, 가족, 친구 모두 건다!"

"우리 부족 각각을 위해 하는 일일세. 말이 많으면 좋지 않은 법. 나는 삼십 년이고 사십 년이고 기다리겠네. 천 년을 위해서일세. 치우천 안다."

말을 끝내자마자 보돈차르는 호쾌하게 웃으며 돌아보지 않고 밖으로 나갔다. 그때까지 아무 말도 않고 아버지 뒤에 있던 울라트가 살짝 말했다.

"도깨비들도 비 오빠와 영원히 함께할 거예요. 그들은 어떻게든 나를 통해 그 말부터 하고 싶어 했어요. 오늘 하루 동안 그들은 그 말을 배워 끝없이 반복하고 또 반복했어요. 자기들 이름보다 먼저 말이에요."

치우천이 자리를 정리하듯 조용하지만 단호하게 말했다.

"나는 주신을 배신하지 않습니다. 여러분을 못 믿어 헛소리를 하는 것이 아닙니다. 나는 주신의 사울아비이고, 앞으로도 주신 사람입니다. 그 마음은 변함없습니다. 오늘 일을 말하고 싶다면 누구에게든 말해도 됩니다. 허나 나는 여러분을 믿습니다."

"제길! 오늘 일을 다른 사람에게 말하는 놈은 없겠지? 입만 벙긋하면 그놈은 벌레들에게 뜯어 먹힌 해골이 될 거다! 아무도 피할 수 없어! 날 우습게 보면 안 돼!"

목청껏 외친 초초룬이 비틀거리며 걸어 나갔다. 나가면서 그녀는 치우천에게 말했다.

"기다릴게. 언제든 불러라."

앙가마이 부족장과 앗수라트 부족장도 인사하고 조용히 나갔다. 울라트는 막사를 치우고 도깨비들을 돌보겠다고 갔다. 울쿠타와 야쿠타는 머뭇거리다 입을 열었다.

"천 형, 부족을 세우면 좋을 텐데……."

치우천은 부드럽게 고개를 저었다. 울쿠타와 야쿠타는 안타까운 듯 말했다.

"오래 기다리게 하진 말아 줘, 응?"

야율쿠리가 벌떡 일어났다.

"난 아직 아무것도 약속할 수 없다. 그럴 처지가 아냐. 하지만……."

야율쿠리는 씩 웃으며 이내 덧붙였다.

"……약속한다! 너희는 큰일을 낼 놈들이야! 같이 한판 놀아 보자!"

그러자 양역이 나섰다.

"아까 한 말, 여전히 그대로다."

모두 약속하고 떠나자 치베만 남았다. 치베는 지금껏 한마디도 하지 않았었다. 보돈차르도 떠나고 아무도 없자 치베가 입을 열었다.

"부족장님이 계셔서 나는 아무 말을 하지 못했다. 한마디 해도 되겠는가?"

"해라, 치베."

"어떻게 하든, 너희가 할 일을 해라. 나는 항상 곁에 있겠다."

그러면서 치베는 고개를 숙여 보였고 치우천과 치우비도 묵묵히 고개를 숙였다. 치베가 말없이 떠나자 이제 형제만이 남았다. 치우비가 조용히 말했다.

"형님."

"응?"

"형님이 멀게 느껴져."

"그게 무슨 소리냐?"

"형님은 너무 높고, 먼 것 같아. 이상하지? 그런 생각을 한 적 없었는데……."

"그런 생각 마라."

"형님은 꼭 뜻을 이룰 거지?"

"그래야지……."

"알았어. 그러면 되었어."

치우비는 그 뒤로 별로 말이 없었고 밤새 뒤척이며 잠을 이루지 못했다. 아마도 하루 사이 겪은 일이 너무 많아서였을 것이다. 그것은 치우천도 마찬가지였다.

한웅의 위기

그 누구도 신수를 이길 수 없어.
신수를 이길 수 있다면 세상을 뒤엎을 수도 있을 거야.
—안파견 한과 함께 싸웠던 영웅, 불휘

다음 날, 시합은 끝났으나 회의는 계속 진행되었다. 주신의 사와라 한웅과 지나의 헌원이 담판을 짓는 것뿐, 다른 부족들은 별로 개의치 않았다. 치우천과 치우비는 한웅을 모시게 되었으므로 회의장에 들어가게 되었지만, 아무리 대용사라도 역시 아직은 말단 사울아비이며 부족장도 아닌지라 단 아래를 지키는 것으로 만족해야 했다. 그러므로 사와라 한웅과 헌원의 회의 내용을 들을 수 없는 것은 밖에 있으나 안에 있으나 마찬가지인 상황이었다.

대부분의 작은 부족들은 그런 큰일에는 관심도 없어서 자기들끼리 만나 보는 것 외에 모든 관심은 용사를 뽑는 시합에 쏠려 있었는데, 시합이 끝나자 할 일을 다 했다 여기고 돌아가는 부족도 있었다. 대표적인 예가 울쿠타 야쿠타의 부족이었는데, 그런 탓에 둘은 치우 형제를 다시 만나지 못하고 그냥 헤어지게 되었다. 그 외에는 아무 일도 없었다.

그날 저녁, 회의가 끝나자 치우 형제는 비렴을 찾아가 비렴에게서 헌원의 이야기를 간접적으로나마 들을 수 있었다.

"너희 형제니까 터놓고 이야기하마. 헌원은 주신에 협조적이기는 하다."

비렴은 답답하다는 듯 털어놓았다.

"그러나 헌원은 자신이 지나족의 절반에도 힘이 미치지 못하며, 유망이 절반 이상을 장악하고 있다고 되풀이하고 있다. 더구나 유망을 따르는 부족들이 대부분 동북쪽 부족이며, 헌원의 부족들은 비교적 서남쪽에 있으므로 미아우를 쳐들어가거나 주신을 위협하는 것은 유망의 부족일 뿐이라는 것이다. 그 때문에 주신을 돕고 싶은 마음이 있어도 어떤 약속도 할 수 없다고 한다. 일이 어렵게 되었다."

치우비가 걱정스러운 목소리로 물었다.

"유망은 이번 일로 주신을 더 미워하게 될 것 아닙니까? 유망이 주신을 쳐들어오지 않을까요?"

"그럴 수도 있다. 사와라 한웅께서는 가급적 싸움을 피하기를 바라신다. 그래서 헌원으로 하여금 유망이 쳐들어오지 못하도록 힘을 빌려 달라고 청하시는데, 헌원은 그럴 힘이 없다며 빼고 있어. 하긴 헌원도 부족들을 수습해야 하니 당장은 어렵겠지만 아무리 그래도 헌원은 지나족 아니냐. 한웅께서는 많은 보물과 주신의 많은 기술을 대가로 주신다고 했지만…… 그런데도 일이 쉽게 풀리지 않는 것이야. 헌원과 유망이 서로 싸우게 할 수 있다면 일은 가장 좋겠지만 말이다."

"헌원이 그리 만만한 사람은 아니지요."

치우천은 그렇게 말하다가 갑자기 물었다.

"그런데 헌원이 남쪽 부족이었습니까?"

"그렇다. 지나족의 근거지는 원래 황하 일대였어. 유망의 근거지이기도 하지. 따지고 보면 유망의 조상인 신농씨도 주신 사람이었다. 새 부족을 세운 것이지. 헌원의 근거지는 훨씬 아래인 장강(양자강)에까지 이른다던데, 헌원은 사실 그의 아비인 소전 때부터 새로 그 땅을 개척해 사람들을 모았다고 할 수 있다."

치우천은 갑자기 한 가지 일을 돌이켜 봤다. 툰툰의 부락을 습격하려 했던 지나족 일이었다. 그들은 분명 남쪽 말씨를 쓰고 있었다.

'이상하다. 뭔가 잘 들어맞지 않아. 그러면 그 도둑들은 유망의 부하가 아니라 헌원의 부하였단 말인가? 아니다. 그놈들 한 무리로 단정 지을 수는 없지. 남쪽에서 살다가 올라온 놈들일지도 모르지 않는가?'

치우천은 은연중에 헌원을 두려워하고 헌원과 엮이는 일을 마음속에서 피하고 있었다. 속 좁은 질투심인지 두려움 때문인지는 알 수 없었지만 그런 자신이 혐오스러웠다. 그럼에도 헌원에 대한 생각은 애써 피하게 되고 만다. 어쨌든 비렴이나 치우비가 이런 치우천의 속마음을 알 리는 없었다. 비렴이 한숨을 쉬며 말했다.

"그 일은 어찌 되었든 일단은 사라진 유망이 걱정된다. 유망이 만약 복수심에 한웅님을 습격하기라도 한다면……. 나는 솔직히 그 걱정뿐이다. 병예님의 꿈도 있고 너희가 알려 준 유망의 사람됨도 두려우며, 너희 또한 한웅님을 노리는 무리가 있는 것 같다고 하지 않았느냐?"

치우천도 동감이었다. 비렴은 다시 강조했다.

"한웅님은 주신의 기둥이시다. 훌륭하신 분이다만, 설령 훌륭하지 않은 분일지라도 한웅님은 주신의 상징이야. 한웅님께 일이 생기면 주신은 위험하다. 있는 힘을 다해야 하느니라. 너희에게 거는 기대가 크다."

"있는 힘을 다하겠습니다. 저희 말고 다른 이들도 훌륭한 이들이옵니다."

그러자 비렴이 바깥 동정을 살피다가 물었다.

"너희는 치우바람 치우가람 형제를 아느냐?"

"아…… 압니다……."

"친하냐?"

"아무리 좋게 말씀드리려 해도 그렇다고는 할 수 없겠습니다."

"그렇겠지. 그들은 고시울률님의 손발이나 마찬가지니까."

비렴은 한숨을 쉬었다.

"천아, 비야. 너희 치우 집안과 우리 비 집안은 대대로 풍백을 가장 많이 낸 집안이니라. 그래서 배우는 것도 집안의 가르침도 비슷하고 사람들도 친하느니라. 치우 집안에서 나신 훌륭한 분들이 우리 비 집안보다 많았지. 우리 비 집안은 치우 집안을 부러워하고 존경하기까지 했다. 그런데 요즘…… 치우 집안은 말이 아닌 것 같다. 집안은 다르지만 나로서는 애석하기 그지없단다."

비렴의 말은 진실했고, 본디 강직하여 없는 말을 할 위인이 아닌지라 형제는 비렴에게 진심으로 고마워했다.

비렴은 전에 없이 감상적으로 말했다.

"더구나 치우 집안이 기울어 고시 집안이나 부루 집안이 힘을 너무 얻는 것도 좋은 일이 아니야. 주신은 지나치게 재물에만 집착하게 되었구나. 그로 인해 사람이 늘고 잘사는 이들도 많아졌지만, 반대로 사람들이 교만해지고 다른 사람을 우습게 알게 되어 다른 부족과의 사이는 점점 나빠져만 가고 있다. 사울아비들도 줄어들고 칼도 도끼도 녹슬어 가는데 농사를 지어 곡식과 재물이 그득한 사람들은 사울아비를 점점 우습게 알아 주신의 힘은 약해져만 가니 참으로 힘든 시절이다……."

치우천 치우비는 말없이 주의 깊게 듣고만 있었다.

"그런 중에도 너희 같은 훌륭한 아이들이 나와 나는 아주 기쁘다. 예부터 힘만 너무 길러도 부족은 사람이 살기 힘든 험한 곳이 되고, 재물만 길러도 부족이 약해져 쉬 무너지게 되는 법이다. 나는 너희가 아주 큰 일을 할 주신의 용사가 되리라 믿는다. 가까이는 너희를 지켜 본 선

배로서 하는 말이요, 멀리는 너희 집안을 지켜 본 다른 집안 아저씨뻘 되는 입장에서 하는 말이며, 나아가서는 주신의 풍백으로서 하는 말이니라.

그러나 재주가 용한 너희라고 해도 이제 한웅님을 뫼시고 신시로 들어가면 힘들어질 것이다. 신시는 너희가 꿈꾸는 것만큼 달콤한 곳만은 아니다. 치우가람 치우바람을 봐 왔다니 더 말은 않겠다만 그러한 자들이 많은 곳도 신시이다. 천아, 비야. 나는 이름이 알려진 풍백이기는 하나 신시로 돌아가면 그다지 힘도 없다. 너희 재주는 분명 많은 이들이 꺼릴 수 있으니, 몸가짐을 신중히 하여야 하는 것이다. 내 말을 알겠느냐?"

간접적이나마 비렴의 말은 어제 보돈차르나 다른 사람들이 들려준 이야기와 맥이 닿아 있었다. 치우천 치우비는 무서운 사람으로 알려진 비렴이 아저씨처럼 가깝게 느껴지고 고마워서 큰절을 올렸다.

다음 날, 태산 회의가 공식적으로 끝났다. 헌원과의 협상도 더 이상 진전을 볼 수 없어서, 시작과 중간은 성대했지만 결과적으로는 허망하게 끝난 회의였다. 이미 반수 정도의 작은 부족들은 막사를 정리해 돌아가 버렸지만 남은 부족들은 그래도 제각기 성의껏 사와라 한웅을 환송했다. 치우천과 치우비는 새로 만나 사귄 벗들과 아쉬운 작별을 고했다. 보돈차르, 야율쿠리, 초초룬, 앗수라트와 앙가마이 부족은 아쉬워하며 언제든 다시 불러 달라고 말했다.

치베와 울라트, 그리고 도깨비들은 치우 형제와 동행하게 되었는데, 한웅님의 행차에 도깨비들을 보이게 달고 갈 수는 없다고 하여 먼발치에 거리를 두고 울라트와 함께 마치 잡힌 것처럼 끈으로 묶어 따라오게 할 수밖에 없었다. 전쟁 포로나 다름없는 몰골인지라 치우천이나 치우비는 안타까웠지만 다른 방법이 없었다. 그들은 도깨비 왕을 만나 도깨비들을 돌려보내기 위해 짬을 내고 싶었지만 한웅을 호위하는 것이 급하다 생각한 비렴이 허락하지 않았다.

치우비는 발을 다시 만나지 못하고 가게 되어 아쉬워했지만 어쩔 수 없었다. 헌원은 부하들을 이끌고 한웅을 멀리까지 배웅했고, 끽구나 금천 등도 함께였지만 발은 없었다. 다만 헌원이 마지막으로 배웅을 마치고 돌아갈 때 한웅에게 많은 선물을 보냈으며, 치우천 치우비에게도 부하를 시켜 한 가지씩의 물건을 보내 왔다.

치우천과 치우비는 그것을 열어 보았는데, 치우천에게 보낸 것은 둥글고 고운 옥팔찌였고 치우비에게 보낸 것은 한 벌의 비단옷이었다. 둘다 귀한 것이기는 하지만 용사에게 보낼 만한 선물은 아니어서 사람들은 궁금해했는데, 선물을 받고는 치우비는 싱글벙글했고 치우천은 깊은 생각에 잠겼다. 치우비가 받은 비단옷에는 구불구불한 뱀 그림이 그려져 있어서 발이 보낸 것임을 금방 알 수 있었기에 싱글벙글한 것이고, 치우천은 둥근 고리의 의미를 알았기에 고민한 것이다.

'둥근 고리는 따라가다 보면 결국 빙 돌아오게 되어 있다. 그것을 헌원이 보냈으니 나보고 자신에게 오라는 의미이다.'

치우천은 뒤를 돌아보았다.

'헌원은 남쪽으로 가서 새 부족을 열었다고 했지. 그래서 아직 그리 늙지 않았는데도 지나족 전체의 대족장이 되고 수많은 영웅과 기인을 거느렸다. 그는 대단한 사람이다. 허나……'

치우천은 선물을 가져온 지나족 졸개를 불렀다. 그러더니 헌원이 보낸 둥근 고리를 쳐서 뚝 반으로 자른 다음, 졸개에게 조각난 고리를 쥐어 주며 말했다.

"내가 드리는 대답이다. 헌원님께 전하면 아실 것이다."

졸개는 영문을 알지 못했으나 그것은 자신이 헌원에게 가지 않겠다는 의미를 담고 있었다.

헌원은 졸개에게서 치우천이 주었다는 부러진 고리를 받고 웃기만 했다. 옆에 있던 적송자가 말했다.

"그 젊은이는 아깝습니다. 병도 다 고치지 못했고 우리에게 오지도 않는다니……."

그러나 헌원은 미소 지었다.

"젊은이의 생각은 언제든 바뀔 수 있는 법이지요."

"그럴까요?"

적송자의 물음에 헌원이 고개를 끄덕였다.

"그럴 겁니다."

한편, 한웅의 행차가 신시로 향한 지 열흘째 되는 날이었다. 그날까지 별다른 일은 벌어지지 않고 평온하기만 했는데, 해가 저물 무렵이 되었을 때 앞서 나갔던 사울아비 하나가 급히 말을 달려 치우우레에게 알리러 왔다.

"무슨 일이냐?"

"앞에…… 이상한 일이 있습니다."

"뭐냐?"

"개가 있습니다."

"이놈아, 흔하디흔한 것이 개인데 그것을 가지고 웬 소란이냐?"

치우벌이 대신 외치자 그 사울아비는 고개를 저었다.

"그게…… 좀 수상합니다. 한 마리가 아닙니다. 백 마리는 되어 보입니다."

"그까짓 개 백 마리 때문에 한웅님 행차가 멈추어야 한다는 말이냐?"

"그게 아닙니다. 누가 개 백 마리를 일부러 길게 묶어 두었습니다. 이상하지 않습니까? 아무도 없는 벌판에 왜 일부러 개를 묶어 둔단 말입니까?"

듣고 보니 이상한 일이었다. 이 근방은 사람 사는 마을도 없는 황량한 곳인데 누가 개를 묶어 둔 것일까? 치우우레는 일단 비렴에게 알렸다.

때마침 비렴이 치우천과 함께 이야기를 나누고 있었는데, 치우천이 그 말을 듣고 놀랐다.

'개 백 마리? 이것은 전에 아우가 정체 모를 사울아비에게 들은 소리 아닌가?'

놀란 치우천은 비렴에게 그 이야기를 다시 꺼내면서 다급하게 덧붙였다.

"비렴님! 이상합니다. 한웅님을 노리는 무엇이 있을지도 모릅니다."

"개 몇 마리가 어떻게 한웅님을 해친단 말이냐? 과한 생각 아니냐?"

치우천은 주변을 돌아보다가 갑자기 소름이 쫙 끼쳤다. 오랫동안 잊고 있었다. 너무도 아파서 일부러 잊고 있었다. 이 주변은 분명…… 치우천에게 잊을 수 없는 아픈 기억을 가진 곳이었다. 바로 어머니와 얽힌…….

'왜? 도대체 왜 여기냐?'

다른 사람은 여기가 그 근방이라는 것을 아무도 몰랐다. 자신밖에는 몰랐다. 치우천은 별안간 무섭게 가슴이 두근거리는 것을 느끼며 날카롭게 외쳤다.

"한웅님이 위험합니다! 비야! 비야!"

치우비는 치우천의 목소리를 듣고 놀라서 말을 달려왔다. 비렴조차도 치우천이 왜 갑자기 이렇듯 흥분하는지 알지 못했다.

"왜 그러느냐! 왜 갑자기 소리를 지르는 것이냐? 한웅님이 놀라시겠다!"

치우천은 외쳤다.

"당장……! 당장 달아나야 합니다! 한시라도 늦으면……!"

비렴이 버럭 화를 냈다.

"도대체 뭐냐? 그깟 개 몇 마리 때문에 말이냐!"

치우천은 애가 타는 듯 말을 더듬거렸다. 형이 이리 놀라고 흥분하는 것은 치우비로서도 처음 보는 일이었다.

"저 개는…… 분명 그냥 매여 있는 것이 아닙니다! 어서……! 어서 명을 내리소서!"

"도대체 개를 가지고 왜 그런단 말이냐? 너 제정신이냐? 여기에는 우리 삼사와 천 명의 사울아비가 있다! 그깟 개가 우리를 위협한다는 게냐?"

그러자 치우천이 큰 소리로 물었다.

"개를 가장 좋아하는 짐승이 무엇이지요?"

"범 아니냐?"

"지난번 제가 유망에게 드나든 부족을 보았다 전할 때, 비렴님은 가리족이라는 부족에 대해 말하셨지요?"

"식인종 말이냐? 그러나 그들은…….."

"저도 식인이라는 말에 놀라 그것만 생각하고 잊었습니다! 그러나 비렴님! 가리족이 섬긴 신수! 그것이 범 신수 아닙니까? 범 신수를 섬긴다고 분명 말씀하셨지요?"

비렴의 눈이 커졌다.

"그렇다……. 가리족은 번개범이라는 신수를 섬긴다고…… 아니, 그렇다면……!"

치우천은 놀라며 갑자기 무서운 눈빛으로 이를 갈았다.

"저의 어미는 번개범에게 죽었습니다! 그놈은 이제 우리를 덮칠 것입니다!"

치우비가 눈을 무섭게 부릅떴고, 몸도 빳빳하게 굳었다. 비렴은 너무
도 놀라며 말했다.

"아니다……. 그럴 리 없다……. 세상에…… 세상에 신수를 인간이
부리는 일이……."

치우천은 외쳤다.

"부리는 것이 아닙니다! 저 길게 늘어서 매어져 있다는 개! 그것은
번개범에게 바치는 제물입니다! 유망은 가리족을 시켜 한웅을 해치려
는 것입니다! 분명합니다! 그러지 않고는 저 개들이 왜 매여 있겠습니
까! 상대는 신수입니다! 우리가 제아무리 수가 많아도 신수를 당할 수
없습니다! 어서! 어서 행차를 돌려야 합니다! 어서!"

치우천이 소리를 지르는데 갑자기 행차의 앞쪽이 어지러워지면서 사
람들이 소리쳤다.

"저기! 저기!"

"저게 뭐냐!"

지평선 저쪽에서 거대한 회오리바람이 일어나 무서운 속도로 다가오
기 시작했다. 주변의 하늘이 깜깜해지고 기울어져 가는 햇빛조차 사라
져 버렸다. 천 명이 넘는 주신 사울아비들과 한웅의 행차는, 삽시간에
주위가 먹장같이 어두워지자 방향을 잃고 서로 부딪히고 충돌하여 혼
잡의 극을 달했다. 사람들도 놀랐지만 말과 소와 동물들이 별안간 미친
듯 날뛰기 시작했다. 사울아비들의 말은 오랫동안 훈련시켜서 무서움
을 모르는데도 미친 듯 날뛰기 시작했다. 말에서 떨어져 다치는 사울아
비들이 수도 없었고 온순하던 소와 양, 나귀 등도 미친 듯 날뛰며 수레
를 뒤엎고 사람들을 들이받고 발로 찼다. 엄청난 혼란과 어둠 속에서 치
우천이 외쳤다.

"비! 비! 어디 있느냐! 치베! 치베!"

"천 안다! 나 여기 있다!"

치베가 재빠른 동작으로 어느 사이엔가 횃불을 치켜들고 저만치에서 말을 달려 왔다. 치베의 말도 제정신이 아닌 듯했지만 치베의 기마술은 놀라워서 이 와중에도 말을 몰 수 있었던 것이다. 일단 자그마하게 불이 밝혀지자 사울아비들도 다투어 횃불을 켜 들었다. 치우천이 또다시 외쳤다.

"비렴님, 한웅님을!"

비렴이 외치며 몸을 날렸다.

"우사님! 운사님! 적은 신수요! 신수가 오고 있소!"

갑자기 뒤를 따라오던 가마 두 채가 산산이 폭발하면서 병예와 신지 울태의 몸이 새처럼 날아 한웅의 큰 가마 옆에 내려섰다. 상황이 다급하자 그들은 주술을 써서 아예 가마를 부수고 날아온 것이다. 비렴도 거의 동시에 십 장이 되는 거리를 날아 한웅의 가마를 에워쌌다. 한웅의 가마를 메고 있던 서른두 명의 장정들은 힘도 세고 용감한 사울아비들이라 가마를 지탱하고 있었으나 갑자기 몇 마리의 소가 앞쪽의 몇 사람을 치고 지나가자 가마가 기울어지기 시작했다. 이대로라면 큰 가마가 무너져 장정들을 깔아뭉개고 한웅도 땅에 뒹굴 판이었다.

"쇠돌이! 부루벼락! 무엇 하느냐!"

비렴이 외치자 힘센 쇠돌이와 부루벼락이 가마를 떠받쳐 올렸고 치우우레가 고함을 지르자 사울아비들이 있는 힘을 다해 한웅의 가마를 둥글게 원진으로 에워쌌다. 시커멓게 변한 마른하늘에서 번개가 치기 시작했다. 병예가 외쳤다.

"번개다! 놈이 번개를 부린다!"

번개가 한웅의 가마 주변에 내리꽂히자 땅이 파이며 몇 명의 사울아비가 말과 함께 튕겨져 나갔다. 비명을 지르는 여러 명의 사울아비의 몸이 시커멓게 타 들어가며 활활 타올랐다. 무서운 광경이었다. 그것을 본 신지울태는 머리를 산산이 풀어헤친 채 입술을 깨물어 피를 왈칵 허공에 뿜으며 미친 듯이 양손을 저어 자신의 피로 허공에 글자를 썼다. 최고의 주술이라는 글자 주술을 펼치기 시작한 것이다.

이어서 다시 몇 줄기의 푸른 번개가 동시에 아래로 내리꽂혔으나 신지울태가 찢어질 듯한 비명을 지르며 일갈하자 땅에서도 몇 줄기의 붉은 번개가 솟아올라 번개를 막았다. 번개끼리 격돌하자 무서운 굉음과 함께 대폭발이 일어났고, 스무 명이 넘는 사울아비들이 바람에 밀려 날아가 버렸다. 믿어지지 않을 만큼 거대한 힘과 힘의 격돌이었다. 신지울태는 무리하여 왁, 하고 피를 토하며 허리를 꺾었고 병예는 분노에 떨면서 외쳤다.

"지킴임검수!"

병예가 양손을 뻗자 흰 무지개가 피어오르며 한웅의 가마를 에워쌌다. 우사 병예의 가장 강한 방어 주술인 지킴임검수가 펼쳐진 것이다.

그때 대열의 앞부분에 외침이 있었다.

"으악! 범이다!"

"신수다!"

미친 듯 달려오는 회오리바람은 줄로 엮인 개들을 하나씩 집어 삼키며 다가오고 있었다. 온통 시커먼 회오리바람이었지만 중앙에 번뜩이는 두 개의 눈동자가 마치 두 개의 태양인 양 시뻘겋게 빛을 내쏘고 있었다. 그것은 분명 짐승의 눈, 신수의 눈이었다. 사울아비가 아닌 자들은 공포에 질려서 정신없이 반대편으로 달아나기 시작했다. 허나 치우우레는 그 와중에도 계속 명령을 내려 직속 사울아비 삼백 명을 열 줄로 수습해 놓고 있었다. 사울아비들의 전투 대열이었다. 치우우레가 신수의 번뜩이는 눈을 보고 두려움 없이 소리쳤다.

"첫째 줄! 나갓!"

그러자 사울아비의 첫째 줄 삼십 명이 도끼를 일제히 치켜들고 줄을 지어 달려 나갔다. 몇 명이 말에서 떨어지고 죽은 사람도 있지만 순식간에 둘째 줄 사람이 첫째 줄 빈자리를 메우고 셋째 줄 사람은 둘째 줄 자리를 메웠다. 삼십 명이 달려 나가며 일제히 회오리바람을 향해 도끼를 내던졌으나 모조리 튕겨 나갔다. 사울아비들은 굴하지 않고 구리칼을 빼들어 용감하게 회오리바람으로 달려들었다. 그들이 회오리바람에 채 부딪기도 전에 치우우레가 외쳤다.

"둘째 줄! 나갓!"

둘째 줄 사울아비들이 달려 나가는 순간, 그들의 앞에 무시무시한 푸른 번개가 세 줄기나 연달아 내리꽂혔다. 순간 열한 명의 사울아비와 말들이 순식간에 시커멓게 탄 재가 되며 폭발하여 가루로 변했고 남은 사울아비들도 폭풍에 밀려 사방으로 날아가 버렸다. 양끝의 두 사람의 사울아비만 남았으나 그들도 시커멓게 그슬렸다. 그래도 그들은 달려 나갔다.

그때, 첫째 줄 삼십 명의 사울아비들이 전속력으로 말을 몰아 회오리바람에 부딪는 순간 회오리바람에 말려 수십 명의 말과 사울아비들은 어지러이 부딪혀 으깨어져서 피바람이 되어 흩어져 버렸다. 세 명의 사울아비만이 회오리바람에 비껴서 비틀거리며 물러섰는데 그들 가운데 말 탄 이는 이미 없었다. 그 세 명과 둘째 줄 두 명의 사울아비들은 동료들이 순식간에 죽자 눈이 뒤집혀 있었다.

처참한 광경에 치우우레는 눈물을 뿌리며 외쳤다.

"셋째 줄! 넷째 줄! 다섯째 줄! 모두 나갓!"

구십 명이나 되는 사울아비들이 일제히 말을 몰아 무서운 기세로 회오리바람을 향해 돌진했다. 그 순간 치우우레가 외쳤다.

"큰스승님들! 한웅님을 모시고 어서 물러나시오! 여긴 내가 맡겠소!"

그 말을 듣자 비렴이 눈물을 주르륵 흘렸다. 천 명의 사울아비가 있어도 신수를 당할 수는 없었다. 한웅의 안위가 더 중요했던 것이다.

"어서 물러나라!"

한웅의 가마는 뒤로 돌아 달렸고 사울아비들은 신수의 바람에 몸이 찢겨 나가면서도 겹겹이 막아섰다. 첫째 둘째 줄에서 살아남아 달려들던 다섯 명의 사울아비들의 머리 위로 거대한 그림자가 쾅! 하며 내리꽂혔다. 거대한 짐승의 앞발이었다. 한 번에 다섯 명의 사울아비를 밟아 납작하게 만들 만큼 거대한 발이었다.

어느덧 소용돌이가 사라지고 그들 앞에 붉게 불타는 눈의 거대한 범이 보였다. 어깨는 열 사람 키보다도 높아 보통 범의 형상과 달랐다. 입에는 무시무시한 이빨이 땅에 닿을 만큼 길게 솟아나 있었는데, 크기가 아름드리나무보다 굵고 컸다.

한마디로 어마어마한 신수…… 아니, 괴물이었다. 달려가던 구십 명의 사울아비들 중 절반이 신수가 형상을 드러낸 순간 땅에 엎어져 굴렀다. 말들이 놀라서 제풀에 다리를 꺾었던 것이다.

나머지 절반도 말들이 미친 듯 방향을 바꾸는 바람에 앞으로 달려갈 수가 없었다. 아무리 뛰어난 기마술로 고개를 돌리게 하려 해도 말들은 차라리 그냥 죽을지언정 괴물 쪽으로는 다가가려 하지 않았다. 사울아비들도 비명을 질렀으나 이내 악을 쓰면서 말에서 일제히 뛰어내려 땅에 뒹굴고는 무기를 들고 신수에게 달려들었다.

신수 번개범은 거대한 입을 벌리면서 포효했다. 괴물의 아가리와 목구멍만 해도 큰 동굴보다 컸다. 포효하는 바람에 사울아비들의 몸이 낙엽처럼 날려 뒤에 달려오던 사울아비들과 부딪히거나 말발굽에 밟히는 등 아수라장이 되었다. 치우비는 미친 듯이 자신의 말, 구름을 타고 신수 쪽으로 달렸다. 그 뒤를 치우천이, 다시 그 뒤를 치베가 따랐다.

치우비가 외쳤다.

"형! 저놈이……! 저놈이 어머니를……!"

치우비의 눈에서는 피눈물이 흐르고 있었으며, 치우천은 눈물을 흘리면서 계속 앗핫핫! 하고 공허한 웃음을 웃고 있었다.

"그래! 저놈이다! 어머님이 혼자 싸웠던 놈이다! 우리 형제를 당해내는지 보자꾸나! 아핫핫! 결국……! 결국 오늘이 오고야 말았다!"

치우천이 미친 듯이 웃으며 말을 달렸다. 뒤를 따르던 치베는 두려움은 없었으나 아연한 얼굴이었다. 치베가 외쳤다.

"천 안다! 비 안다! 치베는 너희와 함께한다!"

치베는 화살통을 통째로 쥐더니 안에 꽂힌 화살 스무 대를 몰아 쥐고 비명을 지르며 무서운 힘으로 스무 개의 화살을 한꺼번에 당겼다.

"죽어랏! 괴물!"

치베의 활이 와지끈 부러지면서 스무 개의 화살이 별과 같이 허공을 솟구치며 신수를 향해 날아갔다. 그것을 보고 치우우레가 외쳤다.

"놈에게 다가가지 말고 활을 쏘라!"

사울아비들이 일제히 활을 꺼내 들자 치베가 쏜 화살을 눈치챈 번개범이 컄! 소리를 지르며 입김을 내뿜었다. 치베의 화살은 실로 무서운 기세로 날아들었으나 대부분 신수의 무서운 입김을 이기지 못하고 허공에서 부러져 흩어졌다. 허나 그중 두 발이 신수의 오른쪽 볼에 꽂혔다. 그러나 워낙 거대한 신수라서 그런 것쯤은 느끼지도 못하는 듯했다.

치우비가 땅이 울릴 정도의 괴성을 지르며 달려가던 말에서 몸을 솟구쳤다.

"이노오오옴!"

말의 속도와 솟구친 힘을 합해 무서운 속도로 날아가던 치우비가 신수 앞으로 내려서자 신수의 붉고 거대한 눈이 치우비를 향했다. 치우비는 맹수처럼 포효하며 옆에 있던 육중한 바위를 잡았다. 자신보다 큰 바위였다. 치우비가 바위를 집어 던지자 육중한 바위는 마치 조약돌처럼 날아갔다. 거대한 신수였지만 이 바위에는 위협을 느꼈는지 고개를 틀어 피했다.

다음 순간, 신수가 앞발을 치우비의 머리 위로 들어 올렸다. 조그마한 산이 하늘로 올라가는 것 같았다. 치우천이 뒤에서 목이 찢어져라 외쳤다.

"비야! 조심해!"

신수의 앞발은 인정사정 보지 않고 치우비를 향해 덮쳐 내렸다. 쾅! 하는 소리와 함께 치우천이 으악! 소리를 내며 옆에 쓰러져 있던 사울아비의 긴 창을 뽑아 들었다. 그 뒤를 치베가 따랐고 마파람과 날램이 등도 미친 듯 달려들었다.

"비야!"

치우우레도 목이 찢어져라 외쳤고 순간 사울아비 수백 명이 쏘아 올린 화살이 빗살처럼 신수를 향해 날아들었다. 그러나 치우천이 신수에게 다가서는 순간, 신수가 이상하게 균형을 잃더니 비틀거리며 뒤로 한 걸음을 물러섰다. 신수의 발이 떨어졌던 자리에는 온몸이 먼지로 덮이고 허벅지까지 땅에 박힌 치우비가 피투성이가 되어 귀신 같은 몰골로 서 있었다. 치우비가 무서운 힘으로 신수의 발을 양팔로 막아 냈는데, 치우비의 팔이 마치 가시처럼 신수의 발을 뚫고 들어간 것이다. 치우비는 피투성이가 됐지만 그 피는 신수의 것이었다. 치우비는 미친 듯 악을 쓰고 있었다.

"덤벼라! 덤벼!"

"비야!"

치우천이 외치면서 말에서 몸을 날려 치우비의 앞으로 떨어져 내렸다. 어설프게 데굴데굴 굴렀으나 치우천은 곧 일어나 치우비의 앞을 막고 섰다.

"비야!"

"형! 내 피가 아냐! 저놈 피야!"

"신수의…… 피?"

"형! 저놈도 피를 흘려! 죽일 수도 있어! 아니, 죽일 거야!"

신수 번개범이 발에 입은 상처는 하찮았지만 처음으로 아픔을 느꼈다. 무서운 도력을 지닌 번개범이었기에 날아오는 화살이나 창은 막을 수 있었으나 자기가 내리찍던 발밑에서 찔러 올 줄은 생각도 하지 못했다. 이렇게 힘이 센 인간이 있는 것도 의외였던지 번개범의 눈은 분노로 더욱 붉어졌다.

치베와 다른 사울아비들이 달려들자 번개범이 캭! 하고 입을 벌리더니 붉은 불덩이를 쏘았다. 치우비는 발이 땅에 박혀서 움직여 피할 수가 없었다. 놀란 치우비는 형을 잡아 뒤로 돌리려 하는데 치우천이 치우비의 손을 잡고 치우비의 앞을 도리어 막아섰다.

"안 돼, 형!"

그 순간, 두 사람의 뒤에서 와장창! 하는 소리와 함께 죽은 말 한 마리가 날아들어 앞을 막았다. 번개범이 토한 불길이 말을 시커멓게 태웠지만, 말에 가려진 치우천과 치우비는 숯덩이가 되는 것을 간신히 면할 수 있었다. 죽은 말을 내던진 사람은 치우비 다음가는 장사 쇠돌이였다. 도단이와 스름이도 나서면서 머리를 풀어 헤치며 주문을 외우고 글자를 썼다.

신수의 발밑 땅이 우적우적 갈라지기 시작했고 스름이의 머리칼에서 미친바람이 불어 젖히기 시작했는데, 그 바람에는 날카롭고 주먹만 한 얼음덩어리들이 맺혀 칼날처럼 번개범을 향해 쏟아져 나갔다. 대단한 주술이었다. 번개범도 주술을 만만히 볼 수 없는 듯 방향을 바꾸어 스름이의 얼음 바람에 불길을 쏘아 댔다.

두 주술의 힘이 부딪히자 스름이의 몸은 신수의 힘을 견디지 못하고 으악 소리와 함께 뒤로 밀려나 몇 바퀴를 땅에 굴렀다. 도단이는 한눈팔지 않고 주술의 힘을 올렸다. 이윽고 신수 발밑의 땅이 갈라지며 번개범의 왼발이 땅에 빠졌다.

치우비가 외쳤다.

"날 빼 줘!"

때마침 달려들던 부루벼락이 치우비의 허리를 잡고 용을 썼다. 미력하나마 치우천과 치베도 있는 힘을 다해 땅에 박힌 치우비를 꺼내 주었다.

쇠돌이도 달려오자 치우천이 급히 외쳤다.

"쇠돌이! 부루벼락! 비를 저놈 머리 위로 던질 수 있겠어?"

신수의 발이 묶인 지금 신수의 머리로 치우비가 올라간다면 이길 가능성이 있다고 치우천은 판단했다. 보통 힘으로는 치우비와 같은 거한을 저 높은 곳까지 던질 수 없었지만 부루벼락과 쇠돌이는 고개를 끄덕였다.

"빙빙 돌려서 던지면 돼!"

쇠돌이가 소리치자 부루벼락도 외쳤다.

"너무 높다! 둘이 해야 된다!"

쇠돌이의 말이 끝나기도 전에 치우비는 스스로 달려서 부루벼락의 팔을 잡았다. 쇠돌이는 부루벼락의 팔을 잡고 기합 소리를 으아아, 내며 두 사람을 한꺼번에 돌리기 시작했다. 치우비가 허공을 박차 더 빨리 돌

수 있도록 힘을 보냈다. 무시무시한 회전력에 버티며 부루벼락은 있는 힘을 다해 팔을 오므렸다. 치우비의 몸과 부루벼락의 몸이 미친 듯이 돌아가자 어느 순간 치우천이 외쳤다.

"가!"

순간 쇠돌이가 부루벼락을 떨쳐 내고 부루벼락이 다시 치우비를 떨치자 치우비의 몸이 허공을 날아서 신수의 머리꼭대기에 부딪혔다. 무엇인가 머리로 올라가자 신수는 무섭게 화를 냈으나 치우비는 올라가자마자 있는 힘을 다해 신수의 머리에 주먹을 내리꽂았다. 치우비의 힘은 엄청나 신수를 때리는 것이 아니라 아예 팔을 신수의 머리에 꽂아 넣고 있었다. 치우비의 팔이 어깨까지 신수의 머리를 파고들자 이번만은 신수도 고통스러운 듯 캬악! 하는 소리를 질렀다. 바람과 불길에 당해 이미 큰 상처를 입은 치우우레가 외쳤다.

"활은 안 된다! 창을!"

모든 사람들이 창이건 막대기건 긴 것을 잡아서 신수를 향해 던졌다. 대부분이 힘센 사울아비들이라 창은 어지러이 날다가 신수의 몸에 박히기 시작했다. 그때, 신수의 눈이 무서울 정도로 붉게 타올랐다. 치우비가 피가 철철 흐르는 팔을 뽑아 두 번째 주먹을 내리꽂으려는 찰나, 신수 주변에 무서운 바람이 일기 시작했다. 신수가 회오리바람으로 변하고 있었다.

치우비의 몸은 어쩔 틈도 없이 튕겨져 날아가 근처 바위에 처박혔다. 치우비는 엄청난 충격을 받았지만 정신을 잃지 않고 몸을 일으키려 했는데 그때 신수가 다시 치우비를 향해 발을 쳐들었다. 그 순간 열 명의 그림자가 신수의 발을 향해 달려들었다. 달려든 자들은 다른 사람들과는 사뭇 달랐다. 치우비를 따라오던 도깨비들이었다. 대열의 맨 뒤를 따라왔기에 이제야 도착한 것이다. 그들 중 붉은 머리 도깨비의 어깨 위에는 자그마한 울라트가 올라앉아 악을 쓰고 있었다.

"비 오빠!"

도깨비들이 목숨을 내놓고 덤벼드는 바람에 번개범은 주춤하며 치우비를 밟으려던 발로 도깨비들을 휘몰아 갔다. 도깨비들은 미친 듯 무기를 던지고 그어 댔으나 신수의 엄청난 힘 앞에는 속수무책이었다. 순식간에 도깨비들은 튕겨져 나갔다. 울라트의 작은 몸도 피를 뿜으며 허공을 날았다. 사울아비들이 온몸을 던졌으나 일방적으로 학살을 당했다. 흰 천을 머리에 둘러쓴 늙은 도깨비는 분노로 몸을 떨며 죽을힘을 다해 다섯 개의 칼을 동시에 날려 신수의 눈을 노렸으나 번개범이 앞발로 눈을 가리자 칼들은 발가락을 스쳐 떨어져 나갔다. 늙은 도깨비는 벼락에 맞아 시커멓게 그슬린 채 데굴데굴 땅 위를 굴렀다.

번개범은 무서웠다. 힘과 덩치도 엄청났지만 바람과 번개를 부리는 데다 불까지 뿜으니 방법이 없었다. 번개범은 화가 솟았는지 치우비가 쓰러져 있는 바위를 발로 쓸어 박살 내 버렸다. 치우비의 몸은 돌조각과 함께 엉망이 되어 튀어 올랐다가 걸레처럼 땅에 처박혔다. 치우비의 몸은 더 이상 움직이지 않았다.

치우비가 나가떨어지자 치우천과 다른 이들은 비명을 질렀다. 이제 끝장이라는 생각밖에는 없었다. 치베마저도 자신도 모르게 무릎을 털썩 꿇으며 중얼거렸다.

"치우비도…… 역시…… 신수는 안 되는 것인가?"

"비야! 비야!"

피투성이가 된 치우천은 미친 듯 눈물을 흘리며 정신을 잃은 치우비를 향해 기어갔다. 회오리바람으로 변한 신수는 그것을 보고, 가장 껄끄러운 인간을 뭉개 버리기 위해 무시무시한 기세로 달려들었다. 치우천은 간신히 치우비의 몸을 껴안았지만 더 이상은 견디지 못하고 이를 갈면서 눈을 질끈 감았다.

'여기서 죽는 것인가? 어머니의 원수도 갚지 못하고……!'

그때였다. 귀청을 찢는 소리와 함께 무엇이 머리 위를 훌쩍 뛰어넘었다. 치우천이 놀라 눈을 떠 보니 회오리바람이 어느새 사라지고 번개범은 놀라 비틀거리며 저만치로 물러서 있었다. 번개범의 붉은 눈은 찢어질 듯, 피를 뿜을 듯 무섭게 붉어져 있었고, 살아남은 사울아비들은 놀람과 기쁨의 고함을 질렀다.

"저걸 봐라!"

"다른 신수다!"

맞은편에 노랗게 반짝이는 화등잔 같은 눈을 부릅뜬 거대한 짐승이 있었다. 크기는 번개범에 못지않거나 오히려 더 컸다. 기다란 코와 점잖고 아름다운 털을 지닌 짐승은 무섭게 몸을 부풀려 털을 곤두세운 채 신수 번개범을 노려보고 있었다. 어디에선가 또 다른 신수가 나타난 것이다. 사람들을 더욱 놀라게 한 것은 다른 신수가 나타나 번개범을 밀어냈기 때문만은 아니었다. 신수의 머리 위에 사람이 타고 있었다. 눈부신 흰옷을 걸치고, 검고 탐스러운 머리를 발치까지 늘어뜨린 그 사람은 아름답기 그지없는 젊은 여인이었다.

치우천은 여인의 얼굴을 보고 온몸이 얼어붙었다. 분명 처음 보는 얼굴인데 분명 어디에서 본 듯, 낯이 익었다. 그녀의 큰 눈과 아름다운 얼굴, 이런 상황에서도 차분하고 고요하기 짝이 없는 표정…….

'나는 저 여인을 처음 본다……. 그런데 왜 낯설지 않을까?'

치우천은 번개범의 일은 새까맣게 잊어버리고 말았다. 넋이 나갔다고밖에 할 수 없었다. 번개범이 번개와 불과 함께 노기를 뿜어내면서 새로 나타난 신수를 덮쳤다. 그때, 주신족의 마차며 짐들이 바람에 날려 쌓여 있던 자리에서 엄청난 소리와 함께 불기둥이 솟아올랐다. 무서운 열기가 사방으로 퍼져 사람들뿐이 아니라 번개범과 새로 나타난 신수 마저도 주춤하게 만들었다.

"저건 또 뭐지?"

치우천은 숨 쉴 틈 없이 벌어지는 기이한 일들에 아예 넋을 잃고 불 기둥을 바라보았다. 불기둥은 하늘로 똑바로 솟구쳐 올라가다가는 이 내 하나의 형상을 이루면서 서서히 하나로 뭉쳐 갔다. 그것은 점점 거대 한 새의 형상을 이루어 가고 있었다. 치우천의 머리에 퍼뜩 떠오르는 생 각이 있었다.

'알! 툰툰이 준 알! 혹시 그것이 깨어난 게 아닐까?'

치우천이 더 생각하기도 전에 번개범이 무섭게 포효하며 치우천과 치우비를 밟아 버리려는 듯 달려들자, 새로 나타난 코가 긴 신수도 무서 운 기세로 번개범을 막으려는 듯 달려들었다. 하늘에 맺힌 거대한 불덩 어리 새의 형상도 떨어져 내리듯 무서운 열기를 내뿜으며 순식간에 치 우천의 머리 위로 내리꽂혔다.

2권에 계속

　『치우천왕기』는 기원전 2716년, 태산 회의를 시작으로 기원전 2696
년, 마지막 3차 탁록 전투까지 20년 정도의 동북아시아, 주로 만주 지방
과 그 일대를 배경으로 하고 있습니다. 당시는 보통 신석기 시대라고 알
려져 있지만 실제로는 청동기 시대로 접어든 것이 거의 확실하며, 아주
부분적으로 철기가 사용된 것으로 설정하고 있습니다.

　이 당시의 사람들의 생활은 가죽 한 장을 걸치고 돌멩이를 든 원시인
의 모습이 결코 아니며, 그렇다고 후대와 다를 바 없는 차림을 한 근대
인의 모습도 아닙니다. 이 적절한 중간점에서의 시대 설정은 소설의 내
용과 등장인물의 행동을 제대로 묘사하는 데 중요한 출발점이 되기 때
문에 이해를 돕기 위하여 시대적인 설정과 그에 대한 근거를 간략하게
밝힙니다.

　모든 근거를 밝히고 자세히 고증하려면 책을 따로 한 권 출간해도 모
자라기 때문에 이해를 도울 정도의 간략한 묘사와 대표적인 증거만 문
답 형식으로 싣습니다.

그 시대는 과연 청동기 시대였는가?

저는 틀림없이 청동기가 사용되던 시대라고 믿고, 그렇게 설정하였습니다. 다만 구리를 다룰 수 있는 부족은 극히 드물어, 동북아 일대에서는 주신 한 부족만이 구리를 다룰 줄 압니다. 구리는 융점이 높아 보통의 불로는 용융되지 않으며, 최소한 밀폐된 고온 방식에서 숯과 같은 고탄소 연소물로 열을 가해야 용융됩니다.

구리는 비교적 부식이 심하지 않고 자연 상태에서도 고순도의 구리가 노두광상(露頭鑛床)에서 덩어리째 발견되는 일도 많기 때문에 구리의 사용은 당시에 충분히 가능하다고 보입니다. 북미 인디언도 천연의 구리 광석을 귀한 물건으로 간직하여 교환하곤 했다는 증거가 있습니다. 결정적으로 현재 발굴이 진행되고 있는 치우채(치우가 쌓았던 성채) 발굴 현장에서 다량의 청동 제품이 나왔다는 것을 발굴 진행자에게 직접 들은 바 있습니다.

청동기의 기원은 현재는 동남아시아에서 기원전 7000년경부터 시작되었다는 학설이 주류를 이루고 있는바, 기원전 2700년경에 동북아로 전파되지 않았다고 하는 편이 오히려 무리일 것입니다. 철기도 사용되었는데, 철은 구리와는 달리 녹 같은 형태로 주로 존재하므로 탄소를 제거하는 탈탄과정(脫炭過程. 이 과정에서 용광로, 제련소가 필요합니다)이 요구되는바 철기를 제련해 내는 수준에는 아직 미치지 못했던 것이 분명합니다.

그렇다면 그런 철기가 어떻게 그 시대에 등장하였는가 하는 의문이 존재하는데, 인도네시아에서는 기원전 7000년경부터 '크리스'라고 불리는 철제 단검이 있었습니다. 이는 운철(隕鐵. 철로 이루어진 운석)을 두들겨 만든 것인데, 운석은 실제로 철 성분을 띤 것이 70퍼센트에 달하며 품질도 최고급입니다. 운석 전시회를 돌아보면서 고증해 본바 철제 운석은 의외로 많았고 품질도 대단히 우수했습니다(합금류 운석이 많습니다. 스테인리스강 계열이나 궁극의 합금이라는 티타늄 합금 계열까지도 발견됩니다).

이러한 운철을 주워서 당시에 무기를 만들었다면 후대 무협 등에 항상 등장하는 신병이기(神兵利器)가 되고도 남았을 것입니다.

그러한 운철이 치우가 사용한 철기였다고 설정했습니다. 북한에서는 단군릉을 발굴하면서 기원전 2300년경의 철기가 발견되었다고 공식 선언했는데, 우리나라에서는 아직 그 주장을 받아들이고 있지는 않습니다만 가능성은 충분합니다. 철기는 부식되기 쉽기 때문에 오래될수록 청동기나 구리보다 오히려 보존되기가 훨씬 어렵기 때문입니다. 현재 우리가 쓰는 쇠 깡통을 자연 상태에 버리면 약 10년 정도 지나 자연히 소멸되는데, 구리라면 200년, 알루미늄 캔이라 알려진 두랄루민 캔은 1,000년까지도 보존되는 것과 비슷한 원리입니다.

주신은 어떤 국가였는가? 정말 최강국이었는가?

제 생각으로는 주신이 틀림없이 최강국이었다고 보고 설정했습니다. 가장 사람 수가 많았던 지나족과 겨루었던 국가가 주신이니만치 동북아 전체를 아우르는 강한 집단이었을 것입니다. 그런데 여기서 한 가지 잊으면 안 되는 사실이 있습니다. 주신은 지금의 한(韓) 민족으로만 이루어진 민족적 순수 단일 집단은 아니었다고 보입니다. 오히려 합중국적인 성격이 비슷하여 제정 이전의 초기 로마나 근대의 미국과 비슷한 양상을 보이는 국가였다고 봅니다. 거란(키탄)이나 말갈(마갸르), 투르크, 묘족(미아우), 흉노(훈), 몽골 등을 아우르되, 각 부족의 생활과 통치를 그대로 존중해 준 방식의 국가였을 것으로 보입니다. 멀리 갈 것도 없이 고구려나 발해를 생각해 보면 그 유풍(遺風)이 남아 있음을 짐작할 수 있습니다.

그러므로 주신이 가장 큰 나라이기는 하지만, 직접 다스리는 영토는 그리 넓지 않아 과거 고조선과 고구려의 땅보다 조금 넓은 정도였을 것입니다. 그 밖의 영토들은 많은 부족들이 '주신 연방'의 통치권만을 존중하는 상태였다고 봅니다. 당시의 그러한 양상이 중국을 직접 지배했다, 아니다, 라는 재야와 강단의 논쟁으로 이어지곤 하는데, 제 견해로 중국은 은나라 시절까지 어느 정도 주신, 또는 고조선의 영향권하에 복속되어 있었고, 최초의 대규모적인 저항이 헌원에 의해 일어났으며, 이에 헌원이 패배하였기 때문에 이후 서쪽에서 일어난 주나라가 은나라를 멸망시킬 때까지 이런 상태는 계속되었다고 봅니다.

헌원 이후 보통 성인(聖人)으로 인정하는 우(禹), 요(堯), 순(舜) 등이 대부족장이나 임금이라고는 볼 수 없을 만큼 검소하게 살았던 것과 전욱고양(顓頊高揚), 제곡고신(帝嚳高辛), 공공(共工) 등 헌원보다 후대의 투쟁사가 이상하게 역사적인 기록이라기보다는 단순한 신화—분명 집단이나 국가 간의 투쟁이 아니라 개인 영웅의 대결 구도밖에 나타나지 않고 있습니다—로 남은 것 등은 분명 중국 위주의 권력이 상당히 약했던 증거라고 봅니다. 그렇지 않고서는 중국이 지극히 후대(수, 당 정도)에 이르기 전에는 북방으로의 진출을 한 번도 시도하지 않았던 점이 이해가 되지 않습니다.

주신은 여러 부족들을 복속하거나 병합하려 하지 않고 부족 나름의 자치성을 끝까지 살려 주었다고 봅니다. 거란이나 말갈, 후에 말갈에서 갈라지는 여진, 몽골 등이 나름의 생활 방식을 잘 살려 때로는 서로 싸우면서도 저력을 발휘하여 최소 한 번 이상 중국을 정복하였습니다. 이 모든 것의 정점에 선 인물을 치우천왕으로 설명한 것입니다. 동북아 고대 역사에는 그보다 강하거나 위대한 인물이 없었기 때문입니다.

그리고 치우천왕은 한웅이었고, 한웅인 이상 주신인이라고 보는 것이 타당합니다. 결국 우리 역사상 가장 위대했던 인물이라 할 수 있겠지요. 이 부분은 학술적으로 접근하면 많은 논란이 있으므로 받아들이기 어렵다면 소설상 설정으로 생각해 주시면 감사하겠습니다.

당시는 어떤 사회였는가?

제정일치의 부족 국가 사회였다고 보입니다. 아직 왕이나 임금과 같은 단어나 개념은 사용되지 않았고 한, 칸 등의 우두머리를 상징하는 단어가 부족장을 나타내는 말로 쓰였을 것입니다. 부족마다 다를지도 모르지만 동북아 전반 부족들은 거의가 한, 칸 등과 비슷한 단어를 쓴 것으로 보아 문화적 교류나 지배적 구조가 일원화되어 있을 것이라 보았습니다. 동북아만이 아니라 멀리 바이칼 호 연안 및 지금의 동구 지역까지 폭넓은 문화적인 공통적인 잔재가 남아 있는데, 가령 원류 보존이 가장 쉬운 무속 부분에서 대부분의 부족과 인종들이 푸타간, 우타간, 우다간 등의 공통 어휘를 지니고 있으며(이는 무당과도 연관이 있다고 봅니다. 푸닥이라는 말과 우두머리인 칸, 한 등이 결합되어 푸타간, 우타간이 되었고〔마립간, 거서간 등도 이 갈래라 봅니다〕, 우리는 그냥 '푸닥'에 후대에 비슷한 한자음을 끼워 맞추어 무당이 된 것이라 여깁니다) 많은 수의 부족들이 새 중심의 고대 신앙을 가지고 있었습니다.

아울러 우리의 솟대와 비슷한 것을 세우며, 장승과 너무도 닮은 고조형물(古造形物)이 무수하고, 언어의 형태가 비슷하며 우리의 발상지라고 전해지는 바이칼 호 연안의 시베리아 토속 부족들은 지금까지도 무당을 '푸닥'이라 부릅니다(우리는 무당이 하는 일을 '푸닥거리'라고 부르죠). 이 모든 것을 우연으로 설명할 수 없다면, 이러한 폭넓은 교류 또는 통일성을 지니고 있던 시대는 치우천왕의 시대 말고는 없었다고 봅니다.

너무나 먼 지역의 사람들이 어떻게 이렇게 등장할 수 있는가?

『치우천왕기』에는 지구 반대편에서 온 사람들까지도 소수 등장합니다. 당시 찬란한 문명을 건설하던 이집트나 수메르, 인도는 물론이고 아프리카 남부 흑인이나 북유럽의 바이킹 선조뻘 되는 사람들, 그리스인도 등장합니다. 이것은 가상입니다만 오히려 중세보다는 고대가 사람의 출입이 자유로웠다고 생각합니다.

대부분 여행의 길을 막은 것은 국가라는 엄한 체제가 발생하고 영토의 개념이 굳어진 다음입니다. 그 이전에는 '외국인'이라기보다는 단순히 '먼 데서 온 손님'이라는 개념이라 도리어 여행이 쉬웠을 것입니다. 걸림돌이 되는 국가의 통제가 없었으므로 일정 규모 이상의 자위력을 지닌 집단은 오히려 후대보다 쉽게 여행했으리라 생각합니다.

물론 여행은 몇 년이나 걸렸을 것이며 사상자도 났겠지만, 여행을 함으로써 얻어지는 이익은 후대보다 더 컸을 것입니다.

삼장(현장) 법사가 불경을 얻으러 중국에서 인도까지 가는 길이 『서유기』에서는 한없이 험하다고 알려져 있었지만, 실제로 현장 법사는 불과 몇 년 만에 동행자를 몇 명 잃지도 않고 인도에 도달하였으며, 난관의 대부분도 중간에 난립하여 폐쇄적으로 살아가는 작은 국가들 때문에 생겼다고 볼 수 있습니다. 오히려 이러한 큰 사건에 여러 나라 사람들이 말려들지 않았다고 한다면 그편이 더 이상합니다.

당시의 무기는 어떠했나?

가장 원시적이라 할 수 있는 몽둥이, 돌멩이도 있지만 창, 칼, 도끼, 활 등이 다 있습니다. 돌칼이나 돌창이라 하면 별것 아닌 원시적인 무기라 생각할지 모르지만 이때는 이미 석기 시대 말기입니다. 석기를 몇 개 일람했는데 수준은 상상보다 높습니다. 당시의 돌칼로 지금의 종이를 면도날처럼 베어 낼 수도 있을 정도입니다. 청석, 흑석, 하물며 귀한 옥이나 보석류도 사용되었을 것입니다(후에 헌원의 곤오보검은 사파이어를 통째로 사용하여 만들어진 것으로 설정되어 있습니다).

다만 무기에 강한 힘이 가해지는 전쟁에서는 돌 무기는 상당히 잘 부서졌을 것입니다. 그 때문에 구리 무기는 아주 강력한 무기로 인식되었겠지요. 책의 후반부에도 나옵니다만 철기는 구리 무기보다 강합니다. 그러면서도 무게는 절반도 되지 않으며 청동처럼 깨지고 갈라지는 일이 적으므로 그야말로 신병기였을 것입니다.

철기가 나왔다고 확신하는 것은 치우가 갑옷을 만들어 입었다는, 수차에 걸쳐 고서에 강조되는 언급 때문입니다. 구리갑옷은 착용이 불가능할 정도로 무거우며 잘 깨어지므로 갑옷으로서는 극히 비효율적입니다. 그리스 신화를 보아도 아주 힘센 영웅조차 구리투구와 가슴받이 정도를 걸치는 것 외에는 갑옷을 입을 수가 없어서, 대부분의 방어는 나무로 만든 방패로 하고 아예 거의 벌거벗고 싸우는 모습을 볼 수 있습니다.

현재의 군인들의 철모는 철 또한 합성 플라스틱으로 만들어져 지극히 발달된 것인데도 군인들은 대단히 힘겨워합니다. 하물며 구리로 단단한 타격을 막아 내는 투구를 쓴다는 것은 가능한 일이 아닙니다. 그 때문에 후대에는 비늘갑옷처럼 무게를 줄이고 방호 효과를 노린 갑옷이 개발되어 왔지만 치우가 사용한 갑옷은 처음 나온 것이므로 그런 다양한 세공을 하지는 못했을 것입니다. 철판 가슴받이와 투구 정도가 전부이며, 그 덕분에 방패를 들지 않아도 되었으니 전투력이 더 올라갔을 것이며 특히 치우천왕이 고안했다는 박치기 전술은 당시로서는 전략상 대단한 혁명이었을 것입니다.

당시의 의생활은 어떠했을까?

당시는 비단이 처음 발명되었다는 시기입니다. 그러나 극히 드물었으며, 대부분의 사람들은 두 가지 재료로 옷을 입었을 것입니다. 하나는 누구나 아는 가죽이며, 하나는 후대의 베나 모시 등의 기원이 되는 거친 옷감이었을 것입니다. 대부분의 사람들은 당시 시대를 생각하려면 거의 벗고 지내거나 가죽 하나만 걸친 반라의 원시인을 생각합니다. 그러나 당시 무대가 되는 북만주 일대를 생각해 보십시오.

제가 북만주를 방문한 것이 시월 말의 일인데, 우리나라의 한겨울을 방불케 하는 추위였습니다. 한겨울에는 영하 40도까지 떨어지는 일이 비일비재한 대륙성 혹한입니다. 그런 상황에서 적당한 옷 없이 지냈다고는 볼 수 없습니다. 물론 가죽으로 온통 둘러썼다고 볼 수도 있지만,

에스키모인처럼 정말로 무서운 혹한만 계속되지 않고서는 가죽은 결코 효율적인 의상 수단이 되지 못합니다. 뻣뻣하고 거칠며 냄새가 나고, 구하기도 그리 쉽지 않습니다.

지금 만주 심양 시에 있는 신락(新樂) 취락지라는 유적지는 기원전 4000, 3000, 2000년경의 마을이 적층되어 거의 원형대로 발굴된 곳인데, 이곳에 재현해 놓은 마네킹이나 그림도 반라의 모습입니다. 제가 그 박물관 직원에게 "지금 나는 옷을 이렇게 껴입어도 추운데, 이렇게 입고 어떻게 살았겠느냐?"고 묻자 직원이 "당시는 지금보다 훨씬 더 더웠던 것이 아닐까?"라고 하더군요. 지구 기온대가 달라졌다고 하기보다는 단순히 당시 사람들도 옷을 지어 입을 만한 지능과 문화를 갖추었다고 보는 편이 훨씬 쉬운데 말입니다.

박물관을 둘러보니, 고분에서 출토된 유물 중 바늘과 베틀의 부품, 특히 '가락바퀴'라는 것이 많이 있었습니다. 가락바퀴는 구멍이 뚫린 구슬 모양인데, 베틀 줄을 교차시키는 데 사용되는 물건이라서 이 가락바퀴가 나오면 현물이 출토되지 않아도 섬유가 존재했다고 믿는 유물입니다. 그런데 바늘, 베틀과 가락바퀴, 실 뽑던 기구의 잔해까지 나왔는데, 섬유로 만든 옷을 입은 모습을 상상하지 않는 것은 일종의 선입견이겠지요.

현재 남미 오지의 원주민들도 야자든 무엇이든 섬유를 짜내어서 천을 만들어 입습니다. 가죽은 그만큼 불편하고 거칠기 때문이죠. 화학이 발달하여 무두질하는 방법이 알려지기 전에는 가죽은 보편적인 의류가 되기 힘들었습니다. 당시 의생활은 가죽과 함께 지금보다는 거칠지만 그렇게 큰 차이가 없는 섬유로 만든 옷들로 이루어졌다고 저는 믿습니다.

옷에 물을 들이기도 했을 것입니다. 알타미라 동굴 벽화가 1만 년이 지난 후에도 색채를 간직하듯, 자연 염료들은 생각보다 다양하고 효과도 좋습니다. 물을 들이지 않았다고 보는 편이 더 이상합니다. 다만 장식하는 방법은 지금과는 달리 퍽 개성적이었을 것입니다. 기원전 5000년 이전으로 거슬러 올라가는 홍산 문화나 우하량 문화 유적을 보면, 지금의 중국 문화와는 완전히 다른 형태나 미술 방식을 따른 장신구와 유물이 쏟아져 나옵니다. 반지, 귀걸이, 머리띠, 기타 다양한 장식품들도 나옵니다. 더구나 문신, 화장, 몸에 직접 칠하는 것 등도 많이 사용되었을 것입니다. 장신구도 많이 달았겠지요. 상상하기는 어렵지만 지금과 크게 다르지 않되 오히려 아주 현대와 비슷할 수도 있는, 개성적이고 원시적인 생명력이 넘치는 차림들이 아니었을까 생각합니다.

당시의 식생활은?

식생활이 전환기를 맞는 시대라 볼 수 있습니다. 농경이 대단위적으로 행해지는 시기라 볼 수 있는데 지금 같은 흰쌀은 없었겠지만 조, 콩, 보리, 수수, 피, 밀, 흑미, 녹미 등이 재배되었을 것입니다. 농경의 발달은 쟁기의 발명에서 생산량 증가가 이루어지는데, 쟁기는 기원전 1만 년까지 거슬러 올라가므로 당연히 이 시대는 보통 생각하는 채집이 아니라 농경이 큰 부분을 차지합니다. 특히 콩은 만주가 원산지이니 빠질 수 없겠지요. 그러나 당시는 구리로 된 솥 등이 귀하여 토기로 음식을 하는데, 물론 이 토기들에는 유약이 없었으므로 본격적인 요리 문화는 나오지 않았으리라 봅니다. 유약 없는 토기는 재료를 흡수하므로 이전에 썼던 재료들이 뒤섞인 맛이 나므로 일반적으로 제대로 된 요리를 하기는 불가능에 가깝다고 생각합니다. 특수 계층이나 상류 계층은 가능했을 수도 있습니다.

의외로 솥은 요리에서는 빠질 수 없는 물건입니다. 고기는 대부분 굽거나 말렸을 것이며(몽골족의 보르챠처럼 고도로 건조시킨 비상식량도 있었을 것입니다만) 곡물은 대부분 그냥 물에 끓이거나 가루를 내어 물에 개어 먹었을 것입니다. 간단한 형태의 떡이나 부침 같은 조리식도 있었을 듯합니다. 거기에 과일이나 야채 등을 곁들어 먹었을 것입니다. 소금은 거의가 돌소금이었으며 필수품처럼 곁들여 먹거나, 차고 다니며 주기적으로 따로 섭취했을지도 모릅니다. 당시에 아주 드물게 찜솥이 발견되기도 하는데, 그렇다면 초보적인 단계의 떡 정도는 가능했을 것입니다. 동물의 젖에서 나오는 유제품 — 치즈 등 — 도 있었을 것입니다.

어느 정도는 두 가지를 병행했겠지만 목축을 위주로 육식을 주로 하는 사람들과 농경으로 완전히 눈을 돌려 정착하여 채식을 주로 하는 사람들로 생활 방식도 갈라지는 시기라고 보겠습니다. 당시 농경의 생산 비율은 의외로 낮아서 뿌린 종자의 두 배 내지는 네 배까지 거두어들이는 정도라 추산됩니다. 물론 후대의 쌀은 사백 배까지도 생산됩니다만 중세 때까지 서양의 밀은 두 배 생산에 그쳤습니다. 조나 수수는 밀보다는 생산성이 높았겠지만, 네 배를 넘기는 어려웠을 것이며 농경은 의외로 조마조마하고 위험한 생활 방법이 아니었을까 합니다.

여담인데, 수렵이나 채집만을 하며 사는 종족은 없을 것입니다. 수렵은 안정되지 못하고, 실제로는 수렵의 포획물만으로 살아가기는 극도로 힘이 듭니다. 물가라면 모르지만 내륙에서는 더더욱 그러합니다. 아프리카에서 가장 사냥을 잘하는 마사이족도 소를 키워 그 피와 젖을 주식으로 하며, 영농이나 목축을 하지 않는 부시먼도 수렵이라기보다는 채집을 주로 하는데 대부분의 시간을 먹을거리를 찾아 소비합니다. 결코 한가하지 않으며 먹을 것을 찾는 피가 마르는 투쟁의 나날이라 합니다. 하물며 아프리카 같은 풍성한 열대 지방이기에 가능한 일이며, '겨울'이라는 변화가 있는 지방은 애당초 채집만으로 살기가 거의 불가능합니다. 인구가 극소수일수밖에 없죠.

술은 분명 있었는데, 후대처럼 증류주는 없었고, 도수가 약한 막걸리 비슷한 곡주나 몽골의 아이락(마유주) 같은 술 정도였을 것입니다. 알코올 도수는 약 4도에서 높아야 8도를 넘지 않는 약한 술입니다. 등장인물들이 술을 큰 통으로 벌컥벌컥 들이켠다고 주정뱅이라 생각할 정도는 아닐 것입니다. 그것은 술이라기보다는 음료수라는 편이 맞습니다. 독일인들은 지금도 맥주를 물처럼 마시며, 영국도 17~8세기까지 어린 꼬마들에게도 음료수로 맥주를 마시게 했습니다.

간혹 도수 높은 술이 나온다면 그것은 과실주입니다. 과실주는 정제하지 않고도 과일의 당도 때문에 도수가 16도 정도까지 올라가는데, 소량만으로도 취기에 오르게 할 수 있습니다. 소설에 등장하는 미아우족의 과일주가 바로 그런 예인데, 지금으로 보면 그리 독주가 아니지만 당시로서는 굉장히 독하고 좋은 술이었을 것입니다. 그리스 로마 시대에도 포도주는 독하여 물을 타 마시는 것이 보통이고, 물을 안 탄 포도주를 마시는 자는 지독한 주정뱅이 취급을 받았다고 합니다.

중국에서는 후대에 공자가 살았던 시대에 비로소 술이 만들어졌다는 기록이 있는데, 그것은 도수가 높은 증류주였다고 보입니다. 도수 높은 증류주(소주, 배갈 등)는 아라비아에서 처음 발견된 증류 원리가 세상에 퍼진 이후에야 나올 수 있었습니다.

당시의 주거 생활은?

대부분의 사람들은 땅을 반쯤 파고 들어간, 지금의 반지하 비슷한 움집에 살았던 것이 분명합니다. 보온 보냉 효과 때문입니다. 땔감을 안정적으로 쓸 수 있는 높은 신분의 사람들은 땅에서 기둥으로 바닥을 띄운 높은 집을 짓고 살았다고 보입니다(그러한 집들은 움집보다 발굴되기가 어렵습니다. 무너지면 자취가 남을 가능성이 거의 없기 때문입니다. 그러한 건물은 주춧돌 등의 석재를 쓰지 않았으며 그 때문에 모든 것이 자연으로 돌아가 버리고 맙니다).

특히 주신족은 온돌을 사용했는데, 온돌을 사용할 수 있었다면 움집의 반지하 효과가 별로 없고 도리어 환풍이나 채광, 불을 때기가 나쁘므로 기둥 위에 띄운 집을 지었다고 봅니다. 물론 큰 집이라고 해도 기와 따위는 없었고 반은 천막이나 통나무집에 가깝습니다. 옮겨 다니는 경우에는 지금의 천막 같은 것을 치고 잠잤을 것입니다. 여름에는 불을 피울 필요가 없겠지만 겨울에는 주거 문제 때문에라도 행동이 많이 위축되었을 것이라 봅니다.

아주 오래된 옛날이야기인데도 등장하는 인물들이 너무 똑똑하다. 이것이 현실적이라 보는가?

당연히, 현실적이라 생각합니다. 물질문명에 휩쓸리게 된 현대인은 아주 그릇된 버릇을 하나 가지게 되었는데, 그것은 바로 이성적인 사고 하나로 인간의 현명함을 저울질하려는 생각입니다. 그러나 인간은 호모 사피엔스 사피엔스로 진화된 이래 뇌 용량도 항상 비슷했고, 지능도 비슷했습니다. 분명 인간이 시간을 들여 쌓아 올린 이성이나 과학적인 능력은 없었겠지만, 그에 대치하는 지혜와 임기응변, 꾀는 오히려 현대인이 당해 낼 수 없었을 것입니다. 입장을 바꿔 생각해 보면, 고대인은 현대인과 같은 총, 레이더, 자동차, 난방 장치, 방한복 같은 것들이 없었으며, 그러면서도 혹독한 자연환경에서 살아남았습니다. 그러려면 현대인보다 훨씬 뛰어난 생활의 지혜와 임기응변, 상황대처력을 지니고 있었을 겁니다. 그것을 '(소위) 원시인은 힘이 세고 뭐든 잘 버티고 잘 견뎌서 그랬다'고 인종적인 차이로 몰고 가는 것은 우스운 일입니다. 그때 사람이나 지금 사람이나 신체 구조 등은 거의 같기 때문입니다. 진화론적으로도 수천 년 사이에 인간의 몸이 그리 많이 변할 수는 없겠지요.

정신적인 사고의 문제도 그렇습니다. 대부분의 종교와 사상의 모태가 마련된 것은 고대입니다. '생각'으로 구분되는 사고가 오히려 가장 활발히 이루어진 것은 계급 사회가 완전히 구현되지 않은 고대의 일이었다고 생각합니다. 그 원인은 그때야말로 '생각하는 것이 아주 중요했고, 생각하지 않으면 살아남을 수 없었기 때문'입니다. 고대인은 이후 사람들보다 훨씬 많은 위험에 노출되어 있었고, 자연의 신비나 죽음의 공포 등을 혼자 맞닥뜨려 싸워야 했습니다. 체계적으로 퍼진 종교도 없었으며, 자신을 지켜 줄 국가 같은 조직체도, 궁금증을 해석해 줄 사람도 별로 없었습니다.

인간의 지혜는 첫째, 모여 살면서 한 번 급속도로 발전했고, 두 번째로 말을 만들면서 또 한 번 급속히 늘어났으며 마지막으로 글자를 사용하면서 발전했다고 생각합니다. 소설상의 시기는 두 번째의 말기, 세 번째의 초기 정도 되는 시대입니다. 성서, 불경, 힌두교 경전 등에 담긴 사상의 깊이가 지금에 이르러서도 뒤떨어지지 않듯, 그 시기의 사상이나 사고의 능력이 지금보다 뒤떨어진다고 단정 짓는 것은 오만이자 편견입니다. 사람들의 사고방식도 우리와 그리 큰 차이가 나지 않았으며, 지도자급의 몇몇은 더 뛰어났을지도 모릅니다. 물론 지식이라는 측면이 아니라 지혜라는 측면에서 말입니다.

당시의 귀한 물건들은 어떤 것이 있었는가?

화폐는 당연히 없었지만, 귀한 물건들은 있었습니다. 대표적인 것은 금입니다. 금속이 사용되지 않은 시기에 금이 귀금속으로 인정되었다고 보기 힘들다는 의견도 있지만 그렇지 않습니다. 잉카나 마야 문명도 금속을 사용하지 않았지만, 금은 귀금속으로 사용했습니다. 금은 화학적으로 대단히 안정된 금속이라 어떤 상황에서도 변색되거나 빛을 잃지 않습니다. 이 말은, 오랜 침식을 거치더라도 금은 빛나는 형태 그대로 자연계에 존재한다는 뜻입니다. 사금이 대표적인 예인데, 사람들의 눈에 이러한 영롱한 빛을 내는 금이 눈에 띄지 않았을 리가 없으며, 그것이 귀하게 생각되지 않을 리 없습니다. 가령 노두광상(광맥이 침식으로 인해 지표면에 그냥 돌출된 것)이 있다면, 불안정한 철은 물론 부식에 강한 구리까지도 주변 암석이나 흙이 깎일 때 같이 심한 부식을 받겠지만 금은 부식을 받지 않으므로 빛나는 금덩이가 땅에 노출되어 있었을 것입니다. 더구나 금은 부식을 받지 않아 변하지 않고, 빛깔도 아름다우며, 연성이 대단히 우수하여 1그램의 금을 몇 킬로미터로 늘여도 끊어지지 않을 정도입니다. 다른 말로 하면, 쉽게 장식을 새길 수 있거나 아름다운 형상으로 가공할 수 있다는 뜻이 됩니다. 즉, 금은 녹이는 과정을 거치지 않아도, 자연 상태에서 큰 덩어리를 구할 수 있다면 그것으로도 장식품 세공이 가능했다는 말입니다.

금은 자연 상태에서도 상당히 큰 덩어리가 순수하게 존재하는 경우가 많으며 금덩어리를 두들기기만 해도 부서지지 않고 마음대로 모양을 만들 수 있기 때문에, 금속 기술이 발달하지 않은 시기에도 금만은 귀한 것으로 당연히 많이 사용되었을 것입니다. 더욱이 이때는 도자기를 굽는 기술을 알았고, 그 기술을 기반으로 원시적인 구리 제품도 주조

하기 시작한 때이므로 금도 당연히 중요한 귀금속으로 인정되었으리라 봅니다. 단, 은은 그렇지 않았을 가능성이 큰데, 은은 금에 비해 덜 안정되어서 검게 변색되는 일이 많습니다. 은이 귀금속이 된 것은 이후 수은으로 금을 채취하는, 일명 아말감법이 고안되고 나서부터라고 추정되는데, 아말감법을 쓰면 금과 은을 동시에 얻을 수 있기 때문입니다.

그다음으로는 각종의 보석(사파이어, 루비, 에메랄드 등)이나 고운 빛깔의 돌(수정 계열이나 옥) 등인데, 이는 가공이 상당히 어렵지만 투명함과 견고함 때문에 주술적인 가치가 있다고 믿어졌을 것이며, 역시 귀하게 생각되었을 것입니다. 그 외에는 희귀한 짐승 가죽, 새의 깃털, 큰 동물의 뼈도 귀하게 여겨졌을 것이며, 지역에 따라 돌소금(암염)이나 산호, 소뿔 등의 물건들도 희귀하게 여겨졌을 것입니다.

당시의 전투에서 특이한 점은 무엇이 있는가?

가장 중요한 것은 무기입니다. 당시의 무기는 대부분 돌이나 기초적인 청동기였으므로 대단히 약합니다. 석기라 해도 날을 다듬으면 종이도 자를 수 있지만, 그렇게 날을 세우면 약해져서 쉬 부러지게 됩니다. 그 때문에 전투에 사용하는 무기들은 두껍고 둔중했으며 큰 무기가 작은 무기보다 강한 위력을 지녔을 것입니다. 빠른 몸놀림이나 기술보다는 크고 강한 무기를 휘두를 수 있는 힘이 우선시되었을 것입니다.

활이나 창은 관통형 무기이므로 많이 사용했겠지만, 육박전 무기도 무시될 수 없습니다. 가장 대표적인 것이 몽둥이나 돌도끼이며, 몽둥이에 무게를 주기 위해 구리를 씌운 망치나 추와 같은 무기도 쉽게 상상할 수 있습니다. 도끼는 견고함과 예리함을 동시에 가질 수 있는 좋은 무기였지만, 무게가 단점이었을 것입니다.

검(칼)은 베기 위해서라기보다 상처를 주거나 접근을 막기 위해 만들어졌을 가능성이 높습니다. 검으로도 그렇게 쉽게 베어진다거나 절단하는 일은 힘들기 때문에 찍는 용도 비슷하게 쓰였다고 보는 편이 옳을 듯합니다. 당시의 싸움(특히 근접전)은 몇 번 적을 치고 나면 무기가 쉬 부서져 나가, 그때부터는 적의 무기를 주워서 싸우는 일의 연속이라는 점이 후대의 싸움에 비해 아주 다른 점이었을 것 같습니다.

일단 들고 있는 무기로 무기를 든 적을 쓰러뜨리고, 그때부터는 쓰러뜨린 적의 무기로 싸우는 방식이었을 공산이 큽니다. 아울러 후대의 철 무기가 사용될 때처럼 무기에 적중된다고 해도 중상 내지는 사망에 이르는 일이 적었을 것입니다. 일단 적중되더라도 충격을 받고 쓰러진 정도라 다시 정신을 차리고 싸울 수 있는 경우도 많아서, 싸움에서 전사자의 비율이 상대적으로 적으며 싸움 자체도 단시간에 끝나지 않고 시간이 많이 걸렸을 것입니다. 이러한 양상에서는 전사 수의 우위가 후대의 싸움에서보다 더 중요했으리라 보입니다.

❈ 주신족 ❈

치우천(蚩尤天, 희네)

이야기의 주인공. 성인이 되기 전의 이름은 희네인데 얼굴이 희고 여자보다 잘생긴 용모를 지녔기에 그런 이름을 얻었다. 치우비의 쌍둥이 형이지만 이란성 쌍둥이라 닮지는 않았다. 주신의 사울아비로 이야기의 장을 여는 인물이다. 힘은 세지 않으며 절맥(絶脈)으로 인해 다리를 절어서 말조차 잘 타지 못하는, 사울아비로서는 크나큰 단점을 지녔지만 뛰어난 지략과 올곧은 마음, 큰 그릇을 가진 청년이다. 후에 주신 14대 자오지 한웅으로 등극하는 치우천왕이 바로 그이다.

치우비(蚩尤飛, 나래)

치우천의 동생이며 치우천과 함께 이야기의 주인공. 비길 데 없는 힘과 침착함과 성실함을 타고난 장사이며 대용사이다. 치우천의 쌍둥이 동생이며 언뜻 둔해 보이지만 실은 그렇지 않다. 형 치우천을 숭배하여 형의 말이라면 무엇이든 따르며, 형을 누구보다 좋아하고 형을 가장 잘 알고 감탄하는 사람이기도 하다. 따를 자가 없을 정도의 힘과 용맹을 지녀 대영웅으로 알려지지만 의외로 수줍고 아이들을 좋아하는 따뜻한 성격이다.

치우우레

치우천, 치우비의 아버지. 주신의 사울아비 스승이며 성실하고 완고하면서도 몹시 따뜻한 마음의 사울아비이다. 어머니 없이 자란 두 형제를 누구보다도 아끼면서도 완고할 정도로 공과 사를 수행하는 무인(武人)이다.

사와라 한웅

주신의 제13대 한웅. 소탈하고 좋은 성격이며 평화를 사랑하는 인물이다. 재위 기간 내내 주신을 평화롭게 만든 좋은 한웅이지만 단점도 있다.

비렴

주신의 세 큰스승(풍백, 우사, 운사) 중 한 명인 풍백의 지위를 맡은 강직한 중년의 남자. 젊은 치우천, 치우비의 재능을 알아보고 적극적으로 뒤를 밀어주는 은인이기도 하며 풍백으로서의 기량도 뛰어난 인물이다.

병예

삼사 중의 우사. 나이 많은 노인이지만 주술력이 대단하며 사람됨도 올곧다. 후에 맥달과 함께 우사 일을 수행한다.

신지울태

삼사 중의 운사. 꼿꼿한 성격의 곱게 늙은 할머니처럼 묘사되나 그녀의 마음속은 아무도 모른다. 훌륭한 운사이지만 늘 잘 드러내지 않고 베일에 가려져 있다. 글자 주술을 사용하는 대단한 주술사이기도 하다.

치우벌

치우우레의 사촌동생으로 평범하나 강직한 무인. 치우우레의 부하이기도 하다.

양역

어려서부터 치우천, 치우비와 함께 자란 친구이며 사울아비이다. 그리 드러나는 재주를 지니지는 않았지만 항상 치우천, 치우비를 도우며 그들과 끝까지 행동을 함께하는 좋은 친구이다.

부소다솔

명문인 부소씨의 사울아비로 이름만 사울아비이지 고문관에 가까운 용렬한 자이다.

부루버들

사와라 한웅의 여섯 번째 마누라로 신시 최고의 미녀로 이름이 높지만 악독하고 음흉한 성격을 지닌 여인이다.

고시울률

치우천, 치우비의 외할아버지이자 주신에서 한웅 다음가는 실력자이다. 주신이 다른 부족에 신경을 쓸 필요가 없다고 여기고 주신만 부강하게 만들면 된다고 믿는 완고한 인물이며, 속이 좁고 겁이 많은 옹졸한 인물이다. 아끼던 딸 미리내가 아들인 치우 형제를 위해 목숨을 바치자 그것을 미워하여 치우 형제를 증오하며 번번이 위험에 몰아넣는다. 당시 친부모, 자식이 아니라면 혈족 관계로 그다지 인정하지 않았다는 점을 인지해야 이 관계를 이해할 수 있다. 즉, 고시울률은 사위인 치우우레는 가족이기에 그냥 놓아두지만 외손주인 치우 형제는 얼마든지 미워해도 이상한 일이 아니라는 뜻이다.

미리내

치우천과 치우비의 죽은 어머니. 희녜를 구하기 위해 아홉구비를 얻어 목숨을 걸고 혼자 신수와 대결했던 용감한 어머니이다. 남자를 능가하는 담력과 용기를 지닌 여장부로 직접 등장하지는 않지만 치우천, 치우비 형제에게 큰 영향을 준다.

치우가람, 치우바람

치우천, 치우비와 앙숙인 사촌들. 겉으로는 개망나니 같아 보이고 고시울률의 앞잡이 노릇을 하는 추한 녀석들 같지만 실은 자신의 그릇과 실력을 감춘 무서운 사람들이다. 치우가람이 형이고 치우바람이 동생이며 쌍둥이는 아니다.

치우괄괄

치우가람, 치우바람의 아버지이며 치우 집안의 우두머리인 치우웃뜸이다. 좋은 사람이지만 풍병으로 몸을 못 쓰게 되어 치우 집안은 실제로는 치우가람, 바람 형제가 장악하고 있다.

도단이

태산 회의 때 비렴이 뽑은 열두 명의 젊은 인재 중 한 명으로 이로 인해 치우 형제와 친분을 쌓게 된다. 나면서부터 눈먼 봉사이지만 박수가 되어 주술사로서의 능력은 발군이다. 눈이 멀었음에도 돌 던지기에는 백발백중의 실력을 보이는 신기한 인물이다.

질쾌

역시 태산 회의 때 비렴이 뽑은 열두 젊은이 중 한 명. 덩치는 무척 크지만 의술에 뛰어난 단군이며 대단한 의술을 지녔다. 역시 돌팔매질을 잘하며 기이하게 연기력에 뛰어나 사람을 속이는 재주가 놀랍다. 의원 격이지만 후에 여러 면에서 활약하게 되며, 주신족이었다가 지나족의 대족장이 된 금천의 집안과는 대대로 원수지간이기도 하다.

쇠돌이

태산 회의 때 뽑힌 젊은이들 중 하나. 아직 어리고 둔하며 순박한 성격이지만 수천 년 묵은 산삼을 먹어서 힘이 비길 데 없다는 소년. 힘으로는 치우비 다음이다.

스름이

태산 회의 때 뽑힌 젊은이들 중 하나. 여자 주술사이며 신지울태의 제자이다. 얼굴빛이 음침하고 행동도 음산하여 남자들이 피하는 여자이지만, 의외로 성격은 적극적이며 올곧다.

부루벼락

태산 회의 때 뽑힌 젊은이 중 하나로 씨름꾼이다. 젊은이들 중 나이가 많은 편이며 용감하고 사람됨이 바르지만 남을 빈정대는 버릇이 있는 불평불만주의자이기도 하다.

마파람

역시 태산 회의 때 뽑힌 젊은이들 중 하나. 눈 하나가 없는 애꾸이며 말없는 성격이지만 몸이 날래고 활을 잘 쏜다. 보돈차르가 희네에게 선물한 매 마파람과 이름이 같다.

날램이

역시 태산 회의 때 뽑힌 젊은이들 중 하나. 몸이 작고 아이 같지만 의외로 나이는 많아 애늙은이처럼 보인다. 몸이 날쌔고 돌 던지기에 능하다.

거서기

태산 회의 때 뽑힌 사울아비 중 하나. 활쏘기 외에 특출 난 재주는 그리 없어 보이지만 후에 부대장으로 뽑힌 후에 활쏘기를 가르치는 재주에서 진정한 능력을 보인다. 일정한 교관이나 선생 체질의 인물이다.

삼

역시 처음에는 별로 드러나지 않는 존재이지만 전쟁 때 비로소 능력을 발휘하는 대장감이다. 다양한 전술을 생각해 내는, 모사 타입의 인물이라 후에 치우천에게 많은 도움을 준다.

부달

역시 태산 회의 때 뽑힌 젊은이들 중 하나. 좋은 집안에서 났으나 부패한 신시가 싫어 뛰쳐나와 험한 사울아비 생활을 하는 특이한 인물로 다재다능한 인물이다. 성격은 내키지 않으면 누구의 말도 듣지 않는 자유주의자이며 간혹 고집불통이 되기도 한다.

❀ 지나족 ❀

유망(炎帝神農, 염제 신농)
헌원 이전에 지나족을 지배했던 대부족장. 염제라는 직함과 신농이라는 직함을 가지고 있는데 최초에 농사와 약을 알아내 가르쳤다는 신농씨의 후손이다. 대영웅의 그릇을 가졌으나 독과 마약 때문에 서서히 몸과 마음을 잠식당하여 파멸해 가는 비운의 영웅이기도 하다.

공손헌원(公孫軒轅)

후에 황제(黃帝)로 알려지게 되는 지나족의 대족장, 우두머리. 핏줄로는 주신족 갈래였던 소전(小典)의 아들이지만 스스로는 지나족이라 굳게 생각하고 있다. 역시 비길 데 없이 큰 그릇과 지략, 큰 뜻을 품은 영웅으로 흩어져 있는 지나족을 모아 하나로 뭉치게 하고 결국에는 주신을 정복하여 모든 부족을 통일하려는 야망을 지닌 인물이다. 중국(지나인)의 시조로 받들어지는 인물이기도 하다.

형천(形天)

유망을 진심으로 따르는 충성스러운 용사. 천하제일의 장사로 알려질 만큼 힘과 용기, 무예에 당할 자가 없는 인물이기도 하다. 사람보다 큰 도끼를 휘두르며 치우비를 능가할 정도의 힘을 가졌고, 유망의 쇠락을 지켜보면서도 끝까지 마음을 바꾸지 않는 올곧은 무인이다. 후에 진(晉)나라 때의 대시인 도연명이 「독산해경시(讀山海經時)」에서 그의 변하지 않는 충성을 찬양하여 후일에까지 알려졌다.

축융(祝融)

불을 다스리는 축융씨의 시조이다. 주신 부소씨의 후예이나 그보다 더 나아가서 모든 불을 다스리는 능력을 지녔다. 의심 많고 음험한 성격이지만 유망을 충심으로 받드는 인물이다.

금천(金天)

칼과 몽둥이에 천하제일의 재주를 지녔고 전쟁에서 놀라운 지휘력을 보여 후에 '소호(小昊. 작은 하늘)'이라고 칭송받는 인물이다. 그러나 유망을 배신하고 헌원을 따르는 다소 복잡한 성격의 인물이다.

공손발(公孫魃)

헌원의 막내딸로 버릇없이 자라 망나니처럼 보이는 유쾌한 아가씨이다. 치우비와 만난 것 때문에 인생이 바뀌게 되고 후일 엄청난 비극의 주인공이 된다. 천하를 통일하려는 생각뿐인 아버지를 따르기 싫어하고 반항하여 성격마저 제멋대로인 말썽꾼처럼 보이지만, 속마음은 곱고 따뜻하다. 뛰어난 용모이지만 제멋대로인 성격 때문에 남자들은 그녀를 슬슬 피한다.

적송자(赤松子)

최초로 이름이 알려진 중국의 유명한 선인이기도 하다. 헌원 시대부터 계속 세상에 나타나 영향을 주었으며 후에 한나라 건국 때에도 영향을 주었다는 신비의 인물이자 선인이다. 붉은 소나무 껍질로 옷을 삼아 다녔기에 적송자란 이름이 붙었다. 혼돈의 제자이자 홍균 도인의 후예이기도 하다. 헌원의 수하, 십육기인의 우두머리 격이다.

상망(象罔)

쥐처럼 작은 용모에 처신없는 늙은 영감처럼 보이지만 놀라운 능력을 수없이 간직한 기인이다. 의술도 뛰어나지만 그의 진짜 능력은 그것이 아니다. 다만 헌원으로부터 막내딸인 발을 돌보라는 일을 맡았기에 항상 발과 같이 다니며 발을 친딸처럼 생각하고 할아범처럼 행동할 뿐이다. 역시 십육기인의 한 사람.

비휴(貔貅)

사람이라기보다 늑대 같은 인상을 주며 말수가 극히 적은, 그리고 말을 잘하지 못하는 용맹한 무인이다. 어려서부터 늑대 굴에서 늑대들과 자랐다가 헌원에 의해 십육기인의 하나가 되었다. 늑대들을 자유로이 부릴 수 있는 기이한 능력을 지녀서 싸움터에 늑대들을 몰고 나타나는 기인이다. 역시 십육기인의 한 사람.

신도(神荼)

거대한 체구에 귀신을 물리치는 주술을 타고난 선인. 울루와는 쌍둥이처럼 항상 붙어 다니며 생각마저도 똑같이 한다. 힘보다는 귀신을 다스리는 재주 때문에 훗날에 이르기까지 중국에서 귀신을 쫓는 신의 대명사처럼 된 인물. 복숭아나무 몽둥이를 들고 다니기에 후에 복숭아나무 자체에도 귀신을 쫓는 기운이 있다고 믿어지게 되었다.

울루(鬱壘)

신도와 함께 귀신을 쫓는 능력이 뛰어나다고 알려진 거한. 울루 역시 신도와 함께 십육기인의 한 사람이다.

끽구(喫詬)

십육기인 중의 하나로 천하제일의 괴력을 지닌 인물. 장수로서의 기량이나 능력 등은 형천에 미치지 못하나 힘에 있어서는 형천, 치우비와 어깨를 나란히 할 정도이다. 역시 십육기인의 한 사람.

이주(離朱)

십육기인의 하나이며 머리가 뛰어난 인물이다. 지(知)가 꾀나 계략에 능하다면 이주는 논리적인 두뇌와 실행력을 지닌, 말하자면 치안이나 내정 담당 같은 인물. 훗날로 따지자면 청렴한 관리의 표본 같은 성격을 지닌 인물. 전투보다는 민심과 내정에 뛰어난 능력을 보인다.

알유(猰貐)

지나 뱀족의 전사로 괴력의 전사이며 무서운 용모를 지녔으나 겉보기와는 다르게 선량하고 마음 곧은 전사이다.

이부(貳負)

알유와 함께 지나 뱀족의 전사이다. 힘보다는 몸이 날래고 재간이 뛰어나다. 성격이 음험하고 잔혹한 인물이다. 후에 위(危)와 함께 알유를 음모에 빠뜨린다.

지(知)

십육기인의 한 사람으로 쪼글쪼글하고 바싹 마른 대머리 노인이지만 소녀 같은 눈을 지닌, 어쩌면 기분 나쁜 존재. 머리 회전이 빨라서 꾀를 짜내는 데에는 대단한 능력을 보이는 인물이다.

❈ 카린족 ❈

쑤앙마이(서왕모, 西王母)

지나에서도 먼 카린산(곤륜산, 히말라야)에 여인족을 세우고 천 년 이상이나 그곳을 지배해 왔다는 전설이 있는 여자. 비견할 자 없는 대주술사이자 마녀, 또는 요귀라는 소문까지 있는 여걸이다. 그녀의 이름을 모르는 사람이 없지만, 그녀의 정체를 아는 사람은 거의 없다. 이름 뒤의 마이는 '어머니'라는 뜻으로, 여인족 내에서는 부족장 같은 의미를 지닌다.

누루마이

쑤앙마이의 부하이자 여인족의 한 부족장. 무라를 데리고 태산 회의에 참가하는 역할을 맡았다. 대단하지는 않지만 맡은 일을 잘해 내는 올곧은 중년의 여인이며, 무라의 이모뻘 된다. 치우비에게 큰 호감을 지니고 있다.

무라(武羅)

쑤앙마이가 아끼는 카린산 여인족의 젊은 여자 영웅으로, 무기 대신 주먹을 잘 쓰고 몸놀림이 극히 빠른 여전사이다. 대단한 미모를 지녔지만 길게 늘어뜨린 흰 머리와 돌과 같이 무표정한 얼굴과 성격 때문에 남자들을 두려워하게 만드는 여걸이다. 치우비에게 남모를 감정을 지니지만 끝까지 마음을 숨기고 친구로 대한다. '개명수'라고 하는 영물, 흰호랑이를 타고 다닌다.

소녀(素女)

카린(곤륜)산 쑤앙마이(서왕모)에게 키워져 유망에게, 다시 사와라 한웅에게, 치우천에게, 마지막으로 헌원에게 보내지는 여자로, 모든 남자의 넋을 잃게 할 만큼 요기에 가까운 매력을 지닌 여인. 치우천을 마음속으로 흠모하나 이루어지지 않자 복수에 불타기도 한다. 겉으로는 단지 매력적인 여인 같지만 속으로는 매서운 강단과 독한 마음도 품고 있는 여자다. 지금까지 전해지는 방중술의 표본인 책 『소녀경』을 낳게 되는 주인공이기도 하다.

❀ 몽골족 ❀

보돈차르

몽골족의 시조로 알려진 영웅. 아직 작은 부족을 건설할 무렵이지만 치우
천과 태산 회의에서 만나 서로의 기량에 감탄하여 영원한 동지가 된다. 몽골
족에게는 우리의 단군왕검 같은 존재로 후일까지 숭앙된다.

치베

보돈차르의 부하이며, 보돈차르가 치우 형제에게 보낸 몽골의 영웅. 천하
제일의 명궁이며 말 타기에도 뛰어나다. 후에 치베(철별)는 몽골족에서 활을
잘 쏘는 사람을 일컫는 단어가 되었다.

❀ 미아우족 ❀

초초룬

미아우족(묘족) 대부족장의 딸. 여자이지만 생김새나 행동. 말까지도 남
자와 다를 바가 하나도 없어 여자라고 알아볼 수 없을 정도인 털털한 아가씨
이다. 그러나 벌레들을 부릴 수 있는 신기한 힘을 타고난 기이한 여자이기도
하다. 역시 태산 회의에서 만나 치우천, 치우비의 친구가 된다.

툰툰

미아우족의 작은 부족의 늙은 부족장. 치우천에게 신수의 알을 선물한 사
람으로 독의 명수이다.

유쌍

툰툰의 막내아들로 치우비를 숭배하여 후에 홀로 치우비를 찾아온다.

❈ 키탄족 ❈

야율쿠리

키탄(거란)족의 대부족인 울크리 부족장의 아들. 대단한 힘과 불같은 성격을 지녔으며 얼핏 단순해 보이지만 의외로 중요한 일에는 사려 깊고 강한 결단력을 보여 주는 인물이다. 태산 회의에서 만나서 치우천, 치우비의 친구가 된다.

❈ 마갸르족 ❈

울쿠타

천한 신분으로 태어나 발이 몹시 빨라 동생 야쿠타와 함께 포악한 부족장의 심부름꾼 노릇을 하고 있는 소년. 그리 쓸모는 없지만 숲을 헤치고 달려가는 재주만은 제일이라 연락병 역할을 주로 한다. 치우천, 치우비를 친형처럼 따른다.

야쿠타

울쿠타의 동생으로 울쿠타와 같은 재주를 지녔다. 역시 치우천, 치우비를 좋아하여 따른다.

⊞ 타타르족 ⊞

울라트

타타르족 앗수라트 부족장의 딸인 어린 소녀. 눈만 크고 병약한 열 살짜리 소녀이지만 용기나 기개는 남자를 능가하는 면도 있는 활달한 꼬마이다. 남의 마음을 눈치로 알아내는 독심술(讀心術) 비슷한 능력이 있어서 후일 어울리지도 않게 도깨비들을 이끄는 역할을 맡는다.

키타야

치우비가 씨름 시합을 통해 도와준 타타르족 앗수라트 부족의 장이며 울라트의 아버지이다. 후에 치우 형제를 전폭적으로 돕는다.

구르

앗수라트와 앙숙이었던 타타르족 앙가마이 부족의 용사였으나 포악한 앙가마이 부족장이 자멸한 뒤 새로 부족장이 된 인물. 늙은 용사이며 경험에서 얻은 지혜로운 조언을 많이 해 주는 등 최후까지 치우 형제와 행동을 같이한다.

보차두

타타르족 앗수라트 부족의 명물인 유명한 씨름꾼이다. 씨름으로써 재주와 명성이 대단히 높다. 후에 초빙되어 치우군의 교관(?) 역할을 맡게 된다.

❀ 투르크족 ❀

알한

투르크의 전사. 태어난 후 머리를 한 번도 자르지 않고 기른 특이한 성격의 전사로 태산 회의 때 금천에게 진 것을 원통해하여 후일 부족을 떠나 방랑하다가 치우와 합류한다.

❀ 선인 ❀

자부(紫負)

8계 건설에 모든 큰선인들이 떠난 후에 혼자 남아 인간의 흥망을 지켜보게 된 대선인. 수천 년 전 주신이 건국될 때 초대의 한(환인으로 후에 알려진)인 안파견을 도와 주신을 세우는 데 도움을 주기도 했다. 그 은덕 때문에 주신의 수도에는 자부 선생이라는 직위가 내려오고 있다. 그러나 자부 선생과 자부 선인은 다른 존재이다. 인간 선인이며 치우천의 이상에 공감하는 인물이다. 경천동지(驚天動地)할 능력을 지니고 있지만 인간의 일에 직접 끼어들지는 않고 관찰할 뿐이다. 그러나 맥달과 맥을 키우고 있었기 때문에 간접적으로 크게 영향을 끼친다고 볼 수도 있다.

혼돈(混沌)

생물로서 최초의 도를 닦아 지금에 이른 존재. 환계와 유계의 건설자가 된다. 그는 이야기 처음 부분에 환계와 유계로 떠나지만 그의 사상—가장 강한 부족 하나가 세상을 지배해야 한다는—은 헌원의 사상의 모태가 된다. 지구상에 존재했던 생물은 진화와 멸종을 거듭했지만 아주 드물게 자연계의 힘, 즉 도력을 얻게 된 존재들이 선인이나 신수가 되는 것으로 설정되어 있기에 지구상에 존재했던 모든 생명은 선인 또는 신수로 발전할 수 있다.

혼돈은 최초의 대선인-신수이자 실제 원류는 태초의 원생생물에 기인한 존재이다. 그렇기에 둥근 공 모양이며 눈, 코, 입도 보이지 않는 기이한 형상을 지닌 대선인이다. 혼돈은 파괴와 무질서의 선인이지만 그와 반대에 서는 인간 선인인 자부를 퍽 좋아하고 친하기도 하다.

발귀리(發貴理)

최초의 인간 선인으로 자부의 조상이며 지나 쪽의 맨 처음 선인인 홍균의 조상이며 막고야 선인의 조상이 되기도 한다. 언어(言語)로 대표되는 인간 의식의 시조로 설정되어 있다. 맥달의 신비한 능력도 발귀리 선인의 피를 진하게 이어 받았기 때문이다. 언어를 만들어 인간에게 퍼뜨린 대선인이지만 스스로 힘을 봉인하고 어떤 일에도 끼어들지 않으며 언어와 함께 그림자 같은 존재가 되어 조용히 세상으로 녹아 들어 사라져 가는 선인이다.

맥달

선인 발귀리의 자손이며 미래를 손바닥처럼 내다볼 수 있는 능력을 지닌 천하의 재녀. 미래를 보는 무서운 능력 때문에 아기일 때 버림받고 자부 선인에게 구원받아 신수인 맥에 의해 키워졌다. 그 때문에 치우천에게 맥달이라는 이름을 받는다. 미래를 내다보는 힘에 대해 끝없는 부담을 느끼지만 치우천에 대한 애정 때문에 모든 것을 견디어 낸다. 후에 우사의 지위에 오르며 『해동감결』을 쓰게 되는, 최고의 대예언가이다.

❀ 신수 ❀

맥(貊)

주신이 신수로 섬기는 영특하고도 선량한 신수. 거대한 체구에 긴 코를 지녔으나 코끼리와 다르다. 사람 대신 맥달을 키우기까지 한 근본부터 온화한 신수이다. 맥은 신생대 때 번성했던 거대 초식동물 베히모스(Behemoth)류가 도력을 얻어 변한 신수로 설정되어 있다. 사신(四神) 중에는 들어가지 않으나 중앙을 차지하는 기린의 원형이 된다. 초능력이라 할 수 있는 여러 가지 기이한 힘을 지닌 신수이며 유일하게 인간과 직접 대화를 할 수 있지만 싸움은 싫어한다.

붕(鵬)

봉황. 치우천이 얻은 알에서 우연히 깨어나 그가 키우던 매, 마파람의 영혼이 함께 들어가서 후에 맥달을 따르게 되는 주신의 신수이며, 특이하게 신수이지만 번식을 하여 일족을 지니고 있는 아주 드문 종류이다. 붕의 종족은 각국에 전설로 남은 봉황, 주작, 가루다, 불새(피닉스) 등의 원형이며 원래는 공룡과 새의 중간 정도 되는 존재였으나 아름다움을 깨닫고 추구하여 신수가 되었다. 신수들은 도력을 얻으면 어느 정도는 그 힘을 분출하여 외모나 능력을 바꿀 수 있는데, 거대한 새가 원류인 붕은 불의 능력을 얻어서 불타는 모습의 신수로 변했다. 붕이 속한 거조신수군(巨鳥神獸群)은 불 외에도 개성에 따라 다른 모습을 띤 친척도 많다. 붕은 후에 사신(四神) 중에 주작의 원형이 된다.

번개범

오해와 사람들의 음모 때문에 치우 형제와 끝없이 대립하게 되는 신수이다. 거대한 체구와 번개, 바람, 불을 뿜는 능력을 지닌 이 신수는 기다란 이빨의 묘사 때문에 눈치챈 독자도 있겠지만 신생대의 스밀로돈 또는 세이버 캣(검치호)류가 도력을 얻어 변한 신수로 설정되어 있다. 실제로는 의외로 인간을 좋아하고 인간을 도우려 하는 신수이지만, 사람들에게 이용만 당하여 악한 신수처럼 소문이 퍼지는 존재이다. 훗날 사신 중 백호의 원형이 된다.

치우천왕기 1 : 형제

1판 1쇄 2011년 5월 7일 | 1판 11쇄 2025년 3월 19일

지은이 이우혁

책임편집 임지호 | 편집 지혜림
디자인 윤종윤 이원경 | 저작권 박지영 형소진 오서영 조경은
마케팅 정민호 서지화 한민아 이민경 왕지경 정유진 정경주 김수인 김혜원 김예진
브랜딩 함유지 박민재 김희숙 이송이 김하연 박다솔 조다현 배진성
제작 강신은 김동욱 이순호 | 제작처 영신사

펴낸곳 (주)문학동네 | 제작처 김소영
출판등록 1993년 10월 22일 제2003-000045호

주소 10881 경기도 파주시 회동길 210
대표전화 031) 955-8888 | 팩스 031) 955-8855 | 전자우편 elixir@munhak.com
인스타그램 @elixir_mystery | X(트위터) @elixir_mystery

ISBN 978-89-546-1457-3 04810
       978-89-546-1456-6 (세트)